工业水处理
及实例精选

窦照英 编著

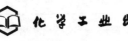
化学工业出版社

·北京·

本书从水处理工程师的知识和技能需要出发，简明地介绍了水处理的基本知识，详细地讲解了锅炉用水的炉外水处理、给水处理、锅炉内水处理及工业循环冷却水处理的方法和注意事项，精选了许多作者亲身经历的水处理实例，实用性较强。

　　本书适合从事电力、石化及物业水处理工作的技术人员、管理人员、科研人员阅读参考。

图书在版编目（CIP）数据

工业水处理及实例精选/窦照英编著. —北京：化学工业
出版社，2011.8
ISBN 978-7-122-11364-1

Ⅰ. 工…　Ⅱ. 窦…　Ⅲ. 工业用水-水处理　Ⅳ. TQ085

中国版本图书馆 CIP 数据核字（2011）第 095780 号

责任编辑：段志兵　　　　　　　　　文字编辑：汲永臻
责任校对：宋　夏　　　　　　　　　装帧设计：关　飞

出版发行：化学工业出版社（北京市东城区青年湖南街 13 号　邮政编码 100011）
印　　刷：北京永鑫印刷有限责任公司
装　　订：三河市万龙印装有限公司
710mm×1000mm　1/16　印张 22　字数 411 千字　　　2011 年 10 月北京第 1 版第 1 次印刷

购书咨询：010-64518888（传真：010-64519686）　　售后服务：010-64518899
网　　址：http：//www.cip.com.cn
凡购买本书，如有缺损质量问题，本社销售中心负责调换。

定　　价：68.00 元　　　　　　　　　　　　　　　　版权所有　违者必究

前　言

　　本书是从事水处理的工程师们的参考读物。全书共分 8 章，涵盖了锅炉用水处理和冷却水处理遇到的各类问题。书中引用的例证超过 600 例，这些鲜活的事例，有助于启发读者思路，举一反三，开辟新径。

　　人须臾不可离的应是空气和水。空气是 21% 的氧和其他混合气体，人只呼吸氧，吸氧的同时吸入氮也无妨；水是水分子与许多杂质的混合物，作为饮用水，人还饮入许多杂质，对其利害说法不一。但是，对锅炉和热交换器则有害无益，水处理事业则应运而生，为除害兴利而奋斗不止。

　　水处理从业者千千万万，和水处理有关的人群更多。人们渴求真知，特别是来自实践的知识。本书意在将来自实践的知识汇集升华，希望读者开卷有益。

窦照英

2011 年 7 月

简明目录

详细目录

第1章　概　述 /1

第2章　炉外水处理的预处理 / 13

第4章　炉外水处理之化学除盐 / 61

第 6 章　给水处理 / 129

第7章　锅炉材料延寿和锅内水处理 / 168

第8章　热交换器（以凝汽器为代表）材料延寿与冷却水处理 / 267

第1章

概　述

1.1　水处理概要

1.1.1　水处理是古老而又年轻的技术

水处理是一项与时俱进的实用技术。它服务于锅炉和热交换设备，防止其结垢腐蚀。蒸汽机的发明与应用，开始了工业革命，防止蒸汽机结垢腐蚀，使水处理技术应运而生。

早期的锅炉用水就是天然水。不论是地表水还是地下水，受热就会产生水垢并产生腐蚀。水处理技术既要为防止锅炉结垢腐蚀服务，就要随着锅炉的发展而发展。

两百多年来，锅炉压力由≤0.5MPa，达到≥30MPa，其用途由提供带压蒸汽推动机械运转，到推动汽（涡）轮机发电。蒸汽参数的提高，出现了量变到质变的飞跃，对水处理技术不断提出更高要求，由古老的沉淀软化，到离子交换软化，到蒸馏或离子交换脱盐，到膜处理过滤和脱盐。

对汽轮机排汽冷却，使得大型热交换器（凝汽器或称冷凝器）结垢腐蚀，从而发展了冷却水防垢技术。当代节能、减排、节水和环保的要求，刺激了废水资源化处理利用技术的发展。庞大的水处理技术产业，吸引了数以百万计的人员从事水处理的研究、开发、制造、运行和利用。冷却水处理除用于热力发电之外，在化工、石化、钢铁、冶金、建筑、轻工等使用冷却水之处都在使用，尤其是装有中央空调设备的宾馆酒店、金融中心、商务大厦、办公大楼无不在用。

水处理技术中，主体设备的锅炉分化为电力锅炉、工业锅炉和生活采暖锅炉，对水质的要求不同；热交换器冷却用水也由凝汽器循环水处理发展为工业冷却水处理和集中空调冷却水处理；为节能减排、节水环保而发展起来的废水处理和废水资源化利用，使中水处理利用深入到住宅小区和冲洗绿化带的城镇生活当中。尤其是出于益寿保健、防老祛病等追求，饮用水成了水处理的新市场。水处理技术历时两百余年，今天又迎来新时代繁荣发展的春天。

1.1.2 锅炉水处理概述

锅炉水处理主要含炉外水处理、锅内水处理和给水处理。炉外水处理是对补充到给水那部分水的处理；锅内水处理是在锅炉中投药进行处理；给水处理是对≥4MPa锅炉进行补充脱氧和调控水汽系统 pH 值的处理，主要用于发电锅炉。

炉外水处理含：使用澄清池进行的混凝沉淀处理工艺；使用滤池、滤器、滤芯和滤膜的过滤工艺；使用阳离子交换脱除钙镁的软化工艺；使用蒸馏、离子交换、电渗析和反渗透的脱盐工艺。对于供应蒸汽而无冷凝水回收的锅炉来说，炉外水处理的水量，可为锅炉蒸发量的 50%～110%（排污为 10%时）；对于发电锅炉来说其水量约为锅炉蒸发量的 6%上下。

锅内水处理早期是苏打（碳酸钠）锅内软化，随后是磷酸三钠消除残垢，进而用酸性磷酸盐组成 pH≤9.5 的缓冲溶液，用以防止碱腐蚀。近代锅炉则应配合以氢氧化钠，组成锅炉水 pH≥9.5 的缓冲溶液，以防止酸腐蚀。

给水处理是用联氨（肼）消除热力除氧后残留的氧，用氨将水汽系统 pH 值提高到 8.8～9.2。直流锅炉只有给水处理，有还原性处理和氧化性处理之分，前者用联氨和少量氨，后者用氧。

亚临界参数和超临界参数锅炉要对凝结水进行处理，脱除其中渗入的盐分和腐蚀产物。

汽轮机排出的低压蒸汽，要在凝汽器中释放蒸发热而冷凝为水，重复使用。冷却水量是排汽量的 60 倍，在热交换过程中升温 10℃，这就会引起冷却水结垢和凝汽器腐蚀。由此发展起冷却水（循环水）处理。这是用于发电的锅炉回收所供蒸汽的衍生水处理，但是其发展规模甚至超过了锅炉水处理，形成专门的水处理技术。

在水处理工艺中会产生各类废水，如混凝沉淀处理的含泥渣水；过滤工艺的含悬浮颗粒物反冲洗水，软化工艺的食盐再生废液和冲洗水，化学除盐工艺的酸碱再生废液和冲洗水；膜处理装置中的冲洗水和浓水；循环冷却水的排水。

锅炉运行中产生油污水、防煤尘冲洗水、冲灰渣水、轴冷却水、冷油器和空调装置冷却水，还有相当数量的生活废水。

1.1.3　锅炉参数和各自的水质要求

蒸汽锅炉概分为低压、中压、高压（次高压含）、超高压、亚临界和超临界 6 种参数。锅炉的蒸发量和参数形成一定系列，并有不同的用途，参数变化还影响锅炉结构型式有变化。

低压锅炉≤2.5MPa，它又概分为 3 个参数级别：≤1MPa（饱和温度 175℃）；≤1.5MPa（200℃）；≤2.5MPa（225℃）。≤1MPa 锅炉称生活锅炉，在洗浴餐饮、食品加工等处使用；1～1.5MPa 锅炉含热水锅炉，在采暖制冷和中小企业中使用；1.5～2.5MPa 锅炉是常用的工业锅炉，这类锅炉的水质应符合《低压锅炉水质》（GB 1576—2008）的规定。

中压锅炉为 3.8MPa，245℃；次高压锅炉 8MPa，296℃；高压锅炉 10.8MPa，316℃；超高压锅炉 15.7MPa，345℃；亚临界参数锅炉 19MPa，360℃；超临界参数锅炉 25MPa（含超超临界参数锅炉≥30MPa）只有过热蒸汽，受材料限制其温度＜570℃。以上锅炉中，中压锅炉和次高压锅炉主要用作工业锅炉，＞10.8MPa 锅炉主要用于发电。这些锅炉的水和蒸汽应符合《火力发电机组及蒸汽动力设备水汽质量》（GB/T 12145—2008）的规定。低压锅炉只要求给水和锅炉水水质；＞3.8MPa 锅炉对饱和蒸汽、过热蒸汽、给水、凝结水（含精处理凝结水）、锅炉水、补充水、减温水、疏水（含供热返回水）、热网补充水和发电机的内冷（却）水都作了相当严格的要求。

不同参数的锅炉有不同的出力系列，亚临界参数以下的锅炉有进行水汽分离的汽鼓，可以通过排污控制锅炉水浓度；超临界参数锅炉是直流锅炉，在锅炉中由给水直接加热为过热蒸汽。可想而知，直流锅炉的给水中不允许有盐分和固体颗粒，其水处理只能是全挥发处理（AVT）。

≤1MPa 锅炉蒸发量<2t/h，≤1.5MPa 锅炉蒸发量 2～10t/h，这两种参数锅炉主要提供饱和蒸汽；≤2.5MPa 锅炉蒸发量 10～35t/h，配有过热器，可提供 350℃ 过热蒸汽。3.8MPa 锅炉蒸发量 65t/h 和 120t/h，8MPa 锅炉蒸发量 230t/h（也有 250t/h 的）。10.8MPa 锅炉 220t/h 和 410t/h，可配合 50MW 和 100MW 汽轮发电机；15.7MPa 锅炉和 200MW 汽轮发电机配合；18MPa（或 19MPa）锅炉配以 300MW 和 600MW 汽轮发电机，也有 1000MW 的。≥25MPa 的锅炉配合 600MW 和 1000MW 汽轮发电机。

1.1.4　汽轮机凝汽器冷却水

汽轮机凝汽器算得上是相当大的热交换器。它要把汽轮机排汽的热量吸收掉，如果冷却水温升为 10℃，大致要用 60 倍于排汽量的水。凝汽器的热交换管主要是黄铜管，管壁厚 1mm，外径 25mm，长 8～11m。按不同容量机组，所用冷却水量为：

100MW 机组 1.6 万吨/h，铜管 10336 根，6815m²；200MW 机组 2.5 万吨/h，铜管 17000 根，11220m²；300MW 机组 4 万吨/h，铜管 21552 根，15350m²；600MW 机组 8 万吨/h，铜管 43104 根，30700m²。由此可知，1 台 600MW 机组的冷却水量超过 22m³/s，而且要稳定地不间断地供应。因此要选择大如长江的江河布置大容量电厂才能实现直（贯）流冷却；比较缺水的地区只能采取循环冷却（称开式循环），吸了热的冷却水在 100m 以上高度的双曲线冷却塔中喷淋冷却。

如果以为冷却水在冷却塔中靠风（空气）降温，是很大的误解。实际上冷却是依靠水的蒸发为主。为了降低温度，冷却水（常称循环水）要把总水量为 1.2% 蒸发掉（夏季达 1.6%，冬季约 0.8%），装了收水器的冷却塔，还会飘散总水量 0.1%～0.2% 的水。

循环冷却水不像锅炉水那样可以高度浓缩，为防止结垢必须保持必要的排污。蒸发是使循环冷却水浓缩的因素；排污是控制浓缩的因素；冷却水中飘散的水量按比例虽然不大，但是其数量也不小，在高浓缩倍率中起到等同于排污的作用。上述三项之和和后两项之和相比，是浓缩倍率，这是循环冷却水处理中的重要指标。

缺水和水质恶劣的地区火电厂特别关注循环冷却水处理。首先是关注所用水处理技术是否真的有防垢防蚀作用；其次是力求补充水量少，少到当地水资源足以应付所需；再就是处理费用。20世纪50年代太原某热电厂，由于原水水质差，循环水处理费用高，被该厂称为第二煤耗（火电厂燃料费用占总成本70%以上，称"煤耗"）。现在GW级火电厂比比皆是，如果不是直流冷却，则循环水处理费用仍是沉重的负担。

1.1.5 火电厂的水处理是技术发展标志

火电厂以水为工作介质。经过处理的水在锅炉中吸热变成高压高温的蒸汽，送入汽轮机后带动发电机发电。做过功的蒸汽被冷凝为水，重复使用。不足的部分由处理过的水补足。如果把火电厂比作人体，水和汽就是血液和呼吸。基于对水质的重视，火电厂历来对锅炉水、锅炉给水和锅炉补充水的处理极为重视。

锅炉用水的质量要求随其参数升高而提高，水质处理技术必须不断发展，才能满足对水质的要求。例如锅炉压力为2.5MPa以下时，锅内防垢处理即可满足要求；4MPa时必须进行离子交换软化；≥10.8MPa应采取脱盐处理；≥18MPa必须进行凝结水精处理。从20世纪50年代起，发电锅炉由≤2.5MPa起步，50多年来，经过中压、高压、超高压、亚临界、超临界和超超临界，锅炉参数提高起了由量变到质变的作用，使得与锅炉机组相关的水质，也有了由量变到质变的发展。

如今采暖锅炉和工业锅炉水处理，相当于4MPa及以下发电锅炉的水处理；工业锅炉则相当于10.8MPa上下锅炉的水处理。发电锅炉水处理技术，可以供所有参数、所有用途锅炉借鉴。

循环水处理同样如此，≤10MW机组用任何方法处理都能达到防止结垢的目的，原因就是其冷却水量小。以10MW机组为例，其凝汽器冷却面积1070m^2，装铜管3140根，8.7t，用水量为2500t/h。如果控制浓缩倍率为1.5，补水率为4%，补水量100t/h。

这样规模的循环水处理，可以采取硫酸中和碱度（碳酸盐硬度）的方法，也可用六偏磷酸钠或三聚磷酸钠阻垢处理，还曾经利用锅炉烟气中的二氧化碳或（和）二氧化硫处理，也曾使用石灰乳（氢氧化钙）进行沉淀软化脱碱处理。在特殊需要时，也曾不计成本对补充水进行离子交换软化处理。大型企业的工业冷却水量与此相近，使用50

年前凝汽器循环水处理的这些方法可以起到防垢的目的，中央空调设备冷却水量不足此水量，更可以使用类似技术，并加以改进提高。

在循环水处理技术上，也存在量变引起质变的水处理技术变革。GW 级电厂循环水流量达 13 万吨/h，即使其浓缩倍率达 3.5，平均排污率为 0.28%，夏季排污率 0.44%。其排污量分别为平均 364t/h，夏季为 572t/h。循环水的实际补水量平均为 2184t/h，夏季应满足 2912t/h。这么大的水量不论用何种方法处理，费用都可观，取得效果的难度都很大。

1.1.6 水处理技术发展的方向

水处理技术发展是锅炉参数提高促成的。直流锅炉出现在 20 世纪 40 年代，没有补充水化学除盐和凝结水除盐，它无法运行。亚临界参数锅炉和超临界参数锅炉是当前火电厂的主力军，前者要求锅炉水电导率≤4μS/cm；后者要求给水质量达到《电子级水》EW-3 的要求，亦即电导率为 0.1μS/cm。

水处理技术的从业者，应面向亚临界、超临界火电机组对水汽质量的严格要求；应面向核电厂对水质的严格要求；应面向节能、减排、环保、节水对水处理技术提出的要求；应面向废水处理和废水资源化处理的时代要求。

在水质优良，水量充沛的南方地区，全膜水处理有用武之地，例如由微滤、多级反渗透器和电去离子组成的水处理系统，具有无污染的优势；在缺水的北方弱酸阳树脂脱碱软化处理，加阻垢缓蚀剂使循环水浓缩倍率达 5 以上，再配合以反渗透装置对排水回收净化，压缩废水产生量。在任何的时间、任何空间范围内，对废水进行资源化处理而不外排都是追求的目标。

1.2 水中杂质

1.2.1 水的基本性质及其在热力设备中的利用

纯净的水是无色、无味的液体，浅层水体几乎无色，深层水体呈蓝色。在 4℃时水密度最大，1 升水质量为 1kg。在 0.101MPa、0℃时，水凝结为冰；在相同压力下，100℃沸腾。

1kg 水在结冰时，放出 335kJ 热量；需要同样的热量才可使之融化。1kg 水沸腾并全部转化为等温度蒸汽时，吸收 2.257MJ 热量；当蒸汽凝结为水时，要放出相同的热量。汽轮机排汽在凝汽器中放出的热量由冷却水吸收掉，这种热损失使火电厂的效率无法超过 40%。

在常见的物质中，水的比热容最大，且其价廉，是最常用的热交换介质。

水中含有杂质时，其冰点会有所下降，沸点有所上升。1mol/L 的溶解物质，会使沸点上升 0.52℃，冰点下降 1.86℃。

水的沸点随压力升高而升高。水在锅炉中吸收蓄积能量。热水锅炉用水作为传热介质用于采暖；工业锅炉利用蒸汽的热能加热工质，用于烘烤干燥，推动鼓风机、压缩机等机械；发电锅炉用蒸汽推动汽轮机生产电能。热电厂可以将在汽轮机中降压的蒸汽（抽汽）外送供热，实现热电联产，从而提高发电厂效率。

1.2.2　水中常见杂质对锅炉的危害

水是溶剂，许多固体杂质和气体可溶于其中。水可以和许多液体互溶。

大部分的盐可溶于水，例如硝酸盐和醋酸盐皆能溶于水。氯化物和硫酸盐大部分可溶。常见的盐类溶解度随温度升高而增大，氯化钠（食盐）溶解度基本不受温度影响。难溶物质溶解度常随温度升高而降低。在 100g 水中能溶解 10g 以上的物质是易溶物质；溶解 1～10g 的是可溶物质；仅能溶 0.1～1g 的是微溶物质；<0.1g 的是难溶物质。

在常见的难溶物质中，氢氧化钙溶解度为 0.18g/100g 水，氢氧化镁为 0.08g/100g 水，碳酸钙为 0.001g/100g 水。

天然水中常见的离子近 20 种，钙和镁的重碳酸盐组成水的碱度，也称碳酸盐硬度或暂时硬度，它的特点是受热可分解产生碳酸钙垢，从家用烧水壶到热交换器，到锅炉无不为此烦恼。

天然水中硅酸盐以二氧化硅表示，可达 10mg/L 以上，它在高温高压蒸汽中溶解较大，是高参数锅炉的大敌。阴离子中氯离子对腐蚀起作用。

水中离子在锅炉中会分解或转化，重碳酸根可变成碳酸根和氢氧根，视锅炉压力而定。

气体在水中的溶解度随温度升高而降低，热力除氧器就是利用这一原理。在常压下天然水中氧的含量为 $7\sim9mg/L$，二氧化碳在水中溶解度虽然高，但是在大气中其分压低，其含量为 $0.5mg/L$ 多些。火电厂区的除盐水箱如果不加密封，可因溶入二氧化碳、二氧化硫等影响水质。

水中除溶解物质外，也有以胶体颗粒和悬浮颗粒形式存在的杂质，它们也能在受热面上形成污垢。胶体颗粒在纳米级到微米级间，它能长期稳定存在于水中，硅酸盐除溶解存在外，还有以胶体状态存在的。它不被滤器滤掉，难与阴树脂起交换反应。

悬浮颗粒 $>0.1\mu m$，它可被过滤去除，在澄清池中可由絮凝沉降处理，使大部分除去。

1.2.3 可供锅炉热力设备使用的原水

原水是没有经过处理的水，旧称生水。用作锅炉热力设备的原水应是清洁的淡水，热交换器的冷却水也应力求矿物质含量低。

在天然水中降水无疑质量最优；但是可遇不可求，指靠不上。地表水是退而求其次的优质原水。我国淮河以南的江河水质优且丰沛，既宜于作锅炉原水，又能满足凝汽器用水，沿长江布置十几个 GW 级火电厂就是由于水的诱惑。松花江以北水质同样优良。黄河与海滦水系水质差。

地下水和地表水的分布有对应关系，华北、西北两区，山东、河南、辽宁和皖北的水质较差。湖库水来自江河存贮，部分渗入地下，属地表水，管水及单位管理较严，如果可以作为原水，通常优于地下水质。

1.2.4 水质与水质分类

水质反映水中杂质的多寡。影响水质的指标是含盐量、硬度和碱度，可以按照它们的含量评定水质，也可按其关系划分水的性质。

按水的含盐量，可大致分为 5 类：

淡水，这是总溶解固形物（TDS）也称含盐量 $<500mg/L$ 的水。这种水适于各种用途，是首选的饮用水和工业原水，例于锅炉原水和循环水的补充水。

微咸水，含盐量 $500\sim1000mg/L$，作为饮用水口感略差，作为锅炉原水和凝汽器补充水要花费较多的水处理药剂和费用，可以作为灌溉用水。

咸水，含盐量 1000～2500mg/L，有两类：一是高矿物质的水，另一种是高碱度的水。这类水既不适于饮用，作为工业原水时处理也较困难。

苦咸水，含盐量 2500～8000mg/L。这种水既无法饮用，也不能作为工农业用水。如果必须饮用或作为原水时，应进行淡化处理。

海水，含盐量 8000～35000mg/L。内陆海、被地峡包围的海和有大流量江河倾泻的海口处水的含盐量低，个别的海含盐量则高，如死海。海水可作为凝汽器及其他热交换器的冷却水，这是节约淡水的有效措施。但是必须解决其腐蚀问题和海生物污塞问题。

按水的硬度也可大体分为 5 类：

极软水，硬度＜0.6mmol/L，这种水可以直接作为热水锅炉和低压小容量蒸汽锅炉补充水。

软水，硬度 0.6～1.5mmol/L，和淡水相对应，大体是淮河及以南，松花江及以北的地表水和地下水。这类水的含盐量大体也是≤500mg/L。

软硬水，硬度 1.5～3mmol/L，是可供饮用和工业原水的水，其含盐量 500～1000mg/L，可作灌溉用。

硬水，硬度 3～5mmol/L，其矿质化程度高，用作锅炉原水或凝汽器补充水时，要花费较多资金进行处理，而且还会给热力设备造成结垢。

极硬水，硬度＞5mmol/L，不适于工业用，更不适于饮用。极端缺水地区有此类水。如果用作原水，应配合以淡化处理。

水中所含盐可分为 3 类：

碱性水，天然水中大部分为此类水，水的成分以碳酸盐为主，常为 70%上下，这种水的永久硬度低，甚至有的具负硬度。由于这类水中主要是钙镁的重碳酸盐，遇热或被喷洒会使二氧化碳散失而成垢，这是锅炉和凝汽器结垢的原因。

$$Ca(HCO_3)_2 \longrightarrow CaCO_3 \downarrow + CO_2 \uparrow + H_2O$$

$$Mg(HCO_3)_2 \longrightarrow Mg(OH)_2 \downarrow + 2H_2O$$

中性水，既无永久硬度，也没有负硬度，水中硬度全是碳酸盐硬度。这种水适合进行石灰沉淀软化处理，或是弱酸阳树脂脱碱软化处理。

酸性水，水的永久硬度高，在硬度盐类中镁盐份额高，海水就是典型的酸性水。这种水进入锅炉后，水解产生酸招致酸腐蚀

$$MgCl_2 + 2H_2O \longrightarrow Mg(OH)_2 \downarrow + 2HCl$$

$$MgSO_4 + 2H_2O \longrightarrow Mg(OH)_2 \downarrow + H_2SO_4$$

1.2.5 水质术语和单位

国际标准化组织对水质术语规定为 ISO 6107，我国等效采用为 GB 6816—86。最常使用的术语如下。

(1) 水中固体物

水中固体物是所含固体物总和（TS），它含总溶解固形物（TDS）和悬浮物（SS）。其单位为 mg/L。海水的固体物含量高、常用千分数（‰）表示。

(2) 电导率

溶于水中的盐分可解离产生离子导电作用，用它可以反映水中盐分多少。常用单位为 $\mu S/cm$，高含盐量的水，使用 mS/cm。水温度影响电导率，每升高 1℃，电导率增大 2%。纯净的水电导率为 $0.055\mu S/cm$。粗略表示与盐分关系为电导率 $1\mu S/cm$ 时，盐分浓度约为 0.5mg/L。

(3) pH 值

是用以表示酸碱程度的指标，其意义是 $pH = -\lg [H^+]$。纯净的水 pH 值为 7，被认作中性。pH 值 5～7 是微酸性，pH 值 3～5 是弱酸性，pH<3 是强酸性；pH 值 7～9 是微碱性，pH 值 9～11 是弱碱性，pH>11 是强碱性。

(4) 碱度

水的碱度是指和氢离子的定量反应能力。用甲基红或甲基橙指示剂测得的碱度称总（全）碱度；用酚酞指示剂测得的是酚酞碱度。天然水碱度单位为 mmol/L，大锅炉给水碱度低，用 $\mu mol/L$ 表示。

(5) 硬度

这是来自实践的专用术语，用来表征水的结垢特性。它表示水中钙镁含量的多少。水的硬度不是矿物的 10 级摩氏硬度，也不是材料的布氏、洛氏硬度，是由衡量锅炉水结垢能力发展起来的概念。各工业国家都有过自己的"度"。由于衡器和量器不一，表示方法各不相同。

例如，德国度是 1L 水中含 10mg 氧化钙；美国度是 1L 水中含 1mg 碳酸钙；法国度是 1L 水中含 10mg 碳酸钙；英国度是 1gal（加仑）中含 1gr（谷）碳酸钙，1gal 为 4.544L，1gr 为 64.8mg，亦即

14.25mg/L 碳酸钙。前苏联用 meq/L（毫克当量/升），此单位已被废除。

我国在 1960 年前使用德国度居多，也有用美国度的。1960～1990 年习惯用 meq/L。实行法定计量单位后统一使用 mmol/L。按照 ISO 6059—1984《水质——钙镁含量的测定》1mmol/L＝2meq/L。水质测试方法 GB 6909.1 和 GB 6909.2 是按上述关系换算的。

为方便换算将各种硬度表示法列于表 1-1。

表 1-1　各种硬度表示方法间的换算

单　　位	mmol/L	meq/L	德国度	美国度	英国度	法国度
mmol/L	1.000	2.000	5.608	100.1	7.022	10.01
meq/L	0.500	1.000	2.804	50.05	3.511	5.005
德国度	0.1784	0.3566	1.000	17.85	1.252	1.785
美国度	0.01	0.02	0.056	1.00	0.070	0.100
英国度	0.1424	0.2848	0.799	14.26	1.000	1.428
法国度	0.0999	0.1998	0.560	10.00	0.702	1.000

(6) 化学耗氧量和高锰酸钾指数

这是两个性质近似、单位相同、测定值相差甚大的术语，很容易混淆。化学耗氧量 COD 是用重铬酸钾为氧化剂测得的水中可被氧化的物质，单位是 mg/L。高锰酸钾指数用高锰酸钾对水氧化，单位也是 mg/L，由于反应的歧化，其结果不代表总有机物。

1.2.6　需要通过水处理除去的杂质

水中杂质没有起好作用的，希望是把它们一网打尽。更现实的是根据锅炉参数和型式，有针对性的清除。

(1) 钙镁离子

钙镁离子组成了水的硬度，淡水中钙的含量大于镁，海水则相反。钙镁的重碳酸盐遇热分解成垢，以其暂居于水中，称作暂时硬度；钙镁和碳酸盐结合之外的硬度，称非碳酸盐硬度。它们是硫酸盐、氯化物和硝酸盐，总是溶存于水中，也称永久硬度。如果水中钙镁除了全是碳酸盐硬度外，还有碳酸氢钠（及少量钾）存在，称为具有负硬度。这是遇热呈碱性的水。

碳酸盐硬度在锅炉中和热交换器中成垢，影响传热，能把它们除去最好，如果水量太大，可以使用阻垢稳定剂，使其暂时不结成硬垢。

（2）悬浮颗粒和胶体微粒

悬浮物质会在锅炉受热面上和热交换器传热面上成垢，应该过滤除去。胶体微粒含硅酸盐、腐蚀产物和腐殖酸盐，通过混凝、沉淀和过滤可以大部分去掉。

（3）氧和二氧化碳

氧和二氧化碳有腐蚀作用，可在除氧器中除去。在化学除盐系统中，可产生大量二氧化碳，使用脱碳塔将其鼓风除去。

（4）盐分及二氧化硅

$\geqslant 10.8 MPa$ 锅炉，盐分可引起蒸汽带盐，二氧化硅还具有溶解携带作用。因此，采取化学除盐工艺，同时起到除盐、脱硅作用。

第2章

炉外水处理的预处理

2.1 水的沉淀处理

2.1.1 水的沉淀软化处理发展情况

(1) 水处理始于石灰苏打炉外沉淀脱碱软化

1769 年，詹姆斯·瓦特经 9 年研究改进制成具有实用价值的蒸汽机，它和几年前多纱纺车的发明相结合，开始了产业革命。蒸汽机的使用开始了防治其结垢腐蚀的历程。早期的对策是雇用身形瘦小的童工进入锅炉敲打刮铲除垢，1841 年有了石灰沉淀软化处理，利用如下反应除去暂时硬度：

$$Ca(HCO_3)_2 + Ca(OH)_2 \longrightarrow 2CaCO_3 \downarrow + 2H_2O$$

1900 年使用苏打（碳酸钠）与石灰乳联合处理，苏打用于消除水中永久硬度，以氯化钙为例，反应为：

$$CaCl_2 + Na_2CO_3 \longrightarrow CaCO_3 \downarrow + 2NaCl$$

(2) 将碳酸钠锅内处理发展为热法锅内软化

石灰和苏打软化法在常温下反应率低。利用在锅炉水温度下暂时硬度的分解反应和人工投加碳酸钠,可使残留硬度大为降低。转为锅内防垢处理和锅内热法软化。

1935年用碳酸三钠代替碳酸钠,用于中压锅炉,消除锅内残留硬度,成为专门的锅内水处理。

2.1.2 3例石灰苏打软化法改进经验

(1) 山东淄博某铝厂沉淀软化法的改进

该电厂原水硬度5.6mmol/L,碱度3.5mmol/L,采用石灰苏打法对原水进行处理,产品水供10t/h供汽锅炉作补充水,其残留硬度为1mmol/L上下,锅炉结垢较重。对其改进是增加碳酸钠用量,并使被处理水的pH值由9提高到10以上,使产品水残留硬度降到0.75mmol/L。

(2) 济南某电厂热法石灰苏打处理的改进

该电厂1、2号锅炉为2.2MPa、12.5t/h CTM型锅炉,补充水用热法石灰苏打软化,原水硬度2.1mmol/L,碱度3.5mmol/L,产品水硬度0.6mmol/L,锅炉结水垢。经研究是沉淀剂和被处理水混合不充分所致。为此对沉淀池做适当改动,增加混合区,利用挡板使水流多次转向,和沉淀剂充分混合,使水的残留硬度降到0.3~0.4mmol/L。

(3) 对山东洪山某煤矿蒸发器补充水的调控

该煤矿自备电厂有2台2.2MPa、36t/h锅炉,原水硬度和碱度均为0.5mmol/L。原水经石灰苏打软化后供给蒸发器。该煤矿自备电厂原由英商管理,对锅炉水质要求较严格。虽然规定锅炉补充水为蒸馏水,但是由于蒸发器经常结垢停用,影响蒸馏水制取,有时向锅炉直接补充石灰苏打软化水,使锅炉也有结垢问题发生。

对其提供的措施是:指出石灰乳投加量过大,反而增加水的硬度,影响处理效果。因此,减少石灰用量。经过试验调整石灰与苏打用量,使石灰用量为暂时硬度加2倍镁硬度,并有少量过剩;苏打为全部永久硬度加一定过剩量。经过调整后,提高了硬度盐类脱除率,蒸发器结垢现象缓解。建议该厂增加凝结水和疏水的收集、贮存水箱,停止向锅炉补充沉淀软化水;建议用清管器对锅炉排管除垢,以恢复锅炉热效率。

2.1.3 采取石灰处理降低锅炉水相对碱度实例

(1) 1955 年天津某棉纺厂锅炉苛性脆化爆炸事故发生后，为防止苛性脆化，要求锅炉水相对碱度❶≤0.2。如果不进行专门的降碱处理，这是无法实现的。因为天然水中半数以上是碳酸盐硬度，（即暂时硬度），经过钠离子交换软化后，它们转变为碳酸氢钠，使锅炉水相对碱度≥0.4。进行降碱处理的方便而又廉价的水处理方式是石灰沉淀软化。用此法处理，既使水的碱度降低，又除去部分硬度和部分盐分，有一举三得之利。

(2) 天津某印染厂有 3 台 2.2MPa、22t/h 锅炉，原水碱度≥2mmol/L，总溶解固形物 290～380mg/L，相对碱度 0.25～0.3。该厂锅炉存在渗漏现象，有产生苛性脆化的危险。1956 年，该厂改为石灰沉淀软化再离子交换软化后，锅炉水相对碱度≤0.1，基本解除了苛性脆化危险。

(3) 石景山某电厂当时已是 50 年历史老厂，有 10 台锅炉，8～12 号炉是 1.5MPa、12t/h 锅炉，13～15 号炉是 2.8MPa、40t/h 锅炉，16、17 号炉是 2.8MPa、75t/h 煤粉炉。原水相对碱度 0.39～0.46，锅炉有渗出炉水现象。其中 17 号炉较明显，在泥鼓外壁渗出的炉水结成盐块，经磁粉探伤探查，尚无苛性脆化现象。

该电厂为首都供电，非常重视苛性脆化危险。除对 16 号、17 号炉进行硝酸钠钝化处理，又建立沉淀池对锅炉补充水对原水（河水）进行石灰处理。尽管露天布置的混凝土沉淀池受气温影响很大，冬季沉淀处理效果差，但是，也使锅炉水相对碱度降到≤0.2，同时还减轻了水汽系统二氧化碳腐蚀，软化器的负担减轻，制水周期延长，水质好。

2.1.4 低压锅炉补充水的石灰预处理采用、改进

北京市劳动局推行原劳动保障部锅炉局的要求，对≥1.3MPa 的蒸汽锅炉软化器，采取石灰预处理，以降低锅炉水相对碱度。

某纺织印染厂的 3 台 1.3MPa、10t/h 锅炉，供 3 个纺织厂和 1 个

---

❶ 相对碱度＝锅炉水总碱度 mmol/L×40/锅炉水溶解固形物。

印染厂的用汽，锅炉房设于印染厂。当单用软化器时，软化水硬度常不合格；锅炉水碱度过高常使过热器管结盐垢堵塞。加装了石灰处理沉淀器后，既降低了锅炉水相对碱度，又降低了锅炉水碱度，改善了蒸汽质量，还使软化水硬度由不合格转为合格。

北京某木材厂的低压锅炉补充水，是经过石灰沉淀软化和钠离子交换的水。该厂由于沉淀池出水混浊，由沉淀池带出的渣子堵塞压力式过滤器而请求协助解决。对其提供的解决措施是，向沉淀池中加入适量水玻璃（泡花碱，或工业偏硅酸钠），它水解产生的絮状二氧化硅能帮助沉淀池中碳酸钙快速沉降。

2.1.5　涡流反应器的调试和出水质量改进

涡流反应器是众多的沉淀反应器（池）之一，最早于 1928 年出现在德国。其器底是 15°的尖锥体，原水和石灰乳由反应器底部引入，在强烈的旋流中进行混合和反应，所生成的碳酸钙结晶长大为粒径0.1～3mm 的球粒，其粒径可由反应器排污控制，反应时间越长，粒径越大，通常使其为 0.3～1.5mm 粒径。

唐山某电厂自 1958 年 2 月起，投产了 5 台 150t/h 高压锅炉，由捷克厂商提供的石灰处理涡流反应器，既提供锅炉补充水的预处理水，更是用于提供循环水的补充水。这种反应器设备紧凑，缺点是水在其中仅停留 10min，沉淀反应不够充分。

该设备由捷克厂商的专家调试投产，在运行中发现 3 个问题：一是该反应器出水残留碱度高，达不到预定的出水质量；二是其出水目视虽然澄清透明，但是放置烧杯中会使烧杯壁变暗，亦即有碳酸钙结晶附着杯壁；三是反应器后配置的过滤器滤料结块。

第 1 个问题采取向水中加入约 1mmol/L 硫酸钙的方法解决，这是由于原水永久硬度低、有时呈负硬度。作为负硬度的碳酸氢钠在进行石灰沉淀反应时，产生碳酸钠。所投加的硫酸钙可以和碳酸钠反应，消除这部分碱度。

第 2 个问题是该种反应器的结构特点所致。这种反应器入口水流速 300m/h，出口为 20m/h，水在反应器中只停留 10min，所生成的碳酸钙没有可能全部以球粒为结晶核心从水中分离出来。碳酸钙微晶在烧杯壁上可成垢析出。用致密滤纸过滤其试样可以证明此问题。经滤纸过滤后，反应器产品水样碱度可下降 0.2mmol/L。这表明有相当数量的碳酸钙以亚稳定状态存在于水中。

第 3 个问题和第 2 个问题有关联。正因为反应器出水中含碳酸微晶，这些微晶在过滤器中会黏附过滤器滤料使其结块，难以通过反洗冲洗掉。这是该种反应器的构造缺点所致，厂商也难以解决。但是他们提出适度酸化试图解决。

2.1.6　对 25t/h 石灰沉淀反应器出水混浊进行改进

承德某电厂投产之初装有 2 台中压锅炉、总蒸发量 250t/h，水处理系统是石灰沉淀加钠离子交换软化。对于中压锅炉来说，这是既能防止苛性脆化和碱腐蚀，又能防止二氧化碳腐蚀的系统。该种反应器是各类澄清池的雏形，是变卧式沉淀池为立式装置的过渡形式。在反应器的内筒中石灰乳和原水一起进入混合和进行反应，然后由反应器外筒折转上升，利用缓慢的上升速度和反应器中沉渣的接触阻挡作用，使沉渣老化下沉排走。

该反应器自投入运行后出水一直混浊，曾将絮凝剂由硫酸亚铁改为三氯化铁，也未奏效。经观察反应器内水流呈旋转状。在反应器的下部安装；多孔板消旋后，水流平稳定上升，出水变得透明，悬浮物由≥50mg/L，降到≤30mg/L。

2.2　使用澄清池 (器) 的絮凝沉淀处理案例

2.2.1　用于热电厂大量补充水处理的澄清池

我国进行经济计划建设时期，兴建的一批电厂是中压热电厂。石家庄某热电厂一期工程 4 台 75t/h 锅炉和 4 台 12MW 机组，为周围的纺织厂和制药厂供汽。其水处理系统为用 ЦНИИ 型澄清器对原水进行石灰预处理，再进行两级钠离子交换软化。

ЦНИИ 型澄清器为立式布置，以其硕大的容积，变平面布置沉淀池的间断作业（使沉淀老化沉降）为连续制水。原水和沉淀剂（石灰乳）、絮凝剂（硫酸亚铁）自澄清器锥形的底部沿切线方向引入，利用水流旋转使之混合和反应。然后水流穿过消旋板上升到直筒部分的反应区，由于空间放大，水流缓慢上升，经絮凝沉淀反应生成渣层。该区起阻留渣层上升作用。再向上是直径渐渐增大的过渡区。在过渡区装有不同高度窗口的内筒，它可使老化了的泥渣通过窗口下降到排渣筒内，将失去活性的沉渣排走。澄清池的最上部是直径更大的清水区，水面上设有汇流槽将制出的清水（也称澄清水）引走。澄清器产品水指标是，悬浮物 ≤ 20mg/L，总碱度 ≤ 0.75mmol/L，氢氧根 ≤0.2mmol/L。该澄清器的特征参数是容积（利用）系数，设计的容积系数为0.5，也就是出力为100t/h的澄清器，有效容积为200m³，使水在其中理论停留时间达到2h。

2.2.2　对澄清器进行的调整试验

澄清器容积系数应达0.5，此值过低表明澄清器未被有效利用，影响沉淀效果。容积系数的测量是一次性地向水中加入食盐液，在澄清器出口检测氯离子，由氯离子增长到恢复常态所经历时间确定其容积系数。

对石家庄某热电厂澄清器进行了出水质量优化调试。原水水质为溶解固形物400～540mg/L，总硬度2mmol/L，总碱度2.8mmol/L，二氧化硅16mg/L。

通过变动石灰乳过剩量，变动凝聚剂加入量，变动内筒排渣口高度与数量，变动排渣方式，确定出水透明度高并且水质良好的条件。

经调整，可使悬浮物≤10mg/L，溶解固形物250～270mg/L，总硬度0.9mmol/L，总碱度0.6mmol/L，二氧化硅10～12mg/L。

2.2.3　使用澄清器进行石灰处理解决腐蚀问题

保定某热电厂装有2台200t/h高压锅炉和6台40t/h、0.8MPa蒸发器。蒸发器补充水是软化水，所产生的蒸汽供周围的造纸厂、胶片厂和化学纤维厂使用，并且通过加热除氧器自身凝结作为锅炉补充水。2台除氧器出力均为200t/h，0.5MPa、158℃。投产3个月后除氧塔的淋水盘被腐蚀塌落，孔眼被腐蚀产物堵死。经研究是蒸发器使用钠离子交换水，在受热时放出大量二氧化碳所致。

该厂原水碱度4mmol/L，软化水在0.78MPa蒸发器中将分解产生二氧化碳，其量是$4×22+4×22×0.3=114mg/L$、二氧化碳的实测值也是≥100mg/L。使用含有大量二氧化碳的蒸汽加热除氧器时，会产生强烈腐蚀。

针对此问题与该厂商定，加装2台200t/h澄清器，对原水进行石灰预处理。此措施使蒸发器的蒸汽中二氧化碳含量下降近 90%，使腐蚀大为减轻。

2.2.4　将水平布置的沉淀池改造为澄清器的经验

北京石景山某发电厂石灰处理装置是自行设计建造的沉淀池，虽然起到了降低锅炉水碱度和降低相对碱度的作用。但是其脱碱软化效果不理想，而且在冬季时无法运行（参看 2.1.3 之例 2）。与该电厂协商、借该厂扩建新机组机会建造澄清器取代平流沉淀池。该澄清器投入使用后，和该厂会同进行了澄清器调试，并对水汽系统的游离二氧化碳含量进行查定。试验表明，使用澄清器后，产品水碱度比平面布置的沉淀池出水碱度降低 0.3mmol/L，水汽系统二氧化碳含量下降40%以上。

2.2.5　用于高压热电厂的部分脱硅澄清器

自 20 世纪 50 年代后期，大量兴建高压热电厂起，补充水的脱硅处理非常被关注。锅炉水中的二氧化硅以溶解携带方式进入蒸汽，携带系数随锅炉参数升高而升高。4MPa 为 0.05×10^{-2}，8MPa 为 0.36×10^{-2}，10.8MPa 为 1×10^{-2}。亦即蒸汽二氧化硅含量是锅炉水的 1%。凝汽器电厂使用蒸馏水作为锅炉补充水，而且规定锅炉水二氧化硅<2mg/L。

由前苏联提供的高压热电厂使用澄清器进行脱碱和部分脱硅。在澄清器中同时加入石灰乳、氧化镁和混凝剂，保持澄清器水温（40±1）℃，约有半数所含的硅会以硅酸镁形式沉淀被除去。

北京某热电厂投产时，2 台 160t/h 锅炉，配有 100t/h 澄清器 2 台，对其进行了投产、运行的调整试验。

用于沉淀软化的药剂仍是石灰乳，除硅使用菱苦土粉浆，把它们和硫酸亚铁溶液连续注入澄清器中，其用量是依据杯罐试验数据作基础，再通过工业性处理中的调试最后确定。不同质量的原水，由于硬度、碱度和二氧化硅的差异，药剂用量都要通过实际运行中的调整试验得到。

该澄清器除硅效果≥50%，锅炉补充水率 30%以上，用作一般的锅炉难以使蒸汽中二氧化硅合格。但是苏制锅炉均为分段蒸发和给水清洗蒸汽，其蒸汽二氧化硅含量可≤15μg/kg。

2.2.6 澄清器水中产气的成分分析及空气量计算

北京某热电厂澄清器用于对原水进行沉淀软化、吸附脱硅的预处理，其出水质量影响后续的处理。该厂投产后不久，作为原水的通惠河水受城市生活污水和工业废水影响，有机物含量不断增长。它们的生化反应结果使澄清器中产生气泡，破坏了水的澄清过程，水的透明度下降，被气泡带出的沉渣污塞过滤器。

对于澄清器中产生的气体有不同猜测：有的认为是水泵吸入空气，但是通过检修和对水泵进行水封，已消除了这种可能；有的认为是河水中溶有空气，在水由常温提高到工作温度后放出的原因；有的认为是污染了的河水中有机质腐败的产物。

自澄清器的空气分离器和澄清器水面采集空气和水样，用气相色谱仪检测，其结果为：空气分离器处：氢 $460\mu L/L$，甲烷 $20580\mu L/L$，乙炔 $23\mu L/L$，一氧化碳 $43\mu L/L$；澄清器表层的水中，甲烷 $470\sim1160\mu L/L$，乙炔 $37\mu L/L$。由此分析结果认为，澄清器中产生的气体是腐殖质分解产物，其量达 $21mL/L$（或 2.1%）。警示业主单位应保持澄清器顶的棚屋良好通风，以免达甲烷爆炸阈值。该试验证明这是带渣原因。

对于澄清器原水由 $10℃$ 升到 $40℃$ 可能释放的空气量也作了计算。在其额定出力 $100m^3/h$ 下，释放的空气量为 $1m^3/h$，空气分离器可将其分离掉。

2.3 机械搅拌加速澄清池

2.3.1 加速澄清池参数和用于石灰处理的澄清池

加速澄清池广泛用于市政设施，包括饮用水的净化和废水的处理。它和重力滤池配套使用。

山西朔县某电厂用于循环水补充水脱碱软化处理的澄清池可作为代表。这是直径 $23m$，高 $6.4m$ 的钢筋混凝土构筑物，额定出力 $1400m^3/h$。使用电动机驱动水的循环和刮泥。共配置 2 台。

其原水水质为：溶解固形物 $338mg/L$，总硬度 $2.4mmol/L$，总碱度 $4.6mmol/L$，氯离子 $56mg/L$，硫酸根 $47mg/L$。与氧化钙消耗量有关的指标分别是：钙硬度 1.45mmol/L，镁硬度 0.95mmol/L，二氧化碳 10mg/L。

该澄清池与混凝土结构的变孔隙重力过滤器配合，其尺寸为 5.3m×4.0m。额定出力 380m³/h，最大出力 450m³/h，共 6 台，亦即每台澄清池配滤池 3 台。

厂商提供的药剂投加量为：硫酸亚铁 30g/m³，硫酸 27g/m³，氯 6g/m³，纯度为 88%的粉状石灰 300g/m³。

该澄清池使用的石灰是专供的，也可用澄清池渣烧制。两个石灰库，直径 6m，高 7.3m，容积 250m³，可装石灰粉 120t，其松散浓度为 480kg/m³，使用螺旋运输机和压缩空气输送。

原水经 2 条直径 700mm 管道引入 2 台澄清池，将石灰浆、硫酸亚铁和氯按给定比例加入澄清池进水水流中，氯气用于对硫酸亚铁的氧化，澄清池出水投加硫酸降低 pH 值，以防止在过滤池中产生碳酸钙沉淀。滤过的水质为：悬浮物≤1mg/L，碱度≤1mmol/L。

机械搅拌加速澄清池通常有半圆锥状结构，原水和沉淀剂、混凝剂一起进入澄清池的混合反应室进行反应，形成沉淀和小絮团。随后被搅拌器在搅动中提升到空间较小的第二混合反应室中，在这里沉淀反应得以进行完全，并且形成大的絮团。澄清水在分离室中和带走的沉渣分离，分离出的泥渣沿混合反应室和澄清池壁间的通道，流回混合反应室作为沉淀接触剂，一部分老化的泥渣进入泥渣浓缩室定期排走。澄清水在分离室中上升的流速为 1mm/s，而且平稳均匀上升，使所带的少许沉渣充分分离。清水由澄清池表面的集水槽汇流进入重力滤池。

2.3.2 加速澄清池投入使用时的积渣

澄清池依靠悬浮于反应区上部的泥渣层，起到接触反应和捕集泥渣的作用，阻滞上升的水流携带沉渣，这是沉渣熟化和分离的不可缺少的环节，此泥渣悬浮层也称泥毡。澄清池刚开始工作时，应快速形成悬浮沉渣层，方能制出合格的（澄）清水。

涡流反应器的悬浮颗粒（相应于沉渣）层，是用粒径<0.3mm 的河砂作为结晶核心，使其快速正常制水的。ЦНИИ 型澄清器是用黄土碾压成细粉，制成泥浆使之加速积污开始工作的。停用检修后的涡流反应器或澄清器恢复运行时，也要用自身排出的小颗粒或泥浆形成泥毡层。

北京市内的某热电厂新建的 2 台 120t/h 机械搅拌加速澄清池于 1978 年夏季投产时，无处寻找配泥浆的黄土，有人建议距该热电厂不远的花乡有种植花木的土可用以配泥浆。按其建议实施，果然使澄清池很快积渣，制出合格的水。

2.3.3　对加速澄清池加装空气分离器和斜管

北京某热电厂 2 台机械搅拌加速澄清池是夏季试运行投产的，原水为河水。该河水是上游发电厂作为凝汽器直流冷却水的排水，水温较高，故未对原水加热。至该热电厂将正式投产时，原水温度低于 20℃，影响沉淀软化效果。该电厂投入原水加热器，并使水温达 40℃ 后，发现水质反而变差，悬浮物不合格。

经观察，在澄清池表面不时有成串的气泡冒出，使沉渣被带至澄清水中。查明是水温升高 20℃ 以上，使河水中溶解的空气逸出，破坏了澄清池的平稳后，投入了空气分离器，将加热后的原水解析出的空气排走，使澄清池恢复了澄清沉淀功能，出水透明度提高。

在该两台澄清池正常制水后，发现均达不到额定的 120t/h 出力。在 80t/h 及以下时，出水浊度是合格的（≤20FTU），达到 100t/h 则出水浊度不合格。该热电厂基于供热的需要，必须使澄清水产量＞100t/(h·台)，为此商定在扩建第 3 台澄清池之前，对现有的两台澄清池加装斜管，使水达标。

斜管是用浸树脂的厚纸制成的蜂窝状集合体（"低蜂窝"），质轻而堆积密度低，长 1m，呈 60°角倾斜，将其置于澄清池水面下的清水区，澄清水自斜管下方向上流出，水中携带的少量沉渣，可在斜管中沉出而分离。

经试验，在澄清池出力为 100t/h(m³/h) 以下，装入斜管后能使出水浊度≤20FTU，但是仍达不到该澄清的设计出力要求。因此，仍维持该热电厂增设 1 台加速澄清池的原议不变。增设的澄清池清水区同样应装斜管以保证澄清效果。

2.3.4　石灰消化过程中减少废渣的改进

将石灰加水在滚筒搅拌机中使其变成石灰乳的过程称"消化"，其来源是石灰乳（氢氧化钙）也称"消石灰"。石灰由石灰石煅烧而成，当石灰窑温较低，石灰石中杂质较多时，烧制的（生）石灰纯度（含氧化钙量）不足50％，以致产生大量废渣。

环境管理部门对废渣的产生和处理有严格规定，位于市区的某热电厂无法满足环保要求。为此商定由石灰供货商（位于远郊区县）供应石灰膏，这种淋制好的灰膏也方便运输和使用，只需加水调制成所需浓度的灰浆即可。

2.3.5 澄清池排渣污染河水的治理

该热电厂设计建设在1974～1978年间，澄清池排水排入厂区东侧的护城河，使河水呈乳白状，成为市环保局指令限期治理的项目。

经与天津市某单位协商，委托其设计和建设加速澄清池排渣浓缩造粒装置。就是将排渣收集到泥渣沉淀池中使其自然分离，这是筒状的混凝土构筑物，底部为圆锥状，便于泥渣自然沉降浓缩，使大部分水被分离排走。向沉降浓缩了的泥渣中加入聚丙烯酰胺进行化学脱水，然后使浓渣经真空吸滤，制成含水＜30％的泥饼，以成型方式运走，不再向河道直排泥渣水。

2.3.6 石灰沉淀软化处理的咨询建议

(1) 关于循环冷却水采取石灰处理的论证

在缺水地区建设火电厂，首当其冲的是必须使用高浓缩倍率循环水处理方法，如果不能使浓缩倍率≥2.5，一切都无从谈起。

如果原水微带永久硬度，那么，石灰处理以其运行费用较低，有其竞争力。举两例为证。

① 唐山某电厂2×25MW＋2×50MW机组国外提供的设计是循环水的补充水采用石灰沉淀软化处理，理由是原水微有永久硬度，适于石灰处理。该电厂总容量150MW机组采用涡流反应器，对循环水的补充水进行处理，在循环水浓缩倍率＞2.5的情况下没有结垢。当续建2×50MW机组时，该厂采取了硫酸中和辅助处理，使浓缩倍率＞3。

② 山西朔县某电厂2×200MW机组循环水的补充水采取沉淀软化、脱碱处理，原水同样是微带永久硬度，用2台经常出力1100t/h机械搅拌加速澄清池制水，产品水再加少量硫酸中和酚酞碱度，可满足400MW机组循环水的补充，并可分出部分澄清水作为锅炉补充水

除盐装置的原水。该电厂不仅 2 台 200MW 机组使用石灰处理水，连同续建的 2 台 200MW 机组也是采取同样处理方法，配合以阻垢缓蚀处理，浓缩倍率可达 3.5。

(2) 转述德国专家孔歇尔关于石灰处理的看法

1985 年之后，我国新建的大型火电厂循环水处理趋向有不同看法，山东某电厂引进的石灰处理方式被设计管理部门看好；在大同某电厂试用的弱酸树脂脱碱软化方案，以其投资高和运行费用高而不作为推广项目。在研讨中转述了德国防腐蚀与水处理专家孔歇尔关于循环水石灰处理的看法。他不认为石灰处理占地面积大和石灰排渣难利用。

孔歇尔介绍，德国某炼油厂循环水补充量 1600t/h，使用 8 台 200t/h 涡流反应器制水，涡流反应器的锥体部分高 15m，上部出水区高 3.5m。涡流反应器结构紧凑，占地面积小，所生成球粒是纯碳酸钙，可在焙烧炉中烧制成氧化钙重复使用。

(3) 答复关于涡流反应器启动的询问

涡流反应器依靠水的强烈旋流和球形细粒的结晶核心作用工作。水在涡流反应器中流速达 200～300m/h，它使反应器中碳酸钙颗粒不断增大，当其粒径＞3mm 时水无法承托使之浮起，需要将其排出。

新投入的涡流反应器，用水力喷射器送入 0.3mm 粒径的细沙，高度为锥体部分的 1/3，此时可将石灰乳加入就能以细沙粒为核心形成碳酸钙粒。当涡流反应器正常工作后，自己产生的碳酸钙微粒就可成为结晶核心，生成的是纯碳酸钙。

(4) 答复关于石灰处理方式规模的询问

在城市生活污水与工业废水资源化处理中，机械搅拌加速澄清池被用作水的二级净化处理。许多从事废水资源化处理单位，询问深度处理途径和规模。对此认为石灰沉淀絮凝处理对大部分有降低硬度、降低碱度和降低含盐量作用，对去除有机物也有一定作用。对于处理规模为 300t/h 以上时，这是经济而又有效的方法。

(5) 答复某建设项目高浓缩倍率处理的询问

位于张家口的某电厂二期工程将达 2400MW，设计负责人询问使用石灰沉淀软化处理加阻垢缓蚀处理，达到 5.5 倍的可能性及措施。

这种联合处理方式，可使循环水浓缩倍率达 5.5。但是应考虑以下问题：一是石灰处理水应加硫酸使之保持稳定，就是将其酚酞碱度中和，酚酞碱度就相应于石灰处理水中能成垢的亚稳定状态的碳酸钙，加硫酸后使其变成硫酸钙不会析出，应使中和后的 pH 值为 7.4～8.2 方好；浓缩倍率达 5.5 后、水塔对空气中砂粒的淋洗捕捉作用强烈（该电厂是在塞外风沙大的地区），应设置循环水量 1‰～2‰的旁流过滤器；应考虑铜管耐蚀问题，目前在≤3.5 倍下 70-1 锡黄铜管已有婴儿期腐蚀。

2.4 水的絮凝处理及凝聚剂

2.4.1 絮凝处理是水处理工艺重要环节

在原水所含的颗粒物质中，粒径达微米级的能借助重力作用自行沉降分离，＜0.1μm 的颗粒将长时间滞留水中。即使颗粒≥10μm 的物质，依靠自然沉降费时甚久，投加药剂使其形成絮团可以快速完成沉降分离。所用药剂为絮凝剂或称凝聚剂、混凝剂。把凝聚剂投加于水中，使水中难以自行沉降的颗粒形成絮团的过程即絮凝，或称混凝。水的混凝处理可以将不能被过滤去除的也不能被离子交换去除的杂质大部分除掉，例如胶体硅就是如此。

水的混凝处理和沉淀澄清处理相结合，成为工业水处理、冷却水处理和锅炉水处理不可或缺的重要环节。

2.4.2 混凝处理过程中常用的絮凝剂

用于混凝处理的凝聚剂也称混凝剂。它们被投加到水中后，会产生水解和架桥联结形成网状絮团，它可捕聚水中的微粒与之共沉淀。

在工业水处理、生活水处理和锅炉水处理中，常用的混凝剂是铝盐，如硫酸铝、聚合氯化铝（PAC）和聚合硫酸铝（PAS）。它用在中性和微碱性环境中，pH 值过低和过高都影响混凝效果。

石灰沉淀处理的水 pH 值可达 10 上下，铝盐混凝剂在此 pH 值下由于水解无法使用，应使用铁盐，如硫酸亚铁、三氯化铁和聚合硫酸铁（PFS）。

工业水玻璃和聚丙烯酰胺可作为助凝剂使用。水玻璃使用时用硫酸对其中和，使二氧化硅由偏硅酸钠中游离出来，形成具有活性的二氧化硅胶体。它不宜用于≥4MPa 的锅炉预处理。聚丙烯酰胺（PAM）是非离子型助凝剂。对高悬浮物水它可作为絮凝剂。

2.4.3 对地表水的补充水进行直流凝聚除浊

石景山某电厂使用永定河水为原水，河水的悬浮物较高，而且季节性变化大，为此采取直流凝聚去除水中悬浮物。在河水悬浮物为 $10 \sim 50 mg/L$ 时，投加硫酸铝为 $10 g/t$ 水，经在反应器中短暂反应形成絮团后过滤，可得到浊度≤$1 mg/L$ 的水。进行直流凝聚减轻了软化器积污，使制水周期延长，增加了制水量并且提高了软化水质量。

当遇到暴雨使河水悬浮物激增时，该厂改由冷却水池取水作为原水，可使悬浮物≤$50 mg/L$。

2.4.4 对城市污水处理作为中水的咨询建议

某水处理公司涉足城市污水资源化处理，拟将城市污水处理厂的二级污水进行去浊，提供电厂循环冷却水作为补充水。对此问题提出的咨询意见是：石灰沉淀处理和使用聚合硫酸铁高效絮凝剂。石灰处理可以降低水的总溶解固形物和碳酸盐硬度，其产品水对循环水的后续处理有利；聚合硫酸铁（PFS）适于高 pH 值使用，是高效的无机絮凝剂。必要时再添加助凝剂。

如果处理规模为 $1000 t/h$，可满足 $2 \times 200MW$ 或者 $2 \times 300MW$ 机组的使用（后者浓缩倍率应更高）。这种絮凝沉淀处理，除了可使水的悬浮物满足要求外，可使化学耗氧量去除 $1/3 \sim 1/2$。聚合硫酸铁用量可为 $80 \sim 100 g/t$ 水。

2.4.5 对某水处理剂生产厂的 3 项咨询建议

（1）应某电厂三产部门的水处理剂生产厂请求，提供了用副产品氧化铝和铝矿石制取聚合氯化铝的工艺和产品检验方法，并指导试生产。

在试生产初期，该厂反映聚合铝的产量低，残渣中剩余的氢氧化铝量大，产品过滤慢，产量低。经查是所购盐酸浓度低，按计算量投加，则酸量不足。经计算后把酸量增加 1 倍，使成品率提高，产品质量达到了规定标准。

(2) 对聚合铝反应釜提供温度压力关系作监控

该水处理剂厂试生产中反应釜安全门经常动作，液位计管还曾爆裂过。经查看得知，该反应釜未装压力表，也未提供应控制的压力，操作人员不知温度与压力有关，对要求保持的温度未加严控，以致常发生超温超压事件。

就此问题向有关人员郑重说明，反应釜的饱和温度和压力存在严格关系，为该厂提供了温度和压力间的计算式，并且计算了不同温度的反应釜压力，供其控制。

(3) 建议生产复合絮凝剂以提高混凝效果

该生产厂反映聚合铝使用中，用户反映所生成的矾花密度低，沉降慢，希望有所改进。

为此建议将聚合铝、三聚化钛和水玻璃，以质量比 1:1:0.5 复配试用。铁盐和水玻璃的加入，都有助于矾花的快速沉降，其 pH 值适应范围也可拓宽。据反映，改进后的药剂效果甚好。

2.4.6 变更混凝剂以改善水质的两项建议

(1) 建议用聚合铁或硫酸铝代替聚合铝降氯离子

北京某热电厂引进的热网加热器使用 18/8 型奥氏体不锈钢，以防止非采暖期停用腐蚀。厂商规定热网水氯离子含量 <50 mg/L。该热网补充水设计为使用加速澄清池絮凝，过滤和软化系统，由于原水氯离子含量 >40 mg/L，经过混凝和软化的补充水氯离子难以 <50 mg/L。

在研讨此问题时，首先指出使用软化水难以保证补充水氯离子满足厂家要求，建议考虑改用除盐水，或者使用部分除盐水；建议混凝剂由聚合铝（PAC）改为聚合铁（PFS）或硫酸铝，以减少随混凝剂引入的氯离子。这两项建议中，前者涉及系统改变的决策和审批，费时久；后者可以立即实施，而且有实际的降氯离子效果。

(2) 建议饮用水处理考虑用聚合铁取代铝盐

北京市科协通过各学（协）会，要求献计献策。为此通过北京电机工程学会提出：用铁盐代替铝盐进行自来水的混凝处理。其理由如下。

① 人们传统认为自来水 pH 值为 7.5 上下适于铝盐混凝，而此 pH 值范围不适合铁盐。其实聚合铁（PSF）在此范围内可以起到很好的混凝作用。

② 铁盐，尤其是聚合硫酸铁（PSF）形成的矾花密度大，溶解度低。因此，用其混凝，沉降快、产量高，水中残留铁离子少。如果按自来水用量为 9 亿立方米 /年估算。用铝盐时，投加量需 $20\sim30g/m^3$，用量 $1.8\sim2.7$ 万吨；用聚合铁投加量为 $10g/m^3$，每年用量仅 0.9 万吨。

③ 使用聚合铁作混凝剂时，水中残留铁量低，更易于满足自来水质标准。即使有铁残留，铁有一定的健身强体作用，比残留铝好得多。

2.5　重力快速滤池

2.5.1　过滤工艺及悬浮物、浊度等概念

用自来水或深井水作为原水的，水中悬浮物 $\leqslant1mg/L$，无需过滤，可直接进入工业用水设备，或是冷却水系统作为补充水。软化器和化学除盐的阳离子交换器，也能直接使用这种水。

地表水的悬浮物通常 $>5mg/L$，而且变动很大，应对其进行过滤后，再进行后续的处理。由澄清池送出的水悬浮物为 $15mg/L$ 上下，必须经过过滤才能实施其他处理。

(1) 过滤工艺简介

水中悬浮存在的颗粒物质要借助过滤工艺去除。过滤工艺是使被处理水通过设定的滤层，对其悬浮存在的物质阻留分离。过滤材料种类繁多，有的是在水中呈惰性的滤料，有的是各种材料制成的滤膜。

用作滤料的有石英砂、白云石、无烟煤、河砂、小粒径卵石等。它们铺设在滤池或滤器中，形成滤床。滤器习惯指钢制的容器，可以是开口的，但是大多是承压的压力过滤器，也称机械过滤器。滤池为钢筋混凝土构筑物，其滤速为 $5m/h$，而机械过滤器可超过 $10m/h$。

膜过滤和烛式过滤均为压力式过滤器，滤孔可以设定，涤纶绕丝过滤器可使产品水中颗粒为微米级。膜过滤有 $0.45\mu m$ 孔的微滤膜（μF），有更小孔径的超滤膜（UF），纳米孔径的纳滤膜（nF）。纳滤膜可去掉部分盐分，而反渗透膜则可去掉水中溶解的盐分。

(2) 悬浮物，浊度及其单位

悬浮物、透明度和浊度是对水混浊程度的不同说法。它们使用着

不同的单位如 mg/L、度等，但是来源相同。都是用瓷土（白陶土）制成悬浮体，进行比较，单位可取为 mg/L 或度，它们是等值的。早期的测量是用端部带环的刻度棒浸入水中，以观察不到棒端金属环为止；或是用标准蜡烛的光焰透过水层，以看不到烛光为量度。

浊度，按 ISO 6107 的定义，是指水体中由于存在细微分散的悬浮颗粒，而使其透明度降低的一种量度。用烛光测量的浊度单位称杰克逊浊度，单位 JTU，是和悬浮物的 "mg/L" 等值的。

现代浊度的标准物质是用硫酸肼和六次甲基四胺（乌洛托平）配制的。用 1.000g 硫酸肼溶解后定容为 100mL；另取 10.00g 六次甲基四胺溶解后定容为 100mL。由两溶液中各取 5mL 混匀。将此混浊液在室温下放置 24h，然后定容为 100mL，这是 400FTU（福马肼浊度单位）。福马肼 Formazine 分子式为 $C_2H_2N_2$，作为浊度单位和 JTU、悬浮物、浊度以及透明度都是相等的。但是常量浊度和微量浊度测试方法不同，单位表示方法也有所不同。常量浊度基于对透射光吸收的原理测试，其单位是 FAU，即福马肼吸收单位；微量浊度用散射与透射比值的积分球浊度仪测试，常写作 FNU，即福马肼散射单位。

因此，悬浮物、透明度、（混）浊度的称谓不同、来自测量方法的不同，实际上是一码事；mg/L、度、JTU、FTU、FAU、FNU 表示方法不同，但是最初的基准物质相同，也是同一码事。

2.5.2 对石灰沉淀处理水进行过滤时滤料的选取

北京市内某热电厂采取石灰沉淀预处理，对加速澄清池出水采用无阀滤池过滤。由于澄清池来水 pH 值为 10 上下，应选取在这样水中稳定的介质。无阀滤池设计书指定的滤料是无烟煤，垫层是大理石。对供应商提供的两种滤料进行了稳定性试验。试验方法如下：

分别随机采取无烟煤和大理石滤料试样各 10g，在室温下，分别置于含氯化钠 0.5g/L 和含氢氧化钠 0.4g/L 的溶液中浸泡，每隔 4h 搅动滤料 1 次，经 24h 浸泡后，测量水的溶解固形物含量增加值经测量均低于 20mg/L，认为是合格的。

2.5.3 对无阀滤池滤料流失的研究处理

北京某热电厂用重力式无阀滤池对澄清池出水进行过滤。无阀滤池是无须人为管理，而自动进行运行—反洗—再运行的过滤设备。它自上而下分为 3 个部分，即反洗水室、过滤室和集水室。当滤池反洗结束转入滤水时，过滤的水先贮入其上部的反洗室中，贮满后，过滤水由滤池表面的溢流水管流出向外供水。随着过滤中滤层阻力增长，无阀滤池的虹吸管中水位上升，当超过了滤池近 2m 高度时，滤池终止过滤，反洗水室中的存水自动流下，对滤层进行反冲洗。当反洗水箱的水将用尽时，露出虹吸破坏斗，使反洗自动停止，重新开始新一轮的向反洗水室贮水和向外供应过滤水。

由于无阀滤池是在一定液位静压下进行反冲洗，对滤料的反松膨胀情况应是很稳定的。但是该热电厂虹吸滤池投入后不久，发现每次反洗都造成滤料流失，需要不断补充无烟煤。

采集流失的无烟煤滤料和库存的无烟煤滤料进行筛分，发现反洗冲走的是粒径＜0.5mm 的细颗粒，而在新无烟煤中也含大量细颗粒滤料。

将无阀滤池的无烟煤滤料更换为 0.7～1.5mm 粒径之后，不再发生反洗冲走滤料的现象。

2.5.4 对某亚临界参数电厂垫层石英砂的监督

张家口附近的 4×300MW 电厂投产前，为其水处理设备制定调试计划，同时对水处理设备和材料进行必要的质量监督。

在检查已到货的石英砂时，发现混有石灰石（石灰石无石英砂特有的光泽，容易区别）颗粒。

石灰石中质纯者是大理石，可作为中性水和碱性水的滤料或垫层，但是不能用于酸性的阳床。因为不仅是再生用的 5％盐酸会使其溶解，就是阳床的水也可使其溶解，而使产品水中钙的含量大增。随机抓取堆放的垫料检查，在 100 粒中约有 5 粒并非石英砂，而且颗粒越大的垫料中，混入的石灰石、大理石越多。

对滤料进行的化学稳定性试验是，未经剔取的滤料，置于盐酸溶液中置换出气泡，可以证明是夹有碳酸岩类颗粒。将宏观检查并非石英砂的颗粒挑出后，浸泡酸液中不再冒泡。取这种石英砂进行稳定性试验，认为是合格的。

要求对石英砂垫料进行人工分选，凭其光泽和硬度确认是否石英砂。挑选好的石英砂颗粒应经酸浸和水冲洗后再用。

2.5.5　对滤池垫层与滤料级配的指导两例

北京某热电厂无阀滤池装料时，对其垫层材料的级配要求是：自上而下 1～2mm 粒径 80mm 高；2～4mm 粒径 70mm 高；4～8mm 粒径 70mm 高；8～16mm 粒径 80mm 高。其上的无烟煤滤料粒径 0.7～1.5mm。

位于陕北神木的某发电厂总出力 600m³/h 的滤池产水浊度高，询问对策。除了建议加强混凝澄清设备的管理，使澄清水浊度≤20mg/L外，建议对滤池采取双层滤料搭配。底层为 0.5～1mm 粒径的石英砂，装载厚度 200～300mm；上层为粒径 0.8～2mm 无烟煤，装载厚度 400～500mm。

使用双滤料的滤池，其上层用粒径大而密度小的无烟煤；下层用粒径小而密度大的石英砂或白云石。可以改变只靠表层滤料截污，而较深层的滤料截污能力未被利用的缺点。这种传统滤层最起作用的滤料厚度不足 80mm，阻力增长很快、反洗周期短。采取双滤料的滤池，由于表层滤料粒径粗大，可利用 200mm 以上滤层截污，延长工作周期，提高出水质量。当滤池反冲洗时，这种滤池的滤层展开率高，反洗彻底。经过反洗水力筛分，仍是无烟煤在上层，石英砂在下层。

2.5.6　虹吸滤池遭微生物污染的处理

北京某热电厂用河水作为原水和冷却水，该河位于城市下游，受纳污水量大。在枯水季节河水中以污水为主。这种原水的微生物量可在澄清器中部分去除，但是仍有相当多的微生物进入虹吸滤池，并在滤池表面生长微生物膜，使滤池无法制水。曾采取在 1 个过滤周期中多次松动的缩短运行周期的方法，也采取强化空气擦洗方法，均难奏效。

采取的对策是、在原水泵房和澄清池入口两次投氯杀菌灭藻；将滤料粒径由 0.5～1mm 放大为 1～1.5mm，可使滤池工作时间有所延长。但是又被微生物膜将滤料黏结成团块，或者板结。

随着水质污染不断加重，滤料粒径不断放大，最终达 2～3mm。并且采取定期掏出滤料进行人工碾散清洗再回装，勉强度过冬季高峰负荷。

2.6 压力(机械)过滤器

2.6.1 压力式过滤器与其工作情况

压力式过滤器也称机械过滤器，它是依靠原水泵的压力工作。由于是承压设备，使用碳钢制造壳体，直径 1m 以上的压力式过滤器壁厚 5mm，直径≥2m 的，壁厚 8mm，为圆柱体状。前者高 2m，后者高 3m。其底部为排水装置，这是按过滤器尺寸做成的母管和支管的结合，呈"鱼刺"状排列，支管上或安装滤水帽，或开缝隙，或包涤纶布。

在排水装置上方是不同级配的石英石（中性水）或大理石（碱性水）垫层，使水流得以均匀分配。在垫层之上是滤料。滤料层高 1m 上下或多于 1m，可酌情使用无烟煤、石英砂或者是双层滤料。

过滤器的滤速为 10m/h 以上，一台 2m 直径的过滤器产水量＞30m^3/h。当压力表指示进出口的差压达 0.02～0.03MPa（20～30kPa）时，应进行反洗。反洗水量为 10～15L/($m^2 \cdot s$)，反洗时间约 10min，使滤层展开率达 40%。如果过滤器进水悬浮物较高，滤层积污严重，可采取与水等量的空气擦洗。

2.6.2 解决某电厂过滤器"出汗"和出水质量问题

下花园某电厂原水为深井水，装有 3 台单流机械过滤器，直径为 2.5m，高 3.7m，出力 35t/h。过滤器进水是简单的漏斗式进水管；排水装置为拱形底板上加石英砂垫层。

该厂反映投产后过滤器外壁总有"汗水"，使漆皮脱落，器壁锈蚀；该过滤器出水悬浮物应＜5mg/L，有时达不到要求。

经查看认为是井水温度低，仅 12～13℃，造成过滤器结露。水温低则黏度大，不利于水的去浊处理。建议对原水加热，使之≥20℃，可以解决。

2.6.3 对双室过滤器运行压差的修正

绥中某电厂装有 5 台直径 3.4m 的双室过滤器，上室滤料为无烟煤，下室滤料是石英砂。规定的反洗指标是：出入口压差≥0.1MPa，出水浊度≥1mg/L，运行时间达到 72h。

在对该电厂进行风险评估（安全性评价）时指出，压差为≥0.1MPa 太大，不安全，应为≥0.04MPa（40kPa）。在查评中也了解到，该过滤器前的 2 台 600m³/h 澄清器出水悬浮物＜20mg/L，运行较稳定，该过滤器从未由于压差达到规程的规定而反洗，基本是按运行时间或出水浊度达规定而反洗。

2.6.4 烛式过滤器周期过短的解决

位于石景山区的某热电厂是首都供热的主力军。原水经澄清和过滤后，再经过涤纶绕丝的烛式过滤器作精密过滤，每台装 22 个滤元，每个滤元 26 元。该热电厂告知，滤元的设计更换周期为 1 个月。实际上 1～2 天就要更换，最严重时仅 8h 就要更换两台过滤器的滤元，使检修工人苦累难忍，经济负担沉重。

在现场查看换下的涤纶丝堆满库房，丝表面被澄清池沉渣包围，呈白色。据告知半年间，只投产 1 台电渗析器，已耗费滤元 38 万元。当时（1990 年）两台反复倒极电渗析器即将全投入运行，必须解决此问题，1990 年 2 月初对此进行了研讨。经研究认为，澄清池出水不合格和滤池阻污效果差是主要原因，应对该两设备进行改造；应对澄清器使用的铝盐混凝剂和助凝剂的组成、用量进行研究，看是否有药剂被带出而吸附丝上；在烛式过滤器前，加装细砂过滤器去污。

除了以上 3 项针对滤元消耗过快的措施之外，基于该热电建设规模，认为应再安装 1 套 50t/h 除盐装置，并为其设置 70t/h 反渗透预脱盐装置。

经对澄清池进行解体检查后，发现了大量安装缺陷。逐一消除安装缺陷，并对滤池进行拆修之后，水质明显好转。所加的细砂过滤器，保证了精密过滤器的长周期运行。

2.6.5 过滤器水嘴破裂原因分析及对策

石家庄某热电厂的水处理系统是：石灰沉淀澄清器、机械过滤器和二级软化器。在该热电厂投产 1 年之后，经常发生过滤器的水嘴破裂，在过滤器后的管道中，一级软化器中都有滤料。

过滤的水嘴也称水帽，是塑料制成的伞形透水器具，在伞状圆锥体周围开有 0.2～0.25mm 的缝隙，水可流去，滤料不能通过。它的薄弱环节在于，它的带螺扣底座和伞状圆锥体间强度不够高，而且形成"死弯"，当反洗水压较高，或反洗流量较大时，使其由底座和伞状带缝滤水嘴连接处断开。造成必须使用大流量反洗，或是加大反洗水压的原因是过滤器表层滤料黏结成块，难以松动；澄清器出水混浊造成滤层表面板结。

对此指出，应进行反洗强度试验，在保证反洗展开率≥35%的条件下，尽量降低反洗水流量。对于过滤器的反洗控制指标，应含出入口压差和制水量两个指标，任何一个指标达到，都应进行反洗。规定 2m 直径的机械过滤器制水量达 2000m³，或是压差≥0.03MPa（30kPa）都应反冲洗。

2.6.6　过滤器提高出力与改为双流的试验

在国庆 10 周年前夕，北京某热电厂投产了 100MW 高压机组，水处理设备尚未同步增建，要求对过滤器和软化器提高出力运行。

该热电厂有 4 台 2m 直径的机械过滤器，额定出力每台 31t/h。该过滤器使用制造厂原装的 BTИ 型水嘴，提高过滤器流速有可能使水嘴损坏。按照滤水嘴上的缝隙计算，其最大通水量可达 80t/h；按照资料提供的单个水嘴流量和水嘴数量计算最大为 70t/h。在工业性试验中，令过滤器产水量分别为 40t/h、50t/h 和 60t/h。当超过 50t/h 后，过滤器进出口压差不仅大，而且增长快。因此，限制其最大出力为 50t/h。

考虑到提高出力后过滤器的制水周期缩短，和应有必要的备用容量，认为即使均按 50t/h 运行，仍难满足冬季供热用水需要，和有关负责人商定将两台单流过滤器改造为双流过流器。由于该种过滤器高度满足双流过滤器的需要，只需改造进水系统和排水装置即可。

第3章

炉外水处理之交换剂和软化工艺

3.1 离子交换的交换剂更新换代

3.1.1 离子交换现象用于水质软化

早在 200 年前，人们就发现了土壤的离子交换现象。洗衣妇们早就发现用某种矿石滤过的水洗衣服，比天然水省洗衣碱且洗得干净。这是由于该种矿物具有离子交换性能。1905 年起开始用离子交换法进行水的软化。1939 年德国合成了离子交换树脂。

在我国，1950 年后使用人造钠沸石作交换剂，进行水的软化处理。1955 年前后使用过霞石类的天然交换材料，1955 年之后主要使用磺化煤进行水质软化，1960 年起离子交换树脂开始大量生产，并且用于软化，开始了我国水处理发展的新时期。直到目前水的离子交换软化仍居主流地位。

水的离子交换软化反应，是利用具有阳离子交换性能的物质，和水中钙镁离子交换，将钙镁离子结合吸收，自身释放不会成垢的钠盐，使水失去成垢作用而被软化，其代表反应为：

$$2NaR + Ca^{2+} \rightleftharpoons CaR_2 + 2Na^+$$

式中 R 是不发生交换反应的成分，它所带的钠离子可被水中钙离子置换，从而完成软化反应。上式是可逆的，钙离子以其强势的交换能力转入交换物剂（交换剂）中。当达饱和而无能力继续吸收钙离子后，可以借助高浓度钠离子（例如食盐液）对其处理、驱逐所吸收的钙，恢复为钠型，即上述反应式的逆向反应。这种操作称为"再生"。上述可逆反应，就是水的软化和交换剂的再生。

3.1.2 人造钠沸石和天然软水剂是如何被淘汰的

钠沸石的售价高，强度低，使用中易破碎，消耗大。它对水的 pH 值适用范围窄，只宜在接近中性环境中使用。

天然软水剂在我国主要产于抚顺，是霞石类矿物，将其破碎为 0.5mm 粒径的不规则颗粒，就是天然软水剂商品，它带暗绿色，称作"绿砂"。

北京某水泥厂使用过绿砂进行废热锅炉补充水软化，其产品水残余硬度高，在使用中产水量越来越少，表明有一部分交换能力在丧失。

下花园某电厂拟在软化器中使用绿砂，配合该电厂对比了磺化煤和绿砂工作交换容量，按等体积的两者比较，绿砂工作交换容量是磺化煤的 2/3；按照重量计算则仅为磺化煤的 1/2。由于交换剂是按吨购买的，后者对价格影响大。

3.1.3 磺化煤软化器投产后长期产酸性水的原因

1953 年起，我国兴建的电厂是由前苏联提供的，所提供的软化器均使用磺化煤。这些电厂从 1954 年后陆续投产，都发现软化器出水 pH 值大幅度下降（例如进水 pH 值 $\geqslant 10$，而软化水 pH 值 $\leqslant 5$），甚至在长达半年时间内，软化水是微酸性的。

热电厂的锅炉补充水率高达 30% 以上，微酸性的软化水降低了锅炉给水 pH 值，使锅炉产生腐蚀。就此问题询问某专家时，得到的答复是，水中的氧使磺化煤氧化产生二氧化碳所致。

在当时对前苏联专家的建议是不容置疑的，但是新磺化煤产水可使甲基橙变红色，并有相当大酸度的事实，对该专家建议又难以置信。因为碳酸是弱酸，天然水中的氧充其量不超过 10mg/L，磺化煤被水中氧氧化所产生的二氧化碳，不可能使水具有酸度，不可能是游离的强酸。

用与磺化煤等体积的水浸泡新磺化煤，浸泡水的酸度竟高达330mmol/L，将新磺化煤装入玻璃交换柱中，用水冲洗磺化煤1h，再接取冲洗液测量酸度，仍高达50mmol/L以上。

除了1955年曾在试验室中，用烧杯和交换柱进行小型试验，证明磺化煤本身可产生酸，而且是强酸之外，同年冬，在参加淄博南定某热电厂3台软化器更换交换剂时，在工业试验中得到相同的结果。

该热电厂有3台直径1.3m的软化器，用钠沸石为交换剂，预处理是石灰软化水，水的pH值＞9，钠沸石破碎损耗超过＞50％/a，该厂决定将钠沸石更换为磺化煤。将磺化煤装入软化器中使其遇水充分膨胀后，先对其进行反冲洗，将细颗粒磺化煤冲走。取反冲洗水，加入甲基红指示剂显强酸性，用0.1mol/L氢氧化钠滴定，其酸度为38~41mmol/L。当使用pH值为9的石灰水进行正洗时（其硬度为1.5mmol/L），出水酸度为21mmol/L，冲洗1昼夜后出水对甲基红仍显酸性（红色）。又冲洗1昼夜后，对甲基红已不显酸性反应，pH值为5.4。将该软化器出水和另外两台尚未更换交换剂的软化水相混合，其pH值为7.2，可供锅炉补充之用。

小型试验和工业试验结果证明，磺化煤软化水呈酸性反应，并非被水中氧氧化所为，而是本身含酸。磺化煤所含的酸有两部分：一是其制造过程中吸附的硫酸，它可被水冲洗3~4h后基本冲净；二是磺化煤以氢型交换剂存在时，与水中钙镁离子交换，被置换出的酸。

此项工作深受单位领导和局领导重视，认为找到了使用磺化煤后软化水呈酸性的根本原因。在不提及专家建议的情况下，写成专题报告，并且同时提出了解决对策。

3.1.4　新投产的磺化煤产酸性水问题的解决

(1) 氢型磺化煤中含酸量的测定

由于已确定新装的磺化煤软化器是以氢型供货，这是造成长期产酸性水的原因，将其由定性的解释，到定量的证实，可有助于使生产磺化煤的厂家认识其后果的严重性，改为在厂内转型，以钠型产品供货。

经对磺化煤冲净后，以反复转型方式进行置换出酸量的测量，即由最初的氢型再生为钠型，用氯化钙转为失效型，再次再生为钠型，再用高浓度氯化钙转型，最后用更高浓度氯化钠转型。在以上试验中都有酸被置换出来，将其累计计算，得出每吨氢型新磺化煤含硫酸 21.7kg。

将以上试验结果寄送大连市的磺化煤生产厂，说明以钠型供货的必要性，并提供了转型方法。该厂复信致谢，并说明以后供货均为钠型。

(2) 驱逐氢型磺化煤中氢离子的快速方法

1956 年初，有许多磺化煤软化器存在产出微酸性软化水的问题；许多使用软化器的单位纷纷由钠沸石改变为磺化煤；市场上的磺化煤仍是氢型的。为此，基于离子交换特性，进行了快速驱逐磺化煤中氢离子的试验。离子交换特性之一是服从质量作用定律，浓度越高置换能力越强；特性之二是钙、镁交换能力远比钠强。

因此分别是 4%、10%、15% 和 20% 食盐液对磺化煤中氢交换，测量可置换出的酸度；再用不同浓度氯化钙对氢型磺化煤交换。最后优化为：用 10% 氯化钙处理置换氢离子，再用 10% 食盐再生。重复两次这种转型操作，可使软化水接近中性。

(3) 上述试验结果的工业应用

某水泥厂供水车间原使用钠沸石软化器，将更换为磺化煤。为防止产生酸性水腐蚀锅炉，要求协助解决此问题。应用上述试验结果，对新装的磺化煤反、正冲洗后，用氯化钙和食盐转型两次后，该软化器产出的水 pH 值下降不大。

3.1.5 应用试验成果解决某热电厂软水 pH 值下降问题

该热电厂位于河北省省会，是前苏联援建的重点工程之一。锅炉补充水处理，是石灰沉淀，二级钠离子交换。石灰处理水 pH 值 $\geqslant 10$，4 台软化器为一级，2 台软化器为二级。于 1956 年 3 月正式制水，直到 5 月底，一级软化水未出现酚酞碱度，亦即经过一级软化器后，水的 pH 值由 $\geqslant 10$，降到 7 上下。到 6 月份，一级软化水出现酚酞碱度，但是仅为澄清水的 1/5（由 0.3mmol/L 降到 0.05mmol/L）。直接作为补充水的二级软化水仍然呈微酸性，pH $\leqslant 6$。

对锅炉省煤器进行检查，已发现有严重的腐蚀。该电厂认定锅炉腐蚀是软化水 pH 值低造成的。1 号锅炉在 3 月中旬投产时，软化水碱度为零，亦即对甲基橙显酸性反应，pH 值为 4 以下。

应该热电厂要求提供的解决对策,是利用一级、二级软化器出力有富裕的条件,轮流用10％氯化钙使其失效,再用10％氯化钠对其再生。一级软化器如此操作两遍;二级软化器如此操作3遍。该项工作于9月份全部完成,以迎接10月份以后的供水高峰到来。

该厂的良好条件,是可以用pH值≥10的石灰处理水在运行中中和磺化煤中的氢离子,适当减轻了软水pH值降低的腐蚀作用。

3.1.6 使用离子交换树脂的时代

1957年底,由捷克提供的5×150t/h高压锅炉在唐山某电厂作为扩建工程安装。该电厂的高压锅炉用蒸发器供水,蒸发器的给水则是软化水。随软化器来的沃发迪特牌号阳离子交换树脂尚是无定形颗粒,但是其交换容量和产品水硬度等指标都已胜过了磺化煤。

当时,离子交换树脂主要由美国生产,呈透明的圆粒状,日本称为"神胶"。我国已能合成,但是产量很低,仅供医药等使用。阴离子交换树脂步阳树脂后尘很快制出,但是缺乏应用市场,使其难以发展。

1960年初春,我国掀起了"双革"高潮,从事高电压研究的朋友,提议试验用纯净水代替变压器油的可能。为此,用阴阳树脂进行了化学除盐的尝试。用水代替变压器油的尝试失败,但是化学除盐水制成了。

3.2 离子交换树脂

3.2.1 离子交换树脂基本知识

离子交换树脂是人工合成的高分子化合物。它由悬浮聚合工艺生产出作为离子交换树脂骨架的白球,再引入可以进行离子交换的活性基团而成。酸性的活性基团可与水中阳离子交换;碱性的活性基团可与水中阴离子交换。这样就把离子交换树脂概分为阳(离子交换)树脂和阴(离子交换)树脂。阳离子交换树脂单独使用,可除去水中钙镁,对水进行软化;阳树脂与阴树脂联合使用,能除去水中盐分,称化学除盐。

酸碱有强弱之分,离子交换树脂同样有强弱之分。这就是强酸阳树脂、弱酸阳树脂;强碱阴树脂和弱碱阴树脂。

按照合成树脂所用的单体不同，离子交换树脂有苯乙烯、丙烯酸和酚醛等系列。苯乙烯系是强型树脂，其他是弱型树脂。

由苯乙烯和二乙烯苯聚合成的树脂为半透明圆粒状，称凝胶型树脂，它的孔径小，为 1～2nm。在聚合过程中加入致孔剂如汽油等，完成聚合之后，将致孔剂抽走，可形成 20nm 以上孔径的大孔树脂。

3.2.2 强型离子交换树脂的制取方法

1970 年，电力科研试验单位从自身专业特点出发，进行离子交换树脂合成工艺研究。

(1) 以杯罐试验完成了白球的悬浮聚合和引入功能基团的条件试验。订制了反应釜进行放大试生产方案，聚合釜为 0.5m³，反应釜 3m³。以间断生产方式，轮流进行白球、阳树脂、氯球和阴树脂生产。

(2) 白球的聚合

在 0.5m³ 反应釜中，加入 2/5～1/2 的纯水（由热电厂拉取凝结水，其质量和除盐水相当）。先加入 2～2.5kg 聚乙烯醇和 700mL 0.1％的亚甲基蓝，搅拌中升温到 40～45℃，将 93kg 苯乙烯、7kg 二乙烯苯和 0.25kg 过氧化苯甲酰加入釜中。抽注上述混合物时停止搅拌，抽注结束后静止 5～10min 以消泡。以 48r/min 的转速，和 0.5～0.8℃/min 的升温速度，在搅拌中升温到 80～85℃，恒温再搅拌 1～1.5h，使之聚合并定形成球。

升温到 85～90℃、0.5～1h 和 90～100℃、1.5～2h 使球硬化。停止搅拌，保持 95～105℃煮球 3h，得到交联度为 7 的苯乙烯、二乙烯苯共聚物白球。开动搅拌器，边搅拌边将白球排到过滤器中，用 80℃的水（软化水更好）冲洗至清澈透明、放净水并抽滤 5min。

(3) 将白球磺化引入磺酸基团使成阳树脂

先用二氯乙烷为溶胀剂，使白球膨胀度达 3±0.1，再行磺酸化制取阳树脂。

将 300kg 白球装入 3m³ 釜中，先加二氯乙烷 96L，再加硫酸 819L。开动搅拌器缓缓升温，使在 2h 内达 77～79℃，反应 7h。在常压下，于 110℃蒸馏出二氯乙烷，再减压蒸馏 2h，使之降温到 35℃。

在 35℃下搅拌过程中，向釜内缓缓注入 600L 硫酸，使在 7h 内硫酸密度降到 1.5g/cm³，放出酸液。向反应釜中注水至满后排放，检查无游离酸后，再注水洗 3 遍。

向釜中加入饱和食盐水使其充分转型。先加入 400L，使氢型树脂基本转为钠型，排掉含有氢离子的氢型液后，再加入 400L 饱和食盐水，浸泡 1h。然后加入 100L 20% 的氢氧化钠，加纯水或软化水至满釜，使钠型阳树脂产品带碱性。

(4) 制取阴树脂的第一步氯甲基化得到氯球

阴树脂是使聚苯乙烯中具有反应活性的苯环和氯甲醚反应，在傅氏反应催化剂的作用下，得到氯球。

进行氯甲基化的白球应"老"些，就是煮球时间长些，升温应均匀，保持温度偏于高限。白球水分为 0.4%，在密度 $1.04g/cm^3$ 的食盐水中下沉率应 $>98\%$，粒度为 $0.3\sim0.7mm$ 间的应达 91% 以上，其膨胀度为 $2.9\sim3.1$。

对氯甲醚的要求是含氯量 $40\%\sim46\%$，密度 $1.06g/cm^3$，$55\sim60℃$ 的馏分 $>60\%$，外观无色透明或淡黄。氯化锌应无结块。白球、氯化锌和氯甲醚的质量比为 $1:0.4:2.2$。

在反应釜中装入白球，按上述比例加入氯甲醚，在室温下使其膨胀 2h 以上，分 5 批加入计量的氯化锌催化剂。此反应是放热反应，应缓缓投加并且不停地搅拌，其温度应由 $15\sim20℃$ 缓缓升温到 $34\sim35℃$，达 35℃ 应进行冷却。投放氯化锌的间隔是 0.5h，以温度平稳均匀的缓升为原则。

在 35℃ 下保持 $13\sim15h$，使氯甲基化反应充分进行，自第 7h 开始，每小时采样 1 次化验氯球含氯量。按照每个苯环上都添加有次甲基计算，理论含氯量为 22%，实际控制 $13\%\sim16\%$，而且应 $>16\%$。如果低于 13%，表明氯球未充分膨胀；含氯量过高则强度下降，易于破碎。

经化验氯球含氯量合格后，在 $(35\pm1)℃$ 下将氯球放到过滤器中，沥去残渣，水洗并过滤 4h，用 $40\sim45℃$ 热风吹 1h，再用冷风吹 1h，使氯球温度为 20℃ 左右。

(5) 对氯球胺化引入活性基团

使用三甲胺对氯球进行胺化。三甲胺甲醇溶液浓度为 $33\%\sim37\%$，其中一甲胺和二甲胺的总量应 $<2\%$，以免产生仲胺、叔胺树脂。

令三甲胺、氯球和苯的质量比为 $1.95:1:1.95$，先使氯球在 $23\sim25℃$ 的苯中膨胀 3h。胺化反应也是放热反应，应进行冷却，使降为 $8\sim12℃$。缓缓加入 3/5 量的三甲胺，尽量保持低温而且均匀。

反应中升温增速应 $<1℃/min$，最高温度 $<18℃$。投加三甲胺的方

法，是在 6h 内把 3/5 规定量的三甲胺按等差级数投加。即第 1h 加 1/21，第 2h 加 2/21，第 3h 加 3/21……第 6h 加 6/21。剩余的 2/5 三甲胺，在 4h 内按 4 等份分批加入，应使胺反应最高温度为 24～26℃。

三甲胺全部加完后，使其反应 8h，自第 6h 起，每小时采样测交换容量，认为合格可以出料；如果交换容量偏低，则适当延长胺化时间。

将胺化后的阴树脂放入过滤器中，沥出残液，再自然沥滴 0.5h，再抽滤 1.5h，用 40～45℃热风吹 6h，再用室温风吹 2h。

将阴树脂和 20% 的食盐溶液以 1∶3 质量比加入过滤器中，浸泡 2h，用 10% 的盐酸中和至 pH4～5，加入自来水到过滤器中稀释食盐溶液，使其密度降到 $1.1g/cm^3$，其浓度为 14%，保持 2h；再加水使其密度为 $1.09g/cm^3$（10%）；2h 后再加水使其密度为 $1.04g/cm^3$（6%）；再过 2h 加水使密度为 $1.02g/cm^3$（3%），并保持 2h。放空后用清水冲洗 3 次，放净水抽滤至干即可。

3.2.3 大孔离子交换树脂的制造

在合成作为离子交换树脂骨架的白球时，加入致孔剂，可使白球形成大量细微孔道，由其做成的离子交换树脂就是大孔树脂。凝胶树脂的微孔比表面积小，大孔树脂比表面积＞$100m^2/g$ 树脂。

制取大孔树脂所用的致孔剂为石蜡或 200 号汽油。按上节合成白球工艺时，在苯乙烯与二乙烯苯共计为 100kg 时，加入 1kg 过氧化苯甲酰作引发剂，加入 30kg 石蜡（或 200 号溶剂汽油），使溶液中含 1% 明胶，在搅拌条件下进行悬浮共聚。

用苯提取石蜡，以折光仪检验提取程度，确定已无石蜡后，可按上述工艺，或者进行磺化制取强酸阳树脂，或者氯甲基化和胺化制取强碱阳树脂。

3.2.4 弱型树脂的特点和用途

离子交换树脂在水中的解离和它的活性基团有关，强型阳树脂的磺酸基团和强型阴树脂的季胺基团决定了它们是强酸和强碱。

丙烯酸系树脂带有羧酸基团，是弱酸阳树脂；活性基团为叔胺、仲胺和伯胺的是弱碱性树脂。弱型树脂的交换容量大，转型膨胀率高。

对比强弱型阴阳树脂的交换顺序，可知它们的主要应用范围。

强酸阳树脂交换顺序为：$Fe^{3+} > Al^{3+} > Ca^{2+} > Mg^{2+} > K^+ > NH_4^+ > Na^+ > H^+$；

强碱阴树脂交换顺序为：$SO_4^{2-} > NO_3^- > Cl^- > OH^- > HCO_3^- > HSiO_3^-$；

弱酸阳树脂交换顺序为：$H^+ > Fe^{3+} > Al^{3+} > Ca^{2+} > Mg^{2+} > K^+ > NH_4^+ > Na^+$；

弱碱阴树脂交换顺序为：$OH^- > SO_4^{2-} > NO_3^- > Cl^- > HCO_3^- > HSiO_3^-$。

强型树脂容易进行交换反应，难以进行再生；弱型树脂则很容易被再生，它们甚至可以用强型树脂的再生废液进行再生。强型树脂可以除去水中所有离子。弱酸阳树脂只能和钙镁的重碳酸盐（暂时硬度）起交换反应；弱碱阴树脂则用于除去强酸阴离子。

3.2.5　离子交换树脂的保管和使用

强酸阳树脂出厂时是钠型；强碱阴树脂出厂时是氯型，这可由上述合成工艺中得知。弱酸树脂出厂为氢型；弱碱树脂出厂是氢氧型。

新树脂应是以湿状态包装。如果树脂包装破损，已经失水干燥，切不可直接加水成为湿态，这是由于干树脂遇水体积迅速膨胀会变碎。树脂转型时，其体积也发生变化。强酸阳树脂由钠型变为氢型时，体积增大 5%以上；强碱阴树脂由氯型变为氢氧型时，体积增大近 10%。丙烯酸系弱酸阳树脂由氢型变成钠型时，体积增大 1.5~1.8 倍（增 150%~180%）。基于树脂的溶胀特性，对于已经失水的新脂，应放入 >20%的食盐溶液中，使其由其中吸收水分 2h 后，再加水稀释食盐溶液，使树脂缓缓吸水膨胀；对于使用弱酸树脂的交换器，应挑选转型膨胀率最低的树脂品牌，在使用中控制漏钠即为终点。

购买树脂时必须确认牌号无误，阴阳树脂与强弱型树脂在水处理系统中，应按水质合理搭配。并使用合适的床型。

树脂的贮存温度为 5~35℃。如果在运输和贮存不能保证环境温度≥5℃，可将其置于食盐水中，10%的盐液冰点为 -7℃，15%的盐液冰点为 -11℃，如此存放不致使树脂冻裂。

尽量用水力喷射器向交换器内充填树脂，充装树脂时应先向交换器注入 0.5m 以上的水，以免充填树脂中空气进入树脂层。如果是化学除盐系统，应先充装阴床，充填作业完成后用水冲净系统的树脂，再向阳床充填阳树脂。

新启用的离子交换器事先应充分冲洗，装入树脂后先进行反洗，使展开率＞50％以冲净细碎树脂和杂物。

3.2.6　离子交换树脂的复苏

离子交换树脂在运行中，由于水力的挤压磨损和转型溶胀，有10％以下的损耗是正常的，应定期补充新树脂。

如果树脂损耗过快，如果树脂层高不变，再生剂用量和浓度不变，制水量下降，亦即工作交换容量下降和再生剂比耗升高，标志树脂被污染，应进行复苏处理。

对于阳树脂来说，阳床直接滤过过滤水，如果没有活性炭过滤器阻滤微生物，如果原水经澄清过滤处理后，仍有一定量化学耗氧量，则往往是阳床上层微生物膜阻碍水的正常流通，发生严重偏流，这可由人孔门或窥视窗看到。

取出树脂查看和进行必要的检验，可以分清污染原因，配合必要的复苏试验可制订方案。

如果树脂颜色红而且不透明，可能是铁污染，它与原水或过滤水的含铁量高有关，如果将回收的冷凝水（如供热返回水）收入除盐系统，常会出现此种情况。将树脂置于10％的热盐酸中检验，如果铁污染酸液变为黄色，树脂恢复透明。

如果树脂为灰褐不透明，在热盐酸中不使溶液染黄，多为有机物污染。微生物污染物不限于阴床，曾经发现一级除盐水箱中微生物繁殖成膜，为害混床的事例。

树脂灰白不透明时，如系阴树脂多是硅污染，原因是再生剂温度低，例如冬季运行而未投碱液加热器。再生剂用量过低和浓度过低，都会使硅滞留树脂中造成污染。

对污染树脂试样进行低温灼烧，有助于弄清污染原因。树脂灰化时有腥臭异味是有机物污染，灰化后有氧化铁遗留是铁污染，有氧化硅遗留是硅污染。但是，应注意的是，树脂污染往往不是单一的，常是多种污染共存。

不论是阳树脂，还是阴树脂，发生污染后都可如下进行复苏处理：先是对其进行空气擦洗和冲洗，除去树脂表面包覆物质；用10％盐酸50℃搅拌浸泡，使铁得以溶解；用10％食盐加0.1％洗涤剂搅拌浸泡，可使蛋白质类物质（微生物）溶解，也使油污被去除；对阴树脂的硅污染，用15％氢氧化钠，在50℃下搅拌浸泡6～8h可除去。

经过复苏处理后，离子交换树脂所损失的工作交换容量可恢复80％。例如未处理前工作交换容量仅为新树脂的60％，经过复苏后，能达到新树脂工作交换容量的90％。

3.3 离子交换软化中疑难问题解决的案例

3.3.1 软化器出水残余硬度高的解决方案

(1) 软化器和软化用的阳树脂是水处理之重

正如在近30万台锅炉中，中低压锅炉超过锅炉总数的95％一样，在水处理设备中，软化器总（产）量超过水处理设备台套数的95％；用于软化的阳离子交换树脂超过总产量和总装载量的95％。

在近半世纪的水处理历史中，电力锅炉由低压、中压、高压、超高压亚临界参数和超临界参数走过来。工业锅炉、采暖锅炉和采暖制冷两用的直燃锅炉仍停留在中、低压参数上，决定了其水处理仍以软化为主。因此软化器和用于软化的强酸阳树脂仍是水处理的重中之重。

(2) 原水硬度高引起软化器出水硬度不合格

这是软化器出水残留硬度高的最主要原因。

① 包头东河区某电厂的3台39t/h锅炉，补充水是单级软化水。该厂原水有两种，一是自来水，二是井水。自来水水质好。硬度1.4～1.8mmol/L，含盐量300～400mg/L；3号井水水质也较好，但是产水量低，其硬度为2.2～2.5mmol/L，2号井水水量大，水质差，硬度3.8～4mmol/L。该厂另有1井（1号）是负硬碱性水，硬度0.8～0.9mmol/L，碱度11mmol/L，并有0.4～0.6mmol/L的酚酞碱度。

该厂软化器充填磺化煤，层高1.5m，以2号井水为原水，自软化器投产出水硬度均不合格。

对该厂说明软化器工作原理，进水硬度过高不可能制出合格水。建议使用1号、2号井掺混的水，为不使碱度过高，适当加入3号井水或自来水。

由于该软化器上层空间足够，将磺化煤加厚到1.8m，并进行了食盐用量与浓度调整试验，找出最佳再生条件。经此工作之后，软化器出水硬度合格。

② 北京某自备电站软化器硬度高的解决。

该电站是某无线电器材厂的动力车间，软化器连同主设备均由德国提供，并由厂商调试后移交该电站中方人员管理。该站接过软化器后就发现其残留硬度达 0.1mmol/L 以上，要求解决。

经了解，外籍厂商在对软化器调试时，不许中方人员采样化验。当外方专家将软化器再生好，认为出水合格时，中方化验员采样化验硬度均不合格。该厂原水硬度 4mmol/L，使用外商提供的交换剂，其层高为 1.2m。对软化水还进行加硫酸和磷酸中和，再经除碳塔脱碳。

经试验，确认出水硬度不合格。建议将库中备用树脂充入软化器，使层高达 1.7m，其出水硬度已合格，这是由于有了足够的保护层所致。

对软化水质量监督应使用 EDTA 钠盐滴定法，以残余硬度 $\leqslant$ 0.01mmol/L 为合格。讲清交换剂的保护层和进水硬度有关，保护层的作用就是不让硬度穿过交换剂层，而使水质合格。

由于同时加硫酸和磷酸难以控制，建议该厂只加硫酸，并且要求保持较高的碱度，为 1～2mmol/L。

3.3.2　对于软化器进行调试使水质合格而盐耗低

(1) 对捷克提供的软化器进行调试

唐山某电厂扩建工程的蒸发器补充水是软化水，软化器及交换器均由捷克厂商提供。对软化器进行了投入运行的调整试验。

该软化器使用乌发迪特牌号交换剂，这是早期的合成离子交换树脂，可半透光，为红褐色。

在装入软化器前测试了交换剂的出水残余硬度和工作交换容量。用当地自来水为原水，硬度 1.8mmol/L，树脂层高 800mm，出水硬度可合格；和磺化煤相比，其工作交换容量可达其 1.5 倍。它的另一优点是交换速度快，无须像磺化煤那样，在再生时要浸泡 0.5h 以上时间。

该软化器在装入交换剂后，进行反洗使交换剂层保持平整，用 2.5 倍和 2 倍理论量的食盐再生，并进行两周期制水后，建议采用 2 倍理论量再生。

(2) 对捷克提供的列车 605 电站软化器调试

该列车电站设在山东枣庄附近的某煤矿，容量 2.5MW。应要求对其锅炉补充水系统和循环水处理系统进行调试。在制水车厢装有 2 台

3.5t/h 软化器，其直径为 0.7m，高 2.6m，内装捷克提供的 FK-8 阳树脂，说明书介绍其工作交换容量为 1000t·°G/m³[❶]，相当于 357mol/m³。对其进行了经济用盐量试验。在该煤矿所在地原水硬度 2.5mmol/L 时，树脂层高 1.2m，再生比耗为 2 倍理论量，软化水硬度合格而盐耗低。

(3) 对前苏联提供的软化器进行提高出力试验

某热电厂装有 3 台直径 2m 的一级软化器和 2 台直径 2m 的二级软化器。其额定出力分别是：一级软化器 35t/h，二级软化器 95t/h。

该热电厂原水是河水，经沉淀软化处理后，过滤水的硬度为 ≤ 1mmol/L，再进行软化可比较省盐。由于原水硬度降低，提供了提高软化器流速以提高出力的可能。

通过调试，将再生用盐量由 350kg 提高到 450kg，而将再生液由 6% 降为 5%，使再生剂体积达到交换剂体积的 2 倍（共 9m³），使其与交换剂充分进行交换反应，将置换出的钙镁离子尽量带走，使再生度提高。经过试验改进，一级软化器出力由 30t/h 提高到 45t/h，周期制水量由 1200t 增加到 2000t 以上。

3.3.3 对软化器反洗、再生、冲洗和运行的控制

某市锅炉监察部门欲制订统一的软化器监管规则，询问对软化器各项操作的控制指标。

软化器主要有以下 4 项主要操作，失效后的反冲洗、再生、正向冲洗和投入运行。

反洗是为了冲走 1 个运行周期（制水 1000m³ 以上）积累的污物，并使树脂层松动和平整便于再生。反洗时控制使床层膨胀率达 40%，然后自然落床。

再生是项主要操作，既要保证食盐用量足以把所吸收的钙镁离子逐出，又要尽量减少无谓的过量消耗。通常应进行再生剂浓度和用量的试验，优化再生条件。一般可使再生剂浓度为 5% 上下，其用量是理论量的 1.8～2.4 倍。对于磺化煤要求注入盐液后浸泡 0.5～1h；对于离子交换树脂则无需浸泡，使其以 3～4m/h 的低流速流过床层即可。

---

❶ t·°G——旧单位"吨·德国度"。

冲洗的初期是用再生的流速将床层中的废再生液连同置换出的钙镁压迫出去，也称"压盐"。待和再生液等体积的冲洗水流过之后，可加大流量，使流速＞10m/h。冲洗的终点控制是使出口水氯离子含量＜1.5倍进水氯离子。冲洗好的软化器可转入备用状态，或是投入运行。

对一级软化器出水控制硬度≤0.1mmol/L，以充分利用其工作交换容量；对二级软化器出水控制硬度≤0.0025mmol/L。如果不设二级软化器，则应使软化器出水硬度＜0.02mmol/L。

3.3.4　新购树脂的质量问题

方庄地区某供热厂购入一批阳树脂，该树脂虽为刚出厂的产品，但是外观不好，请求鉴定。

该树脂样品颜色灰暗，不透明，颗粒不匀，细碎而颗粒偏小，手捻即可粉碎，表明其粒度和强度也难合格。用此种树脂制水无法使软化水合格，使用中损耗也会很高。对来人说明该树脂宏观存在问题。如果要正式鉴定，应委托进行交换容量和机械强度、圆球率等理化检验。

3.3.5　软化水产生泡沫的原因

丰台区某小区供热厂新安装的软化器制出的水容易产生泡沫，担心水有问题，询问原因。

对此给予答复是正常现象，说明水被"软化"了。天然水中有钙镁等硬度离子，所以不起泡沫。

当钙镁被交换变成钠盐后，水中是碳酸氢钠（小苏打），遇热变成碳酸钠（苏打）是碱性，可起泡。这种水遇皂类和洗涤剂极易起泡。这正是硬度的定义中"凡不易使肥皂水生沫……的水叫硬水"。水被完全软化后，就具有容易起泡的本性。

对于新树脂装入软化器就起泡沫的解释是，阳树脂出厂时要转为钠型，要中和转型时放出的氢离子（酸）应使用氢氧化钠，残留的氢氧化钠，加上充填阳树脂时软化器中的水已被软化，所以起泡。对此只需进行冲洗即可解决。

对该小区供热厂负责人说明，软化水实际上是不宜饮用的，用其洗浴感觉也不舒适。因此，适当兑入未经软化的水会更好些。

3.3.6 饮用水口感差并有异味的问题

丰台某居民小区饮用水口感差并有异味，用户有意见，物业单位询问其原因和解决办法。

经过查看了解到，该地区井水硬度高达 9.5mmol/L，超过饮用水硬度标准 1 倍有余，因此对水进行软化处理，再将软化水和井水以 1：1 供应用户。在掺混后用二氧化氯对水连续消毒灭菌。

基于以上了解，认为其原因是：水的含盐量高是口感不适的原因；软化器操作存在问题，加重了口感不快；消毒方法有问题使水有气味。

对物业部门做出以下解释：

(1) 饮用水指标不仅是硬度一项，含盐量也很重要。硬度高的水含盐量必然高。水经过软化后，含盐量增加、口感会变咸。

(2) 经了解，该小区软化器再生后冲洗不化验冲洗水氯离子含量，冲洗水氯离子含量很高就变成正常制水，所以加重了饮水的咸味。

(3) 饮用水消毒是间断操作，每日定时加入，余氯量应≤0.5mg/L。该小区 24h 连续加二氧化氯，使余氯积累，水中总带有氯味。

(4) 加入过量还会造成管道腐蚀，腐蚀产生铁，会使水中加上腥味。

对该小区提供的建议是：该水适于使用电渗析处理，可用它代替软化器。并介绍曾对天津市南郊建议用电渗析器制取饮用水。这样可同时解决硬度和含盐的问题。应间断加二氧化氯。

3.4 交换器有关问题

3.4.1 对无顶压逆流再生设备的建议

工业锅炉和采暖锅炉被要求进行防垢水处理后，不仅促进了阳离子交换树脂生产的发展，还为软化器及溶盐装置提供了很大的市场。

软化器的主流产品仍是固定床顺流再生设备，但水处理设备制造厂商的销售目标，由电站锅炉和工业锅炉转向市场广阔的采暖锅炉和生活锅炉，以及居民生活小区集中供水设施。

固定床顺流再生软化工艺和设备的优点，是技术成熟，操作管理方便，但是在软化过程中，树脂饱和度低；在再生过程中，树脂的再生度低。因此，其盐耗常达理论值的 2～2.5 倍和更高。

逆流再生工艺使产水层的树脂和新鲜的盐液接触，可得到良好再生，从而降低产品水残余硬度，其失效树脂的饱和度高，被再生的树脂再生度高，最低盐耗<1.5 倍理论量。

逆流再生的基础条件是使交换剂床层压实稳定，不得乱层，常用压缩空气或压力水顶压，操作繁琐。山东周村某单位制成吸贴式无顶压逆流再生设备，在征求对该设备意见时，对该设备做了充分肯定，认定该设备结构紧凑，操作简单，能用排水控制床层稳定，构想新颖。观察再生过程，认为无乱层现象，是较好逆流再生设备，具有一定的推广使用价值。

同时指出，用于低压锅炉软化水的设备市场竞争激烈，逆流再生软化器多适于 20t/h 及以上产水量，其销路不广。如果能使其适合 10t/h 或以下的制水量，则会有相当大的需求量。

3.4.2 盐液过滤器的设计要点

盐液过滤器适合于 10t/h 及以下的软化器，这是由于其用盐量少，将食盐的计量、溶解和加入一起完成。所以也称为盐溶解器。

其要点是，要防止食盐液的腐蚀作用，内壁涂以环氧沥青漆，过滤器底有石英砂垫层和无烟煤滤料。由顶部漏斗投加食盐和计算量的水，使盐液浓度为 5%～7%，可据此设计其容积。

对于出力>20t/h 的软化器则不宜使用该设备，而应使用湿贮存池，用水力喷射器输送和配制盐液。就是在混凝土槽中贮水和食盐，使成饱和溶液（含氯化钠 26% 上下），用水力喷射器输送中稀释，并用电磁式盐液浓度计控制所需浓度。

3.4.3 对改浮床后软化器水质、水量下降的解释

某单位锅炉房将原来固定床顺流再生软化器改为浮（动）床，在试运行中未达到预期的提高出水质量和增加周期制水量效果，询问其原因。

经了解后确定，是由于该锅炉房用水量不大，不能将树脂托起成床；频繁起落床使树脂乱层；不知浮床结构，仍按原食盐用量再生，

使树脂再生度过低所致。提出以下建议：

(1) 浮床不同于固定床的地方是，它去掉了固定床上部的水垫层，而水垫层占交换器空间近 1/2。令阳树脂以自然充满状态装入软化器，它比固定床多装 1 倍树脂，则再生食盐用量必须相应增加。该软化器改造后仍按原用盐量再生，使树脂处于"饥饿"状态，非但制水量无法增加，软化水质量也毫无保证。

(2) 浮床既是逆流再生原理，应该是节约食盐，而且出水质量好，但是其先决条件是必须达 7m/h 以上流速，才能把阳树脂托起成床和压实。对于该软化器，其相应的流量是 ≥30t/h。该锅炉房用水量小，浮床未能成床，树脂在软化器内处于紊流状态，使水质深受影响。

(3) 针对以上分析，如果仍保持浮床形式，则应间断制水，在软水箱中贮存。制水时流量应 >30t/h。但是经常落床和起床也影响水质。

(4) 对该浮床用盐量改变。简单做法是比固定床用盐量增加 1 倍。估算的方法是，树脂体积（m^3，对该浮床来说，可使用软化器总容积）乘以工作交换容量，再乘以再生比耗（可取 2 倍理论量）。由于目前树脂处于再生不足的状态，首次再生时，应给予 3 倍理论量的食盐。

3.4.4　软化器再生液回收技术的可行性

电力系统某开发公司组建后，有些单位或个人向其推荐软化器再生液处理复用技术。该公司就此询问是否可取。

对此答复是不可取、不可行。原因是：

(1) 软化器再生废液的组成是过量而未被利用的食盐和再生中置换出的钙镁离子。钙镁离子的交换能力远远超过钠离子，必须除净。

(2) 除去再生液中钙镁的最经济方法是石灰苏打沉淀法，既消耗药剂，又需要设备和人力，所得到的食盐含量低，还要浓缩才勉强能用，这种回收属于高投入，低产出，经济上不划算。

(3) 电力系统的开发公司面对的是使用化学除盐的火电厂，软化器只限于中低压锅炉，业务不对口。就产品出路问题，也应慎重考虑。

3.4.5　使用自动再生软化器引起腐蚀的分析处理

在 1990 年前后，继微机控制的工业锅炉和采暖锅炉大量应用之后，微机控制的自动再生软化器也相继应用。

北京某单位服务处装有蒸汽锅炉和热水锅炉共 5 台，补充水是软化水。该服务处原有锅炉材料为碳钢，制取软化水的是普通的固定床软化器，使用已 5 年，在更换为不锈钢锅炉和自动再生软化器后，仅 1 个采暖期已经发现较严重腐蚀。应邀请前往检查时，发现是软化水含食盐量大，进入锅炉引起锅炉水汽共沸，氯离子和软化水分解产生的二氧化碳（碳酸），可以等效地看作是稀盐酸和碳酸氢钠共存，致使采暖系统腐蚀。

为证实以上分析，采集了试样进行化验，证明推测是正确的。该自动再生软化器既有可能投加的食盐过多，也有可能正洗时间设置不足，使锅炉水氯离子含量非常高，是引起腐蚀的主要原因。但是在提交书面报告时，没有直接指出此问题。而是强调进口的自动燃烧和自动液位控制锅炉应使用优质锅炉补充水，不宜用软化水作为补充水。

建议该服务处购置 1 台 0.5t/h 反渗透装置，供作锅炉补充水。并说明该反渗透器就是俗称的"太空水"，除了作为优质锅炉补充水外，可供饮用。

与此相似的另一例是北京某五星级酒店的软化器，该酒店装有 2 台自动再生软化器，型号为 ECOWATER。按其规定周期为 24h，其中 22h 制水，2h 再生，用盐 25kg；罐直径 0.61m，高 1.93m，树脂层高 1.5m。最弄不清的是该锅炉房的硬度值单位。据工程部告知从未填写过单位。锅炉给水由回收的冷凝水和软化水组成，由化验数据看，软化水硬度为 0.5～3.4，平均 1.45（°G、或 meq/L）。

该酒店工程部反映锅炉结水垢，不锈钢板式热交换器有点蚀。分析锅炉结水垢原因应该是软化水硬度不合格所致；不锈钢换热器的腐蚀应该是氯离子造成的。

据锅炉房工人反映，该软化器程序正洗完成，进入制水阶段时，软化水口感仍有咸味。可知正洗不足是氯离子进入锅炉的主要原因。

由该两台软化器的铭牌可以推算，软化器的树脂反洗膨胀高度受限。或者会造成树脂流失，或者使污秽物质积累而污染树脂，影响制水。

建议酒店工程部和软化器供应商商谈，确认软化器出水硬度多大，进行针对性改进，以保证软化水质量合格，防止锅炉系统结垢腐蚀。

和该五星级酒店情况相近的还有，是由于热交换器的铜管蒸汽侧腐蚀而咨询的。其原因同样是软化器本体高度有限和再生程序设置存在问题造成的。

3.4.6 固定床顺流再生软化器产水量下降的原因

在役的软化器中，约95％仍是常规的固定床顺流再生装置，由人工进行管理。对这类软化剂提出的问题往往是软化水硬度难合格，再就是使用中周期产水量下降。两者之间有着关联。

北京某建材厂的软化器比较有代表性。该建材厂的锅炉蒸汽用于水泥制品养护，蒸汽全部耗损，所以软化水补充量很大。据告知，软化器刚投产时软水硬度合格，每周期产水量可达800m³，使用3个月后，制水量减少1/3，软化水硬度也不合格。经询问后判断反洗操作存在问题，造成树脂流失。再就是树脂可能被污染。

为了追求多制水，软化器内树脂装载过多是通病，其表现是周期产水量高，软化水硬度又低。但是过高的床层会造成树脂反洗流失，几十个周期下来，就会出现制水量下降，而且软化水硬度升高的现象。该厂软化器就是如此。

对来人说明，应该按规定的反洗流量进行操作，应轻缓开启反洗水门并逐渐开大，以免被压实甚至表面黏结了的树脂床层被反洗水突然顶起和顶散使树脂流失。另一原因是管道腐蚀带铁会污染树脂，3个月的污染也会造成影响。

3.5 离子交换软化中的各种问题

3.5.1 投入锅炉的问题

采暖锅炉和生活锅炉不设水处理工，这些锅炉也不设软化设备，往往是只进行锅内投药处理，而由锅炉工（司炉）按照规定数量和间隔时间投加。这种情况持续到1982年要求4t/h及以上锅炉必须作炉外软化处理时才改变。

某锅炉房在安装软化器后没有投入使用，对所购的磺化煤不知为何物，称为"黄花媒"。由于过去锅炉房是加药防垢的，以为这种"黄花媒"也是加到锅炉里去的，于是将其加入给水箱中，使其作为防垢剂使用。

3.5.2　锅炉结水垢

某电影制片厂来人询问安装软化器后，锅炉结垢比以前加药时更为严重的原因。

经过询问得知，该锅炉原为锅内加防垢剂，当安装软化器后，由软化器供应商负责将软化器再生和冲洗合格移交，但是未交代软化器的基本知识和基本操作，没有提供用盐量和水质控制方法。该锅炉工人见过"磁软化器"处理水，以为两者用法一样，只是通水而不知应再生。据来人介绍，别的制片厂锅炉房和附近的锅炉房都有类似情况，以为水通过软化器就被"软化"。

对来人讲明软化器的基本操作，按其尺寸估算了再生用盐量，并告知应学习水化验知识。

3.5.3　新软化器出水不合格的"特殊"原因

某日用化工厂的锅炉房安装了软化器后软化水硬度不合格。该厂对软化器进行了加大再生比耗的试验，已将食盐用量增加到3倍理论量，水质仍不合格，咨询其原因。

经询问该厂对软化器有足够的了解，也有相当的化验能力，软化器的各项操作合乎规范。难以从表面现象了解水质不合格原因。

建议该单位对软化器进行内部检查，看是否交换剂随产品水流失。当该单位人员打开软化器检查时，却发现树脂层中有一袋未拆包装的交换剂。它造成水的偏流，也使许多交换剂未被再生或再生不足。将塑料袋拆封卸出树脂，取走塑料袋后，软化器出水硬度合格。

该软化器情况虽属意外，但是在数以万计的软化器中，总不乏特殊事例。

3.5.4　逆流再生软化器水质不如顺流再生的原因

逆流再生软化器采取上部进水顺流运行，底部进盐逆流再生方式。其优点是底层交换剂被彻底再生，使单级的逆流设备产水质量不亚于两级顺流设备的出水质量。

北京某制药厂动力车间原有顺流再生软化器，随锅炉增建，增添了一台逆流再生软化器，投入使用后，未见到降低盐耗的效果，软化水质量不如顺流再生设备。

对来人询问后得知，是不了解逆流再生的操作和不了解逆流再生设备再生特点所致。

逆流再生设备是在树脂层压实的情况下，进行反洗和再生的。这种反洗称作"小反洗"，只是对树脂表层进行冲洗。大体在运行 15～20 周期，才对全部树脂进行大反洗。小反洗后用理论量 150%～180% 的食盐，可使树脂层再生，并使出水合格。在彻底冲净树脂层中积累的污物，进行大冲洗后，要用 3 倍理论量的食盐才行。这样运行和再生才能实现节省食盐和保证水质。

该逆流再生软化器未区分大反洗和小反洗，按顺流设备的方式进行每周期反洗，而按所给定的 1.5 倍理论量给食盐，使出水质量差、制水量低，而且有时制不出合格水，还要第二次再生，也就谈不到节省食盐。

对来人详细介绍了逆流再生各项操作，说明顶压保持不乱层的重要性。

3.5.5　用海水再生软化器失败原因

海水的含盐量为 3.5%，接近软化器再生液的常用浓度（4%～6%），青岛某橡胶厂试用海水代替盐液再生软化器，经多次试验未能制造出合格的软化水，询问原因。答复是：

(1) 海水总溶解固形物大体为 3.5%，但是并非是食盐。钠离子交换器再生剂是钠离子，海水中的钠离子仅 1%，偏低。

(2) 钙镁离子的交换能力比钠高得多，海水成分中钙为 0.037%，镁为 0.18%。在海水盐类成分中占 6%，用这种钙、镁和钠的混合液再生效果必然很差，再生的程度很低。

(3) 但是，在软化器刚失效时，先用海水再生一下，再改成 4% 以上的食盐液再生，会有节省食盐的效果。

3.5.6　用锅炉排污水溶盐问题

某锅炉水处理服务部负责人提出用锅炉排污水溶解食盐的设想，

询问是否可行。答复是肯定的。

(1) 锅炉排污水中的盐分全是钠盐，并有 12mmol/L 以上的碳酸钠、氢氧化钠，排污水中可以利用的钠达 0.3kg/m³，用其溶盐可以提高钠离子浓度。

(2) 锅炉排污水中含的碱可以用于除去食盐中带的钙镁杂质，提高再生效果。

(3) 用排污水配盐液是节水和节能一举两得。排污水的温度还对改善再生效果有帮助。

3.6 软化水脱碱和水的离子交换脱碱软化

3.6.1 软化水加酸降碱度处理

水的离子交换软化解决了锅炉结水垢问题，曾是水处理技术的划时代进展。但是，不久之后这种乐观不复存在，随之而来的锅炉的苛性脆化和碱腐蚀，水汽系统的二氧化碳腐蚀相继为害。甚至人们面对氧腐蚀时，发出过是否让锅薄垢运行（例如≤0.5mm）会有助于防腐蚀。

在上述腐蚀问题中，苛性脆化、碱腐蚀和二氧化碳腐蚀的确是由采取离子交换引起的。

在水处理技术中没有回头路可走，解决上述问题的方法就是对软化水进行酸化，或是采取能降碱的离子交换水处理技术。

北京某木材厂的工业锅炉蒸汽管道腐蚀严重，经查看和对水质化验的了解，确认是二氧化碳腐蚀造成的。

指导该厂对软化水进行加酸降碱和脱碳处理。向软化水箱中加酸，使软化水碱度由 4.5mmol/L，降到 0.6~1mmol/L。再将软化水送入脱碳塔鼓风脱碳。此举不仅解决了水汽管道二氧化碳腐蚀问题，还有预防锅炉碱腐蚀和降低锅炉排污的作用。

3.6.2 回水管腐蚀问题

北京某酒店试运营半年以后，壁厚 3~4mm 的冷凝水管道先后腐蚀穿透。酒店工程部负责人持穿孔的样管询问成因时，对其答复是二氧化碳（碳酸）腐蚀所为。

该工程部的负责人对此答复颇感疑惑，他说该酒店同名者在世界各地都有，近者日本、东南亚也有。锅炉用水是同样的处理方式，而且大多由日本同一家公司负责安装（发生腐蚀泄漏时，日本安装商仍在，而且也对腐蚀原因感到不解，因为日本的该同名酒店未曾发生腐蚀）。

对来人指出，北京水的碱度是日本河水平均值的 8～10 倍，软化之后会产生上百毫克/升的二氧化碳，将造成蒸汽系统和冷凝水系统严重腐蚀。

对该工程部提供两条可供选择的方案：一是对软化水酸化降碱再脱碳；二是在软化器前或后加装电渗析器脱碱。

3.6.3 采用不足量酸再生磺化煤对水脱碱软化

承德某电厂的 130t/h 中压锅炉，设计是用石灰钠离子交换水作补充水。由于石灰处理设备存在缺陷，出水混浊而且残留碱度高，协助该厂改为不足量酸（饥饿）再生。这是基于磺化煤是一种混合型离子交换剂，它本身有弱酸基团，即羧基，又有磺化处理中引入的磺酸基团。羧基的电离度低，和氢离子的结合能力强，当对它用低于理论量的酸再生时，羧基抢先被再生，由于再生的酸量不足，强酸基团未被再生，不会产生酸性水。该电厂采取不足量酸再生后，软化水碱度低于 1mmol/L，比石灰处理水稳定得多。

3.6.4 铵钠离子交换系统投产后调试

位于北京东郊的某蒸汽厂装有 6 台 35t/h 低压锅炉，用于补充该地区供热蒸汽的不足。锅炉补充水由某设计院设计为铵钠离子交换系统。

这种系统是把原水分成两股，一股进钠离子交换器，得到碳酸氢钠和中性盐；另一股进铵离子交换器，得到碳酸氢铵和强酸阴离子的铵盐。这种水进入锅炉后，钠交换水使锅炉中有游离碱，蒸汽和冷凝水有游离二氧化碳；铵交换水使锅炉中有游离酸，蒸汽和冷凝水中含氨。锅炉中酸碱中和可降低炉水碱度；蒸汽中二氧化碳和氨作用可防止碳酸的腐蚀。如果调控得当，这将是一种较为理想的脱碱软化方法。

当该供热厂投入铵钠系统后，协助进行了调试。在调试前的了解情况中，发现了该种系统水质很难保持稳定的缺点。首先是，锅炉水的碱度变动大，甚至 pH 值也有较大变动；其次是，锅炉蒸汽中氨和二氧化碳的变化也大，两者在水中的溶解度不同，会造成氨的聚集。

在初步调试中，尽量减少铵床的供水份额，以钠床为供水主力。嘱有关人员不可使炉水 pH<9.5。

3.6.5 氢钠离子交换系统腐蚀问题

(1) 天津某近海电厂 4 台高压锅炉用蒸馏水作补充水，蒸发器的给水是氢钠离子软化水，是用磺化煤交换剂以不足量酸再生运行。经过 2 年运行后软化器底部和软化水管路都腐蚀穿透。经查是原水水质有了较大改变，河水由最初基本没有永久硬度，而变为有近 2mmol/L 永久硬度；河水氯离子由 15mg/L，升到 30~50mg/L，磺化煤中磺酸基团参与交换反应，使水呈酸性。

建议直接改为氢床和钠床的并列交换系统。

(2) 内蒙东北部灵泉某电厂的中压锅炉采用氢钠离子交换软化系统，由于配水控制不理想，锅炉水碱度变化大，有时甚至酚酞碱度消失，使锅炉产生腐蚀。为其进行失效分析后，建议采取电渗析器和软化器配合的系统制水。电渗析器可装在软化器之后，以减轻电极结垢和膜污塞。使用电渗析器还有助于改善蒸汽质量。

(3) 对北京某客车站锅炉房氢钠系统的建议

北京新建的客车站设有供热厂，其锅炉房补充水是氢钠离子交换水，应要求对其进行了系统的指导。

① 在氢钠离子交换器安装阶段，看到作为垫层的石英石和石英砂堆放在刚下过雨的泥地上，要求将其移到清洁的水泥地上，其下衬垫钢板，用水冲净所粘泥土，对于质量好的石英砂用于氢床，质次而可能掺混白云石的用于钠床。

② 对准备用于该供热厂除盐设备的石英砂要求进行化学稳定性试验，并提供了试验方法。

③ 在氢钠交换器调试中，出水 pH 值<6，指出是规定的残留碱度过低所致。要求剩余碱度≥0.7mmol/L。

3.6.6 弱酸阳树脂脱碱软化

弱酸阳树脂用于水的脱碱软化处理对原水有选择性。此特点和石灰沉淀处理相似，就是适于原水不存在永久硬度。如果有永久硬度则产生酸性水，抑制弱酸树脂的交换反应，有负硬度则基本不发生交换反应，产品水起不到脱碱作用。该法需要借助钠型阳树脂脱除永硬，可利用氢钠分置的固定床，也可使用双层床。弱酸阳床与暂硬交换产生的二氧化碳用脱碳塔脱除。

(1) 对北京某热电厂取代石灰处理的论证

位于北京市区的某热电厂由于环保部门禁止向河道排放酸碱废液，只能采取石灰、钠离子交换脱除碳酸盐硬度。该热电厂投产之后，发现石灰处理的废渣污染仍需费很大气力治理。

石灰废液有两部分，一是生石灰消化中产出的固体废弃物；二是石灰处理工艺中产生的含碳酸钙及过量沉淀剂的废水。前者使用石灰膏取代生石灰，虽然成本上升，但是得到了治理；后者则要建庞大的排水集渣浓缩，脱水造粒设施，其规模不下于原石灰处理设施。

在进行采取造粒技术论证时，提出用弱酸阳床取代石灰处理的论证报告。基于该热电厂原水永硬≤0.5mmol/L，用弱酸树脂代替石灰处理设备加造粒设备可减少占地面积，减少建筑物，方便管理，投资相仿，运行费用略高。但是仍要使用再生剂硫酸，有微酸性（pH<6）废液排放（但是，易于中和达标）。该方案被环保管理部门否决。

(2) 弱酸强酸双层阳床用于低压锅炉供水

张家口某电厂建设工程中，配有 1.3MPa、20t/h 锅炉作为启动供汽锅炉，在对其采取的水处理方式研究时，指出原水碳酸盐硬度高，单纯软化会产生大量二氧化碳，不利于用汽设备。为此，建议采取弱酸阳树脂和钠床联合脱碱软化。

该双层床软化器直径 1.25m，出力 25t/h，充填 D111 大孔弱酸阳树脂 1.22m 高，001×7 强酸阳树脂 0.9m。依据原水水质和树脂的交换容量算得，每立方米树脂盐酸用量为 100kg，食盐用量 170kg。

将钠型阳树脂和氢型弱酸阳树脂装入该双层床软化器中，用水进行反冲洗。反洗时树脂层展开率为 50%，冲洗到反洗水澄清透明后备用。

在再生液箱中配制再生混合液，其体积为 2.4m³，内含浓盐酸 236L，食盐 106kg，折合混合液中盐酸 3％，食盐 4.4％，令其以 4m/h 流速通过交换剂层，再以同样流速压洗 0.5h。然后提高流速到 10m/h。冲洗并取冲洗水化验，以出水氯根≤原水氯根 160％为终点，并转入供水运行。

该双层床软化水硬度≤0.02mmol/L，碱度≤1mmol/L。

第 4 章

炉外水处理之化学除盐

4.1 一级复床化学除盐有关问题

4.1.1 中参数电厂水处理改造的趋向

中压锅炉用软化水作补充水的问题很多,首先是锅炉水浓度高,蒸汽质量无法保证;其次是 4MPa 锅炉二氧化硅溶解携带系数已达 0.05×10^{-2},汽轮机出现了结硅垢问题;再就是如果软化水未经脱碱处理,则锅炉碱腐蚀和水汽系统的二氧化碳腐蚀不可避免。

对水进行化学除盐处理,这些问题可以一股脑解决。此类事例甚多,仅举有代表性的 3 例。

(1) 青岛某电厂用化学除盐取代蒸发器

青岛某电厂中压锅炉是用蒸馏水作补充水的。该电厂原水用自来水,其总溶解固形物 108mg/L。对该水进行化学除盐,再生剂用量甚少,便于管理。

该电厂化学负责人就以化学除盐代替蒸发器进行询问时,认为非常合理。而且提供建议:

① 由于原水碱度仅 0.5mmol/L 上下，可不进行脱碳，不必考虑碱的消耗。

② 正由于不进行脱碳，可用阳床的剩余压力使氢交换水直送阴床，可削减许多设备。

③ 如果自来水压力足够，可用其作为动力，则可消除制水室内泵的噪声。

④ 不进行脱碳，则酸碱用量相当。将阳阴床再生液收集一起，基本可自行中和使 pH 达标。

(2) 承德某电厂的水处理改造由氢钠变除盐

承德某电厂是中压凝汽式电厂，两台中压锅炉参数和型式不同。1 号锅炉 3.4MPa 分段蒸发，有给水清洗装置；2 号锅炉 4.3MPa 只依靠锅内旋风分离筒分离。1、2 号锅炉补充水由石灰钠离子交换，改为氢钠离子交换后，发现 2 号锅炉所带汽轮机结硅垢，严重时使机组出力减少 20%（该机为 25MW）。经过试验，1 号炉蒸汽二氧化硅 $\leqslant 15\mu g/kg$，2 号炉蒸汽 $\geqslant 40\mu g/kg$（中压锅炉不监测蒸汽二氧化硅，这是由热力化学试验确定的）。

经分析研究认为，石灰处理有部分脱硅作用，氢钠交换不仅无脱硅作用，还使锅炉水 pH 值下降，加重了机组结硅垢。提供的解决对策，就是将氢钠离子交换系统改为化学除盐。

该电厂改为化学除盐后，由于锅炉水含盐量大幅度下降，蒸汽质量合格。彻底解决了汽轮机结硅垢问题。

(3) 石家庄某热电厂水处理系统改造的建议

该热电厂锅炉供水量大，补充水为石灰钠离子交换处理，锅炉过热器管超温爆破事故频繁发生，高达月均 1 次。电管局组成专题研究小组，分别从锅炉和化学不同专业寻求解决措施。

化学专业提供的解决对策，就是变石灰钠软化系统为化学除盐，并提供了可行性研究报告。

4.1.2　协助某热电厂投入化学除盐设备缓解供水困难

北京某热电厂 6 台高压锅炉用石灰软化、镁剂除硅和两级软化水作补充水。由于锅炉的分段蒸发和给水清洗，蒸汽质量尚合格。

该热电厂续装的超高压锅炉，配备有 50t/h 化学除盐设备。但供货单位不提供树脂，使该设备闲置数年。

由于该厂原水水质恶化，原来水处理设备无法满足供水要求。而且对该超高压锅炉进行热力化学试验后，确定在该参数下，二氧化硅携带系数高达 3.1×10^{-2}，原有补充水无法使蒸汽二氧化硅合格。经领导研究，决定恢复该除盐设备。当时我国已能大批量生产阴树脂供除盐设备使用，但是该套设备缺少的不锈钢阀门和管道尚难配齐，因此使用衬胶阀门和衬胶管道。

除盐设备投入后，在原水含盐量为 $300 \sim 350 \text{mg/L}$ 的情况下，出水含盐量 $< 3 \text{mg/L}$。使用 50t/h 化学除盐水后，缓解了该厂供水紧张局面。

4.1.3　小容量制取纯水装置的建立与咨询

(1) 北京某电力试验单位的高电压和化学专业人员，尝试用高纯水代替绝缘油冷却变压器的可能。在自己绕制的试验变压器中充入经脱盐处理的高纯水，升压到某一程度线圈被击穿，如此尝试多次未能成功，停止了该尝试。

高纯水的制取是用市售的蒸馏水，通过以 $2:1$ 混合的阴阳树脂混床交换柱，水的电导率由 $> 5 \mu\text{S/cm}$ 降到 $< 0.4 \mu\text{S/cm}$，亦即电阻率达 $2.5 \text{M}\Omega \cdot \text{cm}$。

这种高电阻水虽然仍难免变压器线圈击穿，但是可用其 1m 以上的水柱冲洗高压绝缘子污秽。

(2) 协助某化工制药厂制取高纯水

位于北京东郊的化工某厂制药工艺需用纯净水。该化工厂一直从位于厂西边的热电厂购汽轮机凝结水使用。由于热电厂原水污染，凝结水中含有 1mg/L 以上的氨，影响了使用。在该化工厂咨询此问题时指出，只为了除去氨，可使用阳树脂交换剂脱除，这方法无水质净化能力；如果为了获得更为纯净的水，可使凝结水通过混合床交换柱提纯。

该化工厂根据自身需要，安装了直径 300mm 的混合床交换柱，对热电厂的凝结水再净化。凝结水通过混床处理，电导率降为 $0.3 \sim 0.5 \mu\text{S/cm}$，pH 值为 6.5 上下。

(3) 对某单位采用化学除盐技术的咨询

某单位地处东北某军港，曾多次来询问水的化学除盐技术和不锈钢腐蚀的有关问题。将两者结合在一起，指出奥氏体不锈钢最忌有氯离子，使用一级复床加混床制水，应该可以满足该单位提出的氯离子<0.1mg/L的要求。

对来人说明，采取阳床、脱碳、阴床和混合床的三床四塔系统，能把350mg/L的含盐量和30mg/L的氯离子降到电导率≤0.5μS/cm（相当于含盐量0.25mg/L）、氯离子<0.1mg/L。如果原水含盐量更高，应使用电渗析器预脱盐。

4.1.4　对北京某大学试验电站化学除盐选型咨询

北京某大学试验电站的装置要求是高度纯净水，以防止不锈钢设备腐蚀，其原水溶解固形物为500mg/L，比较清洁。

对其提供两种思路，一是两级复床加混床；一是用电渗析器预脱盐再配置一级复床加混床。认为两者的出水质量相近，但是前者容易管理。

在以后的咨询接待中，协商了监督控制的细则问题，认为应该是比较成熟。不久后接到参加技术鉴定的邀请，随后又通知鉴定会延期。

事后询问有关人员原因，被告知不锈钢设备有点蚀。

4.1.5　固定床顺流再生阴床改为逆流降碱耗试验

北京某热电厂锅炉补充水量大，排出酸碱废水量大，环保部门要求压缩废水排放量。同时，该热电厂领导也考虑到阴床碱耗过高，超过理论用碱量3倍。要求把两者结合起来考虑。由阴床着手降低碱耗和降低再生废碱液排放。

经研究用1台阴床进行逆流再生改造试验，通过采用逆流再生技术降低碱耗和减少排废。用阴床改逆流设备不存在小反洗不彻底的积污问题。因此该项改造会收到节碱和减排双重好处。

在该阴床改造之后，进行了用水顶压和用压缩空气顶压的试验，两种顶压均可压实树脂。

对比试验表明，由顺流再生改为逆流之后，碱耗由理论量3倍以上，降到2倍以下。除盐水电导率由5～10μS/cm，降到1μS/cm。二氧化硅下降最为明显，由平均2100μg/L降到20～30μg/L。其原因是逆流再生使树脂得到彻底再生。

4.1.6 对化学除盐水二氧化硅不合格的研究

(1) 北京西部山谷中某燃油超高压锅炉补充水是经电渗析预处理的化学除盐水。在投产并稳定运行后，除盐水的二氧化硅含量一直不合格。

该电厂询问其原因和提供解决办法。对此指出，电渗析器有脱盐作用，而无除二氧化硅能力。用电渗析器预脱盐，减轻了除盐设备负担，但是使二氧化硅在出水中的比例提高了。加之该厂原水是山谷中的水，二氧化硅含量原来就高，给阴床工作带来困难。另外一个问题是，该厂投产后气温已降低，再生液温度<10℃，影响阴床再生度。

在投入碱液加热器，使再生液温度≥35℃后，除盐水二氧化硅已合格。此举表明，再生液温度的影响更为重要。

(2) 天津市某自备电厂锅炉补充水是一级复床除盐水，其二氧化硅>150μg/L，锅炉和汽轮机都有硅垢，询问原因与对策。

答复是该厂原水有胶体硅，它不能被过滤器阻滤，又不能被阴床交换，以致造成漏硅。

提供的对策是：化验原水胶体含量多大，通常可采取凝聚处理部分去除；采取精密过滤效果更好，采取提高再生液温度和提高再生液碱浓度有助于降低漏硅。将顺流设备改为逆流再生，会改善水质。

4.2 单级除盐和不设混床产生的问题

4.2.1 一级复床除盐系统除盐水管腐蚀原因分析

1970年后，许多电厂的锅炉补充水由软化改为化学除盐，而且都是先改为一级复床系统，然后再添设混床。在此期间建设的新电厂也常设计为一级复床系统。中压电厂则在改为一级除盐之后不再增设混床，由此产生了新的腐蚀。承德某电厂就是比较典型的例证，该厂由氢钠离子交换系统改为化学除盐后，解决了汽轮机结盐垢和结硅垢问题，但是却发生了除盐水系统腐蚀问题，除盐水管因腐蚀而泄漏。

经了解，该厂除盐系统布置是阳床、脱碳塔和阴床，除盐水管是碳钢管。在除盐水管泄漏之前，阳床水管也曾腐蚀泄漏过。由于知道阳床水是酸性的，所以改成了衬胶管。该厂感到奇怪的是化学除盐水应接近中性，为何有腐蚀。

对该厂说明，当阴床失效，而阳床仍运行时，水就会呈酸性。因此，两者应同时停用。或是只要阴床失效，不管阳床是否失效都要停用。为证实起见，对阴床失效前后取水样测 pH 值。其出水平时为 pH 值 6.1，阳床酸度 3.2mmol/L，阴床失效 15min 后，pH 值 5.34；第 25min 为 3.9。停床反洗时，取其反洗水（即阴床上层树脂中的水）pH 值 2.4。

提供的对策是：将阴床中增添树脂，令其交换容量大于阳床脱碳后的交换容量，不使阴床有先失效的机会；加强对除盐水监控，尤其临近失效时应增加监测次数；向除盐水箱加氨，使 pH 值≥8.5，以保护管道。

4.2.2 对一级复床除盐系统引起酸腐蚀的诊断

(1) 河南安阳某电厂首台高压锅炉投产后不久发生脆性爆破，该厂来人持失效水冷壁管咨询爆管原因时，指出这是一级复床除盐系统中阴床失效仍继续送出（酸性）水所致。由于该厂对除盐水和给水都不监测 pH 值，发现不了此问题。

来人反映确实多次发现锅炉水 pH 值<7，以为是采样错误而未深查。建议对除盐水增测 pH 值，或者用甲基橙作定性检查，以便及早发现酸腐蚀倾向；建议增设混床。

(2) 接待成都某热电厂来人谈汽轮机有机酸腐蚀事，对其提出应考虑是否为无机酸（盐酸）的腐蚀。理由是该厂锅炉补充水是一级除盐水，难保阴床不送出含氯离子的酸性水（对其应等效地看作是盐酸），盐酸进入锅炉后绝大部分进入蒸汽，在汽轮机初凝区会溶入冷凝的水中产生酸腐蚀。

(3) 山西永济某电厂 2 台次高压锅炉投产不久水冷壁管先后发生脆性爆破，在征询腐蚀原因时，指出是使用一级复床系统引起的酸腐蚀。除了建议加强阴床失效监控之外，建议锅炉水维持磷酸根高限，甚至可以适当突破高限。令锅炉水提高缓冲性，以缓冲掉偶然送入的氢离子。

4.2.3　给水泵腐蚀原因分析

北京某热电厂自 1973 年以来，给水泵腐蚀损坏问题突出。该年度有 4 台给水泵泵轮更新，其中 6 号给水泵呈冲刷溶蚀特征。1974 年 1 月初，4 号给水泵损坏，解体检查时看到所有的导轮都已腐蚀损坏，从第 2 级到第 10 级泵轮全腐蚀残破，格间套也全部腐蚀报废。通常给水泵运转两年无损坏，上述各泵仅使用半年多就发生了严重腐蚀。

经调查，给水泵腐蚀严重的时间和除盐系统混床制水受阻，有时直接向锅炉送一级除盐水（该厂称"半除盐水"）的时间一致。腐蚀与半除盐水间的关系，就是阴床失效时产生酸性水，而且进入给水系统中。

为确定直接供应一级除盐水的酸腐蚀问题，在当月接连 3 天对送往锅炉的一级除盐水 pH 值作监测，3 天中都发现低达 4.7、4.2 等数据。其持续时间可达 1h。

建议禁止向给水系统直接补充一级除盐水，如果混床确实无法解决污堵问题，可将其替换为两级除盐系统。

在 1974 年举办的"化学除盐培训班"上，以实际案例说明不可向给水系统直接送一级除盐水。否则除了给水泵直接遭受腐蚀外，锅炉会因酸腐蚀而发生爆管故障。

在举办"化学除盐培训班"后，接待了吉林某热电厂和辽源某发电厂的来人，均是使用单级除盐水引起给水泵腐蚀和锅炉腐蚀。

4.2.4　中压供汽锅炉使用一级除盐的腐蚀及解决

北京某大型石化企业的 120t/h 中压锅炉设计用一级除盐水作补充水，该厂锅炉发生腐蚀事故后，邀请前往分析处理。经查看是用单级除盐水而且对阴床失效控制失当造成的。

由于不能增设混床，建议该厂向阴床中掺混阳树脂，造成人为漏钠以提高 pH 值。并向该厂领导说明，这是不得已而采取的非常手段。

众所周知，阴床中混有阳树脂会造成漏钠，会使出水电导率升高，含钠量升高。在这里是利用漏出的氢氧化钠中和可能产生的酸，只是适于对抗阴床先于阳床失效后的放酸问题。

建议该厂用甲基红或混合指示剂检查阴床水，以便掌握失效终点。

4.2.5 　原水污染影响混床正常工作的解决措施

北京某热电原水是河水，由于河水纳污，枯水季节以城市污水为主。水中细菌微生物在化学除盐系统孳生，尤以一级除盐水箱最为严重，在这里生成的微生物膜覆盖了混床表面，并深入床层内繁殖，将混床树脂黏结成团块，无法清洗干净，混床出力下降 50%～70%。为解决此问题，将混床去掉，改成两级复床除盐系统。

使用交换柱进行了一级复床加混床，一级复床加阴床和一级复床后再加一套复床的比较试验。就水质而言，无疑是一级复床加混床为好；就产水量而言则是一级复床加阴床为多，但是水质差，主要是无法除去一级除盐水漏过的钠；两级除盐水质居中，可使电导率 ≤1μS/cm，钠 30～50μg/L，二氧化硅≤30μg/L。该系统对产水量的影响小，配合以多级投氯能保证制水量。

根据小型试验结果，该热电厂选择了两级除盐系统。

4.2.6 　除盐系统微生物膜来源和杀灭的研究

北京某热电厂一级除盐水箱中微生物生长、繁殖迅速，对其清理干净后，半天可形成微生物膜，增厚速度达 0.2mm/d。微生物膜为半透明，手感滑腻，强度低，附着不很牢，很容易用手抹除。在这里孳生的微生物随水流进入后面的除盐设备，引起污塞，影响制水。

为找到其来源，溯河道而上，对各污水、废水排口采样，进行培养和镜检。追查的结果认为主要是酒厂排水造成的。微生物膜以杆菌为主体，由带柄的铁细菌架成网架，由一级除盐水中吸取铁、钠、硅等营养物质。一级除盐水 30℃上下的温度，正是菌类理想的生存环境。

采取杀菌措施有：在原水泵、澄清池和半除盐水箱 3 处投加氯或二氧化氯；用“新洁而灭”定期刷洗半除盐水箱；在该水箱局部涂刷了亚铜基防污漆；改变除盐水温度，最高达 45℃。以上措施都有一定效果，联合使用效果更好，但是仍无法根治。由于铜离子是高参数锅炉的大忌，防污漆方案无法实际施行；升温确实抑制了杆菌生长，但使另一种真菌（类似白地霉菌）大量生长，其污塞程度胜过杆菌膜；二氧化氯成本高。最终是采用多点投氯防治。

所提出的报告认为，根本措施是变更原水，例如远程（向阳闸）引水。在冬季用除盐水高峰时，正是市民用水低谷，使用 500～700t/h

自来水，可使采暖季节供水缓解。此方案涉及制水成本上扬，未被接受。

将该报告写成文章《除盐系统中微生物的鉴别、来源及杀灭》，刊于《北京电力技术》1978年第二期，引起广泛关注。也许是从这时开始，我国地表水的污染进入了新的阶段，影响了电厂化学除盐设备的运行。函询和来人询问者甚多，最具代表性的是南北两个电厂。

上海杨树浦区某电厂用地表水为原水，化学除盐系统微生物污塞程度和文中所述情况相近，也进行了许多防止微生物繁殖的处理，但是收效不大。由于有机物质进入锅炉，引起锅炉水pH值下降。在交谈、交流中，介绍了多点投氯、定期清理滤池和水箱的防治经验。

吉林某热电厂用江水为原水，用水量大，其微生物污塞情况和北京某热电厂相似。在该厂的防治试验中对滤池加氯加空气擦洗很有效。

4.3 弱型树脂的使用与联合除盐

4.3.1 弱酸阳树脂在脱碱软化以外的应用

上海某医药研究院研制的弱酸阳树脂可以规模生产，但是苦于找不到应用出路。

(1) 弱酸阳树脂用于酸碱再生废液处理试验

北京某热电厂日产酸碱再生废液各1000m³。为进行中和排放，使用两个中和池轮流工作，有时还会发生废水不经中和而直排的情况。

据介绍弱酸阳树脂可以交替对酸、碱再生液进行处理，而无须进行再生。使用离子交换柱对该热电厂排出的酸碱废液轮流进行处理，虽有一定作用，但是无工业应用可能。

(2) 使用弱酸树脂作为前置氢床的试验

对于碱性水的化学除盐，设置前置氢床有减少阳床负担，减少再生废液中酸量，便于废液中和和使酸耗接近理论量的优点。为此使用交换柱，进行了前置氢床为弱酸树脂的试验，认为此系统是可取的。

4.3.2 答复某树脂厂弱酸阳树脂交换柱偏流问题

该树脂厂为客户选用的弱酸阳树脂进行试验时，发现交换柱内严重偏流。虽经多次取出树脂重装填，仍未能解决，询问原因及对策。

经了解，用于试验的交换柱为 50mm 直径，装填树脂高度 750mm，主要是气泡引起的偏流。回答是：

(1) 水中碳酸盐硬度（暂时硬度）和弱酸树脂进行交换反应时，产生二氧化碳。水温升高二氧化碳更容易放出，这是产生偏流的化学原因。

(2) 弱酸阳树脂转型膨胀率远大于凝胶型树脂，一般为 50%，转型中树脂互相挤紧也引起偏流。交换柱细而长，不像实际的交换器那样的径高比。在交换器上不引起偏流，在交换柱中会影响水流。

(3) 如果偏流不影响水质，可以继续进行小试。如果认为有影响，试验中可进行反洗松动。

4.3.3 饮水中氮的处理问题

北京市丰台区南三环与南四环路之间某小区水中含硝酸盐氮 37mg/L，氨氮 0.06mg/L，询问用弱碱氯型阴床处理的可行性。

(1) 一般情况下，水中有硝酸根和氨，往往还会有亚硝酸根。作为饮用水除亚硝酸根更为必要。所以应问清是否含亚硝酸根，及其含量。

(2) 弱碱阴树脂能对强酸阴离子进行交换，适于去硝酸根，如果有亚硝酸根则难去除。氯型弱碱阴树脂实际上是失效型树脂，对阴离子无交换能力，不可能用其除去硝酸根。

(3) 水中含氨氮可能是氨、铵或胺，都不能用所说的系统脱除。如果是氨可曝气或用强酸阳床交换脱去。

4.3.4 关于阳床树脂的 3 个问题

小容量水处理设备往往无预处理设备，阳床树脂容易遭受污染。有许多进口设备原充填进口树脂，由于成本和外汇问题想改国产树脂。

(1) 某单位的阳离子交换树脂使用半年后，变成灰黑不透明，询问原因和解决办法。答复如下。

① 阳床前无过滤器时，阳床除了是交换器外，还起了过滤作用。

水中有机物质可被阻留，可使阳树脂失去透明和变灰暗。水中有低价铁（水管正在发生着腐蚀），也会使树脂变黑。区别是将树脂灼烧灰化时，前者气味腥臭；后者变成红色灰烬（氧化铁）。

② 处理方法是：食盐可溶解蛋白质，氢氧化钠有皂化和去油脂作用，盐酸有溶铁作用。提高处理温度可以强化以上作用。可用15％食盐液50℃搅动浸泡4h；冲净后，用10％～15％盐酸相同温度下处理4h；冲净后，用10％～15％氢氧化钠相同温度下处理4h；冲净后，再用盐酸转型处理一次。

(2) 阳树脂被有机物黏结成块和板结的清洗。

阳床阻留有机物而板结成块，难以反洗冲除，询问冲洗方法。答复是采取空气擦洗解决。

具体做法是，当失效停床后，通水并通入除油的压缩空气搅动反冲洗。如果黏结严重，可以定期使用超声波树脂清洗机清洗树脂，其清洗效果甚好。

(3) 某单位阳树脂是美国产的凝胶型树脂，意欲用国产树脂替代，征询可否。答复是国产的凝胶型树脂性能和国外没有差异，因为所使用的检验标准是一致的。因此任何厂家所产的001×7阳树脂，都可以替代国外产品。

4.3.5 某电厂采用强弱型树脂除盐的意见

下花园某电厂原为中压电厂，改建工程含2×100MW高压机组和1台200MW超高压机组。该厂所处地区缺水，原水水质差，井水的总溶解固形物606mg/L，钠71mg/L，钙100mg/L，镁35mg/L，二氧化硅18mg/L，重碳酸根427mg/L，氯离子54mg/L，硫酸根145mg/L，硝酸根14mg/L。

这种水质使用一级复床加混床难保水质合格，而且酸碱耗量高。1980年在研究改建机组水处理方案时，该厂提出采取弱酸阳床、强酸阳床、脱碳、弱碱阴床、强碱阴床和混床的5床6塔联合脱盐系统。在审查该方案时，认为适合处理该厂的原水；可以满足超高压锅炉用水的要求。而且这种系统的酸碱耗均可接近理论量，废液处理变得容易。在当时是较为理想的方案。

1982年该套联合脱盐系统投入运行，果然不负所望，预期的效果成为现实。

4.3.6　联合脱盐

（1）西安某热工研究院为北京燕山石化某厂锅炉补充水处理，设计了用于联合脱盐的变径双层床。应邀前往参与技术鉴定，认为针对水质特点，按照实际需要设计的该变径双层床，构思新颖，比例得当，出水质量好，碱耗低，别具特色，该项目以较高的评价通过鉴定。

（2）为唐山某电厂扩容工程作除盐方案选取

该电厂是经历 3 期建设的老电厂，在役机组是高压锅炉，补充水处理为一级复床加混床。

1990 年初原水水质恶化，总溶解固形物升高近 4 成，原有的 $2\times$ 70t/h 除盐设备不够用，计划增建 70t/h 除盐设备。针对水质变化后设备选型问题参与并主持了研究讨论。

可供选取的模式，有电渗析器或反渗透器预脱盐，其后为一级复床加混床；联合脱盐又有两种模式，即下花园某电厂采用的 6 塔 5 床联合脱盐和燕山石化某厂采用的变径双层床脱盐。建议该电厂进行调查研究选取。

该电厂水质介于上述两厂之间，认为采取弱酸、强酸、脱碳、弱碱、强碱和混床系统为稳妥。增建设备的出力仍为 70t/h。对该套设备投入后的水质情况和技术经济指标进行了评定，认为均远胜过原来的两套设备。

4.4　水处理方案的重大决策意见

4.4.1　北京某热电厂水质恶化影响制水的再解决

北京某热电厂负担城市东部工业用汽和冬季采暖任务，非采暖季节供汽量 450t/h，采暖季节高达 800t/h。锅炉补充水是化学除盐水。

1976 年，由于河水中微生物污染，使混床无法工作，将一级复床加混床系统改为两级复床。牺牲了出水质量，换得了当年冬季用水。

当时曾指出，该方案仅是临时措施，虽有多级投氯及人工清洗过滤介质等辅助措施，仍难确保供水量，更无法使水质合格。比较可靠的办法是，每当冬季来临时，使用 500～700t/h 自来水作为原水（500t/h 是单设系统，只用自来水为原水；700t/h 为掺混到河水中使用）。由于热电厂用水恰好和自来水错峰，不会影响居民用水，在调查当中，已取得了供水部门共识，但是热电厂由于供热本身亏损，不愿再增加成本负担。

1986 年，该热电厂采暖季除盐水用量 1000t/h，方能保证 700t/h 供汽任务完成。该厂化学除盐设备含澄清器 5 台，虹吸滤池 2 台和离子交换器 52 台，其中 1 级氢床 14 台，1 级阴床 17 台；2 级氢床 11 台，2 级阴床 11 台。这些交换器直径均为 2.5m，共装载树脂 386t，其中有 11 台 1 级设备改为浮床，以提高产水量。每年用纯度 100% 的酸碱各 5000t。

尽管如此，由于除盐水质不合格，锅炉垢量增长快，化学清洗周期短，1986 年共爆管 17 次。为此北京市和华北电管局都要求彻底解决此问题，以保证 1987 年冬季供热安全。

在 1987 年热负荷最低的情况下，进行了确保除盐水质量合格的最大出力试验，得到的结果是仅为 250t/h。因此，重新提出了 1967 年的建议，亦即使用 500～700t/h 自来水，以保证冬季供水。

由于试验数据确凿，论证充分，该建议被批准实施。1987 年冬季未发生由于化学除盐水量影响发电供热事故。而且由于除盐水质好转，锅炉水汽质量合格率提高，未再出现爆管事故。

最为满意的是该电厂的水处理工人。水质改善后，交换器的再生台次减少了 1 半，劳动强度下降。4 个月的采暖季，节省酸碱 1000t。

4.4.2　华能某热电厂水处理方案选择的建议

拟建的该热电厂位于上节提到的热电厂以东，使用引取的地表水为原水，水的总溶解固形物为 400mg/L 以上。在研究补充水处理方案时，有一个拟用方案是，使用该电厂附近的污水处理厂二级处理水为原水，对其进行澄清、过滤，然后经活性炭过滤，再经反渗透预脱盐后，进行化学除盐。预算投资近 2 亿元。

在审查该方案时指出，该方案中对澄清和过滤两工艺除有机物预计太高（达 80% 以上），实际难达 50%。活性炭回收处理费用高昂，远超过购买新活性炭的价格。对于用二级处理水作原水来说，采取反渗透器技术不成熟，难保稳定供水。因此建议保留预处理设备，不用活性炭及其回收设施，不用反渗透预脱盐，而采取联合脱盐方案。这样可以节省投资 3/4，总额超过 1 亿元。而且建设速度快，适合于用二级处理水作原水。

建议该厂对下花园某电厂和唐山某电厂的扩建工程，两处 6 塔 5 床联合脱盐设备的运行经验进行调查后，慎重选择。

4.4.3 某工程环境审查中对原水的建议

福建后石拟建的 6×600MW 火电厂是台商投资项目，其环保考虑颇为周到，环境影响评价项目被通过。在审查中就原水取用提出建议。

该电厂是临海建厂，锅炉补充水的原水和饮用水取自 40km 以外，凿岩引取，工程大，耗资高。在会议上提出使用海水淡化工艺制水。

在会上指出，1978 年天津大港电厂投入反渗透器，随后有两个热电厂都采用反渗透装置对海水和咸水、微咸水淡化，已有成熟使用经验，可以供该厂借鉴。

1991 年，天津大港电厂投入 2×125t/h 闪蒸器由海水直接制取含盐量＜5mg/L 的纯水，作为锅炉补充水的预脱盐，使用经验丰富，也可供参考。

除此之外，低温多效蒸发技术大量用于海水淡化制取饮用水和各种用途的水（含锅炉预脱盐水）。对于该厂来说，同样有代替引水的可能。

4.4.4 对昆明阳宗海某电厂原水和循环水的建议

昆明市东郊的阳宗海湖，虽不如滇池和抚仙湖那么大，那么知名，但是风景秀美，是宜居之地。旧电厂造成大气和水体污染，改建为 2 台超高压机组的新电厂。按照规划此处将建设国际旅游度假村。当地非常重视该处景观的维护。

在该建设工程中有两台 100m 高的双曲线形冷却塔突兀耸立，与优美的自然环境格格不入。地方政府和电力部门多方协调无法解决。当笔者了解了阳宗海湖情况之后，提出了砍掉冷却塔，用阳宗海湖水直流冷却的建议。指出此举有 8 个环境效益、经济效益和社会效益。分别是：

(1) 砍掉冷却塔，不用伪装，解决了景观问题；

(2) 省掉冷却塔及其附属设备，减少数千万投资；

(3) 省去水塔的建设用地，节省上万平方米土地；

(4) 省去循环水泵等设备，每年节电数百万千瓦·时；

(5) 省去防垢处理药剂费用，每年节约数百万元；

(6) 不用磷（膦）剂，避免出现新的一个滇池类污染；

(7) 免去蒸发损失，每年节水量 600 万吨；

(8) 免去冷却塔的淋水噪声，还周边环境宁静。

通常地表水质优于地下水质，使用冷却塔的电厂要另用井水为原水。该电厂不设冷却塔，没有了冷却水浓缩的问题，没有了排水富营养化问题。锅炉原水就可以直接取自湖水了。

4.4.5 对北京某化工厂增容水处理建议

据告知，该厂的乙烯裂解装置将进行扩建，由 30 万吨/年提高到 45 万吨/年。针对主设备的增容改造，供水设备也必须有相应改造和扩展，征询意见。

经了解，该厂的原水水质较前明显恶化，总溶解固形物已由 500mg/L 增至 700mg/L。对此认为补充水处理系统以联合脱盐为宜，建议为弱酸阳床，强酸阳床、脱碳、弱碱阳床、强碱阴床和混床系统。这是由于该厂的裂解炉参数介于高压锅炉和超高压锅炉之间，应从严要求。

该化工厂的水处理设备实际是，原水经两级混凝沉淀处理，进入 5 套直径 3m 的双室双层阳浮床交换器，经过脱碳后进入直径 3m 的双室双层阴浮床交换器，再进入 6 台直径 2m 的混床处理。

该套联合除盐设备采取浮床为 3 用 2 备，混床为 4 用 2 备，可以满足 750t/h 除盐水的需要。

用水设备是 14 台乙烯裂解炉，单台产汽量为 20t/h，共用 2 台蒸汽过热器。2 台 170t/h 11.6MPa 燃油锅炉和 2 台 120t/h 3.9MPa 燃油锅炉。所产生的蒸汽主要供应工艺用汽，有两台 15MW 背压汽轮发电机和压缩机透平用汽。因此，补水率达 100%。

在应邀对该套除盐设备进行查看时，认为无论是水量和水质，均满足了设计要求和设备对水质的要求。该厂技术处负责人想对该套设备进行调整试验。答复是无必要。因为从实际运行中已掌握了制水规律。对于联合除盐系统来说，酸碱耗量基本是理论量，没有下降的裕度。

4.4.6　解决某电厂供水紧张的混床增容措施

大同某电厂是节水型设计的电厂，共装有 6 台 200MW 机组，前 4 台为高浓缩倍率循环水冷却机组，后 2 台是海勒式空气冷却机组。它用空气冷却密闭式循环的冷却水，这种冷却水是用化学除盐水和汽轮机排汽作混合式冷却而升温的冷凝水。尽管空气冷却机组大量节约冷却用的水，但是它自身却需要大量的化学除盐水。

自 1984 年起，该电厂每年投产 1 台机组，后两台空冷机组分别于 1988 年冬和 1989 年投产。在首台空冷机组投产时，该厂已感到化学除盐水不够用，这是由于在正常的锅炉水汽损失外，还要充满容积为 4000m³ 的空冷系统水管道。

在第 2 台空冷机组（6 号机）将要投产时该电厂向上级单位提出必须停止 1 台机组才能满足化学除盐水的供应。

经过核算认为，该厂正常水汽损失接近 8%，高于设计标准，冬季则≥10%。这是机组达额定容量时，缺水的真实原因。但是，空冷机组投产确实要用 20000t 以上的化学除盐水冲洗系统和充满系统。如果故障停机还需要上万吨除盐水。

因此，要求该厂消除水汽系统的额外损失，使水的补充率≤6%。同时再增添 1 台 100t/h 出力的混合床，供机组启动等意外情况补充水之用。

4.5　水处理设计、调试及存在的问题

4.5.1　对水处理设计规程修订中提供的意见

在讨论水处理设计规程时，对于化学除盐的采用界定争议较大，提供以下意见纳入其中。

(1) 我国长江以南、松花江以北地区，水的溶解固形物<200mg/L，江淮之间水的总溶解固形物<300mg/L，这类水适于采取一级复床加混床处理。凡是高参数锅炉（含次高压炉）均应采取此系统。

(2) 海滦水系，山东、河南等省天然水含盐量为 400mg/L 上下，

采用化学除盐时，应针对水质采取辅助措施，例如基本无暂硬的水可加设弱酸阳床。山西、内蒙和西北地区天然水总溶解固形物大于500mg/L，且多为强酸盐，矿质的阳离子高，宜配合弱碱阴床。

(3) 水的总溶解固形物≥600mg/L，宜采取联合除盐，以降低酸碱耗和减少废液排放。使用反渗透器预脱盐的总溶解固形物界限宜为>500mg/L。

(4) 中压锅炉碱腐蚀严重，汽轮机还存在结硅垢问题，应考虑进行除盐。

4.5.2 对引进超临界参数电厂水处理调试的谈判

在蓟县盘山脚下将兴建一座超临界参数电厂，2×500MW 锅炉机组由前苏联提供，供货方负责设备的启动调试。

水处理设备中，化学除盐设备为两级除盐加混床，对各种回收的冷凝水经氢床加混床除铁和净化处理，外方列出的设备调试时间长达1年半，参与调试的人员太多，均按工作日计算报酬。

在与外方进行的两轮谈判中，计算了设备调试实际需要时间和所使用的人力，并用国内 GW 级电厂水处理调试作为说明。最后取得一致意见，将调试时间压缩50%，调试人员减少60%。

4.5.3 某电厂的化学除盐设备调试方案

张家口某电厂是新建的 4×300MW 电厂，在安排该厂启动调试时，较熟练的人员已分赴南方一些电厂从事启动调试工作，只能安排未进行过水处理设备调试的新毕业生和由电厂调入的人员从事该项工作。为这些人员提供了有关资料供参照，为其编写了调试大纲，代为向业主单位作技术交底，以便启动该项工作。

该电厂原水溶解固形物 450mg/L，硬度 3.1mmol/L，碱度6mmol/L，亦即微带永久硬度。

化学除盐设备为，水经机械过滤，进入逆流再生的一级复床和混床除盐。阳床和阴床直径均为 2.5m，阳床树脂高 2m，阴床为 2.5m。混床直径 1.8m，内充阳树脂 0.5m³，阴树脂 1.2m³。

要求安装单位和业主单位提供的设备调试条件是：①所有安装工作全部结束；②转动机械分部试运行合格；③原水及排水通畅，废水处理设施齐全、可用；④过滤器和离子交换器的滤料和垫层经化学稳定性检验合格；⑤试验室具备启动调试中水质化验的条件；⑥操作人员已经熟悉设备的各项操作。

调试的准备工作是，按水流顺序依次对过滤器、清水箱、清水泵、阳床、除碳塔、中间水箱、阴床和除盐水箱进行冲洗。冲洗既为了检查设备有无问题，是否畅通，也为了冲净设备和管道中遗留的细小颗粒物；又与各设备的制水结合。亦即，将过滤器冲净送出合格的水（称清水），用其对阳床树脂进行反冲、正冲，并制出合格的阳床水；再用阳床水冲洗脱碳塔、中间水箱和阴床，并使阴床制出合格的除盐水。

待除盐水箱冲净和贮满化学除盐水后，再用其冲洗再生系统，并配制再生液，对阳床和阴床进行正式再生和制取除盐水。

初次再生用较高些的浓度和再生剂比耗再生。阳床盐酸浓度为4%，以理论量的1.4倍再生，（使用浓盐酸1.4m³），再生流速4m/h；阴床氢氧化钠浓度4%，用理论量1.8倍再生（使用40%氢氧化钠0.45m³），再生流速3m/h。

待制出合格的一级除盐水后，用其冲洗混床，使阴阳树脂分层，再分别进行再生和混脂，按树脂量计算，阳树脂使用浓盐酸0.25m³；阴树脂用液碱0.4m³。对混床水的质量要求是，电导率≤0.2μS/cm，二氧化硅≤20μg/L。

按照以上调试方案，对该套除盐设备进行了调试，取得合格的混床除盐水。

4.5.4 某热电厂汽轮机结垢原因分析及处理意见

石化系统某热电厂汽轮机结盐垢限制出力，应邀去现场查看，经查阅水质化验报表是除盐水含钠量过高引起的。由于是热电厂，锅炉补水率达70%～80%，除盐水中的氢氧化钠进入锅炉，使炉水起泡沫，引起蒸汽带水（水滴携带）；含氢氧化钠的给水用于减温，是结盐垢另一原因。

该热电锅炉原有酸腐蚀问题，为此，在阴床中掺混少量阳树脂，人为造成漏钠以提高pH。看来是掺混的阳树脂量过大所致。提出建议是：

(1) 减少混脂比例，可通过补入阴树脂解决；

(2) 对除盐水和蒸汽加测含钠量，使除盐水含钠量＜100μg/L，蒸汽钠＜30μg/kg；

(3) 尽量增加冷凝水的回收以降低补水率；

(4) 考虑是否可添置混床。

4.5.5　污染树脂的复苏和除盐设备问题

(1) 天津某电厂原水是河水，其上游有化工厂向河中排放废水。使该电厂新树脂交换容量下降，影响除盐水的产量和质量。对污染树脂黏附的污染物用溶剂清洗和灼烧时放出异味，确认是化工厂排废引起的。建议从两方面解决：

① 加强脉冲澄清池的管理，加强无阀滤池的管理（如更换滤料），提高自身截污能力。

② 向有关部门反映意见，制止排水污染。

③ 指导用带有洗净剂的食盐液和酸碱液轮流对树脂清洗复苏。

(2) 北京房山某炼油厂的热交换器中进入含油污水，油污水又通过冷凝水回收系统污染了树脂。来人携带污染树脂试样，可以看到树脂被油黏结成团，染成黑色，邀请指导处理。

① 建议该炼油厂对油污管道碱洗清理；

② 用2%～4%海鸥洗涤剂对树脂空气擦洗除油，待油污除尽，树脂恢复松散的颗粒时复苏；

③ 使用10%食盐、10%盐酸、10%食盐、10%氢氧化钠交替进行复苏处理。

(3) 下花园某电厂交换器衬胶层冻裂的处理

该电厂地处塞外，室外温度常达−25℃。所订购的12台离子交换器放置露天，使衬胶层冻裂，出现裂纹，应邀前往检查并商讨对策。

经查看，所有的交换器衬胶均有裂纹。大的裂纹已裂透衬胶层。建议对所有的裂纹进行电火花检查，标记出已裂透的裂纹，对其用砂轮磨至交换器壁钢铁，重新修补衬胶。严重冻裂的交换器密布延至器壁的多条裂纹，对此建议烧去胶层，重新衬胶，重新修补或是重新衬胶，都必须经过严格的检验。

应将离子交换器移进库房保管，室内温度不低于零度，而且不使气温剧烈变动。

（4）秦皇岛某电厂逆流再生中间排水装置损坏

该电厂建成于 1970 年，1972 年将原固定床顺流再生设备改为逆流再生。投用 1 个月后中间排水装置由法兰处断开。其原因是该处运行中承受水压较大，中间排水装置造成的阻力大，引起破坏。

除该厂外，自行改造的逆流再生设备，常出现中间排水装置被水流"压"坏现象。经焊接支撑拉固肋条后解决。由制造厂生产的专用逆流再生离子交换器未出现过此问题。

北京某热电厂直径 2.5m 的离子交换器，改为逆流再生后，在试验阶段多次发生中间排水装置倾斜侧歪现象，故认为大型离子交换器改造为逆流装置有一定难度。随后改为浮床也为逆流再生原理，但是方向相反，为顺流再生，逆流浮动成床运行，其降低再生比耗，提高出水质量效果均显著，而且操作简单，制水量大增。该厂已将 11 台交换器改为浮床。

4.5.6　由于除盐水质问题造成锅炉爆管案例

（1）辽宁抚顺某石油厂水冷壁管超温爆破

该石油炼制厂锅炉是 230t/h 高压锅炉，用于生产供汽，锅炉补水率达 80%～90%。补充水使一级复床加混床脱盐，由于原水二氧化硅高，化学除盐水二氧化硅历来高。

查看失效水冷壁管试样为唇状破口，内壁有 2mm 厚的垢，向火侧有腐蚀。据该厂化验垢中二氧化硅含量达 27%。

对来人指出，该爆口应是典型的超温失效，但是从内壁腐蚀及水冷壁管蠕伸不大看有腐蚀脆爆因素。经了解，该炉补充水虽是经混床处理，但是补充水需求量过大，混床出力有限，经常直接补充单级除盐水。对来人提供的建议：

① 加强水务管理，降低水汽损失，增加冷凝水（疏水）回收，应将补水率压到 50% 以下。

② 禁止直补单级除盐水，该管已有酸腐蚀倾向，继续补单级除盐水将导致发生脆爆失效。

③ 对一级阴床再生时再生液应加温到 35℃，适当增加碱的再生比耗，使为 2 左右，使之得到再生，以降低出水二氧化硅含量。

④ 该厂提出是否应增加阴床，答复是可以，也可考虑改为浮床。与其扩容不如增加混床。

(2) 首都某钢厂自备电厂水冷壁管脆爆原因

该钢厂自备电站锅炉是 220t/h 高压锅炉，补充水是一级复床加混床，因锅炉水 pH 值低曾咨询过，不久之后水冷壁管爆破，请求进行失效分析。

该锅炉于 1986 年投产，与 50MW 机组配套运行。在锅炉水冷壁管爆管前曾询问过：锅炉水 pH 值经常低于给水是何原因。据介绍给水 pH 值约为 9，但是锅炉水 pH 值常为 8 左右，有时甚至低于 7。

对来访者说明：①给水 pH 值为 9，是加氨造成的，只能保护给水系统，无助于锅炉。②锅炉水 pH 值为 8 左右，应该是真实的（该单位怀疑采样或化验有问题；也曾向别人咨询过，被告知可能是化验错误）。这是由于锅炉水中有强酸阴离子，例如硫酸根。当给水是氢氧化铵和硫酸铵时，进入锅炉后，氨进入汽相，炉水中剩余的强酸阴离子就会以酸的形式出现（例如是硫酸），这就引起锅炉水 pH 值下降。③警惕锅炉酸腐蚀。

应邀去该厂查看，其混床出水 pH 值为 6 左右（5.7~6.5），但是向除盐水加氨掩盖了 pH 值低的问题。

分析混床水 pH 值低的原因：①混床中阳阴树脂工作交换容量不匹配，例如按等体积装载，阳树脂交换容量比阴树脂大 1 倍，会出酸性水；②混床再生后混脂反洗时间过长、强度过大，反而使其分层；③阴阳树脂密度差和粒径差过大（之所以这样选配往往是为了再生分层彻底，避免混脂而影响再生质量），也会使混床自动分层，阳树脂下沉的结果，会使除盐水 pH 值过低。

对该自备电厂提供的对策是：①如果发现锅炉水 pH 值低于 9，不必怀疑是否采样或化验错误，应加氢氧化钠中和并提高到 9.5 以上，pH 值≤8.5，可加 30g；pH 值≤7.5，应加 70g；②向混床中补加阴树脂，使阴阳树脂比例为（2.5~3）:1；③再生好的阴阳树脂相遇时，会自行抱团，无需水力搅拌，更无需长时间反洗搅动。

4.6 化学除盐技术中的咨询答疑

4.6.1 水处理中化学除盐系统的选型

(1) 天津某电厂水处理系统改造的咨询建议

该电厂位于市区，原是用于发电的凝汽式电厂，拟改造为城市集中供热电厂，锅炉补充水量将大幅度增加，征询水处理系统优化选择。

该电厂原水季节性变化大，枯水期受海水倒灌影响，水中氯离子可由平时的 20mg/L，增至 200mg/L 以上。针对原水这一特点，重点应放在对强酸阴离子（强酸盐如氯化钠）的消除方面。

建议该电厂采用强酸、脱碳、弱碱和强碱；3 床 4 塔系统。而且由于受水处理车间面积限制，建议阴床采取双层床或双室双层床。

(2) 对唐山某电厂扩建机组水处理的咨询

唐山某电厂原水是井水，7 台高压锅炉的补充水是一级复床加混床的化学除盐水。该厂由于井水含盐量由 400mg/L 增到 500mg/L，而且将扩建 1 台新高压锅炉，要求提供咨询意见。所提意见为：

① 该市自来水总溶解固形物为 300mg/L，新建锅炉是为该市供热之用，可申请使用自来水。原水盐分降低减少的再生剂可以抵消自来水费。

② 采取强弱树脂联合脱盐，其酸碱耗低，排废容易解决，适合于市内的电厂。

③ 采取反渗透预处理脱除盐分，但是其耗水量较大，且费用较高。

以上方案中以第 1 方案系统改动量小，使用经验成熟；第 3 方案技术较新，应是发展方向；第 2 方案从技术进步考虑介于两者之间，该厂接受。

4.6.2　采用联合脱盐的条件

天津某铁厂的原水质量差，拟采取弱型树脂和强型树脂联合脱盐，询问使用该法的含盐量界限。答复是：

(1) 从保证除盐水质量和减少排废考虑，原水溶解固形物 ≥ 600mg/L，应采取联合除盐。

(2) 如果地方环保部门对排水 pH 值有严格要求，对废水排放量有限制，即使溶解固形物 ≤ 500mg/L 也有必要考虑使用联合除盐。

4.6.3　联合除盐树脂使用问题

曲阳某化肥厂新建的联合除盐系统，按照原设计所用的离子交换树脂分别是：D111 大孔弱酸阳树脂，001×7 凝胶型强酸阳树脂，D311 大孔弱碱阴树脂，201×7 凝胶型强碱阴树脂。由于未能购到 D311 阴树脂，想用 D301 阴树脂代替，问是否可以。答复如下：

(1) D311 阴树脂是大孔型丙烯酸系弱碱阴树脂，其抗污染性能好。D301 是大孔型苯乙烯系树脂，也有一定的抗污染能力，但是比 D311 差。至于其他性能则不相上下。向设计单位问清选用 D311 的主要理由。如果不是出于抗污染考虑，则无问题。

(2) 如果原水是地下水，且有过滤装置，可以使用 D301。如果是地表水，则应配置混凝、过滤处理，以防树脂污染。

4.6.4 混床树脂不分层的原因及处理措施

(1) 北京某化工厂制水车间新增添混床设备，为对其再生，应先使阴阳树脂分层，但是该车间发现分层困难，询问其原因及对策。答复是：

① 常见的混床分层不理想的原因是，所用的阴阳树脂湿真密度接近和粒径接近。它会影响分层不彻底，有少量混层，但是不会不分层。

② 阴阳树脂有静电引力，再生好的氢型和氢氧（羟）型树脂会自动抱团，难以分离和分层。

③ 如果属于前者，是树脂选用的问题，已经购买，则难解决。再选购树脂时，应使阳树脂湿真密度比阴树脂大 20%；而且应使阳树脂粒径比阴树脂大 0.2mm。如果属于后者则好办，只要使其失效即可，可以自然失效而分离，也可以人为使其失效。

经了解，该厂混床并未失效即转入再生。告知人为失效方法是向混床中加入少量氢氧化钠再生液，使阳树脂成为失效型，阴树脂成为再生型，则不再抱团而分离。转型之后，两者树脂密度差增大，分层更为容易。

(2) 唐山某钢厂询问混床分层困难的原因和对策。经了解得知，该混床是按压差判定失效，该混床的压差增长很快，产水量并不大。

据此推断：①一级除盐水有污染，例如微生物；②树脂粒径过小而阻力大。上述两种情况都造成树脂未失效而必须转入再生。因此告知：

① 树脂难分层是由于尚未失效。如果混床水质良好，可试行反洗松动使压差下降，然后继续运行，这样可以增加制水量，降低酸碱耗。

② 找出混床压差快速增长原因，作针对性解决。可以考虑所推测的原因是否正确。

4.6.5　阳阴双层床水质下降的原因

天津某化纤厂热电分厂装有 18MW 机组，配备有双层床化学除盐系统。阳床直径 1.6m，充填 D113 弱酸树脂和 001×7 强酸树脂 1.2m＋0.8m 高；阳床直径 1.8m，充填 D301 弱碱树脂和 D201 阴树脂，也是 1.2m＋0.8m 高。

该厂告知，该双层床除盐设备投产初期，除盐水二氧化硅≤20μg/L，经过 1 年运行，除盐水二氧化硅不断升高，已达 120～200μg/L。出水电导率也不断升高，已达 30μS/cm，询问原因与对策。

对此经了解是原水质量有所变化，运行管理也存在一定问题，答复如下。

(1) 原水污染加重，而且是有机物和微生物污染，使抗污染的 D113 树脂也难耐受，其交换容量会受很大影响。

(2) 双层床本身就有反洗难彻底的缺点。清洁的水或预处理良好的水可用。该水有了污染，加上反洗强度不足，使弱酸床层积污黏结而发生床层偏流。这个问题随运行时间加长而加重。对水中碳酸盐硬度的脱除很不利（原水中大部分是碳酸盐硬度），使强酸阳树脂负担加重。

(3) D301 弱碱阴树脂抗污染能力弱，遭受污染交换能力下降。除去强酸阴离子的任务转嫁到强碱阴树脂上，就造成强碱阴床漏硅漏盐分。

(4) 提高预处理截污能力；强化双层床反洗除污作用；提高碱液温度，保证碱液质量，适当提高碱浓度，以加强阴双层床的再生过程，提高阴双层床的再生率，可以使除盐水二氧化硅和电导率下降。

4.6.6　一级复床的除盐水质不如强阳弱阴床的原因

山东某油田自备的中压锅炉，有两套补充水除盐设备，分别是强酸和强碱的一级复床、与强酸阳床和弱碱阴床搭配的除盐系统。该厂人员询问为何前者的水质不如后者。答复如下：

(1) 不同参数锅炉对补充水量要求不同，其考核指标也不同。依据不同的水质标准判断除盐水质就会产生不同结论。高压锅炉重在除硅，用除盐水二氧化硅含量考核是否合格；中压锅炉不考核补充水二氧化硅，一级复床的除硅优势就表现不出来。

(2) 一级复床对再生剂质量要求严格，再生液中氯离子含量对强碱阴床的再生度影响极大，用这种碱再生强碱阴床，对水质和水量都有影响。

(3) 弱碱阴床的优势是碱耗很低，对液碱质量要求低，氯碱法生产的碱可以使用，甚至可以使用强碱阴床的再生废液作再生剂，这是其优势所在。用碱耗和交换容量相比，弱碱阴床优于强碱阴床。正是由于弱碱阴床再生度高，它的除盐水电导率会比再生度差的强碱阴床低。

(4) 提示两个问题
① 重视强碱阴床再生剂质量，提高其再生度；
② 可将强碱阴床再生废液用于弱碱阴床再生（如果不够可补充部分碱液），以节约再生用碱。

4.7 凝结水化学除盐和其他除盐问题

4.7.1 用于凝结水精处理的氢层混床或前置氢床

(1) 氢层混床技术指标的保证值测量

大同某电厂 2 台 200MW 空冷机组由匈牙利提供，随同汽轮机配有 2 套共 6 台氢层混床。

一般的混床从树脂交换容量考虑，令阴阳树脂体积比为 2∶1。该氢层混床的阴阳树脂以 1∶1 的体积比装载，然后在混合床层上又加铺 0.3m 强酸氢树脂。这就使该种混床阴阳树脂的交换容量之比为 1∶3。使这种混床存在产酸性水危险。

厂商提供的该种混床技术指标为：①该混床具有除铁和脱盐双重作用；②混床流速可高达 130m/h；③混床树脂可在 60～65℃下长期工作；④精处理水的指标为电导率≤0.1μS/cm，二氧化硅≤15μg/L，钠和铁均 ≤10μg/L。

和匈牙利厂商聘请的化学博士对 6 台混床各在额定出力和 60℃下

各进行了 1 个周期的保证值测量。所得的电导率、二氧化硅、钠和铁均满足了所保证的指标。然后又进行了 1 个月的运行考验，未检测到超标数值，确认水质合格后，签署了保证值测量验收报告。

（2）对氢层混床产酸性水隐患的提醒及对策

提出了氢层混床保证值测量报告后，向业主单位提示了必须重视的问题和改进建议。

① 该混床的不同寻常之处，是强酸阳树脂交换容量达阴树脂 3 倍。一旦阴树脂失效，仍继续制水，将制出酸性的精处理水，是很危险的。

② 混床配备有在线电导率表，却未配在线 pH 表，很难发现阴树脂失效，混床产酸性水问题。因此建议尽快加装在线 pH 表（酸度计）。而且指出，酸度计在监测混床失效方面比电导率表更灵敏。

（3）对大同某电厂水系统呈酸性的分析处理

1991 年 5 月 17 日 8 时，接大同某电厂化学主任电话，告知 5 号锅炉凝结水、给水和锅炉水 pH 值均已低于 5，而且锅炉水 pH 值已低于 4，询问原因和对策。

经了解，从当日零时起，发现该 5 号锅炉机组凝结水（精处理后的）、给水和锅炉水 pH 值下降，而且下降速度高。向领导提出停炉，但是由于电网中同时有 3 台大机组检修，未予批准，询问对策。

① 告知该主任是凝结水处理系统氢层混床出了问题，阴树脂失效未能发现所致，应由根源上杜绝；

② 要求锅炉降参数降负荷以减轻腐蚀；

③ 向锅炉加入分析纯氢氧化钠提高 pH 值。

该锅炉机组由 15.7MPa、640t/h 降到 8MPa、345t/h。通过大量排污换水和投加氢氧化钠，使锅炉水 pH 值由最低 3.1 升到 6.7。

（4）对氢层混床阴树脂失效产生酸水的验证

大同某电厂 1991 年 5 月 17 日 5 号锅炉机组全系统 pH 值下降问题解决之后，仍有人不相信氢层混床中阴树脂失效的严重影响，对于安装在线 pH 表持怀疑态度。为此，进行了氢层混床按电导率表指示失效后的精处理水 pH 值测量。

有 1 台氢层混床按电导率指示失效后；延长了 10min 运行（但是流速已大幅度降低），其出水 pH 值由 6.5 降到 5.8。另一台氢层混床刚失效时 pH 值 6.7，继续制水 5min，再采样化验 pH 值为 5.9。

该电厂总工程师在现场见证了试验全过程。确认了以下问题，即①确保进入氢层混床的凝结水不受污染；②必须增加对氢床混床出水 pH 值的监督；③不管氢层混床出水电导率是否升高，只要其 pH 值<6.5，必须停床再生。

(5) 答复某设计人员询问设置前置氢床问题

传统的凝结水精处理布置是，使用覆盖过滤器除铁，用混床脱盐。除铁用的低粉有爆炸着火危险，运输贮存都有问题；而且爆膜和铺膜不容易成功，业主单位不愿采用。对于扩建机组拟采取前置氢床，征询可行的方案。答复是：

① 可考虑 3.5MPa 高速混床，据了解其效果较好。

② 国外有粉末树脂覆盖装置可以除铁脱盐。看是否有可能采用。

③ 如果设置前置氢床，应确保不产生酸性水。对于滨海电厂来说尤应注意此问题。一旦凝汽器泄漏，阴树脂迅即失效，难免产生酸性水。

4.7.2 凝汽器泄漏使精处理混床失效的应急处理

天津大港地区某电厂 1 号锅炉机组是燃油亚临界参数机组，凝汽器用铝黄铜管，以海水直流冷却。配置有低粉覆盖过滤和混床精处理设备。正常对 50% 凝结水进行处理。锅炉无底部排污，采取全挥发处理 (AVT)，亦即只对给水加氨和联氨，不向锅炉加固体药剂。制造厂给定的锅炉水电导率 $\leqslant 4\mu S/cm$。

接该厂电话称，该锅炉电导率 $>4\mu S/cm$ 已 1 昼夜，连续排污全开，仍无法制止电导率增长。对此判断是凝汽器管渗漏。嘱其对凝结水 100% 处理，申请锅炉降负荷或停机查漏并堵塞漏管。

该厂查出了泄漏的铜管，并加以堵塞。经对锅炉换水冲洗，和启动后采取 100% 凝结水处理，锅炉水电导率已合格。

在检修中，将泄漏铜管抽出检查，得知是凝汽器管中卡有异物，造成铜管冲刷泄漏。

4.7.3 精处理凝结水 pH 值偏低使锅炉腐蚀的处理

张家口某电厂锅炉水 pH 值多次发生低于 8 的水质故障，最低值为 6.14。该电厂凝结水精处理率为 50%，查阅经精处理的凝结水，发现其 pH 为 5.6～6.0，电导率常超过 $0.5\mu S/cm$，最大值 $0.8\mu S/cm$。由此认为，是精处理的凝结水质差使锅炉水 pH 值下降。该电厂认为是混床树脂质量存在问题，已经提出申请报告要求更新混床树脂。

在批准该电厂更换混床树脂要求的同时，提示该厂注意订购树脂时，勿使阴阳树脂的密度差过大，和勿使两者的粒径差过大。因为已经发现该厂精处理凝结水 pH 值低和电导率高有规律，就是在混床的工作后期出现。这有可能和阴阳树脂的静电作用减弱，床层底部聚集了阳树脂有关。而且应按阴阳树脂交换容量相当充填，亦即阴阳树脂体积为 2∶1，免得周期后期精处理水 pH 值下降和电导率上升。

4.7.4　高速混床树脂的国产化研制有关问题

(1) 接待江苏南京某树脂厂来人征询树脂生产的发展方向问题时指出：

① 基于水体环境保护日趋严格的现状，基于缺水引起的水质不断恶化的情况，弱酸阳床和弱碱阴床被使用的前景看好。应发展低转型膨胀率和抗污染的弱型树脂。

② 随着中压（3MPa）高速混床的发展，对高强度均粒树脂的需求，将是凝结水精处理用树脂的发展方向。

③ 沿长江密集地建设大容量火电厂，突出了凝结水精处理设备对树脂耐温性能的要求。在珠江三角洲建设火电厂和核电站尤其需要耐温树脂。

(2) 南京某树脂厂询问混床树脂技术指标

在完成了对匈牙利引进的高速混床保证值测量后，南京某树脂厂提出用该厂树脂加以发展，作为替代进口产品的意向，并询问其技术要求。

对该厂建议生产可满足耐温 60℃和流速达 130m/h 的高速混床树脂。该温度相当于我国最炎热地区的凝结水温度；该流速是目前高速混床的较高流速。除以上两点之外，要求所研制的树脂有较高的强度；具有很高的交换速度。前者和树脂骨架有关，后者和交换基团有关。

该树脂提供了所研制的 D006 和 D206 混床用阳阴树脂供测试。经测试由该两树脂组成的混床流速可达 120m/h，长期使用温度可达 50℃。

4.7.5 对不同的混床树脂分离技术的评议及选型

张家口某电厂 2 期工程同样是 4×300MW 亚临界参数锅炉机组，在对凝结水处理混床再生分离技术作选型评议时，3 家厂商提供了 3 种分层分离装置，令业主单位无法取舍。应领导要求，对于锥形漏斗法，高塔法和中间抽出作评议。对此发表的意见是：

(1) 这 3 种技术均是成熟的，难分高下，关键在于对其管理和运用。

(2) 据秦皇岛某热电厂由英国引进的混床运行经验，其分层分离效果尚好。该电厂归属网局管理，可去调查（领导决定采用该类型产品）。

(3) 在该会上提出了与混床技术无关，但是对该电厂二期扩建的锅炉机组腐蚀攸关，尤其是和凝汽器是否会泄漏有关的问题。那就是一期工程循环水浓缩倍率≤3.5，已使 70-1A 管发生了腐蚀，而且是后投产的机组，由于浓缩倍率越来越高，腐蚀都比前一台严重，这是"婴儿期"腐蚀的结果。然而二期扩建工程循环水浓缩倍率设计为 5.5，仍然选取 70-1A 管，必然会由于婴儿期腐蚀越来越严重而早期泄漏。这种腐蚀泄漏一旦发生，不论是何种混床树脂分离技术，也不论是 50％处理，还是 100％处理，都无法避免腐蚀危及锅炉机组。因此，必须及早变更为 70-1B 管（70-1A 管长期用于总溶解固形物≤1000mg/L 水中，70-1B 管可长期用于 3500mg/L 的循环水中）。

4.7.6 有关树脂、离子交换工艺和设备的问题

(1) 关于凝汽器泄漏及凝结水精处理问题

某水处理公司从事凝结水处理业务的人员询问凝汽器泄漏和允许泄漏率问题，以及对精处理混床的运行管理问题。对其答复如下：

① 凝汽器泄漏有两种不同情况：一是由于安装工艺（例如胀接）所限，严密程度决定的渗漏；二是腐蚀穿孔或是应力断裂造成的泄漏。

我国未对凝汽器的允许泄漏率做出规定。凝汽器的渗漏或泄漏是否被允许，要看对凝结水质的影响而定。其泄漏影响又和冷却水质有关。在同样的按水量比例的泄漏率下，海水冷却机组要比淡水冷却机组影响大得多；同样是用淡水冷却，浓缩倍率不同影响也不一样。

② 对于凝汽器的泄漏是否被允许，通常是按凝结水漏入的盐分考

虑，一般是应<0.001%。亦即冷却水盐分是 1000mg/L，凝结水盐分应≤10μg/L。用可以监测的指标表示时，其期望值是电导率≤0.3μS/cm，含钠量≤30μg/L。如果达其 2 倍以上，就难以允许了。

③ 该公司的客户是用淡水冷却的亚临界参数电厂。对其指出，应使精处理前的凝结水电导率和含钠量为冷却水的 1×10^{-5}。

④ 凝结水的精处理率和凝汽器管的材质以及冷却水的总溶解固形物有关。设计的处理率应按照全部凝结水进行处理，这是因为腐蚀穿孔，尤其是应力腐蚀断裂发生，漏入凝结水中的冷却水，将达凝结水量的 0.5%～3%，必须全量进行处理。在平常运行中可只处理 50%上下。

⑤ 防止凝汽器渗漏还应靠管板涂胶密封；快速防止凝汽器泄漏应采取诊断技术，依靠氢电导率和含钠率变化确定是否泄漏及指导查漏。

(2) 有关精处理装置选取布置问题

① 凝结水精处理装置布置在凝汽器出口。有两种系统，一是在 0.8～1MPa 压力下工作，可依靠凝结水泵的压力工作，再经升压泵进入给水系统；另一种是在 2.5～3.5MPa 下工作，用专设的泵系工作，要求精处理设备承受相当于中压锅炉的压力。为此把它作成球形。

经过精处理的水质应达到：硬度为零，电导率≤0.2μS/cm、二氧化硅≤15μS/cm、钠≤5μg/L、铁≤8μg/L。

② 前置过滤主要是除去铁磁性的氧化铁微粒，使用电磁过滤装置能有效除铁。西安某研究院的高梯度电磁过滤器可取。它以微米级直径的顺磁材料毛絮捕捉水中铁磁物质，可以使水的流速达 200m/h 以上，工作温度为 40～200℃，除铁率超过 90%。当发现水中含铁量有所增高，或是压差有所增长，断电反冲洗可以将吸着的铁除去，采取空气与水擦洗更好。反洗水耗为制水量 0.1%。

(3) 答复蓟县某电厂关于俄罗斯树脂牌号问题

该厂基建筹备处询问锅炉补充水处理和凝结水处理用的树脂对应我国是何牌号、答复如下：

① КУ-2 和 КУ-8 相当于我国的 001×7 强酸阳树脂；

② AB-17 相当我国的 201 强碱阴树脂；

③ AH-31 是中等碱性非球状树脂。

所提供的树脂品牌国内均有生产，而且质量不比俄罗斯的差。

(4) 答复承德某电厂所购树脂质量问题

承德某电厂总工程师携带该厂新购离子交换树脂样品，要求代为鉴定真伪。查看样品树脂，外观不透明，颜色灰绿，颗粒细碎，认为系旧树脂或是废树脂，不能用于化学除盐。如果要出具报告，应作正式委托进行试验。

(5) 某电厂逆流再生设备树脂污染的原因

该厂化学除盐是逆流再生设备，投产不久阳树脂受污染变得不透明，其阻力增长甚快。询问原因何在。答复是逆流再生设备对原水浊度要求严格，要求浊度≤2FTU。该厂原水浊度高不符合要求。逆流阳床直接接受原水，浊度不合格时积污快，小反洗往往不起作用。

要求逆流再生阳床入口水浊度合格。大反洗周期不可过长。最好在 20 个小反洗后，进行大反洗。

4.8 与化学除盐有关的技术咨询

4.8.1 原水含氨造成锅炉过热器爆管的分析

北京石化公司某热电厂 4 台 120t/h 中压锅炉，在 1 个多月中过热器管腐蚀爆管 4 次，询问爆管原因。

告知来人是原水含氨（铵），而阳树脂对铵的交换能力差。吸收了铵的阳树脂，可被水中钙镁逐出，造成阳床漏铵。进入锅炉中的铵盐会以氯化铵或硫酸铵形式进入过热器，造成超温和腐蚀。

4.8.2 对孟加拉国某项目标书的咨询意见

某电管局外事单位对该国某电站 60MW、260t/h 锅炉，所配水处理设备的标书征询意见。针对标书内容提供如下意见：

(1) 由原水分析看以碳酸盐硬度为主，既可采取石灰沉淀预处理又可采用前置弱酸氢床。后者易于管理、易于实现自动化。

(2) 即使采取石灰沉淀预处理，在化学除盐系统中也应设置除碳塔，以降低碱耗，减轻阴床负担。

(3) 不可用石灰处理溶解再生用碱。因为在石灰处理水中有相当多的残余碳酸盐硬度，还有永久硬度，它们遇氢氧化钠会产生沉淀而污染阴树脂。应该使用一级除盐水溶解氢氧化钠，和配制再生液。

（4）该原水可以经石灰处理作为循环水的补充水，但是不可直接将其补入循环水中，必须加硫酸酸化到 pH 值≤8.3。否则将诱导循环水结垢。

从运行管理方便考虑，该电厂以采取阻垢缓蚀处理为宜。

（5）原水是地表水，应该充分注意水中有机物对除盐系统和循环水系统的影响。

（6）所列的化学仪表国内皆可提供，质量和配件均有保证，不必外购。

（7）对于该参数的锅炉机组来说，标书提供的水质指标过于严格，可适度放宽，以便于满足标书要求。

（8）解答波美度等特殊单位，改正电导率单位的正确写法。

4.8.3　阳床使用硫酸作为再生剂的问题解决方案

河北邢台某电厂循环水的补充水处理是用弱酸阳树脂脱碱软化，其再生剂是硫酸。对于锅炉补充水的强酸阳床，也拟使用硫酸再生，征询是否可行。对此答复是：用硫酸作为再生剂综合成本低，但是操作麻烦，要用不同浓度硫酸，分步再生。即使如此，也会发生硫酸钙污染阳树脂问题。盐酸作为再生剂的好处是方便，即使成本高些也愿意采用。

该单位将两套除盐设备分别用硫酸和盐酸作再生剂，以资比较。

4.8.4　阴床再生剂问题

（1）氨碱法生产的液碱能否用于阴床再生

山东某化肥厂新装的 2.5m 直径阴床，规定出水电导率<5μS/cm，该厂问能否用本厂氯碱法生产的液碱作为阴床再生剂。答复如下：

对于发电的高压锅炉，其一级复床除盐水标准是：硬度为零，二氧化硅≤100μg/L，电导率≤5μS/cm。所用的阴床再生剂应是隔膜法生产的氢氧化钠（液碱），其中氯化钠含量<2％。

氯碱法生产的液碱，氢氧化钠常低于 30％，而氯化钠达 10％以上，由于反离子作用，降低阴床再生度，影响其出水质量，不可使用。但是如果是用于供汽的中压锅炉，不考核二氧化硅，而且电导率可适度放宽则能使用。

(2) 能否用氨水再生弱碱阴床

某化工厂生产氨水，询问是否可用氨水代替氢氧化钠再生弱碱阴床。答复是可以的。但是氢氧化铵的解离度低，再生比耗高。可根据它和液碱的比价及产水量、产水质量综合比较。

4.8.5 除盐水质量问题的解决方案

(1) 某化工厂除盐水电导率高的原因及对策

该化工厂原水电导率高达 $1900\mu S/cm$，锅炉补充水除盐系统为电渗析预脱盐和一级复床除盐。电渗析水的电导率为 $650\mu S/cm$，除盐水电导率＞$15\mu S/cm$，询问其原因与对策。答复是：

① 化学除盐反应符合质量作用定律，除盐水质量与入口水有关，入口水电导率高，除盐水也相应较高。

② 据告知该除盐设备采取逆流再生，入口水电导率 $650\mu S/cm$，应该可以合格（≤$5\mu S/cm$）。之所以高，可能是再生过程中未将树脂层压实的影响。告知该厂用水顶压或气顶压的方法。

(2) 一级复床除盐水含钠量高的原因

该一级复床的再生剂质量合格，离子交换树脂未受污染，再生剂用量充足。但是，出水含钠量高达 $8000\mu g/L$（$8mg/L$），询问原因。

经了解，认为除盐设备操作管理上无差错，认为是混脂所致。当阴床中混入阳树脂时，用氢氧化钠再生，阳树脂转为钠型。在制水时可被阳床来的氢离子置换出来，造成出水漏钠。

在向交换器充填树脂时，应先装填阴床。如果是先装阳床，则遗洒的树脂，会混进阴树脂，造成阴床混脂。

(3) 对阴床出水量下降的分析

该阴床装载树脂 $12m^3$，入口水酸度 $5.5mmol/L$。投用初期周期制水量 $1000m^3$。以后逐渐减少、已降至周期制水 $600m^3$。即使增加再生碱量也不能使制水量提高，询问原因。

经了解，该厂原水中和再生用碱中均含铁，造成树脂被铁包围。查看树脂已呈锈红色。建议用 10% 热盐酸加还原剂溶解树脂表面的铁。

(4) 阴床出水量少于预定产量的原因

山东某油田热电厂阴床是新安装的，多周期的运行都达不到预定的产水量。查验树脂确系合格的新树脂，但是算得的工作交换容量不到规定值的 70%。查阅再生用碱量记录后进行计算，仅达到碱耗的理论量。对此指出，阴床用碱量应为理论值的 1.6 倍以上，而且应按碱中氢氧化钠的真实含量计算用量。由于正处于冬季，还应注意对碱再生液加温，使温度≥35℃。

4.8.6 除盐系统中间水泵腐蚀原因及对策

北京某毛纺厂阳床出水酸度 3mmol/L，输送阳床脱碳水的中间水泵使用 2～3 个月即损坏。

查看所带来的样品，有冲刷和晶间腐蚀，已失去金属声。据告知泵材是 1Cr18Ni9Ti。建议化验一下材料是否正确，如果是该钢种，也许是处于敏化状态。有时是不含镍的马氏体或铁素体的 Cr13 或 C23 钢种。建议考虑使用玻璃钢泵。

以后接该厂电话告知，未能检出钛元素，是 1Cr18Ni9 钢，所以耐蚀性差。

第 5 章

炉外水处理之其他脱盐技术和物理防垢技术

5.1 蒸馏法脱盐在火电厂中的应用

5.1.1 中压锅炉和低压锅炉的蒸发器脱盐

蒸馏法脱盐是最古老而有效的脱盐方法。早期的蒸发器蒸馏水产量<5t/h。和高压锅炉匹配的蒸发器产量为 8～10t/h。蒸汽产量达 20t/h 以上，多称蒸汽发生器或蒸发锅炉。

普通的蒸发器消耗 1.1t/h 蒸汽制取 1t/h 蒸馏水，两效（级）蒸发器用 0.6t/h 蒸汽制取 1t/h 蒸馏水。6 效（级）蒸发器用 0.2t/h 蒸汽制取 1t/h 蒸馏水。多效蒸发器由逐级的蒸汽压力下降发展为在抽真空的条件下进行，可以降低热源参数，甚至使用余热作为能源。这就是闪蒸技术和低温多效蒸发技术。

膜法脱盐含离子交换膜和反渗透膜，前者利用电能使咸水淡化；后者利用高于渗透压的压力，使水淡化。将离子交换膜和离子交换树脂结合起来，成为深度脱盐新技术——电去离子（CDI）。

(1) 青岛某电厂蒸发器制水情况和防垢方法

青岛发电厂的 5 台锅炉均为 3MPa、40t/h，每台锅炉配置 1 台 2t/h 蒸发器，另有 3 台 1t/h 蒸发器作为备用。蒸发器的加热蒸汽是汽轮机抽汽，称一次蒸汽；蒸发器的给水是自来水，它受热产生的蒸汽称二次蒸汽。二次蒸汽可以作为除氧器的加热蒸汽，在对被除氧水加热时，它自身冷凝，成为锅炉补充水。这种系统称为汽轮机的回热系统，它使一部蒸汽的热能充分发挥出来，不送到凝汽器中冷凝，可以提高热效率。

供蒸发器的水（自来水）硬度仅 0.5mmol/L，而且有锅炉排污水进入蒸发器中，起到了防垢作用。

(2) 北京某发电厂蒸发器结垢的处理

北京石景山的某发电厂 13、14 号锅炉是 2.8MPa、40t/h 锅炉，共有 3 台 2t/h 蒸发器为其供应补充水，和上例的运行方式相同，但是蒸发器的加热器（黄铜 U 形管）结垢严重。这是由于北京市水的硬度是青岛市自来水的 6 倍以上。平均每 1～1.5 个月就要"崩碱"除垢 1 次。"崩碱"的方法是，先断开蒸发器进水，加热管内仍通以 130℃ 的汽轮抽汽。5min 后开启蒸发器的进水门，令 30℃ 以下的原水进入蒸发器并引起黄铜加热管热胀后的冷缩，使水垢剥离下来。此种除垢方法适于垢厚 0.5～1mm，过薄和过厚效果都差。

(3) 通州某发电厂蒸发器试验

该电厂的 5、6 号炉是 1.4MPa、14t/h 低压锅炉，各配有 1 台出力 1t/h 的蒸发器，使用软化水作蒸发器的给水。蒸发器加热蒸汽是汽轮机抽汽，二汽蒸汽作为给水加热器的热源，其冷凝水（疏水）引入凝汽器中。低压锅炉的水和蒸汽主要测碱度。该电厂经常发现凝结水碱度高，而且有酚酞碱度。查找原因是由二次蒸汽中带来的。

对蒸发器进行了调整试验。试验内容是，在蒸发器中间水位下，不同蒸发器水碱度对蒸馏水的影响和在较高的碱度下蒸发器水位对蒸馏水碱度的影响。

试验证明，蒸发器水位对二次蒸汽（蒸馏水）影响最大，水位越高，其质量越差，因此使保持为中间水位，而且要求水位平稳；试验还表明，蒸发器水碱度越高，二次蒸汽（蒸馏水）碱度越高，超过 30mmol/L，则会快速升高。因此，规定蒸发器水碱度低于 25mmol/L。

（4）在蒸发器中加装分离挡板提高蒸汽质量

位于天津市繁华商业区的某电厂 5 号炉为 3MPa、25t/h 锅炉，配有 1.5t/h 蒸发器，用蒸发器的二次蒸汽作为除氧器的热源。该电厂反映该炉给水碱度变化大，影响锅炉水质和汽质。经过试验确定，每当蒸发器水位升高，或者水位波动时，会有蒸发器水随二次蒸汽进入除氧器中，能使除氧水（即给水）碱度在短时间内（10～15min）提高几十倍。经研究，由该厂结合蒸发器检修，在其蒸汽空间加装水汽分离挡板，并保持蒸发器水位稳定。

5.1.2 高压锅炉的不同型式大容量蒸发器

（1）捷克引进机组两效蒸发器的加热管腐蚀

唐山某电厂 6、7 号机是由捷克引进的 50MW 高压机组，每台机组配置 1 套双效蒸发器。其额定蒸发量为 6.5t/h，软化水被分别送入两个"效"（级）的蒸发室中，在第一效中被汽轮机抽汽加热，变成二次蒸汽；它又作为热源加热第二效的蒸发器水而自身冷凝为疏水。第一效和第二效的蒸汽冷凝水被引入 0.5MPa 的除氧器中。第二效的二次蒸发作为加热器的热源，冷凝后的疏水也进入除氧器中。它们一起成为锅炉补充水。

由于进入第一效的软化水中碱度分解放出二氧化碳，使其二次蒸汽二氧化碳＞10mg/kg。用它作为第二效蒸发器的加热蒸汽，就引起用于热交换的铜管腐蚀泄漏。

该两台机组在 1960 年前后投产，第二效蒸发器的加热器使用 1 年多就腐蚀穿透。更换新管后，仍是再次腐蚀穿透。1963 年协助该电厂对 5 台高压锅炉和 4 台高压机组水汽系统进行氨处理后，解决了二氧化碳腐蚀问题。使该软化水的除碳正常化，也有助于解决二氧化碳腐蚀问题。

（2）8t/h 立式蒸发器的调整试验

为中低压锅炉提供蒸馏水的蒸发器是卧式布置，外形和常规的除氧器相似。由于制水量≤2t/h，有足够的自由分离空间（分离路程），使二次蒸汽中的蒸发器水分离出来，蒸馏水质尚好。

5t/h 及以上的蒸发器为立式布置，既为了减少占地面积，更为了加长二次蒸汽的自然分离路程。位于石景山模式口的某电厂 2 台 100MW 机组，各配备 2 台 8t/h 蒸发器，高逾 6m，以减少二次蒸汽携带蒸发器水。尽管如此，蒸馏水的盐分仍然较高。为此进行了蒸发器调整试验，以期确定优化蒸馏水质量的相关条件。

通过试验确定，对蒸馏水质量影响最大的是蒸发器水的浓度。蒸发器水碱度≤20mmol/L，蒸发器的水滴携带系数≤0.5%，达到25mmol/L以上，其水滴携带系数可≥1%。规定蒸发器水碱度应≤20mmol/L。

5.1.3 高压热电厂使用蒸发器的蒸汽对外供热（汽）

(1) 保定某热电厂用40t/h蒸发器对外供热

该热电厂设备由德国提供，其主要的热力用户是由德国提供设备的某化纤厂。其他为制造钞票用纸的国营造纸厂，我国首座可以生产彩色电影胶片的工厂和大型变压器制造厂等。

3台由德国VED公司制造的蒸发器蒸发量为40t/h，一次蒸汽是汽轮机抽汽1.1MPa、275℃，二次蒸汽8MPa、210℃。该蒸发器内装有水汽分离装置和蒸汽过热器，其加热蒸汽同样是270℃的汽轮机第2级抽汽。蒸发器提供的过热蒸汽量为34t/h。另有6t/h饱和温度的二次蒸汽在过热器前被抽走，作为除氧器的热源，它自身冷凝作为锅炉补充水。

蒸发器的给水是软化水，蒸发器内加磷酸三钠防垢。该蒸发器就参数而言相当于低压锅炉；就蒸发量而言，相当于中压锅炉。1963年对化纤厂的供汽量为110t/h，回水量61t/h；对胶片厂供汽量112t/h，回水量83t/h；电池厂供汽量24t/h，回水量20t/h；变压器厂供汽量16t/h，回水量14t/h；棉纺厂供汽量11t/h，回水量7t/h。对国营造纸厂75t/h，回水量为零；对地方国营造纸厂供汽量28t/h，回水量为零。

为满足对外供汽的需要，该热电厂续建了3台国产的蒸发器，其参数和出力与前者相同。

用蒸发器供热比汽轮机抽汽稳定，基本不受机组出力变化的影响。所存在的问题是，由于补充经石灰处理的软化水，其碱度为0.6～1.2mmol/L，使二次蒸汽中二氧化碳含量达10mg/L以上，使热力用户的热交换器及冷凝水管道遭受污染，也影响了回水质量。其中腐蚀最严重的化纤厂热交换器已两次更换热交换管；其回水硬度为10～100μmol/L，碱度1.6～3.4mmol/L，铁0.12～4.4mg/L，二氧化硅8～11.5mg/L，氧离子6～16mg/L。这种水只能进入石灰预处理系统，无法直接作为蒸发器给水，更无法供给锅炉。

1964 年初对蒸发器系统进行了氨处理，解决了供热系统腐蚀问题，也解决了用户的腐蚀问题，回收的水质合格。其中最明显的是某纸厂原来无法生产出合格的钞票纸，原因是有锈点。进行氨处理后解决了加热蒸汽带铁问题，所生产的纸张合格。

(2) 北京某热电厂用 6 效蒸发器制取锅炉补充水

北京某热电厂地处市内，不允许使用化学除盐技术，只得采取 6 效蒸发器制取蒸馏水。该蒸发器布置在专设的蒸发站中，使用 20t/h 汽轮机抽汽，可以制取 140t/h 蒸馏水。该蒸发器的第 1 效是汽轮机抽汽，用其加热软化水产生的二次蒸汽，就是第 2 效的加热蒸汽，它自身冷凝为蒸馏水。第 2 效的二次蒸汽，又成为第 3 效的加热蒸汽，依此类推。加热蒸汽冷凝为蒸馏水补充锅炉。该 6 效蒸发器的优点是蒸馏水质良好，供应稳定。缺点是占地面积大，耗用钢材量大。

该热电厂的 6 效蒸发器共 2 套，每套出力 70t/h，所制取的蒸馏水供给 6 台 22t/h 燃油高压锅炉作补充水，并且弥补热网加热器的加热蒸汽损失。

对于燃油高压锅炉来说，由于其炉膛温度高，油燃烧器的火炬辐照强烈，相同的腐蚀介质作用下，其腐蚀程度比燃煤锅炉强烈。对其清洗周期和水质需求都比燃煤锅炉高一个参数档次。亦即对高压燃油锅炉应和超高压燃煤锅炉同等看待。该热电厂的高压燃油锅炉采取蒸馏水作为补充水，满足了水质要求。

5.1.4 亚临界参数锅炉使用闪蒸器进行海水淡化

大港某电厂的一期工程用反渗透装置对原水预脱盐；二期工程 2 台 1100t/h 亚临界参数燃煤锅炉则使用 2×125t/h 多级闪蒸器用海水进行淡化，然后再对预脱盐水化学除盐，制取锅炉补充水。

闪蒸器可直接从含盐量 35000mg/L 的海水，蒸馏产生 5mg/L 的蒸馏水，其脱盐率高于任何海水淡化装置，可达 99.98%。它是将海水加热到 135℃，令其进入压力低于该饱和温度的放热蒸发室中，海水发生突沸产生部分蒸汽。所产生的蒸汽被该室热交换管中的海水冷凝，而海水被其加热，提高温度。由于蒸走少量蒸汽而稍微降温的海水，进入下个闪蒸室，该室稍低的压力使海水再度突沸而蒸发，其蒸汽同样被热交换管中更低些温度的海水冷凝，再次得到少量冷凝水。海水如此依次流过 40 个蒸发室，每个室内的压力都低于进入海水的饱和温度，从而蒸发而产生一些蒸馏水。海水逐级降温约3℃，排出的浓盐水可比引入闪蒸器的海水浓1倍，其温度降至接近环境温度。

由于是对热的海水进行蒸馏，所使用的材料必须是耐蚀材料。闪蒸室材料是奥氏体不锈钢，热交换管材料是铜镍合金。该设备每台超过1千万美元，由国家科委和电力部门共同出资。

5.1.5　闪蒸器研制课题中的材料优选与防垢研究

1972年在北京召开全国首次海水淡化会议，对电渗析器、反渗透器和闪蒸器进行攻关研究。该项工作和将在天津大港兴建的亚临界参数锅炉补充水预处理结合一起，由天津市科技局组织某制盐所和北京的电力试验研究单位合作进行。为此负担了海水浓缩程度的研究，海水中热交换材料的筛选研究和海水蒸发浓缩中阻垢剂的筛选研究。1974年提出的报告中含有以下结论：

(1) 海水的最高允许浓缩倍率为1.14（114％）。在该浓度下碳酸钙尚处于亚稳定状态，可以不在热交换管中成垢。比较安全的浓缩倍率值为1.08（108％）。低于此值碳酸钙处于稳定状态，不会结垢。

(2) 在热海水中可以长期使用的材料，是加钛稳定的18/8型奥氏体不锈钢、70/30铜镍合金和90/10铜镍合金。按当时我国的资源和财力条件，以90/10铜镍合金具现实意义。

(3) 对比了当时可以使用的高温水阻垢剂，以聚羧盐耐温性能好，聚磷酸盐阻垢效果好。其中水解聚马来酸酐（失水苹果酸酐）优于聚丙烯酸；六偏磷酸钠优于三聚磷酸钠（但是三聚磷酸钠易溶，配药比六偏磷酸钠方便）。

由于自行研制闪蒸器的计划被搁置，该项目的有关试验未被汇总组合。但是用于军粮城某电厂由淡水冷却改为海水冷却的材料筛选；用在大港某电厂取海水方式（直流引水，还是高潮取水多次循环）的选取中。

5.1.6　对某研究生院闪蒸器原型仿制项目做咨询

某研究生院进行闪蒸器低温段原型仿制，对其初步设计提供了咨询意见。

(1) 该初步设计针对闪蒸器低温段进行设计，其浓缩倍率为1.2，未考虑防垢问题。提供的意见是投加阻垢剂防垢或是控制浓缩倍率≤1.12。用大港某电厂的实例做说明，该厂的引进闪蒸器配备了脱氧和阻垢处理，表明对闪蒸器防腐蚀、防结垢的重视。

(2) 该初设书中把蒙茨合金当成了钢材。蒙茨合金实际是 6/4 黄铜。

(3) 该初设书中用 77-2B 黄铜作为管板材料不妥，该材料较软。而蒙茨合金可作为管板材料。

(4) 316 不锈钢耐蚀性较好，可用。但是必须注意不使其进入敏化状态，就是避免在 500～600℃受热。由于设计中看到有不锈钢焊接等工艺，对此应注意。

5.2 蒸馏法脱盐中的有关问题

5.2.1 使用蒸发器供水造成高压汽轮机结硅垢

(1) 下花园某电厂两台锅炉由瑞典提供，压力 10MPa，蒸发量 125t/h 和两台 30MW 辐流式汽轮发电机配套运行，分别于 1967 年 3 月和 1970 年 10 月投产。锅炉补充水是蒸馏水，蒸发器由瑞典提供。

该蒸发器出力为 5t/h，由于蒸发器结构紧凑，水汽分离效果差。当锅炉补充水不足时，常令蒸发器超负荷制水，二次蒸汽质量更差。每当发生蒸发器水汽共沸时，蒸馏水质量甚至比不上锅炉水质量。

该厂的高压锅炉无蒸汽清汽装置，蒸汽二氧化硅含量直接决定于锅炉水二氧化硅，这种现象称作二氧化硅的溶解携带，其携带率为 0.6×10^{-2}。亦即锅炉水二氧化硅为 3mg/L 及以下，饱和蒸汽二氧化硅可合格（≤20μg/kg）。

蒸发器水汽共沸不仅是使盐分进入锅炉，更重要的是使锅炉水二氧化硅大幅度升高。据化验结果计算，1972 年 7 月底蒸发器处于水汽共沸状态达 26h。由于二氧化硅溶解携带进入饱和蒸汽的二氧化硅近 40g/h。同年 8 月 27 日蒸发器满水，造成锅炉水汽共沸，引起汽轮机紧急停机。

锅炉的盐垢可以水浸泡溶解冲掉，汽轮机的盐垢可以降参数以湿蒸汽冲洗除去。但是硅垢不仅是无法用常规方法清除，人工刮铲也难除净。只有用浓度达 40％的氢氧化钠在沸腾温度下长时间煮洗才能除掉。

该电厂的汽轮机叶片平均 2 年就要进行一次碱煮除硅垢。

(2) 唐山某电厂使用蒸发器引起结硅垢的解决

该电厂的 150t/h 锅炉，压力为 11.2MPa。该锅炉具有分离汽鼓，但是无蒸汽清洗装置。试验确定该种锅炉的二氧化硅溶解携带系数为 $1×10^{-2}$。亦即锅炉水二氧化硅必须<2mg/L，蒸汽二氧化硅才能低于 20μg/kg。由于蒸发器的二次蒸汽难以保证质量，该电厂锅炉蒸汽二氧化硅常为 30～40μg/kg。

为了清除汽轮机叶片的坚硬硅垢，该电厂采取过喷砂、碱煮等方法。每当汽轮机检修时，人工对汽轮机除硅垢是干部参加劳动的必有项目。

为解决蒸发器供水难以使锅炉水二氧化硅低于 3mg/L 的问题，建议该电厂对内径 1.6m 的主汽鼓增设给水清洗装置。该厂安装了给水清洗装置后，在锅炉水二氧化硅为 6～9mg/L 的情况下，饱和蒸汽二氧化硅是合格的，清洗效率为 70％～80％。

5.2.2　用中压锅炉作蒸发器解决过热器爆管问题

1976 年 7 月 28 日唐山发生地震后，所有的高压锅炉机组均受损，制水的蒸发器则埋在废墟中。经多方支援，奋力抢修，8 月 31 日 14 时 6 号锅炉恢复发电；9 月 3 日 10 时，5 号锅炉恢复运行。但是 4 天之后，9 月 4 日 21 时 6 号炉过热器爆管停炉；9 月 7 日 21 时 5 号炉过热器爆管停炉，两炉分别运行了 102h 和 107h。

查明锅炉爆管原因，是蒸发器无法恢复制水，锅炉临时用软化水作补充水，仅 2h 锅炉即进入水汽共沸状态，此后的运行中一直处于水汽共沸。计算表明，进入蒸汽中的盐分为 540g/h，其中有 270g/h 盐在过热器中结成垢，余下的进入汽轮机中成垢。随减温水引入过热器中的盐分为 190g/h。两者合计在过热器中盐垢总量达 46kg 之多。

9 月 7 日晚接局长电话要求火速到达该电厂解决锅炉爆管问题，保证再修复的锅炉（7 号炉）不再发生爆管事故。9 月 8 日凌晨搭乘运送抗震物资的卡车奔赴唐山，此时 7 号锅炉修复仅 3h。中午到达后，提出爆管原因分析，并要求变更锅炉补水方式。用中压锅炉代替蒸发器制水；亦即，将软化水全部送到 70t/h 蒸发量的中压锅炉，中压机组的凝结水作为高压锅炉补充水。这种运行方式使高压炉水汽质量立即改观，当日晚间7号炉水汽质量已合格，爆管被制止了。由于7号炉恢复运行2h后已处于水汽共沸状态，在采取用中压炉凝结水作高压炉给水措施前，已有近8h的结盐垢历程，而且由于急需用电，不允许该炉停机冲洗过热器。该炉于同年10月27日也发生了过热器管结盐垢超温爆破。但是和5号、6号炉100多小时爆管相比，该炉已延迟50天才发生。而且自此之后该炉未再发生爆管。其他修复的锅炉也没有因结盐垢而爆管。这次应急处理获得极大成功。

5.2.3 热电厂启动时不投蒸发器的恶性影响

北京某热电厂锅炉补充水设计用蒸馏水。该电厂首台锅炉于1977年10月底投产时，蒸发器不能同步投产，锅炉用软化水作补充水，最初补软水率达95%以上，当有凝结水回收后，也可超过50%。72h试运行结束后，向局长写报告制止此种不顾水汽质量的蛮干行为。该炉再次启动时投入了蒸发器，但是供水不正常，仍不时向锅炉补充软化水。

到11月下旬发现汽轮机出力由50MW下降到40MW，调速汽门卡涩，推力瓦温度升高，证明汽轮机通流部位（叶片与隔板）结有盐垢。12月初对汽轮机带负荷以湿蒸汽清洗，共洗下20kg盐垢。12月底锅炉过热器管结盐垢超温爆破。

现实的事故教训，使该电厂倍加重视蒸发器的运行，杜绝直接向锅炉补充软化水的现象。

5.2.4 蒸发器泄漏造成水冷壁管孔蚀

北京某热电厂燃油高压锅炉的补充水是蒸馏水，正常运行时水质尚好。1号锅炉在检修时，发现水冷壁管向火侧有较密集的孔蚀，其直径0.5~1mm，深约1mm。用电子探针检验，在腐蚀坑底发现氯元素，认为这是闭塞区氯离子的酸腐蚀。在追查氯离子来源时，发现是多效蒸发器的热交换管（管内是加热蒸汽和冷凝的水，管外是含氯离子很高的蒸发器水）泄漏，使蒸馏水氯离子含量很高引起的腐蚀。此后在6号炉上也发现了点蚀，但是都在未穿孔前发现而更换水冷壁管，未造成腐蚀故障。为了能够及早发现热交换管泄漏，该电厂装了在线钠表监测蒸馏水质。

5.2.5　闪蒸器热交换管结垢原因分析及处理

　　天津某海滨电厂的长管多级闪蒸器，使用 90/10 铜镍合金热交换管，其内径 15mm，运行 1 年后管内结垢严重，有的接近堵死，该厂询问结垢原因和清除方法。对其说明，海水中氯化钙 430mg/L，硫酸根 1800mg/L 可成垢。经化验水垢成分主要是硫酸钙，硫酸钙在酸中不溶，无法直接酸溶。常采取用浓碳酸钠溶液加热转化为碳酸钙，再进行酸洗溶解。但是由于管中垢层约占管径一半，这种转化处理效果不佳。建议用高压水射流冲击除垢。使用 80MPa 以上压力的射流清洗，除垢效果较好，没有损伤铜管。

5.2.6　闪蒸器淡水槽腐蚀的处理与低温多级蒸发

　　某电厂 125t/h 闪蒸器淡水槽有腐蚀，经与电厂研究后认为，可以喷涂 90/10 铜镍合金进行封闭。这种材料易于施工，有较强的耐蚀能力。经在 2 号多级闪蒸器上试喷涂，其防腐蚀效果较好。随 1 号闪蒸器也按同样的方法喷涂防腐蚀。

　　由于该电厂 2 台闪蒸器在使用中有腐蚀结垢问题，又由于在其南部邻县也将采取类似技术进行海水淡化，向有关单位建议考虑采取低温多级（效）蒸发技术替代闪蒸器。这种低温多级蒸发器，可以使用低品位热能作为热源，就是利用火电厂更低温度的排汽加热。由于参数低，其结垢腐蚀问题都较小，也更容易解决。

5.3　水的电渗析预脱盐

5.3.1　水的电渗析脱盐与电渗析器

　　1860 年，人们发现在用半透膜隔开的电解质稀溶液中通直流电，可使水中离子通过薄膜向两极作定向迁移，此现象称为电渗析。

　　在直流电场中，将离子交换膜放入电解质稀溶液中，能提高离子迁移的效率，出现选择性的淡化与富集。天然水就是电解质稀溶液。由强酸阳树脂制作的膜，在水中解离出磺酸根，对水中阳离子有吸引作用，在电场作用下，它可使阳离子通过。阳离子交换膜母体带有负电，对阴离子排斥推拒，不使其通过。强碱阴树脂制成的膜，在水中解离出季氨基团，带正电荷，对阴离子有吸引作用，同时排斥阳离子，只令阴离子透过。这种现象成就了水的电渗析淡化。

实际的选择性透过，并非如此理想。阳膜的选择性透过率为84%～93%；阴膜的选择性透过率为88%～96%。水的电导率降低（淡化程度提高），使淡化程度的提高变得困难。

20世纪60年代初，在越南的丛林中，美军利用电渗析器制取饮用水。此后更多地用于水的脱盐处理。

电渗析器是由许多对阴阳离子交换膜交替组合而成的。与整流器阳极相接的是正极；和负极相接的是阴极。外电路的电流方向由正到负；内电路中溶液的电子传递方向是由负到正。

在1对阴阳膜之间放一张将其分隔和支撑起来的隔板，其空隙间是经电渗析作成变浓和变淡的水。将其分别收集，浓水排掉或作其他用途（例如制盐）；淡水收集可以作为采暖锅炉和低压锅炉补充水，也可作为预脱盐水供高压锅炉。

电渗析膜为矩形，长0.4～0.8m，宽0.8～1.6m，厚0.3～0.5mm。隔板尺寸与之相同，厚1mm上下。共使用50对左右。电极应是耐蚀材料。

5.3.2 电渗析脱盐条件与水质影响

电渗析器靠外加直流电压推动离子作定向迁移，电渗析器的电流量服从法拉第定律。析出1mol 1价物质的量使用96487C（库仑）电量，常用的单位是$A \cdot h$，此数值为$26.8A \cdot h$。

在直流电场中会发生电化学反应，使阳极产生氧和氯；阴极产生氢。阳极区对电极有腐蚀作用；阴极区会产生水垢。阳极材料使用加钛稳定的不锈钢，或是钛材以防止腐蚀；阴极定期酸洗除垢。其腐蚀与结垢过程为：

在阳极，氢氧根和氯离子失去电子放电产生氧，电位高时还会产生氯，它们具强氧化作用。

$$4OH^- - 4e \longrightarrow O_2 \uparrow + 2H_2O$$

$$2Cl^- - 2e \longrightarrow Cl_2 \uparrow$$

在阴极，氢离子得到电子还原为氢。氢离子的消耗使阴极区水呈碱性反应，水中硬度盐类可与氢氧根反应成垢。

$$2H^+ + 2e \longrightarrow H_2 \uparrow$$
$$Ca(HCO_3)_2 + 2OH^- \longrightarrow CaCO_3 \downarrow + 2H_2O + CO_3^{2-}$$
$$MgCl_2 + 2OH^- \longrightarrow Mg(OH)_2 \downarrow + 2Cl^-$$

5.3.3　某电厂采用电渗析技术的试验结果

电渗析器可对含盐量 $500 \sim 2000mg/L$ 的原水进行淡化，可以制得 $100 \sim 400mg/L$ 的淡化水。如果需要更深度的淡化处理，可增加电渗析级数，而为多级电渗析淡化。但是要增加设备和电耗。

电渗析膜是强酸和强碱两种离子交换树脂制成的膜，其脱盐特点和离子交换选择性一致。亦即对钙镁离子脱除能力强，对二氧化硅作用差（其导电能力低）。电渗析器产品水可用作热水锅炉补充水；对于高参数锅炉来说仅是预脱盐。

北京西部某拟建的 $670t/h$ 超高压锅炉，拟采取电渗析器加化学除盐系统供给锅炉。为了解电渗析器制水质量，进行了串联电渗析器试验，经 3 级串联电渗析处理的水质比较见表 5-1。

表 5-1　3 级电渗析脱盐水质试验

项目	硬度 /(mmol/L)	碱度 /(mmol/L)	钠 /(mg/L)	氯离子 /(mg/L)	二氧化硅 /(mg/L)	电导率 /(μS/cm)
原水	4.0	4.05	19.1	18	30.8	432
串联电渗析水	0.15	0.25	0.96	～0	29.4	20

由于电渗析器除硅能力弱，而该锅炉是超高压燃油锅炉，对结垢敏感，电渗析后还需深度脱盐。

5.3.4　推荐电渗析器用于饮用水处理

北戴河疗养区饮用水的含盐量逐渐升高，硬度也相应升高，已经接近生活饮用水标准的上限，某给排水设计院就此问题征询解决对策。

对其推荐用电渗析器制水，当时（1962 年）国内尚无电渗析器商品，但是已有许多单位在研制中，在科技展览会上有陈列品。建议进行调研。

天津市南郊大港地区是含氟水质，该处将兴建亚临界参数燃油电厂，筹建处领导询问解决施工人员饮水困难的方法。对其介绍采取电渗析脱盐制取饮用水。

5.3.5 用电渗析器制取低压锅炉用水

(1) 保定某电影胶片厂锅炉给水处理

该厂有 2 台自备锅炉，均为 0.78MPa、1.5t/h，直接补充自来水，因结垢严重，已经更换过。希望对新安装的锅炉采取防垢措施。

由于该单位无专职水处理工，无法管理软化器，建议每炉配备 1 台 2t/h 电渗析器制水。无须再生、反洗等操作，也无须进行水质化验。

据了解，该单位只装了 1 台电渗析器制水，如果不够用再掺混少量自来水，同样解决了锅炉结水垢问题。

(2) 北京某橡胶制品厂 2t/h 锅炉补充水处理

该厂两台 0.78MPa、2t/h 锅炉，只供饱和蒸汽，使用自来水作补充水时，每年结垢厚度超过 5mm，需要经常进行洗炉除垢。

在该厂询问锅炉防垢措施时，提议使用电渗析器处理锅炉水。

(3) 某化工厂咨询电渗析器运行管理问题

北京某化工厂装有 4t/h 电渗析器，其产品水质不理想，脱盐率有时低于 50%，询问原因。答复是：

① 应检查一下离子交换膜是否有破裂。对离子交换膜应湿存放，设备检修时，分别放在不同的水槽中存放，不要和尖锐锋利的物体接触，以免划伤。回装时注意阴阳膜颜色不同，必须交错排列，不要装错。

② 如果电压、电流不变，脱盐率不断下降，是电极结垢所致。可以倒换电极，使阴极变成阳极，垢即溶解，脱盐率可回升。可以每班切换电极 1 次，每周用 2% 的盐酸溶垢 1 次。

③ 电渗析器本身带电，而且周围有水可以导电，应严防触电。电渗析器运行中发热，依靠水流冷却，断水会引起超温。因此，启动时要先通水，后通电；停止时，要先断电再停水。

5.3.6 电渗析器用于中压锅炉和超高压锅炉水处理

电渗析器的脱碱作用可以用于中压锅炉，其脱盐能力可用于高参数锅炉的预脱盐。

(1) 某锅炉碱腐蚀的防治

该锅炉是 2.5MPa，20t/h 锅炉，补充水的软化水，锅炉存在"溃疡性"腐蚀，冷凝水系统的管道也有腐蚀，询问原因及对策。答复如下：

① 北京市自来水碱度≥5mmol/L，对补充水进行软化处理，存在 3 个问题：一是锅炉水碱度过高、排污率高，也会造成过热器结盐垢；二是锅炉水相对碱度超过低压锅炉水质标准的规定，甚至可高出 1 倍，会产生碱腐蚀；三是碳酸氢钠分解和水解产生大量二氧化碳引起供汽系统腐蚀。由所介绍的情况看，"溃疡性"腐蚀就是碱腐蚀的表现；蒸汽系统也存在二氧化碳腐蚀。

② 降低软化水的碱度可以同时解决碱腐蚀和二氧化碳腐蚀，但是目前所采取的处理方法都有控制困难的问题，缺乏水处理经验的工人无法准确掌握剩余碱度，搞不好会产生酸腐蚀。

③ 建议在软化器后串接电渗析器，可有一举三得之功效。就是说可以降低锅炉排污，节省燃煤，而且提高蒸汽质量；解决碱腐蚀问题；解决二氧化碳腐蚀问题。虽然增加设备投资，但是仅是节约燃料的经济效益也能抵消。

(2) 内蒙扎赉诺尔某电厂加装电渗析的建议。

该厂新建的 130t/h 锅炉省煤器腐蚀严重，来人携带失效管样及水质化验结果，询问腐蚀原因和对策。经查看认为属于酸腐蚀。答复如下：

① 该省煤器管具有酸腐蚀特征，由水质看，主要是氢钠软化系统控制不稳定和剩余碱度过低所致。

② 建议用电渗析器替代氢床脱碱。其脱碱效果好，安全可靠，而且可以降低补充水和锅炉水的含盐量，解决锅炉蒸汽质量问题。

③ 将电渗析器布置在软化器之后，可以解决电渗析器阴极结垢问题，也使离子交换膜的悬浮物污塞问题减轻。

(3) 超高压燃油锅炉用电渗析器预脱盐。

北京珠窝某燃油电厂经过模拟试验选择了电渗析器、一级复床和混床处理系统。该炉投产时国产电渗析器以 4t/h 的产品为最成熟，选取的设备是单台出力为 4t/h 的设备。该锅炉于 1975 年投产，到 1980 年后，电渗析设备老化，更新为 20t/h 电渗析器以缩减占地面积。

由于制造厂设备水平所限，20t/h 电渗析器产水质量尚可，但是存在渗漏问题。要求制造厂提高工艺水平，解决电渗析器渗漏问题。

(4) 超高压燃煤电厂引进的反复倒极电渗析器

北京某热电厂新建的 3 台超高压燃煤锅炉，担负首都的发电供热任务。由于原水溶解固形物约为 500mg/L，决定采用电渗析预脱盐。当时国产的电渗析器单台出力为 30t/h。经过调查研究，决定引进单台出力为 50t/h 的自动倒极电渗析器。

在厂商的技术人员参与下，对该两台 50t/h 电渗析器进行了试运行。经试验其脱盐率可达 90%；其自动倒极功能，可以防止电极结垢和减轻腐蚀。

(5) 对天津军粮城某电厂扩建机组预脱盐建议

该电厂原为 4×50MW 高压机组，使用化学除盐水作补充水。已决定建设 4×200MW 机组，意欲采取预脱盐处理，以提高化学除盐水质量。已调查过北京某 200MW 机组的电渗析加除盐设备和天津某 2×320MW 机组反渗透加化学除盐设备，就预脱盐方式征询意见，答复如下：

① 不论是电渗析器，还是反渗透器，国内都无法满足 4×200MW 机组用水的需要，均需进口。

② 该电厂原水水质差，且不稳定，很有必要配置预脱盐装置。相比之下以反渗透器为宜。

③ 反渗透器对原水预处理的要求远高于电渗析器。如果不能满足要求，会使寿命大减。

④ 该电厂实际选取反渗透预脱盐，而且确实为预处理水质不合格付出了沉重经济损失。

5.4 水的反渗透预脱盐

5.4.1 对燃油亚临界参数电厂水处理的建议

该电厂位于津南独流减河附近，地下水是高碱负硬水，pH 值 8.56，钾钠离子含量 18.8mmol/L，钙 0.18mmol/L，镁 0.17mmol/L，氯离子 8.4mmol/L，硫酸根 2.7mmol/L，重碳酸根 5.2mmol/L，二氧化硅 20.3mg/L，其中胶体硅 3.3mg/L。

针对该原水水质，提出应采用反渗透装置进行预脱盐和脱除胶体硅。

该电厂实际采取的水处理设计，是混凝、澄清、过滤、活性炭过滤，5μm 保安过滤，反渗透器、阳床、脱碳、弱碱阴床、强碱阴床和混床。反渗透装置可以除去 95% 的盐分和胶体硅，使除盐设备负荷减轻。该厂的实际运行经验证明，设置反渗透装置是必要的。

5.4.2　对某热电厂扩建工程采用反渗透的意见

郑州某热电厂将扩建 2×200MW 机组，在水处理系统设计中拟采用反渗透装置，由于投资额甚大，征询其可行性。对其答复如下：

(1) 该热电厂位于中原大省省会的市区，废水排放问题关系该扩建工程能否被批准建设。使用反渗透预脱盐，可以削减 90% 的再生酸碱量，是该项目能获准通过的基础条件之一。

(2) 该热电厂原水溶解固形物 500～600mg/L，宜于使用反渗透器预脱盐。

(3) 反渗透装置的正常寿命为 4 年，预处理粗放，造成反渗透污染能使寿命短到几个月；大港电厂管理严格，维护精心，可使用 5 年以上。应保证反渗透器进水浊度≤0.2NTU，污染指数 (SDI) <5。应对其进行定期清洗。

事后了解到，该热电厂安装了 6 台美国产 59t/h 反渗透器，于 1992 年春投产，脱盐率≥95%，水回收率 75%。地方环保部门对该项目是满意的。

5.4.3　反渗透器短期失效原因分析

天津东郊某电厂配合扩建工程投产的反渗透装置使用 3 个月后，压降升高，产水量下降，脱盐率降低。电厂要求查找原因。

经了解，反渗透装置的预处理是混凝、澄清、无阀滤池过滤，活性炭吸附和精密过滤。本厂找到的原因是助凝剂聚丙烯酰胺有影响，停加后有所好转，但是反渗透装置主要指标的恶化趋势没有被遏制。

在检查中发现滤池滤料流失，影响产品水浊度不合格，已做改进。建议在确保现有混凝、澄清和过滤设备水质合格的情况下，增加聚丙烯纤维过滤器以提高水的过滤效果。

对现有的反渗透装置已进行了清洗，但是收效不大，认为已难恢复，同意电厂更新意见。

5.4.4 答复关于精密过滤的询问

精密过滤可使水的浊度降到 3FTU 以下，使用聚丙烯纤维和膜法过滤，可以阻滤微米级颗粒。

(1) 聚丙烯纤维过滤

烛式聚丙烯纤维过滤器可以作为反渗透装置的前置过滤器。它是在滤元上缠绕聚丙烯线。视聚丙烯线的粗细不同和松紧不同，可以阻滤不同粒径的悬浮物，例如 $100\mu m$、$50\mu m$、$30\mu m$、$20\mu m$、$10\mu m$、$5\mu m$ 和 $1\mu m$。缠绕厚度为 $8\sim10mm$，滤径 $10\sim20\mu m$ 的滤元，可用于凝结水除铁；滤径 $5\mu m$ 的常用作反渗透器的前置过滤器。对于天津东郊某电厂建议，可在 $5\mu m$ 保安过滤器前，加装 $10\sim20\mu m$ 的过滤器阻滤。

据某试验厂推销人员介绍，烛式过滤器在理想条件下，可连续运行 1 年。当发现阻力升高，或是水质下降时，用空气加水反冲擦洗可以恢复阻滤能力。

滤元绕线质量对过滤质量有影响。应使自内到外的绕线松紧程度一致，或使外层更为紧密。后者的优点是反洗效果好。

(2) 微滤

微滤是最常使用的膜过滤技术，其膜孔径为 $0.1\mu m$，可以阻留水中胶体物质、有机大分子、细菌和微生物。使用它更能保护反渗透器。

单支 $38m^2$ 的微滤膜元件，产水量 $1.3t/h$。正常运行 $28min$，反冲洗 $1.5min$，反冲后的冲洗 $0.5min$。单支膜元件反冲洗水量 $3t/h$。回收率 $>85\%$。

5.4.5 对某设计院 25t/h 反渗透器国产化设计鉴定

位于北京广安门火车站附近的啤酒厂所产啤酒颇受欢迎。但是 1985 年后随该地区地下水超量开采，水质变差，啤酒口感大不如前。为使该酒厂重振雄风。北京某电力设计院为其设计安装了 $25t/h$ 反渗透器，用淡化的水酿造优质酒。

在对该 $25t/h$ 反渗透器设计中，实现了国产化装备配套，使该反渗透除了膜元件为进口品之外，配套装置均为国产。经对其出水质量检测，已完全满足了该酒厂提出的要求。经鉴定，认为该项国产化设计是成功的。

5.4.6　对锅炉补充水系统采用反渗透器的规定

1990 年前后，反渗透器价格开始下降，而由水的淡化和纯水制造转入火电厂锅炉补充水处理争夺市场。华北地区地下水与地表水含盐量≥500mg/L，是反渗透器厂商瞄准的目标。反渗透装置的引用，无疑会使锅炉补充水质量有很大提高，但是其价格和前处理设施投资，将使锅炉补充水处理设备费用成倍增长。

设计管理部门在审批火电厂采用反渗透设备时，原则规定锅炉参数≥15.7MPa，原水含盐量≥1000mg/L。华北某网局的 600MW 机组选型研究决策机构，对反渗透装置选取原则规定是：

(1) 原水含盐量≥500mg/L。但是环保部门对排水有特殊要求时，可降低到≥350mg/L；

(2) 锅炉机组参数原则水是≥15.7MPa。但是当有特别需要时，10.8MPa 锅炉也可酌情配备。

5.5　反渗透装置使用中的问题及其解决

5.5.1　某高压热电厂扩建工程采用反渗透的意见

北京某热电厂位于丰台区，虽处市郊，但是该地区水体纳污容量有限，严格限制扩建机组酸碱废液的排放。为此，该扩建项目设计为反渗透器预脱盐加化学除盐。

对该项目是否必须采取反渗透预脱盐进行调查和论证。通过调查确认，该扩建的 100MW 高压机组对改善当地大气环境质量有积极作用，对缓解北京市用电紧张局面有作用。限于地方环保的实际情况，确有必要采取反渗透预脱盐，以削减 90% 以上的酸碱废液排放量。

5.5.2　某电厂原水恶化后反渗透器运行方式

该电厂地处海河下游，用河水作原水，枯水时受海水倒灌影响，原水含盐量升高 2~5 倍，甚至更多。持续时间短则十天半月，长则达 1 个月。1989 年该厂又遇严重的原水水质恶化，询问对策，答复是：

(1) 临时将反渗透器串级使用，提高脱盐率。宁可减少制水量，必须确保锅炉补充水水质；

(2) 申请换用自来水作原水，使原水质量有稳定的保证，此项水量为 200 万立方米/年。

经该厂申请，已实现用自来水作为原水。

5.5.3 关于用反渗透器制取饮用水的问题

(1) 国外的饮用纯水的制备设备如下。

① 国外有不同类型的饮用水处理设备，可供家庭使用，视要求而定。不同的净化要求，可使用不同的设备。只作为直接饮用，可以采取活性炭吸附、微滤、超滤甚至纳米级过滤。微滤可以滤去细菌，超滤可以去掉病毒，纳米级过滤可以去掉硬度盐类，使高硬水适于饮用。

② 由于反渗透膜快速发展，价格大幅度下降，目前家用饮水器商品多为反渗透器。反渗透器产品水，早期被称为太空水，口感甘软。

(2) 建议某水处理公司生产民用反渗透器

1990 年，某水处理公司成立伊始即以反渗透器为主要产品，与国外的反渗透器膜元件供应商及国内水处理设备制造厂结成共同体，制成国产化率甚高的 25t/h 反渗透器。在征询发展方向时，对其指出：火电厂锅炉补充水和工业用的反渗透器市场竞争剧烈，许多国外知名公司的代理商竞相降价，难以与之争夺市场。建议关注出力为 100～500L/h 的反渗透器的制造。提供饮用水可使用廉价膜元件，作为单位饮用水。更小的装置将有广阔市场，这就是家庭用的反渗透纯净水制造装置。

(3) 对某热电厂评估时建议销售纯净水

位于丰台区的某热电厂在扩建工程中，安装了 2 套 40t/h 的反渗透预脱盐装置，通过削减该机组和原有的 50MW 机组化学除盐的酸碱废水，换取扩建机组的水环境质量允许排放。

该反渗透装置每套各有 8 个膜组件，每个膜组件装有 6 根直径

200mm（8 英寸）的膜滤元。8 个膜组件按 5 个和 3 个排列为两组，使脱盐率达 98.5％。

在对该厂进行评估时指出，该厂反渗透器出力达 80t/h，作锅炉补充水处理有相当大的裕量，具有作为纯净水外销的巨大潜力。该地区无专设的纯净水厂，该厂的纯净水质量好，成本低，具竞争力。建议成立专营桶装纯净水的公司。

5.5.4 对三种不同水质使用反渗透器情况的评述

1990 年前后，许多火电厂以不同理由要求使用反渗透器作为预脱盐设备。电力规划管理部门用原水含盐量和拟建机组容量（含参数）作为限定条件。某实业公司组织了反渗透技术交流会，在会上介绍了华北、山东有代表性的 3 个火电厂，使用反渗透器的经验与成效。认为从提高锅炉补充水水质，减少废水排放量来说，反渗透器可用于华北电网覆盖的地区和黄河流域的其他省份（如山东、河南）的火电厂。举例如下：

(1) 天津大港某电厂原水含盐量高达 2000mg/L，化学除盐设备无法用这种水直接制取除盐水。使用 B-9 型中空纤维反渗透器，得到了合乎亚临界参数燃油锅炉所需要的补充水。

该市东郊的发电厂当海水倒灌时，河水含盐量也常达 2000mg/L，使用反渗透器，不仅为 670t/h 锅炉常年提供优质的补充水，即使短期有海水倒灌影响，含盐量升高也能应付。

因此，反渗透装置适于微咸水和含盐量变化大的淡水作为预脱盐装置。

(2) 山东的黄河入海口处某电厂，原水含盐量达 1000mg/L。这种原水使用弱型树脂和强型树脂联合脱盐效果也不够好，因此采取反渗透装置，从而获得理想的锅炉补充水。

(3) 北京石景山某热电厂原水含盐量 400～500mg/L，装有 4 台 670t/h 锅炉，原装有 2 台 50t/h 反复倒极电渗析器，作为预脱盐设备。由于电渗析器水不能满足需要的水量，增加了 1 台 67t/h 反渗透器进行水的预脱盐处理。

该反渗器使用陶氏公司苦咸水淡化膜，共 21 个膜组件，组件内装 4 个直径为 200mm 的膜滤元。反渗透器的脱盐率为 95％，水的回收率 75％，产品水电导率 ≤30μS/cm。

5.5.5 对某电厂水处理设计的咨询意见

该电厂将建设 2 台 350MW 亚临界参数锅炉机组。原水是地下水，是以碳酸盐为主的碱性水质，原设计是水经混凝和加速澄清池澄清后，用高效纤维过滤器过滤，再经双室阳床（逆流再生）、脱碳和进入逆流再生阴双室床，再经混合床脱盐。

该电厂委托两个单位化验原水中胶体硅含量，分别是 6.18mg/L 和 4.77mg/L，为除去胶体硅，该电厂提出或是采取反渗透器除胶体硅，或是增加石灰处理除胶体，就此问题征询选取的意见。

对于所提供的胶体硅测试值正确性有怀疑，提出了以下咨询意见：

(1) 提出变更设计的依据是水中含有胶体硅。但是该两测试结果有问题，不能用为设计依据，因为：

① 同一水样的测试相对误差应≤10%；二氧化硅测量的室间误差应<0.4mg/L。所提供的数值相差太大，均不能置信。

② 根据对天然水胶体硅测定的实际经验，不可能超过 4.5mg/L，更难达 6mg/L 以上。

(2) 如果确认原水胶体硅含量≥3mg/L，则应考虑加设除胶体硅设备。石灰处理只能部分除胶硅，且设备庞大，难于管理。反渗透器可除掉全部胶硅。两相比较，以采用反渗透装置为宜。

(3) 在反渗透器配置方案中，两种方式均可满足亚临界参数燃煤锅炉的水质要求。但是考虑到反渗透器存在结垢、污塞等问题，认为要确保连续运行，以反渗透、一级复床加混床，比两级串联反渗透加混床更稳妥。

(4) 根据该厂原水主要是碳酸盐硬度的特点，认为不必采取联合脱盐。而用逆流再生阳双层床、脱碳和强碱阴床加混床即可。

事后该厂告知胶体硅的确切含量是 2.86mg/L，该电厂已决定不单独进行除胶体硅处理。

5.5.6 某汽轮机制造厂海水淡化问题

接待郑州某汽轮机制造厂来人谈该厂转产生产海水淡化设备问题。希望为该厂转产提供探索方向。对此答复如下：

（1）该厂原是汽轮机制造厂，生产过 6MW 和 12MW 等汽轮机。具有制造蒸馏法淡化设备的有利条件。1988 年之后，我国小火电的建设速度放缓，主要是受其能耗大、污染重的限制。为降低发电煤耗，电力行业还将逐步停用中压机组，所以该厂应及早另谋发展之路。蒸馏法海水淡化设备与该厂制造的凝汽器接近，是发展之路。

（2）在海水淡化诸技术中，电渗析和反渗透不能由海水中制取能直接供饮用的水，蒸馏法则可以。前两者对海水淡化后，产品水含盐量会超过 1500mg/L，或超过 700mg/L。蒸馏法则可低达 5mg/L。

（3）目前用于蒸馏法海水淡化的设备是多级闪蒸器（MSF）和低温多效蒸发器（MED）。它们可以使用汽轮机抽汽为热源，能提高汽轮机热效率。多级闪蒸等设备以水力喷射器抽取真空，使设备在负压下工作。有凝汽器制造经验可以胜任。

（4）多级闪蒸将安装在天津大港某电厂，由美国某公司提供，可以前往了解；低温多效蒸馏技术由以色列最早使用，在国外有代理机构。

5.6 反渗透装置的防垢和清洗问题

5.6.1 反渗透器在运行中应监控的指标

反渗透器是利用高压泵克服水溶液的渗透压，将水从溶液中挤压到半透膜另一面，而将溶质（盐分）加浓的装置。因此对反渗透器应安装进水压力表、各段的出水压力表和排水压力表。监控这些压力表掌握其压差变化，可了解反渗透器的工作状况和污塞情况。

反渗透器的主要功能是脱盐，盐分可用电导率反映，因此有必要装备进、出水的电导率表。由原水和产品水电导率，可算得脱盐率，脱盐率下降，标志反渗透器存在某些问题。

对反渗透器进水、各段产品水和排走的浓水安装流量计，可以掌握各段的回收率和整台反渗透器的回收率。

反渗透膜有合适的运行 pH 值。为了防垢要加酸调节系统 pH 值。在进行清洗时，pH 值是重要指标，因此对进水和浓水均应装设 pH 表。

水的温度影响水的黏度，从而影响产水量，温度升高 1℃，产水量可增加 2% 以上。但是盐的透过量也相应增大，表现为产品水电导率升高。

5.6.2　韩城某电厂反渗透器进口水压力升高的原因

某新建电厂装有 2 台 600MW 机组，原水为黄河边的地下水，是几台井的混合水，水质变化大，含盐量为 500mg/L 上下。该套反渗透设备投用 3 个月后压力上升较快，一段进水压力由 1.3MPa 升至 1.57MPa；二段进水压力由 1.2MPa 升至 1.42MPa。反渗透器脱盐率无变化，但是产水量下降。应要求为其分析原因与提供对策。

经查看，该反渗透器表计不全，仪表不灵，难以由表计系统地查找问题。据了解，进水的浊度和 SDI（污染指数）尚合格。判断有两个可能使压力升高。一是弱酸处理水中含硫酸钙微晶，它本身老化长大引起阻塞，水的浓缩也使其过饱和析出；二是有的阻垢剂在一定条件下会引起膜元件阻塞。

经了解，该反渗透装置运行时间已超过 3 个月，尚未进行过清洗。经与供货商的技术人员协商由其进行清洗。该反渗透器经过清洗后，进水压力已恢复正常。

5.6.3　某电厂反渗透装置污塞的处理

该电厂原水为黄河水，经反渗透装置预脱盐后再经化学除盐作为锅炉补充水。由于反渗透器进水与排水间压差不断增加，进口压力已达规定值上限，要求协助分析原因。

经查看，认为澄清池出水浊度高，给后续的处理增加困难。该厂检查膜元件时，发现有白色物质黏结，未采样化验，也未留样不知为何物。由描述中猜想一是可能为微生物；二是二氧化硅类物质析出；三是可能是混凝剂或助凝剂穿过滤层和保安过滤器。

建议进行清洗后，观察压力增长情况。如果仍发现类似情况，考虑是否增加细砂过滤器。

5.6.4　某热电厂原水锶钡离子的结垢污塞

北京某热电厂反渗透器投产 2 个月后产水量和脱盐率均下降，据介绍水的浊度和污染指数是合格的。后经化验有锶和钡成分存在，阻垢剂对其稳定作用差。与该厂研究对策时，考虑到该厂有软化设备，建议试用软化水为原水。这是由于钙、锶、钡都和钠型阳离子树脂容易进行交换反应。此法在电渗析器防垢也曾使用过。

在北京市另一热电厂也出现结水垢污塞时，也提出过同样的建议。与其花高额费用购置进口阻垢剂，不如使用软化水作为原水，以解决水被浓缩后的结垢问题。

5.6.5 反渗透器阻垢剂的选用原则方法

反渗透器厂商在供应成套设备和配件的同时，也供应专用的阻垢剂。例如191、260和1620等，其价格高达5～10万元/t。其实这类药剂的阻垢作用等同于我国循环冷却水处理的阻垢剂，无非也是偏磷酸盐类物质的水溶液。将循环水防垢处理技术，应用于反渗透水浓缩过程的结垢同样会有效。循环水处理有化学法和物理法，用于此处是：

(1) 化学法将水中碳酸盐硬度中和为永硬

这是最为可靠的防止碳酸钙结垢的办法。向水中加入盐酸，使重碳酸钙（和镁）被中和转变为氯化钙和氯化镁，由暂时硬度变成永久硬度就不会结垢。其加入量可按滴定碱度到终点的用量计算，亦即原水 1mmol/L 加盐酸（按氯化氢计）每吨水加36g。北京市地下水平均碱度5mmol/L，防止碳酸钙垢的用量是 180g/t（100%的盐酸）。可用 pH 表控制，使酸化后的水 pH 值为4.5～5.5。酸化过程中产生的二氧化碳具有抑垢稳定作用。

(2) 三聚磷酸钠和六偏磷酸钠是循环处理中使用最久的阻垢剂，已有 30 年以上的使用经验，在反渗透水经过盐酸酸化后，辅以偏（聚）磷酸盐阻垢，在水的回收率为75%的情况下，应不致结垢。

(3) 氨羧络合剂是传统的防垢剂，使用氨基三醋酸钠或 EDTA 二钠盐（特利龙）具有广谱阻垢作用，锶和钡离子存在时，同时可具防垢作用。它们和成垢离子（钙、镁、锶、钡）按等物质的量结合，价格虽然较高，但是用量不大时不加重负担。

(4) 除了用于锅炉补充水的反渗透器外。反渗透器在食品工业（如酿酒）中使用甚多，生活饮用水也越来使用反渗透器制水。其防垢应以无毒无害为前提。可使用盐酸酸化加失水苹果酸酐（聚马来酸酐）防垢。

5.6.6 反渗透器结垢清洗和污塞清洗方法

(1) 反渗透器的结垢和污塞表现

反渗透器可因结水垢、有腐蚀产物和微生物而结垢和污塞。常见的水垢是碳酸钙，它最易成垢，也最容易清除。再就是原水中硫酸根含量偏高时，水经浓缩使钙以硫酸钙形式成垢，它的溶解度较高，通常不容易结垢，但是一旦成垢，极难清洗。水中二氧化硅在 pH 值变化时，会以二氧化硅形式析出，胶体硅聚集可引起阻塞。以铁的氧化物为主的腐蚀产物，以悬浮颗粒和胶体微粒形式存在水中，胶体状腐蚀产物失稳，会和颗粒物一起阻塞膜元件。大分子有机物如腐殖酸和微生物都容易造成污塞。

结垢和污塞会使反渗透器进出口压差增大，产水量下降和脱盐率下降。这 3 种现象的任一种发生 15% 变化时，都应进行清洗。

(2) 对碳酸钙垢的清洗，宜用 3%～5% 氨基磺酸溶解，仅需 0.5～1h 可完成。由于膜元件的安全 pH 值为 2～11，应使用氨水调节清洗液 pH 值≥2.5。

(3) 柠檬酸和 EDTA 的钠盐对铁的腐蚀产物络合溶解能力强，后者对所有的金属离子都有络合作用。如果单纯是铁的氧化物，可用柠檬酸单铵清洗，就是配制 10% 的柠檬酸，用氨水调 pH 值为 3.5± 0.5。如果还有钙、镁甚至锶钡等垢存在，可加入 5% 的 EDTA 二钠盐，使 pH 值为 4～6，循环 6h。

(4) 有的厂商推荐使用三聚磷酸钠 20%，EDTA 四钠盐 8%，用硫酸调 pH 值到 10，清洗硫酸钙等垢，它们都能和钙形成络离子。

(5) 对有机物和微生物采取防垢和清洗结合。如果在正常运行中杀生剂不足，或长期单用 1 种杀生剂，难以控制微生物生长，可交替使用氧化型与还原型杀生剂控污。反渗透器长期停用时，应使用灭菌剂（如稀福尔马林液）浸泡。如果已遭受污染，可用具有表面活性的物质清洗。例如三聚磷酸钠和十二烷基苯磺酸钠混合液，在 pH 值为 10 的条件下清洗，前者可为 20%，后者含量可为 2.5%。

5.7 电去离子、电防垢与磁防垢

5.7.1 电去离子（或连续去离子）简介

电去离子（EDI）最初称作连续去离子（CDI）。前者是由于在电场作用下水得到脱盐净化；后者是由于水的这种净化是在持续进行中，无需再生操作，不用化学药剂再生而获得纯净水。也曾基于它的结构特点，称为填充床电渗析。这种技术研究于 1960 年之前，1970 年进行设备研制阶段，1987 年由美国离子净化技术公司推出装置。

这种装置是在电渗析器中充填离子交换树脂，以其导电能力，弥补电渗析器随水的纯度提高电导率下降而难于进行深度脱盐的缺点。填入的离子交换树脂起到导电通路作用。

在常规的电渗析器中，阳离子膜和阴离子膜，由隔板框分开成为1 个个间隔。在通电的情况下，被淡化水中的阳离子穿过阳膜进入邻间，由于无法逾越阴膜的屏障而留下来，使该室成为浓水室；被淡化水中的阴离子穿过本室的阴膜进入邻间，又被另一阳膜阻挡而停留在邻间的浓水室中。离子被迁移走的间隔成为淡水室。随着淡水室中水的净化，电导率下降，电场的影响力受水的电阻影响而下降，使淡化难于进行。

填充床电渗析器则加强了离子的迁移，离子交换树脂起了导通作用，使淡水室中极低浓度的杂质离子继续向浓水室迁移。填入的强型阴阳树脂和水中杂质离子起交换反应，使水的淡化程度提高。在电场中高纯水的极化作用使水分子解离，由水分子解离产生的氢离子和氢氧离子一部分穿过阴阳膜迁移走，另一部分对混床树脂再生，使之恢复交换能力。这样就实现了阴阳树脂在运转中的自动连续再生。

在美国 1 台出力为 2.3t/h 的电去离子装置，首用于低压锅炉，使补充水电导率$\leqslant 1\mu S/cm$。

5.7.2 电去离子装置与反渗透器的联合应用

电去离子研制和试用成功之初，没有引起人们重视，但是在用于低压锅炉补充水处理之后的次年，即 1988 年 4 月，把它安装在反渗透器之后，为半导体工厂的冲洗用水进行精加工，其出力为 4.5t/h，制出合格的水。IBM 公司的半导体冲洗用水，也采取反渗透器加电去离子的布置，得到电阻率高达 $17.6M\Omega \cdot cm$（$0.057\mu S/cm$）的高纯水。其中杂质含量均为 ng/L 级，例如钠 185ng/L，氯离子 40ng/L。

美国爱迪生公司的一个发电厂位于南加州，该州对废水排放限制严格，因此采取反渗透与电去离子联合应用，其原水电导率 $1000\mu S/cm$，产品水电导率 $0.1\mu S/cm$，水回收率>98%。试验装置的耗电量为 $0.264kW \cdot h/t$。

1994 年北京电机工程学会在北京市科协金桥工程中立项进行反渗透器与电去离子联合应用研究。在北京石景山某热电厂的反渗透装置后串接 1.14t/h 电去离子装置，得到≤$0.1\mu S/cm$ 的高纯水。当时由于电去离子装置价格高，尚无实际使用可能。1998 年之后这种系统开始用于锅炉补充水处理。

5.7.3　物理防垢处理之电防垢

电防垢技术，或电场防垢技术始于 1950 年之后，在天津有"高频水改器"作为低压锅炉防垢装置，在天津劝业场不远处的电厂 1.3MPa、10t/h 锅炉和北京通县以东的电厂 1.3MPa、8t/h 锅炉上都曾安装过。水改器直径 150~200mm，长 1.5m，以旁路形式连接在给水管上，令给水通过水改器能起到防止或减轻结垢作用。这两个电厂都是为有轨电车供应直流电力，原水质量也相近，一个是流过电厂旁的墙子河，一个是运河，硬度均为 2.5mmol/L 上下，而且基本都是碳酸盐硬度。两厂的锅炉都不进行水处理，结水垢后用清管器（带有绞刀的钻头，用电力驱动刮除水垢）清除。两台锅炉安装水改器后未见结垢程度明显减轻，遂停止使用。据介绍在天津有些蒸发量<2t/h 的锅炉使用水改器防垢还是有效的。但是由于水改器容易出故障，烧毁后不再使用。

1980 年之后，电场防垢再度兴起。其大环境是电子工业和电器工业发展快，防垢设备作为小电器成本快速下降，民用热交换器或民用锅炉出于防垢需要和方便使用而采取电场防垢。

在众多的电场防垢产品中离子棒使用最多，最初由加拿大约克能源公司推出，1987 年后在国外行销，1990 年后我国许多商家销售，其名目繁多，如电子除垢仪，电子水处理仪，高能水质处理仪和静电离子水处理（除垢）棒等。曾随机查阅首都各主要报纸刊登的物理水处理广告，其中 3/4 是电场防垢装置，而且主要是离子棒商品。

5.7.4 离子棒防垢装置的使用情况

离子棒是一根两端密封绝缘的铝质电极棒，外涂特氟隆绝缘防护层，使用 220V、50Hz 的工频交流电源，通过内部装置转换为 7500V 高压静电，在离子棒端部产生静电场，用以防止结硬垢。

该装置功率 $\leqslant$ 10W，静电发生器尺寸 2.3dm³，离子棒直径 28mm，长 0.5m，可在 1.5MPa 下使用，被处理水温度为 99℃ 以下。

据介绍温州市海大楼中央空调冷却水，使用该市制造的离子棒防垢。原水电导率 162μS/cm，总硬度（碳酸钙）62mg/L，总碱度（碳酸钙）56mg/L。在盛夏使用 1 个月，循环水电导率 479μS/cm，未见结垢。

某钢铁厂动力车间用离子棒防止空气压缩机冷却水结垢，原水硬度（碳酸钙）365mg/L，水量 160～200t/h，用两支加拿大产离子棒防垢，在盛夏进行 50 天试验，未见结垢现象。

某农药厂循环水系统安装了国产离子棒除垢仪，据反映最初 3 个月内防垢效果良好，5 个月后防垢效果下降，是由于离子棒有 1.5mm 黏泥所致。

除了以上冷却水量＜500t/h 的使用者外，北京某公司推出 DK 大型电子水处理装置，用于 500t/h 及以上的冷却水防垢处理。该装置利用高频电场防垢。某铝业公司的冷冻机冷却水量 600t/h，安装了 900t/h DK电子水处理装置后，运行了 3 个月，未发现结垢现象。

电场防垢装置名目繁多，鱼龙混杂，从业者众多，表明了人们对无污染防垢技术的追求。应进行必要的规范管理，免被伪科学误导。

在为北京某大会堂中央空调系统清洗评标时，见到该大会堂 10 台中央空调冷却水管道上均装有在用的高频电子防垢仪，仍免不了要结垢。

5.7.5 物理防垢处理之磁防垢及防垢机制

磁防垢技术或磁场防垢技术始于 1945 年，由比利时弗米仑首先发现并获取专利。当时欧洲刚经过第二次世界大战，物资匮乏，这种不用药剂的防垢技术很受欢迎。随后在前苏联和捷克也使用磁处理装置防垢，我国于 1958 年通过苏联杂志介绍，试制成功 4t/h 电磁防垢装置，用于原水加热器和蒸发器防垢成功，在 8t/h 低压锅炉上试用有防垢作用，但是不如软化器经济。

所有的物理防垢机理都未被揭示，最早用于防垢的磁场处理也不例外。他们不注重防垢机制的解释，只是从效果上认定，包括年产值达 6 千万美元的爱盘罗公司也如此。

1965 年、1973 年和 1981 年 3 次与该公司人员进行技术座谈，他们虽有关于防垢机制的介绍，但是却非常泛泛，关于防垢效果的评定，也仅仅是依据磁致垢质疏松而不附壁作为有效。

1980～2000 年间，来我国推销各类磁防垢装置者甚多，均不能对磁防垢机制作解释。1993 年接待美国水动力公司的 HU 磁防垢装置研究者丁·麦克林博士时，他用磁致垢晶畸变进行解释。

5.7.6 磁防垢的应用情况及物理防垢的限定

据苏联 1957 年报道，在欧洲"塞皮"装置主要用于家庭用燃油热水锅炉，挪威和德国用于船舶锅炉防垢和工业企业的热交换器防垢。

"塞皮"防垢装置有电磁和永磁两类，早期为电磁，1970 年之后逐步转为永久磁铁。

由于生活方式不同，在很长的时间里难以理解"塞皮"用户"锅炉"之小和水温之低。直到 1980 年之后，我国家用热水器大量应用，才明白直径仅 20mm 的永磁防垢装置，是用于家用热水"锅炉"上。

由比利时的"塞皮"装置和美国的 HU 装置成功的使用例证考察，主要是热水锅炉和热交换器上。例如美国新奥尔良大学集中供热站的 20 台热交换器，在安装 HU 装置前都要轮流进行除垢清洗，安装 HU 之后，6 年未因结垢进行过清洗。

我国使用物理法防垢已有 50 年历史，其间大起大落 3 次。1960 年兴起磁处理防垢时，将该装置称作磁力软化器（或软水器），造成误导，以为可以代替钠离子交换器。而且对"锅炉"的理解有误，把国外使用的热水锅炉理解成蒸汽锅炉。许多原有软化器的低压蒸汽锅炉，停用了软化器，改用磁处理装置，造成大批蒸汽锅炉结垢爆管，后被明令禁用，使物理防垢跌入低谷。

1980 年我国燃料供应紧张，蒸汽锅炉由于结水垢成为"煤老虎"，防垢技术被重视，物理方法以其无需化验管理，无需药剂再生而重新被重视。但是由于对其防垢效果过分夸张，在实际使用中防垢效果无法和软化器相比，再度消沉下去。在总结物理防垢法使用经验时，首先要肯定它仅是使碳酸钙暂时失去附壁成垢能力，无法和通过离子交换把钙镁消除的软化法相提并论。称其为"软化器"或"除垢器"本身就是误解。其次就是必须将其定位在热水锅炉和热交换器等不发生水高度蒸发浓缩的设备上。物理防垢之所以失败，是将热水锅炉上的成功错误地移植到蒸汽锅炉上。为此 1991 年，劳动部以劳锅字 [1991] 7 号文指示"慎用高频电磁场进行（蒸汽）锅炉水处理"。也正是在 1991 年后我国采暖由蒸汽锅炉改为热水锅炉，才使电场、磁场处理有了正确限定。

5.8 物理防垢技术之电气石防垢

5.8.1 电气石简介

电气石和电气石防垢有很大的距离，其间有意无意地混淆和误解，使之蒙上了神秘面纱。

电气石（tourmalin 或 tourmaline）也称电石（但是，此电石不可和被称为"电石"的 CaC_2 相混）。它是一种较低档的宝石，也称"碧玺"。这是一种含硼的硅酸盐，密度为 $\geqslant 3g/cm^3$，摩氏硬度 7 以上，较水晶为硬，较黄玉为软。

电气石因含有不同元素而带不同颜色，含铁者呈黑色，含铬者呈绿色，含锂色红，含镁则黄。它具有压电性和热释电性，能产生电离子和远红外线。这是电气石名称的由来。

单晶体电气石可产生 $60\mu A$ 电流，与人体神经电流相似，能促进血液循环，有治疗神经痛作用。它能放射微米级红外线对深层肌肉有治疗作用。电气石具水的界面活性作用，可用于水处理，可减少水分子的缔合作用。

电气石的上述特性，可以用于饮用水提高品位，去除氯的异味，可用于防止结水垢。

5.8.2 ECO-GEM 电气石球粒在水处理中的应用

ECO-GEM 电气石球粒是日本羽田公司于 1990 年推出的水处理产品，在饮用水、卫生用水和冷却水等方面使用，有改善饮水口感，防止卫生水异味和防止冷却水结垢等功能。使用它还可使输水管钝化，防止出现红锈水（赤水），并有对冷却水系统控污的作用。

ECO-GEM 电气石球粒，是羽田公司的专利产品，是用电气石矿粉碎，加入赋形剂，并经高温处理制成的直径 3～4mm 的圆球。用不锈钢外壳包装，不锈钢盒上开缝或钻孔，使被处理水与 ECO-GEM 电气石球粒接触而被处理。

20 世纪 90 年代末，我国高级政府代表团访日时，有一位颇具远见卓识的官员，留意到在日本的饮水和卫生用水中，都放有装有陶瓷状球粒的不锈钢带孔盒或筒，问询之下得知是日本新推出的环保型污水防垢器具。当时正是我国规划可持续发展战略，建设有中国特色社会主义蓝图之时，这位虽然不懂水处理技术，但是却有深刻观察力并且热衷于水环境保护的官员带回了样品。以期对北京以至中国的水环境保护工作起到些作用。

经了解 ECO-GEM 电气石球粒制品市场广阔。在日本本土、韩国、东南亚和美国均有销售，在不同地区有不同称谓，例如我国台湾称之为"水将军"。大多数场合中将其简称为"电气石"。

5.8.3　电气石在应用前进行的各种检测

位于北京紫竹院公园附近的某科技公司取得了羽田公司电气石的代理权，为了能在首都水环境中应用，通过了作为健康相关产品和防垢产品的各种检验，取得了生活饮用水供水设备及用品卫生许可批件。

(1) 防垢功能试验

该项试验由市级权威检验部门执行。用两个经过称量的金属杯分别倒入等量的北京市深井水，其中 1 个杯内置盛电气石球粒 10g 的圆盒，另一个作为空白对照。

将两个盛水杯同置于低温电炉上煮沸 5min，倒掉煮沸过的水。重新灌注等量的深井水，再次煮沸 5min，然后倒掉煮沸过的水。再次灌注等量的深井水，再煮沸 5min……如此重复 40 次。倒掉杯中煮沸过的水，使其自然干燥并称量。

其结果是，未放置电气石的空白试验杯增重 4.0g；放置电气石的水杯仅增重 0.7g。由此算得的防垢率为 82.5%。

观察两个试验杯同样可以看出，电气石具有很好的防垢效果。北京市深井水暂时硬度高，水煮开后杯壁会附着碳酸钙垢，反复煮水，垢层加厚。但是放置电气石圆盒的杯中却无明显水垢附壁，所生成的碳酸钙以絮状沉渣形式存在于杯底，可以被倒走。

（2）卫生安全性检验

将新的电气石盒拆开，将球粒和不锈钢盒分别进行浸泡试验。试验依据国家标准 GB/T 17219—1998《生活饮用水输配水设备及防护材料的安全性评价标准》进行。水的测试依照 GB/T 8538—1995《饮用天然矿泉水检验方法》进行。两者均经过 20 余项理化检验，结果均合格。

（3）对卤代烃类物质按 GB/T 17219—1998 进行了检验，均合格。

（4）作为矿物产品应进行放射性检验。依据国际标准化组织 ISO 9696 和 ISO 9697 检验，并依据国家标准 GB 5749—1985 进行检测，均合格。

5.8.4　电气石在饮用水和生活用水中考验使用结果

用北京市水进行煮沸供水的饮水机都存在结水垢问题，为除垢要定期人工铲刮或清洗。引进日本羽田公司电气石的某科技有限公司，在饮水机中放置装有 10g 电气石球粒的带孔圆盒，进行电气石防垢能力的考察与考验。在持续进行了 4 年的使用中，饮水机无结垢现象。与该公司在同一建筑物中，使用相同自来水的其他公司的饮水机，每隔半年必须清垢 1 次。

在饮水机中和养鱼缸中都放置电气石，经数年使用观察，饮水机无结垢困扰，鱼缸壁上停止生长青苔，而且鱼缸中的水长期保持清澈而无腥味。

5.8.5　电气石在中央空调冷却水系统的防垢作用

据羽田公司介绍，电气石在中小型冷却水系统防垢的用户相当多，其处理水量为 10～500t/h，而以 10～100t/h 收效最好。中央空调冷却水的防垢处理，是将电气石放在冷水塔水盘中，令水淹没电气石，所用装置是盛有 1kg 球粒的盘形扁盒，尽可能将其置于补充水入口处，放于水流经之处。

电气石不仅有防垢作用，还会使锈垢脱落。大约在安装电气石 1 个月后，附着在冷水塔和配管管内的锈和垢会脱落下来，堆积在水盘上，应人工进行清理。每周应进行一次清渣和底部放水。当冷却水系

统中电导率超过 $1000 \sim 1500 \mu S/cm$ 后，应进行排污换水，并清扫水盘。

5.8.6 ECO-GEM 电气石用于中央空调系统防垢

北京某科技公司在用 ECO-GEM 电气石进行中央空调冷却水系统防垢时，已经充分考虑到北京市自来水的碱度（碳酸盐硬度）是日本和东南亚国家的 5 倍以上，防垢难度很大，对工业性试验持慎重态度。但是从另一方面讲，在北京的中央空调冷却水试验成功，就能保证在我国以至在全世界的绝大多数地区使用都能成功。

首次工业性试验在某金融管理单位的大厦进行。这里有 4 组冷却塔，每组含 2 个冷却塔，原水是北京市自来水。曾使用阻垢缓蚀剂加杀菌灭藻剂进行处理，每年在制冷期结束后都要进行除垢酸洗，而且水塔填料结垢更频繁更换。

2001 年业主单位决定停用药剂处理，改为电气石防垢，在 8 个冷却塔中均放入可盛 1kg 电气石球粒的 TM-04 型装置，使其没入水面以下，自春末到秋初共进行 5 个月的物理法防垢处理，在严峻的气象条件下，保证了中央空调系统无垢运行。在这次试验之前，在冷却水系统中悬挂了指示片，结束试验后，观察指示片无结垢、无点蚀，腐蚀速率＜0.025mm/a。工业试验结果肯定了 ECO-GEM 电气石的防垢作用，并认为还具有防腐蚀作用。

日本资料提到电气石有抑制细菌生长能力，并提供了 1995 年 8 月 6 日和 1997 年 11 月 25 日两次试验结果：试验用的对照液细菌数分别是 4.2×10^5 个和 4.7×10^5 个。经 24h 试验，对照液中细菌数分别是 2.8×10^4 个和 8.3×10^5 个；电气石处理水中细菌数分别是 43 个和 20 个。

在这次工业试验前，有意不提电气石具有防止生物污塞能力。免得被认为夸大宣传。工业试验的 5 个月中未加任何杀菌灭藻药剂，加强了对冷却塔及填料的观察。在头 4 个月里没有发现菌藻生长，只是在最后 1 个月在部分水塔壁上出现藻类绿膜。主管中央空调系统的工程师对此效果颇为满意。据其介绍，在进行药剂处理时，每日投加杀菌灭藻剂，还要 2 个月对水塔的微生物黏泥人工清理 1 次，以免影响水塔运行。

人们基于长期进行药剂处理的习惯，总要看到一些化验单才感到放心。物理法防垢处理是在冷却水全然失稳状态下也不会结硬垢的水处理方法。因而无须任何化验。在进行电气石防垢处理时，都要向业主单位讲明此特点。也就是说，如果按照化验，冷却水的电导率、碱度、硬度和pH值，都会反映为呈结垢状态或严重结垢状态，但是实际上则不结垢。这就是电气石防垢处理的水质特征。

根据冷却水处理经验，单靠阻垢缓蚀处理，用北京市自来水为原水时，很难使冷却水的浓缩倍率达到2。电气石防垢处理，则可在循环水浓缩倍率＞2的情况下，在化验结果显示结垢的情况下，保持约5个月的运行中不结垢。这就是ECO-GEM电气石的防垢特别之处。

在中央空调系统防垢处理中，同时也收到了防止腐蚀和控制污塞的效果。对其防蚀、控污作用没有进行宣传，然而确实看到了其作用。

第6章

给水处理

6.1 氧腐蚀与给水除氧

6.1.1 大气和水中的氧及氧对金属的腐蚀（或防护）

生物依赖氧存活，人和陆地动物呼吸空气中的氧，鱼类吸收水中的溶氧。接近地表的空气中，氧的含量为 20.95%，氧在水中可溶解 8～10mg/L。

氧在水中的溶解度和水的温度有关。水温影响可用吸收系数反映，10℃时吸收系数为 0.0543g/L（或 54.3mg/L），20℃为 0.0443g/L，30℃为 0.0372g/L，40℃为 0.0329g/L，50℃为 0.03g/L，60℃时为 0.0272g/L。如果把吸收系数记作 α，空气中氧的含量为 p（20.95%），则不同温度下氧的含量 c 可如下计算：

$$c = \alpha p \times 1000 \ (\text{mg/L})$$

据此可以算出，在 20℃ 时水中含氧量为 9.3mg/L；60℃时为 5.7mg/L。溶于水中的氧常被称作溶（解）氧。在水中的溶氧还包含材料表面凝结的水汽液膜中的氧。除水中的氧腐蚀之外，还应重视潮湿环境中的腐蚀，这就是大气腐蚀或锈蚀。

我国的 6.5t/h 及以下锅炉不配置除氧器,难免有氧腐蚀发生。锅炉可因定期的检修而停用,停用期间会产生大气腐蚀,或特称为停用腐蚀。

氧也并非一无是处,它对钢铁虽然产生腐蚀,但是却对铝、钛等金属、白铜和不锈钢等合金有保护作用,这些材料依靠氧化膜而耐蚀。

但是,对于锅炉来说,氧仍是罪魁祸首,必须除之而后快。举例来说 2t/h 锅炉受热面积为 55m²,4t/h 锅炉约 98m²,6.5t/h 约 130m²。如果直接补充 20℃ 的原水,锅炉补水率 10%,每年运行 5000h,则进入锅炉的总氧量分别是 102kg、205kg 和 332kg,受热面上平均氧量为 1.85kg/m²、2.09kg/m² 和 2.55kg/m²。则可使锅炉钢铁腐蚀损失为 4.84kg/m²、5.47kg/m² 和 6.68kg/m²。换算为腐蚀速率分别是 1.1mm/a、1.2mm/a 和 1.5mm/a。

由于腐蚀总是不均匀的,而且氧腐蚀是以点蚀形式发生,上述均匀腐蚀速率集中在 10% 的受热面上发生,则局部腐蚀速率可超过 10mm/a。低压锅炉水冷壁管厚度＜3mm,汽鼓厚约 15mm,以计算的局部腐蚀速率进行,1 个季度可使水冷壁管穿透,1 年多可达汽鼓穿透。

以上计算可在实际的低压锅炉上得到印证。

(1) 秦皇岛某电厂位于该市火车站处,3 台日本产的拔伯葛型锅炉为 1MPa、5t/h,无除氧设备,锅炉补充水和凝结水混合后,给水箱内含氧量为 2～3.3mg/L。由给水箱到给水管路到锅炉均有严重腐蚀。到 1956 年 3 台锅炉的排管全部更换,经 2 年运行再度腐蚀穿孔。腐蚀坑主要分布在最下面 2～3 排排管,近似圆形,深度＞2mm 以至穿透。其腐蚀速率为 2～3mm/a。

该 3 台锅炉省煤器材料为铸铁,厚 5mm,也常腐蚀穿透。给水管道暴露在锅炉以外,有时也腐蚀泄漏,它的危险在于会烫伤人体。

该 3 台锅炉汽鼓壁厚 16mm,最深的腐蚀坑可达壁厚的 1/3,＞3mm 深的坑甚多。汽鼓内的给水分配管和水汽分离装置常腐蚀损坏。装入汽鼓内的腐蚀指示片厚度 2mm,不到 1 年就腐蚀光。

(2) 位于海滨的秦皇岛某电厂 2 台锅炉为 1.3MPa、9t/h,英国拔伯葛型锅炉,给水箱的水温 75℃。作为夏季避暑的城市,冬季用电量低,锅炉停用,存在停炉腐蚀。2 号炉在 1961 年因排管腐蚀泄漏前往检查,总共 180 根排管,腐蚀穿孔者 40 余根。该炉换管时间刚 3 年,汽包内腐蚀指示片的平均腐蚀速率为 0.65mm/a。

6.1.2 凝汽器除氧原理和实施

汽轮机做过功后的排汽在凝汽器中冷凝, 在凝汽器的工作温度下, 比容为 $18.5m^3/kg$ 的蒸汽, 冷凝为 $0.001m^3/kg$ 的凝结水, 使凝汽器产生了强大的真空, 而且还有蒸汽喷射器 (也称"真空机") 将凝汽器中不凝结的气体 (空气, 亦即氮和氧) 不停地向外抽吸, 它本身就是一个除氧器。

如果凝汽器的过冷却度<3℃ (过冷却度是排汽温度与凝汽器温度之差, 通常<1℃), 凝结水的含氧量会<0.1mg/L。把锅炉补充水送入凝汽器中, 借助凝汽器的高度真空, 可以将补充水中的氧释放出来, 并被真空机吸排出凝汽器, 就可得到和凝结水相同含氧的给水。

凝汽器除氧说来简单, 实施却难。要保证庞大的真空系统严密而不漏入空气是非常繁琐细致的工作, 要检查每一个处于负压下的截门, 加以研磨, 保证严密不漏。由于此项提高真空度的工作和汽轮机效率有关。使真空度提高 1%, 能使煤耗下降 $10g/(kW \cdot h)$。所以从领导到热机专业人员都支持此项工作。

(1) 1956 年春, 在天津黄家花园的 1 个发电所进行了凝汽器除氧试验, 锅炉压力 1.3MPa, 蒸发量 10t/h, 汽轮机 1MW。在该机组经过检修之后, 真空系统较严密, 降真空速率合格, 将锅炉补充水送入凝汽器中, 测量凝结水含氧量可低于 0.2mg/L。

但是由于给水箱和给水泵前系统是通大气的, 尽管由凝汽器取得的 (给) 水含氧量为 0.15mg/L 上下, 但是将其送入给水箱后, 含氧量会>0.5mg/L。

为防止除过氧之后的给水, 在给水箱中再度吸氧, 做了多种防范。例如将尺寸略小于给水箱的木板置入其中, 将给水表面盖住, 再向给水箱中通入蒸汽, 以降低给水箱中氧气分压。这些措施能收到一定效果, 在理想的条件下, 给水含氧量为 0.3mg/L, 一般能保持≤0.4mg/L。和不进行凝汽器除氧时相比, 给水含氧量下降了 80%。

(2) 同样的凝汽器除氧试验, 也在秦皇岛某电厂 0.5MW 机组上进行过。经过检修后凝结水含氧量≤0.1mg/L, 送入补充水后, 含氧量为 0.2mg/L, 在覆有木板的给水箱中, 含氧量≤0.5mg/L。和进行凝汽器脱氧的给水含氧量 (2mg/L) 相比, 可下降 75%, 有减轻腐蚀的作用。

凝汽器除氧效果和凝汽器真空程度以及能否保持住真空有关，后者难以得到保证。而且在防止脱过氧的给水重新溶入氧方面也很困难。

凝汽器除氧在大机组上得到很好的运用。15.7MPa 及以上机组，都是把化学除盐水补入凝汽器，在凝汽器内进行补充水脱氧，再和凝结水一起进入 0.5MPa（或 0.8MPa）除氧器中进行脱氧。

6.1.3 某厂的解析（吸）除氧试验及解析除氧鉴定

(1) 在秦皇岛某电厂 9.5t /h 锅炉上进行的试验

该电厂 2 号锅炉有严重的氧腐蚀，与电厂一起进行了凝汽器除氧试验，但是除氧效果受运行因素影响大，难以保持平稳的低含氧量。又和电厂一起进行了解析除氧试验。

在炉膛尾部安置盛有木炭的钢筒，在该处约 600℃ 下，通入烟气使其进行缺氧燃烧。烟气中残留的氧消耗于木炭的燃烧反应，产生二氧化碳和部分一氧化碳及不参与反应的氮。以被除氧水为水力喷射器的射流，将燃烧后的无氧空气抽吸过来和被除氧水强烈混合。被除氧水的氧扩散到无氧气体中，起到解吸除氧作用。

这项试验存在许多难点，一是锅炉负荷的变化使尾部烟气温度变化很大；二是锅炉风量变化（过剩空气系数变化）使尾部烟气中氧量变化较大，氧量高难以除净，氧量过小无法继续燃烧；三是木炭的补充和灰烬的清除很是麻烦；四是仍存在除氧水进入锅炉重新溶入氧的问题。

通过测量，在系统工作正常的情况下，解吸水的含氧量＜0.5mg /L，系统不正常时可达 1mg /L。

(2) 对某大学解吸除氧课题研究成果的鉴定

为解决低压锅炉脱氧问题，原机械部下达了解析除氧和真空除氧研究课题，均由某大学热能动力系承担。解吸除氧较早完成，对其进行了成果鉴定。

该研究课题有两项较大改进：一是使用活化煤为吸附剂除氧；二是使用温度稳定的电加热热源。经对解吸水中含氧量化验，在其所变化的试验参量范围内，解吸水中含氧量≤0.05mg /L，认为可以满足 2.5MPa 及以下锅炉给水脱氧的要求。

6.1.4 为某棉纺厂设计制造的钢屑除氧器

北京某棉纺厂动力车间装有 3 台 10t /h 低压锅炉，未设置除氧器，除锅炉本体有严重腐蚀外，冷凝水系统腐蚀影响水的回收。与该动力厂商定建造 1 台钢屑除氧器对给水除氧。

钢屑除氧器是一种化学除氧，它把给水中的氧消耗在废钢屑上，以它为牺牲品，使锅炉免于腐蚀。钢屑收集自该棉纺厂的机械车间，并由机修车间制作。其方法如下：

挑选碳钢车屑刨屑，压实至密度≥1t/m³，充填到钢屑过滤器中，过滤器上部用法兰与顶盖连接，顶盖有进水管和布水支管。装填钢屑压实体时应使被除氧水均匀流过钢屑填料层。过滤速度可为 15～20m/h，并令被除氧水和钢屑层有足够的反应时间，该钢屑除氧器的层高可使水与钢屑接触时间达 5min 之多。

对除氧器的钢屑，用 0.5%～1%磷酸三钠，在 80℃以上除油浸泡0.5h，用清水冲净。再用 50℃的 2%盐酸活化 10～15min，然后冲净，即可使用。

在设计钢屑除氧器时，其尺寸取决于钢屑填装量。钢屑需用量取决于给水流量、水中含氧量和更换周期。钢屑的化学除氧反应可按生成磁性氧化铁计算，每脱除 1kg 氧的理论消耗量为 2.62kg，实际计算中应保持足够的裕度可按每千克氧用 5～8kg 钢屑。水的含氧量与水温有关，对于低压锅炉来说可取为 2～3mg/L，更换周期以 2～3 个月为宜。

在该钢屑除氧器投用之后，进行了脱氧能力与影响因素试验。通过试验证明，该钢屑除氧器的脱氧能力和水温及 pH 值关系密切。由回水和补充水组成的给水温度<80℃时，含氧量>0.1mg/L，出水微黄混；超过 85℃，则氧为 0.05～0.1mg/L，出水澄清。pH 值为 7～7.6 除氧效果较好，pH>8 则除氧作用较差。可能是钢屑有钝化现象所致。

6.1.5 某电厂真空除氧器调试及真空除氧鉴定

(1) 通州某发电厂真空除氧器调试

北京通州某发电厂 5 台锅炉均为 1.3MPa，3 台 8t/h 锅炉不进行除氧；2 台 14t/h 锅炉均配有真空式除氧器。低压锅炉的除氧器、给水箱和给水泵同在地平面布置，为保证给水泵入口不因汽化而影响送水，规定其进水温度应<85℃。这就是必须使除氧器为负压（真空）状态的原因。

据该电厂反映，两台真空除氧器产水含氧量>0.5mg/L，锅炉排管有腐蚀。经查看除氧水温度<70℃，是和其真空度 70%相符合的，

具有脱氧能力。经过调整其除氧水最低含氧量为 0.3mg/L 以下，进入给水箱后含氧量又超过 0.5mg/L。

建议在给水箱中投加 5g/t 亚硫酸钠辅助除氧，以防止氧腐蚀。

(2) 对某大学真空除氧课题研究成果的鉴定

应该大学热能动力系负责人和市劳动局锅炉处负责人要求，对机械部下达的低压锅炉除氧技术之真空除氧课题进行技术鉴定。该设备安装在某机械厂的低压锅炉上，经测试能自动保持被除氧水处于饱和温度下，除氧水的含氧量＜0.1mg/L，理想情况下＜0.05mg/L，认为满足了课题要求。

该真空除氧设备较庞大，费用较高，认为适于≥20t/h 锅炉使用。向项目负责人提议研制钢屑除氧设备，用于低压锅炉除氧。

6.1.6 对氧化还原树脂及氧化还原除氧器的鉴定

原电子部某研究所研制成功氧化还原树脂，它含有亚铜离子，可与水中溶解氧作用而除氧，使用联氨作为再生剂，使其恢复脱氧功能。

1982 年 5 月应其要求主持了氧化还原树脂鉴定，肯定了这种交换树脂的脱氧能力。由于该树脂使用中有亚铜离子脱落转入被处理水中，认为不宜于电站锅炉使用。但是指出，占锅炉总量 90% 以上的低压锅炉都存在氧腐蚀困扰；内冷水系统空心铜导线的腐蚀，都有脱氧的需要，还是有实际使用价值的。

用氧化还原树脂对低压锅炉脱氧，存在经济方面的障碍，有待进一步克服。首先是树脂费用应降低，而且应有较长的使用寿命，其次是再生剂联氨比较贵，而且还要再生中补充一定量的铜离子，都需要一定的运行费用。

6.2 水的化学除氧

6.2.1 低压锅炉的丹宁（栲胶）除氧防垢复合处理

丹宁常写作单宁，由含单宁的植物提取，在柞木和橡子外壳中含量丰富。工业上称栲胶，主要用于鞣制皮革，它含单宁酸和没食子酸，具还原作用，由于它本身还有和水垢作用的防垢、除垢功用，常用作低压小容量锅炉复合防垢除氧剂。由于难掌握它和氧反应的机理，无法计算作为除氧剂的投加量。在锅内防垢防腐蚀复合配方中，其用量为 5～10g/t 水。

丹宁（或单宁）早期用于考克兰型锅炉或兰开夏型锅炉，前者是立式多横火管锅炉，仍保持着锅和炉的雏形；后者是卧式火管锅炉，亦即常见的机车锅炉。这些锅炉水汽空间均较大，可用人工除锈去垢。在金属面上还常涂防蚀漆（汽包漆），对防腐蚀要求不严格，投加丹宁可达到防腐蚀的目的。

拔伯葛型锅炉以水排管进行水的吸热蒸发，已经看不出"锅"的存在。它的蒸发强度大，对防腐蚀，尤其是防氧腐蚀的要求高，应进行热力除氧。

单宁在压力＞0.78MPa，温度超过170℃不宜使用，除了它自身有分解外，它使锅水带有颜色和气味，也使人不愿用其除氧。

6.2.2　中低压锅炉的亚硫酸钠除氧及热网水除氧

亚硫酸钠是中低压锅炉使用最广的除氧剂。它既可单独使用进行锅炉给水除氧，又可以弥补热力除氧之不足，用作辅助除氧剂。

亚硫酸钠无毒、无害也无危险，除氧反应的产物对中低压锅炉无害，因而使用甚为广泛。

亚硫酸钠能按反应式与氧进行反应，无需有较大过量。在40℃它的除氧反应约经历3min，60℃则缩短为2min，80℃ 1min即可将氧除净。

亚硫酸钠含有结晶水，1g 氧消耗 8g 亚硫酸钠。当锅炉补水率为100％，而且是常温水时，亚硫酸钠用量超过 80g/t 水；对于补水率为10％上下的锅炉来说，用量少于 10g/t 水。为保持锅炉水的无氧状态，应使锅炉水中亚硫酸根为 10～30mg/L。

管理到位的热力网补水率＜2％，因此，亚硫酸钠适于热水锅炉和热力网的除氧。

亚硫酸钠在 280℃ 以上发生热分解。因此，它只限于中低压锅炉使用。而且还只能用于不进行给水混合式减温的中压锅炉。

某化工厂的次高压锅炉除氧器工作不正常，曾就是否可采取亚硫酸钠辅助除氧进行咨询。对其答复是不可以。原因是锅炉压力超过7MPa，亚硫酸钠将分解；再就是该锅炉补充水是化学除盐水，减温水采用给水，如果添加亚硫酸钠，将引起过热器结盐垢。

亚硫酸钠容易和氧反应，既是优点，又是缺点。这就是，必须在亚硫酸钠的溶解、稀释、投加和贮存的各个环节中防止药剂和空气中的氧作用，而与大气隔绝。

高层楼集中出现后，暖气片由铸铁改成薄壁钢材，停用腐蚀成了大问题，尤其是饭店宾馆急需解决此问题。在应邀出席土木学会年会时，就此问题建议非采暖期不放掉热力网存水，而向其中加入亚硫酸钠 60～100g/t 水进行停用保护。此建议被采纳使用甚广。

6.2.3　次磷酸氢钠用作除氧降碱防垢剂的试验

次磷酸氢钠是一种偏酸性的强还原剂，在不进行给水减温的中低压锅炉上，作为除氧剂使用，还有降低锅炉水碱度和防止结硬垢的作用。也可通过柱塞泵把它直接加到中压锅炉汽鼓中，只用于进入锅炉作为残留氧的除氧剂。

次磷酸氢钠和氧作用将其除去，自身转变为磷酸二氢钠，能将两份氢氧化钠中和为磷酸三钠，起到降低锅炉水游离氢氧化钠作用，能防止碱腐蚀。磷酸三钠是传统的锅炉防垢剂，能消除锅炉中残留硬度。这种药剂的投加有一石三鸟功效，既防止氧腐蚀，又降低碱腐蚀风险，还有防结垢作用。

包头某电厂 7 号锅炉是 1.3MPa、9t/h 拔伯葛型锅炉，用井水作为补充水，不进行除氧。原水硬度 2.2mmol/L，碱度 4mmol/L，溶解固形物 350mg/L。该锅炉腐蚀结垢均严重，排管经常穿透，靠"打卡子"、"贴补丁"维持运行；排管内水垢厚度超过 10mm。为解决该锅炉腐蚀结垢问题，与电厂领导商定，向该炉投加次磷酸氢钠防蚀缓垢。经试用认为有防腐蚀和防结垢效果，但是处理成本较高。

1960 年"5.1"节前，在北京市劳动人民文化宫举办"双革"（技术革新、技术革命）展览，有此项试验的展板。

6.2.4　采用水合联氨（肼）对高压锅炉进行化学除氧

京津唐电网首台高压锅炉于 1957 年底在唐山某电厂投产，1958年春节后正式并网发电。该锅炉配套的除氧器为 0.5MPa、158℃，按制造厂说明在除氧器良好工况下，除氧水含氧量可达 5μg/L，但是经过反复调试，难以达到 10μg/L 以下（当时的高压炉给水含氧量标准）。为此拟采用联氨给水化学除氧。

据了解，当时苏联尚处于台架试验阶段，未进行工业处理（原因之一是，苏联多为高压热电厂，担心给水投加联氨后，蒸汽中会出现联氨，影响热力用户用汽）；日本东京电力公司刚开始试用联氨除氧。我们经过小型试验，确定了联氨的除氧作用后，于1958年夏对全电力网首台高压锅炉进行了联氨除氧的工业试验。

该锅炉蒸发量为150t/h，除氧器平均出水含氧量为25μg/L。向除氧水中投加联氨，使除氧水联氨过剩≥25μg/L。工业试验共进行7天，在此期间每日平均向除氧水中投加500g 40％的水合联氨，在除氧器水温为130℃（饱和压力0.2MPa），可使给水含氧量降到接近于零。由于过量的联氨在锅炉中分解为氨，使凝结水和给水的含氨量达到0.2～0.3mg/L，pH值＞7。给水含铁量为50μg/L，含铜量为25mg/L，均比联氨处理前为低。

当时国内不生产水合联氨，所购的联氨是制药厂医治肺痨药剂的中间产品，相当昂贵，工业试验没有继续进行下去。一方面向电厂提议在除氧器安全的基础上，适当提高除氧温度，以降低残余氧量；另一方面向化工领导部门以及制药厂，说明联氨将随电力工业发展有很大的市场，应及早安排工业性生产联氨。

6.2.5　硫酸联氨用于高压锅炉给水除氧的试验

北京某电力学校研制成功硫酸联氨，将交由校办工厂生产，为了解其应用前景，结合应届毕业生实习，欲选择高压锅炉进行试验。

唐山某电厂在1958年进行水合联氨除氧工业试验后，由于联氨售价高，无法实际用于给水脱氧。得知有硫酸联氨之后，也想试用，并想用它中和锅炉水的游离氢氧化钠，因此同意在该厂高压锅炉上进行工业应用试验。

1960年夏初进行了硫酸联氨脱氧试验，投加量按联氨含量50μg/L计算。试验证明，其除氧效果令人满意。但是，由于产品含有硫酸，除使给水pH值下降外，锅炉水pH值也难保持稳定。由于硫酸根在锅炉水中积累，对蒸汽质量有影响。基于以上情况，该电厂没有实际采取硫酸联氨脱氧。

6.2.6　关于联氨是否会进入过热蒸汽的试验

联氨的除氧作用引人注目，在1960年前后，除氧水含氧量难以达标（≤0.01mg/L或≤10μg/L），这是使给水含氧量合格的唯一方法。

但是联氨的毒性问题，尤其是有致癌的可能，使人望而却步。特别是热电厂要为用户安全负责，不敢轻易进行联氨处理。

在北京某凝汽式高压电厂进行了联氨处理试验，试验的重点是，确定给水联氨的投加量和确定过热蒸汽是否会含有联氨。该电厂虽然不对外供汽，但是食堂使用减压的蒸汽蒸馒头，也对向给水投加联氨心存疑惧。

试验确定，给水加入 100μg/L 联氨，在省煤器和净水段锅炉水中可检出联氨。在盐段锅炉水和饱和蒸汽中都检不出联氨，过热蒸汽和汽轮机抽汽疏水及凝结水中都不含联氨。根据实际需要，联氨加入量以 50μg/L 为宜。

将上述试验结果上报原水电部，并指出：

(1) 首先应使除氧器达额定参数（0.5MPa、158℃），并消除缺陷，真正起到脱氧作用。并说明联氨只能是辅助性除氧，不可喧宾夺主。

(2) 联氨投加量 100μg/L 是安全的，但是从实际需要来讲，以采取 50μg/L 为宜。

6.3 热力除氧及热力除氧器的试验

6.3.1 某电厂除氧水溶氧含量高的原因及解决

天津某电厂 4 号炉是 130t/h 中压锅炉，配有 150t/h 大气式除氧器，投产 1 年后发现省煤器腐蚀严重，认为是氧腐蚀造成的。查阅表单记录，除氧水的含氧量常大于 0.2mg/L。

该厂认为氧的化验存在问题，在该厂使用刚由俄文翻译的靛胭脂比色法测量溶氧，还用购自德国的海立奇比色法测量溶氧量，和当时规程规定的碘量法作比较。以上比较试验表明，碘量法测氧灵敏度不足，含氧量≤0.05mg/L（50μg/L）碘量法无法测量；靛胭脂比色法灵敏、快速，可发现 10μg/L 氧量变化，适于运行监控。在水的含氧量为 100μg/L 上下时，三者测量结果相符合。

采取靛胭脂比色法测氧，对该除氧器进行了试验。通过试验查明，该除氧器的除氧工况和加热蒸汽压力与流量关系密切。机组负荷变动，影响加热蒸汽的流量和压力变化，影响除氧水含氧量。除氧器水温稳定地＞102℃，除氧水含氧量≤50μg/L；来汽量不足，则除氧器温度降到100℃以下，可由大气中吸入氧，使除氧水含氧量＞0.5mg/L（＞500μg/L）。建议给除氧器稳定的加热汽源。在未解决此问题之前，设专人调控汽源。

6.3.2　内蒙某电厂大气式除氧器调整试验

位于包头东河区的某电厂的3台2.3MPa、39t/h锅炉配有大气式除氧器，除氧水含氧量0.2～0.4mg/L。为查明除氧水含氧量高的原因，进行了调整试验。通过试验找出除氧器设备方面和操作方面的问题。在设备方面的问题是除氧器热源难保稳定和水封高度不足；操作方面的大问题是间断地向除氧器补充软化水，每当大量补水时，除氧器温度都降到饱和温度以下，最低降到90℃以下。此举使除氧水含氧量周期性增大。

建议该电厂变更除氧器加热蒸汽，使用参数较高和流量稳定的汽轮抽汽为汽源；将除氧器水封加高，使除氧器压力可达0.25表压（≥245kPa）；使软化水补充率＜10％并且均匀补充，以保证除氧水温≥102℃。

对除氧器进水温度（低压加热器出口温度），和排气门开度作了规定；进水温度不低于70℃；排汽（气）门开度应为2圈。按照调整试验得到的结论消除缺陷，并且按照得到的最佳运行方式运行，使该除氧器的含氧量≤0.1mg/L。

6.3.3　德国提供的喷雾式除氧器特性试验

《铁道游击队》电影主题歌中，"微山湖上静悄悄……"使人对南四湖中的微山湖充满遐想。在微山湖畔的韩庄兴建的电厂用微山湖水作冷却水，设备由德国提供，首台机组于1958年初投产。

为该电厂化学专业启动调试进行的工作含水处理设备调试，除氧器调试要求使给水含氧量合格和水汽质量合格。

苏制的大气式除氧器均为淋水盘型，被除氧水（凝结水和软化水）由除氧器顶进入，经过交替布置的5层多孔水盘淋落。这5层淋水盘有中间带蒸汽通道的和不带蒸汽通道的两类，逼迫由除氧塔下部引入的加热蒸汽作多次转向，或是通过蒸汽通道上升，或是由淋水盘四周上升。蒸汽对水滴的穿插，使除氧塔中的混合式加热和水滴中氧的扩散释放作用更为充分。我国的早期大气式除氧器均为此种类型。

德制除氧器使被除氧水由除氧塔顶的喷嘴以雾状喷出落下，它在下落中与上升的加热蒸汽流密切接触，并被播散，使除氧过程更加充分。这种喷雾型除氧器在我国逐渐引用，由其发展成为喷雾填料型除氧器，用于高参数发电厂。

经试验，该种除氧器在负荷<50%时除氧效果差，原因是水的流量过低时，喷雾效果差。在额定出力下，喷雾型除氧器除氧效果优于淋水盘型。超出力运行时除氧效果更好。该种除氧器可超出力50%以上。

6.3.4 淋水盘加鼓泡型0.5MPa除氧器调整试验

0.5MPa除氧器俗称"高压除氧器"或"高脱"，用于高参数电厂给水除氧。对于热电厂来说，所补充的软化水先在大气式除氧器（俗称"低脱"）中脱氧和预热，再送入"高压"除氧器；对凝汽式电厂来说，补充水（化学除盐水）送入凝汽器中除氧，并同凝结水一起经过3~4级低压加热器升温，再送入0.5MPa除氧器。

锅炉参数越高，除氧器的压力也相应提高，布置的标高也升高。为防止给水泵入口汽化，大气式除氧器布置在8m，0.5MPa除氧器布置在1.3m，0.8MPa除氧器标高为20m。

北京某热电厂首台高压锅炉于1958年6月投产，当年还投产了2号、3号锅炉。1959年春，对所配置的高压除氧器进行了调整试验。

苏制大气式除氧器出力为25t/h、35t/h、100t/h、150t/h和200t/h不同规范；0.5MPa除氧器有160t/h、225t/h（含250t/h）和450t/h几种出力。它除了和大气式除氧器一样由淋水盘组成的混合加热级外，还有由鼓泡器组成的鼓泡扩散加热级用于深度脱氧。它的淋水盘也由5个增加到8个。被除氧水经过8级淋洒跌落，和蒸汽走廊中的加热蒸汽充分混合而向外扩散所含的氧。最后被除氧水落入鼓泡扩散加热水箱中，该鼓泡箱中分两组装有8个鼓泡器，对除氧水作强烈的鼓泡扩散，进一步脱除残留的氧，除过氧的水进入除氧水箱贮存。

除氧水箱也称给水箱，其容积相当于锅炉蒸发量的1/4以上。有多台锅炉时，其给水箱由底部的给水管并联连接，以保证锅炉供水。

该热电厂除氧器出力为250t/h，与220t/h锅炉匹配运行。调整试验内容有两部分：一是基本特性试验，二是影响因素试验。基本特性是除氧器的参数和出力，就是在额定参数附近，对除氧器运行温度压力作适度变化，比较除氧水含氧量高低；对除氧器出力作不同调整，了解不同出力下的除氧水含氧量。影响因素试验是，变化低压加热器投用数量和升温，使进入除氧器的水温变化；变动软化水的补充量，使进入除氧器的氧量变化；改变排汽门开度，调节排汽量。了解这些因素的影响。

对该热电厂的 ДсБ 型 250t/h 除氧器进行的调整试验表明，在软化水经过大气式脱氧的情况下，该种除氧器可使除氧水含氧量 $<10\mu g/L$。即使除氧器压力为 0.3MPa 或出力达 250t/h，不影响其脱氧效果。软化水补充率为 30% 时，其含氧量 $>100\mu g/L$，除氧水含氧量将超过 $10\mu g/L$；停止 1 台低压加热器不影响除氧效率，但是进水温度过低，会引起除氧器振动。排汽门开度对除氧水含氧量影响甚大，开度少于半圈，除氧器溶氧不合格，超过 1 圈后合格，而且开度增大，除氧水含氧量降低。

6.3.5　喷雾填料型"高压"除氧器及其试验

北京市内的热电厂于 1978 年底对除氧器进行了检查与试验，以了解该种除氧器的工作状况。据汽机专业人员反映，该种除氧器较淋水盘加鼓泡型除氧器便于管理，运行工况稳定；查阅化验记录，其含氧量均合格，亦即 $\leqslant 7\mu g/L$。

该种除氧器在顶部由喷嘴对被除氧水雾化喷淋。在除氧塔中填满 Ω 形不锈钢薄片填料，除氧水落到填料床层上被阻留和被展开，加热蒸汽通过不锈钢填料床层和被除氧水充分接触，加热被除氧水和使氧扩散出来。

对该除氧器进行了不同除氧压力和不同出力的试验，在所调整的参数范围内，除氧水的含氧量 $\leqslant 5\mu g/L$。

6.3.6　其他类型的热力除氧器

北京某无线电器材厂的 52 车间是自备电站，锅炉机组和除氧器由德国提供。这种被称为喷射式除氧器的结构是凝结水在除氧器顶由喷嘴喷出，软化水在它的下面以环形多孔管的形式喷出。加热蒸汽由除氧器罐下部引入和喷射出的凝结水、软化水混合加热。它还对罐底部的被除氧水进行再沸腾加热，进一步除氧。这种除氧器结构紧凑，脱氧能力较强。

由捷克和瑞典引进的机组所带除氧器为水和蒸汽均为喷射型。被除氧的水由除氧器顶部的喷嘴中喷成雨雾落下；加热蒸汽的管口有弹簧托盘封堵住。利用加热蒸汽的压力将弹簧托盘下压，在蒸汽管口和托盘间隙中喷射出的蒸汽对下落的水雾混合加热，并将其卷扬成更细的水雾以加深脱氧程度。

1988 年后，我国东北地区许多电厂使用旋膜式除氧器，可使除氧水的含氧量＜5μg/L。被除氧水由起膜器管中旋转喷出成膜，形成水裙。蒸汽也由起膜器管中喷出进行热交换和脱氧。经旋流脱氧的水下落到填料层上，和引入的加热蒸汽主流相遇而进行深层次除氧。

6.4 高参数锅炉化学除氧的发展及问题

6.4.1 对联氨毒性的 30 年争议及其替代产品

自 1958 年将联氨用于高压锅炉化学除氧后一直就有关于其毒性的质疑。资料中对联氨毒性作用的说明偏于对呼吸道黏膜的刺激，使用寻常的护具可以操作，防护部位含对眼睛和皮肤的保障。因此，规定操作人员戴眼镜（或面罩）、手套和使用活性炭口罩。从防护方面考虑和从防止联氨氧化方面考虑，都要使投加系统密闭。

联氨处理有两个无可比拟的优势，使它在几十年的质疑中被坚持使用下来。这就是它和氧反应的产物，以及它自身的分解产物均是无害的；再就是它在常温下几乎与氧不发生反应，使它便于贮存、配制和应用。

1985 年后，联氨毒性问题再一次成为议题。它不仅被认为是有毒物，还被怀疑有致癌作用。因此，以此为名有许多替代品进入市场。

碳酰肼（二氨基脲）是较早被推介的，它的结构式是 $(NH_2NH)_2CO$，它与水作用可产生 2 分子联氨和 1 分子二氧化碳。它和氧的反应与联氨与氧的反应类似，其反应产物是氮和水及二氧化碳。由于它的用量较联氨多，且产生二氧化碳，不受人们欢迎。

甲乙基酮肟也是国外开发的联氨代用品，称米柯（MEKO），它是羟胺和酮的缩合物。分子式是 $\begin{array}{c} CH_3CH_2 \\ \diagdown \\ C=NOH \\ \diagup \\ CH_3 \end{array}$ 。国内在 1990 年前后生产了二甲基酮肟 $(CH_3)_2CNOH$，它具有丙酮的结构，又称丙酮肟。它由上海某单位制成，华东地区一些电厂率先采用。在北京某热电厂对其进行了为期 1 周的工业处理试验，认为除氧效果尚好，能使"高压"除氧器出水的溶氧有所降低。

东北某电力研究单位试制成功乙醛肟，其分子式是 HCH_3CNOH，在哈尔滨附近的电厂使用效果较好。

二甲基酮肟（丙酮肟）和乙醛肟具有与联氨相近的除氧能力。具体采用何种药剂化学除氧，应尊重火电厂的选择。

6.4.2 关于丙酮肟脱氧产生问题的答复

1993 年某单位主持丙酮肟化学除氧剂推广应用会。所推介的产品并非是经鉴定和在北京某热电厂试用过的丙酮肟，而是另外两家企业的产品。推广会之后，大同某电厂和下花园某电厂拟在 15.7MPa 锅炉上使用，都各自排选了本厂编号为 3 的锅炉进行试用。试验结果均认为无效。大同某电厂 3 号锅炉使用联氨除氧时，给水测不出氧，改用丙酮肟处理，投加量 $50\sim80mg/L$，给水中氧仍为 $5\mu g/L$ 以上。下花园某电厂在 3 号炉上加丙酮肟超过 $100\mu g/L$，仍不见除氧效果。

在回答该两个电厂化学负责人提出的疑问时，答复如下：

(1) 参加过上海产的丙酮肟鉴定，由提供的资料看，是具有脱氧能力的；查看了北京某热电厂用上海产品进行的工业性脱氧试验，由所提供的测试结果看同样是有效的。

(2) 未参加过大同某电厂和下花园某电厂所用丙酮肟的推介会，不了解产品质量情况和试验情况。但是由该两厂提供的试验结果看，其除氧能力值得怀疑。尽管丙酮肟的用量会高于联氨，但是投加量≥$80\mu g/L$ 仍无除氧能力是不对的。

(3) 提示 1 个情况。联氨和氧在常温下基本不反应。因此，原液和投放药在密封情况下可长期放置而不影响药效。该两厂应向制造厂了解丙酮肟固体药剂的保存方法，以确定该药贮存中是否会失效。

6.4.3 关于用丙酮肟作除氧剂的锅炉腐蚀问题

北京某电厂有 8 台 10.8MPa 锅炉，自 1962 年之后采取联氨处理，锅炉内表面是黑色磁性氧化铁，标志处于还原状态。在该厂进行联氨处理 30 年后，全部改为丙酮肟处理，半年之后发现锅炉内表面由黑转红，出现了高价腐蚀产物（氧化铁），而且随时间推移，氧化铁的颜色在加重。随即，锅炉水冷壁发生腐蚀穿孔。

局厂领导重视此问题，认为锅炉腐蚀与丙酮肟除氧作用不理想有关，下令停止使用该药剂，恢复联氨处理。

1994 年 8 月 31 日和 9 月 2 日，接待该电厂专业人员，对该厂 5 号锅炉和 7 号锅炉自 7 月中旬到 8 月末，两台炉 3 次运行中腐蚀失效的问题协助进行分析。由所携带的管样可以看出和过去明显不同，其内表面为红色，呈富氧状态。对来人指出，闭塞区腐蚀的推动力是氧，因此，除氧是重要环节。

6.4.4 异抗坏血酸用于脱氧问题

东北某院校教师询问用异抗坏血酸替代联氨用于锅炉除氧的可能性。据其试验，异抗坏血酸及其钠盐在室温下就具有强烈除氧作用，它对铁铜也有很强的还原作用。

对异抗坏血酸的还原作用毋庸置疑。因为在溶氧测定中可以用它代替锌汞齐作为氨性靛胭脂的还原剂。但是在室温下具有强烈还原作用并非是好事，它影响了药剂的配剂、贮存过程的氧化失效，影响了工业应用。

同时指出，大容量电厂化学除氧药剂用量大，价格问题和剂量问题都影响采用的可能性。异抗坏血酸相对分子量比联氨大得多，处理成本必须考虑。举出丙酮肟的实例，该药剂售价 4.5 万～5 万元/吨，如果不是以行政命令（例如监督会议）要求电厂使用，不会有销路。异抗坏血酸替代联氨也存在同样的处理费用方面的限制。

6.4.5 联氨及其它替代还原药剂用于停炉保护等

在对联氨用于高压锅炉辅助除氧试验的同时，还进行了联氨用于停炉保护的试验和用于酸性中三价铁离子控制剂和钝化剂的试验。在以上各个方面联氨都有良好的表现。

在小型试验中，联氨＞50mg/L 就对钢铁具有缓蚀和钝化作用。当实际用于停炉保护时，要考虑其消耗采取 150～200mg/L。联氨与氧的反应在 pH 值≥9 时较好，锅炉给水 pH 值就取此范围。当联氨用于停用保护时，也用氨调 pH 值为 9～10，氨的含量为 10mg/L 以上。

上海产的丙酮肟（二甲基酮肟）和黑龙江产的乙醛肟，都报告了用于停炉保护剂的功效。除了试验室试验之外，还报告了多例工业试验例证。向酸洗液中添加 200mg/L 以上的联氨，可以防止三价铁离子引起的点蚀。丙酮肟和乙醛肟也报告了类似的作用。

6.4.6 某电厂用丙酮肟除氧产生的问题

该电厂两台 300MW 锅炉机组采用丙酮肟除氧后，发现蒸汽电导率升高，该厂怀疑在 18MPa、360℃的锅炉水温度下，丙酮肟可分解出具有导电能力的物质。于是进行了停加丙酮肟和再次投加丙酮肟的试验。共进行了两轮试验，都表明投加则蒸汽电导率升高；停加则恢复常值。

除此之外，该电厂还在试验中发现，给水加丙酮肟后，含铜量有所升高。

经了解，该两台锅炉压力 19.4MPa、蒸发量 1025t/h，分别于 1995 年 11 月和 1996 年 8 月投产。两台机组汽轮机叶片垢量均甚高，垢量达 112mg/cm² （即 1.12kg/m²），而且定性检验盐垢中含磷酸根，表明有水滴携带。

对于投加丙酮肟会使蒸汽电导率升高的解释是，该两台锅炉存在水位不稳和水滴携带问题。投加丙酮肟提高了锅炉水杂质含量，加重水滴携带，表现为蒸汽电导率升高；投加丙酮肟后水汽系统含铜量升高，在华东地区的大容量电厂也发现过，这可能是铜的氧化物还原所致。

该电厂领导已下令停止丙酮肟处理，改回联氨处理。对此提供的补充建议是，在改为联氨处理的半年中，应使联氨投加量 ≥50μg/L，直到附着物中铁已由高价变为低价（由红变黑）后，再按 30～50μg/L 联氨投加。

6.5 催化联氨除氧和除氧不力的弥补

6.5.1 催化联氨及其在锅炉启动中除氧的应用

天津西郊某电厂 2 号、3 号锅炉是 410t/h 燃油锅炉，分别于 1973 年底和 1974 年 10 月投产，均运行不到 1 年就有 1mm 以上以腐蚀产物为主的附着物。在应电厂要求分析原因时，先是发现除氧器存在缺陷、氧的化验和采样存在问题，随后电厂专业人员提出，两台锅炉启停频繁，每次启动时，向锅炉充入 200m³ 以上化学除盐水，并且以 100～200t/h 向锅炉输送未经脱氧的除盐水，直到除氧器能正常脱氧，其间向锅炉输送未经除盐的水 1500m³ 以上，所造成的腐蚀远比除氧器的残余氧量大，也应一起解决。

该种类型除氧器存在结构缺陷，常从排汽管向外喷水，该厂不得不将排汽门关死。经解体检修后解决了此问题。除氧器的采样管应为不锈钢管，而且不宜太长。该厂除氧器却是用相当长的碳钢管采样，使水样中的氧消耗于采样管中，测试结果严重偏低。该厂标准色阶配制错误，配出的标准色阶比真实值大 1 倍，使测定值比真实值低。这些问题的存在，影响了氧腐蚀危险的被察觉。在解决了上述问题后，感到必须解决该厂化学专业人员提出的问题。

联氨对常温的水除氧能力很差，但是可以向其中加入某些药剂，使其能在常温下除氧，这就是催化剂。对苯二酚（氢醌）很容易和氧作用而脱氢成为醌，醌又很容易吸氢还原为氢醌。在联氨中加入其总量 2% 的对苯二酚，可使联氨在常温下具有除氧作用。在告知该厂专业人员可使用催化联氨除氧的同时，还说明这种脱氧不同于将联氨作为辅助除氧使用，其用量是作为辅助除氧的数百倍，甚至上千倍，应考虑费用问题。

如果不使用催化联氨，还可考虑锅炉机组的滑参数启动，这种启动方式不同于常规的锅炉达额定参数才向汽轮机送汽的做法。而是在相当于中压锅炉机组的参数下，就向汽轮机供汽，使汽轮机提早有抽汽外供，能使除氧器提前得到除氧用的加热蒸汽。

6.5.2　新投产的机组除氧水溶氧高的联氨处理

（1）北京西郊某电厂 1 号锅炉是 220t/h 高压锅炉，作为首台锅炉而未配置启动锅炉，使除氧器运行不正常。锅炉启动时使用减温减压器，将高压蒸汽减压到 0.8～1.3MPa，用于蒸发器和除氧器加热汽源，其压力和流量均难保证；由于汽轮机出力为 100MW，仅 1 号炉运转时，汽轮机出力仅 60%，抽汽压力低，流量低，同样难以满足除氧器固汽，给水含氧量高达 50μg/L。在该锅炉小修时，省煤器有氧腐蚀，锅炉金属面的附着物为褐色，含相当数量高价氧化铁。

基于以上情况，对该锅炉进行了联氨处理，在最初的半年处理期间，投加联氨量为 0.1mg/L，可使给水和省煤器出水含氧量为零。

由于该炉进行了联氨处理，加之 2 号锅炉投产，使汽轮机达到额定出力，除氧器的加热汽源有了充分保证，当对该炉再次检查时，锅炉内锈垢已由褐色转为黑色，已呈还原状态。

2号炉投产后也进行了联氨处理。两台锅炉的联氨投加量均降为0.05mg/L。

(2) 保定某热电厂1号炉是200t/h高压锅炉，除氧器投入运行不足半年就不能正常除氧。经查看，淋水盘被腐蚀出现近300mm直径的大洞，淋水孔眼大部被锈堵死。究其原因是二氧化碳腐蚀所致。为治理二氧化碳腐蚀，需要增添石灰处理设备，工程浩大，至少要用1年工期才完成。

因此，与电厂领导商定，在治理二氧化碳腐蚀的同时，对给水进行联氨处理，以控制腐蚀。所加联氨剂量为0.1mg/L，在除氧水含氧量≤80μg/L的情况下，能使给水含氧量合格。

6.5.3 保定某热电厂蒸发器氧腐蚀泄漏的解决

保定某热电厂首批投产的蒸发器共3台，其压力为0.78MPa，出力为每台40t/h。使用汽轮机抽汽为热源。运行不到1年发现蒸发器管板处有很深的腐蚀坑，并且引起泄漏。经调查，供给蒸发器的软化水虽然有除氧器，但是形同虚设，从未进行过化验监督，使蒸发器因氧腐蚀泄漏。

建议对蒸发器的除氧器进行检查修理，使之能正常除氧，并且对其进行监督，使含氧量≤0.1mg/L。同时对其进行亚硫酸钠化学除氧，力争使软化水含氧量≤0.05mg/L。

6.5.4 分析锅炉两度失效中氧的作用

(1) 位于昆都仑区的包头某电厂应是钢铁厂的自备电厂，其1号炉是220t/h高压锅炉，使用镁剂吸附硅、石灰降碱度和二级钠离子交换水作锅炉补充水，补水率近30%，排污率近5%。

该锅炉投产5年后省煤器管腐蚀泄漏，经查看，属氧腐蚀。对除氧器运行情况所做的调查表明，用于软化水脱氧的大气式除氧器受补水率过大、水温过低的影响，水温仅70℃，起不到除氧作用；用于给水除氧的高压除氧器受低压除氧器水含氧量的影响，常年含氧量>100μg/L。

除省煤器因氧腐蚀穿孔泄漏外，水冷壁管结垢腐蚀同样严重。水冷壁管向火侧腐蚀坑深 1～2mm，垢厚近 2～3mm。其成分为氧化铁 20％～34％，氧化钙 18％～35％，磷酸酐 26％～30％。这是凝汽器泄漏引起的结垢和腐蚀，氧在其中起作用。

建议该电厂对大气式除氧器投入软水加热器，对高压除氧器做到均匀补充软化水，同时进行联氨处理，最初半年投加量 50～100μg/L，半年后为 30～50μg/L。对凝结水加强监督，及时更换泄漏的凝汽器管，保证凝结水硬度合格。限制锅炉超出力幅度<30％。

(2) 1972 年应该厂邀请对该厂锅炉失效故障进行分析。据了解自 10 年前对 1 号炉省煤器氧腐蚀泄漏进行分析后，所提供的建议被采纳和实施，曾出现过一段时间的安全稳定运行。

但是自 1966 年底起，该厂的化学监督工作处于停顿状态，规章制度被废止破除，事故不断。该 1 号锅炉曾发生过"烧干锅"事故，造成水冷壁管超温爆破和损坏。2 号、3 号、4 号锅炉也相继发生腐蚀，穿孔和超温爆破，到 1971 年的统计数据，锅炉共因腐蚀泄漏和爆管总共停炉 58 次，其中低温省煤器共腐蚀泄漏 41 次，达锅炉事故总数的 70％以上。低温省煤器的腐蚀主要成因是氧腐蚀，因此，对该厂指出治理低压除氧器和高压除氧器，使两者含氧量合格，是该厂治理腐蚀的关键。

6.5.5　某电厂 1 号炉汽鼓下降管口裂纹原因分析

1991 年 11 月接能源部安全环保司通知，包头某热电厂 1 号锅炉汽鼓下降管口有大量裂纹，特邀参加该炉的分析处理研讨。自该锅炉投产后的第 2 年和第 12 年都为其进行过失效分析。这时的 1 号炉已运行 32 年，步入使用寿命晚期，但是汽鼓下降管口出现密集裂纹尚罕见。

该锅炉汽鼓内径 1.6m，长 14m，壁厚 90mm，材料为 22 号优质碳素钢（含碳 0.22％）。汽鼓的下方有 46 个直径 105mm 的下降管。该炉在 1991 年 10 月的检修中在汽鼓下降管孔边缘处共查出 170 条裂纹，其长度为 9～89mm，最深处已裂透，裂纹粗钝，覆膜金相检验裂纹为穿晶走向，局部为沿晶，在下降管孔有腐蚀坑。

该电厂及自治区电力研究部门意见是：炉龄老化，频繁启停，汽鼓壁温差大，水质差，引起疲劳腐蚀裂纹。提供的资料表明，该炉调峰运动启停 536 次，在 3 年间汽鼓上下壁温差>40℃的累计 53h，最高温差达 80℃。

在查看汽鼓下降管孔裂纹分布图时，排除了裂纹和锅炉水质的关联，而认为给水温度低引起的疲劳因素为主。其依据是，净段的下降管孔裂纹多而严重；盐段的下降管孔则少而轻。盐段锅炉水浓度是净段的 4 倍上下，其水温是稳定的汽鼓饱和温度；净段水杂质含量低，它的温度受给水影响大，当不投高压加热器时，给水温度仅 210℃，和锅炉水温相差 100℃。水温变化引起的疲劳作用影响大。

在对该炉下降管口裂纹形成原因分析时，除了肯定电厂和电力研究单位关于疲劳原因的分析之外，强调了两点：一是由盐净段下降管口裂纹程度比较，认为不投高压加热器，给水温度低的温度疲劳因素不可忽视；在腐蚀方面氧腐蚀因素不可忽视。在分析氧腐蚀原因时，除了指出除氧器自身因素之外，还着重指出调峰运行的锅炉氧腐蚀格外严重的不可抗拒因素。

由于已届该地区的采暖季节，该锅炉难以采取大规模的检修处理，提供以下建议：

(1) 该 1 号锅炉采取紧急处理恢复运行时间，应降参数、降负荷运行，建议在次高压参数下运行。

(2) 保证给水含氧量合格和给水温度达设计标准，使省煤器出水水温接近锅炉饱和温度，以消除汽鼓内水温交变的疲劳应力。

(3) 作为调峰锅炉应尽量缩短给水溶氧不合格时，必要时加入催化联氨除氧。

6.5.6　内冷水系统空心铜导线腐蚀及水的脱氧防蚀

200MW 及以上的发电机冷却方式是水—氢—氢，亦即发电机的转子和铁芯采取氢冷却；定子线棒用部分中空的导线通水冷却。所用的冷却水称发电机内冷（却）水，它在运转中含铜量增长很快，空心铜导线的内表面会生成氧化铜而污塞。

试验研究已确定，发电机空心铜导线的腐蚀污塞是氧腐蚀的结果。防止氧腐蚀的对策是密封内冷水系统或脱氧。密封方法有保持一定的氮气压力，或是氢气压力。后者有风险，所以多采用氮密封法。脱氧的前提是所加药剂不增加水的电导率，在 40℃温度下具良好脱氧能力。

为北京某电厂 200MW 机组定子冷却水防止氧腐蚀，推荐过催化联氨除氧和氧化还原树脂脱氧。也推荐过投加 MBT 的钠盐溶液防腐蚀和用含氨的凝结水溢流换水提高 pH 值保护。

内冷水空冷铜导线的防腐蚀措施有近 10 种，它们互相兼容而不排斥。例如可以在采取化学除氧的同时，提高内冷水 pH 值和加 MBT 类缓蚀剂防腐蚀。

6.6 全挥发给水处理（AVT）的加氧钝化处理

6.6.1 直流锅炉的氧化性给水处理的中性水处理（NWT）

直流锅炉把给水直接加热变成过热蒸汽，因此，直流锅炉给水应不含任何盐分和固体物质。传统的直流锅炉给水处理是用联氨除氧，用氨提高 pH 值。这两种药剂在锅炉内受热时，全部进入汽相，使水汽系统呈还原状态。这种处理称还原性全挥发给水处理。

20 世纪 70 年代，德国在直流锅炉上进行了中性氧化性给水处理。它是在给水电导率 $\leqslant 0.3 \mu S/cm$ 的情况下，向给水中加氧（或加双氧水），使给水含氧量为 $100 \sim 250 \mu g/L$，pH 值为 $6.5 \sim 7.5$，使锅炉机组水汽系统形成水合氧化铁（FeOOH）而处于钝态。据介绍这种处理的特点是，锅炉受热面结垢速率低，可延长化学清洗周期约 1 倍。

由铁水体系的电位-pH 图可以看到，采取氨和联氨处理，使锅炉机组水汽系统为还原状态，形成磁性氧化铁表面膜的范围很狭窄。pH 值低于 8.5，会以亚铁离子形式溶解；pH 值高于 11，会以亚铁酸盐形式溶解。但是水合氧化铁的存在范围广阔，在 pH 值为 $5 \sim 12$ 范围内都能稳定的存在。

由氢氧化铁和氢氧化亚铁的溶度积比较，可以得知，水合氧化铁远比磁性氧化铁稳定。氢氧化铁在水中的溶解度 $< 0.04 \mu g/L$；氢氧化亚铁的溶解度则高达 $1000 \mu g/L$。这就是采取氧化性处理给水含铁量低和清洗周期长的原因。

继联邦德国之后，前苏联和东欧国家也都采取氧化处理。除了用在直流锅炉上之外，匈牙利的海勒式空冷机组大量使用铝冷却管。为使铁和铝均被保护，在 200MW 汽鼓锅炉上也采取中性氧化性处理。

华北某电力试验研究所举办防腐蚀研讨班时，于 1982 年刊印《动力设备的腐蚀与防护》，在该书中较详细地介绍了中性氧化性水处理的使用范围和水质条件。

德国 VGB 规定的给水指标为：电导率≤0.2μS/cm，pH 值＞6.5，含氧量＞50μg/L，氧化还原电位＋0.4～0.43V，总铁≤20μg/L，总铜≤3μg/L；前苏联对给水指标规定为：电导率≤20μS/cm，pH 值6.9～7.3，含氧量200～400μg/L，铁≤10μg/L，铜≤5μg/L。

6.6.2 直流锅炉氧化性给水处理之联合水处理（CWT）

中性氧化给水处理较之传统的还原性微碱（或弱碱）给水处理，有许多优点。它降低了给水含铁量，降低了蒸发受热面结垢速率，延长了化学清洗周期，延长了精处理混床工作周期。但是也有不足之处，就是由于给水 pH 值低，缺乏缓冲性，难以维持在合格范围内；再就是，有氧存在下，如有氯离子等侵入，会产生闭塞区局部腐蚀。为此发展了联合水处理。

联合水处理兼有氧化性处理的氧钝化和加氨提高 pH 值的作用。仍然向给水中加氧，但是也加少量氨，使给水 pH 值＞8.3，提高其缓冲性。

在欧洲，联合水处理更受欢迎。其控制指标是给水电导率≤0.2μS/cm，pH 值接近 8.5，溶解氧 200～300μg/L，氨接近 50μg/L。其他指标和直流炉的规定相同。

英国对超临界机组联合水处理的规定为：电导率≤0.2μS/cm，pH 值 8.4～8.7，溶解氧 130～200μg/L，氨 50μg/L，铁＜10μg/L，铜＜5μg/L，总有机碳（TOC）＜100μg/L。使用奥氏体钢时氯离子＜2μg/L。

氧化性处理，不论是中性水处理，还是联合水处理，都要求机组长期稳定运行。频繁停炉不但破坏钝化膜，还会使其转化为可以引发腐蚀的高价氧化铁锈。不论是中性水处理，还是联合水处理，都不能使金属表面产生局部腐蚀。这是由于加入水中的氧使局部腐蚀加重。

6.6.3 汽鼓锅炉的中性氧化处理研究与实施

由于氧化性处理对（给）水电导率的严格要求，可以推想这样钝化处理不能用于汽鼓锅炉。在和联邦德国专业人员研讨氧化处理时，询问该方法是否能用于汽鼓锅炉，其回答是否定的。

大同某电厂 5 号、6 号锅炉是 670t/h 超高压锅炉，所配汽轮机组是由匈牙利引进的间接空冷机组。它的特点是，汽轮机排汽（约 550t/h）

和 22000t/h 的化学除盐冷却水混合冷却而冷凝。冷凝后的热水在铝冷却管中用空气冷却。冷却管外径 18mm，内径 15mm，外有 0.33mm 铝翅片的散热片。它们组成了 119 个三角形冷却组件排列在空气冷却塔四周，每个组件冷却面积 5700m²，用铝 3.33t。被空气冷却后的水，抽出 670t/h 经精处理混床脱盐供给锅炉，其余的作为循环冷却水返回凝汽器。据介绍在匈牙利这种间接空冷的锅炉机组采取中性化处理，可以同时顾及钢铁和铝两种材料防蚀。

我国最早引进的亚临界参数燃油锅炉长期进行碱性全挥发处理，水质指标规定锅炉水电导率 ≤4μS/cm，统计资料表明可维持在 ≤2μS/cm 水平。但是 2μS/cm 的锅炉水质是否会使锅炉为加氧工况下产生腐蚀，是个大问题。

1987 年在首台引进的间接空冷机组准备投产时技术咨询中，为其设计了两种水处理方式。一是在闭式循环的冷却水系统中采取中性氧化处理，以防止铝冷却管腐蚀，而在锅炉中使用非挥发性的碱（即氢氧化钠）碱化，形成碱性处理；另一种是全系统的中性氧化处理，这就要求锅炉水电导率 <4μS/cm，期望 ≤2μS/cm，而且氯离子 <0.1mg/L，以防止产生点蚀。该电厂出于管理方便采取了全系统的中性氧化处理。

在除氧水箱出口的给水管道上设置氧气加入管，用氧气瓶的压力将氧加入低压给水管道，用氧气瓶的减压阀调节加氧量，由压力表变化计算加氧量。

盛氧的钢瓶容积 40L，内盛氧 6m³，亦即密度为 1.14kg/L 的液氧 40L。当加氧前后钢瓶压力分别为 p_1 和 p_2 时，加氧量为：

$$V = 408(p_1 - p_2)$$

该式中 p 单位为 MPa，V 单位为 L。也可将液氧体积换算为氧量 kg。

1987 年底，5 号锅炉投产后，按照锅炉机组全部为中性氧化性处理原则，根据该厂考查匈牙利唯一的一台 220MW 亚临界参数锅炉机组中性水处理的指标，进行中性水处理控制。

6.6.4 中性氧化处理的汽鼓锅炉腐蚀及水质修正

大同某电厂中性氧化处理的 5 号锅炉于 1987 年 12 月投产，1988 年初进行检修，对这台锅炉进行了较细致的检查。其间该炉共运行 6600h，停炉 22 次。

由汽鼓和下联箱检查看，其内壁棕红，既有氧化铁表面膜，也有相当数量的氧化铁锈。割取水冷壁管检查，向火侧为红棕色，锈垢厚0.5mm，背火侧暗红附着物致密，厚0.1～0.2mm。向背火侧附着物下均有孔蚀，深度与直径相近，为0.2～0.4mm，向火侧深而大，背火侧浅而小。在向火侧看到的最大蚀孔深为0.5mm。

测得的向火侧附着物量为380g/m²，背火侧95g/m²。这表明，该锅炉在运转的1年中，未充分形成氧的钝化膜，而是形成了氧腐蚀。

在研究腐蚀原因时，注意到两个问题：一是自该炉投产到检修的11个月内，锅炉水质极差；二是频繁停炉。这是使氧钝化变成氧腐蚀的主要原因。例如1988年1月10日该炉炉水电导率62.7μS/cm，碱度0.4mmol/L，氯离子7mg/L，铁0.84mg/L；在该炉停炉检修前的11月14日，炉水电导率2.3μS/cm，pH值7.4，铁0.76mg/L，尽管电导率和pH值满足了中性氧化处理的要求，但是含铁量很高，是期望值的70余倍。这表明锅炉没有进入钝态。

对两个向火侧试样进行电子探针检验，在腐蚀坑底都检出铁和硫元素。由于腐蚀坑的形态和北京某热电厂闭塞区氯离子腐蚀相似，认为是高氧（100～200μg/L）处理引起的腐蚀所致。

对该锅炉测量了蒸汽含氢量，最高0.4μg/kg，最低0.06μg/kg，平均0.2μg/kg。由此算得的均匀腐蚀速率分别是0.0028mm/a、0.00042mm/a和0.0014mm/a。此数值远比在相同参数锅炉上测得的数值为低，仅是其7%。这表明氧钝化是起到了使93%锅炉钢铁表面为钝态。但是正由于大面积的钝化区和小面积的腐蚀坑的比例（差14倍），使局部腐蚀变得严重。

对该锅炉和即将投产的6号锅炉中性氧化处做了重要修正，这就是变高氧给水处理为低氧给水处理，以适应锅炉水电导率偏高的特点。同时尽量要求使该两炉保持连续运转。

6.6.5 汽鼓锅炉中性氧化处理中低氧钝化的实施

在确定了5号锅炉在近1年的中性氧化处理中，由于锅炉水电导率未达期望值（<2μS/cm）和给水含氧量过高（100～200μg/L），产生了闭塞区局部腐蚀后，商定采取低氧钝化，这就是使给水含氧量为20～50μg/L，即使锅炉水电导率不能低于2μS/cm，也不会产生严重的闭塞区孔蚀。

具体做法是，关闭除氧器的排大气门，使其失去除氧功能，只作为混合加热器和平衡水箱之用。利用凝结水的含氧量，使水汽系统中氧自然平衡，而不再人为加氧。这种做法先在 5 号锅炉上进行了为期半年的试验，又转移到 6 号锅炉上进行了近 2 年的考验与试验。

研究铝-水体系的电位-pH 值图可知，铝是在中性水中极易被氧钝化而防蚀的材料。在氧化还原电位为 $-1.7V$ 以上，pH 值为 5～8 间，铝都容易与氧形成纳米级氧化铝表面膜；钢铁则在电极电位为 $+0.2V$ 的 pH 值 6～9 范围内都可形成氧化铁钝化膜，两者在 pH 值为 6.7～7.6 间有很好的重合，这就是中性处理的 pH 值条件。

试验得出，水的含氧量为 $50\mu g/L$，可使钢铁在 24h 内形成完善的钝化膜，而维持钝态的氧量仅需 $10～30\mu g/L$；用于空冷系统的循环水（除盐水）氧量为 $50～100\mu g/L$，足可以使铝迅速致钝，并维持钝态；由循环冷却用的除盐水中，取 650t/h 通过氢层混床处理，再加上约 30t/h 的除盐水构成锅炉给水。循环冷却的除盐水中含有的氧和作为补充水的化学除盐水带入的氧，加权平均值可使锅炉给水中的氧自动保持在 $20～50\mu g/L$，足够使钢铁致钝和维持钝化所需的氧。

在 6 号锅炉上进行了低氧钝化试验与考验，其结果是凝结水含氧量平均 $40.4\mu g/L$，铁 $18\mu g/L$，铝 $2\mu g/L$；给水含氧量平均 $28.5\mu g/L$，铁 $17\mu g/L$，铝 $2.8\mu g/L$。低氧钝化是中性氧化处理中的创举，它使汽鼓锅炉采取氧化处理成为可能，在锅炉水电导率 $\leqslant 2\mu S/cm$ 条件下，凝结水含氧量为 $40\mu g/L$，给水含氧量为 $30\mu g/L$，可使铝和钢铁都被钝化。这种关闭除氧器对空排气门和停止人为加氧的方法，使氧化处理变得极为简单易行。不像国外氧化处理要人工加氧和除氧器脱氧的"折腾"。

6.6.6 某超临界参数锅炉机组的氧化处理情况

位于蓟县的某电厂是由俄罗斯引进的超临界参数 500MW 锅炉机组。欧洲和俄罗斯都倾向于对直流锅炉机组采取氧化处理。美国和日本徘徊观望了 10 年之后，也加入了氧化处理行列。

在对该厂 2 台 500MW 机组进行腐蚀结垢风险评估时指出，两台锅炉的积垢量和沉积速率都特别高；可以明显地看到水冷壁部分向火侧腐蚀比背火侧严重；后投产的 2 号炉比 1 号炉更严重。

基于以上情况对 2 号锅炉机组采取了微碱性氧化水处理（联合水处理），在 0.7MPa 除氧器后，用专用的加氧计量装置加入 $150\mu g/L$ 的氧。实际给水含氧量在除氧器后为 $2\mu g/L$，加氧后为 $110\mu g/L$ 上下。

观察了 2 号机凝结水的氧量变化，在 1h 内看到凝结水氧在 35～148μg/L 间变动和在 33～187μg/L 间变动，这是向凝汽器补充化学除盐水引入氧的结果。因此，在进行氧化处理时，还应计入由补充水中带入的氧。

继 2 号锅炉机组之后，1 号锅炉机组也进行了联合水处理。在两台炉采取氧化处理的情况下，查阅了下辐射区水冷壁管腐蚀结垢情况：1 号锅炉均量 200g/m²，有孔蚀；2 号炉附着物为红色，向火侧 225g/m²，背火侧 212g/m²，附着物下有密集的孔蚀，最深为 0.4mm。

根据风险评估中看到的情况，认为高氧（＞100μg/L）钝化存在闭塞区孔蚀加重的危险，建议控制凝结水氧量为 50～70μg/L，给水氧量为 50～100μg/L。该厂已接受了评估建议，将以上含氧量指标写入本厂的企业标准中。

在风险评估之后的 2001 年 10 月中旬，2 号锅炉运行中爆管停炉，经检查有 6 处爆漏，均在水冷壁管段。该管是外径 32mm，壁厚 6mm 的 12Cr1MoV 钢。失效形式为纵向裂口，裂口宽 1～3mm，长 20～120mm。

在讨论失效原因时，倾向于超温者占优势。对此指出值得思辨的几个现象：①爆管的裂口是无蠕胀变形的开裂，而且是向火侧明显减薄，背火侧完好；②由失效管断面观察更为明显，其切面呈梨形，背火侧厚度无改变，向火侧减薄了约 3mm，而且这不是蠕胀变薄，而是腐蚀变薄；③内壁超温的典型产物磁性氧化铁层不足 0.1mm；④应考虑该炉投产后进酸 3h 以上，给水 pH 值≤4 的影响；⑤应考虑联合处理中维持氧量过高的影响，其投氧量 100～150μg/L，再加上凝结水含氧量平均 100μg/L 以上，氧对酸腐蚀的促进不可忽视。

提供的防腐蚀建议是，进行 EDTA 钠盐清洗，令凝结水和给水氧量均≤50μg/L。

6.7 提高给水pH值的氨处理

6.7.1 氨是防止水汽系统二氧化碳腐蚀的理想药剂

继氧腐蚀趋于解决后，二氧化碳腐蚀突显出来。氧为害除氧器后的给水系统、省煤器和锅炉；二氧化碳则对锅炉机组的全部水汽管路都构成威胁。

氨自除氧器后的给水管道上加入，使给水 pH 值提高，进入锅炉后，它基本全部进入汽相，随蒸汽冷凝时，流入凝结水中，保持凝结水系统的 pH 值接近给水 pH 值。氨还随汽轮机抽汽，在冷凝水（疏水）系统中保持较高 pH 值。它把水和蒸汽中的二氧化碳固定为碳酸铵，消除其腐蚀作用，保护了水、蒸汽和凝结水、疏水系统。

尽管有许多药剂碱化能力超过了氨，但是所有的固体碱化剂都不能用于给水混合式减温锅炉上，这就限制了其使用。氨则不受此限制。

进行氨处理必须解决几个问题，首先要回答氨对铜和铜合金的腐蚀问题，其次是如何估算和调整控制氨的用量；再就是其效果究竟如何。还有就是用何种氨化剂及如何投加。

为回答这些问题，在实验室内进行了铜和黄铜的氨蚀试验，在北京某高压电厂进行了氨处理的工业试验。这些试验解决了氨对铜和铜合金腐蚀机制和临界阈值问题；解决了氨的剂量计算和氨在水汽系统中分布的问题。

6.7.2　氨对铜和铜合金腐蚀的阈值和腐蚀机制

1958 年春的大旱造成海河断流，海水倒灌和污水比例增加，使天津市所有的电厂凝汽器管在几十天内同时泄漏，许多自备电厂的凝汽器管同期也腐蚀损坏。水中对铜有害的成分变化是，含盐量和氯离子升高 10 倍以上，氨和硫离子升高 20～30 倍以上。事后进行的试验室试验确定，使黄铜管集中报废的元凶是含盐量和氯离子，当时的河水含盐量超过 2000mg/L，氯离子达 500mg/L。试验还确定氨 ≥40mg/L、硫离子含量 ≥40mg/L，会使黄铜有均匀腐蚀，但是不引起脱锌局部腐蚀。

氨对黄铜有腐蚀是众所周知的。但是会引起何种腐蚀以及腐蚀的阈值是多少却无人知晓。

在进行氨处理之前，再次进行了氨对黄铜腐蚀的杯罐试验。用氢氧化铵和氯化铵配制含氨 5mg/L、10mg/L、20mg/L、30mg/L 和 40mg/L 的溶液，浸泡 68 黄铜管和 70-1 锡黄铜管两种试样，在常温下分别经 240h 和 480h 后称量，其腐蚀速率均 <0.002mm/a。考虑到氨处理中，氨的含量为 1～2mg/L，因此认为不会由于氨处理引发黄铜凝汽器和加热器的腐蚀。

然而，在进行氨处理 4 年后，凝汽器管出现了由外壁（汽侧）向内壁（水侧）发生的腐蚀穿透。经研究后确认是氨引起的溶蚀，又重复了试验室杯罐试验和进行了模拟空冷区氨蚀的台架试验。

试验用的材料有纯铜和 6 种不同牌号、国别的黄铜，氨的含量拓展为 50mg/L、100mg/L、300mg/L、500mg/L、1000mg/L、5000mg/L、10000mg/L（1％）、50000mg/L（5％）和 100000mg/L（10％）。这是由于意识到空冷区氨的局部富集会超过 1000mg/L（0.1％）。台架模拟试验中，滴注的氨液浓度为 0.1％、0.5％、1％、5％和 10％。考虑到凝汽器是缺氧环境，进行了加除氧剂密封和开口的试验。

试验确定纯铜和在循环水中耐蚀能力不同的黄铜，氨蚀的程度相同；有氧时的腐蚀速率可达无氧时的 20 倍。氨对铜和黄铜的腐蚀阈值为 200mg/L。氨＜200mg/L，腐蚀速率低，腐蚀产物是氧化铜；氨为 200～500mg/L，腐蚀速率显著升高，腐蚀产物是氢氧化铜；＞500mg/L腐蚀速率随含氨量增加而升高、腐蚀产物是铜氨络离子。

台架试验模拟的腐蚀穿孔形式和实际得到的氨蚀试样完全相同，氨腐蚀的速度和氨的浓度成正比，10％的氨液可使腐蚀速率达 94.2mm/a。

氨和黄铜的试验表明，尽管凝结水和给水的氨为 1mg/L 上下，但是在空冷区中氨的含量可达 50mg/L 以上。空冷区构造特殊时，氨的富集程度可高达 300～1800mg/L，这种凝汽器空冷区的黄铜管就会产生汽侧氨蚀。这是设计和制成空冷区凝结水采样装置后，实测得到的结果和结论。

对空冷区氨蚀的机制研究是空冷区布置在凝汽器中部的，或是虽然是在凝汽器下部两侧，但是在空冷区中设置有分离水的挡板时，冷凝水中含氨量会高达 300～800mg/L，而产生氨蚀。氨蚀是在氧的参与下进行的，腐蚀产物氧化铜可以遏制氨蚀的进行。但是当含氨量＞300mg/L 后，氧化铜被以铜氨络离子形式溶解，这就是氨腐蚀。

由氢氧化铜的溶度积和铜氨络离子的不稳定常数可以算得氨≤100mg/L，不会产生氨蚀；≥300mg/L 可以产生氨蚀，≥500mg/L 可产生典型氨蚀。

6.7.3 利用氨的损失率计算氨处理中氨的投加量

为消除二氧化碳腐蚀而进行的氨处理，首先要计算氨的投加量。由表面现象考虑，这似乎是个容易解决的问题。将水汽系统中的游离二氧化碳中和为碳酸铵并且稍有过量，只要加入和游离二氧化碳等量的氨即可。书籍资料中也是这样写的。就是 1mg/L 二氧化碳，需要 0.8mg/L 氨，再加 0.2mg/L 的过量，就是等量投加了。

1962 年初，在北京西郊某电厂 220t/h 高压锅炉上进行了氨处理工业试验，该电厂给水和凝结水中二氧化碳为 0.8mg/L 以下，使用氨水为碱化剂，按照 0.8～1mg/L 氨量加入系统中，结果发现氨的含量是预期值的 4 倍以上，其原因是氨易溶于水，而难以消除，造成它在系统中积累。

通过工业试验得知，氨在热力除氧器中除掉不到 15%；在凝汽器中除掉不到 5%，加上随水汽损失率损失的氨，合计为 20%～25%。因此，只需加入计算量 25% 的氨（0.2～0.25mg/L 或 g/t），即可达到预定的含量（1mg/L）。

对加氨计算引入了修正系数，中压锅炉为 0.2；高压锅炉为 0.25。按此计算氨的投加量比较准确可靠。

6.7.4 采取"三加两停"方式进行工业试验验证效果

在北京西郊某高压电厂 1 号炉上进行的给水氨处理工业试验，是国内首次进行的氨处理试验。氨处理之前进行了本底试验，水汽系统的二氧化碳为 0.5～0.8mg/L，pH 值 6.6～6.8，1961 年 4 季度的统计资料是：给水含铁量 40～100μg/L，平均 73μg/L；凝结水铁 20～100μg/L，平均 66μg/L；低位水箱铁 10～100μg/L 平均 77μg/L；疏水箱铁 50～100μg/L，平均 80μg/L；凝结水贮箱铁 70～140μg/L，平均 113μg/L。1962 年 1 月到 2 月中旬的投氨前实测含铁量为：给水 30～50μg/L，平均 45μg/L；凝结水 20～140μg/L，平均 68μg/L；低位水箱 20～110mg/L，平均 56μg/L；疏水箱 40～150μg/L，平均 85μg/L；凝结水贮箱 30～700μg/L，平均 320μg/L。

进行氨处理时，锅炉平均蒸发量 400t/h，将 25% 的氨水 6.5kg/d 加入磷酸三钠溶液箱中，直接送入汽鼓，1h 后饱和蒸汽、过热蒸汽、凝结水和给水的氨均达 1mg/L，而且相差仅 0.1mg/L，这些水、汽（冷凝水样）的 pH 值均达 8.5 上下。当日上午采集的试样铁铜含量均大幅下降。试验期间每日上下午各采样化验 1 次，铁铜含量稳定而低，其下降幅度达 50% 以上。

加氨使含铜量下降令人匪夷所思、出乎意料。尤其是曾想作为氨是否引发黄铜热交换管腐蚀的监视器即两台真空机疏水含铁、铜变化是始料未及。

在氨处理前 1 号真空机疏水平均含铁 570μg/L，铜 150μg/L；2 号真空机疏水含铁平均 925μg/L，含铜平均 250μg/L。加氨后两台真空机疏水铁铜含量立即下降。12 天的平均值，1 号真空机疏水氨 9.7mg/L、pH8.65、铁 66μg/L、铜 14μg/L；2 号真空机疏水氨 10.3mg/L、pH8.5，铁 51μg/L，铜 14μg/L。和进行氨处理前相比，1 号真空机疏水铁下降了 88.4%，铜下降了 90.7%；2 号真空机疏水铁下降了 94.5%，铜下降了 94.4%。

氨处理工业试验证明，加氨提高 pH 值，不仅使钢铁设备受到保护，对黄铜的钝化保护作用更强。为了确认上述事实，随进行了停加氨、恢复加氨；再停加氨和再恢复加氨并转入正常的氨处理，转由电厂的人员进行处理和化验。

这种"三加两停"验证试验，充分证实了氨处理提高 pH 值的防腐蚀效果。两次停加氨，水汽系统铁铜含量不立即升高，而是在 3 天之后，pH 值<7.5 才开始缓慢升高，约 1 周后才达到氨处理前的含量水平。但是，每当恢复加氨，都是在 2h 内水汽系统 pH 值达 8.5，铁铜含量降到氨处理时的水平。停止氨处理的 24 天中给水铁平均含量 53μg/L，铜 37μg/L；凝结水铁平均含量 82μg/L，铜 16μg/L。第二次氨处理的 76 天中，给水铁平均含量 22μg/L，铜 6.4μg/L；凝结水平均铁含量 19μg/L，铜 2.3μg/L。给水含铁量下降率 58.5%，铜下降率 82.7%；凝结水含铁量下降率 76.8%，铜下降率 85.6%。提高给水和凝结水 pH 值的结果，对黄铜的保护作用胜过了对钢铁的保护作用。

6.7.5 在两个中压电厂和 1 个高压电厂的氨处理

(1) 1962 年 10 月，在即将结束北京石景山地区某高压电厂的氨处理试验之际，该地区的中压电厂要求进行氨处理。这两个电厂同属 1 个总厂管理，在高压电厂进行氨处理期间，中压电厂也派人观摩并参与了化验工作，该电厂也进行了氨处理。

该电厂水汽系统中二氧化碳含量平均值约 1mg/L，pH 值为 6.6～6.8，加氨使 pH>8.3 以上，给水铁降到 30μg/L 以下，铜<20μg/L。该电厂进行氨处理时，氨的投加量少于计算量的 1/5。亦即计算用量为 1g/t 水，实际上少于每吨给水 0.2g。原因是该厂的除氧器是大气式，水温 102～104℃，氨的损失率低。

(2) 京张铁路下花园站的某电厂也要求进行氨处理。该电厂技术力量雄厚，在某电厂进行氨处理试验期间，派人进行了观摩考察，认为氨处理防腐蚀效果好，可以解决该电厂的水汽管路腐蚀和给水铁铜含量不合格问题。于1962年底自行进行了氨处理工业性试验。氨处理试验中铁铜含量均显著下降，并且很快合格。

(3) 唐山某电厂的高压锅炉已采取联氨化学除氧，但是给水铁铜含量仍然相当高，1962年的全年平均值是：给水铁 $62.3\mu g/L$、铜 $24.4\mu g/L$；凝结水铁 $43.7\mu g/L$，铜 $23.2\mu g/L$；疏水铁 $125\mu g/L$，铜 $30.7\mu g/L$。

与该厂商定1963年2季度进行氨处理工业试验。进行处理的设备是5台 $150t/h$ 高压锅炉和 $25MW$、$50MW$ 高压机组各两台。

投产之前的本底试验平均值是：给水二氧化碳 $1mg/L$，pH6.56，铁 $71.7\mu g/L$，铜 $8.9\mu g/L$；凝结水二氧化碳 $1.14mg/L$，pH6.55，铁 $31.6\mu g/L$，铜 $7.5\mu g/L$；疏水 pH6.58，铁 $81.3\mu g/L$，铜 $13.6\mu g/L$。饱和蒸汽二氧化碳 $0.95mg/L$，pH6.6；过热蒸汽二氧化碳 $0.86mg/L$，pH6.58。

在持续1个多月的试验中，给水含铁量平均下降58.7%，凝结水下降43.7%，疏水下降59%。都由不合格转为合格。铜的下降率为18%～45%，较铁的下降率低，这是和石景山某高压电厂氨处理收效不同之处。这是由于该电厂给水、凝结水和疏水的本底值低的缘故。

6.7.6 某热电厂氨处理防止二氧化碳腐蚀

保定某热电厂于1960年后投产2台 $200t/h$ 高压锅炉，1962年9月中旬1号炉运行中腐蚀穿孔造成停炉。经过研究确认锅炉水冷壁管腐蚀原因是碱腐蚀。之所以产生碱腐蚀，是由于未对软化水进行脱碱处理。所提供的系列防腐蚀对策含有：添置石灰沉淀软化设备；禁止向锅炉直接补充软化水；检修除氧器使其正常除氧；待石灰处理设备正常运行后进行氨处理。到1963年底，所提建议基本实施，只差进行氨处理防止二氧化碳腐蚀尚待进行。该热电厂用蒸发器对外供热，二氧化碳腐蚀主要发生在热力用户的热交换器上。

锅炉补充水是利用蒸发器的蒸汽加热除氧器时自身冷凝成为补充水。电厂内部的二氧化碳腐蚀最严重处就是除氧器的淋水盘，其次是使用蒸发器加热的热交换器。

未投入石灰处理设备时，蒸发器的蒸汽中二氧化碳含氧可达20～100mg/L；进行石灰处理后降到8～16mg/L，pH值5.6上下。除氧器淋水盘仍不时被腐蚀塌落；原水加热器和软水加热器的黄铜管经3～6个月后就大量腐蚀泄漏，需要更新。

使用该热电蒸汽的热力用户设备腐蚀更为严重，热交换器黄铜管只能使用2～3个月，蒸汽冷凝水管道约经6～9个月就腐蚀泄漏。由于冷凝水中含铁量为2～3mg/L，热电厂无法回收使用。由于蒸汽中带有铁锈，使纸厂造不出合格纸张，化纤厂产品被污染而降低质量。

1963年底为进行蒸发器系统氨处理，进行了蒸发器蒸汽中游离二氧化碳含量测量，外供蒸汽为80t/h，本厂两台锅炉自用量30t/h，其平均二氧化碳含量9.9mg/L。氨水投加量75kg/d。蒸发器系统氨处理的需氨量大，其原因是供出的蒸汽大部分用于混合式加热而消耗；而间壁式热交换器的冷凝水尚未回收，因此损失率为100%。

向蒸发器系统投氨，使其pH值为8.3以上时，锅炉机组的水汽系统pH值达到9以上。

用原水加热器疏水代表使用蒸发器蒸汽的用户热交换器冷凝水情况，氨处理前其pH值为5.7，含铜量875μg/L；投氨后，pH值8.15，铜22μg/L。pH值提高2.45（氢离子浓度降低300余倍），铜下降97.5%（按倍数相差40倍）。所有的蒸汽用户均反映腐蚀现象明显减轻，或者已无腐蚀。

该锅炉机组在存在二氧化碳腐蚀期间，给水含铁量平均值590μg/L，氨处理后为10μg/L，下降98.3%；水冷壁管铁垢量由之前的6kg/m²，下降到90g/m²，减少了98.5%。主系统的含氨量为4.8mg/L，pH9.11，平均含铁量10.6μg/L，平均含铜2.6μg/L。

为使热力用户设备不产生腐蚀，并且顾及该热电厂的主系统含氨量不过高，规定蒸发器系统pH值控制在8～8.4；主系统pH值<9.2，对应的氨≤5mg/L。

6.8 氨处理的推广应用和氨致汽侧腐蚀

6.8.1 氨处理防止腐蚀的成功及推广应用

20世纪60年代初，锅炉水冷壁管结铁垢引发腐蚀穿孔或者超温爆破事故突出。自1960年1月到1961年8月的20个月中，高压锅炉事故的45.2%是"结铁垢"引起的；中压锅炉的37.8%事故是"结铁垢"引起的。"铁垢"的来源就是二氧化碳腐蚀的产物。

人们都已知道，防止二氧化碳腐蚀的最好办法是氨处理，但是又害怕氨处理引起凝汽器腐蚀而迟疑不决。以上 5 个高中压电厂的氨处理成功经验，打消了疑虑，开启了氨处理之门。

华北、东北和华东三个地区电力试验研究单位有定期进行技术交流的约定。1963 年底在上海召开了这种大区电力技术交流会，与会者是全国大容量电厂和电力试验研究单位。在这次会上提出的《给水氨处理技术总结》最受欢迎。在这次会议之后，全国绝大多数高压电厂都进行了氨处理。而且氨处理后无一例外地收到了降低给水铁铜含量，使由不合格而达标；降低水冷壁管垢量、降低锅炉腐蚀风险的效果。

6.8.2　氨和联氨给水处理成为高压锅炉护身法宝

(1) 凝汽式高压电厂情况

自 1963 年起，在京津唐电网直属火电厂中推行给水联氨和氨联合处理，要求凝汽器高参数电厂必须如此处理。对联氨控制投加量为 $30\sim50\mu g/L$；对氨建议为 $0.6\sim1.2mg/L$，以控制 pH 值 $8.6\sim9.0$ 为宜。

北京和唐山的高压凝汽电厂最先实现了氨和联氨联合处理。而且基本都是在锅炉机组投产后不久进行处理，处理前后腐蚀程度对比鲜明。

前者于 1960 年底投产首台机组，由于蒸发器无法制水，锅炉直接补充软化水，给水含铁量曾达 $7mg/L$（$7000\mu g/L$），水冷壁管垢量 $200g/m^2$。进行氨和联氨处理后，给水 pH 值 $\geqslant8.5$，含铁量降到 $15\mu g/L$，水冷壁管监视管中沉积速率仅 $25g/(m^2 \cdot a)$。联氨剂量为 $30\sim40\mu g/L$，锅内附着物已全部由氧化铁变成低价氧化铁，而且发现联氨有消除旧垢作用。长期运行监测，没有发现蒸汽中有联氨。

后者在高压除氧器残余溶氧 $\leqslant10\mu g/L$ 情况下，进行联氨处理，使锅内为无氧状态；给水 pH 值 $8.7\sim9.0$，给水铁由长期不合格降到 $10\sim20\mu g/L$，合格率 100%。水冷壁管垢量由 $116g/m^2$ 降到 $68g/m^2$。

(2) 高压热电厂的联氨处理和氨处理

保定某热电厂于 1960 年采取"简易发电"投产。"简易"的含义是让高压锅炉在中参数下启动运行，为期 4 个多月，以便在当年过冬期间有采暖蒸汽。该厂两台锅炉都曾直接补充未脱碱的软化水。由于蒸汽中二氧化碳含量高，除氧器的淋水盘烂穿，蒸发器的加热蒸汽疏水管频繁腐蚀泄漏。

'为尽量减轻腐蚀,该厂投产伊始就进行了联氨处理。1962年底,由于水冷壁管腐蚀穿孔,又提高了联氨投加量达0.15mg/L。1963年9月石灰处理设备投入后,对蒸发器系统进行了氨处理。使给水pH值为8.5~9.0,给水含铁量平均值6.2μg/L,含铜量平均2μg/L。水冷壁管垢量由5~6kg/m²,降为80g/m²。

北京某热电厂由于向酿酒厂和制药厂等敏感单位供汽,不能加联氨。该厂虽然没加氨,但是原水含氨,使水汽系统pH值≥9。给水含铁量是合格的。

6.8.3 凝汽器空冷区汽侧腐蚀泄漏被诊断为氨蚀

1965年初,唐山某电厂反映两台50MW机组空冷区凝汽器管泄漏;随后北京某热电厂反映多台凝汽器的真空机黄铜冷却管泄漏,其3号机凝汽器空冷区泄漏;当年年底,保定某热电厂也反映凝汽器空冷区泄漏。

这3个电厂都没有怀疑是腐蚀泄漏,从损坏形态看认为是振动磨损,其依据是损坏发生在隔板处。泄漏的铜管由汽侧(外壁)向水侧穿透,在隔板处产生减薄,距隔板30mm之外基本无损坏。

在查看所提供的泄漏管样时,对磨损之说产生怀疑。理由之一是不存在振动磨损可能的隔板处更为严重;理由之二是尽管损坏的铜管有减薄现象,但是造成漏泄的却是在刻蚀沟底的穿孔,而且漏泄只发生在铜管上半周的顶部,下半部尤其是铜管底部未减薄;理由之三也是主要的理由,损坏的铜管集中出现在空冷区,该处应是最不存在振动磨损的部位。

空冷区的特殊之处,是凝汽器中的空气成分、二氧化碳和氨被真空机由该处抽走,该区域的蒸汽(及其冷凝水量)已很少,但是富集了氧、氮、二氧化碳和氨等能对铜管起腐蚀作用的气体,真空机疏水含铜量最高,也是此原因造成。

当时进行氨处理的机组已逾10台,高压机组有9台之多。最早进行氨处理的石景山某电厂高压和中压两个电站未发现空冷区铜管腐蚀;唐山的某电厂4台机组中25MW机组未泄漏,而50MW机组泄漏最为严重。北京某热电厂并未进行氨处理,但是原水中有氨,发生了空冷区泄漏。保定某热电厂是向蒸发量系统加氨,但是锅炉机组主系统的pH值和氨都很高;北京某热电厂的水汽系统pH和氨和保定某热电厂相近,pH>9,氨接近5mg/L。这些问题促使重新审视氨处理。

上述情况，把空冷区和高氨量联系起来。杯罐试验和工业试验结果都表明 40mg/L 氨不仅不使黄铜腐蚀，反而有极好的防腐蚀作用。面对互相矛盾的现象，重新进行不同含氨量的杯罐腐蚀试验；对空冷区进行调查和采样实测氨；进行空冷区高浓度氨对黄铜管的滴溶工业试验。

拓宽了的杯罐试验证明，氨≥300mg/L 腐蚀速率提高很快，而且随氨量不同腐蚀产物有变化，由氧化铜到氢氧化铜，进而到完全溶解的铜氨络离子。计算也证明，氨>400mg/L 产生氨蚀。

对空冷区的调查表明：前苏联产凝汽器空冷区布置在凝汽器下部两侧，均无腐蚀泄漏；捷克产 25MW 机组空冷区也在凝汽器下部两侧，也未发生过泄漏，然而 50MW 机组凝汽器空冷区部位相同却多了分离挡板，分离不凝结气体中带的水分。该两台凝汽器腐蚀最严重。保定和北京两个热电厂机组的空冷区无特异之处，但是凝结水含氨量达 5mg/L，使其腐蚀泄漏。

制作了空冷区专用的真空条件下采水样装置。测得不产生氨蚀的凝汽器试样中氨为 60mg/L 上下，有腐蚀的凝汽器试样>800mg/L。

由此，确定了空冷区铜管泄漏是汽侧氨蚀所致。凝结水氨≤1mg/L，通常不会引起氨蚀，达 5mg/L 则会产生氨蚀；空冷区结构特殊，使该区蒸汽带水量减少，即使凝结水氨≤1mg/L，但是在空冷区凝出的水珠中，氨可达 800mg/L 以上，会产生氨蚀。

6.8.4 空冷区汽侧氨蚀的解决措施及收效

对于一般的凝汽器来说，只要使凝结水（含给）氨≤1mg/L，空冷区氨不会超过 100mg/L，不致产生氨蚀。当产生氨蚀后有以下对策加以解决：

(1) 向空冷区返回 0.5%~1% 凝结水稀释该区氨

在有强烈氨蚀倾向的唐山某电厂 2 台 50MW 机组上，安装了向空冷区返回凝结水的装置。这就是，抽出 2 根黄铜管，换成钻孔的管，由凝结水泵后引凝结水喷入空冷区，其量为每根管 0.5~1t/h。如果不喷水，该区氨可达 1000mg/L；喷入凝结水则≤10mg/L，使氨蚀问题彻底解决。

(2) 将该区黄铜管换成镀铬或镀镍的铜管。这项措施曾用于北京某热电厂真空机疏水热交换管防腐蚀。可以解决氨蚀问题。

(3) 空冷区内不装设黄铜管，不影响机组冷却效率。苏制 100MW 机组凝汽器有类似结构。有的机组腐蚀泄漏已堵管近半，干脆建议全部封堵，以免泄漏影响凝结水质。抚顺电厂 1 号机组是日本产的机组，空冷区和凝汽器作同心圆布置，进行氨处理后腐蚀严重，因泄漏堵管近半数，建议该厂将该管铜管全部堵死以保证凝结水质。

6.8.5 N6815 型凝汽器的汽侧氨蚀及其解决

执行限制凝结水氨≤1mg/L 措施和针对有氨蚀的凝汽器采取对策后，到 1968 年就不再发生凝汽器空冷区汽侧氨蚀。刊载于《电力技术简讯》1974 年 8 期 25～53 页的万言长文《关于凝汽器铜管汽侧腐蚀问题的认识和实践》系统总结使人们对氨蚀机制和预防控制有了清楚的了解，氨蚀销声匿迹十多年，于 1980 年后变换形貌重新为害。

1975 年之后，推出了 N6815 型凝汽器新产品，这是矩形壳体，凝汽器管呈向心布置，安装外径 25mm、壁厚 1mm 的铜管 5168 根，管长 8.47m，冷却面积 6815m²，100MW 机组配置两台，200MW 机组配置 3 台，总冷却面积 11220m²。这种凝汽器的空冷区布置在下水室的上部中间，呈三角形排列，内装 565 根凝汽器管。

在这段时间新建的电厂习惯安装 4 台 100MW 机组，扩建电厂也首选这种机组。新建的大容量电厂配置 200MW 机组者甚多。

1980 年，天津某电厂 2 台 100MW 机组凝汽器管频繁泄漏，汽轮机专业人员认为是振动磨损，总工程师指出，泄漏部位集中在空冷区，要考虑氨蚀因素。经抽管查看，确定就是氨蚀所为。

后经调查、山西和河北多达 10 台 100MW 机组的同型凝汽器均存在空冷区泄漏而未把它看作是氨蚀引起的。

此时刚好完成了白铜管 B30 用于防止氨蚀的试验，确定含氨量＜7000mg/L 不会对该种牌号白铜管产生腐蚀。对这些电厂使用的 N6815 凝汽器均建议换用 B30 白铜管，这些电厂都采纳了所提建议。

天津某电厂在进行腐蚀原因分析时，已对其 2 号机组更新了黄铜管；但是对 3 号机则更换为 70/30 白铜管。下花园某电厂 2 台瑞典产的 30MW 机组凝汽器空冷区铜管，也换成白铜管以对抗氨蚀。已换成黄铜管的天津某电厂 2 号机，在换管 3 年后又发生泄漏，所以又更换为白铜管。

1 台在役 100MW 机组更换空冷区铜管要花费巨额资金和人力、工期。为更换 1130 根空冷区铜管，还要为开拓施工通道而抽掉近 900 根空冷区下方的铜管，以当时的价格计算，材料、人工费用约 20 万元。由于更换空冷区铜管而延长检修工期的少发电损失超过 100 万元。但是电厂认为这是划算的，因为空冷区频繁泄漏的查堵限电累计损失超过此值。由于水质不合格引起的结垢腐蚀故障损失则更大。

为避免在役机组氨蚀，避免由于更换管材的额外损失。将 1982 年写的《应当注意 N6815 凝汽器氨蚀问题》文章寄送哈尔滨某汽轮机厂，建议这种空冷区直接使用 B30 白铜管防蚀。此信很快得到该厂研究所的回应，在表示感谢之外，告知正在为某邻国制造的 210MW 机组空冷区将使用 B30 管。

6.8.6　大机组空冷区外缘下方黄铜管的氨蚀问题

空冷区使用 B30 管材应该算是彻底解决了其氨蚀问题，1985 年之后基本未再出现氨蚀泄漏。

但是，树欲静而风不止，一波未平一波又起，这似乎是事物规律。1990 年后，火电厂仪表在线监测替代了人工化验，对水汽只监测 pH 值，不再化验含氨量。渐渐地人们淡忘了氨是弱碱，它提高 pH 值的程度有限的这个特点。尤其是空冷区使用 B30 管后，氨蚀不再进入人们视界之内，凝结水氨应≤1mg/L 的禁区已不复存在；pH 值应为 8.7～9.0，被逐渐提高到 8.8～9.2。

由于氨是挥发性弱碱，其含量为 0.3～0.6mg/L，可使水汽系统 pH 值为 8.7～9.0。给水 pH 值为 8.8～9.2，则氨应达 1.5mg/L 以上。1999 年修订后的水汽质量标准 GB/T 12145—1999 对给水 pH 值作大幅度提高，规定有铜系统 pH8.8～9.3，无铜系统 pH9.0～9.5。这里说的有铜与无铜是指低压加热而言，并非凝汽器。

要使给水 pH 值达 9.3，则氨应≥3mg/L；pH 值为 9.5，氨约需 10mg/L。凝汽器中的氨也许还不至于使空冷区中的白铜管产生腐蚀。但是，空冷区外面的黄铜管却经受不起氨的腐蚀。在 2000 年及以后，已为许多超空冷区外黄铜管汽侧腐蚀泄漏进行过咨询，都向业主单位指出是加氨过多造成的。

最典型的是衡水某电厂的机组，由其电话中描述，指出并非振动磨损而是氨蚀。在为其进行失效分析时，先出示氨蚀典型照片，让所有与会的人和"磨损"实物对照观察，确定相同后，分析了空冷区外黄铜管氨蚀的成因。指出，这应是我国凝汽器汽侧氨蚀的第三次浪潮。

水汽系统 pH 值达 9.0 后，继续提高 pH 值，无助于钢铁防蚀能力提高，还有许多弊端。主要就是凝结水处理混床真正发挥脱盐作用的周期缩短，大量浪费药剂。在对晋南某电厂 6×350MW 机组进行风险评估时，见到该厂由于连凝汽器管也是不锈钢，所以维持 pH 值高达 9.6，实际上水汽系统铁的含量仍较高，氨的用量是寻常电厂（含氨量 ≤0.5mg/L）的 20 倍，建议通过试验减少氨的投加量，使水汽系统 pH 值≤9.3。

第 7 章

锅炉材料延寿和锅内水处理

7.1 为锅炉延寿服务和锅炉寿命影响因素

7.1.1 钢筋钢骨的锅炉相当脆弱

锅炉是十足的钢铁巨人。以当前使用最为广泛的和 600MW 机组配套的超临界参数锅炉为例，它身高近 80m，体重 11000t，其中一半是用以使它挺立起来的钢结构支吊件；用于承受 25MPa 以上压力的锅炉本体为 3100t，和烟气接触的空气预热器及风道逾 2000t，其它钢制附属设备近 300t。

和锅炉的水汽连接的是由压力管道组成的热力系统。600MW 机组有 1300t 高压水汽管道；有 3600t 中压管道和低压供水管道；配有 1000t 以上的箱、罐和热交换器；各种截门管件超过 500t。

2003 年 3 月国务院以 373 号令发布《特种设备安全监察条例》，所谓特种设备是指涉及生命安全、危险性较大的锅炉、压力容器、压力管道、电梯、起重机械、客运索道和大型游乐设施。和锅关联的位列前 3 名。

锅炉因结垢腐蚀爆炸，不啻是重磅炸弹在人烟稠密处爆炸，作为容器的除氧器（连同水箱）爆炸的威力也大得惊人。1981年初辽宁清河某电厂200MW机组所配除氧器爆炸，将其所在的整幢楼震得坍塌，花5个月时间修复，少发电损失20亿元。

钢筋铁骨的锅炉及其部件为何如此不堪一击。这是由于它们是在材料的极限条件下使用着。锅炉及其所属管道和容器，在运转中承受着高压力、高温度、高应力和高流速作用，已达筋疲力尽的限度，再施加腐蚀结垢的影响，就可使其发生故障性损坏。

其实在锅炉机组的设计制造中，已经考虑了耐温抗蚀材料的使用。例如，高温过热器和高温再热器的热段管材使用了18/8型奥氏体不锈钢，汽轮机通体是各种合金钢的组合，凝汽器使用黄铜、白铜、不锈钢和钛均为耐蚀材料。但是仍需要进行妥善的水处理，使其能在正常的使用寿命中无故障运行，并能有所延寿。

7.1.2　在严酷条件下长周期工作着的锅炉之损寿

不论是生活锅炉、工业锅炉还是发电锅炉，都要求长周期连续运行。

对于设计者来说，在强度允许范围内，尽可能减少承压设备壁厚，以降低造价；对使用者来说，对不同参数锅炉进行不同方式的水处理，可降低运行费用；对研究者来说，对不同参数的锅炉，在材料允许的强度范围内，采取各种手段，化解超温和腐蚀的不利影响，以达设计的使用寿命，或者使其有所延寿，是职责所在的分内事情。

锅炉、压力容器和压力管道的设计寿命应为20年以上。但是其内部的腐蚀结垢作用于内壁；外部的磨蚀侵害作用于外壁，使其内外交困而使寿命缩短1半以上，甚至2/3或4/5。锅炉投产不足1年而发生失效故障的不在少数。

(1) 天津军粮城某电厂2号锅炉于1968年7月投产，1969年检修停炉后于12月恢复运行，点火2h后，锅炉压力升到2MPa（相当低压锅炉的压力），甲侧水冷壁管爆破停炉。爆口长330mm，宽200mm，具短超温蠕胀爆破特征。金相检验、爆口处为淬火组织，说明温度达相变点（>720℃），背火侧则是正常的铁素体加珠光体组织。检查发现是该炉停用中水冷壁管内结冰，点火后水柱未融化，影响水循环。该管爆口位置在燃烧器上方0.8m处，正是火焰温度最高地带，使该处超温蠕伸爆破。

(2) 新疆油田中某列车电站锅炉缺水烧毁

该锅炉水位计结垢影响水位观察，在运行中由于缺水而看不到水位，被误判断为锅炉满水，而全开各底部放水门放水，不仅汽鼓已无水，炉管也因无水而变形和爆破，未发生变形或爆破的炉管内壁也有垢和超温腐蚀产物。经检查，该炉损坏严重，难于修复，申请报废。

(3) 3例锅炉"灭火放炮"事故

煤粉锅炉发生灭火故障后，应停止煤粉的输送，并将炉膛中的未燃煤粉吹净。才能恢复点火。如果不作上述处理，贸然点火，将使炉膛中的煤粉爆燃，发生"放炮"事故。

1983年夏季唐山某电厂2号炉（400t/h超高压锅炉）发生灭火放炮事故。锅炉专业怀疑该炉水质有问题，使水冷壁管腐蚀泄漏，引发灭火放炮。发生灭火放炮的水冷壁管内无腐蚀现象，水冷壁管的断口呈开花状，表明是瞬间被强大外力拽断的。因此是灭火放炮引起的水冷壁管断裂。

1988年11月，下花园某电厂2号炉水冷壁爆破，进行失效分析。由水质化验情况和失效管特征排除和水质的关联，指出是锅炉灭火放炮引起的水冷壁管破断。该电厂原燃用当地煤种，煤中挥发分含量低。在该2号炉发生灭火放炮事故前，改为燃烧神（木）府（谷）煤种，其挥发分高。锅炉灭火后未来得及吹扫残留煤粉即发生爆燃，将炉膛崩裂，水冷壁管拉断。

1989年2月末，大同某电厂670t/h的2号锅炉灭火放炮，炉膛损坏严重，经半个月抢修才恢复运行，这是新工人对灭火故障判断不准，处理失当造成的责任事故。这次事故使炉膛角隅发生30mm宽、8m长的大破口，6根水冷壁管爆破，最大爆口240mm长、95mm宽、爆口蠕伸减薄，爆口周围有蠕变裂纹。事故调查表明水冷壁管爆破在前，司炉助手临场经验差，未发现灭火而仍继续送入煤粉，引发爆炸。

在进行事故调查时指出，锅炉应装有必要的安全保护设施。对于超高压锅炉来说，应装炉膛火焰监督和灭火保护装置。

7.1.3 锅炉寿命耗损之持久强度衰减与温度关系

锅炉用钢量以千吨计，不论锅炉用于发电供热，还是民用采暖均属公用事业，原则是保本微利，或甚至无利服务。因此，降低造价实现低成本运营至关重要，这也决定了锅炉只能使用廉价的碳钢制造。需要耐温的部件，使用少量低合金热强钢或高合耐热抗氧化钢。

对于 20 号锅炉钢来说，随水冷壁管温度升高，其蠕伸速度升高，许用应力降低。在 430℃时，蠕伸速度为 0.1×10^{-7} mm/mm，这是其正常的允许使用温度；中压锅炉过热器管使用 20 号碳钢，这也是它的最高工作温度。

当管壁温度达 475℃时，蠕伸速度提高 10 倍，为 1×10^{-7} mm/(mm·h)，此数值意味着，在该温度下锅炉服役 10 万小时，将有 1%变形，这正是持久强度的极限。火电机组安全运行时间的保证值为 10 万小时。

材料温度继续提高，则蠕伸速度快速升高，屈服极限迅速下降。500℃时，蠕伸速度为 5×10^{-7} mm/(mm·h)；这就是说，在该温度下，锅炉运行 10 万小时，将产生 5%的变形。然而碳钢最大允许变形率为 3.5%，所以在 500℃工作不到 10 万小时，就会产生不可恢复的塑性变形而爆破。当温度达 525℃时，锅炉寿命衰减到 14000h，这是由于其蠕伸速度达 35×10^{-7} mm/(mm·h)。

引起碳钢蠕伸的应力值，随其温度升高而降低。按照其正常使用寿命，使用 10 万小时有 1%变形考虑，亦即 1×10^{-7} mm/(mm·h) 或 1×10^{-5} %/h。其许用应力在 400℃时为 9.8MPa，450℃为 4.9MPa，500℃为 2.4MPa。对于在役的工业锅炉和电站锅炉来说，常见的参数是 3.2MPa、10.8MPa 和 15.5MPa，它们的运行压力作用于炉管产生的应力分别是 4.2MPa、6MPa 和 7.2MPa。

由以上数据可知，在 400℃温度下，这 3 种参数的锅炉都可服役 10 万小时，而无塑性变形产生；如果达到 500℃，不论是何种参数的锅炉都会产生塑性变形破坏，只不过是失效的时间早晚而已。超温（>430℃）越严重、工作压力越高，寿命衰减越快。因此，防止材料超温是材料延寿之本。

对于锅炉来说，不使过热器管结垢，控制水冷壁管垢厚<0.5mm，是防止超温减衰的要旨。

7.1.4 锅炉寿命耗损之腐蚀容差（裕度）与局部腐蚀

承受着兆帕（MPa）级内压的锅炉，设计寿命 20 年以上，但是小小的孔蚀可使它泄漏停炉；腐蚀孔处尺寸不及发丝 1/10 的微裂纹，可使其爆破，腐蚀对寿命的减损至大。

锅炉在设计制造中，留出了腐蚀裕度，5mm 上下的水冷壁管，有1mm 以上的裕度，那是因为允许的均匀腐蚀速率≤0.05mm/a。在选取耐蚀材料，筛选缓蚀剂时，大都依据这样的标准。但是腐蚀行为怪诞，偏爱攻其一点，不及其余。局部腐蚀常常以"毫米/年"级速度发展，壁厚增加 1/5～1/3，无济于事。正像二战前坚如磐石的马其诺防线，不堪闪电一击那样，局部腐蚀使锅炉和压力容器、压力管道使用寿命急剧减损。

(1) 以"毫米/年"级速率发展的局部腐蚀

山东淄博地区某电厂 5 号锅炉为 25t/h 发电锅炉，锅炉投产 8 个月后除氧器才投入运行，又经 4 个月才使除氧水氧量降到 0.2～0.3mg/L。该炉省煤器入口腐蚀指示片均匀腐蚀速率为 4.7mm/a，出口为 0.67mm/a（省煤器充当了钢屑除氧器）。省煤器管仅服役半年即报废更新，在 9 个月中该炉共换管 356 根。这是在均匀腐蚀中存在氧的点蚀穿孔，引起的锅炉减寿，亦即有酸溶和氧蚀两种作用。

该厂另有 6 台 10t/h 供汽锅炉，这种低压炉不进行给水除氧 1 年间，氧腐蚀穿孔更换省煤器管共 420 根，占全部省煤器管的 65%。在 4 号炉检修中进行了较细致的检查，发现汽鼓中腐蚀坑直径最大 160mm，深度 3mm 上下，最深为 4～5mm，是汽鼓壁厚的 1/4。在该炉排管中，腐蚀坑上的腐蚀产物形成贝壳状隆起，铲下的最大块尺寸为长 29mm，宽 24mm，最厚处为 16mm。

(2) 以 10mm/a 级速率发展的局部腐蚀

保定某热电厂除氧器用蒸发器的蒸汽加热，在未投石灰处理设备之前，蒸发器蒸汽中二氧化碳含量 50～100mg/L，除氧器中 3mm 厚的淋水盘在 3 个月中腐蚀产生大洞并塌落，腐蚀速度＞10mm/a。

北京某酒店位于紫竹院以西，生活锅炉的给水是钠离子交换软化水，投产 1 年，壁厚 6mm 以上的各种疏水（回水）管道纷纷蚀穿泄漏。使用寿命不及设计寿命的 1/10。当工程部负责就此问题进行咨询时，认为该酒店的水处理设备系统和国外同名酒店相同，但是腐蚀程度比任何同名酒店严重，对此百思莫解。对此问题的解释是，北京自来水碱度是日本和东南亚国家的 5～8 倍，自来水经软化后变成碳酸氢钠（小苏打），不可避免地要产生二氧化碳腐蚀，而且非常严重。

(3) ＞20mm/a 的速率使设备寿命减损到 21 年

天津大港某电厂凝汽器胶球清洗设备是后加装的，其收球网为 18/8 型奥氏体不锈钢，直接焊在壁厚 12mm（或 15mm）的碳钢管道上。自"五一"期间安装，到 9 月初碳钢冷却水管不断发生泄漏，经查是两种材料焊接处产生电偶腐蚀，造成沿焊缝发生的腐蚀穿透，腐蚀速率达 20～30mm/a。这种海水中异种材料电偶腐蚀并不罕见，书籍资料中也每每提及，但是实际工程中仍常发生。

位于天津东郊的某发电厂原为淡水直流冷却，1972 年的严重干旱，造成海水倒灌影响饮水供应，因而在电厂上游建坝堵截海水上溯。这样一来该电厂的冷却水中有 1/2 左右的海水，除了凝汽器管腐蚀之外，黄铜管和碳钢管板间的电偶腐蚀，使 25mm 厚的管板沿胀接处腐蚀穿透。将管板材料更换为蒙茨合金（6/4 黄铜）或不锈钢后，解决了电偶腐蚀使管板使用寿命削减的问题。

7.1.5 减损锅炉寿命元凶之应力腐蚀与疲劳

研究表明，宏观的腐蚀速率≥30mm/a，同时会有微观的裂纹发生。此时失效既有穿孔又有脆爆两种可能，而且往往脆爆先于穿孔发生。

(1) 蒸发器端盖的应力腐蚀速率和沿晶裂纹

保定某热电厂有 40t/h、0.8MPa 蒸发器 8 台，其中 1～6 号蒸发器为德国提供，7 号、8 号蒸发器为四川某锅炉厂制造。

1977 年初，发现运行不足 1 年的 8 号蒸发器中加热器的上端盖泄漏，解体检查发现沿端盖加强肋条焊缝走向出现裂纹，14 条加强肋板均有裂纹发生，每条裂纹长度都超过 200mm，最宽处>1mm，沿裂缝延伸方向分支甚多，其腐蚀速率>100mm/a。金相检验有密集的晶间裂纹。裂纹均发生在焊接应力区，与焊接工艺和焊接后消除应力处理有关，更与水质关系密切。该蒸发器泄漏停用后，采取蒸发器水化验，其相对碱度 0.34%，总碱度 97mmol/L，酚酞碱度 93mmol/L，是碱腐蚀所致。

(2) 高压锅炉水冷壁管酸腐蚀失效损寿例证

天津军粮城某电厂 1 号炉是 230t/h 高压锅炉，水冷壁管外径 76mm，壁厚 6mm。1975 年 11 月下旬凝汽器频繁严重泄漏，冷却水为 1/2 以上的海水通过凝结水进入锅炉，11 月 23～24 日的 38h 内，锅炉水电导率 3650μS/cm，氯离子 944mg/L，酚酞碱度为零，总碱度 0.1mmol/L，pH 值 3.5，酸度 0.027mmol/L。半个月后的 1975 年 12 月 12 日有 4 根水冷壁管爆破。按照宏观失效的腐蚀速率计算达

144mm/a。

由于晶间腐蚀使水冷壁管失去固有的强度和韧性，必须大量更替有失效隐患的水冷壁管。经探查全炉 356 根水冷壁管中，由于晶间腐蚀损寿无法继续服役的达 225 根，占总数 63%。

这台设计寿命＞20 年的锅炉投产于 1966 年 10 月，1973 年 1 月曾因结水垢超温使水冷壁管鼓包爆破。从 1 月 11 日到 12 月 18 日的 1 年当中 6 次运行中超温爆破停炉，共有 10 根水冷壁爆破和裂口，另有 47 根水冷壁管有鼓包而无裂口。这就是说，在该炉投产 6 年后，遭遇了超温使持久强度衰减的恶魔，使 17% 的水冷壁管失效，另有大致相等数量的水冷壁管基于延寿目的而更新。

这台命运多舛的锅炉在动了延寿手术后，不到两年又倒在应力腐蚀恶魔的屠刀之下。

(3) 疲劳引起的寿命减损之机械振动的作用

疲劳使材料寿命损耗殆尽事例甚多。在生活中，如果想要拉断 1 根 8 号钢丝人力无法办到，但是把它反复折弯几次，就会断开。如果先做上个缺口则更省力。在工程中疲劳，尤其是有缺口效应的疲劳为害甚大。

温度做较大幅度交变，会引起材料疲劳，振动是机械性疲劳的常见原因。腐蚀坑点的缺口效应促使材料寿命快速缩减。

包头某电厂 1 号锅炉是 220t/h 高压锅炉，在 1970～1971 年间腐蚀事故频繁发生，低温省煤器管氧腐蚀泄漏 41 次，水冷壁管和过热器管穿孔爆破十多次。汽鼓联络管、汽轮机蒸汽管、省煤器放水管、安全门引出管、锅炉下联箱封头和主汽门本体这些难得产生腐蚀故障的部位，在该锅炉都出现过。统计表明，在该锅的事故中 88% 是由于腐蚀引发的，腐蚀是该炉损寿的主要原因。

1975 年底，该锅盐段蒸汽导管弯头多次发生爆破事故，曾造成 9 人被伤害的事故。该蒸汽导管存在振动疲劳，而且腐蚀严重，直径 0.1～1mm，深逾 10mm 的深孔遍布管内壁，大量的深孔连成腐蚀裂纹，使 25mm 厚的管壁只剩 4～5mm 未发生腐蚀的基体。这种腐蚀与疲劳共同作用的结果，使该蒸汽导管多次破断。

(4) 疲劳引起寿命减损之温度交变的作用

锅炉水温度和给水温度之差，蒸汽温度和给水温度之差常接近 100℃。这是许多部件因温度变化而腐蚀疲劳开裂的原因。

① 石家庄附近某电厂 3 台 11t/h 低压锅炉无除氧设备，将软化水

送入给水箱中作补充水，水温低而补水量大的冬季，锅炉水饱和温度和给水温度之差可超过150℃，因此使汽鼓内的给水管口产生裂纹，也影响汽鼓覆板产生裂纹。

② 天津某电厂130t/h中压锅炉过热器出口联箱曾多次产生深达16mm的裂纹，裂纹深度已达联箱壁厚的1/2，使过热器管由联箱胀口中拔出，造成"甩鞭子"形状扭曲。同样的损伤在石家庄某热电厂的同类型锅炉上也出现过。

经研究认为这是由于间壁式减温器冷凝水温度低，冷凝水量变化大，甚至时断时续，对过热器出口联箱产生疲劳引起的。

③ 北京某电厂5号炉是410t/h高压锅炉，于1968年投产，1973年过热器的喷水减温器套筒开始出现裂纹。裂纹使喷水孔贯通起来，形成环形开裂。这是由于给水温度和过热蒸汽温度相差200℃以上，减温水量变动较大，使套筒存在交变热应力，喷水孔处蒸汽的冲击振动也致疲劳。

7.2 为锅炉延寿服务的水质处理技术

7.2.1 使锅炉材料损寿最厉害的是过热器结盐垢

(1) 过热器管材料

锅炉用钢是含碳0.2%的优质碳素钢，为20A，或20G。其技术条件见于GB 5310—1995和GB 699—1988。一般的碳素结构钢规定硫＜0.05%，磷＜0.045%。而优质碳素钢则规定硫磷均≤0.035%，而且非金属夹杂物含量也低。该钢种具有良好的工艺性能，使用温度＞470℃长期服役会发生珠光体球化和石墨化。因此，它用于温度≤425℃的蒸汽管道、集箱；壁温≤450℃的过热器管和水冷壁管省煤器管。当用作过热器管中只限于中低压锅炉和高参数锅炉的低温段过热器。

高压锅炉过热器管常用的材料是12Cr1MoV类的低合金热强钢，其技术条件见于GB 5310—1995：由于含有1%及以下的铬钼钒元素，使其组织稳定性和热强性提高，在580℃时有抗氧化能力，该钢种用于壁温≤550℃的蒸汽管道和集箱，用于≤570℃的过热器管。它和20G一样属于珠光体钢。

超高压锅炉的热段过热器和热段再热器管，常使用

12Cr2MoWVTiB 钢，这是贝氏体低合金热强钢，也称钢研 102 或 102 钢。其技术条件也见 GB 5310—1995。它有良好的力学性能和工艺性能，有较高的持久强度和抗氧化能力，极限使用温度＜700℃。在壁温 ≤600℃ 的热段高温过热器、再热器上使用。

随着我国大容量锅炉竞争激烈，随着我国合金钢价格下降。300MW 及以上机组配用的 1000t/h 及以上锅炉过热器和再热器热段均使用奥氏体钢。列入 GB 5310—1995 的钢种，有 1Cr18Ni9（304）、0Gr17Ni12Mo2（316）、0Cr18Ni11Ti（321）和 1Cr19Ni11N6（347）等钢种。它们的许用温度可达 700℃，其中以 304 钢耐蚀性略差。

(2) 过热器管结盐垢引起的超温

钢铁的热导率为 47 ～ 52W/(m·K)，碳酸钙垢为 0.5～0.7W/(m·K)，两者相差近 100 倍。受热面管子有垢会使管壁温度迅速升高。如果介质是水或水汽混合物，升温幅度尚小；如果是蒸汽，则将大幅度升高。

计算表明，当过热蒸汽温度为 500℃ 时，每结 0.1mm 盐垢，可使管壁平均温度升高 27℃。因此，如果盐垢厚度为 0.3mm，已达铬钼钒珠光体钠的最高允许温度；盐垢厚度为 0.5mm，已超过贝氏体的 102 钢允许温度。盐垢厚度超过 0.8mm，连奥氏钠耐热不锈钢也吃不消。

(3) 结盐垢损耗过热器管寿命例证

此类案例超过百案，随机举不同参数锅炉 4 例。

① 北京某日用化学品二厂的 10t/h、1.2MPa 锅炉，原只供饱和蒸汽，其温度为 187℃。经改装后，出力提高到 15t/h，配置过热器，汽温达 360℃。使用碱度为 6mmol/L 的软化水作锅炉给水，只运行一星期过热器就结盐垢爆管，换管后仍超温爆管，半个月内近 10 次。总计运行 1 个月，过热器管被盐垢堵死而报废。

② 北京某木材厂的南厂锅炉为 1.3MPa、4t/h 锅炉，原来只供饱和蒸汽。加装过热器后，频繁发生结盐垢爆管事故，影响正常供汽。只得取消过热器。该过热器总共服役不到 50 天。

③ 天津某石油化纤厂热电分厂锅炉为 4.4MPa、130t/h 燃油锅炉，1980 年 11 月下旬投产，只运行 80 多天，低温过热器爆管停炉。位置在低温过热器进口的第 1 个弯头处，垢色白至灰白，其磷酸根达 20%～40%，用试纸测盐垢（糊状）pH 达 14。由结盐垢失效部位和垢成分判断，都是汽鼓水滴携带造成的。

经查阅化验报单，饱和蒸汽钠为 $20\sim90\mu g/kg$，折合盐分 $60\sim270\mu g/kg$。亦即每吨蒸汽中带盐约 170g，满负荷时该炉蒸汽带盐量为 22kg/h。80 天中送入过热器的盐垢足可使其超温爆管。

④ 北京丰台区某热电厂首台 75t/h、3.9MPa 锅炉于 1960 年"十一"投产，由于过热器阻力增长很快，10 月 18 日停炉检查，发现过热器中间集箱中盐垢厚 10mm。又运行 1 个月过热器管超温爆破 2 根，另有 2 根鼓包变形。切割过热器作检查，见到盐垢厚达 $3\sim4$mm。盐垢水溶部分为 93%，其中碳酸钠 43.2%、硫酸钠 14.5%、氯化钠 14.4%、磷酸钠 13%、氢氧化钠 7.2%，均是由锅炉中直接带出的。

对该过热器进行检查，还发现了许多已有过热变形，但是尚在允许范围（<3.5%）之内。建议更换失效和变形严重的过热器管，并进行水冲洗溶垢。业主单位考虑时届冬季，仅 1 台锅炉运行而无供暖设施，水冲洗有冻裂过热器之虞。因此只作换管处理。12 月 20 日，该炉修理后运行半个月该炉过热器爆管；再修复后只运行 1 星期发生第 3 次爆管。不得不对该锅炉进行全面处理。

由以上随手举出的 4 例多次超温爆破可知，过热器结盐垢，可使理应服役 20 年以上的过热器管寿命缩减到几天、几周或 $1\sim2$ 个月。而做好水处理，可以防止结垢；结垢时及时进行清洗，可以防止超温。所以水处理和清洗是材料延寿的重要保障措施。

7.2.2 锅炉（水冷壁）管结水垢是多发常见的减寿原因

（1）水冷壁管结垢引起的超温

水冷壁管材料通常使用 20 号锅炉专用低碳钢。前苏联提供的超临界参数锅炉使用 12Cr1MoV 钢。在抵抗结水垢引起超温爆管方面，后者作用不大。

计算表明，中压锅炉水冷壁管结 1mm 水垢，可使管壁温度升高 67℃；高压锅炉结 1mm 水垢，可使水冷壁管向火侧温升 85℃；超高压锅炉每毫米水垢可使水冷壁管向火侧升高 220℃以上。

了解到水垢因传热不良引起管壁温度升高的因素之外，还要考虑不同参数锅炉的介质温度，中压锅炉为 240℃，高压锅炉为 316℃，超高压锅炉为 347℃。参数越高，水温越高，距离碳钢的许用温度值也越近。

水冷壁管自身也存在传热引起的温度升高，每毫米水冷壁管可引起 5℃以上的变化。锅炉参数提高，水冷壁管加厚，此因素也应考虑进去。

中压锅炉水冷壁管厚 3.5mm，完全清洁的水冷壁管内表面为 240℃，外壁约 258℃；高压锅炉水冷壁管厚 5mm，清洁无垢时，内壁 316℃，外壁超过 340℃；超高压锅炉无垢时内壁 347℃，外壁超过 377℃。

锅炉的超温蠕伸是在材料温度和所承受内压的应力共同作用下产生的，因此，应将结垢引起的管壁温度升高和工作压力引起的应力结合考虑。

由此可得到，中压锅炉水冷壁管向火侧最大允许垢厚是 3.5mm；高压锅炉最大允许厚度是 1mm；超高压锅炉是 0.3mm。超过以上垢厚，水冷壁管的服役时间会由 10 万小时，缩短到 1000h 以内，亦即缩短 95％，会在 1 年之内发生爆管事故。

(2) 结水垢损耗水冷壁管寿命例证（两例）

① 凝汽器泄漏引起的锅炉结水垢超温爆破

锅炉给水由汽轮机凝结水和补充水组成，凝结水占 9 成以上，补充水用以补充水汽损失。凝结水旧称复水，是重复利用之水。它由汽轮机排汽冷凝而成，其水质优于蒸馏水。但是，如果凝汽器管泄漏，冷却水漏入凝结水中，其漏入量常达凝结水量 1％ 以上。这是结垢腐蚀之源。

天津某电厂 130t/h 中压锅炉和 25MW 汽轮机组配套运行。用海河水作冷却水，1970 年初开始的大旱，引起海水长时间持续倒灌，河水氯离子由 15mg/L，增到 300mg/L 以上，不耐蚀的 H68 黄铜凝汽器管纷纷脱锌穿孔，到 10 月份，凝结水合格率（主要指标就是硬度）下降到 95％～70％。凝结水硬度达 $400～560\mu mol/L$（$0.4～0.56mmol/L$），6 号锅炉于 1971 年 1 月初水冷壁管超温爆破。经检查所结的垢主要是磷酸盐垢，它被称作"二次水垢"，意思是，进入锅炉的钙镁离子，本来已被磷酸三钠结合成水渣，不再附壁结成硬垢。但是如果水渣量太大，或者是排污量不足，在水渣随锅炉水循环流动时，在受热面（水冷壁管向火侧）黏附成垢。

在切下结垢超温裂口和发生显著鼓包变形的水冷壁管检查时，其向火侧垢厚可达 4～5mm，背火侧则≤2mm。如果由凝汽器泄漏算起，由凝结水不合格到爆管停炉经历约半年；由凝结水硬度合格率低于 80％、硬度值达 0.4mmol/L 算起，仅 40 余天。结水垢超温，使水冷壁管钢材寿命缩短了 97.5％～99.5％。

防止凝汽器管穿孔泄漏的做法是：轻度泄漏，向循环水中投加木屑（锯末）在运行中堵漏；泄漏程度较重时，令机组降低 1/2 负荷，轮流打开半侧凝汽器水室人孔门，进入其中找到漏管，加以堵塞；严重泄漏则应停止机组运行，由汽侧灌入纯净水，利用水的静压发现漏管，加以堵塞或更换铜管。

在凝汽器泄漏期间，堵漏用的锯末月增 1 倍；炉内防垢处理用的磷酸三钠用量增长 20 倍。

在 6 号炉结垢超温爆管后，河水质量没有好转，凝汽器漏泄加重。1970 年全年更换铜管 410 根，1971 年上半年即达 1220 根。据计算 1 次严重泄漏中，随凝结水进入锅炉的钙镁离子可产生 20kg/h 的水渣。该厂 8 号锅炉也于其后发生了水冷壁管爆破。

1971 年 10 月该厂 4 号锅炉进行大修（甲检），对该炉进行了结垢情况检查和防止结水垢爆管处理。经查看水冷壁管水垢厚度为 3mm，松软，是二次水垢。汽鼓中软垢厚度 30mm 以上。

查看了由于腐蚀穿孔抽出的铜管，既有检状脱锌，又有均匀脱锌，其脱锌严重的铜管基体金属<0.3mm（新管壁厚 1mm）。

建议彻底清理清除水垢；通过换管保证恢复运行时凝结水质合格。由该厂考虑将各机铜管逐步更换成 70-1 锡黄铜管。

② 腐蚀产物影响传热使高压燃油锅炉损寿

天津西郊某电厂 2 号锅炉，是燃油 400t/h 锅炉，和 100MW 机组配套运行，1973 年底投产，1975 年 5 月运行中超温发生水冷壁管大面积鼓包和破裂。该炉实际运行不足 9000h，是设计使用寿命的 5%。

该炉两个主爆口尺寸分别是 180mm×70mm 和 50mm×4mm，前者呈唇形蠕胀爆破；后者是鼓包裂口，均是典型的超温失效爆口。

在检查中，发现该炉另有 17 根水冷壁管产生鼓包和裂缝。有 16 个鼓包已产生裂纹，另有 33 个鼓包尚未破裂。

经切割失效管查看，向火侧垢厚接近 2.5mm，可以成片的以 2mm 以上厚度剥离腐蚀产物。垢成分为氧化铁 79.9%，氧化铜 5.1%；另一试样氧化铁 66.5%，氧化铜 15.7%，氧化钙 12%。汽鼓中堆积物中氧化铁 91.5%，氧化铜 5.8%，氧化钙 3.4%。

经分析，认为失效是由腐蚀引起的，腐蚀尚未引起水冷壁管穿透，但是腐蚀产物已使水冷壁管超温爆破。由于是燃油锅炉，其超温的蠕胀影响高于燃煤锅炉。

根据所提供的对策，1975 年 6 月对该炉进行了盐酸除垢清洗。在检修中已消除了除氧器的缺陷，使该炉恢复运行后不再产生腐蚀。

以上两例典型的超温爆管，分别是由凝汽器（凝结水）和除氧器的水质不合格引起的。由此，提出了火电厂防止腐蚀结垢重在"抓两器"，即抓凝汽器防腐蚀泄漏，使凝结水合格率达标；抓除氧器，使除氧水（即给水）含氧量合格率达标（＞92％）。

7.2.3 结水垢影响锅炉水循环是意外的严重损寿

锅炉是在水的循环流动中产生蒸汽的。15.7MPa 及以下锅炉是自然循环锅炉，汽鼓中的炉水和给水密度接近 $1g/cm^3$，沿下降管自炉膛外下降到底部集箱，再通过炉膛四周密排的水冷壁管吸热产生蒸汽而上升。其推动力是下降管中锅炉水的密度和水冷壁管中水汽混合物的密度差以及水冷壁管的长（高）度。

低压锅炉总高 5m 上下，中压锅炉高 30m，高压锅炉近 45m，超高压锅炉高 54m。之所以如此，既是为了增大蒸发受热面积，也是为了增加水冷壁管的高程。

锅炉经过多少次循环而产生额定的蒸发量，称循环倍率。中压锅炉循环倍率为 20，高压锅炉为 10，超高压锅炉为 6，亚临界参数锅炉为 3。亚临界参数锅炉中自然循环者较少，更多是控制循环（强迫循环），由强制循环泵推动。超临界参数锅炉循环倍率为 1，它使给水直接变成过热蒸汽。

令锅炉水正常的循环流动，是其安全运行的要素。循环停滞或倒流，会使水冷壁管在几小时内以至几天内超温爆破。

(1) 天津东郊某电厂有 4 台 230t/h 高压锅炉，由于凝汽器管腐蚀泄漏，各炉都有结水垢超温鼓包变形，或爆破，其爆口长小于 100mm，宽＜20mm。但是曾发生过长达 800～1000mm 的大爆口。

1972 年 7 月初 2 号炉运行中水冷壁管爆破，锅炉水位无法维持，压力迅速下降、2min 后紧急停炉。经检查，爆口长 1200mm，水冷壁管已展平；1 号锅炉于 1973 年 8 月初，爆破停炉修复后的第 5 天又爆管，其爆口长 850mm，管子也已展平，其爆口两端呈菱形撕裂状。两次都属于短期超温爆破。2 号炉的大爆口也是在锅炉煤管停炉检修后，恢复运行 10 天发生的。

对短期超温爆破的 1 号锅炉汽鼓进行了检查，发现下降管口有均匀的松软垢层，其厚度 3～5mm。

由于怀疑是下降管口的水垢影响水循环，所以进行了计算。该两台锅炉的短期超温爆破都发生在盐段。而该炉汽鼓尺寸小，并采取分段蒸发的特点，都对水循环有影响。

该锅炉主汽鼓直径1.4m，水位中心线在汽鼓中心线下40mm。盐段水位比净段水位低60mm，亦即水位中心位距下降管口为600mm。

该炉盐段在汽鼓两端，盐段水冷壁则在两侧墙的中间联箱处。盐段水经由每端4根直径108mm、壁厚8mm的下降管引出汽鼓。其截面为0.0266m²，如果垢平均厚3mm，则下降管截面变成0.023m²。

盐段水冷壁的蒸发率为全炉的13%，满负荷时每侧蒸发量为15t/h。取循环倍率为10，下降管内水流量为0.042t/s。10.8MPa下水的比容是1.44m³/t，则流量为0.06m³/s，流速为2.26m/s。结了3mm水垢后，水的流速提高到2.6m/s。

计算指出，该锅炉在下降管口完全无垢时，为防止下降管抽空汽化，必须保持398mm的水位，低于此值，就会影响正常的水循环。当结有3mm水垢时，防止水循环破坏的最低水位是517mm。此值距正常水位有83mm裕度，而距水位规定的±50mm的下限值仅33mm，亦即仅1寸高度。

由计算表明，下降管口结3mm水垢，盐段的水循环已无保障。结垢达5mm，则难保下降管口不汽化，下降管内不抽空。盐段水冷壁管随时会产生停滞或倒流的循环障碍。

由于锅炉爆管后，忙于换管恢复运行，很少会顾及检查汽鼓中水垢和将其清除。1号、2号炉两次短期（5～10天）超温的水循环故障在所难免。

(2) 兰州某热电厂泥垢破坏水循环引起爆管

1959年7月下旬，甘肃兰州市暴雨大作，黄河含砂量激增，该市自来水的原水含砂量达24g/L（24000mg/L），超过水厂原水允许值10倍以上；作为热电厂的原水冲击着所有的水处理设备，自澄清器到过滤器依次失去水处理能力，18h后软化器也陆续失效而无法再生制水，软化水的悬浮物含量达1000mg/L（1g/L）。该热电厂软化水补充率高达40%～50%，锅炉给水受其影响，颜色黄混，硬度达100μmol/L，距原水泥砂冲击30h后，给水硬度达500～800μmol/L。

面临水质严重超标的险恶形势，该电厂向热力用户提出减少供汽，以降低软化水补充率缓解锅炉结垢危险。用户不同意减少供汽限制产量，在锅炉给水硬度接近1mmol/L的情况下运行了30h。在此期间3台230t/h高压锅炉先后爆管停炉，造成全厂停电，许多重要用户断电停产。

经检查，该 3 台水冷壁管中垢厚超过 6mm，部分水冷壁管超过 10mm，或被黄色的泥垢塞堵。水冷壁管下部集箱部分积满泥垢，破坏了水循环，是水冷壁管超温爆破的元凶。经冲洗和换管，修复 3 台锅炉共花费半个月时间。

这次水质事故来势急、发展快、影响大，破坏力强，使所有的用水单位和供水设施都遭受冲击，而热电厂受害最重。在混水冲击下，热电厂的水处理设备在 24h 内处于瘫痪状态。水质化验的主要指标是硬度，但是为害者是悬浮物，它使全部水处理设备被泥团阻塞，直冲进给水中，使水冷壁管结泥垢，堵塞下集箱，破坏水循环，造成水冷壁管大量超温变形和爆破。

(3) 接受事故教训，水库排砂水处理严阵以待

官厅水库涵纳了晋北和冀北的桑干河和洋河等多条河流，它的下游永定河是北京市电厂的原水水源。官厅水库排砂时，河水悬浮物含量暴增，使水处理设备无法承受，锅炉给水质量受到影响。接受兰州某热电事故教训，和水库管理单位商定，当水库排砂时事先通知电力部门，以便进行防范。

1962 年官厅水库排砂，得到通知后，会同电厂加强澄清器、过滤器和软化器的监督管理，在原水含砂量达 1%（10g/L）时，所有的水处理经受了考验，安然度过了高悬浮物期。

1974 年 8 月 6～10 日，北京连降暴雨，永定河水含砂量高达 8%（80g/L），石景山区某电厂直接受其冲击，尽量增加絮凝剂投加量和强化澄清器排污，加强过滤器和化学除盐设备管理，使锅炉给水质量基本合理。只是由于河水中胶体硅含量增加，使锅炉水二氧化硅＞100mg/L，蒸汽二氧化硅＞50μg/L，采取投加氢氧化钠进行处理，减轻汽轮机结硅垢的影响。

1975 年 8 月接到通知，官厅水库将于 15～17 日进行冲淤，而且强度高。通知有关电厂改用井水作为原水，没有受到任何影响。事故了解到，冲淤水量 3000 万立方米，永定河水含泥砂量峰值 15%，8h 后才降到 3%。

7.2.4 碱腐蚀为害锅炉

凡是对锅炉有所认识的人士，就知道碱腐蚀对锅炉使用寿命减损的事实，都可举出身边的例证，都具有治理碱腐蚀使锅炉延寿的经验。

碱腐蚀曾有不少称谓。由于其腐蚀坑形貌似炉管发生溃烂，称"溃疡性腐蚀"；从腐蚀坑上有腐蚀产物鼓起，称"介壳状腐蚀"；基于腐蚀产物以铁为主，而且常含有铜，称"铜铁垢的电化学腐蚀"、简称"垢下腐蚀"或"铜铁垢腐蚀"。

碱腐蚀是在锅炉水相对碱度＞0.2的条件下，炉水在附着物下局部浓缩使氢氧化钠作用于钢铁而碱溶的结果，其腐蚀坑外状是皿状，亦即直径大于深度，尺寸小的20～40mm，近似圆形；尺寸大的沿管轴线连续几个、十几个腐蚀坑，可长达200～400mm。最深使管壁穿透。

凡是天然水仅作离子交换软化处理者，难逃碱腐蚀损寿。低压锅炉pH值≥14，碱度≥30mmol/L，会产生碱腐蚀；中压锅炉pH值≥13，碱度≥15mmol/L，难免发生碱腐蚀；高压锅炉pH值≥12，碱度≥8mmol/L，就会产生碱腐蚀。碱腐蚀使水冷壁管在1年内穿透，寿命缩减95％以上。

(1) 北京怀柔某宾馆2台锅炉的碱腐蚀

2005年7月，应怀柔区某旅游饭店邀请，研究2台锅炉在1年内连续腐蚀穿孔的原因。

该饭店2台锅炉均为1MPa低压锅炉，蒸发量分别是2t/h和4t/h。其作用是冬季采暖、夏季制冷和供应生活热水。原水是饭店的井水，设有2台钠离子软化器，产品水硬度合格。

据介绍该2台锅炉使用1年即腐蚀泄漏，共花费11万元更换炉管。换管3个月又发生腐蚀泄漏。该饭店的工程部曾向区内其他酒店、宾馆询问，都无类似情况发生；曾向地方锅检部门求助，也未提供原因分析和对策措施。

经查看失效管样，查看了正在检修的锅炉，调阅了水质分析资料，确认是（闭塞区）碱腐蚀。

该锅炉的原水是负硬度水，其碱度6mmol/L，负硬度（碳酸氢钠）占1半。锅炉水pH值用试纸测量，偏低的测试值也达12。锅炉水碱度26～27mmol/L。

在指出该锅炉是碱腐蚀的同时，也说明了为何同行业的其他锅炉不产生短期腐蚀失效的原因，就是，其他锅炉原水是自来水，相对碱度较该饭店低。并说明其他饭店宾馆的锅炉也具有碱腐蚀风险，仅是减寿程度的不同。使用软化水作为补充水，而且冷凝水回收率不足

50%时，碱腐蚀至少使锅炉管使用寿命减少50％，亦即最多使用10年，就会穿孔泄漏。

提供的对策有，也使用自来水为原水，可延寿数倍；或是进行锅内热软化处理，但是要征得锅监部门认同方能实施。

(2) 中压锅炉的碱腐蚀泄漏及治理

下花园某电厂7号锅炉是国产130t/h中压锅炉，1960年6月投产，锅炉补充水是软化水。由于另外4台锅炉使用蒸发器制取蒸馏水，不足的部分常用该锅炉的疏水补充，使该炉软化水补充率高达20％。该炉炉水的相差碱度为0.35～0.4，给水硬度为10μmol/L。1961年初该炉水冷壁管腐蚀穿孔。查看失效管样为皿状腐蚀坑，与业主单位会同检查了汽鼓，其中软垢厚度达20mm，其成分为，氧化钙36.4％，氧化镁13.8％，磷酸酐34.1％，其他12％。水冷壁管中垢约3mm厚，既有水垢成分，也有水冷壁管的腐蚀产物。

1961年5月，在该炉大修中进行了碱煮炉除垢和人工清理除垢。建议对锅炉补充水增加石灰沉淀脱碱处理，以防止碱腐蚀。

(3) 高压锅炉碱腐蚀常表现为脆爆

晋冀交界的娘子关建有4台100MW机组，1980年1号、2号锅炉先后发生爆管停炉事故。在为该两炉进行失效分析时，根据水质分析和爆口特点，指出是碱腐蚀和结水垢超温同时存在，两者都使水冷壁管寿命损耗，碱腐蚀引起的晶间腐蚀对材料寿命的影响更大，使水冷壁管产生脆爆。

同时指出，使锅炉产生碱腐蚀的水质原因，是凝汽器空冷区氨蚀泄漏，使锅炉水游离氢氧根含量超过1mmol/L，相对碱度＞0.3。

建议对两炉进行盐酸清洗；空冷区黄铜管更换为B30白铜管；在未更新空冷区铜管之前，控制给水含氨量＜1mg/L。

(4) 超高压燃油锅炉的碱腐蚀脆爆

在丰沙铁路线的珠窝车站处兴建的超高压燃油电厂原计划装两台超高压燃油锅炉，实际只安装投产1台，该锅炉于1975年7月投产，锅炉补充水经电渗析预脱盐，再进行化学除盐，给水进行联氨处理和氨处理，锅内进行磷酸三钠处理。该锅炉于1980年11月爆管停炉，由爆口特征分析是腐蚀脆爆、由水质特点分析是凝汽器泄漏，使锅炉水冷壁管结垢和呈游离碱溶蚀现象。

凝汽器泄漏的原因是使用77-2铝黄铜管，投产后两年即发生铜管外壁互磨穿透。解决了互相磨蹭引起穿透的问题，又发生管内卡塞异物和管口冲刷引起的泄漏。1979 年 11 月，对该机 3 个凝汽器灌水查漏时，以 3 号凝汽器泄漏管最多，为 72 根，达该凝汽器管数的 1.3%。对该凝汽器安装尼龙套管防磨后，收效显著，到 1980 年 10 月再次灌水查漏时，1 号凝汽器堵漏管 77 根，2 号凝汽器堵漏管 86 根，3 号凝汽器未发现新的漏管。但是 2 年间累计 235 根凝汽器管向凝结水中漏入冷却水的影响很大，使凝结水硬度达 $3\sim6\mu mol/L$。

该电厂在水质控制方面存在误区，没有考虑到燃油超高压锅炉炉膛温度超过 1650℃，水冷壁管温度可达 375℃ 以上的特点，仍沿用燃煤高压机组水质监控方法，凝结水硬度 $>10\mu mol/L$ 才进行查漏，使该炉结垢达 $260g/m^2$，而产生垢下碱腐蚀。

永定河水的相对碱度为 $0.39\sim0.46$。这种冷却水进入锅炉后会产生游离氢氧化钠。在进行失效分析期间，凝汽器有轻度泄漏，凝结水硬度 $0.5\mu mol/L$。在此情况下测定了不同氢氧化钠含量下的饱和蒸汽含氢量。氢氧根为 $0.1mmol/L$，15 次测量的平均值为 $3.21\mu g/kg$；氢氧根 $0.19mmol/L$，9 次测量平均值 $3.29\mu g/kg$；氢氧根 $0.38mmol/L$，10 次测量平均值为 $3.46\mu g/kg$。

从上述测量结果看，随氢氧根含量增长，蒸汽中氢的增长值似乎不很大。但是，如果考虑到碱腐蚀是向火侧高热负荷地区的局部腐蚀，产氢的腐蚀坑，相对于全部受热面是很小的这一事实，可以知道锅炉水氢氧根提高对腐蚀的影响是很大的。如果腐蚀坑占总受热面的 $1/100$，那么，氢氧根增长 3.8 倍，腐蚀坑处产氢量增长 $25\mu g/kg$，其腐蚀速率相当于 $0.15mm/a$。

对该锅炉提供的防腐蚀延寿措施是：进行化学清洗；未装尼龙套管的两个凝汽器继续安装尼龙套管；加强锅炉水质监控，凝结水硬度达 $2\mu mol/L$ 就应进行运行中堵漏处理，如果运行中堵漏无效，应降负荷查堵。

7.2.5 酸腐蚀是使大容量锅炉减寿的"刽子手"

1975 年 12 月中旬天津某电厂 1 号锅炉脆爆失效，被诊断确定为酸腐蚀所致，开始了中国高压锅炉酸腐蚀为害历史。由于当时锅炉碱腐蚀失效已深入人心，面对该炉明显的酸性水质，许多人仍难相信是酸腐蚀所为。在其后的 30 多年中，几经事实验证，酸腐蚀开始被认同。然而对抗酸腐蚀使锅炉得以延寿的氢氧化钠锅内处理，却是在 2000 年之后才被认可的。

(1) 75t/h 中压工业锅炉投产 1 个月酸腐蚀失效

北京某锅炉厂制造的 3.9MPa、75t/h 工业锅炉在南京某化工厂安装试运行成功。1995 年 11 月 18 日投产，1 个月后连续 3 次发生爆管，这 3 次爆管是在 1 个星期内发生的。用户与制造厂产生争议。

观察所持失效试样呈酸腐蚀减薄特征，无明显蠕伸，认为应是酸腐蚀。由于是甲乙方的争议，恐传话间有误会。要求来人（制造厂方）会同用户一起来当面听取失效分析意见。此时是 1996 年 1 月 3 日，1996 年 1 月 16 日，某锅炉厂的副总工和南京某化工厂的副总工连同双方技术人共 6 人一起听取失效分析及建议。

① 该化工厂动力部原为软化水供应锅炉，投入 75t/h 中压工业锅炉的同时，改为用单级化学除盐水作补充水，这就是锅炉产生酸腐蚀短期失效的根源。该动力部在单级除盐水中加氨是正确的，但是却掩盖了单级除盐水阴床提前失效时产生酸性水的巨大危险。即使有经验的人员也难察觉 pH 值合格的给水会产生酸腐蚀（举出北京某焦化厂相同参数的工业锅炉，就锅炉水 pH 值远低于给水 pH 值而咨询的例证）。

② 碱腐蚀发展速度较慢，多以局部腐蚀穿孔形式失效。酸腐蚀则不然，它是全面腐蚀，腐蚀速率高，而且多以脆爆形式失效。酸腐蚀在给水系统、省煤器和锅炉本体都发生，腐蚀产物是亚铁离子和低价氧化铁。腐蚀产物悬浮于锅炉水中，很容易随饱和蒸汽带出沉积在低温过热器中。进入锅炉的盐酸可随饱和蒸汽腐蚀低温过热器，使其腐蚀减薄。由于腐蚀作用强烈，酸腐蚀先于超温引起失效，所以是无蠕伸的脆性爆破。

③ 水冷壁管的腐蚀泄漏印证了酸腐蚀的存在。由于已肯定是酸腐蚀所为，可以排除制造厂和用户间关于材料问题的争议（分别赠送双方《火力发电厂的水质事故分析与处理》，其中有关于材料和超温等问题的计算）。

④ 对北京某锅炉厂指出，该锅炉过热器蒸汽流速偏低，估算 <20m/s。作为工业锅炉蒸汽流量不稳定，常有低负荷现象，遇有用蒸汽吹灰和蒸汽分配不匀等问题发生，都会造成过热器超温（北京某锅炉厂负责人当即打电话询问设计数据，得知额定出力下的蒸汽流速为18.5m/s，确实存在超温隐患）。

⑤ 建议对阴床监控 pH 值，而且以阴床失效作为全套除盐设备失效而再生。宁可损失一定的交换容量，减少周期制水量，不可送酸性水。

(2) 高压锅炉投产初期酸腐蚀失效损寿≥95％

河南安阳殷墟旁新建的高压电厂1号炉投产3个月后锅炉水冷壁管脆爆停炉。检修恢复运行不久再次发生脆爆。对于水冷壁管腐蚀原因，其说不一，而以碱腐蚀脆爆为主。理由是该厂原水溶解固形物360mg/L，碱度4.2mmol/L，相对碱度高达0.47以上，具有碱腐蚀条件。持不同意见者基于腐蚀特点是均匀腐蚀，未见皿状腐蚀坑和贝壳状腐蚀产物，认为可能是酸腐蚀。

接待该厂来访人员时，由所持的水冷壁管向火侧减薄，而未见腐蚀产物，而且由断面观察向火侧比背火侧薄约2mm等现象，认为是酸腐蚀脆爆。酸腐蚀的水质因素是该锅炉机组设计为一级复床加混床，而投产时只投入一级复床，当阴床失效时会产生酸性除盐水。

提供的对策是，立即投入混床，并且加强化学除盐水的pH值监测。哪怕是临时用混合指示剂显色，以确保化学除盐水pH值＞6。

由于该锅炉仅运行3个月，水冷壁管向火侧酸腐蚀减薄了2mm，宏观的腐蚀减薄速率达8mm/a。在研究腐蚀原因期间，仍有水冷壁管脆爆失效。因此建议用超声测厚仪探查壁厚，当发现有＞1.5mm减薄即判废更新。水冷壁管的设计寿命＞20年，该炉由于酸腐蚀减少到≤0.5年，折寿达95％以上。

(3) 超高压锅炉炉水pH平均值＜6的腐蚀失效

大同某电厂6号炉是670t/h超高压锅炉，于1988年11月底投产，1990年2月初水冷壁管脆爆停炉。其间尽管日历时间为440天，实际仅发电运行210天。

在对该炉进行失效分析时，判断是酸腐蚀引起的脆性爆破。其特点是：背火侧无明显腐蚀。向火侧有深2～4mm（管壁厚6mm）、宽20mm的长条腐蚀沟槽，爆口长225mm、宽75mm，无蠕伸，也无宏观超温现象，是典型的脆性爆破。

在该炉爆口周围的内壁有宏观的发状裂纹，用放大镜可观察到更多微小裂纹。金相检验腐蚀坑处满布晶间裂纹、脱碳明显。内壁是正常组织。

水质调查表明，1989年7月由于凝结水混床（系氢层混床，其交换容量之比阳树脂3倍于阴树脂）失控，产生酸性水，在8天时间内，锅炉水pH的6天平均值均低于6，分别是5.9、5.6、4.9、5.0、4.6和4.9；其8天的pH最低值分别是：5.7、5.8、5.4、5.2、4.1、4.7、3.4和4.8。锅炉水pH总平均值为5.15。

可以认为是这 8 天的低 pH 值酸腐蚀导致水冷壁管酸腐蚀脆爆。和水冷壁管的正常使用寿命相比，该炉由 7300 天，缩短为 210 天；只考虑酸腐蚀的作用则仅为 8 天。前者损寿 97.1%；后者损寿 99.8%。

提供的处理对策和防失效水质处理措施是：对该炉水冷壁管向火侧测量壁厚，凡减薄 1mm 者即判废割除更新；严控精处理混床出水 pH 值，对其加装在线 pH 表监测，产品水 pH 值 < 6.5 应再生；对锅炉水严格使用在线仪表连续监测，并使用故障诊断处理微机，管理该炉水质。

(4) 亚临界参数机组违规启动调试的酸腐蚀

天津大港某电厂 3 号锅炉是引进的亚临界参数燃煤锅炉，19MPa、1100t/h 与 320MW 机组配套运行。凝汽器为铝黄铜管，用海水冷却，配有凝结水精处理混床。意大利厂商提供的水质规定有凝结水溶解固形物达 2mg/L 即应停机的规定。

该锅炉于 1990 年 10 月完成酸洗，1991 年 3 月完成吹管，1991 年 5 月开始进行机炉联合启动。自 1991 年 5 月 19 日起有化验记录。5 月 19 日，由凝汽器泄漏，锅炉水电导率 43μS/cm，20 日达 90μS/cm，21 日为 210μS/cm。分别是锅炉水电导率最高允许值的 11 倍、23 倍和 53 倍。其原因是凝汽器泄漏，凝结水混床失效来不及再生恢复凝结水处理，只好放弃处理。

此后的多次机炉联合启动试运行调试，无不如此。就是说，凝汽器泄漏，使混床迅速失效而退出使用，在凝结水漏入盐分超过停机标准几倍、十几倍的情况下仍坚持试运行调试。

例如：5 月 24 日凝结水氯离子 8mg/L、25 日 7.7mg/L、30 日 24mg/L、31 日 50mg/L。此时锅炉水电导率高达 946～3400μS/cm，到 6 月 1 日才停止试运行调试。

6 月 6 日再次进行试运行调试时，凝汽器仍然泄漏，精处理混床未投用。6 月 18 日第 3 次试运行，情况无任何改观，6 月 19 日凝结水氯离子为 20mg/L。

该电厂的冷却水（海水）总溶解固形物 39800mg/L，氯离子 17400mg/L。按此比例，凝结水氯离子 50mg/L，总溶解固形物为 114mg/L，是制造厂规定的停机水质标准 57 倍。而锅炉水电导率为 3400μS/cm 时，折算溶解固形物为 1700mg/L，氯离子达 740mg/L。

除了凝汽器泄漏、混床退出和凝结水、锅炉水的严重超标外，除氧器未投入运行，除氧水温度 < 60℃，给水氧可 ≥ 5mg/L；自 5 月 29

日有给水含铁量化验记录起，铁高达 10mg/L（10000μg/L），到 9 月 28 日共 31 次化验结果是 0.24～11.8mg/L，平均 2.3mg/L。我国的启动标准中，规定给水氧≤30μg/L，铁≤75μg/L。而且在启动 8h 后应达正常指标，亦即氧≤7μg/L，铁≤20μg/L。

该锅炉于 1991 年 11 月 7 日正式投产，到 1992 年 3 月 12 日爆管停炉，其间锅炉运行 2100h，发电运行 1300h。

对割下的 6 根水冷壁管检查，失效管爆口长 100mm，宽 38mm，呈开窗状脆爆。爆口无蠕伸，其边缘因腐蚀减薄 2mm（该管壁厚 5.1mm，外径 44.5mm，带有内螺纹）。内壁有 2～3mm 红锈，最厚 3.5mm，垢量 3500g/m²。除该失效管外，还查到有 11 根水冷壁管存在鼓包裂口和小裂纹。

对割下的水冷壁管做宏观检查，在腐蚀坑处有肉眼可见的发纹。由断面观察，向火侧比背火侧薄。在腐蚀坑处的断面可观察到裂纹已超过管壁厚度的 1/2。金相检验表明，凡有腐蚀或鼓包变形的水冷壁管，都有晶间裂纹。

对该锅炉腐蚀失效原因，认定为酸腐蚀脆爆失效，并伴有腐蚀产物引起的超温失效。在酸腐蚀中，既有漏海水引起的全面酸腐蚀，也有闭塞区氯化铁水解的酸腐蚀。

在对该炉进行失效分析时，举出了天津军粮城某电厂超高压锅炉（编号为 6）闭塞区腐蚀的案例。该电厂在 1991 年秋季同样是凝汽器泄漏引起的，但仅是海水倒灌使氯离子进入凝结水中，给水最大含氧量≤100μg/L，锅炉水最大氯离子≤500μg/L，已造成 90 根水冷壁管腐蚀泄漏。大港某电厂 3 号锅炉参数高于该 6 号炉，给水氧和锅炉水氯离子都高于该 6 号炉，在 5 个月的试运行调试期间腐蚀必然会比该 6 号炉严重得多。

对该锅炉提供的处理对策是：进行壁厚探查，切除减薄 0.6mm 的水冷壁管；用甲酸和羟基乙酸进行化学清洗。发现凝汽器泄漏，必须立即处理；如果精处理混床失效，无法再生投入，必须停机处理漏管。

该锅炉共切割有隐患的水冷壁管 880 截（分布在 531 根水冷壁管上），总长 3km，总重 17t，均为带内螺纹的无缝钢管。为查壁厚、换管、化学清洗，共用 4 个月时间，损失电量 8.6 亿千瓦·时。

7.2.6　水处理技术是使锅炉材料延寿的法宝概要

降伏超温恶魔，降伏碱腐蚀恶魔，和降伏酸腐蚀恶魔的共同法宝，就是水处理技术。可以说，水处理技术就是为降伏这些魔头而产生的，而且是在几十年的生死搏斗中发展起来并走向辉煌的。

（1）内外兼修以降伏令过热器超温的恶魔

过热器结盐垢使过热器管使用寿命缩小到几个月、几星期、十几天或几天。要想使过热器管材延寿必须内外兼修。这里含有正确使用材料和提高水汽分离效率等内功，也含通过水处理，提高水质的外功。

① 高压炉过热器误用材料缩寿及材料管理

中压锅炉所用材料全是碳钢，低压蒸汽锅炉和热水锅炉则是碳钢和铸铁。高压锅炉出现后，虽然讲清 535℃ 的蒸汽温度非同小可，绝不是碳钢吃得消的。但是，几乎所有新电厂投产时，都发生过热器管在 3～5 天时蠕胀爆管的事故，而且在首台锅炉上重复爆破，半年内不得消停。

过热器管失效原因很简单，就是安装单位的材料管理混乱，没有按材料成分分别码放；施工管理人员不知道不同温度下工作的过热器必须使用不同的钢材。在低温过热器上使用合金钢的只不过是浪费而已；在高温过热器上使用碳钢 100h 内就会蠕胀破裂。

解决此问题的办法就是苦练内功，提高人员素质，对高参数锅炉有深刻认识；对库存过热器管逐根进行光谱检验，按牌号分别码放；每当发生爆管事故时，对所有的高温过热器管都进行检查，有胀粗鼓包者更新为合金钢管。

② 提高水汽分离效率保证蒸汽质量合格

锅炉内部过程的一个重要研究课题，是提高水汽分离装置的分离效率，降低水滴携带率。

不设置过热器的低压锅炉锅内分离装置较简单，在水汽混合物进入汽鼓处和蒸汽引出管处均安装挡板即可。当配置过热器时，常用进口挡板和水下均汽多孔板进行粗分离，令蒸汽经过自然分离后，再用百叶窗或钢丝网细分离器，使引出的蒸汽中带水率≤0.5%。

中压锅炉使用汽鼓内置旋风筒作粗分离，再在蒸汽引出口用叶页窗等装置进行细分离，可使蒸汽带水率（指带炉水率）≤0.1%。水滴携带是蒸汽含钠量（或氢电导率）和锅炉水含钠量（或电导率）之比。这些指标连同碱度都可反映炉水盐分。

高参数锅炉除要严格限制水滴携带外，还要严控二氧化硅的溶解（或称"选择"）携带。二氧化硅可溶于高温的水蒸气中，随蒸汽引出锅炉，锅内机械分离装置对溶解携带不起作用。实测表明，在中压锅

炉中为 0.05×10^{-2}，在次高压锅炉中为 $0.3 \sim 0.6 \times 10^{-2}$，在高压锅炉中为 1×10^{-2}，在超高压锅炉中为 3×10^{-2}，在亚临界参数锅炉中可 $> 8 \times 10^{-2}$。因此，高压锅炉常使蒸汽通过给水层进行"清洗"。其实质是使蒸汽中所含的二氧化硅和给水重新分配，使为给水（加蒸汽）含硅量的 1×10^{-2}（1%）。

采取分段蒸发，给水清洗和锅内旋风分离等高深的内功保障，可使高压锅炉水滴携带率 $\leqslant 1 \times 10^{-4}$（0.01%），并使蒸汽二氧化硅合格。

③ 采取各种炉外水处理技术降低炉水盐分

由前述可知，在水滴携带系数不变时，锅炉水盐分越高，蒸汽盐分也越高。这里还存在另一规律，就是锅炉水盐分升高到某临界值时，水滴携带系数不再恒定而是陡增，此临界值就是水汽共沸点。水汽共沸是锅炉严重水质故障之一，达临界值后，水滴携带系数会 $> 1\%$，或甚至 $> 10\%$（可有 $1\% \sim 10\%$ 以上的锅炉水进入蒸汽中）。

因此，根据锅炉参数不同，对锅炉水质的要求不同，采取不同的锅炉补充水处理方法（外功）。

低压锅炉采取软化处理，可使锅炉水排污率 $\leqslant 5\%$；中压锅炉采取降碱和部分去盐处理，也能满足要求；高压锅炉早期采取蒸发脱盐，1970 年后普遍采取化学除盐处理；超高压锅炉常配合预脱盐处理；亚临界和超临界参数锅炉则必须配置凝结水精处理装置。这些水处理技术的功力一层比一层深，可使锅炉补充水含盐量由 60mg/L 以上（或含钠量 $> 20mg/L$，或电导率 $> 100\mu S/cm$），下降到 $\leqslant 0.06mg/L$（或含钠量 $\leqslant 0.02mg/L$，或氢电导率 $\leqslant 0.1\mu S/cm$）。

炉外水处理技术的提高，可以保证锅炉蒸汽含钠量 $\leqslant 10\mu g/kg$，二氧化硅 $\leqslant 20\mu g/kg$。基本可免于超温引起的过热器管爆破。要是用法宝作比，炉外水处理就是束缚超温失效的"捆妖绳"。

(2) 试验研究和水汽质量监督是"照妖镜"

对付结盐垢引起的超温损寿，要依靠对水汽质检的特性试验，并据以制订控制指标，然后通过系统而有效的水汽质量监控保证其合格。这就像斗法中的照妖镜一样，使超温损寿的盐垢无处遁形藏身。

① 由热力化学试验到制订锅炉水质指标

热力化学试验是对锅炉负荷（蒸发量）、水位和参量变化对蒸汽质量影响，以及锅炉水含盐量对蒸汽质量影响进行的系统试验，通过试验确定锅炉水的控制指标。成百台次的锅炉热力化学试验结果的综合，以及所订指标在实际运行中的考验修正，得出了较为可靠的锅炉水指标。这就是 GB 1576 和 GB 12145 国家标准中锅炉水指标的来历。

GB 1576—1996 规定：只进行锅内处理的锅炉，锅炉水碱度 8～26mmol/L，溶解固形物≤5000mg/L；不设置过热器的 1MPa 锅炉，锅炉水碱度 6～26mmol/L，溶解固形物＜4000mg/L；带有过热器的 2.5MPa 锅炉，锅炉水碱度 6～16mmol/L，溶解固形物＜3000mg/L。电站锅炉原则应达以下指标：次高压锅炉水电导率＜150μS/cm；高压炉锅炉水电导率＜60μS/cm；超高压锅炉水电导率＜30μS/cm；亚临界参数锅炉的炉水电导率＜10μS/cm。

能满足上述指标，并配合检修中的清洗（冲洗），可使过热器服役寿命≥20 年。

② 使用在线仪表监督水汽质量和故障诊断

有了指标，还需要严格的监督控制。中低压锅炉仍以人工采样化验为主，高参数锅炉则使用在线电导率表、在线钠表和在线硅表监控锅炉水和蒸汽质量。

200MW 及以上锅炉机组配备完整的水汽在线仪表监督系统，可以采用诊断技术对水汽质量故障进行分析判断和指导处理。对水汽质量故障苗头能及早发现，准确判断，迅速处理，不使其有发展的机会。是使锅炉机组延寿的有力武器。

(3) 锅内水处理防垢是使锅炉延寿的灵丹妙药

低压锅炉因结水垢使其寿命由 20 年以上，减为不足 1 年。进行锅炉水处理，好比吃了人参果、灵芝草，可以益寿延年。

锅内处理药剂有沉淀剂、阻垢剂和分散剂的不同。早期使用碳酸钠（苏打、纯碱）和磷酸三钠，随后有聚磷酸盐和聚羧酸盐，皆有良好的防垢作用，可以避免超温失效。但是滥竽充数、鱼目混珠者也常掺杂其中，就像假药对于人体的危害一样。轻则无防垢作用，仍任超温恶魔为患，重者助纣为虐，自身成垢，加快锅炉超温失效。

例如，白土有一定的分散作用，但是，有的将黄土也当作分散剂加入锅炉，使锅炉在 2 个月内大面积超温变形而报废。

(4) 炉外水处理降碱脱盐使锅炉免遭碱蚀毒手

和碱腐蚀斗争，其实是和苛性脆化斗争的延续。只不过由于锅炉参数和制造工艺改变后，腐蚀失效卷土重来。

铆接工艺使锅筒和铆钉、铆孔承受巨大应力而产生苛性脆化；改为胀接后，仍因加工应力引起胀口处产生裂纹。焊接解决了加工应力问题，但是锅炉自身工作压力由 1MPa 而达 10MPa，仍然是应力腐蚀破裂的潜伏性危险。随介质温度升高，腐蚀穿孔的损寿因素转为上风，往往是穿孔失效先发生。

运用试验研究的照妖镜，找出相对碱度影响是一大成功。锅炉水相对碱度＞0.2，就会产生碱腐蚀穿孔，或甚至脆性爆破，已成为共识，并写入 GB 1576 的锅炉水标准中。

石灰处理设备拙笨，环境污脏，不招人待见。但是天然水中 70%是碳酸盐硬度，对石灰沉淀处理，既降低碱度，又降低硬度，还降低溶解固形物，一举三得，令人爱不释手，从炉外水处理到循环水处理都在使用。

从氢钠离子交换、铵钠离子交换，到双层床弱酸阳树脂和强酸阳树脂氢钠离子交换，配合以脱除二氧化碳，这是更深程度的降碱。在中低压锅炉水处理中，取代石灰处理成为趋势。电渗析和钠离子交换联合处理，对防止碱腐蚀作用强大，近乎完美，已经可以制伏碱腐蚀恶魔。

然而真正解决碱腐蚀问题的，还是化学除盐技术。它将碱性物质和盐分一股脑除掉，铲除了碱腐蚀的水质条件。尤其是采取凝结水精处理堵住冷却水的来源，是最彻底的水质处理。

(5) 酸腐蚀下如何保护锅炉

老子曰："福兮，祸之所伏"。人们还没来得及庆祝对碱腐蚀作战的胜利，酸腐蚀已悄悄然至。它乘虚而入，凌厉无比，屡屡得手，为害严重。

它是在采取化学除盐水处理时发生的，尤其易于在有凝结水精处理的大锅炉上发生。这种水没有缓冲性，有酸侵入，pH 值剧降，这就是乘虚而入，凌厉无比和屡屡得手之谓。

除了上述水质方面的乘虚而入之外，还有认识方面的乘虚而入。这就是当人们满脑子碱腐蚀时它却乘虚而入。许许多多的酸腐蚀失效，都曾被误认为是碱腐蚀。自 1975 年 12 月天津军粮城某电厂 1 号炉大面积脆爆失效，到 1992 年 3 月大港某电厂 3 号炉，时间已过去 17 年，腐蚀原因的认定仍至为艰难。观念的转变远比水质处理为难。

在这场斗法中，还得祭起"照妖镜"这宗法宝。相对碱度≥0.2会产生碱腐蚀；但是＜0.1 却是会产生酸腐蚀的。电导率和含盐之比大体是 2：1。1975 年 11 月 24 日军粮城某电厂 1 号锅炉水电导率 3650μS/cm，总碱度 0.1mmol/L，相对碱度为 0.0022；1991 年 5 月 31

日大港某电厂 3 号锅炉水电导率 $3400\mu S/cm$，总碱度 $0.5mmol/L$，相对碱度为 0.012。

0.0022 的相对碱度使水冷壁管向火侧减薄，水冷壁管丧失固有的强度韧性，满布晶间腐蚀裂纹，脆爆失效；相对碱度 0.012，使水冷壁管有向火侧减薄，有腐蚀坑，有超温，韧性下降，脆爆和超温失效。前者是高压锅炉，因酸腐蚀材料损寿，更换水冷壁管 $2.25km$；后者是亚临界参数锅炉因酸腐蚀（加超温），更换水冷壁管 $3km$。

辨识酸腐蚀的法宝是"照妖镜"；监视和发现酸腐蚀的法宝还是"照妖镜"，这就是凭借在线电导率表、在线钠表、在线 pH 表、在线氧表和在线溶解氢表，发现酸腐蚀苗头。使用诊断技术，则更为灵敏准确。及早发现，就能及早处理，制止发生和发展成为灾害性水质故障。

有一项法宝曾长期令人匪夷所思。那就是自 1983 年 12 月起，在唐山某电厂超高压的 5 号锅炉上实施的氢氧化钠处理。当时，稍具腐蚀知识的化学专业、锅炉专业、金属专业人员和专业领导，无人不知碱腐蚀的可怕，无人不对氢氧化钠深恶痛绝。但是却在该锅炉上祭起了氢氧化钠这一专降酸腐蚀妖魔的法宝。在那之后每用必成功，发展成为氢氧化钠加低磷酸盐处理，用以对抗具有酸腐蚀危险的协调磷酸盐处理。这就叫"一物降一物，卤水点豆腐"。氢氧化钠锅内水处理是降魔宝杵，对付酸腐蚀无往而不利。

7.3 防止过热器超温减寿的水处理各类案例

7.3.1 低压锅炉防止汽质故障延寿技术案例

(1) 北京某棉纺厂盐垢堵塞蒸汽管道的处理

北京某棉纺厂有 3 台 $1MPa$、$10t/h$ 供汽锅炉，只经过 3～4 个月蒸汽引出管就被盐垢堵塞，无法向外送汽，在要求协助时所提要求甚低，就是在 1956 年的采暖期中不因结垢影响供汽。

经查看正在检修中的锅炉，其水汽分离装置过于简陋，仅在水汽混合物进口处设一挡板，消除其动能，使炉水和蒸汽大致分离。而且据了解，所供的蒸汽全部损失，无冷凝水回收。

解决对策是：①为其进行热力化学试验，规定锅炉水碱度 $<20mmol/L$；②要求司炉工注意观察汽鼓水位，不可使水位过高，尤

其不可"满水";③要求使用间壁式加热的设备回收冷凝水,以改善给水质量;④在汽鼓顶部设挡板,以减轻水滴携带。

该锅炉房实现了所提建议,不仅安全度过冬季供汽高峰负荷,还降低了锅炉排污,节省燃煤。上述对策对延长蒸汽管道使用寿命有很大贡献。

(2) 对改造后的锅炉过热器管延寿的举措

某棉纺厂锅炉房划归北京印染厂动力车间管理后,对锅炉进行了升级改造。包括安装过热器和提高出力,使该锅炉在 1.3MPa 下运行。1969 年底完成改造后投入运行,不久过热器管结盐垢超温爆破,最严重时,1 个月内 3 次爆管停炉。

在应邀研究过热器爆管原因时,发现锅炉补充水仍是钠离子交换水,但是不重视冷凝水的回收管理;软化器操作很不规范,时常不等正洗合格(即软化器出水氯离子≤1.6 倍原水氯离子),即恢复运行,常把部分再生废液送入锅炉,使锅炉水氯离子达 300mg/L。

对该锅炉运用"照妖镜",对其再次进行热力化学试验,规定锅炉水碱度≤13mmol/L;软化器再生操作必须合乎规范;切实增加冷凝水(疏水)回收。这些措施得到实施后,过热器管寿命由最低 10 天,达到 3 年以上。

(3) 北京某毛纺厂过热器结盐垢爆管的处理

清河镇某毛纺厂的 6.5t/h 低压锅炉,用井水为原水,经钠离子交换软化作为补充水,锅炉水碱度≤18mmol/L。过热器管结盐垢,使其材料寿缩短到 3 个月。应要求前往了解情况时,指出该 6.5t/h 锅炉锅内的水汽分离装置,不能满足装设过热器的要求。建议采取内置旋风筒分离器,可保证锅炉水碱度在 20mmol/L 不至于明显结盐垢。

改进锅炉内部分离装置的防超温效果,往往优于改造水处理设备的效果。治理小容量锅炉超温减寿,要内外兼修,而内功更为重要。

(4) 林西某煤矿自备电厂过热器超温的处理

该煤矿是开滦煤矿的主力,自备电厂有 14 台低压锅炉,蒸发量自10t/h 到 35t/h 不等,总蒸发量 250t/h,过热器结盐垢超温爆管是最常见的事故。在查看超温失效的过热器管时,看到盐垢厚度都超过3mm。在其中 1 台过热器的集(联)箱中,盐垢块最大可达 1kg。认为水滴携带是主要的结垢原因。

该自备电厂锅炉补充水是用矿井水,经石灰和钠离子交换软化处理而成。由于石灰处理是用露天水池自然沉淀,降碱作用差,而且受气温影响太大。影响给水和锅炉水质。对其建议用澄清器取代土法沉淀池，加强沉淀软化处理，争取使澄清水碱度≤1mmol/L。建议只要有停炉机会对过热器进行水冲洗溶垢。水处理和水冲洗结合，可使过热器延寿达正常使用寿命。

7.3.2 中压锅炉防止结盐垢爆管延寿措施案例

1960 年前后中压发电锅炉的过热器超温爆破，是当前工业锅炉过热器故障的前车之鉴。研究分析中压锅炉过热器超温失效案例，对当前工业锅炉过热器管延寿和安全运行有现实意义。

(1) ТП 130 型锅炉过热器超温爆管的普遍解决方法

这种大容量中压锅炉与 25MW 机组配套，曾是 20 世纪 60 年代主力发电锅炉机组。它的分段蒸发结构，使它可以较大量的补充软化水，和只能用蒸馏水补充的锅炉相比，有很大优势，曾风靡一时，有大量的 130t/h 锅炉在运行。

也正是这种类型的锅炉过热器爆管，曾是发电厂考核事故剧增和电网稳定受影响的因素之一。北京某电厂 18 号炉就是苏制 130t/h 锅炉，该炉于 1958 年 5 月投产。在该炉之外，有 3 台 40t/h 锅炉，3 台 50t/h 锅炉和 2 台 75t/h 锅炉，都是用蒸馏水作补充水，补充水不足，是该厂深感困难的问题。分段蒸发的 18 号锅炉投产，成了缓解供水的救命稻草。于是软化水集中送到该锅炉，补充水率达 15%～20%。自投产后 20 多天就发生过热器管超温爆破，原因就是锅炉水浓度过高，频繁发生水汽共沸。例如 1958 年 7 月 18～19 日，该锅炉 3 次由于水汽共沸而过热器温度下降，低达 220～250℃（额定蒸汽温度 425℃），降幅达 150～200℃。每次水汽共沸的持续时间为 3～4min。即使不发生水汽共沸，由于水滴携带率高，蒸汽温度也比额定值低 20℃以上。除了过热器管超温爆破之外，和该炉配套的 9 号机结盐垢严重，在投产 1 个月就不得不停机检修，清除盐垢。在盐垢中 80%以上是易溶的成分，其中碱性物质（碳酸钠和氢氧化钠）和中性盐（氯化钠和硫酸钠）各半。

为解决结盐垢使过热器爆破和使汽轮机限制出力问题，对该锅炉进行了热力化学试验，规定盐段炉水电导率＜2500μS/cm。为保证不超过此极限值，提出两条保证措施：①对该炉补充水增加石灰脱碱处理；②该炉软水补充率＜10%。

承德某电厂1号炉也是同型号、同厂家生产的锅炉,锅炉水和饱和蒸汽都装有制造厂配置的测盐计(电导率在线表)。该锅炉使用软化水补充,由于是单台机炉运行,水汽损失率、锅炉补水率>10%,经常发生水汽共沸。查阅仪表记录得知,在盐段锅炉水电导率达 $3000\mu S/cm$ 时,必然发生水汽共沸,蒸汽测盐计示数满量程($>10\mu S/cm$)。

对该锅炉进行了热力化学试验,规定锅炉水电导率$<2000\mu S/cm$,要求补水率<10%;要求用于石灰处理的沉淀反应器改为澄清池,以降低软化水碱度。对锅炉水碱度的要求是$<5mmol/L$。

(2) 75t/h 中压锅炉投产时过热器爆管的解决

北京某热电厂1号炉是 75t/h 中压锅炉,1960 年 9 月底投产,仅运行半个多月,在过热器集箱中就有厚约 10mm 的盐垢。投产 1 个半月后过热器管超温爆破和有鼓包变形。

盐垢成分分析接近锅炉水,内含锅炉水的特定成分,即磷酸三钠,可以确认是水滴携带造成的。进入汽鼓检查水汽分离装置时,发现其安装质量很差,水汽混合物可短路通过。这也可由蒸汽化验中得到证实,其碱度可达 $0.3\sim0.4mmol/L$,含盐量可达 $50mg/L$。在更换失效和变形的过热器管恢复运行后,半个月内又两次超温爆管。

要求对水汽分离装置进行彻底修理,其指标是,将行灯(使用24V 直流电的携带式电灯)放入水汽分离器后面,应看不到透光。对锅炉中的盐垢进行清洗、清理。在该锅炉转入稳定运行后,对其进行了热力化学试验,按照试验给定的锅炉水指标控制,该炉不再爆管。

(3) "照妖镜"蒙尘盐垢妖魔乘虚而入引起爆管

由德国提供的 3.9MPa,25t/h 锅炉,共 2 台,于 1956 年底投产,到 1957 年初春,过热器爆管 3 次。应邀前往看时,看到具有超温特征的蠕胀鼓包爆破;管内盐垢厚度超过 2mm。翻阅蒸汽化验报表,其数值尚属合格。进入汽鼓检查时,发现汽鼓内无任何水汽分离装置,全靠自然分离。这类锅炉应使用蒸馏水作补充水,但是该炉是用软化水加酸降低碱度(使用磷酸,并充当防垢剂)。按照其水汽分离系统和锅炉补充水处理方式考虑,过热器结盐垢不足为奇。奇怪的是化验结果表明汽质基本合格。

经向有关人员了解,被告知:制造厂专家认为无必要化验蒸汽,并说明在该国这种锅炉也不监测汽质。业主单位强调必须采样化验,他们给出了一个采样器图样。图中对蒸汽试样先进行扩容,再经过分离孔板才进入冷却器。这样一来,汽鼓内没有水汽分离装置的锅炉,却在蒸汽采样器前装设了水汽分离器。

割去制造厂专家给定的蒸汽采样器，安装了探针式蒸汽采样器后，为该锅炉进行了热力化学试验。通过试验确定，该锅炉在碱度 9mmol／L，含盐量 3500mg／L 情况下水汽共沸，带水率 0.5%～1%，在碱度 5mmol／L，含盐量 1800mg／L 时蒸汽质量是合格的，其硫酸盐残渣为 0.25mg／kg（250μg／kg）。规定锅炉补水率≤8%，锅炉水碱度≤5mmol／L，电导率≤2800μS／cm。并建议考虑在锅内安装水汽分离装置。

该锅炉按热力化学试验规定的指标运行 3 个月未发生过热器爆管事故；3MW 汽轮机也不再有调速器卡涩现象（过去仅 1 个月就造成积盐卡涩）。

（4）"照妖镜"蒙尘使过热器超温原因无法认定

天津于庄某发电所 3 台锅炉均为 22t／h 的准中压炉，1958 年 6 月到 1959 年 1 月由于原水氯离子比平时升高 10 倍以上，锅炉经常发生水汽共沸，其中以 2 号锅炉最严重，在这半年中发生 46 次。蒸汽温度最低 280℃，过热器管爆破 3 次。奇怪的是，蒸汽质量恶化并非由汽质化验发现，而是由汽温下降发现，由此怀疑采样器存在问题。在节假日休息时，停炉检查了蒸汽采样器，其型式为缝隙式，制造合乎规范，但是安装错误，反转了 180°。其缝隙开口本应迎着汽流，实际变成背对汽流，蒸汽中所含盐分不可能被采出来，掩盖了结盐垢超温危险。

在更新了蒸汽采样器后，进行了热力化学试验，确定锅炉水碱度≤12mmol／L，蒸汽硫酸盐残渣 0.23mg／L。可以避免过热器结盐垢超温，延长其使用寿命。

（5）原水氯化铵污染造成过热器管腐蚀爆破

1992 年元旦期间北京与河北交界处某水库遭受氯化铵污染。使其下游 4 个电厂受害不浅。也使用该水库水作原水的燕山石化某热电厂 4 台锅炉也发生低压锅炉器爆管。在 2 个月内 4 台 120t／h 中压锅炉低温段过热器爆漏十多次。经查看失效样管既有超温蠕胀爆管，也有腐蚀减薄泄漏。

对此指出，主要是原水含氨达 10mg／L，除盐水中氯化铵既引起过热器管超温，又因蒸汽湿度大而腐蚀。同时指出，水库污染已被制止，此问题正在自行解决中，但是应抓紧进行过热器的水冲洗，以免残留的盐垢继续引起超温。

7.3.3 高压锅炉结盐垢超温爆管及防爆案例

(1) 北京某毛纺厂次高压锅炉的几次爆管

北京某毛纺动力厂于 1990 年安装了 2 台 5.3MPa、35t/h 锅炉，并配有 1 台 6MW 汽轮发电机。使用氢钠离子交换水为补充水。据介绍 1 号锅炉投产 1 年，过热器爆管超过 10 次，2 号炉已近 10 次。带来的管样是高温段过热器，是积盐引起的超温蠕胀裂口。内壁有磁性氧化铁层，厚达近 1mm，其外壁是氧化铁和纵向裂纹。

经了解，该锅炉是分段蒸发，装有外置盐段。但是由于锅炉水电导率常＞1200μS/cm，不仅是盐段水汽共沸，连净段也水汽共沸，带水率＞0.1%。

该锅炉设计有自冷凝减温装置，但是冷凝水量不够用，还要用以软化水为主的给水减温。造成高温过热器结盐垢。

对来人提供的对策是：①水冲洗过热器；②考虑锅内水汽分离装置的改进，例如使用带百叶窗的旋风分离筒；③次高压锅炉也存在结硅垢问题，采取化学除盐可同时解决水滴携带和溶解携带问题。

在 1992 年 10 月对该动力厂咨询之后，据称问题已趋于解决。3 年多之后的 1996 年 7 月，再次携带新投产的 3 号锅炉失效样品来访。该锅炉于 1993 年夏投入运行，也是 35t/h、5.3MPa 次高压锅炉。1993年 9 月和 1994 年初水冷壁管爆破两次，1994 年 5 月过热器管爆破。请求对两管的 3 次爆管提供咨询意见。

观察水冷壁管两次失效管样爆口，均为菱形撕裂状，属短期超温爆破。提出与水循环有关（该炉确曾发生过缺水故障，已证实第一次爆管是发生在缺水事故之后）。第二次水冷壁管爆破除了和缺水事故有关联外，还和排污操作不当有关。

过热器管系鼓包破裂，属长期超温形成。该管是 15CrMo 低合金热强钢，外径 40mm，壁厚 3mm。外壁有氧化铁，内壁磁性氧化铁约0.5mm 厚。认为减温水质仍不理想，引起结盐垢超温造成。

1995 年 12 月该 3 号锅炉过热器管又两次运行中爆破，共有 5 根过热器管爆破。据来人告知，已加强了水处理管理和水汽质量监控。但是由失效管外壁的盐渍认为汽质仍不够理想。

对第 3 次来访除了提出蒸汽质量问题之外，还指出该锅炉低负荷运行（＜25t/h）可引起过热器管超温，经计算表明，该炉额定参数下，过热蒸汽流速即偏低，在经常负荷下流速≤14m/s，会引起超温；

再就是尽管说明书中壁厚为 3mm，实即仅 2.5mm，偏薄，也容易蠕胀失效。

建议该厂和锅炉制造厂协商对过热器进行热力计算。必要时割去部分过热器管，以减少超温程度。

(2) 减温水质恶劣造成高温过热器损寿例证

苏联制造的锅炉水汽分离系统效率高，能保证使用软化水作补充水，饱和蒸汽质量也合格。但是美中不足的是没有单独提供减温用水，用掺有软化水的给水减温，无异饮鸩止渴。

北京某热电厂自 1958 年 6 月到 1959 年底，陆续投产 6 台锅炉和 4 台汽轮发电机组。锅炉是分段蒸发、给水清洗，可以保证蒸汽硫酸盐残渣＜50μg/kg，二氧化硅＜20μg/kg。但是锅炉投产 1～2 个月高温过热器即发生超温爆管，汽轮机限制出力。

1 号锅炉投产的最初 10 天到 1 个月，高温过热器的爆破多系误用钢材所致。在将碳素钢和铬钼钒钢分别保管后，不再发生这种短期超温爆管事故。但是爆管并未停止，而是相当频繁地发生，而且每次爆管不止 1 根，常伴有许多鼓包胀粗必须更换的变形。经过化验管材确是 12Gr1MoV 钢，但是管内有 2mm 以上的盐垢，超温是盐垢引起的。

陆续投产的其他锅炉也存在同样结盐垢超温爆管问题，经试验研究过热器的盐垢来自减温水。减温水盐分的高低受软化水补充率控制，入冬之后用汽量增长，软化水补充率高，过热器超温爆破更为频繁，每台锅炉每个月可发生 1～3 次爆管。下列试验结果有充分说服力。

在 1 号锅炉蒸发量为 120～150t/h 下，饱和蒸汽含盐量（硫酸盐残渣，下同）9μg/kg，汽质优良。减温水流量 3～4.5t/h，减温水含盐量 35.2mg/L（35200μg/L）。当它注入过热器后，使过热蒸汽含盐量达 1.49mg/kg（14900μg/kg）。此值比饱和蒸汽含盐量高 160 多倍。

1958 年 12 月，1 号锅炉给水（即减温水）含盐量 63.7mg/L，1959 年 1 月为 94.4mg/L，2 月 86.3mg/L，3 月 46.8mg/L。这是由于冬季供汽量大，软化水补充率高引起的。

在 5 号锅炉上进行的试验是，锅炉平均出力 192t/h，饱和蒸汽含盐量 21μg/kg，是合格的。减温水量 5～6t/h，其含盐量 1290μg/L，过热蒸汽含盐量 118μg/kg。这是夏季补水率最低时进行的试验。

除了过热器管超温爆破外，汽轮机受盐垢之害也很深。2 号机投产半年后结盐垢被迫停机，停机前已限制出力 20％以上。经检查在主汽门、蒸汽滤网和汽轮机动静叶片上都有盐垢，最厚达 2.5mm 厚。当时国内容量最大的 4 号机（100MW），投产后 2 个月监视段压力达 6.7MPa，限制出力 10MW。

对该热电厂采取的防止结盐垢过热器超温和汽轮机限制出力的针对性措施是，过热器水冲洗溶解盐垢和汽轮机带（降）负荷湿蒸汽溶垢。

水系统的改变，是把凝结水集中补入 1 号、2 号除氧器，其他除氧器送入软化器。用 1 号除氧器的水作减温水，以保证减温水质量。如此改变补软化水方式后的试验表明是有效的。在 1 号炉出力 110～130t/h，饱和蒸汽含盐量 6μg/kg 时，减温水量为 4t/h，减温水含盐量 1070μg/L，过热蒸汽含盐量 35μg/kg，基本是合格的。该减温水是供 6 台锅炉使用的，对各炉过热蒸汽而言"一荣俱荣"，全都得到改善，同时解决了过热器爆管问题。

由于该热电厂扩建的超高压锅炉机组设计是化学除盐，建议用除盐水作减温水可彻底解决结盐垢问题。

以上 6 台锅炉因减温水质影响过热器爆管，是使用试验研究的照妖镜使恶魔现形的成功例证。

(3) 进入腹腔（锅筒）查找盐垢来源

唐山某发电厂 5 号锅炉是 150t/h 高压炉，于 1959 年 12 月投产，1960 年 4 月低温段过热器爆管。检查失效的过热器管系超温鼓包裂口，外壁向火侧有树皮状小裂纹，背火侧完好无损。管内有 1.5mm 厚盐垢。盐垢成分为：水溶部分碳酸钠 21%，磷酸三钠 10.7%，氧化钠 1.9%；水不溶部分，氧化铁 63.9%，磷酸酐 3.4%，氧化铜 1.5%，二氧化硅 0.8%。

对过热器进行了水冲洗。往常取冲洗水样进行化验，根据冲洗水量，可算出溶掉盐垢量。该炉清洗水量 25m³，溶于盐量仅 0.7kg，是罕见的。

对蒸汽质量进行评定时，该厂认为是较好的。日常化验结果均合格。饱和蒸汽硫酸盐残渣为 65μg/kg，而过热蒸汽为 33μg/kg，有 32μg/kg（32g/t）沉积在过热器中。此值虽不理想，但是不会引起 4 个月内超温爆破。

带着诸多疑惑，使该锅恢复运行。2 个月后在上次发生爆管的同一根管（南往北数第 6 根）再次爆破。为弄清真相，钻入锅筒（汽鼓）进行检查。

常言道，"不看不知道，一看吓一跳"。该锅炉的磷酸三钠加药管法兰没有将螺丝拧紧，磷酸三钠药液滴漏出来，它下面的旋风分离筒正对着2次爆破的那根蒸汽引出管，漏出的药液被汽流带进两番超温爆破的过热器管中。在旋风分离筒顶的百叶窗上还遗留近5mm的磷酸盐干涸物。至此真相大白，是安装粗心造成的爆破。

进入汽鼓查看，也解除了两个疑团：一是水冲洗液中电导率畸低；二是盐垢中水溶部分和水不溶部分都含有磷酸盐。如果不计入腐蚀产物（氧化铁），而且考虑到由酸碱滴定复得的碳酸钠，实际上是磷酸三钠，则盐垢全是磷酸钠。

7.3.4 超高压锅炉高温过热器爆管原因的揭示

2000年前后对许多超高压电厂和亚临界参数电厂进行风险评估时，高温过热器超温爆管占很大比例，多达20台次。发生鼓包蠕伸变形的过热器管材料是12Cr2MoWVTiB（102钢）。业主单位认为这种钢材耐温性差，要求更换为TP91或304钢。

查看失效管样时，其内壁有0.2mm以上的磁性氧化铁皮，是典型的超温水蒸气氧化产物。对于该高温过热器管超温失效的事实没有异议，但是对于引起超温的看法却不尽相同。有的归咎炉底漏风，使高温烟气抬升；有的归咎给水高压加热器投用不正常，给水温度低；有的认为是燃料的燃烧特性造成过热器处高温。但是，都认为该贝氏体钢耐温性能不足（≤630℃），难以在大容量锅炉上长期服役。

对于业主单位提出在高温过热器和高温再热器的热段使用高合金钢的意见，原则上支持，这是由于设置中间过热的大锅炉烟气温度可达900℃，在经济能力可承受的情况下，对超高压锅炉由贝氏体钢换为奥氏体钢是可以的。

但是，同时也指出应重视超高压锅炉由于凝汽器泄漏影响减温水质的结盐垢问题。凡是发生高温过热器、再热器超温爆管的锅炉，其机组凝汽器都存在泄漏问题。减温水带入的盐分引起过热器管超温，然而当发生爆破时，汽流会把盐垢吹走，停炉过程中的蒸汽冷凝水也会把残留的盐垢溶掉（流到过热器下弯头处）。所以爆管后常观察不到过热器管有盐垢。如果不注重此问题，即使将102钢换成TP91钢（10Cr9Mo1VNb）也难保不因结盐垢超温。

在湖南耒阳某电厂进行风险评估时，指出该厂200MW机组的过热器管超温爆管元凶，应是隐身的盐垢。因此，必须解决凝汽器泄漏问题。

7.3.5　迅速辨识汽质恶化原因和处理使材料延寿

(1) 北京某热电厂超高压锅炉水汽共沸处理

蒸汽质量恶化事故发展迅速，后果严重。既可由于结盐垢使过热器管超温爆破，也能由于锅炉水冲入汽轮机造成损坏停机。处理此类故障必须冷静果断，判断准确，迅速采取对策。临场慌乱，使事故扩大者，屡见不鲜。

北京某热电厂的 7 号锅炉是 15.5MPa、420t/h 超高压锅炉，设有外置盐段，用软化水作补充水。启动试运行期间全部用软化水作给水。

1965 年 12 月 5 日晚进行第 7 次试运行调试，不久该锅炉已处于水汽共沸状态，6 日零时外置盐段炉水电导率 3400μS/cm，2 时剧增到 11600μS/cm，蒸汽电导率 215～8750μS/cm，带水率高达 1.9%～75.4%，受其影响净段蒸汽电导率为 370μS/cm，折算盐分 185mg/kg。6 时，盐段炉水电导率 30000μS/cm，盐段蒸汽电导率 1850～7300μS/cm，带水率为 6.2%～24.3%，折算盐分含量为 925～3650mg/kg，已达到低压锅炉的炉水程度，随盐段蒸汽带走的盐分为 0.93～3.65kg/t 汽。盐段锅炉水已接近海水的含盐量。

在 6 日 7 时半接班时，该锅炉控制室内挤满了领导和各专业技术人员，为找不出水汽共沸原因而着急。研究决定，到 10 时如果不改善立即停炉。对照 11 月 24 日第 6 次启动时，使用相同质量的给水，电动排污门开度 80%，盐段炉水电导率为 4000μS/cm。本次启动排污门开度为 100%，6 个小时内电导率由 3400μS/cm，升到 30000μS/cm。认为是排污系统存在问题。

开启了手动的排污旁路门，不见好转；随即想到第一道截门有问题。派人查看时，排污管的第一道截门被关死。则电动排污门的100%开度没有意义，旁路门也受控于第一道截门。开启排污管的第一道截门后。锅炉水电导率迅即下降，2h 后恢复常值，蒸汽质量也已合格。

该锅炉是中苏关系恶化前夕的合同，关系恶化削减了备品备件，尤其是过热器管没有任何备件，超温爆管不仅直接缩短过热器寿命，还对全炉的存亡关系重大。为此建议，本次试运行后，立即冲洗过热器，以免盐垢影响寿命。

（2）北京丰台区某热电厂锅炉水汽共沸处理

1972 年 11 月 30 日深夜，在睡梦中被人唤醒。本单位的领导陪同某热电厂领导请去该厂处理两台炉水汽共沸问题。

在飞驰的汽车上被告知，该厂 1 台锅炉检修停用，另 2 台锅炉全部水汽共沸。连续排污门全开，定期排污每班 1 次，仍难遏制水汽恶化趋势。

查阅表单发现，两台锅炉的炉水碱度已达 30～33mmol/L（热力化学试验规定≤8mmol/L），氯离子 950～1720mg/L，磷酸根 60～100mg/L，当班定期排污已排 3 次，炉水浓度不见任何下降。

实测了给水试样，发现比所补充的软化水还恶劣，而且有锅炉水的特定成分。其电导率为 1000μS/cm，磷酸根 5mg/L，酚酞碱度 2.5mmol/L。由此推断排污系统出了故障，排污水进入了给水当中。顺此思路，想到排污扩容器的蒸汽回收到除氧器作为热源之一。高浓度的锅炉排污水在排污扩容器中扩容产生的蒸汽，是唯一可能把锅炉水掺入给水的源头。

对排污扩容器外排总门进行检查时，发现该门关闭，排污水无法外排，沿扩容器的蒸汽管进入除氧器，又随给水返回锅炉。

通知立即开启排污总门，并采取了运行中的 2 号、3 号锅炉水样实测溶解固形物，其结果分别是 12400mg/L 和 14700mg/L。按 0.1% 携带系数推算，蒸汽含盐总量分别为 12.4mg/kg 和 14.7mg/kg。在近 3 天的水汽共沸状态下，蒸汽平均含盐量会＞1000g/h。

全开排污门，并关闭扩容器通往除氧器的截门后，6 时锅炉水碱度降到 14mmol/L，10h 锅炉水和蒸汽质量已全部合格。问题得到迅速解决，表明判断正确，处理得当。

北京市于每年 11 月 15 日开始供热。该两台锅炉额定出力 75t/h，由于寒流侵袭，有 1 台锅炉检修停用，使该两炉超出力到 77～90t/h，这也加重了锅炉水的浓缩和水汽共沸的发生。建议该厂，当 1 号炉恢复运行时，对 2 号、3 号锅炉轮流溶垢冲洗。

（3）锅炉水磷酸根"消失"的咨询与处理和启迪

① 北京丰台某热电厂 410t/h 锅炉水异常问题

1996 年 7 月 24 日，应北京丰台某热电厂要求，前往该厂研究锅炉水无磷酸根和 pH 值低问题。该炉于日前启动，磷酸三钠加药泵以最大行程连续向锅内加药，但是锅炉水无磷酸根出现，锅炉水 pH 值达不到 8，询问原因与对策。该厂对此问题比较着急的原因是，根据

DL/T 561—1995《火力发电厂水汽化学监督导则》4.3.3 条规定，锅炉水 pH 值＜8.5 达 24h，或＜8.0 达 4h，都应停炉处理。

对该厂领导和化学专业负责人说明，此现象称"盐类隐藏现象"或"暂时消失现象"。主要是锅炉存在腐蚀，产生二价（亚）铁离子，它和钠及磷酸根生成等摩尔的磷酸铁钠，既消耗磷酸根，又降低锅炉水 pH 值。向锅炉投加氢氧化钠，可使磷酸根自动出现，pH 值也上升到合格范围。

与该厂总工程商定，自当晚 6h 起向锅炉投加氢氧化钠，平均加入量 80～100g/h，预计 8～10h 可以使水质恢复正常，从而避免停炉经济损失。

次日接该厂电话告知，7 月 25 日 8 时锅炉水 pH 值和磷酸根均合格，已经停止加氢氧化钠。

② 给水系统二氧化碳腐蚀引起的锅炉水磷酸根变化

锅炉水磷酸根的异常变化最早见于北京西郊某电厂 1 号锅炉，该炉在 1962 年 1～4 月的 12 次启停中，有 11 次发生磷酸根"消失"和"复出"。其规律是锅炉压力 3～4MPa 时磷酸根"自动"增长，在 8MPa 上下突然消失。例如 1962 年 1 月 6 日锅炉启动，该炉磷酸盐加药泵未启动，但是在 4MPa 时，盐段炉水磷酸根达 150～180mg/L。压力升到 8MPa，盐段炉水磷酸根为 30mg/L；又如 1 月 23 日开炉时，3MPa 下，盐段炉水磷酸根 260～380mg/L，9MPa 降到 120mg/L，达额定参数带负荷后仅 15mg/L。在锅炉水磷酸根升高时，锅炉水含铁量增加，并变得黑混；磷酸根消失的同时，含铁量减少并变得澄清。

在锅炉启停中磷酸根变化时，测定了锅炉水含铁量变化，盐段炉水含铁量由 0.1mg/L 升到 17.4mg/L，再回落到 0.28mg/L；净段炉水含铁量由 0.09mg/L，升到 20.2～32mg/L，再降到 0.05mg/L。

对该厂指出，之所以产生此问题，是由于该锅炉水汽系统存在二氧化碳腐蚀而溶解产生铁。该炉进行氨处理后，磷酸盐隐藏不再发生。

③ 锅炉酸洗钝化不良引起的磷酸根变化

唐山某电厂 2 台锅炉酸洗后采用微酸性钝化，不仅是钝化效果差，还产生新的腐蚀。腐蚀产生的亚铁离子引起锅炉产生磷酸盐隐藏现象。

其 4 号锅炉（10.8MPa、150t/h）在酸洗后，于 1978 年 7 月该炉投入运行后故障停炉，停炉前锅炉水磷酸根 2mg/L。停炉时已停止了磷酸盐处理，但是当压力降到 2MPa 时，炉水磷酸根升到 23mg/L。9 月 8 日该炉再次停炉，又观察到磷酸根变化，在正常运转中炉水磷酸根 2mg/L，停炉中突增到 50mg/L，pH 值由 9.5 降到 8.4，电导率由

$40\mu S/cm$ 升到 $130\mu S/cm$。

该厂 5 号炉酸洗后于 1978 年 10 月 16 日恢复运行，直到 19 日的 4 天当中，锅炉水不出现磷酸根。磷酸三钠投加量为 3kg/d，是其他锅炉正常用量的数倍，但是磷酸根总低于下限（<2mg/L）。

研究证明，锅炉酸洗后如果没有良好钝化，裸露的钢铁表面立即产生腐蚀，腐蚀产生的亚铁可与磷酸三钠作用，反应中放出的氢是标识。

$$Fe + 2H_2O \longrightarrow Fe(OH)_2 + H_2 \uparrow$$

$$Fe(OH)_2 + Na_3PO_4 \longrightarrow NaFePO_4 + 2NaOH$$

这样一来，用于发现减寿妖魔的照妖镜，就多了两重手段：一是可用是否有盐类隐藏现象，判断是否存在腐蚀和正在产生着腐蚀；二是由饱和蒸汽含氢量，判断腐蚀程度（腐蚀速率）。

(4) 微酸性亚硝酸钠钝化后的蒸汽含氢量

亚硝酸钠是钢铁设备良好的酸洗钝化剂，其钝化条件为亚硝酸钠 0.5%～1%，pH>9 和 ≥60℃。在 DL/T 794—2001《火力发电厂锅炉化学清洗导则》中，钝化 pH 值为 4～5，此时的亚硝酸钠实际是亚硝酸。

在相同的亚硝酸钠含量和相同的温度下，对比 pH 值 9.5～10 和 pH 值为 5 的腐蚀速度，钝化时间均为 5.5h，前者为 0.045g/(m²·h)，后者 1.1g/(m²·h)。

天津大港某电厂 2 台 1100t/h 锅炉酸洗周期非常短，领导询问此情况的成因时，指出是用微酸性钝化中产生的腐蚀产物和钝化不良的后续腐蚀所致。该厂 3 号炉酸洗日期是 1992 年 7 月、1993 年 10 月、1995 年 5 月和 1997 年 5 月，4 次酸洗平均间隔 1.6 年；4 号炉酸洗日期是 1992 年 6 月、1993 年 9 月、1997 年 6 月，3 次酸洗平均间隔 2.5 年。频繁酸洗除了花费人力、财力外，每次酸洗要少发电 5000 万千瓦·时，经济损失更大。

为证实微酸洗钝化的腐蚀作用，在该 2 台锅炉的最后一次酸洗（即 1997 年的 5 月和 6 月）分别采取 pH5～5.5 和 pH9～9.5 作对比，用蒸汽含氢量监测钝化情况。

pH5～5.5 钝化后，锅炉启动投产之初，氢>200μg/kg，（仪表的最大量程），4 天后降到 122μg/kg，第 6 天为 40μg/kg，第 7 天接近认为是钝化的 10μg/kg。把氢>200μg/kg 的数值都计作 200μg/kg，则共产氢 10.6kg，相当 400kg 磁性氧化铁，平均分布到受热面上为 43g/

m^2（实际值远不止此数值），已是该参数垢量允许值的 12％。

pH9～9.5 钝化后，并汽（投产）时，蒸汽氢量 185μg/kg，第 2 天 68μg/kg，36h 后为 16μg/kg，48h 即低于 10μg/kg，进入钝化。其累计产氢量 1.9kg，折算为磁性氧化铁 71kg，分布到全部受热面上不足 8g/m^2。

蒸汽含氢量的测量和锅炉磷酸盐隐藏现象，成了判断酸洗钝化成败的照妖镜。而过热蒸汽含氢量的测量，以及过热蒸汽和饱和蒸汽氢含量的差值，也成了判断过热器超温失效的利器。氢在线表在大锅炉上确有配置的必要。

(5) 过热器积盐引起的腐蚀减寿不可忽视

过热器管停用腐蚀的锈蚀和盐垢同样影响传热，而有腐蚀作用的盐垢对过热器管腐蚀减薄，有时先于超温引起失效。例如前述燕山某石化厂热电站 4 台 120t/h 锅炉在 3 个月内多次爆管，就是氯化铵酸腐蚀减薄为主造成的。

北京石景山区某电厂 17 号炉低温过热器的爆管则是盐垢的碱腐蚀和超温共同作用下发生的。

该炉是 75t/h 中压煤粉炉，该锅炉除主汽鼓外还有分离汽鼓，但是仅靠自然分离效果仍差，平时蒸汽含盐量（硫酸盐残渣）为 120μg/kg，该锅炉常超出力达 90～100t/h，蒸汽含盐量则达 500μg/kg。

1961 年底该炉过热器第一段（低温段）爆管停炉。切下爆破管检查，内壁腐蚀严重、盐垢和腐蚀产物厚达 3～4mm，由于腐蚀减薄，基体金属厚度不足 1mm，造成爆破。

位于北京东郊九龙山的蒸汽厂，是 2.5MPa、35t/h 锅炉，使用铵钠离子交换水作锅炉补充水，补充率为 100％。1964 年投入使用，当年的采暖期就多次发生过热器爆破。这是由于铵钠离子交换水的水质不稳定，有时产生酸性的软化水。锅炉的水汽分离效果差，锅炉水被带入蒸汽中，引起以硫酸铵为主的腐蚀，盐垢也影响传热，腐蚀和超温共同作用引起爆管。

对上述锅炉爆管的治理，也是基于针对腐蚀和盐垢两个因素进行的，而水冲洗是最好的办法。

7.3.6　对锅炉机组进行冲洗是降伏超温的法宝

过热器管遭受 800℃ 以上烟气的烘烤，管内 500℃ 的介质温度同样煎熬着过热器管，使其壁温达 550℃ 以上。盐垢影响传热恰如火上浇油，对管材寿命的减损可想而知。然而，盐垢是旱魃火精，五行有克，以水制之，无往不利。盐垢易溶于水，对过热器灌水溶垢可将其干净彻底除净；对汽轮机既可以在检修中水冲洗除垢，也可在运行中降参数，用湿蒸汽冲洗除垢。

(1) 30t/h 中压锅炉过热器的溶垢冲洗

下花园某电厂 4 号锅炉为拔伯葛型，过热器管卧式布置，3.6MPa、30t/h，按照热力化学试验确定的炉水指标控制，饱和蒸汽基本合格。但是，每当蒸发量≥28t/h，或蒸汽温度≥430℃ 时，必须使用混合式减温器喷入给水降温，过热器管总有 0.5mm 以上盐垢。该炉每当停止运行时，要进行例行的灌水溶垢清洗。此水洗除垢措施的执行，使该锅炉过热器寿命得以正常延续。过热器是 10 号钢。据了解，该锅炉自 1945 年起，服役到 1955 年，10 年间没发生过超温故障。该过热器管外径 38mm，壁厚 3.5mm，由于是卧式布置，水冲洗后容易放净，所以也没有停用锈蚀问题。

青岛某电厂 8 号锅炉与该 4 号炉型号、参数和出力相同，也有同样的检修停用的例行冲洗制度，使该锅炉在 1960 年的退役前夕未出超温故障。

(2) 高压锅炉的过热器及汽轮机溶垢冲洗

北京某热电厂高压锅炉于 1958 年夏陆续投产，秋季陆续发生过热器超温爆管。在确定是结盐垢引起的故障后，除了更换破裂和变形的过热器管外，对停用的锅炉都进行水冲洗，避免了超温失效的扩大，使在役锅炉过热器管延寿。

1959 年 10 月初该电厂 4 号机投产，仅运行 2 个月汽轮机结盐垢使汽轮机轴向位移由＜0.48mm，升到 0.58～0.6mm，限制出力 6～10MW。由于正值冬季高峰负荷时期，不允许停机清除盐垢，对其采取降参数到 5～6MPa，用湿蒸汽冲洗盐垢。在夜间 10 时到次日 7 时的电网低负荷时段，一次溶垢清洗可洗下 25kg 盐垢。

天津军粮城某电厂 4 台 230t/h 高压锅炉机组受海水倒灌冷却水质恶化及原水水质恶化影响，过热器和汽轮机结盐垢严重，在 1972 年底到 1973 年初，和 1976～1977 年两个时段，每个月都发生过热器管超温爆破，而由于汽轮机限制出力达 40%（50MW 机组只能带 30MW 负荷），严重时，每隔 2～3 天，就有 1 台机带负荷清洗，才能使该厂勉强完成发电量指标。

例如 1977 年 11 月 1 号炉低温过热器超温爆破,这是由于饱和蒸汽水滴携带引起的。两根管爆口分别为长 20mm、宽 2mm,和长 10mm、宽 2mm。3 号锅炉同年 12 月 3 日和 27 日两次超温爆破;4 号锅炉同年 11 月 11 日过热器超温爆破,两个爆口均在低温段。在该炉过热器管口还发现过罕见的高浓度盐液,遇冷后凝固将管堵死,其成分主要是硫酸盐和磷酸盐。由于位于出口处,估计是全管中的盐垢被蒸汽吹集在该处的结果。

据统计,仅 1 号、3 号、4 号机组在 1976~1977 年内共带负荷冲洗叶片 28 次。

过热器冲洗水量为 60m³/次,约 3h,用电导率表监控,冲洗到出水电导率明显下降为止。可由电导率换算成盐量。冲洗中电导率峰值为:1 号锅炉 $800\mu S/cm$;2 号炉 $370\mu S/cm$;3 号炉 $1300\mu S/cm$;4 号炉 $13000\mu S/cm$。洗下的最大盐量为 40kg。

北京市内的某热电厂于 1977 年 11 月初正式投产,当月下旬汽轮机结盐垢限制出力近 10MW(该机组为 50MW 出力)。12 月 7 日晚对该机组进行带负荷清洗。汽轮发电机出力维持 12MW,过热蒸汽压力由 9MPa,降到 6MPa,过热蒸汽温度由 510℃ 降到 360℃,保持有 50℃ 的过盐度。在汽轮机运行中清洗。

自蒸汽过热度降到 170℃ 时起,凝结水电导率显著上升,表示汽轮机中盐垢开始洗脱。蒸汽过热度<65℃,溶盐量大幅度增长,凝结水电导率 $160\mu S/cm$,相当于含盐量 80mg/L(80g/t)。带负荷清洗历时 10h,共洗下盐垢 21.5kg。经过带负荷清洗后,该机组恢复额定出力,轴向位移由 0.21mm 降到 0.16mm。解决了该机限制出力问题。

(3) 超高压锅炉机组的水冲洗和蒸汽冲洗

1980 年春,位于大庆新华屯的某电厂 200MW 燃油锅炉机组锅炉过热器积盐超温爆管,汽轮机卡涩被迫停机。接电力部通知去该厂进行事故调查分析与处理。虽然已近清明节,但是大庆仍冰天雪地,到达电厂会同东北电管局和黑龙江省电力局人员进行检查和研究对策。

这是 1 台投产不久的 200MW 锅炉机组,失效原因是凝汽器冷却水是高含盐量的碱性水(当地称为"碱泡子"),虽然使用了较耐蚀的 70-1 锡黄铜管,也在婴儿期内腐蚀泄漏,使过热器管和汽轮机结盐垢。针对以上情况提出如下对策。

① 应急措施是对锅炉进行水浸泡和冲洗,对汽轮机进行浸泡和冲洗。前者是用化学除盐水从过热器向汽鼓反冲洗,并采用冲洗与浸洗

交替进行，以保证冲洗彻底；后者是用检修的专用支架架住转子，其下是清洗水槽，将转子没入水槽中，每 0.5h 盘车使转子旋转 180°，直到盐垢溶解除净为止，对隔板则用水冲洗除去盐垢。主汽门、蒸汽滤网及调速汽门的盐垢主要靠人工清理。浸洗、冲洗和人工清理结合，使锅炉机组的蒸汽通路内的盐垢全部清除干净。

② 根治措施是更换凝汽器管为耐高盐分且抗冲刷的管材，当时只有 B30 白铜管可用。B30 白铜称"德国银"，国外的"银"器工艺品用其制作，价格不菲。美国凝汽器管使用 B10 管，含镍量低，较廉价；苏联则使用 B5，含镍量更低。

我国海军舰艇使用 B30 管作凝汽器用材，其用量甚少。200MW 机组使用 B30 管 17000 根，总长度 137km，逾 90t。其价格是黄铜凝汽器的 5～6 倍。此事非同小可，省电力局无法决定。直接以失效分析报告形式上报电力部请求换用 B30 管。这是我国唯一的 B30 凝汽器。但是，也正由于使用了这种最贵的耐蚀抗磨管材，该锅炉机组得以延寿，在其后近 30 年运行中安然无恙。

7.4 防止中低压锅炉结水垢超温的延寿水处理

7.4.1 中低压锅炉产生结垢超温的原因和危害

1980 年的统计资料，我国当时有 20 多万台锅炉，中低压锅炉占 95% 以上。这类锅炉的事故有近 20% 是由结垢腐蚀引起的。搞好防垢、防腐蚀的经济效益是，每年可节省 1000 万吨燃煤，每年能减少数 10 万吨钢铁消耗。水垢是消耗燃料和损坏受热面钢铁的双重妖魔。

中低压锅炉水垢是如何生成的和其危害如何呢。锅炉水垢按形成原因不同和形成过程不同，可有以下四类：一是碳酸盐硬度受热分解成垢；二是溶于水的盐类或分散存在的胶体颗粒悬浮物质析出；三是经处理失去附壁能力的水渣未及时排出，再次转为硬质水垢；四是腐蚀产物。

低压锅炉的水垢主要是前两者，尤其是第一类，即碳酸氢钙受热，二氧化碳逸出，破坏溶解平衡而形成碳酸钙。碳酸氢镁也能变成氢氧化镁沉淀，但是垢中份额较少。再就是硫酸钙可因浓缩达溶度积而成垢，偏硅酸可受热成垢，未被阻滤的胶体物质和悬浮物可成垢。

中压锅炉进行磷酸盐处理，使成垢的钙镁离子形成水化磷灰石和蛇纹石，是疏松而不黏附受热面的水渣。但是长久处于锅内会恢复其附壁成垢作用，常称二次水垢。中压锅炉的水汽系统和锅炉本体也会产生腐蚀产物而形成锈垢，但是比例较少。

高参数锅炉既会有二次水垢，也会有锈垢，而且随参数升高，锈垢比例也升高。如果高参数锅炉出现了碳酸钙类一次水垢，则表明水处理严重失误，必将因水质问题引发设备事故。

水垢的传热能力平均不到钢铁的 1/50。锅炉蒸发受热面结 1mm 水垢，可使锅炉热效率下降 5％以上。不进行任何水处理的锅炉，结垢速率可达 10mm/a；水处理不正常的锅炉可达 3mm/a。

北京市建材系统 48 台低压小容量锅炉中，只有 8 台配置了软化器，水质基本合格。其他不进行水质处理的锅炉使用寿命仅 2～3 年，寿命缩减近 90％。有 1 台 2t/h 快速锅炉，直接用自来水作给水，使用 1 年即结垢 10mm 厚，连压力表管也被水垢堵塞。某木材厂原水硬度 ≥5mmol/L，软化水硬度＞0.5mmol/L，运行不到 1 年结垢 4mm 以上，泥鼓的垢渣堆积厚达 150mm，使泥鼓超温变形。

某纺织系统原水硬度 2.5mmol/L，未进行软化处理时，锅炉结垢速率达 5～7mm/a，每年浪费燃煤 1900t，14 台锅炉轮流进行除垢，还影响生产。采取软化处理后，软水硬度合格，不再结水垢，未因供汽影响过生产，按 1980 年计算年节约 1.7 万元。

结水垢引起的炉管和锅筒超温事故全国每年数百起。某化工厂 10t/h 锅炉结垢使水冷壁管多处发生鼓包爆破；某钢厂 2 台 35t/h 锅炉多次爆管，爆口尺寸最大超过 100mm。

7.4.2 中低压锅炉的一次水垢和二次水垢

(1) 低压锅炉的一次水垢（碳酸钙垢）

天然水中成垢物质是钙离子、镁离子、碳酸氢根和硫酸根，特殊的水质还包括二氧化硅。这些物质在锅炉中受热，可因碳酸盐的分解产生水垢，这是一次水垢。高硫酸盐水质可产生硫酸钙垢；高硅酸盐水质产生硅垢，也属一次水垢，这两种垢不单独存在，混杂于碳酸钙垢中，但是由于它们极难清除，＞20％含量时，常被特别冠以硫酸钙垢或硅酸盐垢。

碳酸盐硬度在锅炉中热分解形成一次水垢：

$$Ca(HCO_3)_2 \longrightarrow CaCO_3 \downarrow + CO_2 \uparrow + H_2O$$
$$Mg(HCO_3)_2 \longrightarrow Mg(OH)_2 + 2CO_2 \uparrow$$

在所有谈及锅炉结水垢或热交换器结水垢的书籍资料中，都会写出以上两式，但是实际上看到的主要是碳酸钙，而氢氧化镁则甚少。原因：一是天然水中钙比镁多，是其2～3倍；二是碳酸钙更为难溶，亦即更易析出成垢。

碳酸钙垢或称碳酸盐水垢，出现在不进行软化处理的锅炉上，在热力网的用原水为工质的热交换器上，在发电厂的凝汽器管中，在中央空调冷却水系统的热交换器和水塔中。其成分基本都是碳酸钙。

这种垢外状白或灰白，如果设备系统有腐蚀，会呈粉红色。其质硬而脆，断口呈颗粒状，断面能观察到沉积的层次。碳酸钙垢牢固地附着在受热面上，一般规律是，哪里结垢最严重，哪里就是热负荷集中部位，所以其超温损寿程度也最严重。这种垢有两个显著特点：一是易溶于5%以下的稀盐酸，在常温下可溶，同时冒出二氧化碳气体；二是在灼烧时明显失重，其灼烧减量可超过30%。以上两反应是：

$$CaCO_3 + 2HCl \longrightarrow CaCl_2 + CO_2 \uparrow + H_2O$$
$$CaCO_3 \underset{\triangle}{\longrightarrow} CaO + CO_2 \uparrow$$

某电厂低压锅炉水垢成分可资代表（见表7-1）

表7-1 碳酸盐（钙）垢成分

成分	灼烧减量	SiO_2	R_2O_3	CaO	MgO
含量/%	41.59	1.24	1.71	52.22	1.32

(2) 中压锅炉的二次水垢（磷酸盐垢）

中压锅炉进行磷酸盐锅内防垢处理，它把进入锅炉的为数不多的钙、镁离子结合为水渣，使其不附壁成垢，可随底部（定期）排污排走。但是，如果进入的钙镁量大（例如残留硬度＞0.1mmol/L），或是排污不足（例如排污量过少，排污间隔过久）则水渣仍会黏附在受热面上成垢，是为二次水垢。

磷酸盐垢外状灰白，质地较松散。当给水硬度高，锅炉水磷酸根低，垢中常混有碳酸钙垢，中压锅炉水汽系统和锅炉本体腐蚀重于低压锅炉，因此，垢中常含一定量腐蚀产物，其颜色为粉、红褐或灰褐。

磷酸盐垢附着不牢，易于机械清除。在汽鼓中仍为水渣状堆积，可清扫除去。磷酸盐垢较碳酸钙垢难溶，常温的5%以下盐垢溶解缓慢，升温到60℃则快速溶解。

磷酸盐垢中含磷酸酐 15％以上，典型磷酸盐垢无碳酸酐。如有碳酸酐标志水处理有失误。

某电厂锅炉的磷酸盐垢较典型见表 7-2。

表 7-2　中压锅炉磷酸盐垢成分

成分	二氧化硅加铁铝	氧化钙	氧化镁	磷酸酐	碳酸酐
含量/％	12	36.4	13.8	34.1	无

7.4.3　热水锅炉 50 年无垢、无腐蚀奥秘的启迪

1974 年夏，在全民性的节煤运动中，北京市节煤办公室发现了 1 台长寿无病的锅炉。这台锅炉已服役 52 年，不进行水处理，也不进行维修，既无垢，也无腐蚀，还在忠心耿耿地工作着。据节煤室介绍，这台锅炉比相同采暖面积的蒸汽锅炉用煤量少得多。为研究其奥秘，邀请了北京市的院校和研究单位商谈，希望从材料、结构和运行等方面找出长寿原因。

这台锅炉所属的建筑物位于金鱼胡同，建成和始用于 1922 年，其前身是美国的学校和日伪机关，1949 年后曾作为越南和尼泊尔使馆，到 1974 年为外事服务局。这些单位的特点都是采暖期比民房长，平均每年 5 个月。累计已运行 260 个月。在此期间从未进行过维修（实际上已经无法拆卸解体），不作任何处理，每日平均补水量 50kg，最大 130kg/d。

经检查，这是由 9 片铸铁炉体组成的热水锅炉，材料普通，构成简单，基本可以排除材料与结构的特殊性。据了解，该热水锅炉连同采暖系统都非常严密，未发生过泄漏。热网系统中的水也不排放更换，每天从锅炉底部放水门放水 1 次，放出之水为乳白浑浊，随后即变清而停止放水。除正常的排放水之外，还放水洗手，其量甚少。该热水锅炉的补充水就是北京市自来水。

在研讨会上指出，该锅炉长寿的奥秘就在于锅炉和采暖系统严密不漏，管理较精心，水的损失少，补水就少，进入锅炉的腐蚀结垢物质就少，亦即氧和硬度总量有限。

为验证以上看法，采取了该锅炉中存水和该建筑物自来水进行化验。虽然已停止采暖 4 个多月，放出的水澄清无色，不像一般锅炉为锈黄混浊的含锈水，表明停用中无任何腐蚀。

自来水总碱度 5.63mmol/L，硬度 3.75mmol/L，氯离子 36.2mg/

L、热水锅炉的存水化验结果平均值，pH8.55，酚酞碱度 0.16mmol/L，总碱度 0.46mmol/L，硬度 9.75mmol/L，氯离子 125mg/L。

以上化验结果表明，热水锅炉和热网水 pH 值为 8.55，能使钢铁表面钝化，防止腐蚀；其碱度比自来水碱度低得多，表明进入热水锅炉的碳酸盐硬度起到了热软化作用，所生成的碳酸钙沉积在锅炉底部，并随每日的定期排污放走。锅炉水的硬度高，主要是永久硬度（氯化钙）的积累，即使有硫酸钙生成，其量甚少，也随排污排走。该自来水的永久硬度为 0.95mmol/L。按氯离子计算的浓缩倍率是 3.5 倍，按永久硬度计算的浓缩倍率为 10 倍，不会使永久硬度成垢。

按照最大补水量计算，在 260 个月中，随补充水进入锅炉总垢量 300kg（按平均补水量计算＞100kg），扣除每日排污排走的沉淀，留在系统中的水垢对于锅炉和采暖系统来说微不足道。同理，可以算出 260 个月中随补充水进入的氧不过 10kg（按平均补水量仅 3kg），仅能腐蚀掉 10～30kg 钢铁。对于采暖系统来说更是微乎其微。

这样一来，就得出了热水锅炉和热力网的长寿之道，那就是尽量减少水的损失，而少补水。

这台长寿的锅炉给出了防治热水锅炉和热力网结垢腐蚀的主要药方，那就是防止失水。进入 1980 年之后，热水锅炉成了采暖的主力锅炉，这一热水锅炉保健延寿药方被反复传播着、应用着。

7.4.4　热水锅炉防垢、防蚀和延寿的水处理

热水锅炉容量大小不同，水温高低不同，对水质要求和其水处理方法也不同。根据 GB 1576《低压锅炉水质》的规定，额定功率≤2.8MW 的热水锅炉可采取锅内投药处理；≥2.8MW 者应进行炉外处理；≥4.2MW 者给水应除氧。居民集中供热的小区热水锅炉属于后者，分散供热的建筑物所配热水锅炉属于前者。

热水锅炉是作为降低采暖热耗的主要设备，在 1980 年前后开始盛行的，其时正是我国水质稳定剂快速发展的时期。自然而然地将用于冷却水处理用的水质稳定剂向热水锅炉扩散。

热水锅炉的结垢机制和冷却水系统结垢机制大体相同，它们都是由于补充含碳酸盐硬度的水而结垢。热水锅炉工作温度高，易于结垢。但是其浓缩程度低，则比冷却水系统结垢程度轻。

用于冷却水系统和热水锅炉系统的防垢剂是有机膦酸盐和聚羧酸盐，前者主要靠药剂的螯合作用和晶格致畸作用，阻碍水垢的生成和长大；后者依靠其分散作用阻碍水垢成长。

对于碳酸钙垢来说缓垢作用最强的是 ATMP，它是次氨基三亚甲基膦酸，旧称次氨基三甲叉膦酸，它能和钙离子形成稳定的络合物。与之相近的还有 HEDP 和 EDTMP，它们的抗氧化稳定性优于 ATMPa，投加量可为每吨水 7～10g。

在聚羧酸盐中水解聚马来酸酐（HPMA）早在 1975 年就和三聚磷酸钠一起用于循环水处理。它很适于热水锅炉之处的是其热稳定性能好，在 110℃ 上下的高温热水中有很好的阻垢能力。它的学名是聚顺丁烯二酸酐。聚丙烯酸 PAA 是常用的分散防垢剂。它们可以和聚膦酸盐复配使用。早期复配中以聚羧酸盐为主，原因是它价廉。自限磷和禁膦后，价格反转，聚羧酸盐后来居上。目前在开式循环的冷却水系统中，由于需要排水的缘故，尽量少用膦酸盐；在闭式循环的热力网中，仍可使用较高的聚膦酸盐。

如果原水以碳酸盐硬度为主，可采取 ATMP 7g/t，HPMA 3g/t；如果原水硫酸根含量＞50mg/L，可采取 ATMP 4g/t，EDTMP（或 HEDP）3g/t，HPMA 3g/t。

某小区热水锅炉为 0.8MPa、1.4MW，水温 90℃，使用自来水为原水，要求进行锅内投药处理。建议用 5g/t ATMP 加 3g/t PAN（聚丙烯酸钠）据了解在 1 个采暖期（4 个月）内未发现结垢迹象。该配方中膦酸盐主要阻止碳酸钙成垢；聚丙烯酸钠则防止硫酸钙成垢。

在所有的场合中都强调热水锅炉采暖系统防垢的第一要务是防止失水。理由很简单，损失的水是不结垢的水，补进来的水是既能结垢，又会腐蚀的水。

沈阳铁西区某供热单位的热水锅炉腐蚀结垢严重，使用寿命不足 3 年。询问解决措施时，建议首先是抓好水务管理，使全系统处于密闭状态；其次是使用电解铁除氧装置，既除氧，又使水带有无害人体的铁锈色，无法用热网水洗衣物和洗澡，有节水和节能的双重功效。因为每损失 $1m^3$ 水，会带走 160MJ 热量。

7.4.5 低压锅炉防垢、防蚀和延寿的水处理

GB 1576《低压锅炉水质》规定，＜1MPa 和≤2t/h 的锅炉可采取锅内投药处理；蒸发量≥2t/h 锅炉应进行炉外水处理，同时也应进行

锅内辅助处理。

炉外水处理实际上就是钠离子交换软化,这是有效地防止结水垢超温减寿的方法。但是单纯的软化处理也有两个致命弱点。一是把碳酸盐硬度实实在在地变成了碱度,而且最终是氢氧化钠的苛性碱度;二是在蒸汽中出现大量二氧化碳,尤其是华北地区原水,可产生100mg/kg的二氧化碳。前者使锅炉产生碱腐蚀损寿;后者使全部蒸汽和冷凝系统产生二氧化碳腐蚀减寿,并且使冷凝水含有1~2mg/L的铁而难以利用。

(1) 低压小容量锅炉的锅内处理防垢热软化

压力 ≤ 0.78MPa 的 1t/h 锅炉,可以利用锅炉自身的高温(>160℃)和碳酸盐硬度热分解的碱度、pH 值,实现锅内热软化。这种方法适于没有永久硬度的水。补充水中的碳酸盐硬度进入锅炉后,骤遇高温度和>10 的高 pH 值,碳酸氢钙变成絮团状碳酸钙析出。这种现象有过沉淀法化学分析经验的人都会了解,晶状沉淀是在较低温度和较慢沉淀速度下形成的。使沉淀快速形成时,即使最典型的晶体沉淀也会变成絮团。絮状沉积一旦形成,在一定时段时,不具有附壁成垢能力,可以随定期排污(8~24h)排出锅炉。

我国的天然水大多数没有或者很少有永久硬度,适合于这种不进行任何处理的锅内热软化处理。长江、松花江和珠江为代表的类似水质原水总硬度≤1mmol/L,每 8h 排污 1 次即可;总硬度为 2mmol/L时,排污间隔应压缩为 4h。超过 2mmol/L 的原水中永硬含量渐高,已不适合热软化处理。

(2) 苏打锅内处理及三钠—酸锅内处理

0.78MPa、1t/h 上下的锅炉,原水硬度≥2mmol/L 时,往往有少量永久硬度。此时可向锅炉给水箱中投加 10~30g/t 碳酸钠,能把非碳酸硬度(永久硬度)以絮状形式沉出,然后随排污排走。

压力为 1MPa 以上,碳酸钠水解变成氢氧化钠的比例增加,可以换用或掺用腐殖酸钠。腐殖酸钠由风化煤经氢氧化钠处理制得,它的羧酸基团具有使垢分散的作用,水解产生的氢氧化钠有防腐蚀作用。其用量也是 10~30g/t,它可折算为碳酸钠用量投加,腐殖酸钠可代替氢氧化钠使用。

压力 1.5MPa、蒸发量达 2t/h 的锅炉,掺加部分磷酸三钠防垢效果更好,其投加量为 10g/t,并使在锅炉水中浓缩之后,磷酸根为 10~30mg/L。

栲胶或称单宁（酸），它是多无酚类羧酸，分子式 $C_{41}H_{30}O_{28}$，它具有脱氧作用而且有防垢作用，常配合碳酸钠和腐殖酸钠使用，用量 $7\sim10g/t$。

碳酸钠、腐殖酸钠、磷酸三钠和单宁合称三钠一酸，它们为低压小容量防结垢、防腐蚀服务了 50 年，至今还在发挥着余热。它们不仅可以防止结垢，还有消除旧垢能力，并且能用其煮炉除垢。只要运用得当，它们还会发挥作用。

北京某电影制片厂的 $2t/h$ 锅炉，原来不进行水处理，锅炉更新周期为 $3\sim4$ 年。该锅炉房人员于 1981 年参加了水处理培训班后，采取了三钠一酸锅内处理。自来水硬度 $2.1mmol/L$，碱度 $3.6mmol/L$，有 $0.3mmol/L$ 永久硬度。使用碳酸钠 $60g/t$，氢氧化钠 $10g/t$，磷酸三钠 $10g/t$，栲胶 $10g/t$，锅炉不再结垢，使用寿命延长到 10 年以上。

对于已有很厚水垢的锅炉，进行三钠一酸处理时，应预先清除旧垢。因为这种水处理相当于运行中煮炉，会使旧垢大量脱落，大块的垢片堆积在锅筒底部，反而会影响传热而超温。

北京某建筑单位 $2t/h$ 快装锅炉，垢厚 4mm。采取碳酸钠、腐殖酸钠和单产处理后不到 1 个月，旧垢成片剥落，堆积在下集箱，堵塞了部分炉管，造成 2 根炉管超温爆破。又如城建系统管理部门的 1 台采暖锅炉，已结有很厚的水垢，1981 年采用栲胶处理，加药不久，垢片大量脱落，堆积于锅筒中，使锅筒超温变形。

(3) 低压发电锅炉的锅内水处理延寿和软化

内蒙商都的地方国营小火电厂有 2 台 $10t/h$ 锅炉，由于结水垢每台炉难以连续运行 3 个月，每年发生 $7\sim8$ 次锅炉超温爆管事故。根据其原水水质，为其提供磷酸三钠 $120g/t$、碳酸钠 $30g/t$、单宁 $5g/t$ 的配方用于补充水处理，并嘱其尽量回收冷凝（疏）水。该电厂按照咨询建议增加疏水回收，尽量降低补充水率，并按补充水量投加防垢药剂后，3 年内未再发生爆管事故。

低压发电锅炉由不进行炉外水处理，发展到进行软化处理，是我国水处理事业发展的一个里程碑，它使锅炉使用寿命由 $3\sim4$ 年提高到 $8\sim10$ 年，使结水垢超温事故大幅下降，功不可没。低压发电锅炉的炉外软化处理防止结垢超温和延寿的实绩，也为 1980 年之后，大量采暖锅炉和工业锅炉采取软化处理树立了典范，是我国离子交换树脂制造和离子交换器制造的推动力。

7.4.6 中压锅炉的防垢、防蚀和延寿水处理

中压锅炉的补充水都经过离子交换软化处理，此举使结垢超温的威胁大为缓解，但是随之而来的是碱腐蚀穿孔使水冷壁管寿命缩减。

(1) 碱腐蚀的认定及碱腐蚀机制

继锅炉水冷壁管结水垢超温失效被软化处理降伏后，随之而来的水冷壁管腐蚀穿孔故障频发，在低压的工业锅炉和发电锅炉上发生过，在中压的发电锅炉上更多发生。它可发生在碳酸钙水垢下，也可发生在磷酸盐水垢下。由于腐蚀产物占一定份额，曾被误认为氧化铁垢（的电化学）腐蚀。

在研究这种腐蚀减寿现象时，首先注意到锅炉水相对碱度远超过0.2 的现象，认为在锅炉水为 200～240℃下，在 pH 值＞11 的条件，锅炉水中的氢氧化钠可以和水冷壁管发生如下溶解反应：

$$Fe + 2NaOH \longrightarrow Na_2FeO_2 + H_2 \uparrow$$

如果有垢则此反应进行得更强烈，原因之一是锅炉水在垢层中局部浓缩，使其实际浓度达到测定值的百倍乃至千倍；二是水垢影响传热，使炉管金属温度升高，温度增长 100℃，可使腐蚀速率提高 25 倍以上。

当碱腐蚀发生后，其腐蚀产物自身就具有上述的使锅炉水局部浓缩和使金属升温的作用而具有自动催化作用。而且腐蚀产物水解产生氢氧化钠，无需外来的碱参与腐蚀过程。在闭塞的腐蚀坑内发生的水解反应如下：

$$Na_2FeO_2 + H_2O \longrightarrow 2NaOH + FeO$$

在碱腐蚀过程中，氧起着重要的催化作用，它把腐蚀产物氧化亚铁（FeO）氧化为氧化铁（Fe_2O_3），破坏了碱对钢铁的溶解平衡，使腐蚀不断进行。

因此，碱腐蚀的充分必要条件，就是碱性的天然水经软化处理作锅炉补充水，使锅炉水相对碱度＞0.2（常达 0.3～0.5）；给水未脱氧，或者给水含氧量不合格。

(2) 碱腐蚀使锅炉损寿案例

在中低压锅炉和高参数锅炉上都有众多碱腐蚀使锅炉寿命缩减的例证，仅举有代表性的例证如下：

① 北京某木材厂 1.5MPa 工业锅炉自进行软化处理后，不再发生结水垢超温爆管故障。但是，不到一年就开始发生炉管腐蚀穿孔。以

至有人认为炉管无垢裸露金属面，不一定是好事，主张薄垢（约0.5mm）运行。经说明腐蚀成因后，采取对软化水加酸并脱碳处理，不仅解决了腐蚀穿孔问题，还解决了冷凝水系统腐蚀问题。

② 北京某毛巾厂 10t/h 锅炉在酸洗之后发生了争议。甲方指出在汽鼓中有许多深度超过 2mm 的腐蚀坑，是酸洗的过错，而拒付酸洗费用；乙方认为酸洗中加了缓蚀剂不会产生腐蚀，尤其不可能产生局部腐蚀。在对该争议进行评定时，支持了乙方的看法。指出该锅炉进行软化处理，锅炉水相对碱度＞0.3，而且不除氧，在两年多的运行中完全可由于碱腐蚀产生凹坑；指出了锅检所在检查时对腐蚀坑的描述；指出酸洗中只会产生均匀腐蚀，绝不可能在酸洗期间使碳钢产生 2mm 深的坑；也指出乙方的失误在于酸洗前未会同甲方共同检查清洗前的腐蚀状况并记录在案。在评议中还指出，对于已经有碱腐蚀凹坑的锅炉来说，最有效的措施就是进行酸洗除去能引发锅炉水局部浓缩的垢层，酸洗是制止碱腐蚀，延长锅炉使用寿命的法宝。

③ 列车电站锅炉防焦箱高达 25mm/a 的腐蚀

位于北京通州的某列车电站，3 台锅炉压力 4.2MPa，炉水饱和温度 254℃，蒸发量 8.5t/h，发电能力 4MW。锅炉底部防焦箱外径 83mm，壁厚 5mm，1960 年投入运行后，2 号、3 号锅炉都出现了防焦箱腐蚀泄漏，其运行时间仅 2 个多月，其腐蚀速率达 25mm/a。在这之后 1 号炉也相继腐蚀泄漏，腐蚀速率达 15mm/a。

防焦箱内壁出现沟槽状凹陷坑，引起穿透。腐蚀产物是磁性氧化铁，锅炉水中也有黑色的磁性氧化铁粉。甚至在凝结水中也有磁性氧化铁。

该锅炉补充水是软化水，锅炉水相对碱度 0.5～0.6，平均 0.57。原水相对碱度为 0.43，是典型碱性水。对穿孔部位材料进行金相检验，有强烈的沿珠光体选择腐蚀特征，但无晶间裂纹。

对该 3 台锅炉在 2～5 个月内使防焦箱腐蚀穿透的解释是过高的相对碱度，引起碱腐蚀溶解。铁路路基不均匀下沉使列车有倾斜，影响锅炉水的正常循环流动，产生局部水汽分层。使锅炉水局部浓缩，但是相对碱度过高是主要因素。

由软化水中重碳酸钠分解产生的大量二氧化碳，引起蒸汽系统腐蚀，使凝结水中含磁性氧化铁颗粒。

由于列车车厢布置紧凑，空间狭小，无法添置加酸和脱碳装置。对该锅炉投加硝酸钠缓蚀。要求调整车厢水平，免得锅炉水局部浓缩。

④ 石景山某电厂 18 号炉对流管碱腐蚀穿孔

该锅炉是 3.5MPa、130t/h 锅炉，1958 年 5 月投产，用软化水作补充水。1961 年 3 月初，对流管的第 5 排和第 6 排先后发生腐蚀穿孔。

经检查，发生穿孔的两根对流管向火侧垢和腐蚀产物为 3～10mm。3mm 是指较均匀的二次水垢，10mm 是腐蚀坑处局部隆起的腐蚀产物，其中含氧化铁 92.4%，氧化铜（实际是铜）10%。

金相检验无选择性腐蚀和晶间裂纹，有过热组织。该锅炉补充软水率为 15% 以上，原因是该炉为分段蒸发，其他锅炉是用蒸馏水作补充水、软化水集中补入该锅炉。该厂原水相对碱度为 0.3 以上，该锅炉相对碱度为 0.35。

在进行腐蚀原因分析时，除了认定是碱腐蚀所致穿孔外，还指出了多种促进因素。其一是该锅炉和 30MW 机组配套，经常处在超负荷运行状态，超出力为 15%～20%；其二是对流管（也称彩虹管或费斯通管）的集箱位置高，很少有人到该处进行定期排污，造成水垢堆集；其三是给水溶氧合格率仅 26%～61%，除了补水率高外，在除氧器管理方面存在问题，并有设备缺陷。

对该锅炉水处理的改进是添置澄清器进行石灰处理，可有脱碱、降二氧化碳和降低软化水硬度三重功效；对该炉进行了碱煮炉除垢；对除氧器进行了消除缺陷改造，并进行了调整试验，使合格率达 90% 以上；1963 年初，对该电厂进行了全厂水汽系统氨处理，使 pH 值达 8.2～8.5；强调对流集箱的定期排污。

(3) 中（低）压锅炉防结垢腐蚀的延寿水处理

在上述四个典型碱腐蚀治理案例中，已经可以总结出，中低压锅炉防止碱腐蚀的水处理措施，这就是炉外的脱碱处理和必要时的锅内钝化处理和中和处理。以下例证可资借鉴。

① 锅内投药脱氧降碱防止碱腐蚀以延寿

包头某电厂编号为 8、9、10 的 3 台锅炉于 1956 年初完成移装投入运行，锅炉补充水是部分蒸馏水和软化水。由于水汽损失率高，以软化水为主。该锅炉为 2.4MPa（当时被认作中压锅炉）、38.5t/h。投产不久，8 号锅炉省煤器管入口段腐蚀穿孔，是氧腐蚀穿透，1956 年秋对除氧器进行调整试验，解决了水封过低和加热蒸汽不足的问题。使除氧器水温由 80℃，提高到饱和温度（102℃）。

1960 年，8 号和 10 号锅炉腐蚀穿孔，8 号炉位于后水冷壁，10 号炉在冷灰斗部位。该炉炉管外径 85mm，壁厚 4mm。失效管内壁是碳酸钙水垢，为白色和粉白色，坚硬，附着牢固，厚 2～4mm，碳酸钙超过 90%，铁＜5%。腐蚀坑近似圆形，直径 22～30mm，无超温现象。

该市自来水硬度 1.4～1.8mmol/L，碱度 3.6～4mmol/L，溶解固形物 300～400mg/L；用其作原水进行软化，使锅炉水碱度达 10mmol/L，相对碱度 0.46。

对该 3 台锅炉建议用次磷酸氢钠代替磷酸三钠进行锅内处理。它除了可以和磷酸三钠一样能防止结水垢外，还可降低锅炉水碱度和相对碱度，可以除去进入锅炉的氧，使锅炉内部保持还原状态。

采取锅内处理后，8 号和 10 号锅炉没有再腐蚀穿孔，9 号炉也没有发生穿孔故障，表明措施有效。

② 炉外降碱处理的石灰处理和氢钠交换

承德某电厂 1 号锅炉是 130t/h 分段蒸发中压锅炉，1960 年试运行完毕后，随国家经济调整而封存。1965 年底该锅炉恢复运行，由于水质差，到 1966 年进行首次大修时，水冷壁管垢厚超过 1mm，1967 年小修中再次检查时，发现水冷壁管向火侧腐蚀坑深＞0.5mm，监视管段腐蚀更严重。分析原因是碱腐蚀所致，而碱腐蚀又是由于石灰沉淀器运行不正常。即使进行石灰处理，锅炉水相对碱度为 0.25 以上；不投石灰处理则≥0.4。

为制止碱腐蚀发展，将石灰脱碱设备拆除，改为氢钠离子交换，使用磺化煤为交换剂，用硫酸进行贫再生（不足量酸再生）。经调试达正常运行后，净段锅炉水相对碱度为 0.12～0.13；盐段锅炉水相对碱度 0.14～0.15。从而消除了碱腐蚀威胁。

③ 锅炉酸性磷酸盐处理降低碱度、相对碱度

下花园某电厂 7 号锅炉是 120t/h 中压锅炉，4.4MPa，过热蒸汽 450℃，水冷壁管 544m²，水容积 51m³。该锅炉于 1960 年 9 月投产，采取单级钠离子交换软化。

该厂原水硬度 3.2mmol/L，碱度 4.3mmol/L，相对碱度 0.35。由于原水硬度高，软化水硬度达 25μmol/L，补水率高达 6%～20%，给水硬度＞10μmol/L。1961 年 1 月发现锅炉结磷酸盐垢，其成分为氧化钙 36.4%，氧化镁 13.8%，磷酸酐 34.1%，其他 12%。垢下腐蚀坑 ≥0.5mm。为制止腐蚀发展，采取了以下措施：一是将软化器改为二级软化，使软化水硬度＜20μmol/L；二是 1961 年 5 月对锅炉煮炉除垢加人工清理、清扫；三是采取酸性磷酸盐代替磷酸三钠进行锅内处理。由于该厂循环水用六偏磷酸钠阻垢，锅炉也同样投加六偏磷酸钠。该药剂水解相当于磷酸二氢钠，可以大量吸收氢氧化钠转为磷酸三钠，

其反应为：

$$(NaPO_3)_6 + 6H_2O \longrightarrow 6NaH_2PO_4$$
$$(NaPO_3)_6 + 12NaOH \longrightarrow 6Na_3PO_4 + 6H_2O$$

该锅炉的六偏磷酸钠锅内处理效果甚好，自进行处理后，锅炉水相对碱度≤0.2，不再发生碱腐蚀。1967年和1970年该厂投入两台10MPa、125t/h高压锅炉，由于锅炉水相对碱度高，也采取了六偏磷酸盐锅内处理。

7.5 防止高参数锅炉结垢腐蚀的延寿水处理

7.5.1 高参数锅炉氧化铁垢（腐蚀产物）及其危害

腐蚀产物被称为氧化铁垢，由于其中总含有一定量的铜，也被称为铜铁垢。其实这往往是误解，它实际上是锅炉受热面管子腐蚀形成的。钢铁的密度是 $7.8g/cm^3$，腐蚀产物$<4g/cm^3$。水冷壁管产生1mm深的凹坑，就会凸起1mm以上，这些腐蚀产物常被当作垢。

碱腐蚀是在附着物（垢或腐蚀产物）下炉水浓缩产生的，腐蚀产物基本留在原地；酸腐蚀的产物常流失，腐蚀坑上无附着物，这是两种腐蚀的区别所在。

腐蚀可在任何参数的锅炉上产生。因此，腐蚀产物在不同参数的锅炉上都会存在。但是，低中压锅炉以一次水垢和二次水垢为主，腐蚀产物份额少于30％。高参数锅炉则以腐蚀产物为主。尤其是碱腐蚀的附着物中，腐蚀产物可超过70％。

腐蚀产物外状黑红，黑者是氧化亚铁和磁性氧化铁，在水冷壁管热负荷最高处其量最多，向火侧多于背火侧。如果看到紫红色具金属光泽的物质，是金属铜，最多时铜可≥20％。这种垢常和腐蚀坑相对应的突起，常呈颗粒状堆积。

这种垢以其颜色和视密度有别于碳酸钙垢和磷酸盐垢。其溶解性能也很不同，它在<10％的常温盐酸中不易溶，要加热始溶，溶液呈黄色，是三价铁离子的特征颜色。如果其中含铜，可带绿色，将溶液用氨水中和可见到氢氧化铁絮状沉淀，加入过量的氨会出现铜氨络离子，呈蓝色。

这种垢的另一特点是灼烧会增重，这是低价铁和金属铜氧化的结果。

由氧化亚铁变成氧化铁增量为12％；由铜变成氧化铜可增加25％。

表7-3列出了中高压锅炉腐蚀产物成分。

成分	灼烧减量	二氧化硅	氧化铁	氧化钙	氧化镁	氧化铜
中压锅炉	2.8	1.6	92.4	4.48	0.15	11.9
高压锅炉	—	—	69.8	4.0	3.6	14.6

应该说明的是，腐蚀产物成分分析中铜的含量并不代表锅炉水中真实的比例。铜离子和锅炉钢铁可产生内电解沉积，在附着物中富集铜

$$Cu^{2+} + Fe \longrightarrow Cu + Fe^{2+}$$

腐蚀产物（铁铜垢）的危害在于它除了和一次水垢、二次水垢一样影响传热，使锅炉受热面管子超温蠕胀爆破外，它还是碱腐蚀的温床，在其下面产生闭塞区碱腐蚀穿孔。

在高参数锅炉上常出现盐类隐藏现象，析出磷酸盐铁垢，它符合$NaFePO_4$的成分，见表7-4。

表7-4　磷酸盐铁垢成分　　　　　　　　　　％

二氧化硅	氧化铁	氧化钙	氧化镁	氧化铜	氧化钠	磷酸酐
0.33	40.8	0.6	0.45	0.15	17.0	40.1

如果原水硅酸盐含量高，垢中含有较多的二氧化硅，如果其含量≥20％，可被看作是硅酸盐垢，其原因是它极难清除，对它进行化学清洗需要添加助剂。其成分参看表7-5。

表7-5　含硅量较高的水垢成分　　　　　　　　　　％

灼烧减量	二氧化硅	氧化铁	氧化钙	氧化镁	氧化铜	磷酸酐	硫酸酐
2.24	21.36	42.8	4.3	2.6	13.2	5.06	8.3

7.5.2　高参数锅炉结垢腐蚀超温损寿及其处理

高参数锅炉结垢和腐蚀都引起寿命减损而失效，而结垢和腐蚀密不可分，结垢可引起腐蚀，腐蚀产物本身就可以看作是垢，可引起超温。

(1) 天津军粮城某电厂3号锅炉结垢超温爆破

该锅炉是230t/h高压锅炉，于1970年8月投产，凝汽器用河水直流冷却，凝汽器管材为70-1锡黄铜管，属较耐蚀管材。但是自1971

年后河水流量减少，海水倒灌使冷却水质变差，1972 年 10 月建坝拦截河水，使该厂冷却水氯离子达 3470mg/L，凝汽器管腐蚀大量泄漏。10 月底该炉水冷壁管爆破，爆口呈长期超温特征，管内水垢厚 2.5～3mm。

同年 11 月底，该炉盐段水冷壁再次超温爆管，共有 4 根水冷壁管超温爆破。其有 1 根管是 1 个多月前爆管后换上去的新管，累计运行 30 天。除此之外，还有 14 根水冷壁管因结垢超温胀粗或鼓包。金相检验，爆破管的向火侧珠光体完全球化，背火侧则是正常组织。

在第 2 次爆管恢复运行后的第 16 天，该炉又发生水冷壁管超温爆破停炉，共有 5 根盐段水冷壁管鼓包顶部裂口泄漏。有 1 根 16 天前换上去的新管超温鼓包，鼓包破裂的水冷壁管中垢厚超过 3mm。由于凝汽器泄漏使锅炉结水垢，在 1972 年 10 月 26 日到 12 月 15 日间 3 次发生非计划停炉事故。

对该锅炉采取的治理对策，是盐酸清洗除垢和将凝汽器管换成更耐蚀的 77-2 铝黄铜管。

(2) 投入化学除盐改善水质消除爆管事故

下花园某电厂 8 号、9 号锅炉是 SMV 型高压锅炉，蒸发量 125t/h，和两台 30MW 机组配套，于 1967 年后投产。锅炉运行不到半年发生水冷壁管爆破。

经检查，该水冷壁管是用高频焊接的有缝管，存在焊接缺陷，但是其水质也存在问题。这就是由于所配置的蒸发器出力偏低，而水的损失大，不得不补充软化水，蒸发器频繁发水水汽共沸，将碱性的蒸发器水直接送入锅炉。这两种情况都使该炉存在碱腐蚀。

对其采取的临时措施是，用六偏磷酸钠代替磷酸三钠，降低锅炉水相对碱度；敦促尽快投入计划中的化学除盐设备。对该炉进行锅内处理，和用除盐水代替蒸馏水后未再发生爆管。

(3) 水处理设备失修造成结垢腐蚀的治理

保定某热电厂 2 号炉是 200t/h 高压锅炉，用蒸馏水作补充水，供给蒸发器的水是经石灰处理的软化水。该锅炉于 1960 年 5 月底投产，1972 年 3 月的月初和月末两次发生运行中腐蚀穿孔停炉。

对该炉腐蚀失效进行调查时发现，自 1966 年底到该炉腐蚀事故发生的 5 年多中，水处理设备严重失修，石灰处理设备处于瘫痪状态；蒸发器向外供汽尚且不足，难以给锅炉提供蒸馏水。锅炉直接补充未经脱碱的软化水，使锅炉水电导率高达 3000μS/cm。

检查切下的水冷壁管，向火侧腐蚀产物为黑色的磁性氧化铁，其下满布腐蚀坑，形状不规则，有的呈沟槽状，深度＞3mm，而背火侧完好。由于锅炉水相对碱度达 0.35～0.4，加上结垢引起的管壁温度升高促进，使其碱腐蚀穿孔。

对该炉提供的解决对策是：恢复正常的水质、汽质化验监督；通过检修恢复澄清器运行，对软化水恢复脱碱处理；降低水汽损失，坚决杜绝向锅炉直接补软化水；对该炉进行浸泡清洗除垢。以上措施实现后，该炉不再发生腐蚀泄漏。

7.5.3　酸腐蚀引起的锅炉寿命缩短及其特点成因

酸腐蚀之穷凶极恶是由于酸腐蚀对锅炉寿命的缩短程度重于碱腐蚀和超温；其发展速度快于碱腐蚀和超温；其损坏范围大于碱腐蚀和超温。酸腐蚀又是千变万化形式多样，使人防不胜防，尤其是明明酸腐蚀诸多迹象摆在眼前，人们囿于传统观念（认为锅炉水总是碱性的，又不停地投加磷酸三钠，何酸之有），或者责、权、利有关，不肯相信和不愿承认。

(1) 酸腐蚀之凶恶

酸腐蚀凶恶处之一，是它的腐蚀速率远高于碱腐蚀。以 pH 值 4 和 10 相比较，酸腐蚀速率可比碱腐蚀高 20 倍以上；以 3 和 11 相比较，酸腐蚀速率可比碱腐蚀高 50 倍；以 2 和 12 相比较，酸腐蚀可比碱腐蚀高 100 倍以上。

酸腐蚀凶恶处之二是，在常温下 pH 值＜5，钢铁的表面膜立即溶解，荡然无存，使裸露的表面产生全面腐蚀；而碱腐蚀则当 pH＞13 才开始使磁性氧化铁表面膜局部溶解。然而，300℃的锅炉水温下，酸腐蚀在 pH 值 7 时就能发生；碱腐蚀在 pH 值超过 11 仍无所表现。

酸腐蚀凶恶处之三是，酸腐蚀对表面膜破坏快，修复迟缓，一旦发生，很难中止，而且可转化为闭塞区亚铁的强酸盐水解的酸腐蚀而继续进行；碱腐蚀对表面膜的破坏轻，修补恢复容易。酸腐蚀表现为水冷壁管向火侧的快速减薄；而碱腐蚀表现形式是皿状腐蚀坑。

酸腐蚀凶恶处之四是，它特别容易转为脆性爆破，碱腐蚀则主要是穿孔失效。换言之，酸腐蚀未等到穿透即行脆爆；碱腐蚀未等到脆爆发生先行穿孔，其发展速度自然慢得多。

酸腐蚀最凶恶处是，酸腐蚀可在锅炉水呈酸性几天、几周后发生故障；碱腐蚀常在腐蚀发展半年、1 年以上才发生故障。再就是酸腐蚀可造成 50% 以上的水冷壁管减寿报废；碱腐蚀使水冷壁管减寿损坏的比例则少于 30%。

(2) 酸腐蚀之遁形变化及产生的诸多原因

酸腐蚀故障分析时，经常难被认同取得共识，最主要的原因是，锅炉水确实经常（概率＞99%）是碱性的，呈酸性的时间常常是短暂的。因此，即使采取到酸性的炉水，而且通过化验证实是酸性的，却难被化验者和化验负责人相信。于是按规定重复采样化验。就在再次采样期间，酸腐蚀已然发生，锅炉水可能又恢复碱性，这样一来酸腐蚀苗头就被采样与化验的置疑中放了过去。人们不相信锅炉水 pH 值会有大的变化，尤其不相信有呈酸性（pH≤7 即可被认为是酸性的，这可由高温水的电位-pH 图得知）；表现在不设置在线锅炉水 pH 表上。人们的传统观念，使酸腐蚀可以大摇大摆地出现在锅炉中，不被发现。

用化学除盐水作锅炉补充水之后，尤其是采取凝结水精处理时，锅炉水（直流锅炉是给水）的缓冲性非常小，经不起任何风吹草动，然而向锅炉输入酸的机会却非常多，而且都不为人知。

化学除盐水箱和汽轮机房的除盐水补充箱，可自大气溶入二氧化碳、二氧化硫和氮氧化物，后两者在火电厂的大气中含量甚高，后果更重；化学除盐水和凝结水处理混床产品水 pH 值≤6.5 的现象普遍而不被重视，这实际上是向锅炉提供氢离子的主要渠道；除盐系统的再生液渗漏，尤其是精处理混床再生系统泄漏也是酸腐蚀变身隐藏之处；离子交换树脂碎屑未被充分捕集，漏进锅炉中会分解产生酸。这些都是不为人重视的"小"问题。

超高压锅炉，尤其是亚临界参数锅炉采取协调磷酸盐处理，是在规程允许的甚至是推荐的锅内处理中，产生的酸腐蚀。这种处理方法是 20 世纪 70 年代美国为防止碱腐蚀采用的，和我们在某些电厂锅炉上用六偏磷酸钠代替磷酸三钠道理相通、效果相近。但是当锅炉补充水由软化水改为化学除盐水后，已不合时宜，已具有酸腐蚀危险，勉强用于高压锅炉尚可，超高压锅炉则不宜，亚临界参数不可行，每用必然酸腐蚀。

7.5.4 酸腐蚀袭来时浑然无觉，锅炉损寿如在梦中

(1) 青岛某电厂 13 号锅炉酸腐蚀减寿案例

该电厂 13 号锅炉是 120t/h 中压锅炉，配 25MW 汽轮发电机，凝

汽器管是国产 70-1 锡黄铜管。该电厂使用海水直流冷却，在这之前的机组使用进口的铝黄铜管和锡黄铜管，尚属耐蚀。

该锅炉机组于 1960 年 10 月投产，到 12 月下旬锅炉水冷壁管出现泄漏，12 月 28 日和 31 日水冷壁管两次发生爆破，造成停炉事故。

经检查，该炉两次破裂尺寸为 30～50mm，具脆性爆破特征，另有 12 处水冷壁管穿孔和裂口属腐蚀和超温所致。查看全炉水冷壁管外壁，共查出 192 处鼓包。切下多根鼓包未裂口的水冷壁管检查，向火侧垢厚 1.5mm 以上。

在讨论这种混有基本不变形的爆破、穿孔泄漏、鼓包裂口和有鼓包尚无破裂的多种减寿形式时，意见难以定夺。从大量水冷壁管鼓包和鼓包裂口判断，应是结垢超温为减寿的主要原因；但是由水冷壁管向火侧满布腐蚀坑，其深度达 2mm 以上，有的构成穿孔，认为腐蚀为主。由于中压锅炉＜2mm 的水垢不会在 2 个月内造成水冷壁管超温鼓包，可以认定腐蚀影响为主。水冷壁管腐蚀减薄 2mm 以上，强度大幅度下降，才使得仅有 1.5mm 垢就引起了鼓包变动和裂口。

确定腐蚀是锅炉在 2 个月内大量失效的原因之后，又进而确定是凝汽器泄漏，海水进入锅炉引发的酸腐蚀所致。

该机凝汽器投用 1 个月就大量泄漏，由铜管样品可以看到有两种情况：一是在婴儿期腐蚀造成的栓状脱锌泄漏，查阅化验记录，机组投入运行 1 个月后泄漏已很严重；二是有应力腐蚀断裂，这种情况虽是少数，但是漏水量大，是腐蚀（尤其是酸腐蚀）的重要原因，也是水冷壁管减寿到仅有 2 个月的主要原因。

使该锅炉雪上加霜的腐蚀因素，还有三个：一是除氧器运行不正常，水温 80℃上下，最低 48℃；二是磷酸三钠加药泵损坏后长时间不能修复，不能向锅炉加磷酸三钠；三是锅炉中腐蚀产物量大和密度大，堆积在下集（联）箱，12 个下集箱的排污门有半数被堵塞，无法排污。

由凝汽器管漏入的海水在锅炉中起酸腐蚀作用，海水中氯离子达 17000mg/L，硫酸根 2400mg/L，镁离子 1800mg/L。氯化镁和硫酸镁水解释放酸：

$$MgCl_2 + 2H_2O \longrightarrow Mg(OH)_2 \downarrow + 2HCl$$
$$MgSO_4 + 2H_2O \longrightarrow Mg(OH)_2 \downarrow + H_2SO_4$$

对该锅炉采取的处理措施是：详细检查有鼓包、穿孔和变形的水冷壁管，将同型号的另 1 台锅炉尚未安装的水冷壁管换在该炉上，共 50 根 1000 多米；进行酸洗除去水冷壁管的附着物；保证除氧器加热汽源充足，使水温＞102℃；修复磷酸三钠加药泵并且备足配件；将凝汽器管更换为瑞典产的 77-2 铝黄铜管。

前面几项工作在长达 1 个半月的恢复性大修中实施；后一项凝汽器换管工作于 1962 年 11 月完成。

对该 13 号锅炉的延寿处理是依据酸腐蚀损寿的设想进行的。实践证明，这是正确的。该锅炉（连同凝汽器）经过恢复性大修后安全运行 10 年以上。

(2) 北京某供热厂使用铵钠离子交换酸腐蚀

1960 年之后，铵钠离子交换降碱软化处理在低压锅炉上盛行，有取代氢钠离子交换之势。这是由于它不用酸再生、无需脱碳装置，使炉外系统大为简化，尤其是水处理设备无需防腐蚀处理，这就适应了低压供汽锅炉要求水处理设备简单的需要。在化工系统中，铵钠处理尤多见。

北京某蒸汽器 35t/h、2.5MPa 锅炉，用于弥补冬季供汽不足。锅炉用铵钠离子交换水作补充水，降低锅炉水碱度，然而却忽略了锅内过程中非碳酸盐硬度（永久硬度）形成的硫酸铵和氯化铵的腐蚀问题。前者使锅炉水产生硫酸，如果锅炉水氢氧碱度不足，就会对水冷壁管产生酸腐蚀；后者可产生盐酸，并以氯化氢形式进入蒸汽中并形成盐酸，其腐蚀作用远胜过二氧化碳。

该锅炉投产后，当年冬天水冷壁管腐蚀泄漏。在为其分析腐蚀原因时指出，北京市自来水永久硬度近 2mmol/L，采取铵钠交换软化法难免产生酸腐蚀。并引用辽宁某电厂使用铵钠交换水作锅炉补充水的腐蚀例证。该蒸汽厂供汽无冷凝水回收，锅炉给水全部是铵钠交换水，因此造成水冷壁管在 2 个月内腐蚀穿孔。

铵钠离子交换软化水引起的酸腐蚀就属于酸的隐形变化，它通过永硬变成硫酸铵和氯化铵，在铵钠离子交换水不呈酸性，甚至是弱碱性。但是进入锅炉后，氢离子现身，凶相毕露，其酸腐蚀本质难被从事炉外水处理的人所察觉。

(3) 氢钠离子脱碱软化中产生的酸腐蚀

天津军粮城某高压电厂用蒸馏水作锅炉补充水，蒸发器的给水是氢钠离子交换水，由于原水水质变化大，使用磺化煤以饥饿再生方式的氢钠离子交换水难以控制，蒸发器壳体曾多次腐蚀穿透。

承德某电厂为解决锅炉水冷壁管碱腐蚀问题，对水处理设备进行改造，采取并联氢钠离子交换软化脱碱。这种软化方式对氢床水和钠床水的分配比例要求严格，要求原水质量稳定，要求保留氢钠床混合水有安全的碱度。由于该厂难以达到上述要求，在采取氢钠交换后1年，锅炉水冷壁管腐蚀泄漏。由于主要是水冷壁管向火侧的腐蚀减薄引起，而且常发现软化水无碱度（pH≤4）的现象，确认是酸腐蚀所致。

内蒙满洲里附近某电厂新装的120t/h中压锅炉补充水是氢钠离子交换水。锅炉投产1年后，水冷壁管和省煤器管都发生腐蚀泄漏。经研究是采取氢钠离子交换降碱，难以控制软化水碱度造成的。建议采取钠离子交换加电渗析脱盐（含脱碱）解决此问题。

以上3例都是在锅炉发生酸腐蚀减寿失效后，尚不以为然，不认为是酸致失效。但是针对酸腐蚀采取的水处理改进措施，都有使锅炉延寿的良好实效。使业主单位最终认清酸腐蚀嘴脸。

7.5.5　高参数锅炉遭遇酸腐蚀则使用寿命锐减

高压锅炉的水温比中压锅炉高60℃以上，在相同的腐蚀介质浓度下，腐蚀速率会高近20倍，因此，当高压锅炉受酸腐蚀侵袭时，其后果都相当严重，轻则短期内腐蚀穿透，重则发生脆性爆破，使锅炉使用寿命由20年缩减到1个月上下。

(1) 下花园某电厂8号炉水冷壁管酸腐蚀损寿

该锅炉为10MPa、125t/h、给水温度177℃，锅炉水温310℃和30MW机组配套运行，1967年夏正式投产，同年9月和10月水冷壁管多次爆破停炉。

在研究该炉失效原因时，较为一致的意见是该炉水冷壁管材料有缺陷，系高频焊接的有缝管。但是仔细检查裂口和尚未失效的水冷壁管，都发现在裂缝处存在严重的腐蚀。爆破的水冷壁管裂纹处已有管壁厚度1/3～1/2产生腐蚀；未爆破的水冷壁管也有1～2mm深的腐蚀裂纹。都发生在熔焊的热应力区。因此，腐蚀使管壁厚度减损1/3～1/2，使强度下降；腐蚀引起的切口效应使应力集中，引起爆破提前发生。

但是是什么原因使该炉在运行不足2个月就发生2mm以上的腐蚀深度，亦即超过10mm/a酸腐蚀速率呢，经查是该炉曾多次出现酚酞碱度为零，锅炉水pH值＜8的现象。

该电厂7号锅炉用软化水作补充水，存在碱腐蚀问题。为此，采取锅内酸性磷酸盐处理，中和部分氢氧碱度。8 号锅炉用蒸馏水作补充水，锅炉水碱度低，缓冲性小，也按照 7 号炉的方式，用六偏磷酸钠进行锅内处理，使锅炉水 pH 值偏低。查阅化验表单，经常连续 3 天以上锅炉水无酚酞碱度，但是锅炉水磷酸根含量却相当高。因此，锅炉水中以酸性磷酸盐为主而产生酸腐蚀。

防止碱腐蚀的锅内磷酸盐处理必须适度，这个"度"有两个原则：一是仅将游离氢氧根中和消除，切不可出现磷酸二氢钠；二是用于以软化水作补充水的锅炉，而且有足够的缓冲性，其总碱度≥5mmol/L，酚酞碱度≥3.5mmol/L 方可使用酸性磷酸盐中和。如果总碱度≤3mmol/L，酚酞碱度≤2mmol/L，就应慎重使用；总碱度≤2mmol/L，酚酞碱度≤1.5mmol/L 不可用。

查阅该锅炉的炉水化验记录发现，该锅炉所配的蒸发器频繁发生"过水"（即水汽共沸，蒸发器水被蒸汽带出）现象，使锅炉水总碱度＞2mmol/L，酚酞碱度＞1.5mmol/L，游离氢氧根可达 0.5mmol/L。例如，1972 年 7 月 30～8 月 1 日的 26h 中，蒸发器一直处于水汽共沸状态；8 月 27 日，由于蒸发器水大量进入给水系统造成机组停止运行的事故。因此，该厂沿用了 7 号锅炉的处理经验，用六偏磷酸钠进行锅内中和处理。但是，在蒸发器运行稳定，蒸馏水质量合格时，锅炉水碱度＜1mmol/L，采取酸性磷酸盐锅内处理是不适宜的。

(2) 北京某热电厂补充一级复床水的酸腐蚀

北京某热电厂 6 台高压锅炉原用石灰和氧化镁预处理，再进行软化的水作补充水。1970 年对水处理设备进行改造，用化学除盐水代替软化水，给水质量显著提高，解决了因减温水含盐量高引起的过热器管频繁超温爆破问题。

由于混床出力低于一级复床水出力，除盐水难以满足所有的锅炉机组需求。该厂在确保超高压锅炉（编号为 7）使用一级复床加混床的用水前提下，对高压锅炉（编号 1～6）有时直接掺混少量一级除盐水（该厂称"半除盐水"）。

由于该厂原水恶化，混床出力越来越难满足对全部一级复床脱盐的需求，一级复床水直接补入给水的现象越来越严重，其比例由＜5％提高到 10％以上。到 1973 年，先是发现给水泵损坏严重，使用寿命由 5 年以上缩短到 2 年以下，甚至不足 1 年。随后发现盐段水冷壁管腐蚀穿孔，排污扩容器腐蚀泄漏。在进行腐蚀原因分析时，将注意力集中到补充一级除盐水的腐蚀影响。

该厂化学除盐系统是母管制，一级除盐设备的阴床失效未被及时发现和没有及时退出运行进行再生，则将产生酸性的除盐水，而使一级除盐水箱（该厂称"半除盐水箱"）的水pH值迅速下降，其呈酸性反应时间可持续1h以上。

1974年1月，对该厂一级除盐水进行了3天的pH值连续监测，第1天的1：45其pH值为9.28（原因是阳床漏钠，含钠量为0.5～2mg/L，漏出的钠是氢氧化钠），2：00为7.67，2：15为6.16，2：20为5.8，2：25为4.72。其原因是3台阴床同时失效，值班员只有两个人忙不过来。全部退出运行后pH值回升。2：30为5.24，2：45为6.6。此后达到常值，此酸性除盐水被送入锅炉。

次日6：45为8.89，7：00为6.69，7：15为4.16，7：30为4.25，7：45为4.63，8：00为6.5，8：15为7.17。这次仅仅是1台（4号）阴床失效，但是值班员没有发现，造成了pH值比前1天低，持续时间更长的酸水供应锅炉现象。

第3天是4号、7号两台阴床失效，使一级除盐水pH值降到4.5。直到下一班的值班员来接班，协同进行再生处理和投入再生好的阴床，才使一级除盐水pH值大于6。但是随后8号阴床又失效，9：15 pH值为9.51，9：30为8.68，9：45为7.0，10：00为6.6，10：15为6.2，10：30为5.34，10：35为4.78，10：40停床时pH值3.92。该失效的阴床反洗水pH值2.45。这是阴床上层树脂中的水，可代表彻底失效时的pH值。

和给水泵腐蚀严重程度以及锅炉和排污扩容器腐蚀的严重程度相对应的是一级除盐水补充率。补得越多，腐蚀越严重。

(3) 天津军粮城某电厂漏入海水的酸腐蚀

该电厂4台230t/h高压锅炉，该炉前后水冷壁均为104根管；两侧水冷壁各为74根管；其中中间联箱的各26根管是盐段，其他均是净段。

该锅炉于1975年12月12日夜间爆管停炉。爆破的水冷壁管是乙侧盐段的第26根和第33、第34、第35根，共计4根。均为脆性爆破。在爆管处的炉墙铁板被炸开1m×1.1m的大洞，幸而当时附近无人，未造成人身伤亡。

该4根失效管内壁无显著的腐蚀坑，呈均匀减薄，而且比背火侧明显薄约2mm（该管壁厚6mm）。查阅资料发现，第26根是1973年1月底换上的新管；第33根是1973年1月中换上去的。扣除锅炉检修停止运行，实际服役时间不到 2 年。

查阅水质化验表单，该机组的 1975 年 11 月开始凝汽器泄漏，凝结水硬度＞5μmol/L。1975 年 11 月 24 日凝结水电导率突增，使锅炉水电导率达 3650μS/cm，酚酞碱度消失，总碱度（甲基橙碱度）0.1mmol/L，pH 值＜4，氯离子 944mg/L。换算成盐酸，则锅炉水盐酸含量达 0.027mol/L。将锅炉爆管前漏入锅炉的盐酸总量加和，可有 24.6kg 之多。近 25kg 的盐酸在温度高达 316℃的锅炉中腐蚀作用可想而知。盐段水的浓度是净段的 3～4 倍，它受腐蚀更严重。

按照新管爆破失效计算，酸腐蚀使该锅炉水冷壁管减寿 90％以上；按照凝结水显著恶化时间计算，酸腐蚀使水冷壁管寿命缩短到 1 个月，亦即减寿 99.5％；按照大量漏水的 40h 计算，减寿 99.98％。

该锅炉水冷壁管是同时具有酸腐蚀减薄和脆性爆破，是在 1 个多月减薄 2mm 的情况下，近 40h 的酸性锅炉水造成脆爆。可知凝汽器漏入海水，使其腐蚀速率达 24mm/a；40h 的强烈腐蚀使剩余的 4mm 壁厚爆破失效，腐蚀速率高达 220mm/a。

酸腐蚀对材料的损伤表现为力学性能的丧失。事故发生后切取了有腐蚀而未失效的水冷壁管进行力学性能试验，背火侧的拉伸强度达 475MPa；向火侧则为 275MPa，其断面收缩率仅 13.8％，延伸率 17％。将环状试样略为压缩即破断。

进行金相检验时发现，只要是向火侧均有晶间裂纹。这次酸腐蚀，使该锅炉更换了 225 根水冷壁管，达总根数的 63％。

（4）新投产锅炉由于未投混床的酸腐蚀

河南安阳某电厂 1 号锅炉是 220t/h 高压炉，投产后 2 个月发生脆爆，对腐蚀原因意见不一，持失效管至北京请求协助分析。由其爆口特征判定是应力腐蚀破裂，由向火侧明显腐蚀减薄而无腐蚀坑判断是酸腐蚀。由所提供的水处理设备情况和水质状况判断是只投一级复床而未投混床，当阴床失效而未及时停床的酸性水腐蚀。

（5）永济某电厂使用一级复床除盐水的腐蚀

永济某电厂 2 台次高压锅炉为 8MPa、230t/h，设计用一级复床水作补充水。投产 3 年后，两台锅炉相继发生脆性爆破。查看失效水冷壁管，其内壁腐蚀产物不多，在向火侧有沿轴线分布的腐蚀坑，向火侧管壁比背火侧有所减薄。认为是酸腐蚀所致。查阅锅炉水分析报表，其总碱度 0.3～0.6mmol/L，酚酞碱度 0.05～0.1mmol/L，表明锅炉水中存在 Na_2HPO_4 和 NaH_2PO_4，其磷酸根含量虽然合格，但是酸性磷酸盐可引起腐蚀。

指出锅炉水酚酞碱度低的原因是，一级复床水会周期地产出酸性水，而且遇到阴床失效未被察觉，将产生酸性的除盐水。

建议考虑炉外水处理设备添置混合床，此举要申报、研究批示和建设为时甚长；锅内水处理要求加强碱度的监控，必须使锅炉水具有酚酞碱度，而且力求使 2 倍酚酞碱度值大于总碱度。遇有酚酞碱度显著下降的情况发生，表明有酸漏入给水系统，应向锅炉水投加氢氧化钠，使保持锅炉水必要的碱度。

(6) 首钢某电站锅炉脆爆失效的原因分析

首钢有动力厂和自备电站，动力厂是中压锅炉，电力厂为 4 台 220t/h 高压锅炉。1991 年 5 月初该厂化学专业工程师就锅炉水 pH 值低于给水之事进行咨询，对其说明，锅炉存在酸腐蚀潜在危险。给水 pH 值高（＞9.0）是由于加氨的结果；锅炉水 pH 值低于给水，是由于氨受热进入汽相，锅炉水遗留下硫酸，所以 pH 值可低于 8。建议查看混床的出水 pH 值，如果不能使混床水 pH＞6.5，应考虑树脂的粒径比和密度比。来人告知除盐水未加氨前 pH 值常＜6。

1992 年夏末该自备电站 1 号锅炉脆爆停炉，在分析失效原因时，来人谈到锅炉水 pH 值常低于 7，由失效管样也判断是酸腐蚀所致。建议对该锅炉作水冷壁管测厚检查和换管。并告知与该自备电厂邻近的某电厂 5 号炉有查壁厚和换管经验，可请人进行技术指导。

7.5.6　锅炉水成分的演变和大锅炉的碱处理延寿

(1) 锅炉水成分的演变和推出氢氧化钠处理

① 随锅炉参数升高，锅炉水电导率应下降

锅炉参数升高是降低发电煤耗和供热煤耗的基础，从节能角度出发，锅炉参数应尽可能提高。发电煤耗由 1000g/(kW·h) 以上，降到 300g/(kW·h) 以下是拜提高参数所赐；供热煤耗由＞30kg/m²，降到 18kg/m² 以下，也是参数提高的作用。然而，提高参数必然强化腐蚀。我国发电锅炉在 50 年间，由用 1.5MPa 锅炉发电，到锅炉压力普遍≥18MPa，锅炉水温度提升了 160℃，腐蚀介质浓度相同的情况下，腐蚀速率将提高 50 倍。抵制其腐蚀作用的对策就是降低锅炉水的电导率。低压锅炉水的电导率达 6000μS/cm，中压锅炉限定在 2000μS/cm 以下，既是保证蒸汽质量的需要，更是出于防腐蚀的需要。

高压锅炉用化学除盐水取代软化水作补充水后，锅炉水电导率≤50μS/cm，超高压锅炉则≤20μS/cm，亚临界参数锅炉<10μS/cm，有的规定≤4μS/cm。

② 随锅炉参数升高，锅炉水磷酸根含量下降

随着锅炉水电导率降低（实际上是总溶解固体物含量降低），向锅炉投加的磷酸三钠量也相应降低。低压锅炉水磷酸根含量≤30mg/L，中压锅炉规定≤15mg/L，高压炉为2~10mg/L，超高压锅炉为2~8mg/L，亚临界参数锅炉为0.5~3mg/L。

锅炉水成分的演变还体现在锅炉水中碱的存在形式。使用软化水作锅炉补充水时，锅炉水是氢氧化钠和碳酸钠的缓冲溶液，而且氢氧化钠占优势，锅炉腐蚀成因就是游离碱的腐蚀。当锅炉使用蒸馏水作补充水后，尤其是使用化学除盐水作补充水后，锅炉水的碱度在很大的程度上是人为造就的，是投加磷酸三钠形成的。

③ 锅炉水相对碱度对碱腐蚀和酸腐蚀以及腐蚀性的影响

苛性脆化肆虐时期，人们认知了游离氢氧化钠存在的危害，由试验和应用经验上认定保持锅炉水相对碱度≤0.2，可以防止苛性脆化的发生。在考查了氢离子和氢氧根运动速度的腐蚀影响，并用端蚀解答了相对碱度抑制苛性脆化的机制后，相对碱度被扩大应用于防止碱腐蚀和防止酸腐蚀两个方面。相对碱度＞0.2，存在碱腐蚀危险，而＞0.4，则存在碱腐蚀脆性爆破危险；相对碱度＜0.1，存在酸腐蚀危险，而＜0.05，则存在酸腐蚀脆性爆破危险。

锅内磷酸盐处理是用于防止给水中的残余硬度在锅炉中成垢的。磷酸三钠是使用最广的锅内防垢处理药剂。酸式（酸性）磷酸盐则用来中和部分氢氧化钠有效而稳妥。前苏联采取纯磷酸盐碱度处理，美国采取协调磷酸盐处理，都是以此为基础。在国内，试用过次磷酸氢钠、六偏磷酸钠和三聚磷酸钠。第一种药剂购求困难而且价高，不具实际使用价值；第二种药剂实际是磷酸二氢钠处理，降碱作用强，当锅炉水缓冲性不足时，锅炉水 pH 值会降到 8 以下，有酸腐蚀危险；第三种药剂水解是磷酸氢二钠和磷酸二氢钠，而且以前者为主，降碱作用较逊色，但是稳妥可靠。

在锅炉水碱度基本由磷酸盐建立和维持的情况下，令锅炉水中是何种磷酸盐的缓冲液成了研究者关注的焦点。美国研究者认为，在高压锅炉中，1mol 的磷酸三钠可产生 0.15mol 的氢氧化钠。为抵制其碱腐蚀危险，应使锅炉水为磷酸三钠和磷酸氢二钠的缓冲溶液，后者应≥0.15（15％）。协调磷酸盐处理就是使锅炉水中保持不少于 15％ 份

额和磷酸氢二钠。

④ 大容量锅炉应使锅炉水的氢氧化钠和磷酸三钠共存

在防治碱腐蚀的锅内处理中，遭遇到酸腐蚀侵袭后，意识到保持必要的锅炉水碱度的必要性。由高温（＞300℃）铁水体系的电位-pH图得知，应使锅炉水 pH 值＞9，应使锅炉水有少量氢氧化钠以防止酸的入侵。因此认为用化学除盐水作补充水的高压锅炉，应使锅炉水是氢氧化钠和磷酸三钠的缓冲溶液，超高压锅炉更有必要，亚临界参数锅炉尤其必要。与此同时，认为协调磷酸盐处理，具有明显的酸腐蚀倾向，不宜用于以除盐水为补充的高压锅炉，超高压锅炉更不应使用，亚临界参数锅炉绝对不可用。

基于以上考虑，用氢氧化钠加低磷酸盐处理，取代协理磷酸盐处理，用于亚临界参数锅炉，其锅炉水质为保持磷酸根 0.2～2mg/L，令 pH 值为 9.2～10.2。为此必须投加少量氢氧化钠，对于 1000t/h 锅炉来说，日加分析纯氢氧化钠不超过 50g；2000t/h 锅炉为 80～100g/d。在实际监控中，要求磷酸根偏于下限，pH 值偏于上限。

锅内氢氧化钠处理于 1983 年 11 月首用于唐山某电厂 5 号锅炉（15.7MPa、670t/h），获热态成膜和碱处理洗硅两方面成功。随后于 1992 年后用于多台亚临界参数锅炉，替代协调磷酸盐处理，制止了这些锅炉的酸腐蚀；1997 年后，结合火电厂安全性评价（风险评估），所到之处，对所有的大容量锅炉均以氢氧化钠加低磷酸盐代替了协调磷酸盐处理。尤其将其写入由国家电网公司颁发的《火力发电厂安全性评价》中，以行政命令方式推广后，15.7MPa 及以上锅炉不再采用协调磷酸盐处理。

(2) 15.7MPa 锅炉的酸腐蚀及锅内氢氧化钠处理

① 锅内氢氧化钠处理制止了酸洗失误引起的酸腐蚀

唐山某电厂 5 号锅炉为 15.7MPa、670t/h 超高压炉，1983 年 11 月进行投产前盐酸本体清洗时，由于酸液循环系统焊口多处泄漏，汽鼓中无法保持酸液液位而中止酸洗。酸洗后的锅炉表面暴露于空气中产生锈蚀。该锅炉启动时，锅炉水 pH 值＜6，锅炉水黑混，经过近 1 昼夜的大量排污换水和磷酸三钠处理，锅炉水 pH 值达 8～8.3，含铁量达 9mg/L。

11 月 9 日将 5kg 氢氧化钠投加到磷酸三钠溶液箱中，令其随磷酸三钠一起加入锅炉，2h 后锅炉水 pH 值提高到 10.5，4h 后锅炉水变得清澈透明，含铁量＜0.9mg/L。氢氧化钠防酸蚀锅内处理获得成功。

然而，这是冒着极大的风险进行的。1983年是在碱腐蚀事故仍在频繁发生，人们已普遍接受了碱腐蚀观念，并且着力推行协调磷酸盐处理以防止碱腐蚀的时期。在这种情况下向超高压锅炉大量投加氢氧化钠不仅是自寻烦恼，而且承担着莫大的干系，搞不好会身败名裂。

② 锅内氢氧化钠处理取代引进的锅炉启动中洗硅工艺

动了向锅炉加氢氧化钠念头由来已久。那是由于1978年投产了两台由意大利引进的燃油亚临界参数锅炉，由制造厂专家带来两项新技术，名曰"洗硅"和"热态造膜"，这两项启动中锅内处理工艺，在当时被认为是很先进的大锅炉启动锅内处理工艺，要求在新建的大容量锅炉启动中推行，并且由水电部科技司于1984年下达给两台引进锅炉所在的电力研究单位承担消化吸收的任务，文号为（84）技热字5号文。

对该两项消化吸收技术进行研究后，认为无新奇之处。洗硅工艺是基于不同参数下二氧化硅的溶解携带系数不同的道理，根据锅炉水二氧化硅含量控制锅炉参数的升高。例如锅炉水二氧化硅为2mg/L，保持锅炉压力为10MPa，则蒸汽二氧化硅是合格的（$\leqslant 20\mu g/kg$）；当锅炉水二氧化硅降到0.7mg/L以下，使压力升到15MPa，仍可使蒸汽二氧化硅合格。对于亚临界参数锅炉来说，必须使锅炉的二氧化硅$\leqslant$0.25mg/L，才能达到额定参数。这种做法的前提是给水系统应进行化学清洗和彻底冲洗，以尽量降低给水二氧化硅含量，即使如此，洗硅工艺也常经过10天、半月才能完成。在此期间，由于锅炉参数低，无法达到额定出力，浪费燃料甚多。

具有给水清洗的锅炉无需洗硅。对付蒸汽二氧化硅含量超标，还可通过向锅炉投加氢氧化钠解决。加氢氧化钠有三个作用：一是使二氧化硅携带系数成倍降低；二是由于使二氧化硅转化为硅酸钠更容易随排污排走，缩短洗硅时间；三是即使有硅带出，也不再是二氧化硅，而是偏硅酸钠，它易溶于水，可以带负荷洗去。

早在1966年7月，北京石景山某电厂4号锅炉投产时，蒸汽二氧化硅含量不合格，无法并汽使该炉投产。应其要求，向锅炉加氢氧化钠后蒸汽二氧化硅很快合格，使该炉投入运行。因此，认为该引进的洗硅工艺，可以通过加氢氧化钠取低，而缩短洗硅时间。

据统计，由意大利专家指导进行的大港某电厂2台燃油亚临界锅炉洗硅时间是：1号炉洗硅693h（29天）后，投产时蒸汽二氧化硅23μg/kg；2号锅炉洗硅432h（21天）后，由于电网用电的需求结束洗硅，投产时蒸汽二氧化硅55～76μg/kg。两台锅炉投产蒸汽二氧化硅的巨大差异，不全在于洗硅是否彻底，还和投产时负荷高低有关。1

号锅炉投产时，出力仅 160MW，2 号炉投产时达 300MW。

唐山某电厂两台亚临界参数锅炉按照引进的洗硅工艺进行启动洗硅，3 号锅炉共用 542h，投产时蒸汽二氧化硅＞30μg/kg，平均 26μg/kg，又经过 7 天（168h）才合格；4 号炉洗硅 443h 后蒸汽二氧化硅平均 64μg/kg，由于电网用电需求，中止了洗硅而投产。

唐山某电厂的 5 号锅炉机组是国家重点工程项目，限定 1983 年底必须保质投产，保质对于锅炉来说必须汽质合格。为此采取"明修栈道，暗渡陈仓"的策略。在锅炉机组主控制室内张贴了"洗硅曲线"，但是实际上是向锅炉中加氢氧化钠，平均投加 1～1.5kg/d，自 12 月 19 日 4 时，锅炉压力为 5MPa 起即投加氢氧化钠，使锅炉水 pH 值为 10.3～10.5，到压力达 10MPa 时，锅炉水二氧化硅＞10mg/L，蒸汽二氧化硅＜40μg/kg。

继续加氢氧化钠，使锅炉水 pH 值为 10.5～10.8，压力为 12.5～13MPa，锅炉水二氧化硅 15～30mg/L，蒸汽二氧化硅 20～40μg/kg。由于连续排污门始终全开，定期（底部）排污每 4h 1 次，锅炉水二氧化硅下降很快，表明向锅炉加氢氧化钠真的起到了"洗硅"作用。这里所谓的洗硅，是使二氧化硅转变为硅酸钠而随排污排走，这是真正的化学洗硅。

到 12 月 22 日 22 时，饱和蒸汽稳定保持≤20μg/kg，全部洗硅时间仅 84h。结束洗硅时锅炉水 pH 值 10.31，二氧化硅 5.8mg/L，蒸汽二氧化硅 19μg/kg。在 12 月 22 日洗硅结束前的日平均值为：锅炉水 pH 值 10.43，二氧化硅 10.8mg/L，蒸汽二氧化硅 23μg/kg。

③ 锅内氢氧化钠处理取代热态成膜工艺

部科技司以（84）技热字 5 号文下达的热态成膜工艺的内涵，是在冲净受热面的条件下，向锅炉给水中加入 20mg/L 联氨，使 pH 值＞8，在 1～4MPa 压力下，使金属表面建立永久保护膜，在开始升压到压力达 4MPa 的过程中，多次排水以排除腐蚀产物，约经 24h 后，保持 4MPa 和使联氨过剩量为 2～5mg/L，共 50h。经过约 3 昼夜的空负荷处理，可以建立稳定的磁性氯化铁表面膜（保护膜）。

对该项技术进行消化吸收研究时，首先肯定了在给定的条件下能够较快速地建立表面膜。但是指出，令锅炉空负荷运转 2 昼夜，既浪费燃油，又损失电量。不如直接使锅炉达额定参数，在带负荷的条件下，向锅炉投加少量氢氧化钠，在锅炉水 pH 值为 10～10.6 的条件下，快速建立磁性氧化铁表面膜。所加联氨偏于常值的上限，为 50～100μg/L，氢氧化钠为 200g/d，使锅炉水总碱度 0.3～0.4mmol/L，酚酞碱度 0.2~0.3mmol/L，磷酸根 5~10mg/L。在锅炉运行当中快速建立磁性氧化铁和磷酸铁表面膜。之所以能比引进的热态成膜工艺更好地成膜，是因为运行锅炉水温比人工成膜的水温高出 100℃，膜的生长速度可高 30 倍。对于 320MW 机组来说，省去 2 昼夜空负荷成膜时间，可增加发电量 2000 万千瓦·时以上，减少成百吨燃油的消耗。

据热态成膜工艺介绍，完成成膜后蒸汽含氢量<200μg/kg，并且在 5 天后可降到 10μg/kg 以下。1985 年 4 月在大港某电厂 1 号炉检修后启动时，完全按规定的成膜工艺成膜 72h，然后投入运行。在锅炉带负荷之初，蒸汽含氢量为 220μg/kg，15 天后<5μg/kg。

在唐山某电厂 5 号锅炉投产时，采取氢氧化钠加磷酸三钠热态钝化。该锅炉启动后的第 2 天锅炉水平均 pH 值 10.68，酚酞碱度 0.35mmol/L，总碱度 0.6mmol/L，饱和蒸汽氢 97μg/kg；第 4 天，锅炉水平均值为 pH 10.52，酚酞碱度 0.32mmol/L，总碱度 0.6mmol/L，饱和蒸汽氢 40μg/kg。第 6 天，亦即结束试运行调试移交生产时，锅炉水 pH 值 10.43，饱和蒸汽氢 22μg/kg。

人们原来担心该锅炉酸洗失误会引起严重腐蚀，但是经氢氧化钠热态成膜钝化处理后，该锅炉在 20 年的运行中没有发生腐蚀故障。实践证明氢氧化钠（加磷酸三钠）在运行中的热态成膜钝化，是使锅炉延寿的理想的锅内水处理方法。

7.6 大容量锅炉酸腐蚀损寿及处理案例

7.6.1 15.7MPa 锅炉因锅炉水 pH 值低的酸腐蚀脆爆

大同某电厂 6 号锅炉是 670t/h 超高压锅炉，于 1988 年底投产，于 1990 年 2 月 8 日水冷壁管爆管停炉。该锅炉自投产到爆管共历 440 天，但是停炉时间近 230 天，超过了运行的天数。

经查看该炉水冷壁管系脆化爆破，爆口长 225mm，宽 75mm，已腐蚀减薄超过壁管的 1/2（该管壁厚 6mm）。爆口发生在向火侧，呈腐蚀减薄，无腐蚀产物遗留，既可能是爆管时随汽流冲走，更可能是腐蚀呈酸溶特点，腐蚀坑处产物量少。背火侧无明显腐蚀。金相检验有腐蚀坑处均有晶间裂纹。

查阅化验记录发现，在该锅炉运行的 210 天中，有 1/5 的时间锅炉水 pH 值低于规定的下限值。而全日平均值低于下限的为 17 天。也就是说，该炉的酸腐蚀由来已久，而且持续存在。但是使锅炉水冷壁管脆爆失效的，应该是 1989 年 7 月的连续 8 天锅炉水 pH 值过低，其平均值为 5.15。其中有 4 天最低值分别是 3.4、4.1、4.7 和 4.8。

经过如此强烈的酸腐蚀，使水冷壁管濒临失效。但是却由于发电机事故而停炉，并为此进行了 4 个多月的恢复性大修。1990 年 1 月下旬结束恢复性大修，2 月初就发生了脆爆失效，酸腐蚀使水冷壁管寿命缩短到半个月，比正常寿命短了 99.5%。

查阅化验表单发现，该锅炉机组的凝结水、给水和锅炉水的 pH 下降是同步发生的。是由于精处理凝结水 pH 值下降，影响了给水和锅炉水。精处理凝结水 pH 值降低是由于氢层混床受凝结水质污染失效未及时发现；或者虽已发现，但是凝结水污染严重，一时难以解决，混床不断产生酸性水。

针对以上情况，建议在精处理混床出水母管上安装在线酸度计；并且要求对混床监测 pH 值，以 pH 值下降为失效，以免延误再生时机。

对该锅炉还建议查壁厚，凡是减薄＞1mm 者即更新。但是此建议延至 1 年后的大修才实施。在这 1 年中间，该炉又发生过 6 次脆爆停炉。

7.6.2　15.7MPa 锅炉闭塞区酸腐蚀失效减寿的治理

安装于天津东郊的某电厂超高压锅炉编号也是 6，该锅炉于 1989 年 11 月投产，凝汽器管是 70-1 锡黄铜管，采取开式循环冷却，浓缩倍率≤1.5，补充水是海河水。该机投产后不久，河水水质恶化，其标志是氯离子含量升高，半年的平均值高达 960mg/L，而 70-1 锡黄铜的允许值为 150mg/L。当冷却水氯离子含量＞170mg/L 时产生栓状脱锌，按照该机组循环水浓缩倍率估算，其氯离子接近 1500mg/L。

该凝汽器由于产生婴儿期腐蚀，投产 1 个月后即开始腐蚀泄漏，到 1991 年泄漏转为严重。在凝结水化验表单上查到整天硬度为 80μmol/L，其最高值达 500μmol/L。

由于凝汽器泄漏，使锅炉水冷壁管结垢，该锅炉于 1991 年 7 月的大修中进行了盐酸清洗除垢，酸洗之前垢量达 480g/m^2。该锅炉酸洗后运行 20 天，锅炉发生爆管停炉，经查看失效管样，兼有腐蚀减薄和超温的双重作用。在检查中还发现了有 6 根水冷壁管有超温鼓包蠕胀。比较一致的看法是，该锅炉由于结水垢达 480g/m²，已经在运行中发生超温，这是在锅炉酸洗之前发生的。

该锅于 1991 年 8 月下旬恢复运行，仅两星期又由于穿孔停炉。更换水冷壁管后，在水压试验中又发现新的腐蚀穿孔。到 8 月底共达 61 根管。

该锅炉水冷壁管的穿孔奇特罕见，腐蚀孔直径仅 1mm，深度多为 2～4mm 以上，甚至穿透管壁（壁厚 6mm）。对这种腐蚀失效形式，由电力局、电力研究单位到电厂都难认知，化学、金属和锅炉等专业的技术人员其说各异，莫衷一是。

在分析水冷壁管穿孔原因期间，该锅炉于 9 月底、10 月底和 11 月初又 3 次由于穿孔而非计划停炉。在 2 个月中该炉共发生 5 次非计划停炉的考核事故，使局、厂领导都感焦急。

在应邀对该锅炉进行失效分析时，统计 88 根次水冷壁管的穿孔分布是，前水冷壁 54 根次，后水冷壁 14 根次，左水冷壁 9 根次，右水冷壁 11 根次。蚀孔只发生在向火侧，垂直管壁向外发展，直至使其穿透。剖开水冷壁管检查，发现蚀孔相当多，只是未穿透而已。

金相检验表明，腐蚀孔周围组织无任何改变，既无晶间腐蚀，也无选择性腐蚀。无腐蚀孔的试样，力学性能无改变。这种腐蚀孔的形貌不同于碱腐蚀中常见的皿状腐蚀，也不同于酸腐蚀常见的腐蚀减薄，也不同于氧腐蚀的蚀坑。在北京某热电厂 1 号锅炉水冷壁管曾见过类似形态的蚀孔，但是较该 6 号炉浅得多。北京某热电 1 号炉的腐蚀是锅炉水氯离子含量高和给水溶解氧大引起的闭塞区酸腐蚀所致。

对该 6 号锅炉进行失效分析时，同样看到锅炉水氯离子高达 300mg/L 以上，给水含氧量合格率低于 50%。由化验表单看到，1991 年 7 月 19 日，给水硬度达 80～180μmol/L，电导率 70～180μS/cm，氧＞100μg/L；同月 26～27 日，给水硬度最高值分别为 120μmol/L 和 300μmol/L，电导率分别为 100μS/cm 和 190μS/cm。在这段期间，锅炉水黑混，电导率达 1500～1750μS/cm，pH7～7.4，磷酸根为零，氯离子经常＞100mg/L。除了锅炉水 pH 值为 7～7.4 可产生酸腐蚀之外，在闭塞的腐蚀孔中氯化铁水解产生盐酸的腐蚀，是使其穿孔的主要原因。氯化铁水解产生盐酸，盐酸使水冷壁管腐蚀变成氯化铁。此反应循环进行着，它无须外来的酸供应而自动进行。

在此之前，闭塞区腐蚀常见于碱腐蚀，是在垢层下锅炉水浓缩产生腐蚀后，继而在腐蚀产物下和腐蚀坑中自动进行的。在此过程中，碱对钢铁产生的亚铁酸钠，水解为氢氧化钠和氢氧化铁，氢氧化钠继续对钢铁产生腐蚀，氢氧化铁则是腐蚀产物（氧化亚铁）。腐蚀过程中消耗的是水，产生的是氢和腐蚀产物。

闭塞区氯离子的酸腐蚀道理相同，但是更为强烈。氯化亚铁水解产生盐酸和氧化亚铁，盐酸则反复产生腐蚀。此过程中消耗的是水，产生的同样是氢和腐蚀产物。

碱和酸的闭塞区腐蚀的二次过程，都是氧化亚铁氧化为氧化铁，破坏了溶解平衡中的极化作用。氧是闭塞区腐蚀的后续推动力。

这种腐蚀的水质特点是，给水氧不合格，锅炉水氯离子含量高。如果具此水质则无疑义。该厂总工程师很快认同了闭塞区氯化铁水解的酸腐蚀。

对该锅炉失效提供的处理对策如下。

(1) 更换凝汽器管材为 77-2 铝黄铜管或 70-1B 加硼锡黄铜管。前者在该机 1～4 号机凝汽器中使用已 15 年以上，抗高氯离子水质能力强，但是抗污染能力差；后者是新产品，耐高氯离子腐蚀能力逊于铝黄铜管，但是较抗污染水侵蚀。

由于 7 号机已使用了锡黄铜管，应严防其腐蚀泄漏，应加强凝结水和锅炉水质监督。8 号机尚未安装，原订是 70-1 锡黄铜管，应改订70-1B 管。

(2) 加强锅炉水 pH 值和磷酸根的监控，加强锅内磷酸盐处理，并加强排污。锅炉水 pH 值不可低于 9，磷酸根尽量维持上限，便为5～8mg/L。

(3) 通过壁厚测管更换有孔蚀的隐患管，发现 ≥1mm 的减薄即应割除更新。

该锅炉闭塞区腐蚀对水冷壁管减寿影响大，自 1971 年 7 月底算起，到发生穿孔，两个星期造成 6mm 厚的水冷壁管穿孔，闭塞区酸腐蚀使其寿命减损 99.4%。采取所提供的措施之后，该锅炉没有再发生腐蚀穿孔故障，表明延寿对策是成功的。

7.6.3　冷却水质变化使锅炉产生闭塞区酸腐蚀

大同某电厂由于水源匮乏，采取了用弱酸树脂对循环水的补充水脱碱软化的高浓缩倍率水处理。此法对水质要求相当严格，原水应基本无永久硬度。若有永久硬度则会产生酸性水。

该电厂 1 号机组于 1984 年秋投产，在 5 年的时间内循环水浓缩倍率为 4～4.5，凝汽器管无垢无腐蚀。1990 年后先后投入 6 台 200MW 机组（其中 4 台为水冷，2 台为空气冷却），地下水取用量大，超量开采使地下水质变坏，永硬升高超过 0.5mmol/L，凝汽器泄漏，使锅炉水 pH 值时常<8。

该 1 号锅炉于 1992 年 7 月首次发生水冷壁管脆性爆破，爆口在向火侧、长 90mm、宽 20mm，无蠕伸，边缘厚钝。内壁附着物甚少，沿轴线有腐蚀减薄条带，平均减薄 1mm 深（和背火侧对比），并有许多深达 3mm 的腐蚀坑。背火侧无腐蚀。

在这之后的 10 月份上、中、下旬各发生一次运行中爆管停炉事故，第 5 次爆管发生在 11 月份。

这 5 次爆管的情况大体相同，均属锅炉水 pH 值低于 8 的酸腐蚀，是闭塞区的铁盐水解酸蚀。

为制止腐蚀发展，协助该电厂对该炉进行了 EDTA 钠盐清洗，以清除产生闭塞区腐蚀的温床；对该炉通过测厚，更换了有 1mm 以上腐蚀坑的水冷壁管，更换管 102 根。在完成扩大性小修进行水压试验时又发现 4 根漏管，总计换管 106 根。

建议该厂开辟新的水源，以弥补地下水的不足。加强对凝结水质的在线监测，防控锅炉水 pH 值的降低。如果从原水变差，出现永久硬度算起，该锅炉是在 2 年中腐蚀失效的。闭塞区酸腐蚀使该炉寿命缩短 90%。

7.6.4　18MPa 燃油锅炉冷却水使用海水引起的爆管

天津南郊大港油田某电厂 1 号锅炉是亚临界参数燃油锅炉，蒸发量 1025t/h，和 320MW 机组配套。该锅炉于 1978 年投产，给水处理为氨和联氨提高 pH 值和脱盐锅内不投药，称全挥发（AVT）处理。制造厂规定锅炉总溶解固形物<2mg/L。

凝汽器使用 77-2 铝黄铜管，空冷区是 70/30 铜镍合金管。配有 100%凝结水精处理装置。

1984 年初，接该厂电话告知，1 号锅炉水 pH 值低于 6，经查看是凝汽器泄漏，海水漏入凝结水中，在 6h 内精处理混床全部失效，而再生时间长，无法使其恢复运行。该锅炉水电导率<4μS/cm，无缓冲性，酸性的凝结水使锅炉水 pH 值剧降到 6 以下。凝汽器管泄漏的原因是铝黄铜管中卡有石子和贝壳等异物造成冲击而穿透。

该锅炉前后水冷壁管各 203 根，两侧水冷壁管各 184 根。水冷壁管外径 44.5mm，壁厚 5.7mm。经查看向火侧有沿轴线宽约 20mm 的减薄条带，其壁厚＜5mm，而背火侧仍为 5.7mm。经查有 3 根水冷壁管出现裂口，并将相邻的 1 根水冷壁管吹漏。另外割取了 3 根管段进行检查。

在进行垢量测量时，向火侧的表现令许多人感到疑惑，其背火侧垢量分别为 220g/m^2 和 227g/m^2；向火侧却分别为 712g/m^2 和 782g/m^2。经观察向火侧并非附着物，而是有脱碳现象的钢铁基体，在酸洗法溶垢测量时脱落，被当成了"垢"。从宏观观察认为，向火侧垢量是少于背火侧的。

对该锅炉机组采取的防腐蚀措施是，进行化学清洗，对凝汽器管捅刷，并进行涡流探伤，更换损伤管，并在汽侧灌水查漏；对锅炉水冷壁管用进口的半导体测厚仪检查，发现管壁减薄达 1mm 者即行更换。经此腐蚀事故后，该厂强化了凝结水质的监测，加强了精处理混床的监控；并规定凝汽器泄漏、精混床全部失效，即应申请停机处理；锅炉水 pH 值≤7 应申请停机。

该锅炉自出现炉水 pH 值≤6 后，8 个月发生失效故障，酸腐蚀使该炉寿命缩短 97％以上。采取严控凝结水精处理措施，并且以其作为申请停机处理的条件后，未再由此发生酸腐蚀故障。

在这之后 6 年，该 1 号锅炉又发生运行中泄漏停炉，这次是超温造成的鼓包破裂。除已裂口的水冷壁管之外，又查到大量鼓包和外壁颜色改变的水冷壁管。它们的共同特点是都发生在由前后水冷壁管形成的冷灰斗处。在前水冷壁的冷灰斗向火侧在 85 根管上出现 312 处鼓包和颜色改变；在后水冷壁的冷灰斗向火侧的 64 根管上出现 157 处鼓包和颜色改变。金相检验，鼓包处组织是铁素体加碳化物和石墨，背火侧是正常组织。

如果从酸腐蚀换管和化学清洗算起，其损寿速度为 1mm/a，按使用年限算，超温使寿命损耗 30％。该厂认为冷灰斗部位水冷壁管超温是该锅低负荷运转和调峰造成的。自 1985 年之后，我国发电锅炉以燃煤为主，燃油锅炉的发电成本过高，使仅有的几台燃油锅炉都低负荷运转，冷灰斗的斜坡管的向火侧出现水汽分层而超温。该厂更新了有显著蠕胀变形的水冷壁管共 30 根，对轻微鼓包、有氧化皮和颜色改变的水冷壁管采取监视运行，留待下次大修（甲检）时更换。

锅炉补充水方面的变化是使冷灰斗处结垢的原因。那就是由于两台新建的燃煤亚临界参数锅炉先后进行试运行调试，化学除盐水消耗量甚大，两台燃油锅炉由闪蒸器的蒸馏水作补充水，其水质较差，电导率常≥20μS/cm，造成结垢。要求燃油锅炉仍应用化学除盐水作补充水。

7.6.5 19MPa 锅炉投产初期凝汽器泄漏的腐蚀脆爆

石家庄附近某电厂，引进的 19MPa 自然循环汽鼓锅炉为 1085t/h 和 350MW 汽轮发电厂配套运行。1 号锅炉于 1990 年 8 月投产，1991 年 1 月初运行中爆管，爆口长 106mm，宽 30mm，原管壁厚 7mm，爆口边缘厚 5mm，并有 2mm 的腐蚀坑减薄。是典型脆性爆破。

该电厂凝汽器冷却水为开式循环的淡水，浓缩倍率为 2，但是 1 号机组运行初期＜1.4。凝汽器冷却面积 21540m²，使用 TP314 不锈钢管，其外径 25.4mm，壁厚 0.7mm，长 12.12m，共 22000 根。由于凝汽器管耐蚀性能优良，冷却水的淡水，所以该机（连同其他机）未配置凝结水精处理装置。

该 1 号机组移交生产不足 1 个月凝汽器发生泄漏，持续 50 余天。其中后 20 天泄漏严重，凝结水硬度高达 200μmol/L。其经查明是排入的疏水将凝汽器底部的管子冲刷穿漏，到停机检查时，已经冲漏了 7 根。由于无凝结水混床，50 天中严重不合格的凝结水被直接送入锅炉中。该厂原水总溶解固形物 400～410mg/L，碱度 4～4.6mmol/L，硬度 2.8～2.9mmol/L，相对碱度 0.4～0.45。这种冷却水漏入凝结水中，必然引起锅炉结水垢和产生闭塞区碱腐蚀。由于凝汽器渗漏严重，和锅炉参数高，即使在解决了凝汽器泄漏之后，腐蚀仍将继续进行，使该锅炉在继续运行 1 个月后爆管。由凝汽器泄漏到锅炉水冷壁管碱腐蚀脆爆，其间实际运行不足 3 个月，腐蚀使寿命削减 98.7%。

在这次爆管后，该厂强化了水质监控，但是终究难免凝汽器管发生泄漏。由于没有凝结水精处理装置，锅炉继续有腐蚀结垢问题发生。到 1993 年 10 月，该炉再次运行中脆爆停炉。失效管的裂口长 84mm，宽 4mm，其内壁对应的裂纹长逾 90mm，宽 2mm。切下 0.5m 长的爆口查看，沿轴线内壁有 5 处附着物下的腐蚀坑，裂纹贯串腐蚀坑而开裂。由水质特点分析仍是碱腐蚀脆爆。

查阅运行资料和水质资料发现，该锅炉机组运行很不正常，在投产后的 3 年中，共停炉 40 余次，停炉中低价氧化铁被氧化成高价铁，是腐蚀过程中氧的直接来源。

对该锅炉建议进行换管和酸洗除垢，对腐蚀严重的 260 余根水冷壁管割除 5m 以上长度，换成新管。换管长度超过 1.3km。

建议该厂考虑添置精处理混床问题，如果无法实施，则应考虑：①设置凝汽器内"盐段"；②对凝汽器管板涂黏合剂密封。

7.6.6　延寿处理使大港某电厂 4 号炉免于酸腐蚀失效

天津大港某电厂 2 期工程安装 2 台 19MPa、1100t/h 锅炉和 2 台 320MW 机组，编号为 3 和 4。

(1) 3 号锅炉的腐蚀损寿概况

3 号锅炉于 1990 年 10 月完成酸洗，从 12 月到 1991 年 3 月完成吹管，1991 年 5 月 19 日到 9 月 30 日完成机炉联合启动试运行调试，在消除缺陷后于 1991 年 11 月 7 日正式投产。到 1992 年 3 月 12 日脆爆停炉，共并网发电 1300h。

在割取失效管检查时，发现主爆口长 100mm，宽 38mm，为开窗状脆性爆破。爆口处无蠕伸，其边缘因腐蚀而由原壁厚 5.1mm，减为 3.1mm。所切割的水冷壁管向火侧均有厚逾 2mm 的腐蚀产物，最厚 3.5mm，其量为 3～3.5kg/m²，最大 4.19kg/m²。

由炉膛检查水冷壁管，发现大量鼓包变形和有小裂口或裂纹的管子。查看切下的 11 根鼓包裂口水冷壁管，其超温鼓包是腐蚀产物过厚引起的，腐蚀产物下均有 2～3mm 深的腐蚀坑，腐蚀坑周围有大量肉眼可见的裂纹。

金相检验表明，凡有腐蚀坑的水冷壁管，向火侧均有晶间裂纹，裂纹由内壁向外壁发展。材料的力学性能试验显示，水冷壁管向火侧的强度和韧性指标明显下降。试样进行压扁试验时，在内壁距离＞34mm 即破裂。这次腐蚀造成 4 个月停炉。在近 3 个月的细致检查中，共查出有 0.8mm 减薄的 531 根水冷壁管，有 1000 余处（节、段）必须更换。割管总数占水冷壁管数的 60.5%，换管总长＞3km。

该 3 号锅炉腐蚀使应运转 20 年（17.5 万小时）的水冷壁管在服役 1800h 后大量失效，减寿达 99%。

水质调查确定，该锅炉的腐蚀损寿，是由于严重违规进行启动调试所造成。制造厂规定，凝结水溶解固形物达 2mg/L，应立即降负荷处理或停机。用海水冷却的凝汽器在发生泄漏，并使精处理混床失效后，必须立即停机，这是水质处理和监督的基本常识。该锅炉机组在试运行调试伊始（1991 年 5 月 19 日），凝汽器就严重泄漏，使混床全部失效。按规定必须停机查漏堵漏，但是却退出了混床继续进行试运行调试，这是水质恶化之根源。也是腐蚀损寿的根本原因。

由于海水进入锅炉，当天锅炉水电导率达 $43\mu S/cm$，次日为 $90\mu S/cm$，第 3 日达 $210\mu S/cm$。换算成溶解固形物分别是 $22mg/L$、$45mg/L$ 和 $105mg/L$，是制造厂规定的锅炉水极限值的 $10\sim50$ 倍。

再次启动试运行时（5 月 24 日），凝汽器仍然严重泄漏，凝结水氯离子 $8mg/L$，钠 $3.6mg/L$；5 月 30 日，凝结水氯离子 $24mg/L$；31 日竟达 $50mg/L$。受其影响，锅炉水电导率 $950\sim3400\mu S/cm$，折算溶解固形物 $500\sim1700mg/L$，是制造厂规定值约 $250\sim850$ 倍，直到 6 月 1 日才停炉。

6 月 6 日试运行时，因凝汽器泄漏停炉；6 月 18 日又一次在凝汽器泄漏的情况下进行试运行调试，第 2 天凝结水氯离子为 $20mg/L$。在此之后的试运行调试均是在凝汽器泄漏，而且退出精处理混床的条件下进行的。例如 1991 年 9 月 5 日，凝结水钠 $3.2mg/L$。

大港地区海水溶解固形物 $39800mg/L$，氯离子 $17400mg/L$。按此比例，凝结水氯离子 $50mg/L$，即含盐量 $114mg/L$，是应停机标准的 57 倍。在锅炉水电导率为 $3400\mu S/cm$ 时，氯离子可达 $740mg/L$。天津军粮城某电厂的高压锅炉水电导率为 $3650\mu S/cm$，58h 使水冷壁管大面积酸腐蚀脆爆。对于亚临界参数锅炉来说，无论是从全面酸腐考虑，还是从闭塞区氯离子酸腐蚀考虑，后果都是极严重的。

该锅炉机组违规调试期间，其他水质的恶劣程度也是空前的。由于存在缺陷，在全部调试期间除氧器均未加热脱氧，水温不足 $60℃$，给水含氧量超过 $5mg/L$；从 5 月 29 日开始化验含铁量到 9 月 28 日的 4 个月中，共 31 次给水含铁量化验无不严重超标，其最低值 $0.24mg/L$，最高 $11.8mg/L$，平均 $2.3mg/L$。用启动试运行的给水标准衡量，氧应 $\leqslant30\mu g/L$，铁应 $\leqslant75\mu g/L$。该锅炉在 4 个多月的试运行调整中，氧平均超标 16.5 倍，铁平均超标 30 倍。用以上标准印证，该锅炉的腐蚀减寿是不足为奇的。

(2) 制止 4 号锅炉违规调试使该锅炉得以延寿

大港某电厂 4 号锅炉和 3 号锅炉是同胞兄弟，在违规调试损寿方面可以说是难兄难弟。

4 号机凝汽器同样是自试运行启动即泄漏，而且同样是将精处理混床退出，海水则无阻碍地进入锅炉。

1992 年 3 月初直到 3 月底，4 号机凝结水含钠量为 100～3900μg/L。查阅表单，在 3 月之前曾有 5000μg/L 的记录。按含钠量折算，4 号机凝结水氯离子经常为 4～10mg/L，其溶解固形物可为 10～25mg/L。均超过厂家规定的停机标准。

在 3 号锅炉发生脆爆停炉后的失效分析期间，4 号锅炉仍在违规调试中。在向调试总负责人和化学专业调试负责人介绍了 3 号锅炉失效情况，以及其腐蚀主要原因后。建议立即停止调试，对凝汽器管进行彻底查堵。必须在凝汽器管不漏而且精处理混床投入运行时才可恢复试运行调试。对于凝汽器管泄漏原因的判断，认为是凝汽器管安装工艺粗放，产生的应力腐蚀断裂，这类泄漏在灌水查漏时很容易发现和处理。

该 4 号机在根据要求，进行了查漏堵漏和投入精处理设备后，水汽较前期显著提高，调试进展顺利，拟于 1992 年 4 月底完成调试，移交生产。

此时，制造厂向业主单位提出书面意见，内容是，4 号锅炉水冷壁管垢量达 40mg/cm^2（400g/m^2），而且有孔径 1mm，深 0.5mm 的点蚀。因此要求必须在投产之前再次进行清洗，否则投产后发生问题无法负责。对酸洗的建议是不可使用盐酸。

在研讨过程中，4 号锅炉于 1992 年 5 月 12 日水冷壁管发生鼓包停炉。经查看系超温失效，鼓包处有腐蚀，但无晶间裂纹。依据 SD 135—86《火力发电厂锅炉化学清洗导则》关于垢量的规定和锅炉水冷壁管的超温情况，认为确有清洗必要。尊重制造厂的书面意见，对该炉用柠檬酸单铵清洗。由清洗液铁离子计算洗下 1.1t 磁性氧化铁。如果按照全炉蒸发受热面计算，垢量平均 120g/m^2，如果考虑到其分布的不均匀性，高热负荷地带达 400g/m^2 是可能的。化学清洗是制止结垢超温的有力措施，该锅炉经投产前第二次酸洗后移交生产，在其后的近 5 年运行中未发生腐蚀故障。

总结 4 号锅炉防止腐蚀失效和使水冷壁管延寿的主要经验，就是严格按规程标准要求水质，不解决凝汽器泄漏问题，不投入凝结水精处理混床不准许进行试运行调试。而且要求给水质量必须满足 DLJ 58—81《电力建设施工及验收技术规范（火力发电厂化学篇）》第 252 条表 13-1 的要求。实际上该要求是偏低的，是将超高压锅炉和亚临界参数锅炉混同一起的水质标准。

7.7 氢氧化钠锅内水处理的防蚀延寿实例

7.7.1 从碱腐蚀到碱处理

(1) 由碱腐蚀向酸腐蚀转变考虑锅炉水成分的转变

1962~1966 年末，锅炉碱腐蚀机制和高压锅炉启动盐酸清洗受到重视。1981 年颁发的《电力建设施工及验收技术规范（火力发电厂化学篇）》（DLJ 58—81）列入了专节（第 13 章 2 节），共 7 条（第 244~250 条）对锅炉化学清洗作了详细规定。1986 年水电部以行业标准 SD 135—86 对 9.8MPa 及以上锅炉规定"在投产前必须进行酸洗"（见第 3.5.1 款）。

但是，就在碱腐蚀观念及其防治措施被普遍接受，甚至用规范、导则形成规定"必须进行酸洗"之前，已发现了酸腐蚀的潜在危险。

1960 年底，青岛某电厂 120t/h 中压锅炉腐蚀爆管是由海水漏入锅炉的酸腐蚀引起的；1960~1970 年间，许多采用氢钠离子交换和铵钠离子交换的中低压发电锅炉和工业锅炉产生酸腐蚀失效；1975 年底，天津军粮城某电厂 1 号锅炉酸腐蚀脆爆更证明了其风险可怖。1980 年之前，多起使用单级化学除盐水作补充水的锅炉酸腐蚀脆爆，敲响了警钟；稍后北京某热电厂由于锅炉补充水中漏入氯离子（氯化钠）产生了闭塞区氯化铁水解的孔蚀，对酸腐蚀有了较全面的认识。从而指出，锅炉补充水改为化学除盐水后，酸腐蚀危险性已上升，并且可能是大容量锅炉的主要凶手。

基于以上考虑，首先对锅内水处理方式进行反思，由酸性磷酸盐处理引起高压锅炉水冷壁管腐蚀，想到锅炉水中碱度的存在形式应有所改变，应变磷酸三钠和磷酸氢二钠成分（或缓冲液）为氢氧化钠和磷酸三钠成分（或缓冲液）。这在当时面临着巨大挑战。因为其时正将美国大力提倡的协调磷酸盐处理作为引进消化吸收的重点项目加以推广，并欲将其写入行标中。

1983 年冬季，在解决唐山某电厂 5 号炉启动酸性故障引起的酸腐蚀时，向锅炉投加了氢氧化钠，确实收到了防止酸腐蚀和缩短启动调试时间的效果。

在国外，1985 年后才意识到保持锅炉水为氢氧化钠和磷酸三钠共存的必要性。德国 VGB 水质标准规定 130bar（13MPa）及以上锅炉优先进行氢氧化钠处理。欲使锅炉水是氢氧化钠和磷酸三钠失存，必须摒弃协调磷酸盐处理。

(2) 氢氧化钠处理成功地用于酸洗后的钝化

某电力科研单位开发了"混酸清洗钝化的一步法工艺"，被作为成熟技术应用于多台超高压锅炉，酸洗之后没有任何锅炉不出现酸腐蚀，都是依靠锅内氢氧化钠处理制止酸腐蚀，恢复钝化的。

1993年12月2日，唐山某电厂8号锅炉（670t/h）用混酸进行"一步法"清洗后启动，自锅炉升压伊始，锅炉水pH值即<6，锅炉水中有大量低价氧化铁，使锅炉水呈黑混状，虽经大量换水，锅炉水仍黑混，pH值<6。在该厂咨询原因与对策时指出，酸性磷酸盐可使钢铁在常温下呈钝态，但是在达200℃时将水解失去钝化能力，反而产生酸腐蚀。解决对策就是向锅炉投加氢氧化钠进行中和与钝化。

该电厂按照建议，投加分析纯氢氧化钠（溶入磷酸三钠药液罐中），12月4日，当投入5kg氢氧化钠后，锅炉水pH值达8以上，炉水变清，继续加药使锅炉水pH值为10.2～10.8，该炉进入钝态。

在这之后，北京某热电厂1号、2号锅炉也先后进行了混酸"一步法"清洗，该两炉也是670t/h锅炉。在酸洗后的启动中，两炉都呈酸性锅炉水。为制止酸腐蚀，采取唐山某电厂做法，将氢氧化钠混入磷酸三钠中加入锅炉。其中1台锅炉共用氢氧化钠10kg；另1台锅炉先进行了换水冲洗，再加氢氧化钠，共用5kg以上才使锅炉水pH值>9。

1995年8月，北京某热电厂新建的4号锅炉（670t/h）投产，投产前采取"一步法"清洗，为了防止启动中锅炉水pH值低和产生酸腐蚀，预先购买了50kg氢氧化钠备用。该炉启动调试中，锅炉水pH值多为6～7，将50kg氢氧化钠陆续都加入锅炉后，仍不能使其稳定在8以上，又加15kg氢氧化钠才使锅炉水pH值>9。

1997年10月，北京某热电厂的3号锅炉（670t/h）采取"一步法"清洗后，有鉴于前3台锅炉启动时锅炉水pH值低的酸腐蚀困境，该锅炉在排空清洗液后，先是用碱性的化学除盐水充满锅炉，作循环后排放，如此两遍，再用0.1%氢氧化钠加0.3%磷酸三钠，在70℃下冲洗两遍。如此处理后，锅炉点火启动，炉水pH值>8，但是，这已经完全丧失了"混酸一步法"清洗钝化的节省时间优势，变成了常规的清洗加冲洗、钝化的工艺，而且费时更多。

1995年9月，石家庄上安地区某电厂亚临界参数锅炉采取"混酸一步法清洗"后，锅炉水呈酸性反应。业主单位的化学顾问果断地用0.4％碳酸钠溶液在2～3MPa下进行查炉，利用在该参数下碳酸钠水解产生的氢氧化钠进行中和和钝化。事后业主单位和承担酸洗的单位发生严重分歧，业主单位认为混酸清洗使锅炉产生酸腐蚀；负责清洗技术指导的教授级高工则认为煮炉会产生碱腐蚀。在应领导要求对双方争议做评议时，确定碳酸钠煮炉防止酸腐蚀的做法是正确的。对于无附着物的锅炉来说，锅炉水短时为氢氧化钠不会产生闭塞区碱腐蚀；因煮炉的水温下，和煮炉期间也不会产生碱腐蚀。

1999年，"混酸一步法"清洗单位为改变"混酸一步法清洗工艺"演变成混酸清洗加氢氧化钠钝化的事实，为改变"混酸一步法清洗"已不再节省清洗时间的事实，在下花园某电厂3号锅炉（670t/h）用混酸清洗后，不进行碱性除盐水冲洗，只进行氢氧化钠和磷酸三钠处理。在锅炉启动之初的10h内，锅炉水pH值为5.6～7，而且随锅炉压力升高，锅炉水pH值下降。在电厂就此征询意见时指出，在锅炉压力为2MPa以上，酸性磷酸盐大量水解使锅炉水pH值下降，而且是水温越高，锅炉内表面的酸性磷酸盐溶解越多，建议该厂加氢氧化钠中和和使锅炉金属面钝化。向锅炉加16.5kg氢氧化钠后，锅炉水pH值＞8，但是停加则pH值下降。总共加氢氧化钠47kg才使炉水pH值保持＞9。

(3) 用锅内氢氧化钠处理取代协调磷酸盐处理

基于用氢氧化钠制止酸腐蚀的成功经验，1985年以后开始了用氢氧化钠加低磷酸根对15.7MPa尤其是18MPa锅炉进行锅内处理。其锅炉水质条件为电导率＜20μS/cm（15.7MPa）或＜10μS/cm（18MPa），期望值前者≤10μS/cm，后者≤5μS/cm。令锅炉水磷酸根分别为2～5mg/L和0.2～2mg/L；pH值均为9.4～10.2；2倍酚酞碱度＞总碱度，使锅炉水中为氢氧化钠和磷酸三钠共存。以磷酸三钠保持锅炉水基本的缓冲性，并且消除偶尔进入锅炉的硬度；用氢氧化钠中和进入锅炉的氢离子。

在该锅炉水质规范中，强调水质纯净，要求给水能满足《电子级水》的EW—4要求，使电导率≤0.5μS/cm；在监控中，令磷酸根偏于下限，pH值偏于上限。经验表明，在给水质量合格的情况下，氢氧化钠的用量为300～600MW机组可＜50g/d，200MW机组可＜100g/d。这种水规范可保证锅炉水无游离氢离子。

氢氧化钠加低磷酸根处理不同于协调磷酸盐处理之处的是使锅炉

水中保留有氢氧根。而后者是磷酸三钠和磷酸氢二钠共存，确保锅炉水中无氢氧根。采取协调磷酸盐处理时，对于亚临界参数锅炉来说，锅炉水 pH 值常常＜9.0。因此，亚临界参数锅炉采取协调磷酸处理，十有八九要为此而产生酸腐蚀。

7.7.2　氢氧化钠锅内处理的推广

虽然做了许多的宣传工作，但由于行业标准 SD 163—85 中载入了协调磷酸盐锅内水处理，使氢氧化钠处理推广困难，限制了它的应用。在将 SD 163—85 晋升为国家标准 GB 12145—89 的讨论中，绝大多数标准化委员会委员仍对向锅炉加氢氧化钠感到疑惧，所以在该国家标准中和修订的 GB/T 12145—1999 版国标中，都载入了锅炉水协调磷酸盐处理。

在这个时段中，只能依靠锅炉发生了酸腐蚀，并取得共识后，才能停止协调磷酸盐处理，改为氢氧化钠和低磷酸盐（根）锅内处理。

7.7.3　有明显酸腐蚀倾向的亚临界参数锅炉的治理

(1) 张家口某电厂 1 号锅炉酸腐蚀的认定、处理

该电厂一期工程是 4 台 300MW 机组，所配锅炉为 17.8MPa、1025t/h。1 号锅炉于 1991 年 8 月底投产。锅炉补充水是 3 床 4 塔两级化学除盐水。凝汽器为开式循环冷却，凝汽器管为 70-1 锡黄铜管，配有凝结水精处理装置。

该锅投产后的一年半中，锅炉水 pH 值经常低于 8，最低为 6.15～6.65。该锅炉采取协调磷酸盐处理，锅炉水的磷酸根和 R 值（假设的钠和磷酸根的物质的量比值）均合格。1993 年 1 月该机组启动中出现盐类隐藏现象，标志存在酸腐蚀。

在对该锅炉酸腐蚀倾向进行研究时，确定使锅炉水 pH 值低于 8 的直接原因是精处理混床阴阳树脂粒径比和密度比相差过大，这样虽有利于再生时分层，但是在运转中，尤其临近失效时，混床下层富集了阳树脂，容易产生酸性水，实测其 pH 值常＜6。但是，由于锅炉水采取协调磷酸盐处理，其 pH 值偏低（9.0 上下），对漏入锅炉的氢离子无能为力，是锅炉水 pH 值的重要原因。

该电厂不愿改变协调磷酸盐处理，只同意更换混床阴阳树脂。更新树脂后其 pH 值为 6.5～6.7。

(2) 张家口某电厂水冷壁向火侧垢量低的分析

上例中提到的 1 号锅炉机组在更换精处理混床树脂后锅炉水 pH 值没有再出现＞7 的现象，但是仍不时出现＜8 的测试值。1994 年 4 月锅炉小修中，割取水冷壁管检查，发现向火侧水冷壁管有呈条带状的腐蚀减薄，可比背火侧薄 0.5mm。向火侧的腐蚀产物（附着物）少于背火侧，可少 1/2～1/3。这是很不正常的现象（通常向火侧附着物量是背火侧的 1 倍上下）。由于多组数据一致，可排除试验差错。这实质上是酸腐蚀溶解的结果。

金相检验未见晶间腐蚀，但是力学性能试验已发现抗拉强度和延伸率有所下降。前者向火侧比背火侧低 0.8%；后者低 1.3%。

对该锅炉提供的对策是，必须停止协调磷酸盐处理，改为氢氧化钠加低磷酸盐处理。规定的氢氧化钠用量为 50g/d，加入磷酸盐药箱中。磷酸根含量按 GB 12145—89 的规定维持，但是偏于下限，即 0.3～2mg/L。

7.7.4　对两台亚临界参数锅炉启动即进行碱处理

张家口某电厂 3 号、4 号锅炉于 1994 年和 1995 年分别投产。在审查该两炉的启动调试计划时，发现从试运行调试到投产均为协调磷酸盐处理。

向该两台锅炉启动调试负责人和化学专业负责人讲明，该电厂 1 号锅炉已有明显的酸腐蚀现象，已确定和采取协磷酸盐处理有重大关系，为此已改为氢氧化钠处理。因此，对于 3 号、4 号锅炉应自启动调试起即采取氢氧化钠处理，平均每炉每日将 50～100g 分析纯氢氧化钠加入磷酸三钠药液中，混合加入锅炉。此举不仅可防止锅炉酸腐蚀，而且还可缩短洗硅时间。

3 号锅炉于 1994 年 7 月顺利完成了启动调动工作，业主单位和调试负责人都满意锅炉进行氢氧化钠处理的效果。调试负责人满意地说，在蒸汽二氧化硅超标的情况下，仅加 100g 氢氧化钠，立刻使二氧化硅合格了。

4 号锅炉启动调试期间，也按氢氧化钠加低磷酸根处理。调试中锅炉水 pH 值≥9.5，锅炉水始终保持澄清透明，蒸汽二氧化硅在进汽 72h 后即合格。表明锅炉钝化良好，快速完成了洗硅。

在这之后，对四川省某新建的 330MW 机组启动调试进行了技术咨询，建议变协调磷酸盐处理为氢氧化钠（加低磷酸钠）处理。此方法用于锅炉机组的启动调试可以加快步伐，缩短洗硅时间；当锅炉移交生产后可以防止酸腐蚀失效。

除四川某电厂的亚临界参数机组外，山东龙口某电厂和广西合山某电厂在启动中采取氢氧化钠处理，均有良好的防腐蚀和洗硅效果。

7.7.5 将氢氧化钠处理写入《火力发电厂安全性评价》中

单靠学术会议宣讲锅内氢氧化钠处理的必要，单靠撰文阐释氢氧化钠处理的必要作用有限，而且缺乏约束力。通过咨询，尤其是通过酸腐蚀失效分析，虽可推行氢氧化钠处理，但是可遇不可求，推行之路狭窄崎岖。

1997年开始进行的火力发电厂安全性评价是推行氢氧化钠处理的天赐良机。在所评价的亚临界参数锅炉中，都提供了氢氧化钠处理建议。

2001年，在针对300MW、600MW机组编写的《火力发电厂安全性评价》（第二版）中，1.6条、2.7条锅炉水，写入了"18MPa锅炉的磷酸根应为0.5～3mg/L，磷酸根应偏于下限，推荐采取低磷酸盐处理。并用氢氧化钠保持锅炉水pH值不低于9.5。"这就是氢氧化钠加低磷酸钠锅内水处理的实质。

2003年10月，国家电网公司以国家电网生〔2003〕409号文，颁发了《火力发电厂安全性评价》，要求所属单位"认真贯彻执行"。在其2.6、2.7条锅炉水，写入了"15.7MPa锅炉采取协调磷酸盐处理，扣50%标准分；18MPa锅炉采取协调磷酸盐处理不得分。"这一条目封杀了大容量锅炉的协调磷酸盐处理。

安全性评价是用安全标准分衡量被评价设备的安全程度。对于初查的得分情况不加考核，这只是反映设备的实际安全水平。但是，对于查评中提出的问题，必须认真整改，并用标准分提高的程度考核整改力度。复查时标准分的升高程度和领导业绩的考核挂钩，自厂级领导，到车间领导都要被考核。锅炉水条目被扣50%或甚至100%的标准分，影响锅炉车间和化学车间领导的升迁和收入，并影响对厂领导的考核。因此，自1995年锅内氢氧化钠处理接受认定后，到2001年是一次大的推行飞跃；到2003年则是站稳了18MPa锅炉锅内水处理的优势地位，完全取代了协调磷酸盐处理。

7.7.6　在火电厂安全性评价中推行氢氧化钠处理

在 1997～2005 的 8 年间，对上百台次锅炉机组进行了腐蚀结垢风险评估（安全性评价），初查为期 8 天，通过查评发现风险因素，提出整改建议；经过 1 年整改，再进行复查，重点是考察所提整改建议的实施情况，考察风险消除程度。

在所查评的锅炉机组中，亚临界参数汽鼓锅炉数量接近超高压锅炉和超临界参数锅炉数量之和。所到之处，将协调磷酸盐处理作为锅炉腐蚀的主要风险，均改为氢氧化钠和低磷酸盐处理。这种整改无须等待，往往是在初评中发现并指出其酸腐蚀表现后，随即改变处理方法。

(1) 锅内氢氧化钠处理遏制了酸性混床水的腐蚀

和北京市毗邻的三河县某电厂一期工程装有两台引进的 350MW机组，锅炉为 18MPa、1175t/h 控制循环锅炉，原水是碳酸盐性地下水，经过澄清和高效纤维过滤后，进入逆流再生双室阳床，脱碳后经过逆流再生阴床和混合床，作为补充水。这种水处理方式适合碳酸盐为主的水质，可使酸碱消耗接近理论量。凝结水处理设备是中压高速混床，每台机组配置 3 台混床，两台运行，1 台备用。具有良好的脱盐和除油（颗粒状铁）效果。

该 2 台锅炉采取协调磷酸盐处理。由于补充水质和精处理凝结水质均优良，锅炉水电导率低，基本无缓冲性，锅炉水 pH 值常低于 9。因此，作为重点整改项目，认为该种锅炉不宜进行协调磷酸盐处理，应采取氢氧化钠加低磷酸盐处理，并提供了处理方法和控制指标。

在结束初评后 10 天，外方的水处理调试人员对精处理混床调试时，违规漏项操作，使酸性的混床水进入锅炉，使锅炉水 pH 值在 4h内由 9.7 降到 7.5 以下。还是由于该锅炉进行了氢氧化钠处理，遏制了锅炉水 pH 值继续下降。通过对锅炉大量排污换水和增加氢氧化钠投加量，12h 后锅炉水 pH 值达到 9 以上。

该电厂采取氢氧化钠锅内处理发挥了其防止酸腐蚀的作用，坚定了该厂继续进行氢氧化钠锅内处理的信心。

(2) 滨海电厂采取氢氧化钠处理更有必要

秦皇岛某电厂二期工程是 2 台 300MW 亚临界参数机组，锅炉压力 19.4MPa，蒸发量 1025t/h。分别于 1995 年 11 月和 1996 年 12 月投产。凝汽器管和管板是全钛材料，用海水直流冷却，凝结水精处理装置为中压高速混床。

在进行风险评估中发现 3 号锅炉存在酸腐蚀危险，其水冷壁管向火侧垢量为 47g/m²，背火侧为 67g/m²。向火侧垢量少，而且少于背火侧，是锅炉酸腐蚀中溶解所致。该锅炉存在酸腐蚀的主要原因，是外方调试凝结水处理混床时，造成树脂流失，进入锅炉，使锅炉水 pH 值<4，炉水红混。为此立即停炉排水，向锅炉上满除盐水再排放后才开炉，自锅炉点火起即投加氢氧化钠使金属再钝化，在锅炉水 pH 值为 10～10.5 下，保持 2 昼夜以上，以保证金属表面进入钝态。

基于该锅炉的酸腐蚀现象，考虑到钛凝器管也曾出现泄漏的事实。要求该电厂两台锅炉都采取氢氧化钠加低磷酸盐处理。

(3) 通过风险评估认定氢氧化钠锅内处理效果

张家口某电厂一期工程 4 台亚临界参数锅炉均为协调磷酸盐处理，在正常运行中锅炉水 pH 值低于 9 的情况频繁发生，低于 8 的现象也常出现。1994 年 5 月和 1997 年 5 月 1 号锅炉两次大修中，向火侧垢量的测量值都低于背火侧；3 号锅炉 1996 年 10 月大修中，和 4 号锅炉1997 年 6 月大修中割取水冷壁管测量垢量，同样是向火侧低于背火侧。明显的酸腐蚀现象，使该厂放弃了协调磷酸盐处理，改为氢氧化钠加低磷酸盐处理。

在 1998 年底对该厂进行安全性评价时，综合考察了锅炉水质情况和实际的腐蚀情况，认为采取氢氧化钠锅内处理后，已使锅炉酸腐蚀风险消除，锅炉因氢氧化钠处理而得以延寿。

(4) 广州某电厂锅炉采取氢氧化钠处理的必要

该电厂装有 4 台 300MW 机组，锅炉为 20.6MPa、1025t/h，凝汽器为钛管，由于使用江水直流冷却，未配置凝结水处理装置。该 4 台机组分别于 1993 年到 1997 年投产。

查阅化验表单，尽管使用了钛凝汽器，凝结水仍有硬度超标现象，考虑到有海水倒灌现象，认为该 4 台锅炉都有酸腐蚀危险。

查看了 1999 年 12 月 4 号炉大修割取的水冷壁管试样，看到其向火侧有较严重的点蚀、尤其在内螺纹根部较密集。符合闭塞区酸腐蚀特征。该锅炉累计运行 1.4 万小时，认为腐蚀已对寿命有影响。

建议该厂 4 台锅炉均投加氢氧化钠，其处理方法是，保持现有的磷酸钠加药方式不变，控制的磷酸根不变。向溶药箱中按磷酸三钠比氢氧化钠 8：1 的原则配药。同时依据锅炉水 pH 值 9.4～10.2 调整氢氧化钠加入量。

在对该电厂进行复查时，认为 1 年多以来的氢氧化钠处理效果是令人满意的。

另外，在对淮南某电厂进行安全性评价时，看到该厂 5 号锅炉有酸腐蚀现象，建议进行低磷酸盐辅以氢氧化钠处理。建议的处理方法是，在该 5 号炉目前的低磷酸盐处理基础上，控制锅炉水磷酸根为 $0.2\sim2mg/L$，向磷酸钠溶液箱中投入分析纯氢氧化钠，加药量为 $50g/d$，并控制锅炉水 pH 值为 $9.4\sim10.0$，在此调整氢氧化钠投加量。对于该厂即将投产的 6 号锅炉，建议自试运行中就进行氢氧化钠处理，移交生产后，和 5 号锅炉采取相同的加药及锅炉水控制方法。

(5) 广州台山某电厂的锅内氢氧化钠处理

该电厂背山面水处于山坳之中，首期工程为 6 台 600MW 机组。在该电厂 1 号、2 号机组投产之后进行了咨询和培训，其后进行了安全性评价。

该电厂锅炉为 18MPa、2026t/h，汽轮机最大出力 634MW。凝汽器用海水冷却，冷却面积 $34000m^2$，使用钛管，膨胀节为不锈钢。

在进行技术培训时，已明确指出用海水冷却的亚临界参数锅炉切忌采取协调磷酸盐处理，必须采取氢氧化钠和磷酸三钠锅内处理。原则上是使锅炉水中保持有 $1mg/L$ 上下的氢氧化钠和磷酸根。建议按照磷酸三钠（含结晶水）和氢氧化钠以 10∶1 配制混合溶液向锅炉注入，控制磷酸根 $0.3\sim2mg/L$，pH 值 $9.4\sim10.0$，以此调节药剂配比和投加。对锅炉水要求 2 倍酚酞碱度＞总碱度，而且不允许酚酞碱度消失。

对该厂进行的安全性评价和复查表明，这种处理的防腐蚀效果好，是使锅炉延寿的保证。

(6) 新投产机组的氢氧化钠处理建议与实施

某电厂在半年多的运行中尚未充分暴露所存在的问题。但是由锅炉水 pH 值偏低和凝结水溶解氧含量高联系起来看，锅炉具有酸腐蚀危险。因此建议该两台锅炉采取氢氧化钠和低磷酸盐处理，并认为对该 2 台锅炉来说，保持锅炉水有少量氢氧化钠存在，可延长使用寿命，减少风险。

(7) 江苏邳州某电厂锅炉水处理的改变建议

该电厂 4 台 300MW 机组所配锅炉采取平衡磷酸盐处理，锅炉水的电导率和磷酸根都偏高。电导率常＞$40\mu S/cm$，磷酸盐隐藏与溶出现象也不时发生，在评价中指出这也是酸腐蚀存在的迹象。例如 4 号锅炉在 2004 年 1 月中旬负荷变动时，锅炉水电导率＞$50\mu S/cm$。该炉垢成分为，铁铝氧化物 98.3％，氧化钙 1％，氧化镁 0.2％，氧化铜 0.1％，磷酸酐 1.73％。

为防止酸腐蚀发展，建议该电厂将平衡磷酸盐处理改为氢氧化钠加低磷酸盐处理。并向陪同进行风险评估的两名化学专业工程师详细介绍了磷酸盐隐藏与复溶的机制，介绍了氢氧化钠防酸蚀的效果和实施方法。

7.8 中间再热锅炉机组的其他锅内水处理

7.8.1 国外已转向锅内氢氧化钠处理及平衡处理

20 世纪 80 年代中后期，当国内质疑酸腐蚀是否真的已构成威胁时，国外的研究者已经由生产实践中切实看到了大容量锅炉酸腐蚀的凶险。1986 年美国电力研究院（EPRI）把锅炉水 pH 值降低列为最严重的故障征兆，并规定锅炉水 pH 值＜7，必须立即停炉；1988 年德国的锅炉水质标准中，把氢氧化钠锅内处理作为 13MPa 及以上锅炉首选的处理方式。这是把酸腐蚀作为主要危险的标志。

在此基础上，国外已经在修正协调磷酸盐处理。在锅炉水处理方面，重视了不可使 pH 值低于 9 和可投加氢氧化钠的做法。在这种重大改变中，还特别规定＞12.7MPa 的锅炉不得加磷酸氢二钠。这实际上已经中止了＞12.7MPa 锅炉的协调磷酸盐处理，启动了氢氧化钠处理。

被称作平衡磷酸盐处理的锅炉水处理方法，实质上就是氢氧化钠加低磷酸盐处理。这种水工况要求锅炉水中有少量氢氧化钠（接近 1mg/L），由于锅炉水磷酸根含量低，要求给水硬度为零。

可以作为证明的是南京下关某电厂的 400t/h 超高压锅炉的锅内水处理及其腐蚀情况。该电厂 2 台 13.7MPa 锅炉均采取协调磷酸盐处理，由于监控精心，R 值的合格率相当高，为 81％～94％，R 值下限超标时为 2.0～2.2。其中 1 号锅炉比 2 号锅炉合格率更高。但是在 1 号锅炉 2003 年春季大修时，水冷壁管向火侧的垢量比背火侧少得多。向火侧为 71.3g/m^2，背火侧为 111.4g/m^2。而且省煤器内附着物远大于水冷壁管，为 274g/m^2。这表明该锅炉有严重的酸腐蚀现象。由于酸腐蚀，使水冷壁管垢量少于省煤器管；由于酸腐蚀，使水冷壁管向火侧垢量少于背火侧。以上的反常现象，就是采取协调磷酸盐处理产生的酸溶所致。

除了垢量的表现外，该 1 号锅炉的汽鼓中腐蚀指示片腐蚀速度达 $4.09\sim5.29g/(m^2 \cdot a)$，平均 $4.55g/(m^2 \cdot a)$ 为 $0.0006mm/a$，对于均匀腐蚀速率来说也是较高的。

在安全性评价当中，向专业人员说明了协调磷酸盐处理的酸腐蚀危险，建议该厂采取平衡磷酸盐处理。具体做法是在磷酸三钠溶液中掺加少量氢氧化钠，控制锅炉水磷酸根 $2\sim5mg/L$，pH 值为 $9.4\sim10.0$，使锅炉水有游离氢氧化钠 $1mg/L$ 左右，具体可由酚酞碱度和总碱度间关系计算。

7.8.2　淮北某电厂在凝汽器泄漏时的氢氧化钠处理

该电厂锅炉为 13.7MPa、400t/h 和 15.7MPa、670t/h 与 125MW 及 200MW 机组配套运行。原水为井水，其矿质化程度高，总溶解固形物 $595\sim730mg/L$；循环水总溶解固形物 $1100\sim1820mg/L$。原水硫酸根达 $360mg/L$，循环水则高达 $1350mg/L$。使用黄铜凝汽器管时腐蚀泄漏严重，该厂已逐渐对 200MW 机组凝汽器换用不锈钢管。尚未更换为不锈钢管的凝汽器均有泄漏问题。例如 7 号机于 2004 年初更换为 316L 不锈钢管后，完全解决了凝汽器泄漏和使锅炉结垢问题，腐蚀问题也随之缓解。

该电厂每逢凝汽器泄漏、锅炉水 pH 值下降时，都向锅炉加氢氧化钠，在查阅各炉大修化学检查报告时，只见到个别锅炉向火侧有条状腐蚀的描述。总体看，腐蚀程度较轻，认为这是该电厂坚持进行针对性的氢氧化钠处理的效果。

在安全性评价中，肯定了该厂每当凝汽器泄漏，即投加氢氧化钠的做法。但是建议该厂由常规的磷酸盐处理，改为平衡磷酸盐处理，使锅炉水保持氢氧化钠和磷酸三钠共存。

7.8.3　韩城某电厂锅炉腐蚀引起锅炉水处理改变

该电厂 125MW 机组中，有 1 台是 68 黄铜管，其为 70-1 锡黄铜管。68 黄铜管在短期服役后即大量泄漏，虽然已经更新，但是已引起锅炉结垢腐蚀。由于循环水氯离子>200mg/L，70-1 锡黄铜管使用 4 年即大量泄漏。目前该厂拟更换为 70-1B 加硼锡黄铜管。

对该厂进行安全性评价时，发现较突出的问题是，由于采取协调磷酸盐处理，使超高压机组锅炉水 pH 值常低于 9，锅炉水的酚酞碱度仅为总碱度的 1/10，有明显的酸腐蚀水质特征。

在结合安全性评价进行的技术培训中，向化学专业人员说明锅炉水为磷酸氢二钠为主时的危险性。宣讲采取平衡磷酸盐处理的必要性。

该电厂在初查中就按整改建议改为加氢氧化钠提高 pH 值到 9.4～10.0。在复查中认为锅炉水的酸腐蚀危险已解除。加氢氧化钠使超高压锅炉得以延寿。

7.8.4 安阳某电厂采取"优化"锅内水工况的改进

(1) 关于"优化"锅内水工况及其存在的问题

安阳某电厂 300MW 锅炉机组采取了锅炉水"优化"处理。其主要的水质指标为：凝结水电导率≤0.2μS/cm，钠≤5μg/L，溶氧≤20μg/L；给水电导率≤0.2μS/cm，溶氧 1～10μg/L，pH 9.2～9.5；锅炉水 pH9.0～9.6，R 值＞2.8，磷酸根 0.5～1.4，钠≤1mg/L。

此给水和锅炉水水质标准介于协调磷酸盐处理、平衡磷酸盐处理和氧化水处理之间。取各家之长，具有"优化"的意味。但是，实施起来非常难，难就难在无法面面俱到，熊掌与鱼无法兼得；想要面面俱到，却难免顾此失彼。

首先是放宽了给水溶氧的指标，按国家标准 GB 12145—1999 考核比极限值超标 40%，和期望值相差 2 倍；其次是尽管考虑到协调磷酸盐处理的酸腐蚀危险，使 R 值＞2.8，但是所规定的锅炉水 pH 值偏低，为 9.0～9.6，仍难免有酸腐蚀危险；第三是令给水 pH 值为 9.2～9.5，无助于防腐蚀能力提高，而且必然使空冷区外缘黄铜管腐蚀。

(2) 安全性评价中发现的问题及氨蚀的确认

在对 2 台亚临界参数锅炉机组的风险评估中，注意到该 2 台锅炉执行的"优化"锅内水工况，实际上是放宽了水质指标的准氧化水工况。该 2 台锅炉水的电导率均＞10μS/cm，氯离子＞1mg/L，在此水质条件下放宽对给水溶解氧的要求是危险的。

在查阅大修中垢量测量结果时，发现向背火侧垢量接近，分别为 98g/m² 和 97g/m² 及 154g/m² 和 126g/m²，而且水冷壁管垢量少于省煤器管（148g/m²），存在酸腐蚀现象。实际查看割取的水冷壁管试样，已有明显的点蚀。因此提示应慎重对待"优化"锅内水工况。

在进行风险评估期间，针对 10 号机组凝汽器管的严重氨蚀现象，结合对氨蚀机制、特点和成因，结合对氨蚀的判定，作了 3 次讲评。特别指出自 GB/T 12145—1999 版国标《水汽质量》发布后，出现了新一轮（第 3 次）的氨蚀浪潮。在空冷区安装了耐氨蚀的 B 30 铜镍合金管后，凝汽器的汽侧氨蚀转移到空冷区周围（外围）的黄铜管。

氨是弱碱，用氨提高 pH 值时，必须重视此特点。氨为 0.5mg/L，可以使凝结水（含蒸汽和给水，下同）pH 值＞8.7，对钢铁有良好的保护作用，也不会使黄铜管（在氨局部富集后）产生腐蚀。欲使 pH 值＞9.0，氨应达 1.2～1.5mg/L；pH 值达 9.2，则氨应达 3mg/L，使 pH＞9.3，则氨须达 5mg/L。如果 pH 达 9.5 或 9.6，则氨应为 10mg/L。

黄铜能耐受的最大含氨量为 300mg/L，70/30 B30 白铜则可耐 7000mg/L。为此在 1980 年之后出现矩形凝汽器（以 N6815 型为代表）空冷区黄铜管氨蚀泄漏后，在空冷区使用 70/30 B30 白铜管，使问题得到解决。

1989 年在讨论将 SD163—85 行标，晋升为国标 GB 12145—89 时，许多标准委员会委员提议将给水 pH 值提高到 9.3 以上，并引用了许多发达国家的标准。对此指出，国外大机组凝汽器及热交换管使用黄铜者少，全钢热交换器（低压加热器）和钛或不锈钢凝汽器可将给水 pH 值放宽，但是黄铜不可。理由是当时人们已不再检测水中含氨量，已淡忘了氨对 pH 值提高的特点。令给水 pH 值≥9.3，必然会产生黄铜凝汽器管腐蚀。

1999 年在 GB 12145—1999 版颁发不久，就开始了凝汽器黄铜管的"振动、磨损"泄漏，经查无一不是外壁氨蚀穿透。具体到该厂 10 号机凝汽器的汽侧损坏就是典型的氨蚀失效。在查评的讲解中还用实例说明了使给水 pH 值达 9.5 的氨蚀必然性。依照常规，该 2 台锅炉用氨量可＜5kg/d。该厂 2 台 300MW 机组日用氨量达 60kg/d，焉能不产生氨蚀！

向锅炉给水投入大量氨，除了引起空冷区周围的黄铜管氨蚀泄漏外，还加重了凝结水处理混床的负担，使氢-氢氧型运行的时间短，采取铵-氢氧型运行虽可延长运行周期，但是，其出水质量大受影响。更难满足准氧化处理的给水和锅炉水质量要求。

(3) 衡水某电厂和阳城某电厂高 pH 值的问题

在安阳某电厂进行安全性评价时，针对该厂 10 号机凝汽器氨蚀成因，介绍了两个典型案例，证明给水 pH 值≥9.3 会使空冷区外缘黄铜管产生氨蚀和给水 pH 值≥9.5 无助于钢铁防腐蚀，反而妨碍精处理混床正常工作。

① 衡水某电厂亚临界参数机组氨蚀的认定

由于提高给水 pH 值，引起凝汽器空冷区外缘黄铜管腐蚀的事例甚多，仅举此例作为代表。

2000 年初，接该电厂电话称凝汽器频发泄漏，抽管检查时，发现主要在管板和隔板处外壁减薄和穿孔。对此种泄漏原因，有的认为是振动磨损，有的认为是腐蚀造成，询问原因。对此答复应是氨蚀造成的，已有许多例，都发生在空冷区的外部，尤其是其下部。建议该厂去大同某电厂了解。该电厂曾持腐蚀管样到北京询问，对其答复是氨蚀。如果两者的外形相同，就可认定为氨蚀。

随后应该电厂邀请去衡水咨询，行前带有氨蚀的典型照片。在会议室中出示了氨蚀的照片，向与会者说明其部位特点及原因。衡水某电厂的亚临界参数机组同样是在将给水 pH 值由 9.0 上下提高到 9.4 以上后出现的。堵管的部位明显地集中在空冷区周围偏下的地方。对该厂指出虽然 pH 值仅提高 0.4～0.5，但是氨的用量和水中氨的含量大幅度增长，可达 5～10 倍，使空冷区附近处于高氨的氛围中。会溶于沿管板和隔板流下而停留在黄铜管的水珠上，在其中富集增浓，造成腐蚀穿透。

建议该电厂控制给水 pH 值为 8.8～9.2，上限还可更低，不影响钢铁设备的防腐蚀效果。

② 阳城某电厂给水 pH 值＞9.5 有害无益的试验

阳城某电厂是晋豫交界处的大容量火电厂，装有 6 台 350MW 机组，部分机组凝汽器为不锈钢，低压加热器是钢管，有良好的保持给水 pH 值＞9.5 的设备条件。该电厂采取碱性还原性全挥发处理，有意使部分机组给水 pH 值提高，以防止腐蚀。

在安全性评价中，指出该电厂采取全挥发处理使锅炉水 pH 值偏低。6 台锅炉的炉水最高 pH 值＜9.2，5 号、6 号锅炉则常低于 9.0。保持给水 pH 值≥9.5 的锅炉，给水腐蚀产物含量偏高，未见到优势。在该厂还专门进行了不同给水 pH 值时的含铁量测定，未见到 pH＞9.5 比 pH 值＜9.2 有优势。

对该厂建议：给水 pH 值以 9.0～9.2 为宜；锅炉水以平衡磷酸盐处理为稳妥。同时还指出，给水加氨过多（据估算比实际需要量高 10 倍以上），除了增加混床负担外，改为铵型降低产品水质。

在安全性评价中遇到许多为保给水 pH 值达 9.5 上下,不惜使混床以氢、氢氧型工作不足 1 星期,而以铵、氢氧型达 1～2 个月的事例,认为从水质净化和防腐蚀效果权衡,弊多利少,劝其改弦更张。

(4) 对安阳某电厂 9 号、10 号机组实施"优化"水处理的改进

对该厂指出,9 号、10 号机凝结水含铜量分别超标 5 倍和 3 倍,是氨蚀的危险信号。氨蚀泄漏发展下去,不论采取何种锅内处理方法,都无法遏制锅炉机组腐蚀的发展。当前应使给水和锅炉水指标满足 GB/T 12145—1999 的要求,在此基础上以投加氢氧化钠提高锅炉水 pH 值为 9.2～10.0 更为妥贴。

7.8.5 某电厂安全性评价再次遭遇"优化"水处理

该电厂两台 1172t/h 亚临界参数锅炉均采取"优化"锅内水处理。该"优化"水处理的锅炉水 pH 值指标低于国标 GB/T 12145—1999 的规定,为 9.0～9.5,而且对水质异常的三级处理规定均是上限超标,分别是 >9.5、>9.7 和 >9.9。这样一来就从控制指标上逼着该两台锅炉往酸腐蚀方向走。

查阅该两台锅炉的炉水化验表单,几乎每个月都出现 pH<9 的数据,最低为 8.1。为此指出,"优化"水处理规定的锅炉水 pH 值已偏低,由于对指标的控制着重防止 pH 值上限超过 9.5,而不限制下限低于 9.0,其结果是锅炉水的实际 pH 值更低,酸腐蚀危险甚大。

(1) 关于盐类隐藏现象和测试中 pH 值是否有误问题

查阅化学除盐水和精处理凝结水,都有 pH 值为 5 上下的数值,是有酸腐蚀危险的水质。在安全性评价的咨询讲课中,化学专业人员反映了锅炉水磷酸根的异常变动现象。指出是磷酸盐的隐藏与溶出所致。有这种情况的锅炉,标志为:①锅炉存在腐蚀,而且应是酸腐蚀;②锅炉金属面未处于钝态;③锅炉中以铁为主的附着物垢已足够多,已达应清洗的程度。据此认为,目前的"优化"水处理已使锅炉产生了一定程度的酸腐蚀,应将该优化处理向高 pH 值方向倾斜,使之平衡氢氧化钠处理。具体的改进意见是:每日每炉随磷酸三钠加入约 50g 分析纯氢氧化钠,由锅炉水 pH 值调控氢氧化钠投加量。改变锅炉水控制的 pH 值指标为 9.2～10.0,尽量不使 <9.4。

当有关人员在解释 pH 值偏低的问题时,认为仅是短时间出现的,无碍大局;对太低的数值则认为也可能测试仪表偶尔发生故障。

对于以上解释提出的看法是：①登录到表单上的数据应是严肃、真实和可信的，不能妄加否认；②从腐蚀角度考察水的 pH 值，就是只可能比实际数值高，而不可能比实际数值低，这是由于腐蚀中消耗氢离子，腐蚀的结果就是表现为 pH 值升高；③酸腐蚀对表面膜破坏巨大，严重和快速，pH 值降低会使表面膜立即荡然无存，恢复表面膜则为时甚长，因此绝不可轻视短时的 pH 值下降，其后果是严重的。

基于该厂锅炉结垢腐蚀的实际表现，建议对"优化"水处理的锅炉水控制指标作修改，以消除其酸腐蚀危险。

(2) 关于信阳某电厂加氨过多和拟用"优化"处理问题

信阳某电厂 2 台 300MW 机组凝汽器是不锈钢管，给水 pH 值按照 9.0～9.5 控制，意味采取锅炉水"优化"处理，在安全性评价中着重探讨了此两问题。

① 关于给水 pH 值和加氨量问题

经询问得知，该厂 2 台 300MW 机组每日加氨 80kg。为此认为超过了实际需用量 20 倍以上，实际上 2 台 300MW 机组日加 4kg 已足够维持 pH 值 9 上下。向有关人员讲清 pH 值＞9.2，继续提高 pH 值无助于钢铁防腐蚀，绝对无必要使其达 9.5～9.7。

② 该厂询问是否可采取锅炉水"优化"处理

对此答复是，该电厂化学除盐水 pH 值为 6.5～6.6，偏低，凝结水处理装置无前置过滤器，锅炉水 pH 值不时低于 9.0。凝结水混床呈氢、氢氧型时间甚短，对杂质阻留能力弱，如果采取"优化"处理，酸腐蚀危险会加重。与其采取"优化"水工况，不如采取平衡磷酸盐处理。

7.8.6 汽鼓锅炉和直流锅炉的氧化水工况

氧化水工况起源于直流锅炉的给水处理。然而，客观需要时和条件合适时，也能用于汽鼓锅炉。这两种氧化水工况有较大的差异。

(1) 大同某电厂试用成功的中性氧化水工况

大同某电厂在华北电力网中有重要的作用。它位于电力网的枢纽位置，是变输煤为输电的重要电力通道，使优质廉价的晋煤和神木、府谷煤，在当地化为电力，由山西和内蒙源源东送。

天公不作美，煤炭资源丰富之处往往缺水。于是山西、内蒙开发了风冷机组，用空气代替水。大同某电厂 5 号、6 号机组就是率先使用空冷的机组。

由匈牙利引进的海勒式空气冷却塔,用化学除盐水对汽轮机排汽作混合式冷凝。热的化学除盐水加凝结水在空冷塔的铝管中冷却。冷却了的混合水中令 650t/h 水经精处理混床净化作为给水,另外的 4000t/h 仍作为冷却水继续使用。

铝在 pH 值>8.5 和<5.5 可产生腐蚀;钢铁在 pH 值 7.5~9 能保持稳定。这两种材料都是靠表面氧化膜耐蚀的。因此可使它们处于中性的氧化环境中。制造厂推荐使用的水质规范是高氧钝化,考虑到汽鼓锅炉水的电导率难以<1μS/cm,因此,改为低氧钝化。具体做法是关闭除氧器的排汽门,使其失去脱氧功能,利用冷却水系统与大气连通的特点,保持凝结水含氧量为 50μg/L 上下。令给水 pH 值 6.0~7.5,电导率≤0.15μS/cm,氧 15~50μg/L,此数值无须加氧可以自然平衡;锅炉水 pH 值 6.7~7.5,电导率≤1.5μS/cm,氯离子≤0.1mg/L。

经过为期 2 年的工业试验验证,以上水规范是合理的,既保证了铝冷却管无腐蚀,又保证了锅炉机组钢铁无腐蚀。试验证明,为建立钝态,可在 30~50μg/L 下运行,48h 内可使铝和钢铁钝化(铝<12h);为维持钝态,只需保持 15~30μg/L 氧即可。这种中性氧化水工况适于连续运转的机组。这种低氧钝化方法无须向锅炉加氧和加碱化剂。系统中铝含量≤3μg/L,铁≤8μg/L。

用于工业试验的 6 号锅炉进行低氧钝化工业试验 1 年以上,转为由电厂运行监控,基本没有调控水质指标的操作。随后用某公司研制用于中性氧化处理的水汽监测和故障诊断微机监测,使化验监督完全由微机实施。该锅炉机组是该电厂 6 台机组中等效使用率最高的。

(2) 蓟县某电厂 500MW 直流锅炉机组氧化处理

该电厂锅炉为 25MPa、1650t/h,投产时为碱性全挥发处理,在 2 年的稳定运行后改为微碱性氧化水处理,亦即向除氧器后的给水中投加氧气,使保持 150μg/L 氧,并加氨使给水 pH 值为 8.5 上下。由于 0.7MPa 除氧器可使给水含氧量降到 2μg/L 以下,因此,这种氧化处理就是除氧器脱氧和除氧器后加氧的循环。

在对该厂进行安全性评价时,指出给水氧量过高,据此建议,该厂实际控制为 110μg/L 上下。由于凝汽器是 95/5 铜镍合金管,有腐蚀泄漏问题,该厂又将给水含氧量降为 50~100μg/L。

2001 年 10 月 2 号锅炉发生爆管停炉,共有 6 根水冷壁管发生爆漏。裂口长 20~120mm，宽 1~3mm，可以看出是由内壁向外产生裂纹。该水冷壁管外径 32mm，壁厚 6mm。该管材料为 12Cr1MoV，其成分合格，失效管有超温组织，向火侧珠光体球化 4~5 级。材料试验表明，背火侧无变化，向火侧力学性能已低于该种材料下限。

对其进行失效分析时，许多人依据金相检验结果，认为是超温所致。在讨论中指出，该水冷壁管是向火侧腐蚀减薄和内壁有许多宏观微裂纹，认为是腐蚀所致。由向、背火侧管壁厚度比较，向火侧减薄了 3mm，这是酸腐蚀特点。

对酸腐蚀原因分析，一是该炉投产后不久漏入再生液，使给水 pH 值低于 4，达 3h 以上；二是凝汽器泄漏，会使精处理混床产生酸性水。在这种水质下，采取高氧（$\geq 100\mu g/L$）水处理，会加重酸腐蚀。为此在该厂第二轮风险评估中强调应该反思高氧处理的风险性，可以在转入氧化处理之初以 $50\sim100\mu g/L$ 快速致钝，48h 内可以完成钝化。随后降低含氧量为 $20\sim50\mu g/L$ 维持钝化用氧。由于凝汽器气密性所限，凝结水中常含 $20\sim50\mu g/L$ 的氧。因此，维持钝化的氧基本无需外加。

（3）绥中某超临界锅炉机组的氧化处理

该电厂位于华北和东北两大电力网之间，起两电力网间电力潮流的维系平衡作用。两台 800MW 直流锅炉机组是当时国内单机容量最大的。

该电厂原水为水质优良的水库水，总溶解固形物 66~99mg/L 之间，是青岛崂山、信阳毛尖茶用水之外仅见的饮用水。凝汽器使用海水直流冷却，冷却面积 41200m²，管材是 70/30 铜镍合金，外径 28mm，壁厚 1mm，长 12m，共 39232 根。该锅炉投产时采取制造厂推荐的全挥发处理水工况，联氨为 $20\sim40\mu g/L$，氨为 $200\sim600\mu g/L$。制造厂规定蒸发受热面垢量<300g/m²，达此值应进行清洗。

该厂 1 号锅炉由还原性处理改为氧化处理，2 号锅炉仍维持碱性还原性处理。1 号锅炉的氧化处理维持>$100\mu g/L$ 的氧。经查阅表单，凝结水的含氧量为 $100\sim200\mu g/L$，经 0.7MPa 除氧器脱氧后，再向除氧器后给水管道上加 $100\mu g/L$ 氧，使之保持 $200\mu g/L$。

查阅检修记录，1 号锅炉水冷壁管向火侧垢量少于背火侧，两组数字分别是：向火侧 93g/m²，背火侧 108g/m²；另一组为向火侧 98g/m²，背火侧 133g/m²。存在着明显的酸腐蚀风险。

查阅碱性还原性处理的 2 号锅炉检修记录，向火侧垢量略高于背火侧，认为也有酸腐蚀风险。具体为 A 侧墙向火侧 116.5g/m²，背火侧 103.4g/m²；B 侧墙向火侧 102g/m²，背火侧 92g/m²。

鉴于该厂 70/30 铜镍合金管时有泄漏。海水进入凝结水则使精处理混床迅速失效而产生酸性水。其酸腐蚀危险总是存在的，而且在该电厂由于凝汽器泄漏使给水 pH 值下降的水质故障多次发生。因此，对该厂安全性评价复查后提出供该厂思考的问题是：第一，两炉已有酸腐蚀倾向，而且 1 号锅炉重于 2 号锅炉，那么 2 号炉改氧化工况的决定是否应再斟酌一下；第二，即使 2 号炉也决定同样采取氧化处理，那么，给水含氧量应为高氧（$\geqslant 200\mu g/L$）好些，还是低氧（50～100μg，或 30～50$\mu g/L$）更安全些。

查评者最不愿看到的是，所加的氧不是用于维持钢铁表面膜的钝化，而是消耗于推动酸腐蚀的进行。

(4) 常州某电厂亚临界参数锅炉水处理

该电厂濒临长江，离阳澄湖甚近。4 台亚临界参数直流锅炉中，1 号、2 号锅炉机组为氧化性处理，3 号、4 号机组为还原性处理。锅炉蒸发量为 1025t/h，配 300MW 机组。1 号、2 号机组投产于 1993 年夏季和冬季；3 号、4 号机组投产于 1994 年春季和冬季。

通常认为，氧化处理的优势在于可以降低给水含铁量，降低受热面管子积垢速率。查阅水的化验表单和锅炉的检查记录，均未能体现以上优势，反而看到 2 号锅炉有严重的腐蚀。

由于该 4 台锅炉将改为汽鼓锅炉，电厂提出了改为汽鼓锅炉后的锅内水处理问题。对此答复是以相当于平衡水处理的低氢氧化钠和低磷酸盐处理为宜，可维持锅炉水磷酸根 0.3～2mg/L，经常 0.5～1.5mg/L；保持 pH 值为 9.2～10.0，经常 9.4～9.8，并根据锅炉水 pH 值调整氢氧化钠投加量。

对现有锅炉水工况的建议，认为仍可保持原有的水处理方式，但是应略加调整。使用氧化处理者，给水含氧量可为 50$\mu g/L$ 上下；保持 20～50$\mu g/L$；采取还原处理者，pH 值应适当降低，使 pH 值为 9.0±0.2。此 pH 值对钢铁和黄铜都有良好的保护作用。pH 值过高使黄铜腐蚀而无助于钢铁。

第8章

热交换器(以凝汽器为代表)材料延寿与冷却水处理

8.1　热交换器材料及其寿命影响因素

8.1.1　黄铜热交换管材与凝汽器管

　　热交换是热能利用的最常见形式，有混合式加热（或冷却）和间壁式加热（或冷却）两类。混合式热交换用于热源和工质有相同或相近之处，两者混为一体传热，常常是工艺所要求的，此种情况较少见。间壁式热交换也习惯称为表面式换热，使用能耐受热源和工质作用的材料，将两者分隔而传热。它使用范围很广，在气（汽）气（汽）间、气（汽）液和液液间皆可使用。

　　蒸汽锅炉利用蒸汽吸收的热能发电，汽轮机排出的蒸汽还含有蒸发（或冷凝）潜热，必须吸收掉这部分热能才能将排汽冷凝为水。凝汽器（也称冷凝器）就承担这个任务。锅炉蒸汽只经过汽轮机的降压、降温就冷凝为水，是热能的极大浪费，在汽轮机中把不同品位（不同参数）的蒸汽抽取出来，用于给水和凝结水的加热，可以回收相当份额的热量，提高火电厂的效率。如果将一定数量的蒸汽由汽轮机抽取出来，供应工业企业对产品加热，或者给城市供热管网采暖，则可更大限度地利用热量。

在以上的热量交换中，都使用热交换器。凝汽器是巨大的热交换器。其热交换面积以万平方米为单位，每小时将成百上千吨的蒸汽冷凝为水复用。所用的常是江河湖库水，甚至海水。

凝结水压力<1MPa，其加热器称低压加热器；给水压力为15～30MPa，其加热器称高压加热器。两者都是用蒸汽加热水，但是由于参数不同，使用的材料也不同。工业用汽的热交换器，视工质不同，材料不同；采暖的热交换器材料则较单一，基本都是普通的黄铜管。

在火电厂中汽轮机组的润滑油和液压油因工作而升温，需要冷却；发电机的冷却水氢气和冷却用水在工作中吸热，也需要冷却；各种控制室甚至整个厂房需要调温，中央空调的工质要冷却，这些都要用热交换器。在水处理工艺中，要满足一定的处理条件也使用热交换器。

上述热交换器多为黄铜热交换器，胀接在碳钢管板上，壳体是碳钢。以常见的凝汽器为例，作简单介绍。

100MW 汽轮发电机组在地方火电厂中仍在服役，在大型企业中是常用的工业锅炉配套机组。它的凝汽器冷却面积为 6815m²，装有 10336 根外径 25mm、壁厚 1mm、长 8.47m 的黄铜管。铜管总长 87.5km，总重 59t，冷却水量 15420t/h。

300MW 机组是火电厂在役机组中最多见的，在特大型企业的自备电厂中也有。它的凝汽器冷却面积 15350m²，装有 21552 根相同外径、壁厚的 11.46m 长铜管。铜管总长 247km、重 134t，冷却水量 4 万吨/h。

热交换器和 100MW 以下的凝汽器使用黄铜管，这是铜和锌的合金，而且是使用含锌量≤39％的 α 黄铜。实际使用的黄铜成分为：铜 67.0～70.0，杂质总量<0.3％，锌为余量。它以半硬状态供货，其拉伸强度>340MPa，延伸率>30％。

用于一般热交换器的黄铜管符合以上技术条件。用于凝汽器的黄铜管则是加有 0.03％～0.06％砷的管材，它的耐蚀性比不加砷的黄铜管为高。

8.1.2　热交换器和凝汽器使用的材料及损寿因素

（1）壳体和管板材料
热交换器和凝汽器的外壳（壳体）均使用碳钢，其使用寿命为 20

年，其间壳体极少有提前失效的事例。管板只在特定条件下缩短使用寿命，例如在高含盐量水中使用碳钢管板，会因电偶腐蚀而减寿。最容易发生故障的当属热交换管，出于传热的需要，其壁厚往往≤1mm，若发生局部腐蚀则容易穿透，以下用凝汽器为代表作说明。

凝汽器管板材料应有足够的强度和硬度，而且应较厚，才能保证使铜管胀接牢固而管材自身不变形。淡水中常用的管板材料是碳钢。

管板将两种材料胀接一起，常会产生电偶腐蚀，因此，要求管板与管材的电极电位差＜200mV，在海水中使用时，应＜100mV。

高浓缩倍率的冷却水电导率常＞3000μS/cm，必须注意电偶腐蚀问题。此时可使用蒙茨合金管板。这是6/4黄铜，成分是铜59%～60%，铅0.4%～0.5%，锑0.25%，钛0.05%，锌为余量。对于黄铜凝汽器管，该材料在海水中也可使用。

在高含盐量水中，尽量使管材和管板一致或相近。例如用不锈钢管时，应使用不锈钢管板；使用钛管时，可用钛管材或复合钛管板。

为提高胀接结构的严密性和防止腐蚀，大机组凝汽器管板常涂满黏合剂类涂料。钛管与管板采用胀接加焊接结构。但是应严防焊接中钛的氧化燃烧。

(2) 凝汽器用的铜合金管

100MW及以上机组凝汽器的防腐蚀能力要求较高，除了使用加有第三种元素的特种黄铜外，所有的黄铜管材都加有微量的砷。

国产各种铜管用汉语拼音表示其品种，黄铜管冠以H，白铜管冠以B，青铜管冠以Q。字母后面如有化学元素符号则是所加入的第三种元素。黄铜中常添加锡或铝，白铜中除镍外还含铁、锰、钴。牌号中的数字是铜含量及第三种元素含量。例如H68表示是含铜68%上下的黄铜，无其他添加元素；HSn70-1表示添加有1%锡的黄铜，其含铜量为70%上下；HAl77-2表示添加有2%铝的黄铜，其含铜量为77%上下。又如B10表示是白铜（尽管其颜色为金红色），含镍为10%上下。BFe30-1-1是含镍（加钴）30%的白铜，并含锰、铁各1%。

(3) 钛管和不锈钢管

钛是最耐蚀的结构金属，它的密度小，强度高，是海水冷却中的首选管材。自1975年起，我国钛工业进展很快。1978年在北京某电力试验研究单位召开了钛凝汽器管应用研讨会，此后大机组使用钛凝汽器管者甚多。

凝汽器管使用工业纯钛，无缝管和焊接轧制管均可使用。工业纯钛牌号有 TA1、TA2 和 TA3，在 3 种产品中，TA2 强度韧性居中，适用作凝汽器管。该牌号除钛之外的主要杂质量，铁＜0.3％，硅和氧均＜0.15％，碳＜0.1％其供货状态为软状态，拉伸强度为 440～590MPa，延伸率＞20％。用作凝汽器的钛管壁厚可为 0.5～0.7mm。

钛依靠能迅速生成氧化钛表面膜而耐蚀。在作为凝汽器管所能遇到的腐蚀介质中它都表现为非常耐蚀。在抗冲击腐蚀方面也表现优异。

随着不锈钢降价，使用不锈钢的大机组越来越多。许多机组在黄铜管腐蚀达应更新程度后，常常想到要换成不锈钢管。同样是奥氏体不锈钢管其耐蚀性表现差异较大，有的抗应力腐蚀较弱，有的抗点蚀较弱。但是具有共性的，任何牌号的不锈钢管必须是钝态的。而且在安装中应避免使其敏化（受 500～800℃的加热）。

不锈钢管抗冲击腐蚀能力强。钝态的 304 不锈钢在淡水到咸水间均能使用，但是以淡水为宜。它相当于我国的 0Cr18Ni9 钢。它价廉而产量大，在我国大机组上使用甚多。316 不锈钢耐点蚀性能强，可用于咸水中。它相当于我国 0Cr17Ni2Mo2 钢种，它的价格较 304 为高。

(4) 凝汽器的使用寿命和各种减寿因素

凝汽器的正常使用寿命使为 20 年。其制约因素是最容易发生腐蚀故障的凝汽器管。全钛凝汽器出现时宣称保证寿命为 30 年，不锈钢凝汽也认为可达 20 年以上。黄铜凝汽器管的期望寿命也是 20 年，但是鲜有到达此使用寿命者。大量的黄铜管凝汽器使用经验表明，能服役 10 年以上已是比较满意的了。

影响凝汽器管减寿的因素是，冷却水质量和运行管理，黄铜管对此最为敏感，可作为代表。

冷却水质包含，水的含盐量（尤其是氯离子含量），水中污染物质含量，水中可引起冲击腐蚀的漂砂含量；运行管理包含冷却水防垢防腐蚀处理，结垢腐蚀状况，清洗清理措施，停用保护情况。

判定凝汽器（黄铜）管必须判废更新的原则是，100MW 及以下机组，由于泄漏堵管达总根数的 5％；200MW 及以上机组，由于泄漏堵管达总根数的 3％。

8.1.3 黄铜凝汽器管水侧腐蚀损寿及案例

(1) 由听任凝汽器泄漏到抓"两器"（凝汽器、除氧器）

① 江河水直流冷却的低压锅炉机组（2 例）

1958 年之前低压锅炉机组比比皆是，对凝汽器泄漏不当回事。1956 年去南京下关某电厂和常州戚墅堰某电厂时，见到两个电厂的凝汽器管，任其泄漏不加制止。和青岛某电厂对凝汽器泄漏的重视程度不可同日而语。仔细了解方知，这两个电厂的低压锅炉都直接补充自来水，凝汽器用长江水直流冷却。长江水总溶解固形物＜150mg/L，硬度＜1mmol/L，优于北京市自来水。凝汽器漏进了长江水，权当是向锅炉补充水了。

② 海水冷却机组和中压机组的凝汽器泄漏

青岛某电厂是用海水冷却的，该电厂历来十分重视凝汽器防腐蚀延寿和重视凝汽器管泄漏的查堵。在保证凝汽器管使用寿命方面，使用了英国的加砷铝黄铜管，瑞典的加砷海军黄铜管和苏联的白铜管；在防止凝汽器泄漏影响凝结水质方面，强化了凝结水的监控，采样间隔为 2h（其他试样间隔 4h），如果发现凝结水质劣化，立即投加锯屑堵漏，或停半侧人工查漏。

下花园某电厂原水溶解固形物＞400mg/L，是 20 世纪中叶少有的循环冷却电厂之一。对于凝结水质同样非常重视，遇有凝汽器泄漏迹象时立即处理。之所以如此，是该厂在凝汽器管腐蚀泄漏方面吃了大苦头。

该厂于 1955 年移装的 15MW 4 号机组使用苏联产的普通黄铜管，管长 5.46m，共 4028 根。冷却水为开式循环，原水溶解固形物 510mg/L，循环水溶解固形物 680mg/L，使用磷酸三钠作阻垢剂，阻垢效果不佳，循环水 pH 值高，酚酞碱度达 0.6mmol/L。到 1956 年凝汽器管即因栓状脱锌泄漏，必须在运行中降负荷查漏，或停机灌水查漏，估计使发电量减少 10% 以上。而且随运行时间延长，泄漏次数和发现漏管根数越来越多，到 1956 年底堵管数超过总根数 8%，不得不在 1957 年 9 月全部更换为 70-1 锡黄铜管。

该电厂在 1960 年 9 月新建的 25MW 5 号机组上又重演过一遍。该机应使用 70-1 锡黄铜管，但是我国当时只能供应普通 68 铜管。该机于 1960 年 6 月投产后，1 年内铜管因栓状脱锌而泄漏，其漏泄程度和对发电量影响程度都比 4 号机组严重得多。该机在刚投产 1 个月检查时，已发现密集的栓状脱锌斑点，采样车削铜管外壁的方法检查，其深度＞0.3mm，运行 3 个月后开始发生泄漏，泄漏严重时，凝结水硬度＞50μmol/L。1961 年 1 月对该机组配套的锅炉进行检修时，水冷壁管垢厚达 2mm，汽鼓中有大量水渣，内置旋风筒上水渣厚达 20mm，其成分为氧化钙 36.4%，氧化镁 13.8%，磷酸酐 34.1%。为消除水垢，于该机组投产半年后进行的碱煮炉和人工除垢清理。但是，由于凝汽器泄漏未能解决，到 1963 年 10 月，水冷壁管为垢厚 2.5mm，再次进行煮炉除垢，同时将铜管更换为 70-1 锡黄铜管。

③ 高压锅炉凝汽器泄漏酿成大祸非抓不可

1965 年苏联报道，在锅炉腐蚀结垢事故中，由凝汽器泄漏引发的占第 2 位。其后国外报道 1 台大容量锅炉，在凝汽泄漏 7h 后发生锅炉爆炸事故，原因是凝汽器用海水冷却。

天津军粮城某电厂 4 台 50MW 高压机组于 1966 年秋季后陆续投产。凝汽器用海河水直流冷却，其溶解固形物 340mg/L，氯离子 54mg/L，硬度 1.9mmol/L，碱度 2.9mmol/L。1 号、2 号机组已使用 68 普通黄铜管，3 号机组采用了 70-1 锡黄铜管，4 号机组仍使用 68 黄铜管。在 2 号机组于 1968 年 7 月投产时，适逢海河枯水，海水倒灌之际，当年下半年氯离子平均 810mg/L，是正常值的 15 倍，使黄铜管在婴儿期即开始腐蚀泄漏。从那时起，到 1975 年底的 7 年多时间里，该电厂 4 台锅炉爆管 30 余次，更换凝汽器管 7 台次，更换凝汽器管板 5 台次。其中 1 号锅炉由于酸腐蚀，更换失效的水冷壁管耗用 4000h，少发电 2 亿千瓦·时。

④ 凝汽器管腐蚀泄漏的危害

凝汽器管腐蚀泄漏的自身影响是为查漏管和堵塞漏管而减少电能生产。以 100MW 机组为例，降负荷停半侧凝汽器查堵，少发电 20 万千瓦·时；停机查漏，则少发电 200 万千瓦·时以上。凝汽器频繁泄漏对火电厂来说，电能减产损失巨大。

凝汽器泄漏的腐蚀结垢影响，是把它列为"两器"之一的原因。危害之一是冷却水的硬度盐类在锅炉中成垢，使水冷壁管超温减寿；危害之二是冷却水的碱度可引起锅炉碱腐蚀，氯离子（尤其是氯化镁）会引起锅炉酸腐蚀，其后果轻则穿孔，重则脆爆。以和 100MW 机组配套的 410t/h 锅炉为例，穿孔脆爆的应急处理，亦即仅是更换失效的炉管每次可少发电 500 万千瓦·时。如果要查清水冷壁管晶间腐蚀范围，进行彻底处理，则电量损失将以亿千瓦·时计算。危害之三是凝汽器泄漏使减温水受影响，所带盐分直接送入过热器管中，可使过热器管在几天或几星期爆破，100MW 机组每次修理，损失的电量也会达 500 万千瓦·时。

因此，凝汽器泄漏是锅炉结垢（含盐垢）和腐蚀（酸腐蚀和碱腐蚀）的根源，也是汽轮机结盐垢的主要原因。是凝汽器自身损寿，连带锅炉机组损寿的罪人。

(2) 栓状脱锌使黄铜管千疮百孔损寿达 95%

栓状脱锌是脱合金腐蚀的典型代表。试验证明，在含 50mg/L 以上的氯离子水中，68 黄铜管产生栓状脱锌；在含 170mg/L 以上的氯离子水中 70-1 锡黄铜管产生栓状脱锌。铝黄铜管可免除此腐蚀。

唐山某电厂在原有的 2 台中压机组和 5 台高压机组之外，又安装了 1 台 25MW 中压机组。这是由于该电厂高压锅炉出力大于高压机组用汽量，通过 6MW 背压机向中压锅炉供汽，以增加发电能力。该 25MW 机组编号为零，凝汽器为国产 68 黄铜管。

该机冷却水为石灰脱碱软化处理，再加硫酸中和酚酞碱度，循环水浓缩倍率 > 2.5，硫酸根和氯离子含量高，两者之和 > 300mg/L。该零号机投产 3 个月，凝汽器管开始泄漏，当年泄漏堵管率接近 10%，运行不足 2 年凝汽器管全部报废而更新为 70-1 锡黄铜管，其使用寿命下降了 90% 以上。

保定某热电厂有两台 25MW 抽汽机组，抽汽用于蒸发器作热源，其余蒸汽在凝汽器中冷凝。凝汽器管为德国产 68 黄铜管，刚投产的 3 个月循环水未进行处理，凝汽器管结垢，使机组出力降低 2/5，随后用 3% 盐酸进行除垢清洗，并进行了硫酸处理。在酸洗之后的灌水查漏时，已发现有大量漏管，抽出检查认定是栓状脱锌所致。在换上库存的进口 68 黄铜管后，运行仅 1 年又有大量铜管产生栓状脱锌泄漏，还含有 1 年前换上去的新管。该循环水溶解固形物为 750mg/L。实际运行证明，在结水垢的情况下，铜管寿命可减损 98% 以上；在无垢的情况下，在 750mg/L 的循环水中，寿命可减损 95%。

70-1 锡黄铜管被称为海军黄铜，但是言过其实，它的确比 68 黄铜耐蚀，但是遇到咸水即吃不消。军粮城某电厂 3 号机组是为对抗河水枯水倒灌而安装了 70-1 锡黄铜管，该机于 1970 年 8 月投产，当年冷却水氯离子平均值：22mg/L，该机表现了满意的耐蚀性，在 1 号、2 号机 68 黄铜管大量漏泄的情况下岿然不动。1972 年 10 月，为保障天津市饮用水不受倒灌的海水影响，在电厂上游建坝截水，11 月河水（坝后）氯离子达 3470mg/L，12 月该机凝汽器开始泄漏，抽管检查是密集的栓状脱锌。1973 年初坝后河水氯离子 9700mg/L，该机铜管大量泄漏，无法继续使用，不得不更换为 77-2 铝黄铜管。由此可知，在氯离子为 3500~9700mg/L 的水中，其使用寿命缩短 98% 以上。

黄铜管的耐蚀性在很大的程度上取决于表面膜是否建立和完善，建立表面膜的时间约为 3 个月。此时期称为婴儿期，婴儿期内产生腐蚀，可使铜管很快失效。青岛某电厂 120t/h 中压锅炉，和 25MW 的

10号机组配套运行，凝汽器安装国产海军黄铜管，仅运行1个月铜管大量泄漏，3个月后锅炉大面积腐蚀结垢爆管，水冷壁管更换1000m。

"婴儿期"的栓状脱锌使海军黄铜管减寿99.6％，连带使锅炉减寿98.7％。该机组更换为进口77-2铝黄铜管不再产生腐蚀。

（3）严重的层状脱锌造成黄铜管损寿

均匀脱锌对黄铜使用寿命损耗不大。但是，在强烈的腐蚀条件下，68黄铜管的均匀腐蚀速率可达10mm/a，使其呈层状剥离对寿命影响甚大。

天津为五河下注之地，沿海河建设的发电厂和有自备电厂的企业，使用河水直流冷却，所用铜管均为68黄铜管，多少年相安无事。

1958年春季出现干旱，加上之前的大兴水利在海河上游修建了许多小型水库截流，使海河水量骤减，甚至处于停滞状态，海水沿河道上溯回灌，使河水氯离子达200～600mg/L。城市污水占了河道水很大比例，水色变黑、发臭。河水硫化氢含量达100mg/L，氨达30～50mg/L。

自5月初起，天津某电厂低压机组大量泄漏。抽出漏管检查，均为层状脱锌，由于锌的溶脱，使剩余的铜成箔片状，可由铜管表面揭下，或甚至仍呈管状剥离，其厚度达0.3mm以上。黄铜管基体壁厚0.3～0.5mm。

随后位于河东区的中压电厂机组凝汽器纷纷泄漏，同样是呈层状脱锌。在闹市区的另1个电厂凝汽器管出现泄漏，栓状脱锌和层状脱锌均有。该电厂机组服役年久，加之河水硫化氢和氨的含量非常高，使铜管泄漏。在对两个自备发电机组的凝汽器检查中，同样看到是层状脱锌使铜管报废。

河水中有机物污染，使铜导线和元件表面产生绿锈、变黑，查看某造纸总厂用的铜丝网，也因水中硫离子和氨增加而损坏。

由于凝汽器管已无法继续使用，建议对10台凝汽器换管，并且建议中压机组凝汽器尽量借此机会换为70-1锡黄铜管。

在各电厂焦头烂额之际，7月中旬连降暴雨，海河水量陡增，顿时解除了腐蚀威胁。查阅水质资料表明，当年4月底河水含盐量超过1000mg/L，5月底达高峰，为5000～10000mg/L，而且含盐量达到10000mg/L的时间长达1个月。层状脱锌失效集中在这个时段发生。

事后通过杯罐试验，研究了水的氯化钠含量不同，对68黄铜管影响；水中硫离子和氨不同的腐蚀影响。试验证明，68黄铜管在

≤1000mg/L氯化钠中，产生点蚀；在20000mg/L氯化钠中是强烈的均匀腐蚀。在氯化钠溶液中加入40mg/L硫离子或等量的氨，对腐蚀有促进作用，但非决定因素。

1978年应要求为柬埔寨某电厂铜管腐蚀问题进行诊断，并为其提供解决对策。所收到的铜管样品全是极为严重的层状脱锌，有一截铜管用手指可以捏破。所附的水质分析资料过于简单，无溶解固形物和氯离子、pH值等必要数据。据告知，该凝汽器仅运行7年就有如此严重的腐蚀。

由于所提供资料过于简单，无法据以判定腐蚀成因，仅提供可能性和可采取的对策。

① 由铜管样品存在严重均匀脱锌，但是无任何结垢附着，有两种可能，一是机组装于可产生咸淡交替的河口地带，频繁受海水侵袭；二是该管经过盐酸类长时间浸泡清洗，且无有效的缓蚀措施。

② 从所提供的试样判断，该凝汽器管已无法继续使用。建议更换为我国产的70-1锡黄铜管。而且在换管后最好成膜保护，或者至少在最初运行的3个月内，氯离子含量<150mg/L。

(4) 冲击腐蚀使耐蚀的铝黄铜管损寿

77-2铝黄铜管在英国、日本、意大利和瑞典等海岛或半岛国家使用甚广，它耐受海水腐蚀，应该算是真正的"海军黄铜"。可能是出于某种误解，它被当作最耐受冲击腐蚀的管材推荐，而且在许多著作中被引用，并且纳入设计规程中。

1973年，我国欲进口某国400t黄铜管，在水电部供应司征询黄铜管品牌时，基于天津某电厂50MW机组凝汽器频受海水倒灌之害，连同其上游中压机组也受海水倒灌之害，建议购买"而不落"黄铜管，这就是铝黄铜管。这些电厂凝汽器换用铝黄铜管果然不再受海水倒灌威胁。

1977年后在唐山投产的2台125MW机组和2台250MW机组凝汽器均为日本提供的铝黄铜管；其时在天津大港投产的2台320MW机组也使用意大利产的铝黄铜管。这些凝汽器以及换用铝黄铜管的凝汽器实际运行情况，凸现出该种黄铜管不耐冲击腐蚀。

① 唐山某电厂凝汽器管冲刷泄漏

该电厂1号、2号机为日本引进的125MW机组，凝汽器管长8.5m，外径25.4mm，壁厚1.07mm，主凝区用铝黄铜管10644根，空冷区为70/30铜镍合金管750根。

该两机在地震前完成试运行调试，刚投产就遭遇大地震。1977年7月底，2号机首先恢复发电；到10月底开始出现凝汽器泄漏，对此有各种猜测，其说不一，苦于电力供应紧张，没有停机抽管检查的机会，无法认定泄漏原因。

1978年5月，该机获批检修，进入凝汽器汽侧检查时，找到了铜管泄漏是由于除盐水引入凝汽器后未充分雾化造成的冲刷损伤。该除盐水管开10mm孔，共80个，其上有挡板遮护。由于喷出的除盐水反弹到下面的凝汽器管上，使23根铜管冲刷泄漏，最严重的形成长100mm，宽5mm的裂口，共5根。其他的为1～5mm的孔洞。除此之外，还有十几根铜管有严重的冲刷损伤。

建议将除盐水补充管移至凝汽器中间的管组隙较大地带，将喷水管加长，开孔缩小为3mm，使喷出的除盐水得以充分雾化。此举不仅解决了汽侧冲刷损伤问题，还使除氧效果提高，凝结水含氧量由长期不合格，达到合格。

继该机改装除盐水管后，对1号机也同样作了改装，使该机未发生冲刷泄漏。

1978年10月，1号、2号机凝汽器管又发现泄漏，在进行检查时，发现是引入的疏水造成冲刷损伤，以致使50根铜管发生泄漏。由该电厂检修人员对疏水引入管进行了遮挡处理。此后不再发生泄漏。

该两机的两种冲刷损伤引起思考，那就是，除盐水管和疏水管都存在缺陷之外，是否铝黄铜管不耐冲刷损伤。

② 京西某电厂200MW机组铜管互相磨蹭损伤

在京西珠窝站某电厂，凝汽器管为铝黄铜管，投产不到1年，发生严重泄漏。由凝结水硬度判断，或者是许多根铜管同时穿孔，或者是应力断裂。但是抽出之后却发现是铜管上下互相磨蹭造成损伤，使铜管磨平和磨穿，最大的破洞长达1m，宽2～4mm。

铝黄铜管产生互磨的原因，是该品牌铜管以软状态供货。按规定半硬状态铜管每1m可允许悬垂5mm，软状态则达8mm。该200MW机组凝汽器隔板距离为1.4mm。这样一来，铜管可有约11.2mm的振动，而致运行中互相磨蹭损伤。

③ 铝黄铜管的冲击腐蚀失效

唐山某发电厂用陡河水库水作直流冷却，3号、4号机组为250MW，制造厂提供了77-2铝黄铜管。运行2年后均出现泄漏，经抽管检查，系管中卡有贝壳、石子等异物引起湍流冲击而致。

大港某电厂1号、2号机是320MW机组，凝汽器管同样是铝黄铜管，于 1978 年后投产，到 1980 年开始出现泄漏，每次抽管都发现了石子或混凝土碎屑卡在管中，确定是水流冲击造成泄漏。为此，认为铝黄铜管不仅在汽侧可为水滴冲刷蚀穿，或是互相摩擦穿透，还会由于异物引起涡流而穿透。

在该电厂对凝汽器管进行捅刷后，做了涡流探伤检查，有异物卡塞之处可减薄 0.2mm 以上。

④ 铝黄铜管入口端的冲击腐蚀损寿

北京某电力网自 1970 年开始使用铝黄铜管，到 1980 年已有 27 台机组、2860MW 容量使用了铝黄铜管，总重量达 1400t，占在用铜管的 2/3 以上。在这些铝黄铜管中，还含 6 台 400MW 机组使用 70-1.5 铝黄铜管。

自 1976 年起，发现被认为最耐冲击腐蚀的铝黄铜管，其实最不耐冲击腐蚀。除了会产生汽侧损伤和管内异物卡塞损坏外，更为典型明显的是入口端的冲击腐蚀。它发生在铜管入口端 200mm 以内，造成管端表面膜损坏和磨损，使管口处减薄。表面膜损伤可诱发腐蚀；管口减薄使胀接力减损，引起渗漏，这种渗漏既难发现查找，又难堵塞处理，给汽轮机运行造成很大麻烦。

到 1980 年，北京某电力网 8 台中间再热大机组全使用铝黄铜管，无一例外存在入口端冲刷减薄；另一些 50～100MW 机组也不同程度存在。

京西某电厂 200MW 机组使用永定河水直流冷却，河道狭窄湍急，水中漂砂含量＞30mg/L，运行 3 年管端冲刷减薄近 0.4mm，已引起管板处渗漏。

陡河某电厂用水库水对 4 台大机组作直流冷却，实测铜管入口端减薄速度超过 0.05mm/a。

以上两电厂都在管口加装了尼龙套管，或是涂刷环氧树脂，以制止冲击腐蚀的发展。

在对大庆油田新华屯某电厂协助工作时，发现使用铝黄铜管的机组，在水的悬浮物＞100mg/L，管口减薄速度达 0.1mm/a。

陡河某电厂 3 号机（250MW）为节省冷却水泵用电，采取串联运行，使铜管内水流速达 3m/s（一般机组≤2m/s），观察到管口减薄速度高达 0.16mm/a。

在天津东郊和西郊两个电厂 8 台 50～100MW 机组上都使用了铝黄铜管，观察到其入口端冲刷减薄速率为 0.05～0.1mm/a。也就是说，不加制止时，管端冲刷减薄可使铜管寿命损失 50%。

(5) 70-1.5 铝黄铜管的晶间腐蚀损寿

这种黄铜管是某铜厂于 1968 年研制的，含铜 70%，铝 1.5%，锌为余数。据介绍该品牌黄铜管加工成品率高，挂片试验耐蚀性良好。按照添加第 3 种元素的锌当量计算，锡为 2，铝为 6，加入第 3 种元素的同时，应相应增加铜的含量，以免出现 β 相。该种铜管折算的锌当量为 9%，加上所含 28.5% 的锌，则已达 α 黄铜中锌的极限，在晶粒边界可偏析出现 β 相，容易产生晶间腐蚀。

该种铜管主要用于华东地区电厂，除了制作凝汽器之外，在冷油器、空气冷却器和低压加热器上也大量使用。在华北地区则拒绝使用该品牌黄铜管。但是也有 2 台 100MW 和 4 台 50MW 机组是制造厂成套供应的凝汽器原装的。

丹江口水电部某工程局为该处的水电厂主变压器的冷油器上使用了 HAL70-1.5 管，共 33 台冷油器于 1971～1973 年陆续投入使用。1976 年起各冷油器先后发生泄漏，连同换上去的库存冷油器，共有 37 台漏油，其中 30 台严重泄漏。

该水电厂位于丹江水库，水质优良，即使最不耐蚀的 68 黄铜管也不会在 5 年内大量腐蚀泄漏。查看来人携带的失效管样，其壁厚为 1.5mm，可以看到满布渗漏的红色条纹。接到自来水管上，就可以看到水由红色条纹中渗出，这是晶间裂纹的泄漏特点。对来人指出该管应是 70-1.5 铝黄铜管，才有此种失效特征。第二天化验结果证实果然是 70-1.5 铝黄铜。建议全部更换为 70-1 锡黄铜管。此后在石景山某电厂的冷油器上也发生了类似的失效。

由于华东地区许多火电厂在使用 70-1.5 铝黄铜管后，凝汽器泄漏使其寿命缩短到 5 年之内，都拒绝继续使用该牌号凝汽器管。

北京某热电厂的凝汽器由制造厂整机提供，安装了 70-1.5 铝黄铜管，服役 4 年后出现泄漏，将其更换为 70-1 锡黄铜管。自此华北电力网所属电厂不再使用该牌号铜管。

8.1.4　黄铜凝汽器管汽侧腐蚀损寿及案例

25MW 及以下机组不进行氨处理，不存在汽侧氨腐蚀，但是二氧化碳腐蚀却相当严重。50MW 及以上机组进行氨处理，除汽侧氨蚀之外，应力腐蚀破裂是很大的问题。

(1) 使用软化水作补充水的热交换器腐蚀减寿

到目前为止，工业锅炉和采暖锅炉的补充水仍然是软化水。软化水中约 70% 是碳酸氢钠，如果原水碱度 ≥2mmol/L，则热交换器的蒸汽侧（及其冷凝水侧）难免产生二氧化碳腐蚀。凝汽器空气抽出器疏水侧和各级低压加热器的疏水侧都会存在二氧化碳腐蚀。

北京通州某电厂原水是运河边浅井水，原水碱度 5mmol/L，低压加热器铜管经常由汽侧向凝结水侧腐蚀穿透。用比色法测加热器疏水 pH 值 <6，用甲基橙测试为橙红色，pH 值在 3.5～4.5 间。原因是抽汽中所含二氧化碳腐蚀。随后为配合防止苛性脆化水处理，添设了石灰沉淀法对原水脱碱，使相对碱度为 0.43 的原水经石灰处理后 <0.2，不仅防止锅炉产生苛性脆化，也解决了加热器的二氧化碳腐蚀问题。

位于石景山模式口的某电厂 3 台高压锅炉配合 2 台 100MW 机组运行。低压加热器常由于疏水 pH 值低而腐蚀穿透。该厂采取了对低压加热器汽侧抽气的方法排除游离二氧化碳，使腐蚀减轻。直到该电厂进行氨处理后彻底解决了腐蚀问题。

北京某热电厂投产后的近 10 年中使用软化水作为补充水，原水碱度 4.5mmol/L，经过石灰和氧化镁处理，剩余碱度仍达 1.5mmol/L。在锅炉平均补水率为 30% 时，各低压加热器汽侧均有腐蚀，最严重的是空气抽出器（也称真空机）疏水处的黄铜管，仅 3 个月就要更新一次，不得不使用镀铬或镀镍的黄铜管进行热交换冷凝。随后由于河道水（原水）污染而含氨，使此问题缓解。待锅炉补充水全部改为化学除盐后，此问题消失。

保定某热电厂 2 号高压机组抽汽用于加热蒸发器，产生 0.8MPa 蒸汽对外供热和厂内用汽。投产之初蒸发器使用软化水作补充水，蒸发器的蒸汽二氧化碳 69～100mg/kg，pH 值 4.5，用其加热的除氧器淋水盘产生腐蚀后，采取喷涂铜未能解决；原水加热器和软化水加热器的黄铜管 1 个多月就腐蚀穿透。使用寿命缩减 99% 以上。在进行石灰处理后，二氧化碳降到 8～10mg/L，pH 值为 5.6，该两组加热器铜管可使用半年，腐蚀减寿达 97.5%。直到进行氨处理，消除了游离二氧化碳，pH 值达 8.2 后，不再产生腐蚀泄漏。

(2) 黄铜管的应力腐蚀破裂（季节性破裂）

材料的应力腐蚀破裂是在应力和腐蚀介质共同作用下发生的，它的破坏作用远超过应力和腐蚀两者单独作用的加和。材料的应力腐蚀破裂，具有材料和腐蚀介质的特定组合，例如，碳钢和碱，不锈钢和氯离子，黄铜和氨。而且以后者最具典型性。碳钢在相当高浓度的碱中，和超过屈服极限30％的应力作用下发生破断，黄铜则在少量的氨中，在屈服极限10％的应力作用下可致破断。在未进行氨处理之前，黄铜管应力腐蚀破裂发生的机会较少。自从对50MW及以上机组进行氨处理后，应力腐蚀破裂成为很大的灾害。这是由于它的发生，必然造成停机，影响发供电计划的完成；再就是凝汽器管破断的漏水量远比穿孔大得多，对锅炉机组结垢腐蚀的影响也大得多。

① 应力腐蚀破裂的特点及其防范

黄铜管的应力腐蚀破裂和是否存在氨以及内应力大小有关。不进行氨处理的25MW以下凝汽器，以及蒸汽和水中不含氨的热交换器管发生的概率较低。进行氨处理的凝汽器管，如果其残余内应力或施加的应力≥40MPa，就可能产生应力腐蚀开裂，达80MPa则很难避免发生腐蚀破裂。具有应力腐蚀破裂充分条件的凝汽器，会在机组投产的第1个冬季大量出现破断，第2年仍然会出现，但是数量会大幅度下降。经过运行中的应力释放，第3年之后基本不再发生。

黄铜管是冷拔加工的，残余内应力非常高。在350℃以上的温度下退火，可使残余内应力消除。在运输安装中的粗放操作，可使其获取所施加的拉伸应力，同样会引起破断。

预防应力腐蚀破裂的主要措施是进行严格的内应力检验，采样量应不低于0.2％。1957年在下花园某电厂更换铜管时，翻译了列宁格勒某工厂用氨熏24h检验内应力的方法，该法不仅使试验者免除了汞蒸汽对身体的伤害，更重要的是灵敏度高，它可发现≥20MPa的应力。如果用该法检验合格，则铜管在运行中不会发生应力破裂。

由于应力检验要等待24h才得知结果，影响黄铜管的生产。冶金部颁发了YB 781—75 4h氨熏方法，为弥补作用时间缩短，改变对应力裂纹的检查方法，用10倍放大镜代替肉眼观察。这里存在的漏洞是，由于作用时间不足，裂纹未能出现，即使用实体显微镜观察，同样看不到。

1987年就YB 781—75晋升为国标GB 8000讨论中，制造厂和电力用户的研究部门无法协调。妥协的结果是GB 8000笼统地对所有热交换器管不特别指出凝汽器管；用户在购买凝汽器管时，在制造厂以24h氨熏验收后包装。此后的运输和安装中施加的应力与制造厂无关。

② 应力腐蚀破裂案例

1974年初，保定某热电厂来人持断裂的铜管询问解决对策。铜管断口整齐而未减薄，无腐蚀迹象，告知是应力腐蚀破裂，原因是存在残余内应力，或是安装时造成应力。这种断裂无规律可循，对于已运行的机组来说无计可施。但是指出，它会越来越少，以至不再出现。

由于了解到另一台 50MW 高压机组即将建设，提示来人对于新订货的铜管应进行 24h 氨熏检查。如果不合格，应使用过热蒸汽进行退火。

北京西部丛山中将建设 200MW 燃油机组，凝汽器所用的 1.8 万余根铝黄铜管已到货，建设单位请求对铜管进行检验。据告知该机铜管由 4 家铜加工厂提供，这 4 家铜厂加工能力不同，恐有质量问题。经宏观检查，认为待装铜管宏观合格，采样进行内应力检验时，其中某厂的产品氨熏有开裂，再次采样仍有开裂，建议退火处理。对于该机组投产后的跟踪观察表明未出现应力腐蚀开裂的大量漏水故障。

冶金部颁发了 YB 781—75 内应力检验方法，其要点是将氨熏时间缩短为 4h。由于该方法被纳入 SDJ 53—83《电力建设施工及验收技术规范（汽轮机机组篇）》中的附录 10，新投产机组的凝汽器管改为 4h 氨熏检验内应力。该检验方法在试行中引发了争议。下花园某发电厂新建的 2 号机组（100MW）黄铜管为 70-1 锡黄铜，业主单位化验室采样用 24h 氨熏检验，认为内应力不合格，建议安装单位进行退火处理。建设单位参加了 SDJ 53—83《规范》的编写，认为 YB 781—75已颁发使用多年，电力部门未提出不同意见，所以将纳入《规范》中，可按照 YB 781—75 方法检验。对此争议的裁决是：氨熏法检验内应力始于该电厂，由 1957 年至今在该厂 25MW 机组和 30MW 机组上应用过，在 1 号机组也使用过，证明是可靠的，应继续用 24h 氨熏检验为准。

大同某电厂首台机组于 1984 年安装，在凝汽器管检验方面再次产生争议，最后按 YB 781—75 方法进行 4h 氨熏检验。该 1 号机于 1984年 6 月投产，自 9 月起开始出现类似断裂的大量漏水，漏入循环水量大于凝结水量的 0.1%，最高可达 1%（按电导率、钠计算）到 1985年 1 月 18 日该机已泄漏 9 次，共堵管 47 根。

这种泄漏对水质影响甚大，所以必须限制出力查漏，对电力供应影响也很大。在凝汽器泄漏时凝结水钠可达 $1.68 \sim 4.3 \text{mg/L}$。受其影响过热蒸汽含钠量超标约 20 倍。1985 年 3 月初，会同铜管生产厂家一起查看了所抽取的铜管，由水质影响程度和失效管样判定是应力腐蚀断裂。

在失效分析会议上指出，应力腐蚀破裂也称季节性破裂，多发生于冬季。该电厂在高寒地区，加了铜管应力过早提前发生，并在整个冬季威胁着机组运行。但是指出，随着气温回升和运行中的应力释放，这种失效会减少，2~3 年后将不再发生。对于即将安装的 3 号机组建议仍按 24h 氨熏检验。事后了解，该机最后 1 次泄漏是 5 月 24 日，在失效分析会后共漏 5 次，堵漏管 16 根。总计泄漏停机 14 次，堵断管 63 根。

除了凝汽器外，热交换器铜管也常出现应力断裂，由于是凝结水漏向加热蒸汽的冷凝水中，不影响水质，有的等待检修时处理。北京某炼油厂的热电站轴封加热器铜管因应力腐蚀开裂。将裂管更新后不再出现破裂。

(3) 黄铜管的氨蚀泄漏

① 首次发现氨蚀泄漏及其处理

在进行氨处理 4~5 年后，近 20 台机组中有 4 台机组出现氨蚀泄漏，另有某热电厂未进行氨处理，但是原水含氨，也有多台凝汽器氨蚀泄漏。

唐山某电厂 2 台 50MW 机组，在凝结水氨≤1mg/L 的情况下，由于空冷区构造特殊，氨局部富集而产生腐蚀。保定某热电厂为防止蒸发器系统二氧化碳腐蚀，使蒸发器系统 pH 值＞8.2，则主蒸汽系统氨≥5mg/L；北京某热电厂原水是通惠河水，沿河纳入许多生活污水和工业废水，所含的氮化合物在锅炉中转化为氨，平时为 2mg/L 以上，冬季枯水季节，污水比例提高，水汽系统中氨达 5~10mg/L，引起汽侧氨蚀。

除以上 3 个电厂和热电厂外，其他机组含氨为 1mg/L 以下，不产生氨蚀。

由于氨蚀只发生在空冷区内，向空冷区返回总水量 1％的凝结水可解决氨蚀问题。

抚顺某电厂 1 号机组在氨处理后发生泄漏，应邀前往检查时，确定是氨蚀所致，同样是空冷区构造特殊引起的。也建议采取回喷凝结水解决。对于一般凝汽器，保持氨≤1.2mg/L 是安全的。

② 空冷区布置在凝汽器中间的氨蚀

抚顺某电厂的凝汽器空冷区设置在凝汽器的中间，与凝汽器形成同心圆，这是使蒸汽中带水率少，氨在空冷区富集的原因。

河北下花园某电厂于 1967 年和 1970 年投产两台 30MW 高压机组，1974 年后不断发生泄漏，都集中在空冷区。这两台引进机组的空冷区也是位于凝汽器中间且偏上，这样做法可减少进入空冷区蒸汽的带水量、减少水汽损失，但是使空冷区氨浓度过高、冷凝的水珠中会溶入大量氨。对该两机同样是采取喷入凝结水的方法解决。

自 1980 年起，发现配置 N6815 型凝汽器的机组均出现空冷区泄漏。最早出现的是天津西部某电厂的 100MW 机组，电厂的技术人员将其归咎于振动磨损。在应邀对该厂泄漏问题诊断中，确定是氨腐蚀造成的。

在此之前，凝汽器使用蒸汽作为动力，用蒸汽喷射器将蒸汽中所含氮氧等不凝结气体，经由空冷区抽出凝汽器之外，抽气用的蒸汽用热交换器冷凝回收，不重视其带水问题。

N6815 型矩形凝汽器使用水力喷射器抽吸气体，射流用水是循环水，所带出的蒸汽全部被排入地沟损失掉，因此，必须尽可能减少进入空冷区的蒸汽量。为此，将空冷区布置在凝汽器中间。对该电厂人员介绍了抚顺和下花园某两电厂的例证，指出空冷区布置在中部的必然会产生氨蚀。由于前此完成了不同材料凝汽器管的耐氨蚀试验。确定 B30 管可耐 7000mg/L 氨，而钛在浓氨水中也不腐蚀。对于黄铜凝汽器建议在空冷区使用 B30 管。如果在用的黄铜管泄漏应更换成 B30 管。

天津西郊某电厂、下花园某电厂、河北马头某电厂的有腐蚀的凝汽器先后换为 B30 管。同时致信哈尔滨某汽轮机厂，建议矩形凝汽器在制造中使用 B30 管。该厂欣然接受了建议，并告知，为巴基斯坦某电站提供的 210MW 机组凝汽器空冷区已实施用 B30 管的建议。

(4) 提高给水 pH 值引起的空冷区外铜管氨蚀

自颁发 GB/T 14159—1999 水汽质量后，由于给水 pH 值提高，加上已近 20 年不实际检测含氨量，人们已淡忘了氨对提高 pH 值的作用规律，那就是 pH<9，0.4～0.8mg/L 氨可使水汽系统 pH 值由<7 提高到 9.0，超过 9，需氨量大增，要达到规程中的上限（9.5～9.6），氨的含量需要 8～10mg/L。这是由于氨是弱碱，而 pH 值和氢氧根是对数关系，当 pH 值>9 后，氨所解离的氢氧离子难以满足需要。

1999 年底，太同某电厂专业人员持泄漏铜管请求进行原因分析。他们由所掌握的知识认为，该铜管的外壁腐蚀符合氨蚀特征，但是却不是在空冷区（空冷区内是 B30 管）。由于泄漏的黄铜管分布在空冷区附近，指出是水汽中含氨量太高，使空冷区外的黄铜管产生了氨蚀，经核算，该电厂水汽含氨量>5mg/L。建议该厂减少加氨量 90%，则可制止汽侧氨蚀的发展。

在该厂之前，大港某电厂由于 2 台燃煤亚临界锅炉机组的锅炉酸洗周期过短，怀疑是给水系统腐蚀所致，将给水 pH 值提高到 ≥9.3，使给水氨处理的投氨量增加 5～10 倍，加氨泵间空气氨味呛人，难以正常呼吸。对该厂说明锅炉酸洗频繁是采取微酸性亚硝酸钠钝化引起的，并非给水系统存在腐蚀。而且用试验证明了所作的判断，使该厂投氨量恢复常值，未引起氨蚀。

2000 年之后，许多电厂的大锅炉机组出现了空气冷却区外围黄铜管腐蚀泄漏案例，都建议维持给水 pH 值 <9.3，以制止腐蚀的发展。并且通过试验证明给水 pH 值为 9.5，不比 9.0 时含铁量低。

已将此问题反映给电力标准化委员会，建议考虑合理的给水 pH 值问题。

以上 3 次氨蚀跨越 35 年，每次都使几十台凝汽器泄漏。而且随着机组容量增大，参数提高，第 3 次氨蚀泄漏的影响比前两次大得多。表现在找漏的电量损失每次可达 100～200 万千瓦·时；凝汽器氨蚀泄漏造成的锅炉结垢腐蚀，尤其是高温过热器由于减温水引入盐垢引起的超温爆管更为严重。

氨蚀泄漏发生在含氨量骤然提高的 3 年之后，它使凝汽器管寿命减损 85%，对过热器的超温减损可达 90% 以上。

8.1.5　白铜、不锈钢和钛凝汽器管的寿命减损

这 3 种管材耐蚀性均优良，都可用于海水冷却的凝汽器。它们抗冲击腐蚀能力强于黄铜管，都基本不会在使用中产生氨蚀。但是它们也不是无懈可击，也有应严加防范的弱点。

（1）白铜管的停用腐蚀和运行腐蚀

白铜和黄铜都是靠表面膜防止腐蚀的，白铜更为典型。在冷却水中的氧可以为白铜、黄铜提供维持表面必需的氧。在机组停用时，铜管存水中的氧消耗于微生物生化过程，由于缺氧会使铜合金管产生停用腐蚀，白铜重于黄铜。

下花园某发电厂 1 号机组为 100MW，凝汽器主汽器区使用黄铜管，空冷区为 B30 白铜管。该机于 1982 年 11 月投产，次年检修时检查凝汽器管，发现白铜管内壁有严重的脱镍腐蚀，黄铜管虽有脱锌现象，但是却比白铜管脱镍轻得多。白铜管的耐蚀性比黄铜管强是人所共知的。该电厂循环水溶解固形物为 1200mg/L 以下，对 70-1 锡黄铜管会有一定腐蚀，但是绝不会使 70/30 白铜管腐蚀。

对此腐蚀现象的解释是，该 1 号机组自试运行调试到投入运行的最初半年中，故障不断，经常停用。停用时凝汽器都不放水，管内冷却水的氧耗尽后，就影响了表面膜的稳定，白铜管对此比黄铜管更敏感，所以其脱镍重于黄铜脱锌。

提供佐证的是某部队舰艇凝汽器是白铜管，某次执行任务时，发现新购的国产 B30 管腐蚀泄漏，怀疑是铜管质量问题（该部队许多舰艇用德国产的白铜管居多）。对此问题认为，尽管 B30 管被称为"德国银"，德国此种铜材生产经验较丰富，但是不同国家生产的 70/30 白铜管耐蚀性不会有很大差异。腐蚀的原因是该凝汽器白铜管使用不久处于婴儿期，停用期间没有放掉存水，海水中大量生物和微生物存活期间生命活动消耗氧，使表面膜缺氧而破坏，产生脱镍。

事后发现该电厂投产不久的 2 号机凝汽器也有相似的腐蚀，同样认为是在试运行调试期间停机未排掉凝汽器存水所致。

韩城某电厂 600MW 机组凝汽器在首次检修中发现空冷区白铜管有脱镍现象，其腐蚀程度重于同一凝汽器的黄铜管。有关人员持管样征询意见时，指出应属于婴儿期的停用腐蚀。为其提供了典型的停用腐蚀脱镍照片，并告知三河某电厂投产后的白铜管停用腐蚀与该电厂情况相近似。

位于绥中的某电厂 800MW 机组凝汽器管是 70/30 铜镍合金，用海水直流冷却。两台机组投产 1 年后都出现泄漏问题，由于未抽出查看，不知是腐蚀还是损伤。为此要求将堵塞的凝汽器管抽出后检查，确定是脱镍引起的泄漏，而且在入口端还存在冲击腐蚀。

由于仅抽 1 根凝汽器管，无法确定是何种原因引起的脱镍。但是结合该 2 机均采取电解制氯杀菌灭藻，投氯量达 90kg/h，和管端的冲击腐蚀相联系，认为运行中腐蚀的可能性更大。

(2) 不锈钢管和钛管的损伤泄漏案例

① 不锈钢管的损伤案例

不锈钢凝汽器管用于淡水，在美国超过 1/3 的火电机组，在国内使用也增多。引进机组常在整机供货时推荐使用不锈钢。石家庄附近某电厂装有 4 台 350MW 机组，分两期建设，1 号、2 号机组于 1990 年投产，凝汽器管为 TP316 不锈钢，循环水为开式循环冷却，补充水总溶解固形物 400～410mg/L。

1 号机投产不久出现凝汽器泄漏，经停机检查是疏水引入管将凝汽器管冲刷穿透，并非腐蚀所致。经了解，该电厂循环水设计浓缩倍率为 2.4，实际控制 1.8，认为正常运行中是安全的。

但是该两台机组凝汽器仍不时出现泄漏，1 号机组共堵管 60 余根。除了引入的疏水冲刷损伤之外，也有腐蚀因素。原因是凝汽器管结垢引起的点蚀。据介绍曾有较长时间循环水处理不正常，凝汽器钢管结有水垢，并引起垢下点蚀。为此已进行了氨基磺酸清洗。

②钛凝汽器的损伤及焚毁

钛凝汽器管在海水中非常耐蚀，在悬浮物较高时，抗冲击腐蚀能力强，是理想的凝汽器管材。但是金无足赤，百密也会有一疏。

某电厂在安装凝汽器管时，不慎发生脚手架起火，火灾延及钛凝汽器，使其整机焚毁。事后才知道，钛是轻金属，易于氧化，强烈的氧化反应就是燃烧。镁是闪光灯材料，铝用作铝熔剂，钛也易于氧化燃烧。

长江边利港某电厂进行的锅炉投产前氢氟酸清洗时，清洗液窜入凝汽器中，使 200 余根钛凝汽器产生严重腐蚀。事后认识到，钛是硅同族，硅不耐氟的侵蚀，钛同样不耐氢氟酸。

秦皇岛某电厂 1 号、2 号机组使用全钛凝汽器，用海水直流冷却，2 台锅炉都有凝汽器泄漏使海水进入锅炉的经历。1 号机在 1993 年 2 月两次凝汽器泄漏，原因是异物使凝汽器管损伤而漏海水。2 号机在 1994 年也发生过凝汽器管损坏进入海水的事故。除了凝汽器钛管损坏漏入海水外，2 号机在 1995 年 8 月由和地沟连通的疏水管吸入海水进到凝汽器中，这种吸引海水的后果，比钛管断裂的漏水量还大，对水质影响更大。

8.1.6 凝汽器（黄铜）管的延寿措施

黄铜曾是非常紧缺的战略物资，凝汽器管泄漏对电力生产的影响甚大，泄漏引起的锅炉机组结垢腐蚀影响更大。因此，凝汽器黄铜管的防腐蚀延寿问题备受关注。

黄铜腐蚀有许多独特之处。它的脱合金（锌）腐蚀和应力腐蚀破裂（季裂），它的氨蚀，它的冲击腐蚀，长期以来被蒙上一层面纱。凝汽器管发生泄漏后，没有被查明真实原因之前，即使最有经验的失效分析者，也难推定是水侧向汽侧腐蚀还是汽侧向水侧腐蚀；是腐蚀还是损伤。莫名其妙的泄漏使人一头雾水，看到庐山真面后，又常使人啼笑皆非。这就是铜管。

(1) 延长凝汽器管寿命的 10 项措施

延长凝汽器管寿命的措施，强调要抓住选材、检验、运输、保管、安装、投产、运行、停用、检修和保护 10 个环节。

① 选材　华北地区的选材是 SD116—84《火力发电厂凝汽器管选材导则》的雏形。内容为：原则、华北地区水质情况、管材情况、管材对水质的适应范围、对管材的说明和管板 6 个部分。

按水质选材的原则是使凝汽器管寿命达 20 年。华北地区的水质是国内最为恶劣的，能满足华北地区使用 20 年，则在国内应无问题。当时可供选用的国产凝汽器管材不多，仅 H68A、HSn70-1A、HAl77-2A 和 B30 4 种，虽能覆盖自淡水到海水的用材，但是在咸水中颇为欠缺是其缺憾。除了所列 4 种管材外，还有 4 种未列入待选之列，这就是 68 黄铜管、70-1 锡黄铜管和 77-2 铝黄铜管不加砷的产品及 HAl70-1.5A 易产生晶间腐蚀的管材。

对管板强调了满足凝汽器板胀接的要求，对严密性的要求和防止海水中电偶腐蚀的要求。

② 检验　检验的责任首在制造厂，制造厂应提供每批凝汽器管化学成分，外观检查、无损探伤、力学性能和内应力检验的合格证书。

作为用户，发电厂应对订购的铜管质量和某些特殊试验（如内应力检验）提出要求，必要时会同制造厂检验或驻厂验收。

检验项目含所订购品牌的化学成分、力学性能指标、材料工艺性能和内应力检验。

在内应力合格的前提下，所供铜管应为半硬状态。铜管内外表面外观应合格，长度符合要求，管端锯切平整、椭圆度、弯曲度和壁厚应合格。压扁应达管壁厚度的内壁距离，扩口率为 20%。所有成品必须逐根进行涡流探伤检查。

对内应力的要求是和制造厂商定采取 24h 氨量。具体做法是，用 150mm 长除油去膜试样，在直径 250mm 左右的干燥器内放入 200mL 浓氨水，经 24h 后不应出现宏观裂纹。

③ 运输　应使用结实而不变形的包装箱装运铜管，保证吊装时铜管不变形。人工转运时，每 3m 应设 1 人，以免铜管增加拉伸应力。

④ 保管　铜管入库后应按牌号分类码放，严防掺混。码放支架底部应托起铁板，分隔多层，每层不超过 6 根，以免由于铜管自重招致椭圆度改变。

库房应通风良好和干燥，相对湿度<60%。待装铜管在施工场地应有棚子遮雨。

⑤ 安装　在穿管前应再次抽管检验内应力，以免在转移存放中施加新的应力。应力不合格时，应在 350℃ 退火 3h 以上，以消除应力。

穿管时应在与管孔相应高度的平台上操作，免使铜管受到牵拉和弯曲等应力作用。应避免穿管时管孔和隔板划伤铜管。

应使用胀管器限定胀管位置，胀管深度应达管板厚度 75% ～ 90%，胀后铜管应减薄 4% ～ 6%。应避免欠胀和过胀。

安装结束后，由汽侧灌水检查严密性、补胀有渗漏的管子，确认无误后对汽侧进行清理和冲洗，如不立即启动，应放空存水，作适当保养。

⑥ 投产　机组投产前，应彻底清扫冷却水系统，确定拦污栅完整，旋转滤网有效地工作，冷却水沟道和管道中无异物，对管板进行涂胶等处理。

慎重依据管材允许水质，选取冷却水处理方案。应对胶球清洗装置进行试运行调试。机组投产时，防垢处理、杀菌灭藻处理和胶球清洗等设备都应同步投入。

新投产的凝汽器，最初两个月冷却水含盐量和氯离子应为该管材允许值的 50% ～ 70%，以便于形成自然氧化膜，度过婴儿期。

机组设计中带有硫酸亚铁成膜设备时，应对铜管进行成膜处理。用人工膜帮助自然氧化膜的建立和完善。也可用其他方法快速成膜。

⑦ 运行　认真进行循环水防垢处理，以防止结垢和引发腐蚀。特别注意处理不当时的腐蚀作用。例如，防垢处理失控的结垢，阻垢缓蚀处理中 pH 值过高，或硫酸调控中 pH 值过低（即使是偶尔出现也不能允许）。注意杀生处理中药剂的轮换。

⑧ 停用　新机组在试运行调试中要充分注意停用保护，运行机组在例行检修中也要注意此问题。

停用 3 天以上，应每日开泵使铜管中存水更新，超过 1 星期，应放掉凝汽器中存水；超过 2 星期，应开启人孔龙门使水侧有空气进入。如果使用海水冷却，除放水外，还应用淡水冲洗。

⑨ 检修　利用检修停机机会，对凝汽器水侧和汽侧进行检查。抽取堵塞的铜管，以查明泄漏原因。

不可使用钢丝刷或电钻对铜管清污除垢。可以使用 1MPa 压力水冲洗，用尼龙刷捅刷，或用压缩空气、压力水为动力，吹动海绵胶球清理铜管。

尽可能避免对凝汽器酸洗除垢，确有必要，应经过领导部门批准。原则上，服役不足 8 年，而且无局部腐蚀的铜管，可使用盐酸除垢清

洗；服役＞8年，或有局部腐蚀的凝汽器应使用氨基磺酸清洗；服役
≥15年和有明显腐蚀的凝汽器，不宜进行化学清洗，应采取物理清理
（射流清洗），冲洗水压力应≤50MPa。

≤100MW机组泄漏堵管＞5％者，≥200MW机组泄漏堵管≥3％
者，应考虑更新（按单个凝汽器壳体计算）。

⑩ 保护 硫酸亚铁成膜应在机组投产（或更新铜管）时进行，然
后每半年至1年补膜1次。可用苯并三氮唑（BTA）15mg/L冲击成
膜1周，然后3～6个月重复1次。

管板涂胶具有防腐蚀和密封双重功效。使用三元牺牲阳极有保护
管板作用。

(2) 其他凝汽器管材的安全使用

白铜（尤其是70/30白铜）、不锈钢和钛无疑比黄铜耐蚀能力强。
但是，也会在使用中产生腐蚀和损伤，减损使用寿命。因此仍须重视
以上诸原则，尤其重视冷却水处理，以免结垢腐蚀。

① 按照《选材导则》规定正确选用管材和管板 以华北电力网火
电厂凝汽器管材选用经验为基础，编写的行标SD116—84，尽管可供
选取的管材较少，但是仍对规范我国凝汽器管选用起了很大作用。其
间循环冷却水质有了很大变化（如水质恶化和浓缩倍率提高），管材品
种有了较大丰富，1994年曾提出了修订稿。2000年颁发修订的行标
DL/T 712—2000。尽管该《导则》在内应力检验方面放宽要求，令新
投产机组黄铜管应力断裂问题加重，但是，其他内容和1994年提供电
力标准化委员会（标准化部）的修订稿内容一致，是可供使用的。

② 严格进行验收检验，细致安装施工 对黄铜管仍应和制造厂协
商，在出厂前会同以24h氨量检验。经这样检验的黄铜管未发现过投
产后的腐蚀开裂。对其它管材应按标准验收。

重视安装中对凝汽器管的保护，对于任何材料都是如此。对管板
涂胶保护，不仅能防止渗漏，还可防止高含盐量水中的电偶腐蚀。

③ 进行防垢水质处理和杀生处理 不论何种材料的凝汽器管，无
垢不容易腐蚀，结垢都会诱发腐蚀。因此，必须进行良好的循环水处
理。其中含防止结水垢、防止腐蚀的处理，也包括防止生物黏泥和生
物污塞的处理。

水中微生物可通过杀生处理，并配合以胶球清洗，使其无法生存
繁殖。用海水冷却的凝汽器管还应严防贝类大生物的污塞。

认真实施以上的系统延寿措施，可以保证黄铜管和其他材料的凝

汽器管达正常使用寿命。

8.2　循环冷却水处理之常规防垢水处理

8.2.1　循环冷却水系统中污垢的形成

在工业用水中，冷却水用量可达总用水量的 2/3～3/4。随着水资源已被充分开发，但是工业用水无休止的增长，全世界的冷却水都是由直流冷却转为循环冷却，再将循环水的浓缩倍率一再提高。循环冷却造成了冷却水系统结垢，尤其是热交换器传热表面的结垢。结垢进而引起热交换管腐蚀。冷却水系统中黏泥污垢对传热的影响有时重于结水垢和锈垢。以防止冷却水系统腐蚀结垢为业的循环冷却水技术应运而生，其发展规模，年营业和赢利水平早已超过了锅炉水处理行业，从业人员也超过锅炉水处理人员，成为新兴的水处理产业。

在众多的冷却介质中，水是最廉价、最安全和最容易利用的物质。有许多冷却材料具有腐蚀、燃烧和爆炸危险。例如，火电厂发电机的冷却介质中，空气效率低，氢气易燃易爆。水则安全高效。在化工、石化、钢铁、冶金、轻工、纺织、医药、食品的众多行业中都首选水为冷却介质。中央空调冷却水后来居上，成为冷却水处理中不可忽视的份额。

(1) 循环冷却水系统中水垢的形成

循环冷却水吸收的热量在冷却塔中喷淋降温，温热水在冷却塔中的降温约 80% 是依靠冷却水部分蒸发实现的。即使在寒冷的冬季，由蒸发散失的热量也超过总放热量的 50%。温热的冷却水和空气交换的热量，在夏季少于 20%，在冬季接近 50%。

天然水中 70% 以上是钙镁的重碳酸盐，其中又以钙盐为主。当冷却水在冷却塔中蒸发散热时，碳酸氢钙将因二氧化碳散失而成垢析出。

$$Ca(HCO_3)_2 \longrightarrow CaCO_3 \downarrow + CO_2 \uparrow + H_2O$$

天然水中溶解存在的碳酸氢钙是暂时的和有条件的。它之所以被称为暂时硬度就表征了它暂时溶存水中的特征，其条件就是有足以保持溶解平衡的二氧化碳。空气中的二氧化碳含量（分压力）≤0.01%。

比环境温度高出 5～35℃（夏季和冬季）的循环水要在水塔中降温 5～10℃，必须使水强烈播散和蒸发，这就使冷却水中除了游离二氧化碳将全部丧失外，还有部分结合的二氧化碳如反应式所示被排除，就会使部分碳酸氢钙变成碳酸钙。从严格意义上讲这是水垢，但是，从理论过程分析也非全然如此，仅是部分而已。

天然水的 pH 值为 7.5 左右，如果不进行任何防垢阻垢处理，在冷却水中散失二氧化碳使 pH 值≥8.3 时，上述反应会发生。所生成的碳酸钙处于沉淀和溶解平衡条件下，称亚稳定状态，而在 pH 值≤8.0 时是处于稳定状态。如果不加控制地继续浓缩下去，所析出的碳酸钙不再回溶，而形成沉淀，或是附着在冷却水系统器壁上，更可能是黏附于传热表面上。此时循环水 pH 值≥8.5，处于失稳状态。应该指出的是，即使循环水中有了失稳的碳酸钙，它也不会全部在传热表面（热交换管中）成垢。然而，由于循环冷却水量大，水中碳酸盐硬度（暂时硬度、碱度）可为 0.8～6mmol/L，即使只有 0.4mmol/L 成垢，其量也相当可观。

300MW 汽轮发电厂冷却水量 40000t/h，在钢铁和化工企业自备电厂经常配备的 50MW 机组冷却水量 8000t/h，化工厂冷却水量 3000t/h 上下，中央空调冷却水量 500t/h 上下。以上设备不加任何处理时的碳酸钙产生量，分别是 800kg/h、160kg/h、60kg/h 和 10kg/h。即使碳酸氢钙失稳产生的碳酸钙 90％随水排走或沉淀在冷却水系统中，有 5％在冷却塔和冷却系统中附着成垢，只有 5％在热交换管中附壁成垢，则在以上设备中的结垢量分别为 40kg/h、8kg/h、3kg/h 和 0.5kg/h。

以上的单位时间成垢量的影响，还与热交换器面积有关，300MW 机组为 15000m²，50MW 机组为 3500m²。工业冷却设备和中央空调设备的热交换器单台面积不超过 100m²。按年运转 5000h，以上发电机组凝汽器的结垢速率为 11～14kg/(m²·a)，工业冷却设备和中央空调机组的结垢速率大体也是这个水平。

(2) 循环冷却水系统污垢的形成

循环冷却水系统除了碳酸钙水垢之外，还会有各种污垢。它含有冷却水管路、设备系统的腐蚀产物形成的锈垢；由于冷却塔淋水对周围空气中尘埃淋洗下来的尘垢；由于微生物生化作用形成的微生物黏泥垢。

循环冷却水处理的某些药剂，会促使微生物黏泥类污垢增长；循环水浓缩倍率超过 4，如果不进行旁流过滤，尘垢的影响不可忽视；循环水浓缩倍率提高，必然增强腐蚀，使锈垢量增长，随着水资源匮乏的发展，高浓缩倍率是循环水的发展趋向，因此，水垢、锈垢、尘垢和污垢都会加重，这都是水处理工程师面对的课题，是循环水系统中材料延寿的障碍问题。

8.2.2 循环冷却水的常规防垢水处理技术

循环冷却水防垢技术比锅炉水防垢技术发展晚得多，但是发展也快得多。常规的循环水防垢方法有化学法、物理法和物理化学法。但是，在研究防垢处理之前，应对循环冷却水的浓缩倍率有所了解，应对循环水极限碳酸盐硬度有所了解。

(1) 循环冷却水系统中水的散失和浓缩

循环冷却水在运转使用中，有水量的损失、损耗，其中有的损失引起循环水浓缩，有的则可平抑其浓缩。

如前所述，循环水依靠在冷却塔中蒸发而降温，这部分水量平均为总水量的 1.2%，夏季可达 1.6%，冬季为 0.8%。此水量被称作蒸发损失，记作 p_1；在冷却塔中，淋洒的水滴形成雨雾，可随水塔中上升的空气流带走一部分，如果水塔中装有收水器，此量<0.2%，不安装收水器，可达总水量的 0.5%，此项损失记作 p_2。

不言而喻，p_1 是使循环水浓缩的因素，p_2 则是控制其浓缩的因素。两者相比就是循环水的浓缩倍率。按以上数据，则浓缩倍率为 1.2%/0.2%=6。

浓缩倍率应是希望尽可能高些，但是有很多不尽如人意的因素，使它不可能太高（例如为 6）。为此，要人为进行控制，这就需要排放或称排污。将排污损失记作 p_3，这是不得已而为之的损失。

如果把浓缩倍率记作 R，则以上各项损失和浓缩倍率 R 间有如下关系。

$$R = \frac{p_1 + p_2 + p_3}{p_2 + p_3}$$

循环水处理的早期，浓缩倍率≤1.5；随着水资源紧缺和冷却水用量间矛盾尖锐化，浓缩倍率为 2.5、3.5 和 4.5。大致每隔 10 年提升 1 次。循环水浓缩倍率的如此大幅度提升，就是依托了循环水处理技术的不断提高。

（2）循环水的极限碳酸盐硬度及其确定、应用

循环冷却水处理是在全世界工业冷却水用户中不断发展着的实用技术，其表述方法、监测方法因时因地制宜各有千秋，以解决实际问题为宗旨。但是都是围绕水中碳酸盐硬度（碱性硬度）的分解而建立的。这是由于实际化验冷却水系统热交换表面的水垢时，都可发现碳酸钙含量超过 90%。因此，研究和控制碳酸钙的成垢过程是循环水防垢处理的主要环节。

难溶化合物的浓度积是直观的判别碳酸钙结垢倾向的方法。钙含量可由络合滴定取得，碳酸根可由酚酞碱度和总碱度计算得到。但是，计算结果与实际情况有距离，这是由于以亚稳定状态存在的碳酸钙不一定在传热表面上成垢。

模拟试验可以得到更接近实际的结果。它用实际使用的原水，按照冷却水系统中水的容积和流量间的循环倍率，按照冷却表面积（热交换器面积）及其入口、出口水温，进行浓缩，可以得到水系统中碳酸钙析出和在传热面上成垢的限度值，称之为极限碳酸盐硬度。

在这项试验中，要恰当选取水量和水流量，使其浓缩程度和实际情况相近，既不致由于水量太大，耗费时日，又不会由于水量过小增大试验误差。用控温设备调控热交换器温度和进出口水温度，最好能直观察觉到垢的形成（在出口加装小段玻璃管即可）。化验项目为电导率（氯离子）和碱度、pH 值。

在水的循环浓缩过程中，电导率（氯离子）和碱度以相同的比例升高，pH 值基本无变化，是处于稳定状态，这是允许的浓缩倍率。当水的碱度停止上升，而电导率（氯离子）仍在浓缩时，达到了该循环水的浓缩极限值，其标志是水的 pH 值开始升高，电导率和碱度比值不再为 1，而是在增长，此时的碱度值称极限碳酸盐硬度。这是该水系统中碳酸钙能保持亚稳定状态的极限。

对于 pH 为 7.5 上下，碱度 <2mmol/L 的天然水来说，实测得到的极限碳酸盐硬度（碱度）值为 2.5～2.8mmol/L。其工作条件是，循环水温为 40℃上下；入、出口温差 5～8℃。水中永久硬度对极限碳酸盐硬度有影响，每毫摩尔/升永久硬度，可使极限碳酸盐硬度降低 0.1～0.15mmol/L。

有一些计算极限碳酸盐硬度的公式，它们考虑了水温、水中耗氧量和永久硬度影响。如果循环水温 ≤40℃，入出口温度 ≤8℃，可用以下简化的经验公式计算极限碳酸盐硬度。

$$H_{极} = 2.8 - 0.1 H_{永}$$

式中 $H_{极}$——极限碳酸盐硬度估算值，mmol/L；

$H_{永}$——原水永久硬度，mmol/L。

如果循环水的碱度达到极限碳酸盐硬度值，碳酸钙就会失稳成垢，此时的水质特点是，出现酚酞碱度，pH 值＞8.3，而且不断上升（可达 8.6 以上），总碱度反而下降到极限值以下。缺乏经验的人员只检测总碱度时，会做出未达极限的错误判断。

(3) 用饱和指数和稳定指数确定结垢倾向

这两个指数也由碳酸钙的沉淀与溶解平衡得到。前者是在碳酸钙饱和溶解度下得到的，称朗格里（Langelier）指数；后者考虑了碳酸钙的溶解条件，称雷兹纳（Ryznar）指数。两式分别为：

$$I_{饱} = pH - pH_s；$$
$$I_{稳} = 2pH_s - pH；$$

式中 pH——循环水的实测 pH 值；

pH_s——水中碳酸钙达平衡（饱和）时的 pH 值。

pH_s 的计算方法在许多资料中有（如《绿色防垢技术》206～207 页，化学工业出版社，2004），本书从略。

使用朗格里指数 $I_{饱}$ 判断循环水时，其期望值是 0±0.3，在此范围内循环水是稳定的。如果此值为 0.3 以下，表示水具结垢性；如果此值为 -0.3 以下，则表示此水对混凝土构筑物有腐蚀。

使用雷兹纳指数 $I_{稳}$ 时，其期望值为 6 上下。在 6～6.5 间循环水稳定；在 4～6 间有结垢倾向；＜4 严重污垢。在 6.5～7.5 则是侵蚀性，对混凝土构筑物产生腐蚀；＞7.5 则严重侵蚀。

(4) 常规的循环水防垢技术，直流冷却与阻垢

1955 年前后，我国实施第一个五年计划，工业处于起步阶段，冷却水用量小，而水情、水资源相对丰富，以直流冷却为主，用于冷却的热交换器无结垢困扰。当时火电厂以 5MW 者居多，10MW 容量已是大型火电厂，＞25MW 者少之又少。因此，除缺水的内陆城市外，鲜有循环冷却者，循环水处理也变得很简单。

北京某钢铁厂是很大的工业冷却水用户，炼铁高炉和炼焦炉需要水冷却，轧钢设备和环境用水降温，鼓风机的凝汽器要用水冷却。该厂的一个大水池供全厂冷却水自然降温再用。由于容水量远大于用水量，循环倍率＜10，不存在冷却设备结垢问题。

与之相邻的火电厂是华北地区容量最大的电厂，总容量 45MW，以河水直流冷却为主。厂区有带喷水装置的水池，作为缺水时备用。

河水溶解固形物 420mg/L，碱度 4.3mmol/L，硬度 2.1mmol/L，基本无永久硬度。由于该河水的极限碳酸盐硬度为 2.8mmol/L，如果有浓缩即会有碳酸钙析出，但是，由于很少进行循环冷却，基本不存在冷却水的浓缩，而且水池容量相当大，即使有碳酸钙析出，也不在凝汽器中出现显著的水垢，该厂也不存在结垢问题。

天津某电厂 2 台 15MW 机组，加入刚建成的 25MW 机组，用海河水直流冷却，不存在结垢问题。包括 1958～1961 年陆续兴建的 4 台 25MW 机组，也用海河水直流冷却，无结垢问题。

唐山某电厂 2 台机组分别是 10MW 和 15MW，用陡河水直流冷却，河水溶解固形物 260mg/L，总碱度 3.4mmol/L，总硬度 1.7mmol/L，无永久硬度。不存在凝汽器结水垢问题。

张家口东某电厂位于洋河畔，这是条季节河流，用井水为原水，循环冷却。井水溶解固形物 510mg/L，总碱度 4.3mmol/L，总硬度 3mmol/L，有 0.85mmol/L 永久硬度，4 台机组总容量 30MW，循环水总用量 6000t/h，原水极限碳酸盐硬度 2.7mmol/L。换言之，每补入循环水中 1t 原水，会析出碳酸钙 80g。该电厂平均补水量 300t/h，则产生碳酸钙 24kg/h。

该电厂采取磷酸三钠稳定处理，测得投加磷酸三钠后可使循环水的极限碳酸盐硬度提高到 5.7mmol/L。该法阻垢效果尚可，但是循环水的 pH 值高达 8.7 以上，对铜管有腐蚀。而且即使进行了阻垢处理，在铜管出口端还有结 1mm/a 水垢。

(5) 潍坊某电厂的循环水处理方案选择

该电厂总容量 3.7MW，循环水总量 1200t/h，用厂外的白浪河水为补充水。通过模拟试验所确定的极限碳酸盐硬度为：白浪河水 3.2mmol/L，硫酸中和处理 2mmol/L；磷酸三钠阻垢处理 5.8mmol/L。

以上模拟试验数据均有约 10%～15% 的正偏差，原因是该河水中含苔藻微生物。在浓缩试验中微生物生长，使试验水带绿色，耗氧量达 5～8mg/L。按照前苏联的经验公式，耗氧量可使极限值提高。

依据以上试验结果，提供的防垢和阻垢方案是：用硫酸中和补充水碱度，用硫酸（浓）量为 103kg/d；用磷酸三钠（含结晶）量为 9kg/d。以上都是按满负荷时最大（夏季）用量。经调查的该电厂经常负荷为 2.3MW，是额定出力的 62%，夏季的药剂用量大，按平均值算为其 75%。因此实际需用量各为其 50%。亦即如果硫酸处理用

50kg/d（相当罐装酸的 1 罐）用磷酸三钠处理为 4.5kg/d。

考虑到该电厂的原水紧缺，硫酸处理有耗水量低的优势，推荐硫酸处理。

该电厂的循环水规模和许多工业冷却水用水规模相当，其原水质量也和较缺水地区的水质相近。因此曾作为许多工业用水的循环水处理参考，有多个化肥厂按其进行方案选择。

8.2.3 中等容量冷却水处理选择例证

冷却水量≤10000t/h 是最常见的工业冷却水量，这类冷却水方案的选取、循环水处理的实效及效果有一定的示范作用，可资参考。

(1) 保定某热电厂循环冷却水结垢后的处理

该电厂装有 2 台 25MW 高压抽汽机组，用冷却池喷水散热，冷却水系统容水量 12000m³，每台机组冷却水量 5000t/h，全厂满负荷时用水 10000t/h。循环水的补充水是泉水（取自来水水源），其总碱度为 5.3mmol/L，总硬度 2.4mmol/L，有 0.25mmol/L 负硬度。氯离子 9mg/L。该两台机组按简易发电方式投产，所谓"简易发电"是令高压锅炉机组按中压启动，然后再制取蒸馏水和使参数逐步达高压。

该电厂未考虑循环水处理问题。1960 年春末投产后，不到 1 个月汽轮机真空度由 92% 下降到 80%；排汽温度由 38℃ 升高到 58℃；循环水端差由 10～12℃ 降到 6～8℃。汽轮机出力由 25MW 减少到 14MW，并使机组效率大幅度下降，煤耗增加量达 60g/(kW·h)，亦即在额定出力下多用燃煤 1.5t/h。

在对凝汽器检查时，发现凝汽器管出口处，有灰白色硬质水垢 1.5mm 厚，按此结垢速度可达 20mm/a。

实测循环水质为：酚酞碱度 0.5mmol/L，总碱度 4.6mmol/L，总硬度 2.1mmol/L，氯离子 15mg/L。按氯离子推算的浓缩倍率为 1.44。

如果不结垢时，循环水碱度应达 7.6mmol/L，硬度将达 3.5mmol/L。此值和循环水的实际值差额就是所结的垢量。按照补充水率为 4% 计算，成垢总量将达 40t/月，或 1.3t/d。这些碳酸钙多沉淀在喷水池中，即使很少量变成垢，也很可观。

对该电厂循环水确定为不处理时的极限碳盐硬度为 2.9mmol/L。采取硫酸中和补充水碱度的方式处理时，极限碳酸盐硬度为 2.4mmol/L。算得的额定出力 F 最大用硫酸（浓）量为 1.45t/d，冬季用酸量 0.9t/d。

如果用磷酸三钠处理，要额外增加补水率 4.4%。最大磷酸钠用量 175kg/d，最低用量 90kg/d。按照药剂费用计算，两种处理方法相近，磷酸钠费用略高。按照药剂运输，投加量方面考虑，磷酸钠处理具有优势。但是该厂考虑补充水费用而舍弃。用硫酸中和法时，补水量为 200t/h；磷酸钠阻垢法补水量为 650t/h，水费负担沉重。

对该厂协助进行了盐酸清洗除垢，然后进行硫酸处理。92%的硫酸用槽车运到电厂盛在碳钢贮存罐中，然后注入循环水沟道中。控制循环水质为：pH 值 7.5～7.8，酚酞碱度 0，总碱度≤2.3mmol/L。

在进行处理 1 年后，发现循环水沟道混凝土腐蚀渗漏，使沟道旁的热力网管架倾斜。随后调整 pH 值控制指标为 7.6～8.2。对沟道砌为耐酸水泥，并涂沥青质防水涂料保护。

(2) 张家口东某电厂补充水不足的应对举措

该电厂的情况是，循环水总量 5000t/h，补充水量 220t/h，使用磷酸钠处理时的极限碳酸盐硬度 6.3mmol/L，凝汽器管有结垢现象，其结垢速率约为 0.3mm/a。循环水阻垢稳定处理，属物理化学处理，碳酸钙结晶的亚稳定状态可因许多因素有所改变，例如水温升高和排污不足都会有影响。

向该循环水中投加硫酸，将补充水碱度降低约 2/3，仍然使用磷酸盐阻垢，但是药剂改为阻垢能力更强、水解 pH 值较低的六偏磷酸钠，将可在补水量不足（计算量差 40t/h）的情况下，使循环水系统恢复为稳定平衡状态，不再结垢。这种磷酸盐-硫酸联合处理，是解决缺水的良策，且有降低 pH 值，缓解凝汽器管腐蚀的作用。

这种联合处理在以后的许多缺水地区被采用，防腐蚀、防结垢和节水效果都很好。该电厂的联合处理药剂用量为：硫酸 300kg/d（使补充水碱度由 5mmol/L 降到 2mmol/L），六偏磷酸钠 15kg/d。补充水量可由目前 220t/h（应达 260t/h）下降到 150t/h，使缺水得到彻底缓解。并为该厂拟扩建的 25MW 机组用水创造条件（该机组另有 2 台 150t/h 水井）。

8.2.4　对补充水软化处理改为阻垢处理的问题

北京某热电厂 3 台 12MW 机组，设计的循环水处理方案为对补充水进行软化。这种化学处理方法应是最为有效的防垢方法，适用在非常缺水而且机组容量不大（换言之冷却水量不大）的情况下。由于水经循环后变成碳酸钠，pH 值可达 9.0。

该电厂 3 台凝汽器各装 68 黄铜管 3440 根，其规范为外径 20mm，壁厚 1mm，长 4.59m，总重 8.5t。冷却水量为 3000t/h。使用充填磺化煤的单级软化器对补充水进行软化处理。使用喷水池冷却。全厂满负荷时的补充水总量为 180t/h。

该电厂全部建成投产 1 年后，由于食盐费用高昂，学习某电厂用六偏磷酸钠阻垢处理。改用六偏磷酸钠处理后 2 个月 3 台机组凝汽器都结垢 1mm 以上。在研究结垢原因时，发现该厂改变了循环水处理方法，但是未注意到磷酸盐稳定处理必须保持足够大的排污才能防垢。粗略估算，该电厂的补充水用量将达 400t/h。

由于该厂无法取得所需的补充水，加之该电厂铜管结垢同时，由于循环水 pH 值高还产生了严重的脱锌腐蚀，将循环水处理方法改为硫酸中和处理。这也是化学处理法，防垢效果和离子交换软化相当，用水量比六偏磷酸钠稳定法少得多，而且循环水 pH 值≤8.2，可减轻腐蚀。为该电厂规定循环水浓缩倍率≤2，补水量＜225t/h，补水率＜2.5%。浓硫酸用量 1.2～1.5t/d。

在该 3 台机组使用六偏磷酸钠处理而未排污期间，各用钢丝刷或电钻对每台凝汽器机械清洗了 2～3 次，又在改用硫酸处理前，各用盐酸清洗了 1 次。在改为硫酸处理后未再发生结垢问题。

在秦皇岛市北部山区的某电厂，于 1972 年和 1973 年先后投产了 2 台 12MW 机组，凝汽器冷却面积 1000m²，每台凝汽器安装外径 20mm，壁厚 1mm，长 4.57m 黄铜管 3440 根。管材为 68 黄铜。每台装铜管 20t。循环水量共 6000t/h。

由于该电厂只靠流量甚小的河溪供水，非常缺水，建议采取硫酸中和处理。先对即将投产的 1 号机进行了硫酸亚铁成膜（2 号机由该厂自行成膜），再进行了硫酸处理，控制循环水 pH 值 7.6～8.2，由于原水碱度低，硫酸用量为 150kg/d。

8.2.5　使用硫酸中和处理引起的铜管腐蚀问题

位于承德市北武烈河畔的某电厂，装有 2 台 12MW 机组和 1 台 25MW 机组。12MW 机组凝汽器规范和上例相同；25MW 机组凝汽器冷却面积 2000m²，铜管外径 25mm，壁厚 1mm、长 6.56m、共 3920 根。冷却水量 5400t/h。其中 25MW 机组投产时进行了硫酸亚铁成膜。

补充水为河边的浅井水，采取硫酸处理，控制循环水碱度 ≤2.5mmol/L，酚酞碱度为 0。自 1967 年进行处理后，到 1969 年该电厂反映 2 台使用 68 黄铜管的机组不断泄漏，在对 25MW 机组检查时，发现该机的 70-1 锡黄铜管也有脱锌现象，尚未达泄漏的程度。

查看了循环水酸处理情况，查阅了循环水化验表单。发现是硫酸投加不均匀，循环水控制指标未规定 pH 值，只要求总碱度 ≤2.5mmol/L 和酚酞碱度为 0。以致多次出现硫酸投加量过多，循环水碱度<2mmol/L 的现象（未规定下限值）。

将 1 台在线 pH 表装在循环水系统中，记录到经常出现 pH<7 的现象。pH 值<7，则铜管表面膜被溶蚀破坏，68 黄铜管不耐蚀，因而发生泄漏。

由于该电厂正在扩建 220t/h 高压锅炉和 50MW 机组，预计 1970 年投产，该机组循环水处理仍采取硫酸处理。因此建议，结合新机投产，对循环水处理进行技术改造，尽可能采取用 pH 值控制的加药系统。规定了循环水 pH 值为 7.6～8.2，碱度应>2.1mmol/L。

保定某热电厂反映采取硫酸处理后，凝汽器不再结垢，但是发现有脱锌现象。而且该厂将扩建新机组，继续采用硫酸处理则用量太大，运输和贮存均有问题。

对该厂循环水也进行了 pH 值连续监测。由打印出的曲线图，可以看到循环水 pH 值虽然大部分时间为 7.6～8.2，但是也不乏 pH<7 的数据。对此指出，只要短时 pH 值低于 7，就会使铜管自然氧化膜破坏，回归婴儿期而产生腐蚀。

对该电厂新建的机组建议采取三聚磷酸钠和聚马来酸酐联合处理，其极限碳酸盐硬度可提高到 8mmol/L，防垢效果既好，增加水耗不多，不会产生腐蚀问题。

8.2.6 对唐山某电厂石灰处理循环水的调整

唐山某电厂扩建工程为 2 台 25MW 高压机组和 2 台 50MW 高压机组。由捷克提供。前者凝汽器冷却面积 1600m²，装有捷克产锡黄铜管 3700 根，水量 4200t/h；后者冷却面积 3200m²，装 6.1m 长铜管 8600 根，冷却水量 8000t/h。

捷克提供的循环水处理为石灰沉淀软化处理。该电厂原水总溶解固形物 260mg/L，总碱度 3.4mmol/L，总硬度 1.7mmol/L，既无永硬也无负硬，比较适合石灰沉淀软化处理。

循环水处理用涡流反应沉淀池，共 5 台，单台出力 160t/h，按每吨水用石灰 0.45kg 计算，石灰用量为 100t/d。对水质要求是，酚酞碱度 0.25～0.35mmol/L，总碱度 1～1.2mmol/L。使用 13 台 3m 直径的大理石过滤器对石灰处理水进行过滤，大理石粒径 3～5mm，填充高度 3m。制造厂给定的循环水浓缩倍率为 2。

该种沉淀池利用水流的强力旋转造粒，使生成的碳酸钙为球粒状，为 1～2mm 粒径为佳，＞2.5mm 则通过 排污排走。和一般的沉淀池不同，水在该沉淀池中只停留 10min（其他沉淀池可达 1h），但是水的透明度是相当高的。

由于沉淀池出水较清，而过滤介质粒径过大，认为起不到明显的阻留作用。

经过过滤的水作为循环水的补充水，控制循环水的浓缩倍率为 2，循环水碱度＜2.4mmol/L。

在该石灰处理设备调试期间，对制造厂提供的技术指标进行了测试，循环水的浓缩试验结果认为极限碳酸盐硬度可达 2.4mmol/L。

在该设备投产半年之后，发现过滤器阻力缓慢上升，虽然反洗，改善不大。对其进行检查时，发现大理石滤料被黏结成块，反洗难以松动。对所有的过滤器进行人工破碎，使其恢复过滤功能。

对该问题研究的结果是，在该种沉淀器中，碳酸钙结晶未来得及熟化，出水中含有大量碳酸钙微晶，它们在滤料上黏附析出，使滤料结团。因此也想到了该种过滤器滤料粒径过大的道理，就是防止短期内过滤器被碳酸钙沉淀堵塞。

对该循环水处理设备进行的改进，是向石灰处理水加硫酸，将酚酞碱度中和，则碳酸钙处于稳定状态，不会再在滤料上析出。为防止循环水中碳酸钙失稳结垢，向循环水加入 0.3mmol/L 硫酸，使该循环水系统 pH 值≤8.3，不会结垢腐蚀。

8.3 循环冷却水处理之近代大容量水处理

8.3.1 新型水质稳定剂引入火电厂循环水处理

(1) 天津杨柳青某电厂循环水未处理之结垢预测

该电厂 1973 年下半年投产。该厂 1 号机组为 50MW，续投的 3 台机组是 2×100MW 和 1 台 125MW 机组。该厂冷却水的原水是电厂西侧子牙西河水，pH8.2，总碱度 4.4mmol/L，总硬度 3.6mmol/L，有较高的永久硬度。按照经验公式估算的原水极限碳酸盐硬度是 2.66mmol/L。这表明该冷却水只要受热蒸发浓缩必然结垢。

天津地区电厂采取直流冷却，对于采取循环冷却将会结垢缺乏感性认识。这台 50MW 机组凝汽器冷却面积 3500m²，装有 25mm 外径、7.2m 长铜管 6220 根，冷却水量 9000t/h。凝汽器管是 70-1.5 铝黄铜，使用 1500m² 双曲线冷却塔作开式循环冷却。

据了解，该电厂（含该机组）循环水处理设计为炉烟再碳化处理，但是无处订货，难以实施。另有过渡性的硫酸处理方案，但是未进行设计。

该电厂水处理方面的问题有：①炉烟处理适于 5MW 及以下机组。在淄博市两个火电厂分别进行过利用炉烟中二氧化碳和利用二氧化硫的处理，均未收到预期效果；保定某热电厂 2×25MW 机组初步设计是炉烟处理，未能实施，仅 1 个月造成凝汽器结垢酸洗，被迫采取硫酸处理；承德某电厂 2×12MW 机组也设计为炉烟处理，使用水力喷射器抽吸炉烟，对其进行反复调试，无法使循环水中二氧化碳达额定含量，最后只得拆除炉烟处理设备，改为硫酸处理；唐山某电厂 25MW 的零号机投产设计是用高压风机鼓风的炉烟处理方案，投入使用中出现积灰问题，严重影响风机运行，最后也改为硫酸处理。以上 3 例教训必须汲取。②该电厂的原水结垢性高于以上 3 个电厂，如果不做好循环水处理工作，估计 1 个月内可使凝汽器管结垢 1mm，将严重影响机组出力。

为解决循环水处理问题，为该厂提供了以下信息和建议：

① 购置北京某钢厂正在处理的高压风机，风压 3300mm 水柱（32.3kPa）、风量 5000m³/h，该风机适于该厂使用，能解决炉烟处理主设备订货问题。查看了设计图纸，认为其他设备如泡沫除尘塔和布烟器可在电力修造厂加工，大的电厂修配车间也有加工制造能力。提供了进行炉烟处理时的循环水控制指标为 pH7.4～7.8，游离二氧化碳 10～20mg/L。

② 为该电厂的临时硫酸处理进行计算　计算的极限碳酸盐硬度 2.5mmol/L，浓缩倍率≥2，夏季硫酸用量 1.1t/d，设置 20m³ 碳钢硫酸贮存箱，另备 1.5m³ 玻璃钢投药计量箱及相应的耐酸泵。运行中控制 pH 值 7.4～7.8，总碱度 2.2～2.5mmol/L。

③ 更快和更安全的是用六偏磷酸钠阻垢　计算的极限碳酸盐硬度 6.8mmol/L，运行控制 6.5～6.8mmol/L，保持循环水过剩的磷酸

根≥2mg/L。六偏磷酸钠用量 40～45kg/d。用此法应使排污率为 5.2%，亦即排污水量为 4.68t/h。此水量虽然很大，但是对该首台机组来说，不成问题。

④ 在临时措施无法实现时的怪招　了解到该厂井水是零硬度的特殊水。井水化验资料表明，钙离子测不出，镁离子 3mg/L，碱度 7.4mmol/L。这表明全是碳酸氢钠。用此水作为补充水，不排污，水塔加收水器，则补水量仅为 90～120t/h。这种做法可以保证不结垢，但是循环水 pH 值将＞9，70-1.5 铝黄铜管将产生严重腐蚀。

(2) 杨柳青某电厂 2 台机组结垢后的水质处理

该电厂 1 号机于 1973 年 8 月投产，100MW 的 2 号机于同年 12 月投产。1974 年 4 月接该电厂电报和电话，要求火速赶往该厂研究两台机组凝汽器结垢问题。

经了解，该电厂炉烟处理方案夭折，硫酸和六偏磷酸三钠处理均未采用。1 号机是用负硬度的井水作补充水投产，但是其水量有限，勉强能供 50MW 机组补水。100MW 投产后没有进行循环水处理，由于正值隆冬凝汽器结垢问题未显露，到 3 月份 2 号机组已经限制 10MW 出力，1 号机组也限制 5～10MW 出力。而且汽机真空都在不断恶化，入夏后的情况将很严重。

建议该电厂采取三聚磷酸钠和聚马来酸酐以 1∶1 复配阻垢。前者阻垢能力和六偏磷酸钠相近，但是容易溶解，是很大优势；后者的分散作用可用协同三聚磷酸钠阻垢效果。小试得到的极限碳酸盐硬度接近 9mmol/L，可使排污率大为下降。即使下半年 3 号机组投入补充水也够用。

对 2 号机凝汽器检查后，认为所用的 77-2 铝黄铜管在垢下尚未产生腐蚀。进行了盐酸清洗，投入了三聚磷酸钠和聚马来酸酐阻垢处理。和单独使六偏磷酸钠相比，其阻垢效率更高。

8.3.2　罕见的冷却塔填料积结泥沙压坏水塔支柱

1974 年底，杨柳青某电厂 100MW 的 3 号机组也投入运行，循环冷却水处理仍为三聚磷酸钠加聚马来酸酐，按照所给定的指标维持，基本可保持无明显水垢。

但是，该电厂反映两台水塔的混凝土支撑件被所承载的填料压弯，连底部的水塔支柱也有混凝土脱落和表层剥落现象。经对水塔中的塑料波形板检查，发现其中积满了泥沙，使填料密度由 $90\sim100\mathrm{kg/m^3}$，增长到约 $1\mathrm{t/m^3}$。

经研究是随电厂容量增长，补充水量大增，除了河水中固有的悬浮物外，将河道中的泥沙吸入甚多，引起悬浮物和泥沙在垫料中积累。

据介绍，采取炉烟再碳化处理的系统，有"水垢搬家"现象，就是向循环水中充入二氧化碳，能抑制碳酸钙在凝汽器中成垢，但是循环水在冷水塔中淋洒时，二氧化碳几乎完全散失，碳酸钙过饱和析出，在水塔填料上结成垢，使填料密度成倍增长。

电厂提出了防止泥沙进入冷却水系统，和减轻泥沙在冷却塔中沉积的措施。全部更换了水塔填料，并对冷却塔进行了维修加固，以延长冷却塔使用寿命。

8.3.3　复配的高效阻垢缓蚀剂及杀菌灭藻剂

(1) 13 套化肥装置引进的水处理阻垢缓蚀剂

1975 年之后，我国引进的化肥设备带进了国外的冷却水处理技术和药剂，对我国工业水处理有较大促进作用。其中有些药剂在我国早已使用，例如日本的 NaP，实际上是六偏磷酸钠，但是也有许多过去使用较少的（有机）膦酸（盐），例如次氨基三亚甲基膦酸，ATMP，也称作次氨基三甲叉膦酸。它的氮碳键相应稳定，不像偏（聚）磷酸盐那样易于水解。与之相近的还有 EDTMP，乙二胺四亚甲基膦酸，也含稳定的氮碳键。含有碳磷键的 HEDP，羟基亚乙基二磷酸也相当稳定。

在化肥厂热交换器多用钢铁，介质温度较高，既对设备腐蚀，又有结垢问题。其对策是进行清洗、预膜、阻垢系列处理。有代表性的清洗剂为异丙醇 30％，乙醇 2％，磺化琥珀酸己基乙酯 16％，其余为水，其作用为溶剂加表面活性剂。代表性的预膜剂是六偏磷酸钠和硫酸锌以 4∶1 的配合。复合的阻垢剂如 EDTMP6％和聚丙烯酸钠（PAN）23％的水溶液，或是 HEDP18％，聚丙烯酸钠 8％和用氢氧化钠溶解的 MBT1％。

预膜剂的初始浓度为 $200\mathrm{mg/L}$ 以上，随后降到 $50\mathrm{mg/L}$，亦即 $40\mathrm{mg/L}$ 六偏磷酸钠和 $10\mathrm{mg/L}$ 硫酸锌，其 pH 值为 $6\sim6.5$。六偏磷酸钠在预膜同时有阻垢作用；硫酸锌在预膜同时有阳极缓蚀作用。

在阻垢处理中，化工厂和化肥厂维持循环磷酸盐含量 $\geqslant5\mathrm{mg/L}$。这些工厂的工业冷却水用量为 $1000\sim3000\mathrm{t/h}$。高磷酸盐处理的费用负担得起。

（2）火电厂凝汽器冷却水的缓蚀阻垢水处理

火电厂的冷却水温≤40℃，但是水量大。1980年之后建设的火电厂容量多为1200MW，循环冷却水总量超过15万吨/h，令循环水中剩余磷酸根为2mg/L，药量用量已很可观。因此火电厂为低磷酸盐处理。

考察化肥厂使用的复配阻垢剂可知，主要是膦酸（盐）和聚羧酸（盐）复配而成。试验证明，两者混合复用有协同作用，阻垢效果优于单独使用。至于两者比例无一定影响。可以是4∶1、2∶1、1∶1、1∶2或1∶4等的配比。在不限磷时，羧膦比可为1∶1、1∶2或1∶4；对磷（膦）作严格限定的地域（水域），羧膦比可为1∶1、2∶1或4∶1。

聚羧酸盐使用其低分子量产品，早期使用聚合度2~8的水解聚马来酸酐（HPMA），其相对分子量为200~800，随后更多使用聚合度为10上下的聚丙烯酸钠（PAN），其相对分子量为1000以下。随着我国水环境保护力度的加大，对排水磷的限制日趋严重，以防止水体富营养化。聚羧酸盐的售价由低于膦酸盐，反转为远高于膦酸盐。在张家口东某电厂的半工业模拟试验表明，膦酸（盐）或聚羧酸（盐）单独使用时，水的极限碳酸盐硬度≤9mmol/L；两者复配使用可达11mmol/L。该试验结果被用于该电厂。

聚马来酸酐和聚丙烯酸可混合使用，市售商品中有马丙共聚物可供使用。

（3）杀生剂及杀菌灭藻处理

磷（膦）是营养物质。采用含磷（膦）的水质稳定剂阻垢时，必须配合杀生处理。最常用的广谱杀菌灭藻剂是氯。在冷却水处理中，视被处理水量多寡，可以使用不同的氯剂。

25MW以下电厂多使用漂白粉，这是用石灰吸收氯气形成的次氯酸钙，它在水中产生次氯酸，起到杀菌灭藻作用。漂白粉的有效氯含量<50%。100MW左右的电厂可以使用含氯量更高的氯锭，或漂白精，其含氯量≥60%。它们可以配成水溶液施加，也可用带孔塑料桶吊放水中使其溶解施加。通常每隔1~5天投氯1次，每次持续2h，保持停加药后的水中余氯>0.5mg/L，不少于4h。

滨海大容量火电厂采取电解制氯，可直接由海水制取。例如某滨海电厂2台800MW汽轮发电机组，通过电解装置。由海水制氯。由于是在水中，实际得到的是次氯酸钠。其流程为，海水经过两级过滤净化，进入电解装置，电解得到的次氯酸钠进入冷却用的海水主流中。海水流量 96t/h，产氯量 90kg/h，电解溶液中有效的氯含量为 1000mg/L 以上。直流电的比耗为 38kW·h/kg 氯，电解槽的效率≥78％。被处理水量达 20 万吨/h 以上。

有许多临近化工厂的火电厂，双方签订合同，由化工厂直接运送含量 10％的次氯酸钠，用于循环水处理，可以节省大笔药费并节省人力。

除了上述药剂外，就是使用加氯机向循环水加入液氯。许多电厂的使用经验表明，液氯存在运输困难，加氯机维护困难。不如固体的氯化异氰尿酸使用方便。中小容量火电厂也有使用二氧化氯的，但是其原料氯酸钠具爆炸性，不宜用于火电厂等要害部门。

在实际的杀菌灭藻处理中，采取氧化性杀生剂和还原性杀生剂轮换使用，以消除菌藻的抗药性。前者使用 3 个月以上，可改用还原性药剂如异噻唑啉酮 2 周左右。

8.3.4　由经验公式到速见表对循环水处理作选择

(1) 确定极限碳酸盐硬度的经验公式

通过动态模拟试验，确定原水和使用拟采取的处理方案的循环水极限碳酸盐硬度无疑是较可靠的。但是要用 10～15 天时间。许多大的水处理公司都有自己的计算方法和确定处理方案的程序。1980 年之前，提出了原水和不同处理方法循环水的简化经验公式，1980 年又对许多新型水冷剂的复配药剂进行了极限碳酸盐硬度测定，对这些公式中稳定处理有所修正，其不同的使用范围如下。

① 原水、硫酸处理水、石灰处理并经硫酸中和酚酞碱度的水

$$H_1 = 2.8 - 0.1 H_永；$$

$$H_2 = 2.8 - 0.2 H_永。$$

式中　H_1——原水硬度；

　　　H_2——硫酸处理水和石灰处理再经硫酸中和的水硬度；

　　　$H_永$——该水永久硬度

② 聚（偏）磷酸盐稳定水、单独的膦酸（盐）或聚羧酸（盐）稳定水和复配的水质稳定剂处理水。复配比例以 ATMP＋HPMA 为 1＋1 为代表，ATMP 可与 EDTMP、HEDP 互换；HPMA 可与 PAA（聚丙烯酸）互换。

$$H_3 = 6.5 - 0.15 H_永$$
$$H_4 = 8.5 - 0.2 H_永$$
$$H_5 = 10 - 0.25 H_永$$

式中　H_3——偏磷酸盐或聚磷酸盐处理水；

　　　H_4——单独的膦酸（盐）或羧酸（盐）处理水；

　　　H_5——复配的水质稳定剂处理水。

(2) 不同水质稳定处理下的效果速算表

许多药剂供应商缺乏循环水处理的基础知识。不懂化工等企业冷却水和火电厂冷却水的根本区别，更不清楚冷却水处理中应监控的指标。在循环水处理中，如无足够的学识和经验，难以确定应维持的极限碳酸盐硬度和应保持的浓缩倍率、排污率。由于对比要求迫切，传授基础知识费时费力。因而按照不同的原水碱度，算出使用各类水质稳定剂时的浓缩倍率和排污率，做成速算表，见表8-1，可使供药商有所依据，使业主单位能控制、监控指标。

该速算表覆盖了我国常见的地表水质和地下水质，用其选取所用阻垢剂，可以免除了模拟试验旷日持久的消耗，可以免除相应的计算。该表源自上节的极限碳酸盐硬度，有试验的支持。可用于原水碱度为1.5~4mmol/L的水质。超出4mmol/L可用硫酸作适当中和；低于1.5mmol/L碱度的水相应的水量必须充沛，用不着循环冷却，即使循环冷却，按照1.5mmol/L选取，必然不会结垢。

表中用三聚磷酸钠（五钠）代表六偏磷酸钠；用ATMP代表EDTMP、HEDP；用PAA代表PAN、HPMA，它们间可以互换，比例不严格限定。三组元水稳剂引入磺酸基，其磷含量低而阻垢能力强。在两组元阻垢剂中膦酸丁烷三羧酸PBTCA含膦也少。

表8-1　不同原水碱度下、不同水稳剂时的排污率与浓缩倍率

原水碱度/(mmol/L)	三聚磷酸钠（五钠）		五钠＋HPMA		ATMP＋PAA		三组元高效阻垢剂	
	排污率	浓缩倍率	排污率	浓缩倍率	排污率	浓缩倍率	排污率	浓缩倍率
1.5	0.28	3.5	0.14	4.5	0.1	5.0	0.07	5.5
2.0	0.70	2.33	0.40	3.0	0.31	3.42	0.25	3.67
3.0	1.40	1.75	0.76	2.25	0.60	2.50	0.49	2.75
4.0	2.80	1.40	1.30	1.80	1.0	2.0	0.80	2.2

(3) 关于浓缩倍率及合理浓缩倍率的说明

许多药剂商在宣传自己产品时常夸耀可使循环水浓缩倍率达5倍

或 6 倍。这也许是事实，问题在于对何种质量的原水而言，以及有无必要使浓缩倍率过高。

浓缩倍率是循环水碱度与原水碱度之比。关键是原水碱度多少。松花江水和珠江水碱度＜0.5mmol/L；自来水中，信阳市和汕头市碱度＜0.5mmol/L，这些水不加任何阻垢剂都可以浓缩 5～6 倍而不结垢。长江水碱度≤1.5mmol/L，用任何的膦酸（盐）与羧酸（盐）配伍都可使循环水浓缩倍率超过 5 倍。偏偏这些地区的火电厂就采取直流冷却。

华北地区、西北地区和山东、河南、安徽及苏北地区水质差，水资源紧缺或欠丰，如果建设 50MW 以上容量的火电厂就必须采用循环冷却。在这些原水碱度达 4～6mmol/L 的地区建设电厂，要想使循环水浓缩倍率达 2 也很困难，偏偏这些地区火电厂希望浓缩倍率达 3.5 以上，甚至 5 以上。

进行循环冷却水处理的实践经验证明，对节水有实际意义的浓缩倍率是≥2.5；在水资源匮乏的地区，期望的浓缩倍率是≥3.5。浓缩倍率由 3.5 提高到 5，节水收益很小，但是花费很大，而且带来腐蚀、结垢和水塔淋洗污垢等许多困扰。

因此，合理而理想的循环水浓缩倍率为 3.5～4。

8.3.5 循环水阻垢缓蚀处理案例（含灰管结垢机制）

(1) 下花园某电厂扩建 2×100MW 机组的水处理

该电厂旧有中压机组 25MW，高压机组 60MW，采取硫酸与六偏磷酸钠联合处理，循环水浓缩倍率为 1.8 以下。1980 年之后将投产 2 台 100MW 机组，虽然相应增加深井，但是补充水量严重不足。指导该厂建立模拟试验装置，对膦酸和聚羧酸进行复配处理，使循环水浓缩倍率≥2.5，则全系统的排污率可由约 1.4％降低到 0.6％，能解决缺水问题。

该电厂经试验选定硫酸降低补充水碱度，再用膦酸盐和聚羧盐复合处理的方案。原水碱度为 5.5mmol/L，加硫酸使其为 3mmol/L，投加 ATMP 和 PAA，使循环水浓缩倍率为 2.5 以上，基本无垢。

1987 年底，该厂又投入 200MW 超高压机组，突出的矛盾仍然是缺水的限制。为此提出两个方案，一是按 1984 年为该电厂第 4 期扩建（200MW 机组）提供的补充水脱碱软化的弱酸阳树床处理方案；二是强化硫酸处理，使补充水碱度经酸化降为 2mmol/L。两者都可使循环水浓缩倍率达 3.5 左右，从而解决缺水问题。业主单位主张采用第一方案；设计管理部门出于投资考虑批准第二方案。

在 200MW 机组投产后，全厂在役机组容量 400MW，全厂循环水总量 57000t/h，硫酸中和后的补充水碱度为 2~2.5mmol/L，再加阻垢剂提高浓缩倍率到 3 上下，硫酸处理对循环水有增碳防垢作用，对该厂原水来说，可增加 180g/t 二氧化碳，尽管中和产生的二氧化碳最终会散失，但是它的阻垢稳定作用不下于炉烟再碳化处理。硫酸处理还有降低溶解固形物作用。对循环水的控制是，pH 值 8.6~9.0，酚酞碱度＜1.5mmol/L，总碱度＜9.5mmol/L，平均排污率为 0.4%。该电厂按此运行，循环水大体不结垢，但是 70-1A 锡黄铜管有脱锌现象，原因是总溶解固形物＞1200mg/L，氯离子＞100mg/L，硫酸根达 500mg/L 以上，有闭塞区强酸阴离子的酸腐蚀。

（2）北京石景山某电厂改建工程循环水处理及灰管结垢问题

该厂原有中压机组 80MW，用河水直流冷却。1980 年停产改建，拟投产 3 台 200MW 机组，参与了循环水处理论证。该电厂原水碱度 4mmol/L，使用复合的水质稳定剂阻垢，可使循环水浓缩倍率为 2，排污率为 1% 上下。该厂经过投标选定了天津某化工研究院提供的药剂。据该研究院的试验，在该厂原水质量下，保证的循环水浓缩倍率为 1.8。

在该电厂 200MW 机组投产后，不断反映灰管结水垢影响灰水外排。在研究冲管结水垢原因时，发现该厂循环水浓缩倍率仅 1.4，排污率高达 2.8%（夏季达 3.8%）。询问原因时，得到的答复是，该厂用循环水冲灰，由于害怕灰管结垢，所以加大了冲灰水量。该厂设计的冲灰用水灰水比为 1∶10，实际是 1∶20。但是灰管结垢速率仍高达 25mm/a。用于灰管酸洗的浓盐酸量达 1000t/a。

对该厂说明：

① 用循环水排污水冲灰是合理的，循环水中的阻垢剂对灰管结垢有抑制作用。

② 但是冲灰水量必须尽量少，才能结垢越轻。其理由是灰管的垢是冲灰水中产出的，其结垢过程是：冲灰水将灰粒中的活性（可溶的）氧化钙溶出，使其变成氢氧化钙；氢氧化钙又把冲灰水中的碳酸氢钙沉淀为碳酸钙。所生成的碳酸钙量非常大。可达 8kg/t 水。在该电厂设计的浓缩倍率为 2 时，排污水量为 250t/h，则可产生 2t/h 碳酸钙；在浓缩倍率为 1.4 时，排污水量为 700t/h，产生的碳酸钙达 5.6t/h。

这些碳酸钙中即使有99％随冲灰水排到灰场和以灰粒为结晶核心成垢，只有1％黏附灰管成垢，其结垢量也很可观，为56kg/h。灰管是常年不断运行的，其年结垢量可达490t/a。由此可理解灰管清洗的耗酸量。少用冲灰水除了少成垢外，还由于冲灰水中灰粒含量提高，有两方面抑垢作用：一是增加了结晶核心，减少了往灰管上黏附；二是增强了灰粒对灰管两相流冲刷除垢作用，抑制垢的增长。基于以上所述希望该厂降低冲灰水量。

该厂坚决降低了冲灰用水量，使接近了循环水设计的浓缩倍率。果然收到了灰管结垢速度降低和灰管酸洗周期延长的效果。与此同时，该厂的循环水药剂用量减少了2/3，排污水量大减，这两项经济效益均非常可观。

(3) 石景山某电厂由直流冷却改循环的问题

由于水资源紧缺，河道管理部门对所用河水收取资源费（俗称"过门水费"），使位于石景山的某电厂6×100MW机组改为冷却塔开式循环冷却。

在该电厂冷却塔全部建成，即将进行变直流冷却为循环冷却时，进行了对冷却水系统的检查，发现该厂随处引取河水和外排用水，造成系统形成半开放状态。因此要求：

① 将凝汽器冷却水与工业冷却用水分开，使凝汽器冷却水形成开式循环系统，预计可使系统浓缩倍率达1.6以上。

② 建议使用1∶1的ATMP和PAA（或PAN）进行阻垢处理，预计的平均排污率为1.3％，夏季最大排污率为1.8％。

③ 应对水塔加装收水器，理由有二：一是该电厂冷却塔紧靠公路，而且该路段较陡，冬季逸散的水滴在沥青路上成冰影响交通和伤人；二是可使风吹损失由0.5％，降到0.2％，节水效益相当大。平均排污率可降到1％，减少290t/h损失。

(4) 为蓟县某电厂翻译说明书时对冷却水的建议

1986的接局外事处任务，为引进的2×500MW超临界机组翻译冷却水和工业供水的初步设计说明。在冷却水部分的主要内容为：水库水的碳酸盐硬度2.4～2.45mmol/L，总溶解固形物176～184mg/L，氯离子11～14mg/L。设计采取硫酸对补充水处理，浓缩后的循环水总溶解固形物<544mg/L，其设计浓缩倍率为3。

基于对循环冷却水处理的研究，认为硫酸处理的容量不宜超过100MW；在大容量电厂中，硫酸只可用于辅助水质稳定处理或石灰处理。该 1000MW 超临界电厂不宜（甚至不可）采取硫酸处理，仅用酸量一项就难保证。

在提供技术说明和图纸的同时，写信建议该电厂不用所设计的硫酸处理，而采取水质稳定处理，理由是：

① 该原水适于水质稳定处理，使用国产的膦酸盐和聚羧酸盐水稳剂复配，很容易满足设计的 3 倍浓缩倍率，而且还可达更高程度；

② 药剂货源充足，而硫酸处理则难保证供应；

③ 膦化处理安全，而硫酸处理腐蚀危险大。

该电厂业主单位和主管单位都重视关于循环水处理方案的建议，要求提供招标的基础资料，经初步核算使用膦酸盐和聚羧酸盐复合处理时，用药量各为 12kg/h，即可使浓缩倍率达 3～4。

该电厂经招标采用了天津某化工研究院的 Ts 系列水质稳定剂，该药剂在北京某热电厂 4×200MW 机组上使用有较好的业绩。

(5) 唐山某发电厂冷却水系统结垢的处理

1991 年 3 月，接唐山某发电总厂公函，称所属的电厂由于循环水的补充水水质恶化，影响凝汽器结垢，而且其他热交换器铜管都结垢，请求解决。

经过现场调查得知，凝汽器和冷油器管结垢是由于井水水质恶化和补充水量不足双重作用造成的。该电厂使用三聚磷酸钠加 ATMP 以 4：1 进行稳定处理，其极限碳酸盐硬度≤7.5mmol/L，但是循环水的实际浓缩倍率已使循环水有 1～2mmol/L 的碳酸钙结晶析出，造成全部冷却系统结垢。

根据该电厂水质和水资源情况，按照全厂满负荷 300MW，循环水量 45000t/h 计算，认为必须采用硫酸和水稳剂联合处理，才能解决缺水问题。即使在 75％ 负荷下，夏季也必须采取硫酸与水稳剂联合处理。

该电厂已对国内的不同类别水质稳定剂通过模拟试验装置进行了筛选，绝大多数的极限碳酸盐硬度为 10mmol/L 以下。鉴于该电厂全部冷却水均呈结垢性，亦即都存在悬浮的碳酸钙。建议先向循环水系统加硫酸，使循环水 pH 值降到 7.8～8.3，使水质恢复稳定后，再进行硫酸-ATMP 处理。

令加硫酸后的补充水碱度为 2mmol/L，循环水的浓缩倍率为 3.6，则硫酸用量 2t/d；ATMP 用量 46kg/d。该处理中增加的硫酸费用，可为降低排污节约水资源的收益抵消。

提供的循环水处理监控指标是，pH≤8.5，酚酞碱度≤0.3mmol/L，总碱度≤9mmol/L，排水总磷含量≤0.5mg/L（该厂位于市区，排水进入河道）。

建议该电厂购置70MPa高压水射流冲洗装置（沈阳水泵厂产），先对冷油器进行水力喷射除垢，取得经验再用于凝汽器除垢。该厂铜管已服役10年以上，有腐蚀，已不适于化学清洗。

8.3.6 用弱酸树脂对补充水脱碱软化处理

消除补充水硬度的循环水化学处理防垢法，无疑是最为彻底的和最有效的。但是其水处理成本太高。钠离子交换的盐耗高，难以达1.8倍理论量以下。相对比较，弱酸阳树脂有许多优势，它只和碳酸盐硬度作用，应算作防止循环水结垢的专用树脂；它的酸耗接近理论量，用于循环水处理，只提供理论量即可。

但是弱酸树脂也有很大的限制，首先是其价格高达强酸阳树脂4倍以上，其次是其转型体积变化率高达60%～70%。在用于循环水处理时，设备费用（树脂、交换器、再生系统和水处理系统）高，运行费用同样相当高，它实际是以树脂为载体的硫酸降碱处理。

(1) 大同某电厂的弱酸阳树脂对补充水处理

大同煤质优，且蕴藏丰富，是建设矿口电厂，变运煤为输电的最佳城市。但是水资源限制了电厂的建设规模。按照常规的循环水处理方法，该城市只能建设400MW火电机组，以硫酸与水稳剂配合，勉强可建600MW容量机组。但1980年以后，大同地区兴建了6×200MW机组，循环水难满足需要。为此研究用弱酸阳树脂对补充水脱碱软化处理，使循环水浓缩倍率＞4，甚至＞5。

在所有的阳树脂再生剂中，硫酸价廉且含量高。但是用作弱酸阳树脂再生剂有不利之处。这是由于弱酸阳树脂主要吸收钙离子，用硫酸再生时会产生难以溶解的硫酸钙沉淀。因此，必须使用1%的低浓度硫酸再生。好在弱酸阳树脂的特点就是易于再生，它甚至可用废液再生。

该电厂原水总溶解固形物390mg/L，总碱度3.6mmol/L，总硬度1.8mmol/L，既无永硬，也无负硬，适于采取弱酸阳树脂处理。氯离子 36mg/L，pH 值 7.9。

经弱酸脱碱软化的水，总溶解固形物 260mg/L，总碱度 0.55mmol/L，总硬度 0.2mmol/L，pH 值 6.51。

弱酸阳交换器直径 3m，周期产水量 8700t 左右，硫酸浓度<1%，以 100t/h 流量通过阳床 1h，通水 75min，以同样流量置换 45min，再用 175t/h 流量冲洗 45min。其产品水质，pH5.98～6.2，碱度 0.6～1mmol/L，硬度 0.1～0.2mmol/L。氯离子 44mg/L。

该电厂循环水 pH8.2～8.4，酚酞碱度 0.1～0.4，总碱度 3.9～4.3，总硬度 2.0～2.5。氯离子 140～170mg/L。浓缩倍率 3.1～3.9。

在以上指标下运行 2 年后，检查了 1 号、2 号机组凝汽器管，未见结垢腐蚀迹象。

在该厂第 3 台 200MW 机组投入后，当地供水量由原协议的 7.8～8 万吨/d，减少到 7 万吨/d。循环水的浓缩倍率突破 4.5 达到 5 以上。经过对所用铜管进行脱锌性能测试，确定氯离子>170mg/L，即由均匀腐蚀转为栓状脱锌。对浓缩倍率的规定为：正常情况下≤4，夏季短期≤5。所谓短期是指，连续运行<14 天，累计每年不超过 3 个月。

经核算，按该厂所能得到的水资源，勉强可供 4×200MW 机组使用。该厂续建的 2 台机组采取间接式空气冷却。

(2) 邢台某电厂采用的部分补充水脱碱软化

邢台某电厂扩建的 4×200MW 机组，设计为用弱酸树脂对补充水进行处理。但是实际只批准了 1/2 的设备容量使用弱酸阳床处理补充水，另外的 1/2 容量按水质稳定处理。

该电厂建成后，实际采取了经弱酸树脂脱碱，软化补充后的循环水，再加三聚磷酸钠阻垢处理。运行两年后持抽取的凝汽器管来访，希望解决凝汽器的结垢腐蚀问题。

所提供的管样中，结有近 1mm 硬质水垢。该电厂人员称已影响机组出力。对来人指出，三聚磷酸钠所能达到的极限碳酸盐硬度为 6.2mmol/L，该电厂循环水碱度超过此值甚多，难免结垢。凝汽器管结垢后，在较高的强酸阴离子作用下，会产生垢下的脱锌。只要防止结垢，就能防止腐蚀。因此建议用 ATMP 代替三聚磷酸钠，使循环水的极限碳酸盐硬度达 8mmol/L 以上。

查看了铜管腐蚀程度尚轻，认为可以进行盐酸除垢清洗。如使用氨基磺酸则更为安全。

8.4 实现节水和防止受纳水体污染的水处理

8.4.1 节水研究课题

(1) 课题来源和主要内容

1983 年水电部生产司下达了 1983～1985 年度全国电力研究所技术攻关项目，其中"研究火电厂节水有效措施"作为指令性计划下达。

1984 年初，中国城市规划设计研究院在承担了国家"六五"期间重点科技攻关项目的子课题，"城市节水研究"后，根据检索到的"冷却水处理方法评述"（《华北电力技术》1981 年 1 期 24～28 页）和"电厂汽轮机冷却水系统结垢的控制"（《工业水处理》1982 年，4 期，P48～52）等文章，要求承担该项目分解成的 10 个分课题之一，即"华北地区电力工业用水的节水研究"。其他分课题分别是京津晋冀两市两省和钢铁、石油化工、煤炭、造纸等行业。这些用水行业中，电力为第一大户。

水电部生产司下达的研究任务很明确，主要是提供降低循环水排污损失和减少冲灰水量；城市规划院则要求查清 1984 年本行业用水量，以其为基础，达到"八五"末期生产发展的情况下，用水量基本不增长，并有切实可行的对策。这两项任务可以合并一起完成。

(2) 1984 年的华北地区电力工业用水水平和预测

国家重点科技攻关项目要求对海滦水系本行业用水耗水情况作调查，将其用水情况和国外较先进水平相比较，找出差距，提供解决对策，预测"八五"末期可达到的用水水平。

在 1984 年京津晋冀的总工业用水 145.8 亿立方米/年中，电力工业为 67.7 亿立方米/年，是冶金、石油、化工、煤炭、造纸等行业用水之和。在工业消耗水量中，电力工业为 9.9 亿立方米/年，是全部工业耗水 44.4 亿立方米/年的 22.3%。

国外 1980 年的最好用水水平是 $1m^3/(s \cdot GW)$，按电量毛值计算的耗水量接近 $3.6kg/(kW \cdot h)$。1984 年，华北电力网装机容量 8.3GW，发电总量 400 亿千瓦·时。按容量计算的耗水量为 $3.8m^3/(s \cdot GW)$；按发电量计量的耗水量为 $24.8kg/(kW \cdot h)$。

经分析，我国的耗水水平虽较国外先进指标差距大，但是可以追赶和弥补。首先是 1980 年之前，我国水资源不收费，即使收费也非常低，火电厂的经营管理人员，从不把水费纳入发电成本。只要规定发电厂的用水、耗水量并加以考核，耗水量必将大幅度下降，其次是国外燃油机组较多，耗水低；我国以燃煤火电厂为主，冲灰水量未纳入考核，消耗水量很大。第三是国外机组参数高，耗水量必然低；我国仍有很大比例的中压锅炉机组，其耗水率较大机组大得多。

在该研究课题中预测，到 1990 年，装机容量达 16GW，发电量900 亿千瓦·时；和到 1995 年装机容量 25GW，发电量 1500 亿千瓦·时的用水、耗水水平，认为可以接近发达国家燃煤电厂的水平。预测到公元 2000 年"九五"末期时，火电装机容量 30GW，总耗水量和1984 年末持平，可低于 10 亿立方米/年，按容量的耗水率为 $1.08m^3$/$(s \cdot GW)$，发电单耗为 $3.8kg$/$(kW \cdot h)$。

预测的基础是，2000 年，继 25MW 及以下机组退役后，高压机组中 50MW 机组退役，100MW 机组仅作调峰运行。负担主要负的机组为亚临界参数和超临界参数；新建的火电厂必须按节水型设计，其耗水指标必须 $<1m^3$/$(s \cdot GW)$；循环水浓缩倍率 $\geqslant 2.5$；除干灰消纳等资源化利用外，冲灰水的平均比为灰：水为 1：5；工业冷却水复用率达 90％；充分利用海水作冷却水发电。

(3) 循环水和冲灰水的节水措施

对火电厂各项耗水进行的分析指出，循环水占 56％，冲灰水占27％，工业冷却水占 13％。在这些耗水项目方面，循环水的蒸发损失是必不可少的损耗，约占循环水损耗的 1/2。因此，循环水的节水主要靠提高浓缩倍率，以降低排污。冲灰水利用循环水的排污水，是最直接的复用，而且都已实现，关键是废水比与循环水排污率的合理匹配。研究表明，使用浓浆输灰时，灰水比为 1：3，所需水量相当于浓缩倍率为 3 时的排污量。目前循环水的浓缩倍率可达此水平，必须配合以马尔斯泵或柱塞泵输灰。如果灰水比为 1：5，则要用新鲜水冲灰，很不合算。

对于循环水的节水处理方法，首选高效水质稳定剂，可以配合以硫酸处理，应使浓缩倍率为 3.5 上下。调整硫酸对碱度的中和程度，可以控制浓缩倍率，但是不宜使浓缩倍率大于 4.5。

为保持凝汽器传热面清洁，应配合以胶球清洗。投胶球的间隔为1～3 天，持续时间为 1～4h，投球量为 300～600 个。

极端缺水地区可使用弱酸阳树脂对补充水脱碱软化。但是，原水必须基本无负硬和永硬。这种水质也适于石灰处理，但是不推荐该处理。

(4) 在华北电网实施"八五"期间节水措施

为落实水电部和国家的科技攻关课题，使其付诸实施。为华北电网局（电网公司）制定了"八五"期间达到 $1m^3/(s \cdot GW)$ 耗水量目标的技术措施：

① 循环水浓缩倍率由"六五"末期的 1.5 上下，提高到 2～2.5，个别缺水大容量电厂为 3.5。此举可使网局直属火电厂节水 4500 万吨/年。

② 提高工业冷却水复用率，使由"六五"末期的 75%，达到 90%。

③ 大力压缩冲灰水量，使由"六五"末期水灰比 21：1，降低到 10：1 以下。网局直属电厂可节水 2300 万吨/年。此举还有很大的环境效益。

④ 降低锅炉补充水率，使由"七五"期间＞5%，降到 3%，节水量为 160 万吨/年以上。此举经济效益高，所节约的是制水成本为 7 元/t 的除盐水，而且含有锅炉排污的热量。

⑤ 对新建电厂设计审核严格把关，必须使新建电厂耗水量＜$1m^3/(s \cdot GW)$。

8.4.2 "海水冷却发电"研究课题及其防蚀防垢问题

(1) "海水冷却发电"研究课题的内容及作用

华北地区缺水是电力发展的不利因素。但是，由秦皇岛到天津大港地区，丰富的海水资源，可以作为冷却水，经淡化处理可成为锅炉补充水。因此，为了发展建设需要，要研究海水冷却的问题。海河水量渐少，使沿河火电厂饱受海水倒灌之苦，研究准海水条件下的防蚀、防垢对策是当务之急。电管局下达的指令性研究计划包含上述内容。

在开始该项研究之前，仅原属网局的青岛某电厂有海水冷却经验，可提供不同管材对海水耐受的正、反面经验教训；至于海水的极限碳酸盐硬度为多大，则既无资料可查，又无实践经验供借鉴。必须在课题中自行解决。

(2) 在海水中可供使用的凝汽器材料及应用

通过调查和模拟试验，确定了可供海水中长期使用的黄铜管是 77-2 铝黄铜，白铜管是 90/10 铜镍合金 B10 和 70/30 铜镍合金 B30。后者可用于空冷区。使用钛试样进行的所有试验中，都表现为最耐蚀。

用黄铜凝汽器管时，可使用蒙茨合金管板，或钝态不锈钢管板。如果用钛凝汽器，应使用钛管板。

以上调查研究和试验结果，被付诸应用。

① 天津东郊某电厂冷却水中海水占 1/3～2/3，先是将 70-1 锡黄铜管换为 77-2 铝黄铜管防腐蚀，随后又由于碳钢管板产生腐蚀，而更换为蒙茨合金和不锈钢管板。

② 天津大港某电厂拟建中，提供了对凝汽器管板和铜管的要求，依据就是模拟试验和上述电厂的实际经验教训。

③ 秦皇岛某电厂采用海水冷却，建议使用全钛凝汽器，也是基于试验和有关使用经验。

(3) 关于海水极限碳酸盐试验和运行考验

大港某电厂拟建的水工设施有两种取海水方案，高潮取水多次循环可比海水直流冷却节省电，但是必须确定海水的极限碳酸盐硬度，以免过度浓缩引起结垢。

通过试验确定在浓缩倍率 1.08 (108%) 以下，海水中碳酸钙处于稳定状态；1.14 以下尚处于亚稳定状态，虽有碳酸钙析出，不至于成垢；>1.14 则失稳结垢。华北某设计院水工室据此设计了大港某电厂一期工程设施。据认为可以降低投资近 4000 万元 (1984 年价格)。运行中节电 1000 万千瓦·时/年。

该设计院水工室以外的人员，详细了解海水浓缩试验方法之后，重复进行试验，认为所得结论偏于保守，据重复试验的结果，该海水浓缩倍率可达 1.3，甚至可达 1.6。按此浓缩倍率运行，节电额可超过 3000 万千瓦·时/年。

对此重复试验的结论指出，是碱度测试误差造成的偏高。测量失稳水碱度时，必须用致密滤纸过滤。否则，悬浮于水中的碳酸钙结晶会消耗滴定用酸，使测试结果偏高，造成极限碳酸盐硬度相当高的假象。这是常见的差错，却又是不为缺乏实际操作经验的人所知道的差错。

在该电厂于 1980 年初由河水冷却改为海水冷却之后，针对以上两个不同的试验结果，进行了工业性浓缩试验，以认定将采取的浓缩倍率。

首期试验在 1 号机组上进行，这是 320MW 机组，自投产起即按照设计规定的 1.08 倍维持碱率。在 200～280MW 负荷下，使该机冷却水由 1.08 倍升到 1.14 倍, 平均值 1.11 倍, 共保持 1 个月, 经化验采取短期循环运行方式的海水, 认为处于准稳定状态。在此基础上继续提高浓缩倍率, 使达 1.15, 不到 1 星期, 循环冷却的海水 pH 值由 8.1 升到 8.5, 酚酞碱度由 0 升至 0.4mmol/L, 呈明显结垢特征。工业浓缩试验认定了海水浓缩的极限为 1.14 倍。

由于进行重复试验的一方认为海水浓缩倍率未达 1.3 以上, 该工业试验不能证明达不到 1.3 倍。在 2 台机组同时运行的情况下, 第二次工业试验开始, 时值炎夏, 尽管负荷率仅 65%~69%, 但是海水浓缩迅速。当浓缩倍率达 1.15 时, 海水 pH 值达 8.5。将该海水试样进行过滤前后的酚酞碱度比较, 过滤后下降 0.15mmol/L, 在失稳的海水中有碳酸钙微晶 7.5g/L。

统计表明, 海水浓缩倍率超过 1.15 共 74 天, 平均值 1.175, 只有 1 天达到 1.32。1982 年 3 月 1 号机大修时检查凝汽器, 其出口端有 0.2mm 水垢。向其滴加稀盐酸冒出大量气泡, 表明是碳酸钙垢。

基于两次海水浓缩试验结果, 该电厂规定海水浓缩倍率最高不得超过 1.10。

(4) 海水扩散场和浓度场试验及结果应用

为该电厂进行二期扩建 2×320MW 机组取得必要数值, 由华北某设计院水工部门牵头, 进行了温热海水扩散场和浓度分布场试验。邀请航测部分对海水扩散场作红外线航测航拍。在自排水口向外扇形扩散的 10km 海域中, 按 1km² 的网格测试海水温度, 同时采样测氯离子等指标。试验中两台机总出力 500~600MW, 时间为 1982 年 6 月末。在试验期间, 每天投胶球 1 次, 每次投球 200 个, 以防止水温高、浓度高引起结垢。

经测试证明, 自排水口向外以扇形延伸 4km, 温度递降, 4km 以外和海水温度一致。海水浓度分布和海水温度大体相同, 4km 外已无差别。

1983 年 10 月中旬, 在大港某电厂举行了二期工程将采取的海水浓缩倍率和闪蒸器主要材质进行了研讨。从工业浓缩试验结果已证明海水浓缩倍率必须<1.15, 设计单位的水工部门仍采用 1.08。由于闪蒸器不同材料价格相差悬殊, 依据试验结果和黄岛某电厂的应用情况, 推荐用 B10 长管。

(5) 海水冷却机组凝汽器管结垢及清洗

海水直流冷却机组也存在结垢现象, 日积月累到达影响机组效率和出力的程度也应清洗。青岛某电厂的中压海水冷却机组是现实的例证。

320MW 亚临界参数机组凝汽器结垢的敏感性高，对效率和出力影响大。大港某电厂 2 台 320MW 机组用海水冷却两年后检查，均有 0.2mm 水垢，对机组尚无明显影响。1 号机组进行高浓缩倍率（1.3）的试验后，结垢明显加重。到 1985 年 1 号机真空度降到 86%，经检查凝汽器出口端水垢最厚 0.6mm，垢量 300g/m²。为此于同年 10 月协助该厂对 1 号机进行了酸洗，共洗下水垢 3.4t。酸洗后进行了硫酸亚铁成膜。经此番结垢清洗，该厂坚持两机的海水浓缩倍率≤1.1。

(6) 对某化纤厂拟用海水冷却的咨询建议

某设计院为天津某化纤厂进行水处理设计中，就循环水拟用海水短期循环方案进行咨询。

答复是夏季宜为直流冷却，其他 3 季可以短期循环。春秋季可保持≤1.08，冬季可为≤1.1。

(7) 对某研究生院闪蒸器研制的建议

该研究生院为黄骅某电厂原型仿制闪蒸器使用的材料及海水浓缩程度进行咨询，重点是了解在多大浓缩倍率下可以不进行防垢处理。

提供了价廉而耐海水腐蚀材料的建议同时，指出闪蒸器必须进行阻垢处理，最简单的药剂是聚马来酸酐。对其仿制的出口段浓缩倍率定为 1.14，认为如不阻垢，必将结垢。

(8) 大港某电厂 125t/h 闪蒸器结垢问题

接该电厂电话通知，闪蒸器检修中发现大部分加热器结垢，有的接近堵死，询问对策。

该厂初步试验确定，所结水垢成分为硫酸钙。对此提出，该种垢极难清洗。虽可采取用碳酸钠煮洗转化为碳酸钙再行酸洗。但是在锅炉上可行，在长而细的加热管上无法实施。建议采用 40MPa 上下水力射流清洗。

8.4.3　循环水补充水的石灰沉淀软化处理

石灰沉淀处理是水处理技术的老寿星。从 1841 年使用以来，至今长盛不衰。它由直接用于锅炉补充水，到作为锅炉水的预处理，到 100MW 上下机组的循环水处理，直到＞1000MW 电厂的循环水处理，都有非凡的表现。

石灰处理设备从间断运行的沉淀池，到连续制水的沉淀反应器，到前苏联电厂大量使用的 ЦНИИ 澄清器，到德国捷克使用较多的涡流反应器，到目前使用最多的机械搅拌澄清池。制水量由 <10t /h 到单台 >3000t /h。这种沉淀脱碱软化法被认为适于大容量火电厂循环冷却水处理。它对原水的要求是基本不存在永硬和暂硬，或是有少量永硬。我国大部分地区水质符合此要求。

(1) 1957 年在山东淄博某电厂捷克提供的中压机组最先使用石灰处理，经石灰处理的水主要供循环水作为补充水，也有部分供作锅炉补充水的预处理水。这是最早用于循环水处理的实例。

随后在唐山某电厂用涡流反应器进行石灰处理，供给 2×25MW＋2×50MW 4 台机组。在当时，总容量 150MW 的开式循环冷却用石灰软化水作补充水的仅此一家。实际运行经验表明，配合以少量的硫酸中和处理，可以使浓缩倍率≥2 而无垢无腐蚀。

(2) 应朔县神头某电厂扩建机组启动委员会要求，提供技术支援，协助对捷克 200MW 机组调试。该 4×200MW 亚临界直流锅炉机组循环水为石灰处理。

该电厂原水 pH7.6，溶解固形物 340mg /L，总硬度 2.4mmol /L，总碱度 4.6mmol /L，略有永硬，适于石灰沉淀软化处理。第一期工程安装 2 台混凝土结构机械搅拌澄清池，直径 23m，设计出力 1100t /h，共 2200t /h。保证出力 1400~1500t /h；二期工程为 3×1100t /h，总计 5500t /h。

该石灰处理澄清池用硫酸亚铁絮凝，加入氯对亚铁氧化提高絮凝效果，加硫酸中和石灰处理水的酚酞碱度。因此能保证循环水处于稳定状态。实际运行中浓缩倍率为 2.5，可以做到凝汽器无垢运行。

(3) 张家口某电厂增建的石灰处理设备

该电厂一期工程为 4×300MW 机组，使用水质稳定剂处理，预计的最高浓缩倍率为 3.5。在第 3 台机组投产后，已发现凝汽器管有明显的结垢腐蚀。于是委托某电力设计院追加石灰沉淀软化设备，对补充水进行降碱处理，起到提高浓缩倍率作用。该石灰处理设备仿英国 P. W. T 公司产品。单套石灰沉淀软化设备为 1100t /h，并且可在 560~1410t /h 范围内出水合格，3 套总出力为 3300t /h。

3 台澄清池直径 23.2m，高 7.2m，容积 2650m³，在设计出力下水的最大停留时间为 2h。配有 9 台变孔径滤池。对 3 台澄清池产品水进行过滤。过滤面积为 5.5m×3.8m (21m²)，滤层 1.5m，产水量 380~

455t/h。

给定的药剂用量为 80％石灰乳 318mg/L，聚合硫酸铁 30mg/L，硫酸 27mg/L。对澄清水要求，酚酞碱度＜0.05mmol/L，总碱度≤0.6mmol/L，浊度＜15mg/L。过滤后的产品水浊度≤1mg/L。

8.4.4 循环水处理中的技术咨询

循环水处理费用高，在有的电厂称作"第二煤耗"。这是由于火电厂 75％的成本是燃煤，煤耗是单位电量的标准煤用量。低压机组可达 1kg/(kW·h)，中压机组 500g/(kW·h)，高压机组 400g/(kW·h)，超高压机组 360g/(kW·h)，亚临界参数机组 330g/(kW·h)，超临界参数机组 300g/(kW·h)。在 1980 年之前，火电厂的成本中循环水处理费用曾超过全厂工资总额，超过零星购置费用，居于燃料费用以下的第二位。

除此之外，凝汽器泄漏和结垢是火电厂频繁发生的故障，因此循环水处理问题从来都是水处理专业中最关注的问题。

(1) 张家口某电厂的循环水处理药剂消耗量

药剂费用每年都有变化，有的升落不定，因此，难以用金额反映水处理费用。但是可由药剂用量按当时价格计算其费用。

张家口某电厂 4×300MW 机组，1998 年用于缩环水处理的药剂为：ATMP 113t（109.2 万元）、三聚磷酸钠 67t（42.7 万元）、BTA 24t（124.7 万元），TH205 13.3t（22.3 万元），异噻唑啉酮 6.3t（7.8 万元），漂白粉 10.7t（2.2 万元），硫酸 2117t（158.8 万元），石灰 7300t（292 万元）。以上投加药剂总量 9600t，按当年价格计算为 759.7 万元。

(2) 答复某省电力设计院凝汽器结垢判断

凝汽器结垢影响传热，可由汽轮机和凝汽器运行参量变化判断；循环水失稳可由化学参量变化判断。

① 凝汽器结垢影响传热，在机组负荷和循环水流量相同的条件下，如果结垢，会使凝汽器进出口的水温度差缩小，正常时可为 8～10℃，结垢后可低于 5～7℃时。由于结水垢，还会使汽轮机排汽温度和循环水出口温度之差增大。以上两者都被称为"端差"。

② 凝汽器结垢使汽轮机排入的蒸汽得不到很好的凝结，排汽温度将升高，真空将下降。如用真空度表示，可用 80％为衡量标准。在汽

轮机负荷和循环水流量不变时，真空度<80%，可以认为有必须重视的结垢。

通常凝汽器管垢厚<0.5mm，主要影响机组效率，可使凝汽器真空<85kPa；如果垢厚达1mm，则凝汽器真空<80kPa，夏季将影响机组出力。

③ 水质监测方面，不同的处理方法，规定不同的监控指标，主要看超标程度。如果循环水的pH值和酚酞碱度超过了规定的上限，就会结垢；如果循环水总碱度超过了规定的极限碳酸盐硬度，应判为结垢。但是，这里面存在着判断技术和经验问题，因为，当超过极限碳酸盐硬度后，碱度会由于结成碳酸钙晶粒，不但不增，反而下降，因此应配合电导率或氯离子的浓缩倍率一起判断；如果浓缩倍率超过规定，碱度浓缩倍率小于电导率浓缩倍率，就是结垢。如果用致密滤纸对水样进行过滤，滤前碱度比滤后碱度大0.1mmol/L，即为结垢。

(3) 研究北京某热电厂硫酸处理循环水结垢原因

某热电厂4×50MW机组原为直流冷却，改为循环后即时进行硫酸处理，并且规定了控制指标。在1年之后的机组检修中发现凝汽器有垢，而且在运行中已发现机组效率有所下降。应要求协助查找原因。

经查看与了解，该电厂循环水浓缩倍率应达3以上，实际控制不到2，相当于有1%以上的排污率。电厂有关人员意图是恐浓缩倍率过高会结垢，而进行排污。对其说明硫酸处理中不作任何排污。理由是排污排走的是经过中和处理使暂硬变成了永硬的水；而补充进的水是应加以中和的消耗硫酸的水。所以越排污，越会结垢。不排污不但节约水，还保持水稳定。

从另一方面说明，就是硫酸处理的循环水极限碳酸盐硬度2～5mmol/L，补充进的水碱度4mmol/L，每补充1t水，就会产生75g碳酸钙。除非用相应的硫酸将其转化为硫酸钙才能免于结垢。

该电厂停止了循环水排污，使浓缩倍率>3，不仅不再结水垢，还使补充水量减少约180t/h。

(4) 对北京某热电厂扩建机组pH值低的处理

北京某热电扩建的100MW机组投产前启动调试时，由于向循环水中加硫酸过量，使pH值降到4。调试负责人向循环水大量投加磷酸三钠时，pH值上升很慢。超过6后更慢，连续投加磷酸三钠两昼夜pH值仍<7，询问原因及对策，答复如下：

① 循环水pH值为4时，用磷酸三钠中和，则其自身成为磷酸二

氢钠，此阶段 pH 能较快提高；循环水 pH 值为 6 后，再加磷酸三钠，是磷酸二氢钠和磷酸氢二钠缓冲溶液，又是处在较高含盐量的循环水中，所以难以达到 7。

② 建议改加氢氧化钠，打破此缓冲溶液状态。应使循环水 pH 值 >7.5（后经询问，1994 年 11 月 29 日循环水 pH 为 4；11 月 30 日投加磷酸三钠，12 月 1 日 pH 值达 6，12 月 2 日下午按咨询建议改加氢氧化钠，12 月 3 日上午循环水 pH 值达到 7.4）。

③ 鉴于该机凝汽器黄铜管，处于低 pH 值下 3 天，表面膜已全部溶解破坏。建议必须进行硫酸亚铁成膜，使其度过"婴儿期"。否则将严重腐蚀。

(5) 对张家口某电厂后投产机组腐蚀重的分析

张家口某电厂 4 台 300MW 机组，于 1991 年后陆续投产，循环水处理为三聚磷酸钠加 ATMP，并用硫酸调控 pH 值，凝汽器管为 70-1 锡黄铜。设计浓缩倍率为 3.5。

该电厂机组投产后，出现了后投产机组的铜管结垢腐蚀重于前者的"怪现象"。应要求进行了水质调查、试样检查和原因分析。对此指出：

① 循环水处理设计无误，适于该电厂水质，但是管材耐蚀性偏低，然而 SD116-84《选材导则》规定使用 70-1 锡黄铜，所以管材选用合乎《导则》规定。

② 该电厂设计有凝汽器铜管硫酸亚铁成膜装置，要求在投产前逐台铜管成膜处理。此项工作未进行，会使铜管投入后存在"婴儿期"腐蚀，而且会一台比一台严重（循环水浓缩加重所致）。

③ 1 号机组投产时，浓缩倍率为 2 上下，不会使铜管结垢腐蚀；2 号机投产后 ≥2.5，按管材和水质相关性判断，仍属安全使用范围；3 号机组投产使浓缩倍率 ≥3，则产生婴儿期腐蚀，同时铜管有结垢现象。铜管的腐蚀规律是结垢会引起腐蚀和加重腐蚀，所以 3 号机投产仅 1 年，其铜管既有结垢，也有脱锌。由于 4 号机尚未到大修周期，无管样，但是由水质推断，必然会有结垢腐蚀。

④ 3 号机投产后，循环水浓缩倍率为 2.5～3，其溶解固形物已大于 1000mg/L，超过了 70-1 锡黄铜管的水质允许范围，据此，应该使浓缩倍率 ≤3。

⑤ 该电厂地处塞外，风沙扬尘大，冷却塔对空气中的沙粒及悬浮颗粒物有淋洗作用，它和碳酸钙相遇会成为结晶核心，加重结垢，而

且比单纯的碳钙垢难清洗。如果要化学清洗，应进行试验；如果不易清除，可用物理清洗。

⑥ 建议投加 BTA（苯并三氮唑）或 MBT（2-巯基苯并噻唑）缓蚀。投加量可为 0.5～1mg/L。

（6）对张家口某电厂二期工程浓缩倍率 5.5 的建议

负责该电厂二期工程循环水处理设计的人员询问二期工程浓缩倍率将达 5.5 的问题，答复如下：

① 一期循环水浓缩倍率≥3，已使 70-1 铜管结垢腐蚀，仍使用该管将有严重的结垢腐蚀。设计单位是严格按规程、导则进行选材的，目前虽然已有可耐 3000mg/L 含盐量的 70-1B 加硼管，但是未列入 SD116-84 中，华北某电科院申报中电联标准化部的新编《选材导则》纳入了该管，但是尚在审批中，远水难救近火。

② 所拟用的石灰处理加水稳剂，再加硫酸的方案，可能使浓缩倍率达 5.5，但是国内尚无此先例。在此浓缩倍率下必须考虑硫酸钙成垢问题。因此必须配合以旁流过滤，旁流量为 1%～2%。

（7）对大同某电厂引用恶劣原水的处理建议

该电厂 4 台湿冷机组总容量为 800MW，用弱酸阳树脂处理补充水。由于来水供应量难以保证最低限度的 6.8 万吨/d，夏季平均有 1 台 200MW 机组停止运行。为此引用 0.5m³/s 水质恶劣的册田水库水。对于改变原水质量后的循环水处理问题建议为：

① 该水库水尽量用于凝汽器以外的冷却，或作为替代优质水的生活用水以外的水，例如煤场冲洗防止扬尘等。

② 单独建设循环水脱盐系统，容量为 500t/h，作为循环水的补充水，可以大大缓解目前水情，改善循环水质量。其处理设置为弱酸阳床、强酸阳床、脱碳和弱碱阴床。由于是用作循环水的补充水，无需设置强碱阴床除盐。弱型树脂价格虽高，但是其交换容量大，再生比耗低，可以脱除原水 95% 以上的盐分，改善循环水质。

该建议方案由局长主持，在华北某电科院进行了论证研讨，原则通过。在等待施工的 2 年中，有 1 年的时间采用水质稳定处理，使 4 台湿冷机组铜管都产生了结垢腐蚀。

（8）对呼和浩特某电厂扩建机组循环水建议

该电厂扩建 2 台 50MW 机组，使用弱酸阳树脂脱碱软化后，再进行水质稳定处理。控制浓缩倍率为 4，运行 2 年后发现凝汽器结垢。为此要求提供对策。

经了解，该厂原水质量差，碱度 6mmol/L，硬度 4mmol/L，有较高的永硬，此种水不适合弱酸树脂处理。而且仅对相当于 1 台机组的补充水量进行处理，将此水和未经脱碱的水掺混使用，使原水碱度为 3.5mmol/L，氯离子 60mg/L。对此指出：

① 补充水碱度为 3.5mmol/L，使用任何水质稳定剂都达不到 4 倍，勉强可达 3 倍。该厂实际维持 4 倍，必然会结垢。

② 建议系统分开，一台机组使用弱酸树脂处理，酌情进行辅助的水稳剂处理；另一台采取硫酸和水质稳定处理。这样可以达到不结垢。

③ 该厂循环水质不宜使用 70-1 铜管，应使用 70-1B 加硼黄铜管。

(9) 答复某基建研究所炉烟碳化防止结垢问题

该研究所设专题研究炉烟再碳化防垢问题，意欲用于灰管防垢、询问可行性，对此答复如下：

① 介绍灰管成垢的机制后指出，此举存在理论上的可行性，实施很难。弄不好反而加重灰管结垢。原因是粉煤灰中活性氧化钙和冲灰水作用产生氢氧化钙后，遇到炉烟中的二氧化碳会直接形成碳酸钙，增加了灰管结垢机会。

② 由理论上讲，必须加倍引入二氧化碳，才能使生成的碳酸钙溶解，成为碳酸氢钙，并且维持溶解平衡。具体是 1mmol/L 氢氧化钙，投加 44mg/L 二氧化碳必然产生碳酸钙垢；只有加到 88mg/L 以上，才能使其复溶和保持稳定。

③ 炉烟再碳化处理循环水的机组容量<50MW。超过此容量很少有成功的。

(10) 对北京某化工厂冷却水处理的咨询意见

北京东郊某有机化工厂冷却水原为直流方式。由于缺水和节水的需要改为半开放式，使冷却设备结垢。来人询问结垢原因及对策。

对其答复是，半开放方式可以起到防垢作用，那是由于原水碱度低于 2.5mmol/L，半开放的浓缩倍率通常<1.2，达不到其极限碳酸盐硬度。北京市水的碱度高，只要有蒸发浓缩必然结垢。

解决措施是，继续减少外排水，使系统的排污率为 3%～5%，再用水稳剂防垢。偏于 5%，可加 3～4g/t 六偏磷酸钠；偏于 3% 可用同量的聚马来酸酐（失水苹果酸酐）防垢。

(11) 对包钢某热电厂拟采用炉烟处理的意见

该厂来人征询采取炉烟处理的可行性，答复为：

① 该热电厂有使用炉烟处理的优势，除电站锅炉烟气外，还有含

二氧化碳更高的烟气资源，采用高压风机的条件也比较充分。

② 但是对于高温高压大机组来说，难度大。原因是循环水量大，使用的烟气量大，烟气净化设备和引取系统庞大，不易管理。

③ 答复关于炉烟处理公式问题。不同的计算公式算得的结果，自 30~100mg/L 二氧化碳均有。实际使用经验，能使凝汽器入口水含二氧化碳 15mg/L，就有防垢效果。

④ 炉烟处理能防止凝汽器管结垢，却不能防水塔结垢，故有水垢转移之说，必须重视。

(12) 对机械部某院空气压缩机冷却水处理咨询

该单位承担大型空压机循环冷却水防垢研究课题。在了解到其工作条件与凝汽器冷却水近似，但是水量较少后，介绍了冷却水的防垢处理方法，含化学法的硫酸中和、石灰沉淀、钠离子交换、弱酸离子交换；物理化学法的水质稳定剂阻垢处理、炉烟碳化处理等要求和水质适应范围。提供了各种处理的计算资料。

由于空压机冷却水用量小，认为适于采取硫酸中和处理，或六偏磷酸钠阻垢稳定处理。

(13) 石景山某电厂炉烟处理试验

该电厂 6×100MW 机组由直流冷却改为循环冷却后，面临防垢处理问题。该电厂循环水处理的难度在于，原来的用水系统为开式冷却，转为开式循环后，很难使系统的水达到接近封闭，测算的浓缩倍率＜1.2。如此庞大的外排水（担当排污）量，是任何化学处理法都难承受的，阻垢处理的经济负担也很重。经研究，在该厂尽量使水封闭的改造期间，用 1 台机组试验炉烟碳化处理。引取炉烟的动力是罗茨风机，将炉烟鼓入前池中。

该电厂冷却水前池容积甚小，均为混凝土浇灌结构，难以扩容改造，虽然布烟器充分利用了前池容积，但是所鼓入的炉烟二氧化碳无法吸收。甚至连溶解度很大的二氧化硫也难被吸收。前池附近，二氧化硫呛人，罗茨风机噪声大，声响高，震耳欲聋。停止了该项试验。

该电厂决定，待系统封闭到可使浓缩倍率≥1.5后，进行阻垢处理。

(14) 对淮北某电厂扩建工程循环水处理的建议

接待该电厂来人谈扩建 200MW 机组的循环水处理问题。介绍了在下花园某电厂做的半工业性台架试验结果，推荐用 ATMP＋聚马来酸酐（HPMA）以 1＋1 复配阻垢，极限碳酸硬度可达 10mmol/L。

（15）大同某热电厂循环水处理改造的建议

该电厂位于云岗石窟附近，循环水用六偏磷酸钠处理将近 10 年。近来由于当地水位下降，水质恶化，凝汽器均结垢，要靠酸洗维持真空。

经初步核算，该电厂由六偏磷酸钠改为 ATMP 后，由于极限碳酸盐硬度能提高 2.5mmol /L，使用现有的补充水量，可以做到凝汽器无垢运行。

（16）对本溪某钢铁厂自备电厂冷却水改造建议

接待某钢铁设计院来人称，本溪某钢铁厂是中型规模钢铁厂，其自备电厂原使用胶球防垢，由于始终存在结垢现象，想改变处理方法。

经了解，该电厂原水质量较好，碱度不到北京地下水的 1/2。该厂将硬质橡胶球改为软海绵胶球，且使其直径比管径大 0.5mm，有擦洗防垢效果，可减缓结垢速率；如果辅以三聚磷酸钠处理，则浓缩倍率≥2 倍不会结垢，有较大的节水效益。

（17）对朔县某电厂循环水处理的建议

该电厂有丰富的泉水资源，泉水溶解固形物 330mg /L，碱度 4.6mmol /L，硬度 2.4mmol /L。1 号、2 号机采取直流冷却。3 号、4 号机投产后采用三聚磷酸钠阻垢。由于补充水量所限，铜管结水垢。1980 年夏为该电厂技术服务中，经计算建议用 ATMP 代替三聚磷酸钠，用现有的补充水量可不结垢。

（18）对天津某电冰箱厂冷却水处理的建议

该电冰箱厂设备购自法国移装而成，在试生产中，由于冷却水系统结垢，影响外壳成形，应邀前往查看后，提供了用 ATMP 防垢的处理方法，向有关人员做了讲解。

8.4.5　废水处理与环境保护结合的清浊分流理念

1974 年 2 月初，天津市杨柳青某电厂排水淹地近 4000 亩，其中 20 亩死苗，50 亩减产，轻反碱等不良影响 1800 亩。其他过水农田应该不受影响。

电厂四面环绕农田，近旁有子牙河，是一级保护河道，是饮用水源地，不准排污。

由于排水无出路，造成从渠道溢水漫流，在 2 个月时间内造成 4000 亩地过水，约 2000 亩受不同影响。

电厂的外排水中最大的份额是凝汽器冷却水，为直流冷却，来自子牙河，返回子牙河，不含任何有害物质。但是 2 号、3 号机陆续投产，必须采取开式循环处理，要向其中加药，此时必须指明应排的去向。该水目前占总排水 90％；将采取循环冷却后，也可达总排水量 60％以上。

工业冷却水中轴瓦冷却水量 200t/h，此水含油，溢流到农田有影响。化学再生废液是酸性的 13t/h，它造成麦苗枯死，此水量累计可达 18000t。

另有生活污水 5t/h 和燃油伴热蒸汽等的油污水 4t/h。雨水设计的流量 1.2m³/s，冬季无降水。油污水早已采取在厂内贮存和掺烧处理措施。

因此，近期必须解决的 13t/h 的化学废水。如果不给排水出路，将来的循环水排污是大麻烦。

电厂在有关部门协助下尽快解决外排酸水问题。对此问题的深入研究，在这些水中属于废酸液和废碱液的＜1.5t/h。其他是再生的反洗水、正洗水以及过滤器的冲洗水，这些水水质好作为废水弃之可惜。因此提出"清浊分流，中和处理"的解决措施。

油污水注入专设的油污水坑，仍掺烧处理；生活污水排入污水渗井，也可为农业积肥；雨水已同西郊水利局商定排入津浦铁路边沟中。

酸碱废水的中和处理。经考查现有的酸碱废水中和池容积太小，无任何搅拌设施和测量仪器，考虑将两者掺混一起自然中和。其实化学除盐排水中酸多于碱（除碳工艺是主要的节碱措施）。因此应投碱中和。

再生液中和是在纯水中的酸碱中和反应，在终点是可有 pH 值由 4 到 10 的突跃，很难使 pH 达 6～9 的排放标准。为此，向废液中投加碳酸钠，使成为强酸与弱碱的反应，可使 pH 值＜9。

8.4.6 中央空调冷却水处理

中央空调冷却水量小，过去不受重视。但是 1985 年之后中央空调安装量激增，黄河以南的大地上所有高大建筑物无一不备，冷却水用量几乎可以与电站冷却水用量相比，使水质稳定剂供货商目光由火电厂向中央空调转移。时至今日，中央空调冷却水处理已成为可与其他水处理分庭抗礼的大产业。

北京某热电厂中央空调的冷却水处理。

该热电厂位于北京东郊，在建设中央空调设备时，征询其水质处理方法，答复是：

① 热电厂内化学除盐水产量＞800t/h，将少许一点给中央空调设备即可。亦即冷冻水用化学除盐水，既不会结垢，又不会腐蚀；循环冷却水也用化学除盐水，虽然有蒸发损失，但是换来不结垢、不腐蚀和不用进行水处理。

该热电厂按此意见投用了中央空调设备，历15年之久，直到该电厂设备退役皆是如此。

② 水电部某调度通信大楼中央空调设备用自来水作冷却水。在结垢后为其进行了化学清洗。然后建议和该建筑物锅炉房的软化器共用。系统中充满软化水，夏季用软化水作补充水；冬季中央空调不制冷，软化水仍供锅炉。

③ 首都某贵宾楼中央空调系统冷却塔为3×500t/h，询问防垢问题，告知加ATMP 5g/t大体可不结垢。

④ 某金融大厦中央空调冷却系统用阻垢剂处理，仍有结垢问题。使用北京鸿泽达某公司引进的ECD-GEM电石气防垢，解决了结垢问题，而且还可抑制菌藻繁殖，该大厦使用ECD-GEM电气石防垢已逾五年。

欢迎订阅表面技术和腐蚀专业图书

●常备图书

ISBN 号	书　　名	作者	单价
	专业工具书		
9787122066824	表面处理化学品技术手册	杨丁	98
9787122053251	表面工程技术手册（上）	徐滨士	130
9787122053244	表面工程技术手册（下）	徐滨士	130
9787122026866	防腐蚀涂装工程手册	金晓鸿	49
7502578129	腐蚀控制设计手册	李金桂	158
9787502590291	腐蚀与防护手册——腐蚀理论、试验及监测（第1卷）（二版）	组织编写	98
9787122032577	腐蚀与防护手册——工业生产装置的腐蚀与控制（第4卷）（二版）	组织编写	89
9787122027368	腐蚀与防护手册——耐蚀非金属材料及防腐施工（第3卷）（二版）	组织编写	98
9787502592646	腐蚀与防护手册——耐蚀金属材料及防蚀技术（第2卷）（二版）	组织编写	98
9787122013484	简明电镀手册	陈治良	48
7502592040	实用表面前处理手册（二版）	胡传炘	45
7502517405	实用防腐蚀工程施工手册	涂湘缃	180
9787122078728	现代电镀手册	刘仁志	158
9787122061812	现代涂装手册	陈治良	148
9787122106957	暂时防锈手册	张康夫	128
	电镀技术		
9787122009296	表面处理清洁生产技术丛书——镀铜	霍栓成	20
9787122014047	表面处理清洁生产技术丛书——锌铬涂层技术	肖合森	18
9787122020406	表面处理清洁生产技术丛书——印制电路板电镀	毛柏南	15
9787122000095	电镀材料和设备手册	黎德育	58
9787122094544	电镀层均匀性和镀液稳定性——问题与对策	张三元	36
7502557989	电镀废弃物与材料的回收利用	周全法	24
7502538011	电镀工程	张胜涛	40
9787122001221	电镀工人技术问答	刘仁志	20
9787122068149	电镀工业节能减排技术	黄启明	39
9787122023995	电镀工艺及产品报价实务	谢无极	29
9787122089779	电镀工艺学（冯立明）	冯立明	38
9787122010117	电镀故障精解	谢无极	48
9787122026477	电镀检测与试验问答	刘仁志	22

ISBN 号	书　名	作者	单价
9787122030122	电镀件装挂技术问答	郑瑞庭	26
9787122030023	电镀理论与工艺	冯辉	39
9787122011077	电镀配合物——理论与应用	方景礼	96
9787502597559	电镀实用技术500问	张忠诚	25
9787122041142	电镀添加剂技术问答	刘仁志	28
9787122104540	电镀添加剂与电镀工艺	王桂香	39
9787122066268	电镀原料使用手册	郑瑞庭	36
9787122048738	电镀知识三十讲	袁诗璞	38
9787122026651	电镀自动线生产技术问答	张三元	22
7502591176	电弧喷涂技术	易春龙	36
9787122014740	电子电镀技术	刘仁志	48
7502584021	镀铬修复及应用实例	王尚义	28
9787122075635	镀镍技术丛书——镀镍故障处理及实例	陈天玉	29
9787122009227	镀镍技术丛书——镀镍合金	陈天玉	38
9787122036919	镀镍技术丛书——复合镀镍和特种镀镍	陈天玉	46
7502589511	镀铁铜镍及合金修复技术	王尚义	20
7502584188	非金属电镀与精饰——技术与实践	刘仁志	35
9787502593278	复合电镀技术	郭鹤桐	48
9787122074232	钢带连续涂镀和退火疑难对策	许秀飞	58
9787122006899	钢带热镀锌技术问答	许秀飞	32
750255551X	钢结构热喷涂防腐蚀技术	张忠礼	30
7502540407	工人岗位培训实用技术读本——电镀技术	程秀云	27
9787122083739	滚镀工艺技术与应用	侯进	58
9787122039286	合金电镀工艺	曾祥德	38
9787502593247	纳米电镀	渡边辙	58
7502534903	实用电镀技术	黄子勋	25
9787122010469	彩色电镀技术	何生龙	27
9787122039194	电镀前处理与后处理	李异	28
9787122079060	电镀溶液分析技术（二版）	邹群	48
9787122105691	电镀溶液与镀层性能测试	曹立新	25
9787122082817	电铸原理与工艺	陈钧武	25
9787122039279	钢铁制件热浸镀与渗镀	李新华	39.8
9787122039323	贵金属和稀有金属电镀	嵇永康	39

ISBN 号	书 名	作者	单价
7502562060	电镀清洁生产工艺	冯绍彬	35
9787502535391	电镀溶液与镀层性能测试	张景双	19
750255095X	防护装饰性镀层	屠振密	38
7502591362	实用电铸技术	刘仁志	45
7502547975	刷镀技术	宾胜武	28
9787122032997	塑料电镀工艺技术和生产管理	谢无极	45
7502555110	特种电镀技术	陈祝平	22
9787122036865	锌合金压铸件电镀	谢无极	58
9787502597122	职业技能操作训练丛书——电镀工	张振华	25
	涂料涂装		
9787502599768	丙烯酸涂料生产实用技术问答	汪盛藻	25
7502564772	彩色涂层钢板技术	朱立	45
9787502584894	船舶涂料与涂装技术（二版）	汪国平	35
9787122026743	电泳涂装技术	宋华	25
7502531262	防腐蚀涂料涂装和质量控制	庞启财	36
9787122017741	防腐蚀涂料与涂装应用	刘新	98
9787122028464	防腐蚀涂装技术问答	刘新	20
9787122106339	防腐涂料配方精选	徐勤福	39
9787122096111	粉末涂料及其原材料检验方法手册	庄爱玉	69
9787122020628	粉末涂料与涂装工艺学	张俊智	65
9787122025531	粉末涂料与涂装技术（二版）	南仁植	70
7502583491	粉状建筑涂料与胶黏剂	徐峰	25
9787502596125	管道防腐层设计手册	胡士信	70
9787502563912	光固化涂料及应用	杨建文	35
7502551107	合成聚合物乳液的应用（第2卷）——涂料中的乳液:乳胶漆	瓦尔森	42
7502561455	环保涂料丛书——高固体分涂料	李桂林	50
7502580913	环保涂料丛书——水性涂料	涂伟萍	38
9787502599430	环境友好涂料配方设计	李桂林	42
9787122025296	家具涂料与涂装技术（二版）	戴信友	25
9787122106322	建筑涂料配方精选	徐勤福	36
9787122056009	建筑涂料涂装手册	王国建	68
9787122029270	建筑涂料与涂装技术400问（三版）	石玉梅	29
9787122065919	金属表面粉末涂装	李正仁	48

ISBN 号	书　　名	作者	单价
9787122048745	金属表面热喷涂技术	黎樵燊	48
9787122089533	金属表面涂装技术	庄光山	49
7502581456	聚氨酯树脂防腐蚀涂料及应用	刘娅莉	35
9787122002341	聚苯硫醚涂料及应用	管从胜	28
9787122094032	聚合物水泥防水涂料（二版）	沈春林	36
9787122056801	铝型材粉末涂料静电喷涂与生产	刘宏	28
9787122073488	绿色涂料配方精选	张洪涛	30
7502542000	美术涂料	刘廷栋	32
9787122071583	美术涂料与装饰技术手册	崔春芳	89
9787122028907	木材涂料与涂装技术	封凤芝	38
9787122033055	纳米材料改性涂料	刘国杰	45
9787122048523	纳米功能涂料	童忠良	55
9787122079633	喷涂聚脲防水涂料	沈春林	35
9787122015099	喷丸（砂）、喷涂技术及装备	周良	25
9787122072771	漆工经验介绍——防腐油漆工	刘新	20
9787122065643	汽车涂料涂装技术	欧玉春	58
9787122083586	汽车涂装	吕江毅	20
9787122104267	汽车涂装技术	宋东方	27
9787122076595	汽车修补涂装技术（二版）	王锡春	36
9787122036339	桥梁涂装工程	刘新	48
9787122023087	实用涂装基础及技巧（二版）	曹京宜	36
7502589546	实用装饰性镀层与涂层	丁桢祥	36
9787122067999	水性树脂与水性涂料	闫福安	38
9787122050090	水性涂料配方精选	张玉龙	28
7502582045	涂镀三废处理工艺与设备	孙华	38
9787122030849	涂料调色	周强	19
7502558888	涂料毒性与安全实用手册	赵敏	36
9787122054647	涂料分析与检测	陈燕舞	25
9787122005311	涂料工业用检验方法与仪器大全	虞莹莹	75
9787122046031	涂料工艺（仓理）（二版）	仓理	18
9787122066763	涂料工艺（上.下）（四版）	刘登良	280
9787122099662	涂料及检测技术	陈卫星	29
9787502567156	涂料技术导论	刘安华	24

ISBN 号	书　　名	作者	单价
9787502526009	涂料技术基础	武利民	28
9787122026095	涂料配方设计与剖析	高延敏	20
9787502583996	涂料喷涂工艺与技术	梁治齐	29
9787122003485	涂料术语词典	谢凯成	30
9787122035905	涂料行业职业技能鉴定培训教材——木用涂料与涂装工	叶汉慈	20
9787502586645	涂料行业职业技能鉴定培训教材——制漆配色调制工	沈浩	35
9787502578527	涂料与涂装技术	张学敏	36
9787122001870	涂料与涂装科学技术基础（郑顺兴）	郑顺兴	38
7502592105	涂膜防水材料与应用	徐峰	59
9787122037145	涂饰工程	刘经强	28
7502560904	涂装表面预处理技术与应用	曹京宜	38
9787122023650	涂装车间设计手册	王锡春	49
9787502597009	涂装工艺学（二版）	张学敏	28
9787122004574	涂装质量控制技巧问答	曹京宜	28
7502569499	涂装作业安全技术	沈立	28
7502554718	现代水性涂料配方与工艺	耿耀宗	68
9787122083753	新型建筑涂料涂装及标准化	陈作璋	89
9787502599584	硬质与超硬涂层——结构、性能、制备与表征	宋贵宏	48
	综合表面处理技术		
9787122102065	表面处理技术概论（刘光明）	刘光明	35
9787122075321	表面覆盖层的结构与物性	廖景娱	40
9787122102737	表面及胶体化学实验（张太亮）	张太亮	9
9787122062673	表面物理化学（滕新荣）	滕新荣	29
9787122089793	材料表面工程技术（李慕勤）	李慕勤	35
9787122068330	材料表面现代分析方法（贾贤）	贾贤	29
9787122005199	钢材酸洗技术	朱立	39
9787122044860	钢铁表面氧化和磷化处理问答	王尚义	26
7502577785	高压水射流清洗技术及应用	卢晓江	29
9787122051769	工程材料系列教材——模具材料及表面强化技术	何柏林	27
7502536043	工业清洗剂及清洗技术	陈旭俊	45
9787122015006	工业清洗剂配方与工艺	徐宝财	36
9787122093592	工业清洗剂-示例·配方·制备方法	顾大明	39
9787502555764	胶体与表面化学（三版）	沈钟	35

ISBN 号	书　名	作者	单价
7502577521	金属表面技术丛书——表面淬火技术	姜江	22
7502582746	金属表面技术丛书——化学热处理技术	齐宝森	35
7502570551	金属表面技术丛书——水溶液沉积技术	张忠诚	20
9787122039552	金属表面磷化技术	唐春华	28
9787122003249	金属表面清洗技术	李异	29
9787122022639	金属表面艺术装饰处理	李异	36
9787122045423	金属表面转化膜技术	李异	39
9787122003911	金属清洗技术（二版）	魏竹波	35
9787122064530	铝合金表面处理技术	张圣麟	30
9787502593209	铝合金纹理蚀刻技术	杨丁	38
9787122069856	铝合金阳极氧化与表面处理技术（二版）	朱祖芳	68
9787122015563	模具材料及表面工程技术（张蓉）	张蓉	15
7502590862	木质材料表面装饰技术	张一帆	38
9787122036513	生物医用钛材料及其表面改性	刘宣勇	38
7502576541	石材清洗、防护、粘接与深加工	侯建华	68
9787122082251	实用工业清洗剂配方手册	李东光	32
7502568034	实用清洗技术手册（二版）	梁治齐	69
7502581944	陶瓷材料表面改性技术	曾令可	38
9787502579210	现代表面工程技术（姜银方）	姜银方	32
9787502592691	印刷品表面整饰（林贵森）	林贵森	15
9787122000873	有色金属表面着色技术	温鸣	22
9787122007421	职业技能鉴定培训教程——化工清洗工（初级、中级）	刘炀	18
9787122007407	职业技能鉴定培训教程——化工清洗工（高级、技师、高级技师）	刘炀	22
9787122025272	中央空调清洗技术	张学发	30
	腐蚀与防护		
9787502584702	材料的腐蚀与防护	曾荣昌	39
750253962X	材料腐蚀学原理	肖纪美	39
750257218X	电化学保护和缓蚀剂应用技术	吴荫顺	98
7502589694	防腐蚀复合材料及其应用	张大厚	42
9787122045171	防腐蚀施工安全技术	袁振伟	38
7502574824	防腐蚀施工管理及施工技术	张清学	36
9787122022004	腐蚀电化学原理、方法及应用（王凤平）	王凤平	35
7502578293	腐蚀科学技术的应用和失效案例	柯伟	78

ISBN 号	书　　名	作者	单价
9787122046086	腐蚀控制系统工程学概论	李金桂	69
9787122034991	腐蚀失效分析案例	赵志农	78
7502566880	钢结构的腐蚀控制	贝利斯	46
7502579265	工程防腐蚀指南——设计·材料·方法·监理检测	初世宪	58
750255310X	管线腐蚀控制(二版)	皮博迪	45
9787122040336	滚动轴承防锈包装	黄本元	38
9787122020468	锅炉压力容器腐蚀失效与防护技术	窦照英	45
9787122052179	过程装备腐蚀与防护(闫康平)(二版)	闫康平	32
9787122059512	过程装备与控制工程概论(涂善东)	涂善东	15
9787122025050	化工腐蚀与防护(段林峰)(三版)	段林峰	15
9787502557164	化工腐蚀与防护(张志宇)	张志宇	20
9787122018366	缓蚀剂(二版)	张天胜	59
9787122008794	混凝土中钢筋的腐蚀与阴极保护	葛燕	39
7502543511	火电厂与蒸汽动力设备的腐蚀结垢风险评估与	窦照英	35
9787122077325	金属表面防腐蚀工艺	陈克忠	29.8
9787502573898	金属电化学腐蚀与防护(张宝宏)	张宝宏	29
9787122045102	金属腐蚀理论及腐蚀控制(龚敏)	龚敏	29
9787122094438	镁合金防腐蚀技术	薛俊峰	68
9787122000286	气相缓蚀剂及其应用	张大全	28
9787122069214	清洗剂、除锈剂与防锈剂	李金桂	28
9787122094643	石油化工设备防腐蚀技术	王巍	68
9787122014153	水基金属加工液	张康夫	18
7502586121	职业技能操作训练丛书——防腐蚀工	李丰春	16
	其他专业图书		
9787122093936	不锈钢瓦楞形板生产与应用	贾凤翔	30
7502572910	氟化工的安全技术和环境保护	王树华	28
7502538607	化工设备设计全书——超高压容器	邵国华	38
7502549447	化工设备设计全书——化工设备用钢	王非	78
9787122037664	化工压力容器设计——方法、问题和要点(二版)	王非	49
9787122093981	热处理工艺问答	汪庆华	36
9787122009326	热处理炉的安装、调试与维修	张伟	59
7502564926	复合加工技术	张建华	25
9787122030108	数控电火花线切割加工技术培训教程	伍端阳	46

ISBN 号	书　　名	作者	单价
9787122053176	特种加工成形手册（上）	王至尧	120
9787122053169	特种加工成形手册（下）	王至尧	120
9787122053350	无机非金属材料手册（上）	江东亮	150
9787122053343	无机非金属材料手册（下）	江东亮	150
9787122053268	热处理技术手册	樊东黎	180
9787122053398	复合材料手册	益小苏	210
9787122061959	纤维增韧碳化硅陶瓷复合材料——模拟、表征与设计	张立同	78
9787122003607	新手上路非常体验	李翔	36

● 重点推荐

现代电镀手册

刘仁志　编著

　　本手册是为适应新时期工业技术发展形势而编写的电镀工具书，其中融入了作者多年实践经验。编写中，跳出了过去工业分工的框框，力求从更为全面的角度，将现代电镀技术的成果加以汇总，以反映现代电镀技术的全貌，并将电镀生产、科研、管理、维护等需要的参数、数据、信息一并收入，为读者提供"一站式"服务。本手册遵循"全面、系统、实用、创新"的原则，为读者提供一本新颖、可靠的现代电镀手册。

　　本手册可供从事电镀及相关行业的技术人员、管理人员以及电镀技术工人查阅、使用，也可供相关专业院校师生参考阅读。

　　（书号：978-7-122-07872-8，精装 16 开，798 页，158 元）

　　以上图书由化学工业出版社出版。如要以上图书的内容简介和详细目录，或要更多的科技图书信息，请登录www.cip.com.cn。如要出版新著，请与编辑联系。

　　地址：（100011）北京市东城区青年湖南街 13 号　化学工业出版社

　　邮购：010-64519685，64519684，64519683，64518888，64518800

　　编辑：010-64519271　Email：dzb@cip.com.cn